À PROPOS DE L'AUTEUR

Nora Roberts est l'un des auteurs les plus lus dans le monde, avec plus de 400 millions de livres vendus dans 34 pays. Elle a su comme nulle autre apporter au roman féminin une dimension nouvelle ; elle fascine par ses multiples facettes et s'appuie sur une extraordinaire vivacité d'écriture pour captiver ses lecteurs.

Nora Roberts

Crimes et passions

Nora Roberts

Crimes et passions

Traduction française de
ELISABETH MARZIN
ANDRÉE JARDAT

HARLEQUIN

Titres originaux :

PARTIE 1 : PARTNERS
PARTIE 2 : THE RIGHT PATH

Ces romans ont déjà été publiés en 2018

HARPERCOLLINS FRANCE
83-85, boulevard Vincent-Auriol, 75646 PARIS CEDEX 13
Service Lectrices — Tél. : 01 45 82 47 47 - www.harlequin.fr
ISBN 978-2-2804-5541-1

Composé et édité par HarperCollins France. Achevé d'imprimer en janvier 2021.
par CPI Black Print - Barcelone - Espagne
Dépôt légal : février 2021.

MIXTE
Papier issu de sources responsables
FSC® C159065

Pour limiter l'empreinte environnementale de ses livres, HarperCollins France s'engage à n'utiliser que du papier fabriqué à partir de bois provenant de forêts gérées durablement et de manière responsable.

LE SECRET DU BAYOU

1

La Nouvelle-Orléans, 1984

Branle-bas général. Les téléphones sonnaient sans discontinuer. Assis ou debout, les gens criaient, marmonnaient ou juraient. De tous côtés, les claviers des machines à écrire cliquetaient à des rythmes variés. Il flottait dans l'air une odeur de café réchauffé, de pain frais, de fumée de cigarettes et de sueur. Un asile d'aliénés ? Parmi les personnes présentes, beaucoup auraient volontiers utilisé ce terme pour décrire la salle de rédaction du New Orleans Herald, surtout au moment du bouclage.

Pour la majorité des journalistes, ce remue-ménage était aussi naturel que le fait de respirer. Chacun était trop absorbé par ses propres urgences pour prêter attention à celles des autres. Non que le travail d'équipe fût dédaigné. Tous, passionnés ou obsédés par leur métier, étaient solidaires des autres membres du journal. Toutefois, chacun se concentrait sur son propre article et ses propres sources, sur lesquelles il gardait jalousement le secret.

La pression, la confusion et l'ambition d'être publié à la une sont de puissants stimulants pour un journaliste digne de ce nom.

Matthew Bates s'était fait les dents dans la presse écrite. Il y avait occupé tous les postes, depuis ses débuts comme vendeur de journaux dans le Lower East Side à Manhattan, jusqu'à sa consécration comme rédacteur d'articles de fond. Il avait servi le café, arpenté les couloirs comme garçon de courses, rédigé des notices nécrologiques, assuré la couverture d'obscures floralies.

La capacité à flairer un bon sujet et à en tirer toute la substance, Matt ne l'avait pas acquise à l'école de journalisme : il était né avec. Ses années d'études et d'expérience lui avaient permis de parfaire son style et sa technique, mais son talent était aussi inné que la couleur de ses yeux.

A trente ans, il était un cynique indulgent qui prenait avec philosophie les caprices de la vie. Il aimait ses semblables sans nourrir d'illusions à leur sujet. Les hommes étaient fondamentalement ridicules. Il le savait et il en avait pris son parti. Sinon, comment aurait-il pu travailler dans une pièce pleine d'agités, dont le métier était de mettre à nu et d'exploiter le genre humain ?

Son article terminé, il héla un garçon de courses, puis se carra dans son siège. C'était sa première pause depuis trois heures. Un an plus tôt, il avait quitté New York pour ce poste au *New Orleans Herald*, estimant qu'un changement lui serait salutaire. En fait, à l'époque il ne tenait pas en place, songea-t-il en s'étirant. Il vivait dans l'attente…

Il avait rapidement découvert que La Nouvelle-Orléans était une ville aussi dure et exigeante que New York, même si elle avait des abords plus chic. Ici, il suivait les enquêtes policières et cela lui plaisait. Il plongeait dans un univers impitoyable, où le meurtre et la détresse étaient des éléments indissociables. L'homicide qu'il venait de couvrir était aussi absurde que cruel. Mais c'était la vie. Et c'était de l'information. A présent, il fallait chasser de son esprit la mort de cette jeune fille de dix-huit ans, et passer à autre chose. L'objectivité devait rester la priorité, à moins de vouloir changer de métier.

Matt réprima un soupir. Certes. Toutefois, certaines images étaient difficiles à oublier...

Il savait qu'il n'avait pas un physique de vieux routier du journalisme au cœur endurci. Quand il avait vingt ans, le fait de ressembler à un surfeur plutôt qu'à un reporter l'exaspérait. A présent, cela l'amusait.

Avec son corps mince et musclé, il se sentait plus à l'aise dans un jean que dans un costume trois-pièces. Ses cheveux blond foncé bouclaient sur ses oreilles et sur sa nuque, renforçant son allure de jeune homme nonchalant plutôt fait pour se prélasser sur une plage que pour battre le pavé. Si bien que les gens avaient tendance à lui parler librement, sans soupçonner quel homme se cachait derrière cette façade. Et même si certains finissaient parfois par se douter qu'il était moins inoffensif qu'il ne le paraissait, il était trop tard : il avait obtenu les informations souhaitées.

Il pouvait se montrer aimable, et même charmant. Mais il arrivait que ses yeux bleus pétillants lancent des étincelles, ou pis encore, deviennent glacials. Sa désinvolture apparente cachait une détermination sans faille et un caractère bien trempé.

Un petit sourire aux lèvres, il jeta un coup d'œil à la jeune femme assise en face de lui. Laurel Armand avait un visage aussi romantique que son nom. Il flottait autour d'elle une aura de délicatesse due à ses traits fins et à sa peau ivoire, qui était une véritable invitation aux caresses. Ses cheveux noirs et vaporeux, rejetés en arrière, tombaient en cascade sur ses épaules. Des cheveux dans lesquels on avait envie de plonger les doigts, d'enfouir le visage... Quant à ses yeux, transparents et lumineux, ils avaient la couleur des émeraudes.

C'était le visage d'une belle jeune fille de bonne famille du XIXe siècle, vivant dans l'indolence et l'oisiveté. Sa voix aussi était très féminine, songea Matt. Elle faisait chanter les voyelles et adoucissait les consonnes. Mélodieuse, jamais nasillarde, elle coulait paisiblement dans un flux harmonieux.

Mais la voix était aussi trompeuse que le visage. Laurel Armand était une journaliste ambitieuse, dotée d'une grande vivacité d'esprit, d'un entêtement sans bornes et d'une nature enflammée. Le sourire de Matt s'élargit. Un de ses passe-temps favoris était justement d'allumer une étincelle pour déclencher un incendie.

Le front plissé, Laurel mit la touche finale à son article. Satisfaite, elle enleva d'un geste vif la feuille de sa machine à écrire, héla un garçon de courses, puis regarda son vis-à-vis. Machinalement, elle se redressa sur son siège. Il allait la taquiner et — comme une idiote ! — elle allait mordre à l'hameçon…

— Tu as un problème, Matthew ? demanda-t-elle avec agacement.

— Non, aucun, Laurellie.

A la grande satisfaction de Matt, les yeux de Laurel étincelèrent. Elle détestait qu'on l'appelle par son prénom complet.

— Tu n'as pas un meurtre ou une attaque à main armée qui t'attend quelque part ?

Le sourire de Matt s'élargit.

— Pas pour l'instant. Et toi ? Tu n'as plus de cause à défendre pour aujourd'hui ?

Laurel serra les poings sous son bureau, ravalant un flot d'insultes. Pas question de réagir au quart de tour comme d'habitude. Matt ne manquait jamais une occasion de plaisanter sur la compassion présente dans ses articles, mais pour une fois, elle ne lui ferait pas le plaisir de se justifier.

— Tout le monde ne peut pas être aussi doué que toi pour le cynisme, répliqua-t-elle d'un ton suave démenti par son regard furieux.

— En effet. A ton avis, lequel de nos deux articles aura droit à la une ? Tu veux faire un pari ?

Elle haussa les sourcils.

— Je m'en voudrais de te prendre ton argent, Matthew.

— Pour ma part, je ne vois aucun inconvénient à te prendre le tien.

Avec un large sourire, il se leva et fit le tour du bureau.

— Cinq dollars, murmura-t-il à l'oreille de Laurel. Même si c'est ton père qui possède le journal, nos rédacteurs en chef savent faire la différence entre un reportage et une croisade.

Matt sentit la jeune femme se hérisser. Comme il était tentant de s'emparer de ces superbes lèvres boudeuses pour voir quel goût avait sa colère… Mais ce n'était pas la bonne tactique, songea-t-il en réprimant cette impulsion.

— Tope là, Matthew Bates, mais disons dix dollars.

Laurel se leva. Etre obligée de pencher la tête en arrière pour le regarder était exaspérant ! Et pourquoi avait-il des yeux aussi fantastiques et un regard aussi troublant ? C'était encore plus exaspérant ! Mieux valait continuer à l'imaginer petit, bedonnant et chauve…

— A moins que ce soit au-dessus de tes moyens, ajouta-t-elle.

— Tes désirs sont des ordres. Et pour te prouver que les Yankees sont galants, je t'inviterai à déjeuner avec l'argent que j'aurai gagné.

Un sourire éclatant aux lèvres, Laurel s'approcha de lui à le frôler. Pris au dépourvu, Matt sentit un éclair de désir le transpercer.

— Tu peux toujours courir, lança-t-elle avant de s'écarter brusquement.

Matt la suivit des yeux, tandis qu'elle quittait la salle de rédaction comme un ouragan. Enfonçant les mains dans ses poches, il laissa échapper un petit rire. Dans la confusion ambiante, personne ne remarqua rien.

Dans les embouteillages du centre-ville, Laurel ne décolérait pas. Matthew Bates était l'homme le plus horripilant de sa connaissance !

Elle passa à l'orange en maudissant le destin. Si son frère Curt ne s'était pas lié d'amitié avec lui à l'université, Matthew n'aurait jamais accepté ce poste au *Herald*. Et il serait resté un New-Yorkais insupportable, au lieu de passer son temps à l'agacer, jour après jour.

Malgré tout, il fallait reconnaître que c'était le meilleur journaliste de l'équipe. C'était rageant, mais indéniable. Il était perfectionniste, intelligent et doué d'un flair infaillible. Malheureusement, ça ne le rendait pas plus facile à supporter... Laurel pila et donna un coup de volant pour éviter une Buick qui lui coupait la route. Seigneur ! Elle était trop énervée pour jouer à la guerre avec les autres automobilistes.

L'article que Matt avait écrit sur l'homicide était à la fois fouillé et concis. Bref, excellent. Et il méritait la une. Oh, comme elle aurait aimé lui enfoncer ses dix dollars dans la gorge ! Il aurait sans doute eu plus de mal à prendre son petit air supérieur...

Laurel le côtoyait depuis douze mois et son comportement vis-à-vis d'elle restait totalement différent de celui des autres hommes. Il n'avait aucun égard particulier pour elle et jamais elle n'avait surpris la plus petite lueur d'admiration dans son regard. Ce qui était très vexant. Même si elle détestait qu'on lui témoigne de l'empressement...

Pas une seule fois, il ne l'avait invitée à sortir. Elle n'en avait aucune envie, bien sûr, se dit-elle avec la plus grande fermeté. Mais ce serait un tel plaisir de refuser son invitation... Bien qu'il se soit installé dans le même immeuble qu'elle, au même étage, il n'était jamais venu frapper chez elle sous un prétexte ou un autre. Depuis un an, elle en rêvait — uniquement pour avoir l'immense satisfaction de lui claquer la porte au nez.

Laurel serra les dents. En revanche, il semblait prendre un malin plaisir à la mettre hors d'elle. En faisant des remarques sur ses petits amis, par exemple — d'autant plus exaspérantes qu'elles étaient invariablement justes. Ces derniers temps, sa cible favorite était Jerry Cartier, un conseiller ultraconservateur et quelque peu guindé. Si elle fréquentait ce dernier, c'était par compassion et parce qu'il lui donnait de temps à autre des informations. Mais Matt la mettait régulièrement dans une situation impossible en l'obligeant à prendre sa défense avec des arguments auxquels elle ne croyait même pas.

La vie aurait été tellement plus simple si Matthew Bates était resté à Manhattan ! Et s'il n'avait pas été aussi incroyablement séduisant...

Tout en sortant enfin des embouteillages, Laurel s'efforça de chasser Matt et son stupide pari de son esprit.

Le soleil déclinait depuis un moment, mais le ciel restait très lumineux. La chaleur et la lumière, qui filtraient à travers les cyprès, ruisselaient sur la route. Dans l'ombre des arbres s'agitaient avec des sons mélodieux les insectes et les oiseaux, créatures des marais. Les marais qui renfermaient depuis toujours des secrets, des ombres, des dangers... Le charme de la région leur devait beaucoup. Il y avait quelque chose d'excitant dans la certitude qu'une autre forme de vie — primitive, sauvage — prospérait si près de la civilisation.

En tournant dans l'allée qui conduisait à la maison de ses aïeux, Laurel fut envahie par un sentiment familier de sérénité mêlée de fierté. Des cèdres montaient la garde de chaque côté de l'allée, s'inclinant pour former une galerie d'ombre et de fraîcheur. Les rayons du soleil se faufilaient à travers les feuilles pour éclabousser le sol de flaques de lumière. De la mousse espagnole s'effilochait autour des branches, accentuant la grâce intemporelle du lieu, si caractéristique du Sud. Remonter l'allée de *Promesse d'amour* revenait à remonter le temps.

Laurel s'arrêta pour contempler la maison. Combinant style colonial et architecture grecque, celle-ci comportait deux étages de brique blanchie à la chaux, qui s'élevaient au milieu d'une profusion d'azalées, de camélias et de magnolias. Les couleurs vives et délicates, les parfums exotiques et subtils évoquaient l'indolence et la prospérité d'avant la guerre de Sécession.

La vitre baissée, Laurel huma avec délice la richesse des senteurs et la douceur de l'air.

Vingt-huit colonnes doriques conféraient à la demeure ancestrale une majesté qui n'avait cependant rien de prétentieux. Du lierre recouvrait les colonnes d'angle, et tout autour du bâtiment courait une terrasse sur laquelle ouvrait chaque pièce et dont la balustrade en fer forgé avait la finesse d'une dentelle noire. A la fois élégante et accueillante, la maison donnait une impression de pérennité. Laurel la voyait comme une femme de caractère traversant les années avec grâce et distinction. Elle n'aurait pas éprouvé pour elle des sentiments plus profonds si elle avait été de chair et de sang.

Elle monta les marches du porche et entra sans frapper. C'était là qu'elle avait passé son enfance et son adolescence. Dans le vaste hall qui partageait le bâtiment en deux, flottait une merveilleuse odeur de cire d'abeille et de citron, qui se mêlait au parfum des fleurs de camélia disposées dans une coupe. Un siècle plus tôt, le visiteur était accueilli par les mêmes senteurs. Laurel fit une pause devant une psyché pour écarter quelques mèches folles de son visage avant de pénétrer dans le salon.

— Bonjour, papa.

Elle se hissa sur la pointe des pieds pour embrasser une joue rendue rugueuse par une barbe d'un jour. Grand et mince, William Armand avait d'épais cheveux noirs à peine grisonnants. Il dirigeait son journal avec énergie et brio, mais, dans le privé, il adoptait un rythme plus nonchalant. Il sentait le bon whisky et le tabac. Suivant une vieille habitude, il ébouriffa les cheveux que Laurel venait de recoiffer.

— Bonjour, princesse. Très bon, ton article sur le maire.

Perplexe, William Armand vit s'allumer une étincelle menaçante dans le regard de sa fille. Mais, devant le large sourire qu'elle lui adressa aussitôt, il crut avoir rêvé.

— Merci, papa, dit Laurel avant de se tourner vers la femme assise dans un fauteuil de velours bleu roi.

Des cheveux d'un blanc éclatant, mais aussi épais que ceux de Laurel, encadraient un visage sillonné de rides, dont les joues étaient généreusement fardées. Olivia Armand posa sur Laurel ses yeux verts, aussi lumineux que les émeraudes qui ornaient ses oreilles.

— Grand-mère, quand te décideras-tu à vieillir ? demanda Laurel en se penchant pour l'embrasser.

— Jamais, si ça ne tient qu'à moi.

La voix de la vieille dame était à la fois râpeuse à cause de l'âge et étonnamment sensuelle.

— Tu es comme moi, ajouta-t-elle en prenant la main de Laurel. C'est notre sang créole.

Après avoir pressé la main de sa petite-fille entre ses doigts secs et vigoureux, la vieille femme se cala dans son siège.

— William, sers un verre à la petite et fais le plein du mien par la même occasion. Comment vont tes amours, ces jours-ci, Laurellie ?

Laurel se laissa tomber sur un coussin aux pieds de sa grand-mère.

— Pas aussi variées que les tiennes, répondit-elle en souriant.

Son père lui tendit un verre avec un clin d'œil.

— Quelle misère ! se lamenta Olivia en buvant une

rasade de bourbon. Je vais te dire ce qui cloche dans le monde d'aujourd'hui. Trop de travail et pas assez d'amour. Ton problème, Laurellie…

Elle pointa le doigt sur sa petite-fille.

— … c'est que tu perds ton temps avec cet invertébré de Cartier. Il n'a pas le sang assez chaud pour réchauffer le lit d'une femme.

— Dieu merci ! s'exclama Laurel en levant un regard reconnaissant vers le plafond. Je n'ai aucune envie de le voir dans le mien.

— Il est grand temps que tu y mettes quelqu'un, décréta Olivia.

Laurel réprima un soupir, tandis que son père manquait d'avaler de travers.

— Tout le monde n'est pas aussi… obsédé que toi, grand-mère.

Olivia s'esclaffa en donnant un coup sur l'accoudoir de son fauteuil.

— Dis plutôt que tout le monde n'a pas le courage de le reconnaître.

Amusée par le franc-parler de sa grand-mère, Laurel pouffa.

— Curt ne devrait pas tarder, non ? demanda-t-elle.

— Il sera là d'un instant à l'autre, confirma William en s'asseyant dans un fauteuil. Il a appelé juste avant ton arrivée. Il amène quelqu'un.

— Une femme, j'espère, intervint Olivia avant de terminer son bourbon. Ce garçon passe trop de temps le nez dans ses bouquins de droit. Entre vous deux, je n'ai pas beaucoup d'espoir d'être arrière-grand-mère un jour, ajouta-t-elle à l'adresse de Laurel. Vous êtes beaucoup trop absorbés par vos carrières pour trouver l'âme sœur.

— Je ne suis pas encore prête pour le mariage, grand-mère.

— Qui a parlé de mariage ?

Olivia se tourna vers son fils en soupirant.

— Les enfants d'aujourd'hui ne connaissent rien à la vie !

Laurel riait de bon cœur quand elle entendit la porte d'entrée s'ouvrir.

— C'est sûrement Curt. Je crois que je ferais mieux de le prévenir de ton humeur, dit-elle à sa grand-mère avant de se lever.

— Quelle jolie fille, murmura Olivia, après le départ de Laurel.

— C'est ton portrait craché, commenta William en allumant un cigare.

Olivia gloussa.

— Oui, quelle jolie fille..., répéta-t-elle.

Dès qu'elle fut dans le hall, le sourire de Laurel s'évanouit. La mâchoire crispée, elle regarda tour à tour son frère et l'homme qui l'accompagnait.

— Oh, c'est toi...

Matt prit la main de la jeune femme et la porta à ses lèvres avant qu'elle ait le temps de la lui reprendre.

— Ah, l'hospitalité légendaire du Sud ! dit-il d'un ton ironique.

« Mon Dieu, qu'elle est belle, songea-t-il en la dévorant des yeux. Ce feu... Cette passion enfouie sous ses dehors de jeune fille sage... Laurel, un jour, cette passion, nous la libérerons... »

Oui, il en faisait le serment.

S'efforçant d'ignorer la troublante chaleur qui demeurait sur sa main après le baiser de Matt, Laurel se tourna vers son frère. Curt avait la minceur et les traits aristocratiques de leur père, ainsi qu'un regard rêveur qui n'appartenait qu'à lui.

Avec une pointe de jalousie, Matt constata que l'agacement laissait place à la tendresse sur le visage de Laurel.

— Comment vas-tu ? demanda-t-elle à son frère en l'embrassant.

Celui-ci lui adressa un sourire absent comme s'il venait tout juste de se rappeler où il se trouvait.

— Je vais bien. Et je suis débordé.

— Evite cette dernière précision, si tu ne veux pas t'attirer les foudres de grand-mère, dit Laurel en pouffant. Elle est remontée contre nous et nos carrières trop prenantes.

Curt eut un regard tellement navré que Laurel éclata de rire et l'embrassa de nouveau. Pauvre Curt ! Il était si timide et si réservé... Puis elle se tourna vers Matt et l'affronta du regard. Il l'observait avec une décontraction insolente qui semblait masquer autre chose. Quelque chose d'indéfinissable... Un long frisson courut dans son dos, mais elle ne cilla pas. Qui était vraiment Matt ? se demanda-t-elle pour la énième fois depuis qu'elle le connaissait. Pourquoi, au bout d'un an, n'avait-elle toujours pas la réponse à cette question ? Il semblait tellement étrange qu'un homme aussi énergique et aussi cynique puisse entretenir des relations d'amitié avec son rêveur de frère... Pourquoi était-elle incapable de le cerner ? Etait-ce parce qu'il restait pour elle un mystère qu'elle avait parfois tant de mal à le chasser de son esprit ? Malgré elle, son regard fut irrésistiblement attiré par la bouche de Matt. Un sourire imperceptible étira aussitôt celle-ci. Mortifiée, Laurel serra les dents.

— Si nous y allions ? suggéra Curt, inconscient des courants sous-jacents qui circulaient entre sa sœur et son ami.

Un sourire de petit garçon éclaira son regard doux.

— La présence de Matt devrait distraire grand-mère de ses préoccupations. Distraire les femmes est une des activités pour lesquelles il est le plus doué.

En entendant ces mots, Laurel émit un grognement

dédaigneux manquant totalement de distinction. Mais, au moment où Curt pénétrait dans le salon, Matt lui prit la main. Elle tenta de la lui arracher d'un mouvement impatient.

— Si tu ne me lâches pas, je vais…

— … te ridiculiser, coupa-t-il en l'entraînant dans le salon.

Matt aimait beaucoup cette pièce — couleurs fanées et bois ancien ciré. Quand il s'y trouvait, il oubliait presque les années passées dans un minuscule appartement équipé d'un seul radiateur émettant plus de bruit que de chaleur. Cette partie de sa vie était terminée, il avait fait le nécessaire pour s'en sortir. Malgré tout, en dépit de sa réussite, des souvenirs le poursuivaient. Des chaussures trop petites, un estomac jamais tout à fait plein — des ambitions qui paraissaient démesurées par rapport aux perspectives d'avenir. Non, il ne pourrait jamais considérer le succès comme acquis. Il s'était battu avec trop d'acharnement pour cela.

— Alors comme ça, tu as amené le Yankee ? dit Olivia en jetant à Matt un regard pétillant de malice.

Curt salua son père, embrassa consciencieusement sa grand-mère sur la joue, puis s'éloigna prudemment pour s'occuper des boissons.

— Bonjour, mademoiselle Olivia, déclara Matt en portant à ses lèvres la main que lui tendait la vieille dame. Plus belle que jamais.

— Voyou, rétorqua celle-ci d'un ton faussement réprobateur qui ne parvenait pas à masquer son plaisir. Cela fait un mois que vous n'êtes pas venu me voir… Risqué, vu mon âge.

Matt lui baisa de nouveau la main.

— Si je garde mes distances, c'est uniquement parce que vous ne voulez pas m'épouser.

Réprimant un sourire, Laurel choisit un siège à l'autre

bout de la pièce. Pourquoi fallait-il que Matthew Bates soit aussi ensorceleur ?

Olivia eut un petit rire ravi.

— Crapule ! Il y a trente ans, je vous aurais fait des avances, bien que vous soyez un Yankee.

Matt prit le verre que lui tendait Curt avec un regard reconnaissant, puis il répliqua :

— J'y aurais répondu avec joie, mademoiselle Olivia.

Il se percha sur le bras du fauteuil de la vieille dame. Comme un neveu préféré, songea Laurel avec une pointe de ressentiment.

— Hélas, il est trop tard, dit Olivia avec un petit soupir.

Jetant un coup d'œil à Laurel, elle ajouta :

— Pourquoi ne t'es-tu pas encore liée avec ce fripon, Laurellie ? Voilà un homme capable de faire vibrer une femme !

A son grand dam, Laurel sentit ses joues s'enflammer, tandis que Matt lui adressait un sourire de félin. Crispée sur son siège, elle garda le silence, maudissant sa carnation délicate.

— Ça c'est une ruse de femme, commenta sa grand-mère en donnant une petite tape sur la cuisse de Matt. Et c'est bon pour le teint. Figurez-vous qu'après un mari et trois amants, j'étais encore capable de rougir délibérément.

Enchantée par le regard meurtrier que sa petite-fille lui lançait, Olivia leva les yeux vers Matt.

— Elle est mignonne, n'est-ce pas ?

— Ravissante, acquiesça Matt, qui s'amusait presque autant qu'elle.

— Elle promet d'avoir des enfants magnifiques.

— Prends un autre verre, maman, suggéra William en voyant les yeux de sa fille étinceler dangereusement.

— Excellente idée.

Olivia tendit son verre à son fils.

— Vous n'avez pas vu le parc, Matthew, enchaîna-t-elle. C'est la période de l'année où il est le plus beau. Laurellie, emmène ce Yankee dehors et montre-lui à quoi ressemble un jardin digne de ce nom.

Laurel foudroya sa grand-mère du regard.

— Je suis sûre que Matthew…

— … en a très envie, la coupa-t-il en se levant.

Elle le foudroya du regard à son tour.

— Je ne…

— … veux pas être impolie, la coupa-t-il de nouveau en lui tendant la main pour l'aider à se lever.

« Oh, si, justement ! » songea Laurel en franchissant la porte-fenêtre. Elle mourait d'envie de se montrer particulièrement grossière avec lui. Mais pas devant sa famille, et il le savait.

— Tu aimes ça, n'est-ce pas ? déclara-t-elle d'une voix sifflante quand ils furent hors de portée de voix.

— Qu'est-ce que j'aime ?

— Me mettre hors de moi.

— Il est impossible de ne pas aimer une chose pour laquelle on est aussi doué.

A son grand dam, Laurel ne put s'empêcher de pouffer.

— Très bien, voici le jardin, dit-elle avec un geste du bras. Mais tu n'as pas plus envie de le voir que moi de te le montrer.

— Faux, dit-il en lui prenant la main.

— Lâche-moi !

Irritée, Laurel tenta de dégager sa main. En vain.

— Qu'est-ce que c'est que cette nouvelle habitude ? lança-t-elle avec humeur.

— Je viens de découvrir que j'aimais beaucoup ça aussi.

Il l'entraîna dans l'une des étroites allées qui sinuaient au milieu des massifs de fleurs.

— Et de toute façon, si tu ne fais pas semblant de me faire les honneurs du jardin, Olivia trouvera autre chose.

Il avait raison, reconnut intérieurement Laurel. Elle

était obligée de supporter Matt… Mais, après tout, le soleil éclaboussait l'horizon d'un rouge flamboyant et des parfums exquis embaumaient l'air. Il y avait trop longtemps qu'elle n'avait pas pris le temps de flâner dans le jardin au crépuscule.

Ils passèrent sous une treille voûtée, ruisselante de glycine. Les oiseaux de jour commençaient à s'assoupir et ceux de la nuit n'étaient pas encore réveillés.

— C'est le moment de la journée où j'apprécie le plus le jardin, déclara spontanément Laurel. On peut presque voir des femmes en crinoline s'y promener dans des bruissements d'étoffe. Ainsi que des musiciens dans le kiosque à musique et des guirlandes de lanternes multicolores dans les arbres.

Il se doutait bien que Laurel avait tendance à être sentimentale et un peu rêveuse comme son frère, songea Matt. Cependant, jusque-là, elle s'était bien gardée de lui dévoiler cet aspect de sa personnalité. Et si elle venait de se trahir, ce n'était pas intentionnel, c'était l'effet des émotions que le jardin faisait naître en elle. Quels étaient ses autres points faibles ? se demanda-t-il en effleurant ses doigts.

— De tout temps, le jardin a exhalé les mêmes parfums que ce soir, murmura-t-il.

La peau délicate de Laurel était encore plus splendide dans la lumière orangée du couchant, se dit-il avant d'ajouter :

— Suaves et subtils.

— Quand j'étais petite, il m'arrivait de sortir dans le jardin en m'inventant des rendez-vous.

Elle eut un petit sourire nostalgique.

— Parfois, il était brun et élégant. Parfois, blond et athlétique. Mais toujours dangereux et peu recommandable. Le genre d'homme dont un père ne voudrait surtout pas pour sa fille.

Laissant échapper un petit rire, elle effleura du bout des doigts un camélia blanc, cireux.

— C'est curieux que j'aie eu ce genre de fantasmes alors que mon père savait pertinemment que j'étais beaucoup trop ambitieuse et pragmatique pour m'enticher d'un...

Laurel se tourna vers Matt et sa voix s'estompa. Comme il était proche... Si proche que c'était son parfum qui la troublait et non plus celui des fleurs. C'était son souffle qui caressait sa peau à la place de l'air chaud du soir. Dans la lumière vaporeuse et magique, aux reflets dorés teintés de rose, il ressemblait beaucoup trop à un de ces hommes dont elle aurait pu rêver...

Matt effleura du bout des doigts la veine qui battait au poignet de Laurel. Son pouls était irrégulier, mais cette fois, ce n'était pas parce qu'elle était en colère, il en avait la certitude.

— T'enticher d'un quoi ?

— D'un voyou, répondit Laurel au bout d'un moment.

Ils parlaient à voix basse, comme s'ils se confiaient des secrets. Le soleil descendait peu à peu et les ombres s'allongeaient.

Matt avait un visage énergique, songea Laurel. Le visage d'un homme toujours prêt à affronter les problèmes sans se dérober. Il arborait souvent un air circonspect qui ne laissait rien deviner de ses pensées. Peut-être était-ce pour cela qu'il parvenait à soutirer des informations aux gens avec une telle facilité. Elle laissa ses yeux s'attarder sur ses lèvres. Comment avait-elle fait pour ne pas remarquer plus tôt à quel point sa bouche était sensuelle ? A moins qu'elle n'ait préféré ne rien voir ? Cette bouche pouvait sans doute être douce, mais aussi et surtout avide, exigeante. Si elle se penchait légèrement...

Laurel tressaillit. Son pouls s'accéléra sous les doigts de Matt et elle dégagea sa main d'un mouvement vif. Mon Dieu, que lui arrivait-il ? Elle avait été sur le point de se ridiculiser ! S'il savait quelles pensées lui avaient traversé l'esprit, il en ferait des gorges chaudes pendant des mois…

— Nous ferions mieux de rentrer, déclara-t-elle d'un ton qu'elle espérait posé. Il est presque l'heure de dîner.

Matt réprima l'envie de la retenir pour prendre le baiser qu'elle avait failli lui donner. Mais s'il flanchait, il réduirait à néant l'infime progrès qu'il venait d'accomplir. Il la désirait depuis longtemps — trop longtemps. Et s'il avait choisi d'attendre, c'était parce qu'il avait tout de suite compris que, pour la conquérir, il lui faudrait emprunter des chemins détournés. Ce qui n'était pas pour lui déplaire, à vrai dire.

Il fallait donc à tout prix rester patient. Certes. Mais Laurel méritait tout de même d'être punie pour la frustration qu'elle venait de lui faire endurer.

— Déjà ? lança-t-il avec une moue ironique. Si Olivia t'avait envoyée dans le jardin avec Cartier, je suis sûr que tu n'aurais pas écourté la promenade.

— Elle ne m'aurait jamais envoyée ici avec Jerry, rétorqua Laurel sans réfléchir, avant de se maudire intérieurement.

— Ah…

Le sourire narquois de Matt la hérissa.

— Ne commence pas avec Jerry !

Il prit un air innocent.

— Que veux-tu dire ?

— C'est un homme charmant, déclara-t-elle d'un ton crispé. Il est extrêmement courtois et… et gentil.

Matt éclata d'un rire sonore.

— Dieu me préserve d'être qualifié un jour de gentil !

Elle darda sur lui un regard noir.

— Ça ne risque pas de t'arriver. Toi, tu es insupportable.

— Je préfère nettement.

Incapable de se retenir, il se rapprocha d'elle et emprisonna sa chevelure dans une de ses mains.

— Je n'ai aucune envie d'être charmant, ni courtois, ni gentil.

Déglutissant péniblement, Laurel s'efforça d'ignorer les frissons qui la parcouraient. Il avait à peine effleuré sa nuque. Etait-il possible que cela lui fasse un tel effet ?

— Tu n'as rien à craindre, rétorqua-t-elle d'une voix mal assurée. Tu es odieux, grossier et…

— Dangereux ? suggéra-t-il en se penchant vers elle jusqu'à ce que leurs bouches ne soient plus qu'à quelques millimètres l'une de l'autre.

— Ne me fais pas dire des choses que je ne pense pas, Matthew Bates.

Pourquoi avait-elle l'impression d'être à bout de souffle après une course éperdue ? se demanda-t-elle en tentant de maîtriser les battements de son cœur. Reculant d'un pas, elle se heurta au mur de la treille. Elle voulut le contourner en faisant un pas de côté, mais Matt fut plus rapide qu'elle et lui barra le passage.

— Tu bats en retraite, Laurellie ?

Non, ce n'était pas seulement de la colère, songea Matt en observant la veine qui battait frénétiquement à la base du cou de la jeune femme. Pas cette fois.

A son grand dam, Laurel sentit une chaleur délicieuse l'envahir. Ses épaules se redressèrent. Son menton se releva.

— Je n'ai aucune raison de battre en retraite devant toi. Cependant, il m'est déjà assez pénible de devoir te supporter tous les jours au *Herald*. Je ne vois pas pourquoi je devrais en plus gâcher mes moments de loisir en ta compagnie. Je rentre parce que j'ai faim, conclut-elle en criant presque.

Ecartant Matt d'un geste brusque, elle repartit vers la maison d'un pas vif.

Immobile, il la suivit des yeux. Ces cheveux soyeux

qui se balançaient, cette démarche souple, cette colère bouillonnante… C'était vraiment une femme extraordinaire. L'amour avec elle serait une expérience inoubliable. Qu'il avait l'intention de vivre très bientôt.

2

Sa colère de la veille n'étant toujours pas retombée, Laurel décida de se rendre au journal à pied. Une demi-heure de marche dans l'air doux du matin l'aiderait à se calmer. Elle en profiterait pour faire du lèche-vitrines et pour prêter l'oreille aux conversations des gens dans la rue.

La ville, comme la maison de ses ancêtres, était pour Laurel un objet d'amour sans limites. Il ne lui semblait pas contradictoire d'être à la fois sensible à la beauté intemporelle de *Promesse d'amour* et à l'agitation trépidante du centre-ville. Depuis toujours, elle évoluait entre les deux mondes, parfaitement à l'aise dans l'un comme dans l'autre. Elle était ambitieuse — et romantique. D'une nature à la fois pragmatique et rêveuse, elle ne s'était jamais sentie déchirée entre les deux univers. Toutefois, ce matin, elle préférait le bruit et la bousculade de la rue au souvenir du jardin au crépuscule…

Que mijotait Matt ? se demanda-t-elle une énième fois en enfonçant les mains dans ses poches. Elle le connaissait assez bien pour savoir qu'il agissait rarement sans raison. Et c'était la première fois qu'il avait une attitude ambiguë avec elle. Elle adressa une grimace à son reflet, dans la vitrine d'un magasin. A vrai dire, Matt ne l'avait pratiquement jamais touchée depuis qu'ils se connaissaient. Mais hier soir… hier soir, ses doigts avaient effleuré son poignet, puis sa nuque, comme par accident.

Mais c'était intentionnel, elle en était certaine. Sa propre réaction, en revanche, avait été tout à fait involontaire. Et d'une intensité extraordinaire…

Mais ce qu'elle avait ressenti, ce n'était pas de l'excitation, se dit-elle aussitôt. Seulement de la surprise. D'ailleurs, ce matin, ce trouble lui paraissait irréel. Au crépuscule, l'atmosphère du jardin était particulièrement romantique, et elle y avait toujours été très sensible. C'était pour cela qu'elle s'était surprise à faire des confidences à Matt. Et que, l'espace d'un instant, elle avait eu très envie qu'il la prenne dans ses bras…

Fleurs et coucher de soleil. Le genre de décor dans lequel une femme trouverait séduisant le diable en personne. Heureusement, elle avait recouvré son sang-froid avant de se ridiculiser !

Et puis il y avait eu sa grand-mère… Laurel réprima un soupir en attendant au bord du trottoir que le feu passe au rouge. D'ordinaire, les commentaires provocateurs d'Olivia ne l'embarrassaient pas le moins du monde. Mais hier, celle-ci était allée beaucoup trop loin quand elle avait insinué que Matthew Bates était exactement l'homme qu'il fallait à sa petite-fille.

Celui-ci avait bu du petit-lait, se rappela-t-elle avec exaspération. Il était aussi impossible qu'Olivia — sans avoir son charme, toutefois. Laurel embrassa du regard la ville autour d'elle. Gaz d'échappement, foule, chaleur. Elle l'aimait pour ce qu'elle était : ancrée dans la réalité. Et elle n'allait pas laisser un incident absurde ayant eu pour cadre un monde imaginaire gâcher sa journée. Déterminée à oublier ce moment d'égarement et l'homme qui l'avait provoqué, elle s'apprêta à traverser.

— Bonjour, Laurellie.

Elle faillit trébucher sous le coup de la surprise en sentant une main lui saisir le bras. Bon sang, n'y avait-il donc aucun endroit à La Nouvelle-Orléans où elle pouvait lui échapper ? Relevant le menton, elle toisa Matt d'un air dédaigneux.

— Panne de voiture ? demanda-t-elle.

L'arrogance lui allait bien, se dit Matt. Aussi bien que la colère…

— Non, c'est juste le temps idéal pour marcher, répliqua-t-il d'un ton léger en l'entraînant sur la chaussée. Pas question de lui avouer qu'il l'avait vue partir à pied et qu'il avait décidé de la suivre…

Laurel s'empressa de dégager son bras dès qu'ils eurent traversé. Pourquoi n'avait-elle pas pris sa voiture comme d'habitude ? se demanda-t-elle avec agacement. A moins de faire un scandale en pleine rue, elle était maintenant obligée de continuer le chemin avec lui. Et à en juger par son air réjoui, il lisait dans ses pensées, se dit-elle en lui jetant un coup d'œil. Réprimant l'envie de lui donner un grand coup sur la tête avec son sac, elle lui adressa un sourire froid.

— Tu as eu l'air de bien t'amuser, hier soir.

— J'aime beaucoup ta grand-mère. Elle est belle, déclara-t-il avec une telle simplicité que Laurel plissa le front, déconcertée.

En souriant, il lui effleura le nez du bout du doigt.

— C'est interdit ?

Haussant les épaules, elle se remit en marche. Il y avait un tel monde sur le trottoir qu'elle avait toutes les peines du monde à éviter que leurs bras ne se frôlent. Comment réussir à le détester quand il faisait preuve d'une sincérité aussi désarmante ?

— Tu l'encourages, dit-elle en s'efforçant de prendre un ton réprobateur.

— Elle n'en a aucun besoin. Mais il est vrai que ça m'amuse d'abonder dans son sens.

Laurel ne put s'empêcher de sourire.

— Tu ne sembles pas lui en vouloir d'essayer de…

— Nous pousser dans le même lit ? suggéra-t-il au grand dam de Laurel, qui détestait cette habitude qu'il avait prise de terminer ses phrases à sa place. Je pense que malgré sa grande... ouverture d'esprit, Olivia a quelque chose de plus durable en tête. Pour m'appâter, elle m'a fait miroiter la maison.

Suffoquée, Laurel resta sans voix. Mais devant le sourire malicieux de Matt, elle retrouva vite son sens de l'humour.

— Tu ferais mieux de t'assurer qu'elle te lègue également de l'argent. La maison coûte une fortune à entretenir.

— J'avoue que c'est tentant.

Matt enroula une mèche des cheveux de la jeune femme autour de ses doigts.

— La... maison n'est pas le genre de présent qu'il est facile de refuser.

A travers ses cils, elle lui lança un regard mutin. C'était la première fois qu'elle le regardait ainsi, se dit-il, profondément troublé. L'étincelle malicieuse qui dansait dans ses yeux était mêlée de sensualité.

— Matthew, tu vas m'obliger à prendre Jerry plus au sérieux.

« Si tu fais ça, je le tuerai », songea-t-il, l'estomac noué par le désir.

— Si tu fais ça, Olivia te déshéritera, déclara-t-il à voix haute.

Laurel pouffa et lui prit spontanément le bras.

— Ah, quel dilemme ! Mon héritage ou mes affinités... Dommage pour nous que tu ne sois pas mon genre.

Ils arrivèrent devant l'immeuble du *Herald* et Matt posa la main sur la porte vitrée avant que Laurel ait le temps de l'ouvrir.

— Dans ce cas, tu vas m'obliger à te faire changer d'avis, déclara-t-il posément.

Laurel arqua les sourcils, perplexe. Toute trace de malice

avait disparu du regard de Matt et il semblait soudain très sérieux. Pourquoi n'avait-elle jamais remarqué ses brusques changements d'humeur ? Certes, elle avait jusqu'à présent pris soin de lui prêter aussi peu d'attention que possible. Dès l'instant où il avait pénétré dans la salle de rédaction, le premier jour, elle avait décidé que ce serait plus prudent. Toutefois, il n'était pas question de le laisser avoir le dernier mot.

Elle poussa la porte avec une moue dédaigneuse.

— Aucune chance, lança-t-elle.

Matt s'écarta pour la laisser passer et la suivit du regard tandis qu'elle traversait le hall bondé. Même s'il n'avait pas été attiré par elle depuis le début, cette réflexion l'aurait incité à se battre pour la conquérir… Il avait toujours aimé les paris risqués. Or, Laurel venait de lui lancer un défi.

Un sourire gourmand aux lèvres, il se dirigea vers les ascenseurs.

Laurel passa la matinée à l'extérieur afin d'interviewer le directeur d'un bureau d'études pour l'aménagement de la voie publique. Ecrire un article sur la réfection des routes et les panneaux de déviation n'était pas particulièrement exaltant, mais c'était son rôle de journaliste. Son travail consistait à recueillir les faits, même les plus rébarbatifs, puis à en rendre compte dans des articles. Avec un peu de chance, celui-ci paraîtrait en page deux. Et avec encore plus de chance, l'après-midi lui apporterait un sujet plus intéressant…

Les couloirs, rarement déserts, étaient assez calmes en fin de matinée. Certains journalistes revenaient comme elle de mission, et d'autres étaient sur le départ, mais la plupart se trouvaient déjà sur le terrain ou à leur bureau. Adressant un signe de la main à un collègue qui passait d'un pas vif en grignotant une barre de céréales en guise de déjeuner, elle commença à structurer mentalement le premier paragraphe de son article. Absorbée dans ses pensées, elle heurta quelqu'un, et le contenu d'un sac de femme se répandit sur le sol.

— Oh !

Sans prendre la peine de regarder qui elle venait de bousculer, Laurel s'accroupit pour ramasser les objets éparpillés.

— Excusez-moi, je ne regardais pas où j'allais.

— Ce n'est rien.

Laurel vit une main délicate ramasser une enveloppe en papier kraft. Les doigts fins tremblaient de manière impressionnante. Inquiète, Laurel leva les yeux sur une jeune femme blonde au visage agréable et aux yeux rougis, dont les lèvres tremblaient autant que les mains.

— Vous ai-je fait mal ?

Instinctivement, Laurel serra les mains de la jeune femme dans les siennes. Un animal errant, un oiseau blessé, un inconnu en difficulté… Elle était incapable de résister à l'élan qui la poussait vers les êtres désarmés.

La jeune femme ouvrit la bouche, puis la referma en secouant vivement la tête. Laurel sentit ses mains trembler de plus belle. Quand les premières larmes roulèrent sur les joues pâles de l'inconnue, elle oublia instantanément les notes griffonnées dans son calepin et l'article à rédiger. Aidant la jeune femme à se relever, elle l'entraîna à travers le labyrinthe de couloirs jusqu'au bureau vitré du rédacteur en chef.

— Asseyez-vous, dit-elle en indiquant un fauteuil de cuir râpé. Je vais vous chercher de l'eau.

Sans attendre de réponse, elle ressortit de la pièce. A son retour, la jeune femme s'était reprise, mais son regard était toujours celui d'un animal blessé.

— Buvez ça, dit-elle en lui tendant un gobelet.

Elle s'assit sur un accoudoir du fauteuil et attendit.

Les bruits de la salle de rédaction leur parvenaient assourdis. De toute façon, c'était un moment de la journée relativement calme : il restait encore plusieurs heures avant l'affolement du bouclage. La jeune femme semblait en proie à un profond désarroi... De toute évidence, elle faisait des efforts désespérés pour ne pas éclater en sanglots. Malgré les dizaines de questions qui tourbillonnaient dans son esprit, Laurel garda le silence pour lui laisser un peu de répit.

— Je suis désolée, finit par dire l'inconnue en écrasant le gobelet vide entre ses doigts. Je n'ai pas l'habitude de m'effondrer ainsi.

— Ce n'est rien, assura Laurel d'un ton compatissant. Je m'appelle Laurel Armand.

— Susan Fisher.

Celle-ci fixait à présent ses genoux d'un air absent.

— Puis-je vous aider ? demanda Laurel.

Cette question faillit déclencher un nouvel accès de larmes chez Susan. Pourquoi des paroles aussi banales lui donnaient-elles le sentiment de se trouver dans une situation désespérée ? se demanda-t-elle.

— Je ne sais pas pourquoi je suis venue ici, commença-t-elle d'une voix hésitante. Je ne savais plus où aller. La police...

La curiosité de la journaliste s'éveilla aussitôt en Laurel, une curiosité mêlée de compassion. Mais les deux sentiments lui étaient trop naturels pour qu'elle y prête attention. Elle posa la main sur l'épaule de la jeune femme.

— Je travaille ici. Vous pouvez me parler en toute confiance. Peut-être pourriez-vous commencer par le commencement ?

Susan lui jeta un regard indécis. Elle ne savait plus à qui faire confiance, ni même si elle voulait croire que ce mot signifiait encore quelque chose. Son interlocutrice semblait si calme, si sûre d'elle… Sa vie n'avait sûrement jamais été plongée dans le chaos. Pourquoi écouterait-elle ce que tout le monde refusait d'entendre ?

Les yeux bleus de Susan étaient clairs, transparents et ils exprimaient une sensibilité à fleur de peau. Pourquoi la faisaient-ils penser à Matt, qui était le détachement personnifié ? se demanda Laurel avec surprise. Elle posa une main sur celle de Susan.

— Si c'est en mon pouvoir, je vous aiderai.

— Ma sœur…

Susan prit une profonde inspiration avant de poursuivre.

— Ma sœur Anne a rencontré Louis Trulane il y a un an.

Louis Trulane ? Les doigts de Laurel se crispèrent sur la main de Susan. Souvenirs doux-amers, nostalgie de l'enfance… Quels liens cette jeune femme bouleversée pouvait-elle avoir avec Louis ?

— Poursuivez, dit Laurel en s'efforçant de rester impassible.

— Ils se sont mariés moins d'un mois après leur rencontre. Anne était tellement amoureuse… Nous avions… Nous partagions un appartement à l'époque. Elle ne parlait que de Louis et de son prochain emménagement dans la demeure ancestrale des Trulane… Le *Domaine du chêne*. Vous la connaissez ?

Assaillie par une foule d'images, Laurel hocha la tête.

— Oui.

— Anne m'a envoyé des photos. J'avais du mal à l'imaginer en maîtresse de maison d'un endroit aussi prestigieux. Ses lettres ne parlaient que de la propriété. Et de Louis, bien entendu.

Susan eut un sourire attendri.

— Elle était si heureuse… Ils envisageaient déjà de fonder une famille. J'avais fini par m'organiser pour prendre des congés. Je m'apprêtais à leur rendre visite quand j'ai reçu la lettre de Louis.

Laurel pressa la main de la jeune femme.

— Elle était morte...

Il y avait une note d'incrédulité dans la voix éteinte de Susan.

— Anne était morte, reprit-elle. Louis m'écrivait que... qu'elle était allée se promener dans le marécage après la tombée de la nuit. Une morsure de vipère cuivrée, disait-il. S'il l'avait retrouvée plus tôt... mais le lendemain matin, il était trop tard.

Susan pinça les lèvres, s'exhortant à ne pas pleurer. Le temps des larmes était terminé.

— Elle n'avait que vingt et un ans et elle était si belle...

— Ç'a dû être très pénible pour vous de l'apprendre de cette manière. C'est un terrible accident.

— Un meurtre, rectifia Susan d'une voix soudain très calme. C'est un meurtre.

Laurel la regarda longuement. L'impulsion qui l'avait d'abord poussée à réconforter la jeune femme laissait peu à peu place à la perplexité.

— Anne Trulane est morte des suites d'une morsure de serpent et d'hypothermie. Pour quelles raisons pensez-vous qu'il s'agit d'un meurtre ?

Susan se leva et se dirigea vers la fenêtre. Laurel Armand ne lui avait pas tapoté la main avec un air de commisération, elle avait l'air de vouloir l'écouter... Peut-être tout espoir n'était-il pas perdu ?

— Je vais vous répéter ce que j'ai dit à Louis et à la police.

Elle prit une profonde inspiration.

— Anne et moi étions très proches. C'était quelqu'un d'extrêmement sensible. Elle avait la douceur d'une enfant sans pour autant être puérile. Il faut que vous compreniez que je connaissais Anne aussi bien que je me connais moi-même.

Songeant aux liens qui l'unissaient à Curt, Laurel hocha la tête.

— Je comprends.

— Depuis toute petite, Anne avait peur du noir. C'était une véritable phobie. La nuit, elle allumait toujours la lumière avant d'entrer dans une pièce. Ce n'était pas une simple habitude, mais un geste de défense contre une de ces terreurs enfantines dont certaines personnes ne se débarrassent jamais. Vous voyez ce que je veux dire ?

Songeant à sa propre phobie, qui la poursuivait depuis l'enfance, Laurel hocha de nouveau la tête.

— Oui, très bien.

Susan s'écarta de la fenêtre.

— Anne aimait beaucoup la maison, mais la proximité du marécage la perturbait. Elle m'avait écrit que c'était pour elle comme un placard sombre dans lequel elle était incapable d'entrer. Elle l'évitait même en plein jour. Elle aimait Louis, lui faire plaisir était ce qu'elle désirait le plus au monde. Pourtant, même pour lui, elle ne pouvait pas se résoudre à approcher du marécage.

Susan se tourna vers Laurel avec un regard suppliant.

— Il faut absolument que vous compreniez qu'elle adorait Louis, mais que ça ne l'empêchait pas d'être incapable de surmonter cette peur panique. C'était plus fort qu'elle. Elle pensait que le marécage était hanté… Elle en était même arrivée à se persuader qu'elle y voyait parfois des lumières. Jamais elle ne s'y serait aventurée seule, surtout la nuit.

Laurel resta un instant silencieuse, tandis que les pensées tourbillonnaient dans son esprit.

— C'est pourtant là qu'on l'a trouvée…, dit-elle d'un ton pensif.

— Parce que quelqu'un l'y a entraînée.

Laurel étudia attentivement Susan. Elle n'avait plus le même air désemparé qu'au début de leur entretien. Bien sûr, ses yeux étaient toujours rouges et ses paupières gonflées, mais il y avait dans son regard une résolution impressionnante. Cette fille était convaincue d'avoir raison. Peut-être était-ce le chagrin qui l'égarait... Laurel repensa néanmoins à l'histoire qu'elle venait d'entendre, en la rapprochant de ce qu'elle savait de la mort d'Anne Trulane.

Les enquêteurs n'avaient pas réussi à déterminer pour quelles raisons la jeune épouse de Louis s'était rendue seule dans le marécage en pleine nuit. Bien qu'ayant grandi au milieu des marais et des bayous, elle-même aurait hésité à s'aventurer dans un endroit aussi traître après le coucher du soleil, reconnut intérieurement Laurel. Les dangers y étaient multiples. Insectes, serpents, sables mouvants...

Après la tragédie, Louis Trulane avait fui la presse. Aucune interview, aucune déclaration. Dès que l'enquête avait été terminée, il s'était cloîtré au *Domaine du chêne*.

Tout en observant Susan, Laurel pensait à Louis et se sentait partagée entre des sentiments contradictoires. Mais son instinct de journaliste était plus fort que tout le reste. Les pourquoi de la vie exigeaient toujours une réponse...

— Pourquoi êtes-vous venue au *Herald*, Susan ?

— Hier soir, dès mon arrivée, j'ai rendu visite à Louis. Il n'a pas voulu m'écouter. Ce matin, je suis allée au commissariat.

Susan leva les mains dans un geste de découragement.

— Affaire classée. Sans réfléchir, je suis venue ici. Peut-être aurais-je mieux fait d'engager un détective privé, mais...

Elle secoua la tête.

— Même si c'était la solution, je n'ai pas assez d'argent. Je sais que les Trulane sont une famille puissante et respectée, mais il doit bien y avoir un moyen de faire éclater la vérité. Ma sœur a été assassinée.

La voix de Susan trembla légèrement, et la couleur qui avait momentanément coloré ses joues s'estompa de nouveau.

« Elle n'est pas aussi forte qu'elle le voudrait », songea Laurel en se levant.

— Accepteriez-vous de me faire confiance, si je vous proposais de m'occuper de cette affaire ?

Susan passa nerveusement la main dans ses cheveux. Pas question de s'effondrer au moment où quelqu'un lui offrait enfin l'aide dont elle avait tant besoin.

— Il faut bien que je fasse confiance à quelqu'un.

— Très bien.

S'il y avait matière à article — et son flair lui disait que c'était le cas —, il n'était pas question de se laisser influencer par son propre passé, décida Laurel.

— J'ai d'abord quelques détails à régler, poursuivit-elle. Il y a une machine à café dans le hall. Allez vous servir et attendez-moi à proximité. Quand j'aurai terminé, nous irons déjeuner et nous discuterons plus longuement.

— Merci, dit Susan en prenant son sac.

— Il est trop tôt pour me remercier. Pour l'instant, je n'ai encore rien fait.

Susan s'immobilisa sur le seuil.

— Si, vous m'avez écoutée.

Pensivement, Laurel regarda la jeune femme se frayer un chemin à travers les bureaux dans la salle de rédaction. Anne Trulane... Louis... Elle laissa échapper un soupir. Mon Dieu, dans quel guêpier était-elle sur le point de se fourrer ?

Avant qu'elle ait le temps de trouver une réponse, le rédacteur en chef pénétra dans le bureau, manifestement contrarié.

— Bon sang, Laurel, nous sommes dans un journal,

pas à « S.O.S. Cœurs brisés » ! Quand une de tes amies se dispute avec son jules, trouve un autre bureau pour éponger ses larmes. Allez, dehors.

Et il se laissa tomber derrière sa table de travail, encombrée de dossiers.

— De plus, je te rappelle que tu as un article à écrire, ajouta-t-il d'un ton rogue.

Laurel se percha sur un coin du bureau. Don Ballinger était son parrain et l'avait souvent fait sauter sur ses genoux quand elle était enfant. Malgré son affection pour elle, le journal passait avant tout. Et elle n'en attendait pas moins de lui.

— C'était la sœur d'Anne Trulane, précisa-t-elle sans se laisser intimider par son regard noir.

— Trulane ?

Don Ballinger fronça les sourcils.

— Que voulait-elle ?

Laurel ramassa le morceau de pyrite que Don utilisait comme presse-papiers et se mit à jouer machinalement avec.

— Prouver que sa sœur a été assassinée.

Laissant échapper un grognement dédaigneux, Don prit une cigarette dans un tiroir, la caressa avec délicatesse, mais ne l'alluma pas. Il n'en avait pas allumé une seule depuis seize jours, dix heures… vingt-deux minutes.

— Morsure de serpent et hypothermie après une nuit dehors, ça n'a rien d'un meurtre. Et ton article sur le bureau d'études ?

— Susan Fisher m'a dit qu'Anne avait la phobie de l'obscurité, insista Laurel. Et que, dans ses lettres, elle parlait du marécage : elle n'y avait jamais mis les pieds et n'en avait aucune intention.

— De toute évidence, elle a changé d'avis.

— Ou quelqu'un l'y a entraînée…

— Laurel !

— Don, laisse-moi fouiner un peu, s'il te plaît.

Tout en parlant, Laurel regardait le presse-papiers scintillant. La pyrite de cuivre ressemblait à s'y méprendre à de l'or. Les apparences étaient parfois trompeuses. Souvent, même…

— Ça ne coûte rien, plaida-t-elle. Au pire, je pourrai écrire un portrait psychologique.

Don fit glisser sa cigarette entre ses doigts avec un regard de convoitise.

— Ça ne va pas plaire à Trulane.

— Je peux me charger de Louis, déclara-t-elle avec plus d'assurance qu'elle n'en avait réellement. Il y a quelque chose qui cloche dans cette histoire, Don. On n'a jamais pu expliquer pourquoi Anne Trulane était allée seule dans le marécage. En chemise de nuit.

Don et elle connaissaient les rumeurs qui avaient circulé. Anne avait un amant… Louis l'avait enfermée dans la maison… Elle avait réussi à s'échapper et elle s'était perdue…

Don mit la cigarette dans sa bouche et mordit le filtre. Tout ce qui concernait les Trulane intéressait les lecteurs, il le savait.

— D'accord, dit-il. Après tout, cette histoire fait encore partie de l'actualité.

Mais, avant que Laurel eût le temps de se réjouir d'avoir gagné le premier round, il ajouta :

— Bates a couvert l'affaire. Fais équipe avec lui.

— Faire équipe avec Bates ? s'exclama Laurel, outrée. Je n'ai pas besoin de lui ! C'est *mon* article.

— Mais c'est *son* domaine. Et tant qu'il n'y a aucun fait tangible, il n'y a pas d'article.

— Bon sang, Don, Matthew Bates est insupportable ! Je ne suis pas une petite débutante qui a besoin d'un mentor, et…

— Il a les contacts, les sources, ainsi qu'une parfaite connaissance du contexte.

Don se leva.

— Au *Herald,* on ne se tire pas dans les pattes, Laurel. Bates et toi, vous faites équipe, un point c'est tout.

Don passa la tête par l'encadrement de la porte.

— Bates !

— C'est moi qui connais les Trulane, marmonna Laurel. Bates ne servira à rien d'autre qu'à me gêner.

— Tu as toujours eu tendance à bouder pour un rien, commenta Don en se rasseyant à son bureau.

— Je ne boude pas ! protesta la jeune femme, au comble de l'exaspération.

Au même instant, Matt entra dans la pièce d'un pas nonchalant.

— Un problème ? demanda-t-il en arquant les sourcils.

Réprimant l'envie de déverser sa rage sur lui, Laurel se laissa tomber dans un fauteuil. Avec Matthew Bates dans les parages, il y avait *toujours* un problème...

— Ne fais pas cette tête, dit Matt quelques instants plus tard. Cette enquête promet d'être très instructive pour toi.

— Tu n'as rien à m'apprendre, rétorqua sèchement Laurel en se dirigeant vers l'ascenseur à grands pas.

— Ça reste à prouver.

Matt réprima un sourire. Quand elle faisait la moue, elle était à croquer...

— Je te rappelle que ce n'est pas avec une débutante que tu vas travailler, mais avec une coéquipière.

Les poings crispés, Laurel enfonça les mains dans ses poches.

— Si Don a insisté pour que nous fassions équipe, c'est uniquement parce que tu as couvert l'enquête de police. Tu pourrais nous simplifier la vie à tous les deux en te contentant de me remettre tes notes.

— Je ne confie jamais mes notes à personne.

— Et moi, je n'ai aucune envie de t'avoir sur le dos pendant mes recherches. C'est *mon* article.

— Tu as vraiment du mal à avaler la pilule, n'est-ce pas ?

Il eut un sourire narquois.

— Ton papa ne t'a jamais dit qu'apprendre à partager formait le caractère ?

Furieuse, Laurel pénétra dans la cabine qui venait d'arriver et appuya sur le bouton du rez-de-chaussée.

— Va au diable !

Elle ne s'attendait sans doute pas qu'il fasse cela, songea Matt en appuyant sur un autre bouton. Eh bien, ce serait sa première leçon… Avant qu'elle ne puisse comprendre ses intentions, la cabine s'immobilisa entre deux étages.

Laurel resta bouche bée quand Matt la plaqua contre la paroi de la cabine.

— Prends garde à ne pas aller trop loin, dit-il à voix basse. Sinon, gare au retour de bâton.

Laurel avait la gorge tellement sèche qu'elle en était douloureuse. Jamais elle n'avait vu à Matt un regard aussi étincelant. C'était impressionnant. Et fascinant… Curieusement, elle avait réussi à se convaincre qu'il n'avait aucun caractère, mais à présent qu'elle avait la preuve du contraire, elle n'était pas surprise. Non, pas de doute. Ce n'était pas la surprise qui faisait courir des frissons sur sa peau…

Elle ne criait pas, mais elle devait avoir peur, se dit Matt. S'il avait une once de bon sens, il la laisserait tranquille, maintenant qu'il avait mis les choses au point. Mais un an, c'était très long…

— Je crois que je vais me défouler maintenant, avant que nous ne commencions notre collaboration.

Il se pencha et la jeune femme ouvrit de grands yeux ébahis.

— Surprise, Laurellie ? demanda-t-il en souriant à quelques millimètres de ses lèvres.

Pourquoi restait-elle inerte ? se demanda Laurel. Son corps refusait d'obéir aux ordres de son cerveau. Pourtant, elle aurait juré que celui-ci intimait à ses bras de repousser Matt. Elle déglutit péniblement. Il avait vraiment des yeux superbes. Incroyablement superbes. Son souffle chaud caressait sa peau, s'insinuait dans sa bouche... Pourtant, elle ne se souvenait pas d'avoir entrouvert les lèvres. Il ne sentait rien d'autre que le savon. Un parfum discret, simple. Délicieux.

S'efforçant de se ressaisir, Laurel se redressa contre la paroi.

— Ne t'avise pas de...

Les mots se perdirent dans un gémissement de plaisir. Ce n'était pas un baiser... Personne n'aurait pu considérer ça comme un baiser. Juste une caresse presque imperceptible. Comme un prélude — ou une menace. Quelqu'un aurait-il coupé les câbles de l'ascenseur ? se demanda confusément Laurel.

Elle était tétanisée. Le corps de Matt — ferme, énergique — se plaqua contre le sien. Aussitôt, son esprit se vida. Malgré la décharge électrique qui la secoua, elle resta clouée sur place. Elle sentait toujours sur sa bouche le souffle chaud de Matt, mais comme dans un rêve. Puis ce fut sa langue, qui dessina lentement le contour de ses lèvres avant de s'insinuer entre elles pour effleurer le bout de sa propre langue. Malgré elle, Laurel laissa échapper un soupir de volupté.

Ce signal presque inaudible de capitulation faillit faire perdre son sang-froid à Matt. Si seulement elle s'était débattue et l'avait repoussé en l'abreuvant d'injures ! Cela aurait été tellement plus facile pour lui... Il était suffisamment irrité contre elle pour en rester là. Mais il ne s'attendait pas du tout qu'elle se soumette aussi facilement. Pas elle. En lui, la colère laissa soudain place à un sentiment de puissance grisant, puis à un désir irrépressible. Peut-être ne s'abandonnerait-elle plus jamais ainsi, se dit-il en mordillant doucement sa lèvre inférieure.

Bon sang, comme il avait envie de faire glisser ce petit corsage impeccable sur ses épaules et de promener ses mains avec lenteur, une infinie lenteur, sur chaque parcelle de son corps… Cette peau veloutée, pâle comme un magnolia, douce comme l'eau de pluie, le rendait fou depuis des mois. C'était le moment ou jamais de s'en délecter, songea-t-il tout en continuant de mordiller la lèvre de Laurel. Il serait si facile de la prendre là, sur le plancher de l'ascenseur, avant qu'ils recouvrent l'un et l'autre leur sang-froid. Ce serait fou, merveilleusement fou ! Elle était toujours figée contre lui, mais la passion qui couvait en elle ne demandait qu'à se déchaîner. C'était évident. Toutefois, il avait prévu une autre stratégie pour séduire Laurel Armand…

En prenant soin de ne pas poser les mains sur elle, il s'écarta en feignant la désinvolture. Pendant cette parenthèse électrisée, elle n'avait pas détaché une seule seconde son regard du sien…

Esquissant un sourire, Matt appuya sur le bouton du rez-de-chaussée. L'ascenseur se remit en route avec une légère secousse.

— Dommage que nous manquions de temps, dit-il en prenant un air dégagé.

Il promena autour de lui un regard ironique avant d'ajouter :

— Et d'espace.

Peu à peu, la brume qui obscurcissait l'esprit de Laurel se dissipa. Elle retrouvait sa lucidité. Les joues écarlates et les yeux étincelants de colère, elle se mit à l'insulter copieusement.

Il fallait reconnaître qu'elle y mettait tout son cœur, songea Matt, admiratif.

— Sais-tu que tu ne prononces plus du tout les « r » quand tu es en colère ? demanda-t-il d'un ton affable. Allons, faisons une trêve, Laurel.

Il leva la main, alors qu'elle reprenait son souffle pour l'agonir de nouveau d'injures.

— Sois au moins professionnelle, jusqu'à la fin de cette mission. Nous pourrons reprendre les hostilités en privé quand nous aurons terminé notre enquête.

Ravalant une réplique cinglante, Laurel serra les dents, tandis que l'ascenseur arrivait à destination. S'ils montraient qu'ils étaient à couteaux tirés, cela risquait d'effrayer Susan Fisher…

— Une trêve *armée*, concéda-t-elle en sortant de la cabine. Recommence ce que tu viens de faire et tu y laisseras des dents.

Matt passa ostensiblement la langue sur ses incisives.

— Ça me paraît raisonnable.

A contrecœur, Laurel serra la main qu'il lui tendait.

— Il semble bien que je vais t'inviter à déjeuner, finalement, ironisa-t-il.

— Tu parles, cela va passer en note de frais !

Avec un large sourire, il lui prit le bras et l'entraîna à travers le hall.

— Cesse de ronchonner, Laurellie. C'est notre premier rendez-vous.

Elle releva le menton avec un grognement de dédain, mais ne retira pas son bras.

3

Ayant eu maintes fois l'occasion de constater que les gens se confiaient plus volontiers dans le brouhaha, Matt avait choisi un restaurant animé du quartier français. Quand Laurel l'avait présenté à Susan Fisher, il avait senti que si celle-ci avait toute confiance en sa coéquipière, elle réservait son jugement à son égard. Il avait donc décidé de laisser Laurel parler dans un premier temps.

Arborant un air bienveillant, il étudiait avec soin chaque parole et chaque geste de Susan. De toute évidence, la mort de sa sœur avait anéanti la jeune femme, mais elle faisait des efforts louables pour tenter de reprendre le dessus. A en juger par le tremblement de ses mains, il lui faudrait du temps pour atteindre cet objectif. Son courage était d'autant plus admirable, pensa-t-il. Elle était manifestement déterminée à aller jusqu'au bout de la tâche qu'elle s'était fixée : faire la lumière sur les circonstances du décès de sa sœur.

Matt jeta un coup d'œil à Laurel et réprima un sourire. Elle était du genre à recueillir tous les chiens errants. Mais s'il se permettait de le lui faire remarquer, il se ferait proprement remettre à sa place, il le savait. Elle ne voulait pas être considérée comme une âme sensible. Surtout par lui. Pour elle, ils étaient collègues, ou plus exactement concurrents. Il avait toujours apprécié cette relation d'égal à égale. Mais après l'intermède de l'ascenseur, il y avait peu de chances qu'elle oublie qu'il était aussi et surtout un homme. De toute façon, il avait bien l'intention de le lui rappeler à la première occasion…

Tout en resservant du café à Susan, il fit un signe discret à Laurel. Le moment était arrivé pour lui de prendre le relais. Elle eut un léger haussement d'épaules. Parfait. De toute évidence, elle avait décidé de respecter la trêve.

— Susan, votre sœur est morte il y a un mois, déclara-t-il d'une voix douce en scrutant le visage de son interlocutrice. Pourquoi avez-vous attendu aussi longtemps avant d'exprimer vos doutes ?

La jeune femme baissa les yeux sur son assiette, qu'elle avait à peine touchée. Par-dessus sa tête, Laurel adressa à Matt un regard agacé. Il pouvait presque entendre sa question : « Qu'est-ce qui te prend ? » Mais elle connaissait son métier et ils formaient déjà une équipe sans avoir eu besoin de préciser leurs rôles respectifs : il interrogeait, elle rassurait.

Laurel posa la main sur le bras de la jeune femme.

— Susan, nous cherchons seulement à vous aider.

— Je sais.

Elle posa sa fourchette et leva la tête. Son regard glissa sur Matt avant de s'arrêter sur Laurel.

— Ce n'est pas facile à reconnaître, mais j'ai très mal réagi à la mort d'Anne. Pour être tout à fait franche, j'ai complètement perdu pied. J'ai cessé de répondre au téléphone. Je me suis terrée chez moi. J'ai perdu mon emploi.

Susan pinça les lèvres. Lorsqu'elle reprit la parole, Matt et Laurel durent tendre l'oreille pour l'entendre dans le vacarme ambiant.

— Le pire, c'est que je ne suis même pas allée à l'enterrement. Je suppose que je refusais d'affronter la réalité. J'étais sa seule famille et je n'étais pas là…

— Ce n'est pas grave. Non, vraiment, insista Laurel

alors que Susan ouvrait la bouche pour protester. Vous l'aimiez. Et en définitive, la seule chose qui compte, c'est ça.

Laurel jeta un coup d'œil furtif à Matt, dont le regard était fixé sur elle. L'espace d'un instant, elle oublia Susan, la mort d'Anne Trulane, le bruit qui régnait dans la salle de restaurant et les odeurs appétissantes qui flottaient dans l'air. C'était étrange. Elle s'attendait à voir briller dans ses yeux une lueur ironique. Mais, curieusement, elle n'y lisait que de la bienveillance, ainsi qu'une question à laquelle elle ne savait pas comment répondre. Sans un mot, Matt prit sa main et la porta à ses lèvres avant de la relâcher.

« Oh, non ! » songea Laurel, prise de panique. Pas lui ! Ce n'était pas seulement impossible, c'était ridicule ! Hébétée, elle prit sa tasse de café. Mais, aussitôt, elle la reposa. Allons bon, ses mains tremblaient… Le regard énigmatique de Matt avait eu sur elle un effet bien plus redoutable que l'ébauche de baiser qu'il lui avait donnée dans l'ascenseur. Comme lui parvenant de très loin, la voix de Susan se fit soudain entendre, et Laurel s'efforça de se concentrer sur les paroles de la jeune femme.

— C'est la semaine dernière que le déclic s'est produit. L'effet du choc devait commencer à s'estomper et je me suis souvenue des lettres. Ça ne collait pas.

Susan fixa Matt comme pour exiger qu'il la croie.

— Chaque fois qu'elle mentionnait le marécage dans ses lettres, c'était pour dire qu'il lui inspirait une profonde répugnance. Par ailleurs, l'obscurité la terrifiait depuis l'enfance. Il est donc impossible qu'elle se soit rendue seule en pleine nuit dans un lieu qui lui faisait doublement peur. Quelqu'un l'y a emmenée, monsieur Bates. Quelqu'un l'a poussée à y aller.

— Pourquoi quelqu'un aurait-il voulu tuer votre sœur ? demanda Matt.

— Je ne sais pas.

Susan crispa les doigts sur le bord de la table, retenant visiblement ses larmes à grand-peine.

— Je n'en ai pas la moindre idée.

— J'ai couvert l'enquête de police pour le journal.

Matt alluma une cigarette. Il n'avait pas envie de se montrer trop brutal avec Susan, mais si elle devait se rétracter, il valait mieux qu'elle le fasse maintenant, avant qu'ils ne commencent à enquêter.

— Votre sœur était ici depuis moins d'un an et ne connaissait pratiquement personne. Son mari et elle sortaient très peu. D'après les domestiques, elle était très amoureuse de lui et ils ne se querellaient jamais. On peut donc exclure les mobiles courants : jalousie, cupidité. En voyez-vous d'autres ?

Susan tourna vers Laurel un regard découragé.

— Je n'aurais pas dû venir.

— Procédons par étapes, suggéra Laurel d'un ton apaisant. Avez-vous apporté les lettres de votre sœur ?

— Oui. Elles sont à l'hôtel.

Matt écrasa sa cigarette.

— Allons y jeter un coup d'œil.

Alors qu'ils traversaient la salle de restaurant et que Susan était hors de portée de voix, Laurel murmura à l'oreille de Matt :

— Elle n'est peut-être plus sous le choc, mais elle reste fragile. Cependant, j'ai l'impression que ses soupçons sont fondés.

— Tu te fies trop à tes impressions, Laurel.

— Que veux-tu dire ?

— Il faut s'en tenir aux faits. Si tu joues au bon Samaritain, tu vas embrouiller les choses.

— J'aurais dû m'en douter, marmonna-t-elle entre ses dents. Dire que tout à l'heure, j'ai cru apercevoir l'espace d'un instant une petite lueur de sensibilité dans tes yeux.

Il eut un large sourire.

— Je regorge de sensibilité. Nous pourrons en reparler plus tard, devant un verre.

— Jamais !

Laurel rejoignit Susan d'un pas vif, puis ignora ostensiblement Matt pendant le trajet en taxi jusqu'à l'hôtel.

Ce dernier était aussi sinistre que le quartier dans lequel il était situé. La condensation gouttait des balcons rouillés et la peinture de la façade s'écaillait, recouverte d'une épaisse couche de crasse mêlée d'humidité, qui fondait les couleurs du bâtiment en une seule. Gris sale.

Les ruelles étroites à la chaussée défoncée étaient sombres et froides. C'était le genre de quartier dans lequel on évitait de s'aventurer la nuit, songea Laurel. Ou qu'on traversait le plus vite possible en jetant des coups d'œil furtifs par-dessus son épaule. D'une fenêtre ouverte de l'autre côté de la rue parvenaient les cris d'une dispute, qui couvraient en partie la musique d'un disque de jazz qui craquait. Un chat squelettique installé sous la véranda émit un crachement hostile quand Susan ouvrit la porte.

Voyant Laurel contourner l'animal avec circonspection, la jeune femme eut une moue contrite.

— Cet endroit a une atmosphère… très particulière.

Promenant son regard sur le hall sombre, Matt lui adressa un sourire complice.

— Vous auriez dû voir l'appartement dans lequel j'habitais à New York quand j'étais jeune.

Le visage de Susan se rasséréna.

— Il a l'avantage de ne pas être cher, fit-elle valoir en se dirigeant vers l'escalier.

Laurel les suivit en fixant le dos de Matt avec perplexité. Une fois de plus, il venait de prouver qu'il n'était pas totalement insensible. Etonnant. Quant à cette allusion désinvolte à sa jeunesse, il fallait bien reconnaître qu'elle piquait sa curiosité. Qui était-il à l'époque ? Comment vivait-il ? A vrai dire, elle avait toujours soigneusement évité de se poser ce genre de questions.

L'endroit était si désert, si calme, que le bruit de leurs pas résonnait sur les marches dépourvues de tapis. Peinture écaillée et graffitis. Laurel étudia le profil de Susan, tandis que celle-ci déverrouillait sa porte. Elle allait la sortir de cet hôtel sordide, se promit-elle. Dès cet après-midi. Surprenant le regard narquois de Matt, elle le foudroya du regard.

— Tu cours après une autre médaille, Laurellie ? murmura-t-il.

— La ferme, Matthew Bates.

Elle pénétra dans la chambre exiguë et sombre de Susan. Meublée d'un lit étroit et d'une commode au bois éraflé, celle-ci n'avait aucun charme.

— C'est bizarre, je suis certaine d'avoir laissé les stores levés, déclara Susan avant de traverser la pièce et de tirer sur le cordon.

Les stores grisâtres remontèrent avec un bruit sec et le soleil se déversa dans la chambre. Puis elle appuya sur un commutateur, et le ventilateur du plafond se mit en marche dans un grincement, brassant l'air chaud.

— Je vous apporte les lettres, dit-elle.

Laurel s'assit au bord du lit.

— De quel quartier de New York es-tu ? demanda-t-elle à Matt.

— Son nom ne te dirait rien.

Il s'assit à côté d'elle avec une moue de dérision.

— T'es-tu déjà aventurée dans le Nord, Laurellie ?

— Je suis allée plusieurs fois à New York, répliqua-t-elle sèchement.

Le sourire moqueur de Matt accrut son exaspération.

— Deux fois, rectifia-t-elle à contrecœur.

— Laisse-moi deviner. L'Empire State Building, Ellis

Island, le siège des Nations unies, le thé au Plaza et un show à Broadway.

— Tu adores prendre cet air supérieur avec moi, n'est-ce pas ?

Du bout des doigts, il effleura la joue de Laurel.

— Oui.

— Savais-tu qu'avec le temps, tu devenais de plus en plus insupportable ?

— Fais attention. Je suis très sensible aux compliments.

Matt prit la main de Laurel et pressa ses lèvres au creux de sa paume. A sa grande joie, la confusion remplaça l'agacement dans les yeux émeraude de la jeune femme.

Derrière eux, Susan ouvrait et refermait frénétiquement les tiroirs de la commode, sans qu'ils y prêtent attention. Enfin, elle jeta des vêtements par terre et fixa le tiroir vide.

— Elles ne sont plus là ! s'écria-t-elle. Elles ont disparu ! Toutes !

S'efforçant de reprendre ses esprits, Laurel se tourna vers elle.

— Que se passe-t-il ?

— Les lettres… Toutes les lettres d'Anne ont disparu !

Se levant d'un bond, Laurel se mit à fouiller dans les vêtements éparpillés sur le sol.

— Vous les avez peut-être rangées ailleurs.

— Non ! Il n'y a aucun autre endroit où j'aurais pu les ranger ! cria Susan, manifestement au bord de la crise de nerfs. Je les ai toutes mises dans ce tiroir. Il y en avait douze.

— Etes-vous bien certaine de les avoir apportées ? demanda Matt avec une moue dubitative.

Prenant une profonde inspiration, Susan se tourna vers lui.

— Absolument certaine. Quand j'ai défait ma valise, je les ai mises dans ce tiroir. Elles y étaient quand je me suis habillée ce matin.

Les mains de la jeune femme tremblaient, mais elle le regardait droit dans les yeux sans ciller, nota Matt.

— Très bien. Je vais voir le réceptionniste.

Après son départ, Susan baissa les yeux sur le corsage roulé en boule qu'elle tenait à la main.

— Quelqu'un est venu dans cette chambre, dit-elle d'une voix tremblante. Je le sais.

Laurel jeta un coup d'œil au store que Susan venait de relever.

— Vous manque-t-il autre chose ?

— Non.

Avec un soupir, Susan laissa tomber le corsage par terre.

— Il n'y a rien à voler ici. Je suppose qu'ils s'en sont vite aperçus. Mais pourquoi ont-ils emporté les lettres d'Anne ? Ça n'a aucun sens…

— Matthew et moi, nous allons nous efforcer d'éclaircir ce point.

A peine eut-elle prononcé ces mots que Laurel se réprimanda intérieurement. Pourquoi faire comme si Matt et elle formaient une équipe soudée ? Elle se pencha pour ramasser les vêtements de Susan.

— Savez-vous taper à la machine ?

Susan la fixa d'un air hébété.

— Oui… Je travaille… Je travaillais comme assistante dans un cabinet médical.

— Parfait. Où se trouve votre valise ? demanda Laurel en pliant les vêtements sur le lit.

— Dans le placard, mais…

— J'ai un logement à vous proposer, ainsi qu'un emploi… si l'on peut dire. Oh, c'est ravissant ! s'exclama-t-elle en secouant le corsage que Susan avait chiffonné.

— Un emploi ? Je ne comprends pas.

— Ma grand-mère vit en dehors de la ville. Depuis que mon frère et moi avons quitté la maison, elle se sent un peu seule.

Ce mensonge avait échappé à Laurel avant qu'elle ait eu le temps de le préméditer.

— Mais... je ne peux pas accepter..., protesta Susan.

— Si vous y tenez vraiment, vous pourrez payer un loyer. Vous savez, grand-mère menace depuis longtemps d'écrire ses mémoires et je commence à être à court d'excuses pour refuser de les taper. Vous verrez, vous ne vous ennuierez pas. Elle a quatre-vingt-deux ans et n'a renoncé aux hommes qu'à... Elle n'y a jamais renoncé, à vrai dire ! Si je n'étais pas accaparée par mon travail, je m'en chargerais volontiers, mais je n'ai vraiment pas le temps. Vous me rendriez un immense service.

— Pourquoi faites-vous cela pour moi ? demanda Susan. Vous ne me connaissez pas.

— Parce que vous avez des problèmes et que je suis en mesure de vous aider.

— C'est aussi simple que ça ?

— Pourquoi devrait-ce être compliqué de venir en aide aux autres ? Allez, faites votre valise pendant que je vais voir où en est Matt, ajouta Laurel pour couper court à la discussion.

Une fois dans le couloir, elle vit Matt revenir.

— Alors ? demanda-t-elle en refermant la porte de la chambre derrière elle.

— Le réceptionniste n'a vu personne.

Matt s'appuya contre le mur et alluma une cigarette.

— Mais il est vrai qu'il préfère jouer au solitaire dans l'arrière-salle plutôt que surveiller la réception.

Il souffla la fumée vers le plafond.

— J'ai parlé à la femme de chambre. Elle n'a pas baissé le store.

— Donc quelqu'un est entré dans la chambre.

— Peut-être.

Laurel ignora ce commentaire dubitatif.

— Susan pense que c'est un simple cambriolage. Dans l'état où elle se trouve, c'est aussi bien.

— Tu la maternes.

Elle le fusilla du regard.

— Pas du tout. Il sera beaucoup plus facile de démêler cette affaire si elle ne se met pas en tête que quelqu'un tente délibérément de l'en empêcher.

— Pour l'instant, elle n'a aucune raison de le penser. Que fait-elle ?

— Sa valise.

Matt approuva d'un hochement de tête. Rester dans cet hôtel ne lui semblait en effet guère prudent.

— Où va-t-elle ?

Laurel releva le menton.

— Chez ma grand-mère.

Sans parvenir à réprimer tout à fait un sourire moqueur, Matt fixa le bout de sa cigarette.

— Je vois.

— Tu ne vois rien du tout. Et ne me dis pas que j'en fais trop, sinon…

— D'accord.

Il écrasa son mégot sur le sol poussiéreux.

— Je ne dirai pas non plus que tu es vraiment quelqu'un de bien. Je vais chercher un taxi.

Il s'éloigna, laissant Laurel bouche bée.

Juste au moment où elle pensait avoir compris comment il fonctionnait, il la prenait à contre-pied, se dit-elle avec perplexité, tandis que l'écho des pas de Matt résonnait dans l'escalier. Si elle ne faisait pas attention — très attention —, elle allait finir par éprouver de la sympathie pour lui… Troublée par cette pensée, Laurel rentra dans la chambre pour aider Susan à terminer sa valise.

Moins de dix minutes plus tard, elle se trouvait à l'arrière d'un taxi en compagnie de Matt et se retournait régulièrement pour surveiller derrière eux le taxi qui devait conduire Susan chez sa grand-mère.

— Cesse de t'inquiéter pour elle, ordonna Matt. Olivia va la distraire de ses problèmes.

— Je n'en doute pas. Mais je commence sérieusement à croire qu'Anne Trulane n'est pas allée seule dans le marécage.

— Tenons-nous-en aux faits. D'abord, le mobile.

D'un air distrait, Matt prit une mèche des cheveux de Laurel et l'enroula autour de son doigt. Cette habitude qu'il avait prise récemment lui plaisait assez...

— Je n'en vois aucun, poursuivit-il. On n'attire pas une femme dans un marécage en pleine nuit sans raison.

— Il y en a forcément une.

— Pas de sévices sexuels, murmura Matt comme s'il se parlait à lui-même. Pas de fortune personnelle. Et de toute façon, elle n'aurait pu avoir pour héritiers que Susan ou son mari. Ce dernier a une sœur, mais je ne vois pas en quoi elle pourrait bénéficier de la mort de sa belle-sœur.

— Louis et Marion Trulane sont bien les dernières personnes que je soupçonnerais de meurtre ! Par ailleurs, il existe d'autres mobiles que le sexe ou l'argent.

Sans cesser de jouer avec les cheveux de Laurel, Matt arqua les sourcils.

— Exact, mais ce sont les plus courants. La plupart des gens aiment les deux.

— Tout le monde n'est pas aussi primaire que toi, Matthew. Mais si on s'en tient à ton raisonnement, il y a également la jalousie. Louis est riche et séduisant. Quelqu'un a peut-être eu envie de prendre la place d'Anne.

Quelque chose d'étrange dans la voix de Laurel éveilla soudain la curiosité de Matt. Et lui déplut.

— Tu le connais bien ?

— Louis ?

Un sourire se dessina sur les lèvres de Laurel. Le genre

de sourire attendri auquel il n'avait jamais eu droit, songea Matt avec dépit.

— Aussi bien que n'importe qui, je suppose, répondit-elle. Du moins autrefois. C'est lui qui m'a appris à monter à cheval quand j'étais enfant. Il me laissait le suivre partout quand j'avais dix ans et lui... vingt et un ou vingt-deux. Il était très beau... et très patient avec la petite fille que j'étais, follement amoureuse de lui.

Constatant que ses doigts se crispaient dangereusement sur les cheveux de Laurel, Matt les lâcha.

— Tu t'en es remise, je suppose, commenta-t-il d'un ton sarcastique.

L'air perplexe, Laurel se tourna vers lui.

— N'as-tu jamais été amoureux ?

Envahi par un trouble profond, Matt l'étudia avec circonspection. Son regard était d'une douceur infinie. Tout comme ses lèvres et sa peau. S'ils avaient été seuls, au lieu de répondre à sa question, il aurait peut-être choisi de céder au désir impérieux de capturer sa bouche.

— Non, finit-il par répondre d'un ton neutre.

— Même quand on n'est plus amoureux, on conserve une grande tendresse pour la personne qui a inspiré ce sentiment très doux.

Avec un petit soupir, Laurel se laissa aller contre le dossier de la banquette. Il y avait bien longtemps qu'elle ne s'était pas autorisée à se remémorer des souvenirs à la fois si exquis et si douloureux. A l'époque, elle n'était qu'une enfant et croyait aux contes de fées.

— Louis comptait beaucoup pour moi. Je rêvais d'un beau chevalier et je pense qu'il était assez compréhensif pour ne pas se moquer de moi. Et quand il s'est marié...

Elle eut un geste d'impuissance.

— Ça m'a brisé le cœur. As-tu entendu parler de sa première femme ?

Matt regardait les mains de Laurel sur ses genoux.

Fines, gracieuses. Un vernis corail très pâle recouvrait ses ongles et une émeraude sertie dans une monture ancienne finement ciselée ornait son doigt. Un bijou qu'elle avait hérité de ses ancêtres, sans aucun doute. Laurel avait des biens de famille et une ascendance prestigieuse… et aussi des souvenirs de leçons d'équitation en compagnie d'un jeune homme qui avait la prestance d'un chevalier.

— Vaguement, répondit-il d'un ton crispé alors que le taxi s'arrêtait le long du trottoir. Tu m'en parleras plus tard.

Laurel descendit de voiture, puis lissa soigneusement sa jupe.

— Ça ressemble dangereusement à un ordre, Matthew. Puisque Don n'a pas précisé les règles du jeu, peut-être devrions-nous le faire nous-mêmes.

— D'accord.

Pourquoi en voulait-il soudain à la Terre entière ? se demanda Matt avec perplexité.

— Les enquêtes de ce genre, c'est mon rayon, déclara-t-il d'un ton rogue.

Serrant les dents, Laurel s'efforça de réprimer un mouvement d'humeur.

— Mais c'est mon article.

— Si tu veux avoir quelque chose à écrire, il faudra t'en remettre à moi dans certains domaines. Depuis quand n'as-tu pas affronté la machine administrative ? demanda-t-il en indiquant le commissariat derrière eux.

— Qu'est-ce que tu crois ? J'ai déjà eu affaire à l'administration, figure-toi.

— Pas celle-ci, dit-il en la prenant par le bras.

— Une minute.

Elle dégagea son bras et se planta face à lui.

— Il faut que tu comprennes une chose. Je suis obligée de faire équipe avec toi pour cet article, mais ce qui est prévu, c'est justement que je travaille *avec* toi et non *pour* toi. Nous sommes coéquipiers. Même si j'ai du mal à m'y faire.

Il eut un sourire amusé.

— Ça sonne bien, approuva-t-il en lui prenant la main. Coéquipiers. Ça pourrait devenir une habitude.

— Aucun danger. Et veux-tu bien arrêter de me toucher sans arrêt, s'il te plaît ?

— Non, répliqua-t-il d'un ton affable en l'entraînant dans l'escalier qui conduisait à l'entrée du commissariat.

A l'intérieur, c'était un tumulte de voix qui semblaient rebondir sur les murs. Des voix hargneuses, des voix insolentes, des voix furieuses. Une odeur de renfermé, d'humidité et d'humanité crasseuse prenait à la gorge. Sueur, café, cigarettes, alcool. Les membres de gangs rivaux étaient adossés à un mur et s'épiaient les uns les autres avec animosité. Recroquevillée sur une chaise, une femme au visage tuméfié parlait à mi-voix à un policier visiblement stressé, qui tapait sa déposition avec deux doigts en hochant la tête. Une jeune fille en short moulant faisait des bulles avec son chewing-gum d'un air las.

Matt était habitué à ce genre de spectacle — et il avait déjà vu pire... Après avoir jeté un rapide coup d'œil autour de lui, il se fraya un chemin parmi les bureaux, dans l'indifférence générale. Policiers, victimes, présumés coupables, personne ne lui prêta attention et il ne prêta attention à personne.

Une petite brune très mince vêtue d'un uniforme défraîchi cala le combiné de son téléphone sur son épaule et leva la main pour le saluer.

Il se percha sur le coin de son bureau. Laurel resta debout à côté de lui, observant deux vieillards qu'on séparait pour les empêcher d'en venir aux mains.

— Eh bien, Matt, qu'est-ce qui t'amène au paradis ?

La brune avait raccroché et adressait à Matt un sourire étincelant.

— Comment vas-tu, brigadier ? s'enquit-il en lui rendant son sourire.

La jeune femme se renversa contre son dossier et le regarda d'un air entendu.

— Je n'ai pas changé de numéro de téléphone. Ni ici… ni chez moi.

— Nous sommes tous les deux très occupés, n'est-ce pas ? Tu es allée au *Nugget* récemment ?

Elle prit un stylo et se tapota les lèvres avec.

— Pas depuis le mois dernier. Tu veux m'inviter à boire un verre ?

— Tu lis dans mes pensées. Mais j'ai d'abord un petit service à te demander.

Avec un rire désabusé, le brigadier laissa tomber son stylo sur un bloc couvert de noms et de numéros de téléphone griffonnés à la hâte.

— Bien sûr… Que veux-tu, Matt ?

— Jeter un rapide coup d'œil sur un dossier. Une affaire classée. Je vais peut-être écrire une suite à un ancien article.

Elle plissa les paupières.

— Quel dossier ?

— Anne Trulane.

— Affaire délicate.

La femme jeta un coup d'œil à Laurel.

— Laurel Armand… Brigadier Carolyn Baker, déclara Matt. Laurel et moi, nous travaillons ensemble. C'est une vieille amie des Trulane. Nous envisageons d'écrire un article un peu plus fouillé sur cette disparition. L'affaire est classée, et de toute façon, j'en avais assuré la couverture du début à la fin.

— Donc tu as déjà eu connaissance du rapport.

— Justement, il n'y a pas de mal à ce que j'y jette un nouveau coup d'œil.

Il eut un sourire enjôleur.

— Tu sais que je joue franc-jeu, Carolyn. Pas question de publier des informations confidentielles ni de faire la moindre allusion risquant de nuire à une enquête.

— C'est vrai, tu as toujours été honnête.

Le regard que Carolyn promenait sur Matt semblait renvoyer à des souvenirs plus personnels que professionnels, songea Laurel.

— Après tout, les informations concernant l'affaire ont déjà été rendues publiques, ajouta la jeune femme en haussant les épaules.

Puis elle se leva et disparut dans une autre pièce. A proximité, les deux vieillards continuaient de s'insulter.

— Tu travailles toujours de cette façon, Matt ?

Il se tourna vers Laurel avec un sourire innocent.

— De quelle façon ?

Comme elle restait silencieuse, son sourire s'élargit.

— Jalouse ? Pourtant, tu tiens mon cœur entre tes mains.

— Je préférerais l'avoir sous les pieds.

— Cruelle...

Matt se leva du bureau en voyant Carolyn revenir.

— Vous pouvez consulter le dossier, dit-elle. Allez dans la première cellule. Elle est vide.

La jeune femme promena son regard autour d'elle avant d'ajouter d'un ton pince-sans-rire :

— Pour l'instant.

Elle présenta un registre à Matt.

— Signe.

— Je te revaudrai ça, brigadier.

— J'espère bien !

En riant, Matt se dirigea vers la cellule. Une femme intéressante, ce brigadier Baker. C'était curieux, ce n'était pourtant jamais elle qui hantait ses pensées... Ni elle ni aucune des autres femmes... intéressantes de sa connaissance. Non, la femme qui hantait ses pensées, c'était toujours la même...

Il referma la porte de la cellule, étouffant le vacarme qui régnait dans la salle.

— Charmant décor, marmonna Laurel en inspectant les murs gris et le linoléum miteux.

— Si tu préfères les bureaux bien propres et les cols blancs, il faut te cantonner à l'hôtel de ville.

Ils s'assirent sur un banc. Matt ouvrit le dossier et le feuilleta.

Il semblait parfaitement à l'aise dans cet environnement, songea Laurel avec un respect mêlé d'envie. Sous ses dehors désinvoltes, il y avait chez lui une certaine violence qu'elle avait seulement entr'aperçue, et de façon très brève. Dans l'ascenseur. Oui, dans l'ascenseur, il lui avait montré la facette dure et sauvage de sa personnalité. Ainsi qu'autre chose… Mais elle n'avait aucune envie de penser à ça pour l'instant.

En tout cas, il était plus complexe qu'elle n'avait voulu le croire. Jusqu'ici, elle avait préféré le considérer comme un homme superficiel parce que c'était moins déstabilisant. Mais à le voir là, parfaitement serein dans cette pièce sinistre, on ne pouvait s'empêcher de se demander quelles expériences pénibles il avait pu vivre. Il côtoyait quotidiennement le crime et la misère, et pourtant, il ne semblait pas en souffrir. Comment fonctionnait Matthew Bates ? Et pourquoi était-elle tout à coup déterminée à trouver la réponse à cette question ?

— Pas grand-chose là-dedans, marmonna-t-il. Rapport d'autopsie… Pas de sévices sexuels. Contusions, lacérations attribuées à la marche de la victime à travers le marécage. Morsure de vipère cuivrée au mollet gauche. Cause de la mort : morsure de serpent et complications dues au froid. Heure de la mort : entre minuit et 4 heures.

Il tendit le rapport d'autopsie à Laurel avant de poursuivre avec le rapport d'enquête.

— Trulane travaillait tard dans son bureau. Selon ses

dires, il croyait sa femme à l'étage, dans leur chambre. Quand il est monté vers 2 heures, il a trouvé le lit vide. Il l'a alors cherchée dans les autres pièces, puis il a réveillé sa sœur et les domestiques pour fouiller toute la maison et le jardin.

Matt prit distraitement son paquet de cigarettes, s'aperçut qu'il était vide et jura à voix basse.

— Aucun des vêtements d'Anne Trulane ne manquait dans sa penderie et toutes les voitures étaient là. Il a téléphoné au commissariat à 2 h 57.

Matt jeta un coup d'œil à Laurel.

— Presque une heure.

Elle sentit ses paumes devenir moites.

— C'est une grande maison, fit-elle valoir. C'est normal qu'il n'ait pas appelé la police avant d'être sûr d'avoir besoin d'elle.

Matt hocha légèrement la tête avant de poursuivre.

— La police est arrivée à 3 h 15. La maison a été de nouveau fouillée entièrement, les domestiques interrogés... Finalement, le corps d'Anne Trulane a été découvert vers 6 heures, dans la section sud-est du marécage.

Il y était... Matt se remémora alors la lumière blafarde, les miasmes fétides, l'atmosphère déplaisante des marais avant même la découverte du cadavre...

— Personne n'a pu expliquer pourquoi elle était venue jusque-là. Selon Marion Trulane, la belle-sœur, Anne avait le marécage en horreur. Ce qui concorde avec les déclarations de Susan... Trulane a maintenu qu'il avait travaillé tard, en refusant de donner plus de précisions.

— T'est-il déjà arrivé de trouver ta femme morte dans un marécage alors que tu la croyais endormie dans son lit ? demanda Laurel en prenant le rapport des mains de Matt. Il devait être bouleversé.

Ignorant son ton cinglant, Matt poursuivit.

— Les enquêteurs ont conclu à l'accident. Anne s'est

rendue dans le marécage — peut-être pour affronter sa peur —, elle s'est perdue, a été mordue par un serpent et a erré un moment avant de perdre connaissance.

Il jeta un coup d'œil à Laurel. Elle lisait le rapport, les sourcils froncés.

— Es-tu restée en assez bons termes avec les Trulane pour qu'ils nous ouvrent leur porte et répondent à nos questions ?

— Mmm ? Oh, oui ! je pense qu'ils accepteront de me parler. Et à toi aussi, si tu déploies un peu de ton charme.

Il eut un sourire narquois.

— Je ne pensais pas que tu avais remarqué.

— J'ai remarqué que tu pouvais en user avec succès quand tu le voulais. C'est un peu hypocrite à mon goût, mais il faut reconnaître que c'est très efficace.

— Je t'en prie, Laurellie ! Les compliments m'ont toujours terriblement embarrassé…

Laurel fit mine de l'ignorer et posa la feuille qu'elle venait de lire sur la table.

— Louis n'a pas eu une vie facile, expliqua-t-elle. Il s'est renfermé sur lui-même depuis l'échec de son premier mariage, mais je pense qu'il acceptera de me parler.

Matt écrasa dans sa main son paquet de cigarettes vide.

— Sa première femme s'est enfuie avec son frère ?

— Cela a été un choc terrible pour lui.

Tandis que Matt regardait le plafond, perdu dans ses pensées, Laurel prit la feuille suivante dans le dossier.

Un grand froid l'envahit soudain et son estomac se noua. Clouée sur place, elle était incapable de détourner la tête. Le cliché en noir et blanc était particulièrement atroce. Oh, Seigneur ! Elle avait déjà vu des morts, mais jamais dans cet état. Jamais…

Consternée, elle fut prise de nausée. Ce n'était pas réel… C'était une affreuse mise en scène. Une sinistre farce née d'un esprit malade…

— Depuis combien de temps… ?

Matt s'interrompit brusquement en voyant le visage livide de Laurel et son regard horrifié. En jurant, il lui arracha la photo des mains, puis il lui fit baisser la tête entre les genoux.

— Inspire profondément, conseilla-t-il en lui tenant la nuque.

Bon sang ! Quel idiot ! En entendant la respiration haletante de Laurel, il se maudit encore plus. Comment avait-il pu être aussi stupide ?

— Doucement, murmura-t-il en lui massant la nuque.

— Ça va, affirma-t-elle d'une voix qui manquait de conviction.

Elle attendit encore un moment avant de se redresser. Matt passa un bras autour de ses épaules et elle se laissa aller contre lui.

— Je suis désolée. C'est stupide.

— Pas du tout. C'est ma faute, je n'aurais pas dû te laisser regarder ça.

Avec délicatesse, il écarta les cheveux de son visage.

— Je suppose que tu as l'habitude.

— Mon Dieu, j'espère bien que je ne m'y habituerai jamais !

Il la serra contre lui, si bien qu'elle se retrouva avec le visage enfoui dans son cou.

Comme elle se sentait en sécurité… Elle avait de moins en moins froid… Peu à peu, Laurel se détendit. Tandis qu'il lui caressait doucement les cheveux, elle se délectait de son odeur masculine, elle sentait battre son cœur. Lorsqu'il lui effleura l'oreille du bout des lèvres, elle ne protesta pas. C'était du réconfort qu'il lui offrait et elle le prenait comme tel. Ce n'était rien de plus, se dit-elle en se cramponnant à lui comme si sa vie en dépendait.

— Matthew…

— Mmm ?

— Ne sois pas trop gentil avec moi.

Les yeux fermés, le visage enfoui dans son cou, elle devina son sourire.

— Pourquoi ?

— Je te le demande, c'est tout.

Se sentant mieux, elle se redressa. Il était beaucoup trop tentant de rester blottie contre lui…

Il lui prit le menton.

— Tu es belle, murmura-t-il. Te l'ai-je déjà dit ?

Prudemment, Laurel s'écarta encore. « Prends-le à la légère, se dit-elle. Et repenses-y plus tard, à tête reposée. »

— Non.

Elle se leva avec un sourire qu'elle espérait désinvolte.

— Très belle, répéta-t-il. Même si ton menton est un petit peu trop pointu.

— C'est faux.

Machinalement, elle releva le menton.

— Surtout vu sous cet angle…

— J'ai des traits extrêmement harmonieux, déclara-t-elle fermement en prenant son sac.

Allons bon, ses mains tremblaient encore, constata-t-elle avec dépit. Il fallait absolument qu'elle sorte de cette cellule infâme ! Elle avait besoin d'air.

Matt lui tourna le dos pour remettre discrètement la photo dans le dossier et ferma ce dernier avant de se retourner vers Laurel.

— Sauf le menton, insista-t-il en la prenant par les épaules pour l'entraîner vers la sortie.

Laurel s'immobilisa, la main sur la poignée de la porte, et se laissa de nouveau aller contre Matt quelques secondes. Juste quelques secondes…

— Personne ne mérite de mourir de cette manière, murmura-t-elle.

Il la serra contre lui. Juste quelques secondes…

— Non, personne.

4

Il régnait dans le bar une pénombre et un calme agréables. Il était trop tôt pour la cohue du soir et trop tard pour les habitués de l'après-midi. Matt guida Laurel à l'intérieur, l'esprit toujours occupé par le dossier Anne Trulane. Non, personne ne méritait de mourir de cette manière. Mais la vie comme la mort ne respectaient pas toujours les règles du jeu. Il y avait bien longtemps qu'il avait appris à l'accepter.

Depuis qu'ils avaient quitté le commissariat, Matt était resté aussi silencieux que Laurel. Il réfléchissait, analysait. Rassemblait ses souvenirs…

Son téléphone avait sonné au petit matin. C'était son informateur au commissariat qui le prévenait de la disparition d'Anne Trulane. Il était arrivé au *Domaine du chêne* quelques instants après les policiers. La propriété était noyée dans une brume plus fine et plus désagréable que la pluie, et elle semblait écrasée par un silence épais. Il avait tout de suite senti que Louis Trulane n'avait fait appel à la police qu'à contrecœur. Ses réponses étaient sèches, son expression distante. Non, il n'avait pas l'air d'un mari inquiet, mais plutôt d'un homme dont la nuit était perturbée.

Sa sœur et les domestiques s'étaient rassemblés à quelques pas derrière lui, comme dans un mouvement de défense, avant que les équipes de recherche ne se déploient dans le marécage. C'était un enchevêtrement de marais et de bayous plein d'ombres et de petits bruits mystérieux. Dès qu'il y avait pénétré, il avait ressenti une répulsion instinctive, se souvenait Matt. Il aurait nettement préféré fouiller les ruelles les plus mal famées de la ville plutôt que ce labyrinthe sombre et humide.

Alors que l'aube commençait à poindre, ils l'avaient trouvée. Trop tard. Recroquevillée sur le sol près d'une nappe d'eau stagnante. Brume, lumière blafarde, odeurs âcres. Matt avait entendu un oiseau, une alouette peut-être, qui chantait au loin. Et aussi des corbeaux.

Pâle, froid et silencieux, Louis Trulane était resté sans réaction. S'il avait éprouvé de la colère, du chagrin ou du désespoir, il les avait réprimés avec un sang-froid admirable. Sa sœur s'était évanouie, les domestiques s'étaient mis à pleurer, mais lui, il était resté…

— Je vais appeler Louis.

— Pardon ?

Arraché à ses souvenirs, Matt regarda Laurel, assise en face de lui.

— Je vais appeler Louis pour lui demander s'il veut bien nous recevoir.

Il déchira l'enveloppe d'un paquet de cigarettes neuf.

— D'accord.

Il la suivit des yeux alors qu'elle se frayait un chemin à travers les tables, vers le téléphone public situé dans un coin de la salle. Ce n'était pas facile pour elle, songea-t-il en frottant une allumette avec plus de vigueur que nécessaire. Elle était trop concernée, trop sensible. Quels que soient les sentiments qu'elle avait éprouvés pour Louis Trulane, ceux-ci étaient encore trop vivaces pour qu'elle puisse faire preuve d'objectivité à son sujet.

« Tu peux parler, se dit-il en soufflant la fumée de sa cigarette. Tu le détestes à cause de la façon dont Laurel prononce son nom. » Il poussa un soupir. Il était temps qu'ils se reprennent l'un et l'autre. La priorité, c'était l'article, et il était indispensable qu'ils s'en souviennent. Si les liens de Laurel avec les Trulane leur ouvraient la porte du *Domaine du chêne*, tant mieux. Il était dans la profession depuis trop longtemps pour avoir encore des illusions. Des gens comme les Trulane avaient le pouvoir de mettre des bâtons dans les roues aux journalistes. Au point que les approcher pouvait s'apparenter à traverser un champ de mines…

Cela ne l'empêcherait nullement d'obtenir les informations souhaitées, bien sûr. Cela demanderait juste plus de temps et d'investigations sur le terrain. D'une manière ou d'une autre, il parviendrait à ouvrir une brèche dans le mur de vénération qui entourait les Trulane.

Il vit Laurel revenir, les joues pâles et un reste de tristesse dans les yeux. Elle s'en remettrait, se dit-il fermement, tandis qu'en lui quelque chose semblait se déchirer. Elle serait bien obligée.

Il attendit qu'elle se glisse en face de lui dans le box.

— Alors ? demanda-t-il.

— Il nous attend demain à 10 heures.

Matt écrasa sa cigarette en s'exhortant à ne pas toucher Laurel.

— Ça ne semble pas t'enthousiasmer.

— J'ai fait pression sur lui au nom de notre vieille amitié.

Elle lui lança un regard à la fois las et plein de défi.

— Ça m'a énormément coûté.

— Tu dois accomplir ton devoir de journaliste, fit-il valoir sans pouvoir s'empêcher de lui prendre la main.

— Je sais. Je ne l'oublie pas.

Instinctivement, Laurel crispa les doigts autour des siens.

— Mais je ne suis pas obligée de le faire avec plaisir.

Il était trop tard pour reculer, se dit-elle. Elle en était

incapable. Pas après avoir vu cette photo. Pas après avoir imaginé ce qu'aurait ressenti Susan Fisher si elle l'avait vue.

Laurel se tourna vers la serveuse, qui venait prendre la commande. Il fallait absolument qu'elle estompe le souvenir de cette image. C'était peut-être lâche, mais il le fallait.

— Un Martini, demanda-t-elle, prise d'une impulsion. Un Martini dry avec juste un soupçon de vermouth.

— Deux, s'il vous plaît. Ça n'aide que temporairement, Laurellie, ajouta Matt avec une moue de dérision.

— Pour l'instant, j'en ai besoin.

Posant les coudes sur la table, elle se pencha en avant.

— Matthew, je vais engloutir de grandes quantités d'alcool. Délibérément et sans chercher d'excuses. Toutefois, je te promets de bien me tenir. Naturellement, demain je regretterai d'avoir bu, mais je pense que ça me servira de leçon.

Il hocha la tête en souriant.

— Puisque je t'accompagne, je vais essayer de me montrer à la hauteur. Mais je dois te faire un aveu.

Il se pencha vers elle.

— Je me suis souvent imaginé que je te faisais boire dans l'intention de te séduire.

Elle rit pour la première fois depuis des heures.

— Il n'y a pas suffisamment de gin dans ce bar pour ça, Matthew.

— Nous en reparlerons dans quelques heures.

Se carrant dans son siège, il alluma une nouvelle cigarette.

— Si tu me parlais des Trulane ?

— Que veux-tu savoir ?

— Tout.

Avec un petit soupir, elle prit le verre que la serveuse venait de poser devant elle et but une gorgée.

— Mmm, c'est un vrai délice !

Matt trinqua avec elle.

— Alors, Laurellie, les Trulane ?

— D'accord… et ne m'appelle pas comme ça, s'il te plaît. Pour commencer, un peu d'histoire. Le *Domaine du chêne* a été construit au début du XIXe siècle, au milieu d'une immense plantation. Aujourd'hui, les Trulane sont toujours les plus gros propriétaires terriens de cette région de Louisiane. En plus des terres, sur lesquelles ils cultivaient du coton et élevaient du bétail, ils possédaient des chantiers de construction navale. C'est grâce aux profits générés par cette dernière activité que la plantation est restée viable après la guerre. Aussi loin que remontent les souvenirs des gens du coin, les Trulane ont joué un rôle majeur dans le développement de La Nouvelle-Orléans, d'un point de vue social, financier et politique. Je suis certaine que grand-mère possède tout un répertoire d'anecdotes les concernant.

— Je n'en doute pas. Mais accélérons un peu le passage du temps. Venons-en au XXe siècle.

— Je tenais juste à te donner le contexte. Paul Trulane…

Laurel but une gorgée de Martini.

— Je t'écoute.

— Paul Trulane a hérité du *Domaine du chêne* immédiatement après son mariage. Il avait trois enfants. Marion, Louis et Charles.

Matt vit une lueur amusée s'allumer dans les yeux de la jeune femme.

— C'était un homme corpulent, avec une voix de stentor et une forte personnalité. Grand-mère l'aimait beaucoup. En fait, je me suis souvent demandé…

Elle haussa les épaules avec un petit sourire.

— Son épouse était très belle. C'était une femme très calme, très sereine. Marion lui ressemble beaucoup. Tante Ellen — je l'appelais comme ça — est morte quelques mois après ma mère. J'avais environ six ans… J'ai toujours eu tendance à les confondre dans mes souvenirs.

Elle termina son verre, sans remarquer que Matt commandait une autre tournée d'un signe de la main.

— En tout cas, après la mort de sa femme, Paul a rapidement décliné et Louis a pris la direction des affaires. Il était beaucoup trop jeune pour assumer de telles responsabilités, mais il n'avait pas le choix. Il devait avoir dix-huit ou dix-neuf ans à l'époque, et j'étais déjà en adoration devant lui. A mes yeux, c'était à la fois le prince charmant et Robin des Bois. Il était si gentil avec moi, toujours en train de rire et de plaisanter… C'est ce souvenir que j'aime garder de lui, murmura-t-elle, les yeux baissés sur son deuxième verre.

— Les choses changent.

Comment se battre contre un souvenir d'enfance ? se demanda Matt avec une soudaine frustration.

— Tu n'es plus une enfant.

Elle leva les yeux et soutint son regard.

— Non, mais je continue à voir Louis avec des yeux d'enfant.

— Parle-moi de Marion, demanda Matt en s'exhortant au calme.

— Elle a deux ans de plus que Louis et, comme je viens de le dire, elle ressemble beaucoup à sa mère. Quand j'étais petite, je la considérais comme ma bonne fée. Elle était toujours si belle, si raffinée…

Le souvenir d'une femme élégante et distinguée traversa l'esprit de Matt.

— Oui, j'ai remarqué.

— Elle est trop vieille pour toi, dit Laurel sans réfléchir.

Il éclata de rire.

— Du calme, Matthew Bates. Laisse-moi finir.

— Je te présente mes plus humbles excuses.

— Marion m'invitait souvent à prendre le thé, reprit

Laurel en vidant machinalement son verre. Elle me recevait dans le petit salon, où nous mangions des gâteaux. Elle savait que j'adorais Louis et me disait toujours de me dépêcher de grandir pour qu'il puisse m'épouser. Elle aussi, je l'adorais.

— Elle ne s'est jamais mariée ?

— Non. Grand-mère disait qu'elle était trop difficile, mais je pense qu'elle a vécu une histoire d'amour qui s'est mal terminée. Un jour où nous prenions le thé, par un après-midi gris et lugubre, elle m'a dit qu'un seul grand amour suffisait dans la vie d'une femme. Bien sûr, à l'époque j'ai cru qu'elle faisait allusion à Louis et à moi, mais par la suite, en repensant à l'air qu'elle avait ce jour-là...

Laurel soupira.

— Les femmes comme Marion sont très vulnérables.

Matt contempla sa peau délicate, ses lèvres douces, ses yeux clairs.

— Vraiment ?

— Charles était différent.

S'efforçant de chasser sa nostalgie, Laurel se laissa aller contre le dossier de son siège, son verre à la main.

— Il avait un peu le même caractère que Curt et je crois que je le considérais comme un second frère. Il était rêveur et distrait. C'était un artiste. Quand il n'était pas occupé à faire des croquis, il étudiait ou bien il flânait du côté de Jackson Square. Certains de ses tableaux étaient exposés à l'hôtel de ville... avant qu'il parte.

— Avec la première Mme Trulane.

— Oui, il y a dix ans. Ç'a provoqué un scandale épouvantable. Du genre qui engendre beaucoup de souffrance et des gros titres dans les journaux.

Laurel secoua la tête en soupirant. L'effet anesthésiant des Martini commençait à se faire sentir.

— Grand-mère pourrait t'en parler beaucoup mieux

que moi, mais si je me souviens bien, c'est au retour d'un voyage d'affaires que Louis a découvert qu'Elise et Charles étaient partis. D'après la rumeur qui a circulé entre leurs domestiques et les nôtres, ils avaient laissé une lettre. En revanche, la plupart de leurs vêtements et tout le matériel de peinture de Charles avaient disparu.

Les yeux dans le vague, Laurel fixait un point derrière Matt, sans remarquer que le bar se remplissait de monde et qu'il devenait plus bruyant. Dans le fond de la salle, un pianiste jouait un air de jazz.

— C'est à partir de ce moment que Louis a changé. Il n'a plus fréquenté personne. Les rares fois où je l'ai vu, toute sa gaieté avait disparu. A ma connaissance, il n'a plus jamais eu de nouvelles de Charles ni d'Elise. Il y a environ quatre ans, il a fini par engager une procédure de divorce. Marion m'a dit qu'il s'y était décidé pour des raisons strictement juridiques et qu'il était amer. Très amer. Elle s'inquiétait à son sujet. Son second mariage a surpris tout le monde.

Distraitement, Laurel suivit du regard la fumée de la cigarette de Matt, qui montait vers le plafond en volutes malmenées par le mouvement lent des ventilateurs. Il n'avait pas parlé depuis un moment, mais elle était consciente que c'était la qualité de son écoute qui lui permettait de parler avec une telle facilité.

— Je lui ai téléphoné à l'époque. D'abord, parce que j'espérais sincèrement qu'il était de nouveau heureux, et ensuite parce que son remariage était un excellent sujet d'article. Il semblait redevenu lui-même. Vieilli, sans aucun doute, mais il avait retrouvé son entrain. Il n'a pas voulu m'accorder d'interview. Il m'a dit…

Elle plissa le front, cherchant ses mots.

— Il m'a dit qu'il avait épousé une enfant et qu'il avait besoin de la garder seulement pour lui pendant un certain temps.

Bon sang, avait-elle la moindre idée de ce qu'il ressentait quand elle avait ce regard mélancolique ? se demanda Matt. Il avait envie de l'emmener très loin, n'importe où, là où plus rien ne pourrait la faire souffrir. Mais s'il cédait à cette impulsion, elle penserait qu'il était devenu fou... Il écrasa sa cigarette avec un soin délibéré.

— Que sais-tu de la première Mme Trulane ?

— Rien, à vrai dire.

Laurel eut un sourire ironique.

— Si ce n'est qu'elle m'inspirait une jalousie féroce, bien sûr. C'était une femme très belle, qui possédait ce genre de charme indéfinissable que personne ne peut imiter. Je me souviens du mariage — camélias roses et blancs, énorme gâteau à la crème et robes somptueuses. Soie et dentelle. Celle d'Elise était dotée d'une traîne de plusieurs kilomètres au moins. Elle ressemblait à une poupée de porcelaine — dorée, blanche, minuscule. Oh, mon Dieu ! Elle ressemblait à...

Laurel écarquilla les yeux.

— La seconde Mme Trulane, devina Matt.

Il fit signe à la serveuse.

— Intéressant...

— Ça ne veut rien dire, s'empressa d'objecter Laurel. Sinon que Louis est attiré par un certain genre de femme. La ressemblance entre ses deux épouses ne constitue pas un mobile de meurtre.

— Parmi les éléments dont nous disposons pour l'instant, c'est ce qui s'en rapproche le plus. Mais il est encore loin d'être certain qu'Anne Trulane ait été assassinée.

Matt étudia attentivement Laurel.

— Tu es prompte à prendre sa défense, Laurellie. Tu vas avoir du mal à garder l'esprit clair si tu continues à considérer Louis Trulane comme le prince charmant.

— C'est ridicule.

— Vraiment ?

— Ecoute, j'ai toujours l'esprit clair, et quels que soient mes sentiments pour Louis, ils n'affecteront pas mon travail.

Elle regarda son verre vide.

— Je n'ai plus rien à boire.

— J'ai vu.

Matt ne put s'empêcher de sourire. L'indignation allait particulièrement bien à Laurel. Elle avait assez pensé aux Trulane pour la journée, décida-t-il. Et lui aussi. Discrètement, la serveuse remplaça leurs verres vides par des pleins.

— On verra ça demain, déclara-t-il. Si tu me donnais plutôt des nouvelles de notre conseiller municipal préféré ? J'ai commencé un album sur lui.

— Et si tu laissais Jerry tranquille ? rétorqua-t-elle en buvant une gorgée de Martini.

— Tout le monde a le droit d'avoir un hobby.

— Ne prends pas cet air supérieur, marmonna-t-elle, le nez dans son verre. Jerry est très… très…

— Pontifiant ?

A la grande joie de Matt, Laurel pouffa.

— Va au diable, Matthew ! Si je n'avais pas le cerveau engourdi, j'aurais trouvé le mot approprié.

Soufflant sur la mèche de cheveux qui lui tombait sur les yeux, elle posa son verre et croisa les mains.

— Je trouve horripilant que tu te moques sans arrêt de Jerry.

— Parce que j'ai raison de le faire ?

— Oui. Je déteste que tu aies raison.

Avec un sourire ravi, Matt posa des billets sur la table et se leva.

— Je vais te raccompagner chez toi à pied. Espérons que l'air frais ne t'éclaircira pas les idées. Tu pourrais être plus réceptive à quelques-uns de mes instincts les plus bas.

— Il me faudrait plus de trois Martini pour en arriver là !

Elle se leva et expira longuement en sentant le sol vaciller sous ses pieds.

— Quatre, rectifia-t-il en lui prenant le bras. Mais à quoi bon compter ?

— Si je me tiens à ton bras, c'est uniquement parce que je ne peux pas faire autrement, précisa-t-elle alors qu'ils quittaient le bar. Dans quelques mètres, je retrouverai mon équilibre habituel.

— Tu n'auras qu'à me prévenir quand tu voudras continuer en solo.

— Combien de verres as-tu bus ?

— Autant que toi.

Laurel leva la tête pour le regarder. Elle avait le tournis et ce n'était pas désagréable…

— Oui, mais tu es plus grand et plus fort, déclara-t-elle d'un ton docte. J'ai une charpente très délicate.

— J'ai remarqué.

Elle arqua les sourcils, alors qu'ils passaient devant un trompettiste de rue. Le morceau de jazz était triste et langoureux comme une caresse.

— Vraiment ? dit-elle en haussant les sourcils.

— Disons que je l'ai étudiée… d'un point de vue journalistique.

— Qu'est-ce que ça veut dire ?

Il s'immobilisa et lui effleura les lèvres du bout des doigts.

— Ne cherche pas à savoir. Ce serait trop risqué.

— Tu as une drôle de façon d'embrasser, marmonna-t-elle en posant la tête sur son épaule. Je ne sais pas si elle me plaît.

Matt resta stoïque.

— Nous en discuterons une autre fois.

— J'imaginais que tu avais une technique différente, poursuivit-elle. Plus… agressive.

— Tu as consacré du temps à imaginer ma manière d'embrasser ?

— J'y ai pensé... d'un point de vue journalistique.

— Je crois qu'il serait plus prudent de reporter cette discussion jusqu'à ce que tu sois de nouveau capable de marcher droit.

Il tourna dans la cour de leur immeuble.

— Tu sais, Matthew...

Laurel s'agrippa à la rampe pour monter l'escalier. Pourquoi les marches étaient-elles beaucoup moins stables que quand elle les avait descendues ce matin même ?

— Tu n'es pas si désagréable après trois Martini.

— Quatre.

— Evite de pinailler maintenant que j'ai décidé de te supporter, dit-elle en fouillant dans son sac. Tiens-moi ça.

Matt eut bientôt dans les mains un portefeuille, un poudrier, un calepin, des boucles d'oreilles cassées et divers tickets.

— C'est tout ? demanda-t-il d'un ton pince-sans-rire.

— Non, les voici... Elles se mettent toujours au fond.

Sans cérémonie, il laissa retomber les objets dans le sac de Laurel et lui prit les clés des mains.

— Vas-tu consentir à me laisser entrer ?

Etait-elle en état de se préparer du café, de prendre deux comprimés d'aspirine et de s'allonger dans la pénombre ? se demanda Matt tandis que Laurel se laissait aller contre la porte. Rien n'était moins sûr.

— Nous sommes voisins depuis presque un an et je n'ai encore jamais été invité, ajouta-t-il.

— Quel manque de savoir-vivre...

Avec un sourire embrumé, Laurel lui fit signe d'entrer.

Le décor était à l'image de la jeune femme qui vivait là. Raffiné, élégant, subtil. Le parfum d'un pot-pourri embaumait l'air, enrichi d'une pointe de lavande. Crème et rose pour les couleurs. Dentelle sur les rideaux, velours sur le canapé. Au mur, au-dessus d'une table roulante, était accrochée une caricature datant de la fin du XIXe siècle.

— Cette pièce te ressemble, commenta Matt.

— Vraiment ?

Laurel promena son regard autour d'elle, soudain très fière d'elle-même sans trop savoir pourquoi.

— C'est d-drôle, bredouilla-t-elle. Même si j'avais vu ton appartement, je serais incapable de dire s'il te ressemble.

Passant une main dans ses cheveux, elle s'efforça d'accommoder son regard sur Matt.

— Et je n'arrive pas du tout à l'imaginer, poursuivit-elle en vacillant légèrement. Journaux anciens encadrés ou toiles de Picasso ? Curieusement, tu es un homme fascinant.

Elle lui souriait, à quelques mètres à peine. Etait-elle délibérément provocante ou bien était-ce l'effet des Martini ? se demanda Matt. Peu importait. Quelles que soient les raisons de son attitude, elle le mettait au supplice. Il avait très peu de principes, mais l'un d'eux lui interdisait formellement de faire des avances à une femme qui risquait de ne se souvenir de rien le lendemain matin.

— Café, dit-il sobrement.

— Oh, tu en veux ?

— C'est toi qui en as besoin, marmonna-t-il entre ses dents. Noir.

— D'accord.

Dans la cuisine, Laurel fixa la cafetière automatique en fronçant les sourcils. Curieux. Elle aurait pourtant juré qu'elle savait comment s'en servir…

Matt réprima un sourire.

— Je vais m'en occuper. Tu peux sortir des tasses ?

— Bien sûr.

Laurel fouilla dans un placard et parvint, en les entrechoquant dangereusement, à sortir des tasses de porcelaine ornées de violettes, ainsi que les soucoupes correspondantes, et à poser le tout sur le comptoir.

— Je n’ai pas de beignets.

— Le café suffira.

— Mais si tu en voulais, je suis sûre que je pourrais en faire.

— Ce sera pour une autre fois.

— Tu es un chic type, Matthew.

Avec un petit rire, elle se laissa aller contre lui et noua les bras autour de son cou.

— Tu as des yeux fabuleux, dit-elle en soupirant. Je parie que tout le monde te le dit.

— Sans arrêt.

Il posa les mains sur les hanches de Laurel, avec l’intention de la repousser. Mais sans qu’il sache comment, elle se retrouva plaquée contre lui. Le désir lui cingla les reins comme un coup de fouet.

— Laurel…

— Peut-être devrais-tu m’embrasser de nouveau. Ça m’aiderait sans doute à comprendre pourquoi je ne sais jamais si j’en ai envie ou pas.

— Demain, si tu t’en souviens, tu vas te haïr, murmura-t-il en se penchant vers elle.

— Mmm, je sais.

Elle ferma les yeux tandis que les lèvres de Matt effleuraient les siennes.

— Ce n’est pas un baiser, ça, protesta-t-elle.

Parcourue de frissons, elle laissa échapper un long soupir.

— Mais c’est fabuleux.

Elle enfonça les doigts dans les cheveux de Matt.

— Encore…

Au diable les principes ! S’il devait payer pour ça, eh bien, il paierait, songea Matt. Bon sang, ça en valait la peine ! Serrant Laurel contre lui, il s’empara de sa bouche avec fougue.

Incendie instantané. L’incendie éclata dans le corps de

Laurel et se propagea aussitôt en Matt — ou inversement. Quelle importance ?

Laissant échapper un gémissement, Laurel se plaqua contre Matt, tandis qu'une certitude s'imposait à son esprit. C'était dans l'ordre des choses. C'était inévitable. Mêlant sa langue à la sienne, elle se laissa emporter par la passion.

Vibrant de tout son être, prise de vertige, elle ne s'appartenait plus. Peu importait que ce soit Matt qui déclenche toutes les étincelles, toutes les sensations inconnues qui la consumaient. Personne avant lui n'avait provoqué en elle un tel séisme. Personne n'en serait jamais capable. Parmi toutes les pensées confuses qui tournoyaient dans son esprit, une simple exigence dominait. Encore...

Il était en train de perdre le contrôle, songea Matt. Peut-être l'avait-il perdu dès l'instant où il avait vu le visage de Laurel pour la première fois. Mais il s'en moquait éperdument. Elle pouvait lui prendre tout ce qu'elle voulait, du moment qu'elle s'offrait ainsi à lui. Brûlante, enflammée, vorace.

Le baiser de Laurel n'était pas délicat comme les traits de son visage, mais sauvage et impertinent. Sa bouche avide était d'une sensualité incandescente. Les seins écrasés contre son torse, elle enfonçait les doigts dans ses cheveux. Matt pressa les lèvres sur son cou et savoura avec volupté le goût de sa peau.

Le pouls de Laurel battait frénétiquement sous ses lèvres, puissant, affolé. Il mordilla sa peau veloutée, lui arrachant un râle de plaisir et de désir mêlés. Quand il se mit à la couvrir de caresses, elle prononça son prénom dans un soupir. Toute nonchalance avait abandonné Matt. Il n'avait plus rien de l'homme désinvolte qui côtoyait Laurel dans la salle de rédaction depuis un an. Il donnait libre cours à la passion qu'il avait si soigneusement contenue jusque-là. A la fièvre qui le dévorait.

Son désir pour elle était intense. Trop intense pour ne pas lui faire perdre la tête. Peut-être était-elle tout ce dont il rêvait depuis toujours. La douceur. Le feu. Quand son corps était plaqué contre le sien, il n'y avait plus de passé, plus d'avenir, seulement l'instant présent. Et celui-ci suffisait à remplir une vie entière.

Comment son esprit pouvait-il être aussi brumeux et son corps aussi vivant ? se demanda confusément Laurel en sentant son sang bouillonner dans ses veines. Etait-ce cela qu'elle attendait depuis toujours ? Cette fabuleuse sensation de liberté ? Ça dépassait tout ce dont elle avait rêvé, tout ce qu'elle avait pu imaginer. Et ça suffisait à la combler… Avec un grognement gourmand, elle approfondit son baiser.

Soudain, elle entendit Matt grogner contre sa bouche, elle sentit ses doigts se crisper sur ses hanches. Il la repoussa avec fermeté. Elle l'agrippa par les épaules, autant pour le garder contre elle que pour se maintenir en équilibre.

— Matthew…

— La porte.

Sa voix était fébrile, constata Matt en continuant de repousser Laurel. Jamais il n'avait été aussi près de perdre son sang-froid. Et sa raison…

— Quelqu'un sonne à la porte, Laurel. Tu ferais mieux d'aller ouvrir.

— La porte ? Quelle porte ?

Elle le regardait, hébétée.

Il ne put s'empêcher de rire.

— La porte d'entrée.

— Oh…

Elle promena un regard étonné autour d'elle, comme si elle voyait sa cuisine pour la première fois.

— Il faut que j'aille répondre ?

Devant son visage en feu et son air égaré, Matt faillit

l'attirer de nouveau contre lui. Mais il résista à la tentation et la lâcha avec précaution.

— Oui, va ouvrir.

Laurel s'éloigna d'un pas chancelant.

C'était insensé ! Il avait bien failli la prendre sauvagement sur le sol de la cuisine, songea Matt avec effarement.

Il se tourna vers la cafetière qui fumait. Devait-il être reconnaissant à la personne qui avait sonné à la porte ? Ou bien la tuer ?

Etourdie, Laurel avait l'impression d'avoir longuement nagé en eaux profondes et d'être remontée trop rapidement à la surface. Ivre ? Elle se massa la tempe en saisissant la poignée de la porte. Ce que les Martini avaient commencé, Matt l'avait achevé. Elle secoua la tête avec vigueur. En vain. Renonçant à s'éclaircir les idées, elle ouvrit la porte.

— Laurel ! Tu as mis si longtemps à répondre que j'ai failli m'en aller.

Jerry Cartier, en costume trois-pièces, la dévisageait d'un air vaguement contrarié.

Elle sentit aussitôt le feu s'apaiser en elle, mais son esprit restait embrumé par l'alcool.

— Oh ! bonjour, Jerry.

Elle recula machinalement et il en profita pour entrer.

— Que faisais-tu ?

— Ce que je faisais ?

La mémoire revint brusquement à Laurel. Elle laissa échapper un profond soupir.

— Du café. J'étais en train de préparer du café.

Elle referma la porte et s'y adossa, les jambes tremblantes.

Jerry se retourna vers elle.

— Tu bois trop de café. Ce n'est pas bon pour tes nerfs.

Laurel pensa à Matt. Il lui avait fait découvrir un tas de terminaisons nerveuses dont elle ignorait tout jusqu'à ce soir…

— Tu as probablement raison, murmura-t-elle.

Tout à coup, elle se redressa. Si Jerry savait tout ce qu'elle avait bu... La dernière chose dont elle avait envie, c'était un sermon interminable sur les méfaits de l'alcool !

— Assieds-toi, dit-elle en indiquant le fauteuil le plus proche.

Réprimant une grimace, elle gémit intérieurement. Si seulement elle pouvait s'allonger... dans l'obscurité et le silence ! En attendant, si elle avait de la chance — beaucoup de chance —, elle parviendrait peut-être à traverser le salon et à atteindre le canapé sans tituber. Elle fit un pas hésitant.

— Tu n'es pas prête, apparemment.

Elle s'immobilisa. Jerry avait raison. Elle n'était pas du tout prête pour la traversée du salon sur ses deux jambes. Mais ramper n'était pas une bonne idée. Rester debout non plus, d'ailleurs...

— Prête ?

— Pour aller dîner, précisa Jerry en fronçant les sourcils.

— Bonjour, Jerry.

Chargé d'un plateau sur lequel étaient posées trois tasses et une cafetière fumante, Matt pénétra dans le salon d'un pas nonchalant.

Dans son fauteuil, Jerry croisa les jambes.

— Bonsoir, Matthew...

Après avoir posé le plateau sur la table, Matt se dirigea vers Laurel.

— Alors, combien d'immeubles avez-vous déclarés inhabitables, dernièrement ? demanda-t-il à Jerry d'un ton affable.

Discrètement, il prit Laurel par le bras et la guida jusqu'au canapé. Elle se laissa tomber sur ce dernier avec un regard reconnaissant.

— Ça ne fait pas partie de mes fonctions, répondit Jerry en croisant les mains. Mais le maire m'a justement parlé d'un immeuble à l'autre bout de la ville. Toute la tuyauterie à refaire, paraît-il.

— Vraiment ?

— Du café ? intervint Laurel.

Martini ou pas, elle ne pouvait pas laisser Matt se moquer ouvertement de Jerry sans réagir. Et de toute façon, si elle ne buvait pas du café de toute urgence, elle allait s'endormir.

— Seulement une demi-tasse, répondit Jerry. Es-tu certaine de vouloir en prendre ?

Laurel saisit l'anse de la cafetière avec précaution. Pourvu qu'elle parvienne à servir sans tout renverser…

— Ça fait des heures que je n'en ai pas bu.

— Alors, comment s'est passée votre journée, Jerry ? s'enquit Matt en refermant la main sur celle de Laurel, autour de l'anse.

En entendant son petit soupir de soulagement, il réprima un sourire.

— Du travail. Beaucoup de travail, répliqua Jerry en soupirant. Et l'impression qu'on n'aura jamais le temps de tout faire.

Matt effleura du regard la bouche de Laurel.

— A qui le dites-vous…

Jerry voulut prendre la tasse que lui tendait Laurel, mais elle visa mal et il dut se pencher vivement sur le côté. Il lui jeta un regard aigu.

— Laurel… est-ce que tu as… bu ?

— Bu ?

Laurel écrasa le pied de Matt, qui se mordait les lèvres pour ne pas exploser de rire.

— Voyons, Jerry, je viens juste de me servir…

Portant sa tasse à ses lèvres, elle en but la moitié avant de demander :

— Quelle est la raison de ta visite ?

— Ma visite ?

Il secoua la tête d'un air effaré, tandis qu'elle se laissait aller contre le dossier du canapé, les doigts crispés sur sa tasse.

— Laurel, nous sommes censés dîner dehors !

— Oh…

Elle se mordit la lèvre. C'était sûrement vrai. Jerry ne pouvait pas se tromper. Il tenait son agenda avec la plus grande minutie.

— Laurel et moi préparons un article et nous sommes un peu débordés, intervint Matt, plus pour s'amuser aux dépens de Jerry que pour voler au secours de Laurel. Nous étions justement en train de… travailler quand vous avez sonné.

Il ne cilla pas quand Laurel lui enfonça de nouveau son talon dans le pied.

— Pour les journalistes, la vie professionnelle a tendance à déborder sur la vie privée, ajouta-t-il avec le plus grand sérieux.

— Oui, mais…

Matt interrompit Jerry avec un large sourire.

— Les délais à respecter, vous savez sûrement ce que c'est. Laurel et moi, nous n'aurons probablement pas le temps de manger autre chose qu'un sandwich. Et nous risquons d'être obligés de travailler à ce rythme pendant… des semaines. Tu appelleras Jerry quand les choses se seront calmées, n'est-ce pas, Laurel ?

— Pardon ? Oh, oui ! bien sûr…

Laurel termina sa tasse. Si seulement Jerry pouvait s'en aller ! Elle avait trop envie d'en boire une autre…

— Je suis sincèrement désolée, Jerry.

— Je comprends parfaitement. Le travail passe avant le plaisir.

Matt faillit s'étrangler avec son café. Jerry posa sa tasse, ajusta le nœud de sa cravate et se leva.

— Appelle-moi au bureau quand tu seras plus disponible, Laurel. Et tâche de réduire ta consommation de café.

— Mmm...

Occupée à se mordre la joue pour réprimer un fou rire nerveux, Laurel fut incapable de répondre autre chose.

Enfin, la porte se referma silencieusement derrière Jerry.

— Oh, Seigneur !

Sans trop savoir si elle avait envie de rire ou de hurler, Laurel se cacha le visage dans les mains.

— Tu exagères, tu m'as laissé te sortir du pétrin tout seul, Laurellie, murmura Matt en resservant du café.

Elle suffoqua d'indignation. Il était très tentant de lui jeter le contenu de sa tasse au visage... Malheureusement, c'était hors de question. Elle avait trop besoin de café.

— Avec tout ce qui s'est passé aujourd'hui — je parle de l'article —, précisa-t-elle devant le sourire suffisant de Matt, j'ai oublié ce dîner. Et je ne t'ai jamais demandé de me sortir du pétrin.

— Quelle ingratitude !

Matt tira doucement sur une mèche des longs cheveux de Laurel, jusqu'à ce que celle-ci consente à le regarder.

— Non seulement je t'aide à dissimuler à ton petit ami que tu es en état d'ébriété, mais je te laisse me briser trois orteils sans protester.

— Ce n'est pas mon petit ami.

Laurel vida sa tasse d'un trait et la reposa sur la table d'un geste brusque.

— Tu le berces de fausses espérances, commenta Matt.

— Ce n'est pas vrai.

Elle voulut se lever, mais renonça aussitôt. Impossible. Elle n'avait pas assez d'énergie.

— Les choses sont très claires entre nous, déclara-t-elle. Nous sommes amis. C'est un homme charmant. Il est juste un peu...

— N'emploie pas de nouveau le mot « gentil » ! Le

pauvre vieux ne mérite pas ça. Remarque, je n'ai pas l'impression qu'il risque d'avoir le cœur brisé.

— Jerry ne me voit pas de cette façon, déclara Laurel, la moue boudeuse et le regard éteint.

Matt se pencha sur elle.

— Dans ce cas, je retire ce que j'ai dit tout à l'heure et je ne le qualifierai plus de pontifiant.

Laurel s'appuya sur Matt. Pas question de laisser la pièce se remettre à tournoyer...

— Je vais au lit.

— J'aime les femmes qui prennent l'initiative, rétorqua-t-il avec un sourire narquois.

— Seule, précisa-t-elle en réprimant un fou rire.

— Quel gâchis !

Il porta la main de Laurel à ses lèvres, puis il effleura son poignet, là où son pouls battait avec frénésie.

— Matthew, arrête, s'il te plaît.

Il la regarda. Ce serait facile. Si facile... Il suffirait de l'attirer contre lui et de l'embrasser. Ils en étaient conscients tous les deux. Elle en avait envie, il en avait envie, et pourtant ni l'un ni l'autre ne savaient très bien comment ils en étaient arrivés là.

— Dans plusieurs années, je me haïrai pour avoir choisi de jouer les héros, murmura-t-il en se levant. A ta place, je prendrais de l'aspirine maintenant, Laurellie. Tu ne pourras pas éviter la gueule de bois, mais mieux vaut essayer de limiter les dégâts.

Tout en se traitant de parfait imbécile, Matt gagna la sortie et referma la porte derrière lui avec détermination.

5

— Je te hais, Matthew Bates.

Le visage défait, le teint blafard, Laurel se regardait avec dépit dans le miroir de la salle de bains. Des coups de marteau résonnaient sourdement à l'intérieur de son crâne. Pourquoi fallait-il qu'il ait raison une fois de plus ?

Elle prit un tube d'aspirine dans l'armoire à pharmacie et referma la porte d'un geste brusque. Le bruit lui arracha un gémissement. Elle se prit la tête à deux mains. C'était un réflexe stupide, songea-t-elle aussitôt. Sa tête ne risquait pas de tomber. Dommage. Ce serait une telle délivrance...

Elle avala deux comprimés d'aspirine et frissonna. Après tout, elle n'avait que ce qu'elle méritait. Quand on buvait quatre Martini à la suite, on n'avait pas le droit de se plaindre de la gueule de bois. Mais ce serait tout de même moins pénible si Matt n'avait pas raison...

Et ce n'était pas le souvenir de ce qui s'était passé au retour du bar qui allait l'aider à se remettre. Dire qu'elle s'était pratiquement jetée à son cou... Quelle idiote ! Non seulement il n'allait pas manquer de le lui rappeler, mais il allait en faire des gorges chaudes pendant des mois. Peut-être le méritait-elle également, mais... mais pourquoi fallait-il qu'elle se souvienne à quel point c'était fantastique ? Exceptionnel ! Et pourquoi fallait-il qu'elle meure d'envie que ça se reproduise ?

Non, ça ne se reproduirait pas. Laurel passa les deux mains dans ses cheveux. Si seulement les coups de marteau pouvaient cesser… Non, elle ne tomberait pas amoureuse de Matthew Bates. Non, elle ne se ridiculiserait pas à ce point. Elle était peut-être condamnée à faire équipe avec lui pour le travail, mais, en privé, ce serait désormais « bas les pattes ». Mieux valait mettre sur le compte de l'alcool les sensations inouïes que lui avait procurées son baiser. Même si ce n'était pas vrai.

Avec un soupir, Laurel se dirigea vers la douche. Elle allait prendre la mesure qui s'imposait. Se mettre la tête sous l'eau froide. Mais alors qu'elle tendait la main vers le robinet, les coups de marteau redoublèrent. Dans son crâne mais aussi contre la porte d'entrée. Celui ou celle qui tambourinait ainsi méritait une mort lente dans les pires souffrances, décida-t-elle en allant ouvrir.

— Bonjour, Laurellie.

Matt s'appuya contre le chambranle et lui adressa un sourire éclatant. Son regard glissa sur son peignoir, qui était aussi court que peu épais.

— J'aime bien ton déshabillé.

Il portait comme à son habitude une tenue décontractée, mais, de toute évidence, il était frais et dispos. Comment était-ce possible, alors qu'elle-même avait l'impression d'avoir avalé des tonnes de sable après une marche interminable dans le désert ?

— Je me suis réveillée en retard, marmonna-t-elle.

Puis elle croisa les bras, attendant ses quolibets.

— Tu as déjà pris ton café ? demanda-t-il en entrant.

Elle le regarda avec circonspection refermer la porte. Sans doute attendait-il le moment propice pour se payer sa tête.

— Non, répondit-elle sobrement.

— Je vais le préparer.

D'un pas nonchalant, il se dirigea vers la cuisine.

Elle le suivit des yeux, ébahie. Pas de commentaire ironique ? Pas de sourire narquois ? Elle regagna la salle de bains en traînant les pieds.

Elle s'était préparée à riposter, songea Matt en remplissant la cafetière. Alors qu'elle n'avait qu'une seule envie, ramper jusqu'à son lit et tout oublier. Une sacrée femme... Comme sa grand-mère.

Il se remémora la soirée de la veille. Parce qu'il avait jugé plus prudent de ne pas rester chez lui, à quelques mètres seulement de Laurel, il avait pris sa voiture. Un peu de travail sur le terrain pour se changer les idées. Olivia serait une mine d'informations, avait-il pensé. Et elle aurait sur les Trulane un point de vue sans aucun doute plus objectif que celui de Laurel...

Olivia l'accueillit sur la terrasse avec un regard à la fois perplexe et ravi.

— Voilà que, tout à coup, la soirée ouvre des perspectives, plaisanta-t-elle.

— Mademoiselle Olivia.

Matt prit la main noueuse ornée de bagues qu'elle lui tendait et la porta à ses lèvres. Elle sentait le jasmin fraîchement cueilli.

— Je suis fou de vous.

— Comme tous les hommes que j'ai connus, dit-elle avec un petit rire de gorge. Servez-nous à boire et asseyez-vous, Matthew. Avez-vous enfin réussi à amadouer ma petite-fille ?

Matt songea à la femme fougueuse qu'il serrait encore contre lui une heure plus tôt.

— Je progresse, murmura-t-il.

— Vous n'êtes pas très rapide, mon garçon.

— J'ai toujours pensé qu'un homme avait plus de

chances de parvenir à ses fins s'il prenait le temps d'élaborer soigneusement sa stratégie.

Il lui tendit un verre avant de s'asseoir à côté d'elle.

— Vous ne vous joignez pas à moi ? demanda-t-elle.

— Il est trop difficile de garder les idées claires en votre compagnie.

Elle éclata de rire. Se carrant dans son fauteuil, Matt alluma une cigarette.

— Où est Susan ?

— A l'étage, horriblement choquée par la lecture de mon journal.

— Que pensez-vous d'elle ?

Olivia but une gorgée. Le clair de lune faisait scintiller les diamants qui ornaient ses doigts. Des insectes bourdonnaient autour de la lanterne suspendue au-dessus de l'entrée, et semblaient déterminés à se cogner contre la vitre. Du jardin parvenaient des effluves subtils.

— Une fille intelligente. Bien élevée, un peu éprouvée, mais plutôt solide.

— Elle prétend que sa sœur a été assassinée.

Olivia arqua les sourcils. Elle semblait plus songeuse que surprise, songea Matt.

— Alors c'est ça… Intéressant.

Elle but une nouvelle gorgée, puis pianota du bout des doigts sur son verre.

— La pauvre fille a été mordue par un serpent dans le marécage derrière le *Domaine du chêne*. Dites-moi pourquoi Susan pense que c'est un meurtre.

Dans le style concis et nerveux de ses articles, Matt raconta à Olivia les événements de la journée.

Une chauve-souris descendit en piqué au milieu des arbres, puis disparut. L'air vibrait du chant des criquets, ponctué de temps à autre par le coassement d'une grenouille. Les feuilles des palmiers bruissaient sous la brise légère, qui répandait le parfum entêtant des magnolias. On était bien loin de New York, songea-t-il.

— C'est une méthode un peu hasardeuse pour des gens aussi méticuleux que les Trulane, commenta Olivia. Mais dites-moi, Matthew, le crime et le mystère activent la circulation sanguine, certes, mais je suppose que ce n'est pas pour me prémunir contre l'artériosclérose que vous êtes venu me raconter tout ça.

Matt éclata de rire. Cette femme avait vraiment un humour irrésistible... Il s'inclina en arrière, attentif aux bruits de la nuit.

— Je connais l'histoire des Trulane dans ses grandes lignes, et Laurel m'a donné des précisions supplémentaires... enjolivées par des souvenirs émus.

— Une pointe de jalousie est un excellent stimulant, commenta Olivia. Ça vous incitera peut-être à passer à l'action.

— J'aimerais avoir votre point de vue sur cette famille.

— D'accord. Allons dans le jardin. Je m'engourdis quand je reste assise trop longtemps.

Matt prit la main que la vieille dame lui tendait et l'aida à se lever. Elle était beaucoup plus menue qu'elle n'en donnait l'impression et cela ne manquait jamais de le surprendre. Sa démarche était d'une souplesse étonnante. Si ses articulations la faisaient souffrir, elle le cachait habilement. Quand il avait dit être fou d'elle, il n'avait pas menti. Lors de leur première rencontre, il était tombé amoureux d'elle au bout de cinq minutes. Et il n'avait eu aucun mal à comprendre pourquoi elle avait été la jeune fille, puis la femme, puis la veuve la plus courtisée de la région.

— La vie de Marion s'est achevée en France, commença Olivia. Des bruits ont couru à propos d'une histoire d'amour malheureuse, mais elle n'en a jamais parlé. C'est une femme discrète mais elle a l'esprit très vif. Depuis toujours. Par ailleurs, elle a beau s'occuper d'œuvres de bienfaisance et se donner de grands airs, elle est terriblement snob. Je l'aime bien, mais elle n'est pas à la hauteur de sa mère, comme certains aimeraient le croire.

Matt tapota en riant la main appuyée à son bras.

— Je savais que je pouvais compter sur votre franchise, mademoiselle Olivia.

— Je ne supporte pas l'hypocrisie. Charles en revanche était comme sa mère. Un garçon séduisant, la tête dans les nuages. Mais il avait du talent. Il n'aimait pas parler de sa peinture, mais il était vraiment doué. L'une de ses aquarelles est accrochée dans mon salon.

Preuve qu'il était talentueux, songea Matt. Olivia pourrait sans doute acheter une toile à un voisin par compassion, mais elle n'exposerait jamais chez elle une œuvre qui ne le méritait pas.

— Il m'a beaucoup déçue quand il s'est enfui avec la femme de son frère.

Apercevant la lueur ironique dans les yeux de Matt, elle ajouta :

— J'ai des principes, Yankee. Si la femme et le frère de Louis s'aimaient, ils auraient dû l'avouer franchement au lieu de s'enfuir de nuit comme des voleurs. Le choc aurait été moins rude pour Louis.

— Parlez-moi de lui.

— Le premier amour de Laurel.

Olivia gloussa devant la moue de Matt.

— Du calme, Matthew. Chaque femme a droit à un conte de fées. Quand il était jeune, il était extrêmement séduisant et débordant d'énergie. C'était un homme dévoué à sa famille et aux affaires familiales, mais il ne se prenait pas au sérieux. J'aurais trouvé ça exaspérant. Je pense qu'il aimait sincèrement sa première épouse et que sa trahison l'a détruit. Et cela a été encore pire quand la rumeur a commencé à courir qu'elle était enceinte de Charles.

— Avez-vous rencontré Anne Trulane ?

— Non. Louis était très possessif avec elle et j'estime que c'était compréhensible.

Olivia cueillit une azalée en soupirant.

— Ils avaient prévu de donner une réception en septembre. Marion m'avait dit que ce serait une grande soirée très mondaine, destinée à présenter Anne à la haute société de La Nouvelle-Orléans. Selon elle, la pauvre enfant était à la fois excitée et terrorisée par cette perspective. Je reconnais que j'étais impatiente de la voir de près. On disait qu'elle ressemblait à Elise.

— On ?

— Les domestiques. Heureusement qu'ils sont là !

Olivia jeta un coup d'œil à la maison, se remémorant une époque où elle était capable de marcher et même de courir dans le jardin pendant des heures.

— Si je veux savoir ce qui se passe au *Domaine du chêne*, je le demande à ma cuisinière, qui me répète ce que lui a raconté leur cuisinière.

Elle eut un petit soupir d'aise.

— J'adore l'espionnage.

— Vous vous souvenez bien d'Elise Trulane ?

— Ma mémoire est deux fois plus vieille que vous, jeune homme.

Olivia éclata de rire, un rire sans amertume ni regrets.

— Et même plus que ça !

Malgré les sillons qu'y avait creusés le temps, son visage éclairé par la lune était splendide, songea Matt. La main qu'il tenait sous la sienne était desséchée par l'âge. Et forte.

— Mademoiselle Olivia, où puis-je trouver une femme comme vous ?

— Vous en avez une sous le nez tous les jours, stupide Yankee !

Ils regagnèrent la véranda et la vieille dame se rassit dans son fauteuil.

— Ah, Susan... Venez.

Elle fit signe à la jeune femme, qui hésitait dans l'embrasure de la porte.

— La pauvre enfant, elle rougit sans arrêt, murmura-t-elle à l'adresse de Matt. Comment avez-vous trouvé mon journal ? demanda-t-elle en se tournant vers Susan.

— Très... haut en couleur. Vous avez eu une vie...

Susan hésita un instant avant de poursuivre.

— ... bien remplie, madame Armand.

Olivia s'esclaffa.

— N'ayez pas peur des mots, mon enfant ! J'ai beaucoup péché et j'ai adoré ça.

— Un verre, Susan ? demanda Matt en conduisant la jeune fille jusqu'à un siège.

— Non, merci. Laurel n'est pas avec vous ?

— Je préfère ne pas l'amener quand je viens faire la cour à Olivia.

Matt constata avec plaisir que Susan était encore capable de sourire.

— Puisque je suis ici, je voudrais vous demander si vous vous rappelez les noms qu'Anne aurait pu mentionner dans ses lettres, ou bien les faits inhabituels ou incongrus qu'elle aurait pu vous raconter.

— Elle parlait surtout de Louis et de la maison... et de Marion, bien sûr, pour qui elle s'était prise d'amitié. Des domestiques également... en particulier une certaine Binney, la gouvernante, une femme cajun.

Susan fouilla dans sa mémoire.

— J'avais l'impression qu'elle n'assumait pas encore vraiment son rôle de maîtresse de maison. Avoir des domestiques la déstabilisait un peu.

— Quelqu'un en dehors de la famille ?

— Elle ne connaissait personne d'autre. Oh, si… il y avait un des comptables de Louis. Elle l'a mentionné une ou deux fois. Je crois qu'il rendait de temps en temps visite à Louis pour étudier des dossiers avec lui. Il la rendait nerveuse. Anne était très timide avec les hommes, précisa Susan avec un petit sourire triste. A part ça, elle ne parlait que de Louis. Il lui apprenait à monter à cheval…

— Nathan Brewster, murmura Olivia. J'ai entendu parler de lui. Un garçon intelligent. De votre âge, Matthew. Réputé pour son tempérament coléreux. Il a failli tuer un homme il y a quelques années, un homme qui se serait montré trop familier avec sa sœur.

— Y a-t-il des choses que vous ne savez pas, Olivia ? demanda Matt en secouant la tête.

— Non, rien du tout.

Avec un large sourire, Olivia lui tendit son verre vide pour qu'il le remplisse.

— Susan, avez-vous une photo d'Anne ?

— Oui, vous la voulez ?

— J'aimerais la voir.

Alors que Susan partait chercher la photo, Matt servit Olivia.

— Vous savez, je suppose, que le marécage du *Domaine du chêne* est prétendument hanté ?

— Ne prenez pas ce ton caustique, Matthew. Nous, les créoles, nous sommes plus réceptifs aux phénomènes surnaturels que vous autres, les Yankees. La plupart des marécages sont hantés, déclara Olivia le plus sérieusement du monde en faisant tournoyer le bourbon dans son verre. Les fantômes du *Domaine du chêne* datent d'avant la guerre.

Matthew se rassit. Il n'y avait qu'une seule guerre à laquelle Olivia pouvait faire référence. La guerre de Sécession. Laurel aussi l'avait évoquée.

— Racontez-moi ça.

— L'une des épouses Trulane avait l'habitude d'y retrouver son amant. Un endroit particulièrement inconfortable pour pratiquer l'adultère, entre nous.

Matt éclata de rire.

— Son mari les a surpris et les a tués, poursuivit Olivia. Le pistolet dont il s'est servi se trouve encore aujourd'hui au domaine, dans une vitrine de la bibliothèque. Le mari s'est débarrassé des corps en les jetant dans les sables mouvants. Depuis, on aperçoit de temps en temps des lumières dans le marécage ou bien on entend une femme pleurer. Très romantique.

— Et terrifiant pour quelqu'un comme Anne Trulane, ajouta Matt pensivement.

— Ce n'est qu'une photo d'identité, dit Susan en revenant. Mais elle a été prise il y a moins d'un an.

— Merci.

Matt étudia la photo. Jeune, mignonne, effacée. Ce furent les mots qui lui vinrent à l'esprit. Et vivante. L'image de son corps, tel qu'il était le matin où ils l'avaient retrouvée, lui revint à l'esprit. Réprimant un juron, il tendit la photo à Olivia.

— Ça alors, murmura la vieille dame en tapotant la photo contre sa paume. On dirait la jumelle d'Elise Trulane.

Le bruit que faisait Laurel en fouillant dans les placards de sa chambre ramena Matt au présent. Une autre rencontre était prévue aujourd'hui, avec Louis Trulane. Il prit la cafetière pleine et l'emporta sur le balcon, où il attendit Laurel.

Elle aimait les bégonias roses, constata-t-il. Cueillant une des fleurs qui dépassait de la balustrade, il huma longuement son parfum. Bégonias roses. Rideaux de dentelle. Quelle place pouvait-il y avoir dans ce décor raffiné pour un homme qui avait grandi avec des chaussures trouées ? C'était curieux… Il n'avait jamais autant pensé à son enfance que depuis qu'il faisait équipe avec elle.

Quand Laurel rejoignit Matt, celui-ci contemplait le jardin en contrebas. Mais il ne voyait ni les fougères ni les fleurs, comprit-elle. Elle n'avait surpris cette expression sur son visage qu'une ou deux fois au journal, en levant les yeux sur lui par hasard alors qu'il était à sa machine à écrire, plongé dans la rédaction d'un article. Absorbé dans ses pensées.

— Matthew ?

Elle s'apprêtait à lui demander à quoi il pensait, mais quand il se tourna vers elle, une lueur dans ses yeux l'en dissuada. Puis, tout à coup, il redevint tel que lui-même.

— Le café est prêt, dit simplement Matt.

« Pourvu que la vague de chaleur se poursuive encore longtemps », songea-t-il en admirant la jupe et le corsage de coton que Laurel avait revêtus.

— Pas de « je t'avais prévenue » ? demanda-t-elle en s'asseyant sur une des chaises en fer forgé.

— Je suis mal placé pour te critiquer, répondit-il en s'appuyant à la balustrade. J'ai eu ma part de lendemains difficiles. Tu te sens mieux ?

— Un peu. Je vais téléphoner à la maison avant que nous partions. Je veux m'assurer que Susan s'adapte bien.

Que pouvait porter une femme comme Laurel sous une tenue d'été ? se demanda Matt. De la soie, peut-être. Très fine.

— Susan va bien. Je l'ai vue hier soir, ainsi que ta grand-mère.

Laurel se figea alors qu'elle portait sa tasse à ses lèvres.

— Tu es allé à *Promesse d'amour* hier soir ?

— Je ne peux pas me passer d'Olivia.

— Bon sang, Matthew, c'est mon article !

— *Notre* article.

— Peu importe. De toute façon, tu n'avais rien à faire là-bas sans moi.

Il se servit une tasse de café.

— Je te rappelle que tu n'étais pas en état d'aller où que ce soit, hier soir. Et si tu avais été plus en forme, ce n'est pas chez ta grand-mère que nous aurions fini la soirée.

Elle se leva brusquement.

— Hier, j'avais l'esprit brouillé par l'alcool. Mais ne t'imagine surtout pas que j'éprouve la moindre attirance pour toi, Matthew Bates.

Il se contenta de sourire.

— N'importe quel homme pourrait paraître séduisant après quatre Martini, poursuivit-elle. Même toi.

Il reposa sa tasse.

— Tu as les idées claires, ce matin, Laurellie ?

— Parfaitement et…

Elle s'étrangla, alors qu'il l'attirait contre lui.

— Oui, je dirais que tu as les idées claires.

Il se pencha vers elle.

— Tu es une femme qui sait exactement ce qu'elle veut et ce qu'elle ne veut pas.

« Bien sûr », songea Laurel en se laissant aller contre lui.

— Je ne veux pas… Oh…

Elle fut parcourue d'un long frisson quand il lui mordilla le lobe de l'oreille.

— Qu'est-ce que tu ne veux pas ?

— Que tu me… me brouilles les idées.

Elle sentit ses cils effleurer sa joue, tandis que sa bouche se rapprochait lentement de la sienne.

— Je te brouille les idées ?

— Oui.

Il approcha ses lèvres à quelques millimètres des siennes. Laurel s'écarta vivement, le cœur battant à tout rompre.

— Tu fais ça pour distraire mon attention de l'affaire.

— Tu sais aussi bien que moi que ça n'a rien à voir avec l'affaire, dit-il en capturant d'une main ses longs cheveux.

— Eh bien, c'est sur elle que nous devons nous concentrer. Je ne veux pas que tu enquêtes sans moi. C'est moi qui ai rencontré Susan et…

— Bon sang, quand il y aura un article, si toutefois il y en a un, nous le signerons tous les deux !

La colère était moins déstabilisante que le désir… Soulagée que la discussion tourne à la dispute, Laurel répondit sur le même ton.

— Ça n'a rien à voir avec la signature de l'article ! Ça ne me plaît pas que tu interroges grand-mère et Susan quand je ne suis pas là. Si tu m'avais mise au courant de tes intentions, j'aurais bu plus de café, j'aurais pris une douche et je me serais ressaisie.

— Peut-être.

Matt enfonça les mains dans les poches de son pantalon.

— Mais, pour être tout à fait honnête, j'avais envie de discuter avec quelqu'un qui soit capable de faire preuve d'objectivité à propos des Trulane.

Serrant les dents, Laurel réprima une réplique cinglante. Malheureusement, il avait une fois de plus raison. Et elle le détestait d'autant plus…

— Allons-y, marmonna-t-elle en pivotant sur elle-même.

— Laurel.

Il la saisit par le bras.

— Ça n'a rien à voir avec l'article, expliqua-t-il d'une voix douce. Je ne veux pas que tu souffres.

Elle le regarda, ébranlée. Danger… Elle allait finir par être réellement en danger.

— Je t'ai déjà demandé de ne pas être gentil avec moi.

— Je serai odieux plus tard, pour compenser. Ce que tu ressens pour Louis…

— … n'a rien à voir avec tout ça.

De quoi parlaient-ils l'un et l'autre ? se demanda-t-elle, de plus en plus troublée. De l'article ou d'autre chose ?

— Laisse-moi régler ça toute seule. J'en suis capable.

Matt faillit insister, mais il se ravisa. Plus tard… Plus tard, il la mettrait au pied du mur. Quand le moment serait venu.

— D'accord, dit-il simplement. Allons-y.

La brise était apaisante. Elle soufflait doucement par la vitre alors qu'ils sortaient de la ville. La tête renversée en arrière et les yeux fermés, Laurel écoutait Matt lui raconter sa visite à sa grand-mère.

— Dois-je déduire de cette pointe de dédain dans ta voix que tu ne crois pas aux fantômes ?

— Parce que toi, tu y crois ? demanda-t-il en lui jetant un coup d'œil narquois.

Voyant qu'elle restait silencieuse, il ralentit pour la regarder plus attentivement.

— Laurel ?

Elle haussa les épaules en lissant sa jupe avec plus de soin que nécessaire.

— Disons que j'ai du sang créole, Matthew.

Il fut incapable de réprimer un sourire moqueur.

— Tu crois vraiment aux fantômes, Laurel ?

— A l'atmosphère…, corrigea Laurel, obligée d'avouer quelque chose qu'elle aurait préféré garder pour elle. Je suis allée dans ce marécage. Il y a des fleurs là où on s'attend le moins à en trouver, des petites parcelles de prairie, des hérons bleus, de l'eau stagnante.

Elle se tourna vers Matt et ses cheveux volèrent hors de la vitre, attirés par la brise.

— Il y a aussi des sables mouvants, d'horribles petits insectes et des serpents. Et puis des ombres. Je n'ai jamais aimé cet endroit. Il est sinistre. Il y a des endroits que le soleil n'atteint jamais.

— Laurel.

Matt arrêta la voiture à l'entrée du *Domaine du chêne*.

— Tu te laisses de nouveau influencer par tes souvenirs d'enfance. C'est un endroit comme un autre.

— Je peux seulement te dire ce que je ressens.

Elle plongea son regard dans le sien.

— Et ce que ressentait Anne Trulane, apparemment.

— D'accord.

Passant la première, il franchit les hautes colonnes de brique de l'entrée du domaine.

— Mais, pour l'instant, concentrons-nous sur les êtres humains.

L'allée était bordée d'immenses chênes très anciens, recouverts par une épaisse couche de mousse espagnole. Le parc n'avait pas changé. Et la maison non plus, constata Laurel dès que celle-ci apparut.

Sa façade de brique était déjà marquée par le temps bien avant sa naissance. Ses lignes étaient plus géométriques que celles de *Promesse d'amour*. Moins fluides mais pas moins belles. Ses balcons noirs se découpaient nettement sur le vieux rose de la brique. La délicatesse des balustrades n'atténuait nullement l'arrogance du bâtiment. Si Laurel considérait la maison de ses ancêtres comme une femme, elle voyait le *Domaine du chêne* comme un homme, fier et sans âge.

— Il y a si longtemps, murmura-t-elle, envahie par une foule de souvenirs et d'émotions.

Princes charmants et thés, robes vaporeuses et gâteaux roses. La dernière fois qu'elle avait vu cette maison et qu'elle y avait rêvé, elle était encore une enfant.

Elle tourna la tête en soupirant et rencontra le regard de Matt. Aujourd'hui, elle éprouvait de nouvelles émotions… Pas aussi douces, pas aussi tendres. C'était la réalité, avec ses souffrances et ses joies. C'était réel. Trop réel… Submergée par une vague de panique, elle ouvrit maladroitement la portière et descendit de voiture.

Que lui arrivait-il ? se demanda-t-elle en inspirant profondément. Elle en était arrivée au point où elle ne pouvait même plus regarder Matt sans avoir envie de s'enfuir à toutes jambes — ou de se jeter à son cou. Le désir physique ne lui posait pas de problème. Pendant un an, elle avait réussi à le surmonter. Mais autre chose était en train de s'y mêler. Quelque chose qui promettait d'être plus difficile à affronter. Et pourtant, il le faudrait bien. Tout comme il faudrait affronter les sentiments qu'elle éprouvait pour les Trulane.

Après avoir pris une nouvelle inspiration, elle se dirigea vers la véranda, suivie de Matt.

— Laisse-moi faire, lui dit-elle. Je connais Louis et Marion.

— Tu les *connaissais*, rectifia Matt.

La façon dont elle avait regardé la maison ne lui avait pas échappé. Ni le regard qu'elle avait ensuite posé sur lui.

— Les gens ont l'habitude déplaisante de changer. Je ne peux rien te promettre, Laurel.

— Tu es dur.

— Oui.

Il leva le heurtoir et le laissa retomber sur une porte en acajou du Honduras.

Une femme un peu dégingandée vint leur ouvrir la porte. Elle jeta un bref coup d'œil à Matt, puis ses yeux noisette se posèrent sur Laurel.

— Mademoiselle Armand, murmura-t-elle en tendant des mains très fines.

— Binney. C'est un plaisir de te revoir.

Josephine Binneford, gouvernante, avait traversé sans beaucoup changer les dix années pendant lesquelles Laurel ne l'avait pas vue. Ses cheveux étaient plus gris, mais toujours noués sur la nuque dans le même chignon strict. Les rides sur son visage étaient peut-être plus nombreuses, mais Laurel ne les vit pas.

— Mademoiselle Armand, répéta-t-elle. Vous êtes devenue une jeune femme magnifique. Plus de genoux éraflés ?

— Non, plus depuis longtemps.

Avec un sourire, Laurel embrassa la gouvernante sur la joue. Celle-ci sentait l'amidon et le lilas.

— Tu n'as pas changé, Binney.

— Oh ! vous êtes encore trop jeune pour savoir à quel point le temps passe vite.

La gouvernante s'effaça pour les laisser passer, puis elle referma la porte sur le soleil et la chaleur.

— Je vais prévenir Mlle Marion que vous êtes là.

D'une démarche raidie par l'arthrite, elle les conduisit dans le salon.

— *Revenez bientôt*, murmura-t-elle en français à Laurel. *Cette maison a besoin de jeunesse.*

Puis elle se dirigea vers l'escalier.

— Qu'a-t-elle dit ? demanda Matt, tandis que Laurel la suivait du regard.

— Elle m'a juste demandé de revenir bientôt.

Laurel croisa les bras, comme si elle avait soudain froid.

— Et que la maison avait besoin de jeunesse, ajouta-t-elle en avançant dans le salon.

Si les gens changeaient, la maison ne bougeait pas, songea-t-elle. Le salon aurait pu être transporté un siècle en arrière. Et au cours du siècle à venir, il resterait tel quel.

Le soleil entrait à flots par les hautes fenêtres encadrées de bleu roi. Il allumait des reflets sur les tables en acajou, mettant en valeur les différentes nuances de rouge. Il faisait étinceler un vase de cristal taillé, qu'une jeune mariée Trulane depuis longtemps décédée avait reçu en cadeau de mariage. Il caressait comme un amant une femme de porcelaine qui avait été figée pour l'éternité dans le tourbillon d'une valse solitaire.

Matt observait Laurel. Une foule d'émotions se peignaient sur son visage, constata-t-il avec exaspération. Comment l'amener à s'intéresser à lui quand sa vie était peuplée par les fantômes du passé ?

— Les souvenirs sont des biens précieux, déclara-t-il d'un ton qu'il espérait léger. A condition de ne pas oublier le présent.

Il voulait la mettre en colère. Sa colère était ce qu'il y avait de plus facile à affronter pour lui. Mais, à sa grande surprise, Laurel se tourna vers lui avec un regard très doux, qui illuminait son visage délicat.

— Toi aussi, Matthew, tu dois posséder ces biens précieux.

Un toit qui fuyait, un plancher glacial et une assiette dans laquelle il n'y avait jamais assez à manger, songea-t-il. La nuit, une femme en train de tousser, toujours en train de tousser, fatiguant des poumons déjà épuisés. Et puis la promesse qu'il s'était faite. Quitter cet endroit en emmenant la femme avec lui. Cette promesse, il n'avait pas réussi à la tenir entièrement.

— Oui, j'en ai, répondit-il d'un air sombre. Mais je préfère le présent.

Il n'y avait pas seulement de l'amertume dans sa voix, songea Laurel avec une soudaine compassion. On y percevait une pointe de vulnérabilité. Spontanément, elle lui tendit la main.

— Matthew...

Pas question, songea aussitôt Matt. Pas question de susciter sa pitié. Ce n'était pas ainsi qu'il comptait la séduire. Il lui prit la main, puis la porta à ses lèvres.

— La vie est un cycle absurde, Laurellie. J'ai toujours pensé qu'il valait mieux occuper son temps à fabriquer les souvenirs plutôt qu'à les revivre.

Elle laissa retomber sa main.

— Tu ne veux pas te confier à moi, n'est-ce pas ?

— Concentrons-nous sur aujourd'hui, esquiva-t-il en passant ses doigts dans les belles boucles brunes.

Blessée sans trop savoir pourquoi, Laurel se détourna de lui.

— Aujourd'hui n'existe pas sans hier.

— Bon sang…

Une voix féminine interrompit Matt.

— Laurel, excuse-moi de t'avoir fait attendre.

Marion Trulane pénétra dans la pièce de la démarche souple et gracieuse d'une femme ayant suivi des cours de maintien. Elle portait une des vaporeuses robes pastel qu'elle affectionnait. Laurel lui prit les mains. Celles-ci étaient douces et menues. Quelle beauté insolente… Marion approchait de la quarantaine, mais son teint était d'une pureté remarquable et son ossature d'une élégance rare. Son parfum avait la même douceur que ses mains, ses cheveux, ses yeux.

— Marion, tu es magnifique, dit-elle.

— Merci.

Marion pressa brièvement les mains de Laurel.

— Je ne t'ai pas vue depuis ce gala de bienfaisance, il y a deux mois. C'était curieux de t'y voir avec ton calepin et ton stylo. Es-tu contente de ton travail ?

— Oui, c'est ce que je voulais faire depuis toujours. Je te présente un de mes collègues, Matthew Bates.

— Ravie de vous rencontrer, monsieur Bates.

Marion serra la main de Matt tout en scrutant son visage.

— Nous sommes-nous déjà rencontrés ?

— Sans avoir été présentés, mademoiselle Trulane. J'étais ici le mois dernier, quand votre belle-sœur a été retrouvée.

— Je vois.

Les yeux de Marion s'étaient assombris.

— Je crains d'avoir un souvenir assez confus de cette journée. Asseyez-vous, je vous en prie. Binney prépare des rafraîchissements. Louis nous rejoindra dans un instant.

Elle s'assit dans un fauteuil Hepplewhite à dossier droit, aux couleurs légèrement passées.

— Il est retenu au téléphone. A vrai dire, je suis heureuse de disposer de quelques minutes avec vous avant son arrivée, dit-elle en croisant les mains sur ses genoux. Tu n'as pas vu Louis depuis longtemps, Laurel.

— Dix ans.

— Oui, dix ans.

Marion regarda par la fenêtre un instant, puis elle soupira.

— On perd la notion du temps, ici. J'ai été forcée d'arrêter de t'inviter après que Charles et Elise... sont partis. Louis était trop mal. Ce n'était pas l'atmosphère idéale pour une jeune fille sensible.

Dix ans, songea Laurel. Et elle en souffrait encore... Et lui, dans quel état était-il ?

— Je comprends. Je ne suis plus une petite fille.

— Non, en effet.

Marion détacha ses yeux de la pelouse impeccablement tondue et des chênes majestueux.

— Laurel, tu ne l'as vu qu'au tout début de sa transformation. Au fil des mois, au fil des années, il s'est aigri. Il est devenu sujet aux sautes d'humeur, aux absences. Parfois, il ne se souvenait plus...

Elle s'interrompit, décroisant les doigts.

— Il n'oubliait pas, rectifia-t-elle avec un sourire triste. Il choisissait de ne pas se souvenir. Lui et Charles étaient... enfin, c'est comme ça...

— Marion, je sais combien ç'a dû être difficile pour lui. Je l'ai toujours su. En fait, si j'ai arrêté de venir ici, ce n'est pas parce que tu ne m'invitais plus, mais parce que je savais que Louis n'avait pas envie de me voir.

— Tu as toujours été très perspicace.

Marion soupira.

— Quand il a ramené Anne ici, personne n'a été plus surpris ni plus heureux que moi. Elle avait fait disparaître toute son amertume.

— Je l'ai senti, en effet.

Laurel sourit devant le regard interrogateur de Marion.

— Je lui ai téléphoné quelques semaines après son mariage.

Hochant la tête, Marion croisa de nouveau les doigts. Ses ongles étaient ovales, dépourvus de vernis et coupés très court.

— Peut-être était-il trop protecteur, trop possessif, mais Anne était si jeune et il avait tellement souffert... Je te dis ça parce que je veux que tu...

Elle jeta un coup d'œil à Matt.

— ... que tous les deux vous compreniez dans quel état se trouve Louis aujourd'hui. Il y a eu tellement de souffrance dans sa vie... S'il paraît froid et distant, c'est uniquement à cause de sa peine.

Binney entra en poussant un chariot.

— Ah ! voilà le thé glacé. Aimes-tu toujours autant le sucre, Laurel ?

— Oui, répondit celle-ci en souriant. Oh, comme c'est gentil à toi, Binney ! s'exclama-t-elle en apercevant les minuscules gâteaux roses sur la table.

— J'ai seulement dit à la cuisinière que Mlle Laurel venait prendre le thé, expliqua Binney avec un clin d'œil complice. N'en mangez pas plus de trois, sinon je vais avoir droit aux reproches de votre grand-mère.

La gouvernante quitta la pièce et Laurel mordit dans un gâteau en riant. Le goût de la pâtisserie fit surgir un nouveau flot de souvenirs dans son esprit. Des glaçons tintèrent dans les verres, tandis que Marion servait le thé.

— Binney n'a pas changé. La maison non plus, déclara Laurel en souriant. Je suis si heureuse d'être ici...

— Les maisons ne changent pas, dit Marion en lui tendant du thé glacé dans un verre Waterford. Ce sont seulement ses habitants qui changent.

Laurel n'entendit pas Louis arriver, mais elle sentit sa présence. Avec précaution, elle reposa son verre. Quand elle se tourna vers la porte, elle rencontra son regard.

6

Dix ans, était-ce vraiment si long ? se demanda-t-elle, effarée. Elle se croyait préparée. Du moins elle espérait l'être… Louis avait les tempes grisonnantes. Ça, elle l'aurait accepté. Son visage était marqué de rides, plus profondes autour de la bouche et des yeux. Elle l'aurait accepté également. Mais son regard avait perdu toute la chaleur, toute la gaieté qu'elle aimait tant.

Il était mince. Trop mince. Cela le vieillissait. Il semblait beaucoup plus âgé que ses trente-six ans. Elle se leva et s'avança vers lui, le cœur serré.

— Louis…

Il prit sa main et une ombre de sourire étira ses lèvres.

— Tu es devenue une adulte, Laurel. Pourquoi m'attendais-je à voir une enfant ?

Il lui effleura le menton du bout du doigt, tandis qu'elle refoulait des larmes de pitié.

— Tu promettais d'être une beauté.

Elle sourit. Si seulement son regard pouvait s'éclairer un peu…

— Tu m'as manqué, dit-elle d'une voix douce.

Mais le regard de Louis ne s'éclaira pas. Il laissa retomber sa main. Il était tendu, songea-t-elle avant de se rendre compte qu'elle l'était tout autant.

— Louis, je te présente mon confrère, Matthew Bates.

Louis jeta un coup d'œil à Matt et son regard se durcit.

— Je crois que nous nous sommes déjà rencontrés.

— Du thé, Louis ? demanda Marion en tendant la main vers la théière.

— Non.

Le ton de Louis était cassant, mais Marion resta impassible, excepté un imperceptible pincement des lèvres. Aucun des deux hommes ne remarqua ce dernier, car leur attention était fixée sur Laurel.

— Nous ne sommes pas ici pour boire du thé et manger des gâteaux, n'est-ce pas, Laurel ? murmura Louis avant de traverser la pièce pour s'immobiliser devant la cheminée éteinte.

Au-dessus de celle-ci était accroché un portrait de sa mère. Laurel se souvenait parfaitement de ce tableau. Il se trouvait là depuis des années, à l'exception d'une brève période pendant laquelle il avait été remplacé par le portrait d'Elise Trulane.

— Si nous en venions au fait ? suggéra Louis. J'ai accepté de vous recevoir, M. Bates et toi, pour mettre fin à la rumeur qu'a lancée Susan.

Il regarda longuement Laurel.

— Pose tes questions. Autrefois, j'avais toujours des réponses à te donner.

— Louis…

Elle eut envie de le rejoindre pour tenter de l'apaiser, mais une lueur dans les yeux de Matt l'arrêta.

— Je suis désolée de t'importuner ainsi. Vraiment désolée.

— C'est inutile.

Louis prit un fin cigare et l'observa un moment avant de l'allumer.

— Rien n'est immuable. Fais ce que tu es venue faire.

Elle sentit son estomac se nouer. Il y avait toujours en lui cette force, dont elle était déjà consciente quand elle était enfant. Cette force l'avait poussé à prendre les rênes d'une entreprise au capital de plusieurs millions de dollars avant même d'avoir fini ses études. Elle lui avait permis d'envoûter une petite fille qui, une fois devenue femme, se sentait marquée à jamais par son souvenir. Mais à cette force s'était ajoutée une telle froideur, à présent... Immobile au milieu du salon, Laurel sentait le fossé entre le passé et le présent se creuser un peu plus à chaque seconde.

— Susan est certaine qu'Anne ne serait jamais allée dans le marécage toute seule, déclara-t-elle.

Elle se maudit aussitôt. Elle n'aurait pu commencer de manière plus maladroite ! Elle continua pourtant.

— Elle prétend qu'Anne avait la phobie de l'obscurité et que, dans ses lettres, elle disait être terrifiée par le marécage.

— Et elle s'imagine que quelqu'un a obligé Anne à s'y rendre, termina Louis d'un ton froid. Je sais déjà tout cela.

Laurel inspira profondément. Elle était journaliste et elle avait une enquête à mener : elle ne devait pas l'oublier.

— Anne avait peur du marécage, Louis ?

Il tira sur son cigare et la regarda à travers le nuage de fumée.

— Oui. Mais elle y est allée quand même, puisqu'elle y est morte.

— Pour quelle raison a-t-elle pu s'y rendre ?

— Peut-être pour me faire plaisir.

Il secoua négligemment la cendre de son cigare dans l'âtre immaculé.

— Elle commençait à trouver ridicule cette phobie qu'elle traînait depuis l'enfance. Quand j'étais avec elle, elle n'avait pas besoin de lumière, la nuit, murmura-t-il.

Soudain, il releva la tête avec l'air arrogant dont Laurel avait gardé le souvenir.

— La rumeur concernant les fantômes du marécage nourrissait son imagination. Ça m'agaçait.

Il tira de nouveau sur son cigare. Plus fort.

— Elle avait… besoin de mon approbation.

— Tu penses qu'elle aurait pu se lever au milieu de la nuit et aller dans le marécage pour te faire plaisir ? demanda Laurel en se rapprochant de lui.

— Cela paraît plus plausible que l'intervention d'un mystérieux inconnu qui aurait pénétré dans la maison par effraction et l'aurait emmenée de force, sans que personne n'entende rien.

Louis darda sur Laurel un regard glacial.

— Tu as lu le rapport de police, j'imagine.

Au souvenir des photos, elle sentit sa gorge s'assécher.

— Oui.

— Dans ce cas, il est inutile que je revienne là-dessus.

— Votre épouse avait-elle des insomnies ? demanda Matt.

Avec intérêt, il nota que la mâchoire de Louis se crispait imperceptiblement.

— De temps en temps. En particulier quand je travaillais.

Louis regarda par la fenêtre, par-dessus l'épaule de Matt.

— Elle croyait avoir aperçu des lumières dans le marécage.

— Quelqu'un d'autre les avait-il vues ?

Louis eut une moue de dérision.

— Des dizaines de gens ont prétendu en avoir vu, répondit-il. Quand ils étaient en compagnie d'une bouteille de bourbon, la plupart du temps.

— Monsieur Bates, Anne était à la fois effrayée et fascinée par le marécage, intervint Marion. Il arrive souvent que les gens éprouvent de la fascination pour ce qui les terrorise. Elle était obsédée par la légende. Malheureusement, aucun de nous ne la prenait au sérieux et nous sommes à blâmer pour cela. Elle était si jeune… Peut-être que si nous avions insisté pour qu'elle se promène dans le marécage en plein jour, elle n'aurait pas éprouvé l'envie irrésistible d'y aller la nuit.

— Tu penses qu'elle était capable de s'y rendre seule, la nuit ? demanda Laurel.

— C'est la seule explication. Nous l'aimions tous.

Les yeux embués de larmes, Marion jeta un coup d'œil à Louis.

— Elle était charmante et très douce, mais elle avait les nerfs à vif. Je croyais que c'était la perspective de la réception qui la perturbait.

— Quelle importance, à présent ? demanda Louis en jetant son cigare dans la cheminée. Anne est partie et ni Susan ni ses lettres n'y peuvent rien changer.

— Les lettres ont été volées dans la chambre de Susan, déclara Laurel d'un ton posé.

Louis haussa les épaules, manifestement exaspéré.

— C'est ridicule. Qui volerait des lettres ? Elle a dû les égarer.

— Vous avez été mariés pendant presque un an, intervint Matt. Pourtant, aucun de vos proches voisins n'a jamais rencontré votre épouse. Pourquoi ?

Ça ne regarde que moi.

Laurel fit un pas vers Louis.

— S'il te plaît… Si nous pouvions juste com-prendre…

— Comprendre ?

Devant son regard glacial, elle se figea.

— Comment le pourrais-tu ? C'était encore une enfant, à peine plus âgée que tu l'étais la dernière fois que je t'ai vue. Cependant, elle n'avait pas ton assurance. Je la gardais pour moi seul, parce que j'en avais envie. Et parce qu'il le fallait. Il y avait une différence d'une génération entre nous.

— Tu ne lui faisais pas confiance, murmura Laurel.

— Seuls les imbéciles accordent leur confiance.

— La ressemblance entre Anne et votre première épouse n'est-elle pas étrange ? demanda Matt.

Seul le petit hoquet étouffé de Marion troubla le silence qui suivit cette question. Louis crispa les poings mais son visage resta impassible. Sans un mot, sans un regard pour personne, il quitta la pièce d'un pas vif.

— Louis n'est pas vraiment lui-même, déclara Marion en tripotant nerveusement les verres. Il ne supporte pas qu'on compare Anne et Elise.

— C'est pourtant inévitable, fit valoir Matt. La ressemblance physique est trop frappante.

— Pas seulement physique... Votre remarque était tout à fait naturelle, monsieur Bates, s'empressa d'ajouter Marion. Mais Louis refuse de parler d'Elise et de Charles.

— Connais-tu Nathan Brewster ? demanda soudain Laurel.

Marion cilla imperceptiblement.

— Oui, bien sûr, c'est un des comptables de Louis.

— C'est l'un des rares noms cités par Anne dans ses lettres.

— Oh, c'est normal, je suppose. Il est venu ici quelquefois pour travailler avec Louis. Et comme Anne ne voyait pas beaucoup de monde...

Marion se leva avec un sourire contrit.

— Je suis désolée de ne pas vous être plus utile, mais peut-être pouvez-vous dissiper les doutes de Susan, à présent.

Elle tendit les mains à Laurel.

— Reviens bientôt, s'il te plaît. Juste pour bavarder comme autrefois.

— C'est promis. Dis à Louis...

Laurel pressa les mains de Marion dans les siennes en soupirant.

— Dis-lui que je suis désolée.

Ils quittèrent la maison et reprirent la route en silence.

Envahi par une frustration et une colère croissantes, Matt se jura pourtant de ne rien dire. Quels que soient les sentiments de Laurel, ils ne regardaient qu'elle. Si elle se laissait influencer par ses émotions, il n'y pouvait rien...

Mais ce fut plus fort que lui. Poussant un juron, il donna un coup de volant pour s'arrêter sur le bord de la route.

— Bon sang, Laurel, arrête !

Les mains croisées sur les genoux, la jeune femme resta immobile, les yeux fixés sur le pare-brise.

— Arrêter quoi ? demanda-t-elle enfin.

— De te noyer dans les regrets.

Elle tourna les yeux vers lui. Ils étaient secs, mais son regard n'en était pas moins éloquent.

— Oh, Matthew... Il paraissait si perdu...

— Laurel !

— Jc sais... Il a changé. Je m'y attendais. Mais je n'étais pas prête à affronter la réalité.

Elle prit une profonde inspiration.

— Je n'étais pas prête à le voir à ce point malheureux.

Injuriant mentalement Louis Trulane et tout ce qu'il représentait, Matt attira Laurel contre lui. Elle ne protesta pas. Le soleil inondait l'intérieur de la voiture et les oiseaux gazouillaient joyeusement dans les arbres.

Acceptant le réconfort que Matt lui offrait, Laurel ferma les yeux, tandis qu'il lui caressait les cheveux.

— Je suis en deuil, murmura-t-elle. Je ne sais pas si tu peux comprendre ce que Louis représentait pour moi quand j'étais enfant, puis adolescente. Le découvrir dans cet état aujourd'hui...

Elle soupira et regarda sans les voir les ombres que dessinaient les arbres sur la route écrasée de soleil.

— Tu le considères comme une victime, Laurel. Nous sommes tous victimes de ce que la vie nous réserve. Ce qui compte, c'est la manière dont nous affrontons les épreuves.

— Quand on perd quelqu'un qu'on a aimé, c'est comme si on mourait un petit peu.

— Nous sommes tous confrontés au malheur un jour ou l'autre, dit-il en respirant le parfum de ses cheveux.

Il avait raison, songea Laurel. Bien sûr, il avait raison. Mais ça ne l'empêchait pas d'éprouver du chagrin pour Louis. Elle resta silencieuse, la tête sur son épaule, tandis qu'il passait la main dans ses cheveux. Son corps était si rassurant... Les battements de son cœur si réguliers... Elle pouvait se perdre ici. Dans cette voiture, sous les rayons du soleil, au son du chant des oiseaux.

— Je t'ai déjà demandé de ne pas être gentil avec moi, murmura-t-elle.

Devant son regard pénétrant, elle sentit ses joues s'enflammer. Il lisait trop bien en elle... Il posa une main sur sa joue. Elle entrouvrit les lèvres.

— Tais-toi, murmura-t-il avant de s'emparer de sa bouche.

Avec moins de douceur que la fois précédente. Pourquoi y avait-il de la colère dans son baiser ? se demanda-t-elle avec perplexité. Cependant, cette colère était mêlée d'un désir intense, brûlant. Impossible d'y résister... Alanguie dans ses bras, elle sentait chacun de ses os, chacun de ses muscles se liquéfier et tout son être s'abandonner à la force impérieuse qui les poussait l'un vers l'autre. C'était un besoin irrépressible et mutuel, comprit-elle. Un besoin qui avait toujours existé. Plus elle l'avait combattu, plus elle s'était efforcée de l'ignorer, plus il s'était renforcé, menaçant de prendre le pas sur tous les autres. La faim, la soif, le besoin de respirer semblaient dérisoires en comparaison. Malgré tout...

— Matthew...

Elle laissa retomber sa tête sur son épaule en tentant de maîtriser les battements de son cœur.

— Ce n'est pas... Je ne suis pas prête...

Vibrant d'impatience et de désir, il voulut s'emparer de nouveau de sa bouche.

— Ça viendra.

— Je ne sais pas.

Elle posa les mains sur son torse pour le repousser. Si seulement il pouvait comprendre… Si seulement elle comprenait elle-même…

— Je t'ai dit que tu semais la confusion dans mon esprit. C'est vrai. C'est la première fois que je désire un homme et je ne m'attendais pas du tout à ce que ça tombe sur toi.

Il la serra contre lui.

— Tu finiras par t'y habituer.

Prenant soudain conscience de ce qu'elle venait de lui avouer, Matt se figea.

— C'est la première fois que… ? s'exclama-t-il avec stupéfaction. Tu n'as jamais… été avec un homme ?

Elle releva le menton.

— Je n'ai pas l'habitude de me forcer à faire des choses dont je n'ai pas envie, figure-toi.

Vierge ? Mon Dieu, comment avait-il fait pour ne pas s'en rendre compte ? se demanda Matt avec effarement. Pour ne pas le sentir ? Il desserra peu à peu son étreinte et finit par la lâcher.

— Ça change tout, n'est-ce pas ? murmura-t-il en prenant une cigarette. Ça change tout… Je vais être ton amant, Laurellie. Prends le temps d'y réfléchir.

— Quelle arrogance ! s'exclama-t-elle, suffoquée d'indignation.

— Nous en reparlerons.

Matt souffla un nuage de fumée. Laurel semblait aller mieux, songea-t-il. Pour sa part, il avait les nerfs à vif. Pour elle, comme pour lui, mieux valait prendre le temps de réfléchir.

— J'ai quelques idées à propos d'Anne Trulane.

Il remit le contact, tandis que Laurel s'efforçait de réprimer son irritation. La priorité, c'était l'article, se répétait-elle. Ils régleraient ce... problème personnel plus tard.

— Je t'écoute, dit-elle d'un ton neutre.

Matt s'efforçait de conduire en douceur et d'ignorer le désir qui le taraudait.

— Louis a épousé Anne Fisher parce qu'elle ressemblait à sa première femme.

— Oh, vraiment, Matthew...

— Laisse-moi terminer. Qu'il l'ait aimée ou non n'a aucune importance. Après l'avoir épousée, il l'a ramenée au domaine et l'y a cloîtrée, l'isolant du monde extérieur. Des hommes. Il n'avait pas confiance en elle.

— Il avait été victime d'une trahison particulièrement cruelle.

— Tout juste.

Matt jeta sa cigarette par la vitre.

— Il était hanté par l'idée qu'elle puisse rencontrer un homme plus jeune que lui. Il était possessif, jaloux. Et si Anne s'était rebellée ? Et si elle lui avait donné une raison de douter de sa fidélité ?

— Tu suggères que Louis l'a tuée, parce qu'il pensait qu'elle avait trahi sa confiance ?

Effrayée par le froid soudain qui l'envahissait, Laurel s'emporta.

— C'est ridicule ! Il est incapable de tuer qui que ce soit.

— Comment peux-tu savoir de quoi il est capable ? L'homme que tu as vu aujourd'hui est un inconnu pour toi.

Il avait raison, reconnut-elle intérieurement. Et cette vérité était terriblement douloureuse.

— Ta théorie n'est pas convaincante, protesta-t-elle néanmoins. Anne est morte entre minuit et 4 heures. Or, Louis a réveillé les domestiques entre 2 et 3 heures.

— Il a très bien pu l'emmener dans le marécage avant

2 heures. Peut-être n'avait-il pas l'intention de la tuer. Il voulait peut-être simplement lui faire peur, la laisser dans le marécage.

— Dans ce cas, pourquoi organiser des recherches ?

Matt jeta un bref coup d'œil à Laurel.

— Il avait peut-être oublié ce qu'il avait fait.

Laurel ouvrit la bouche, puis la referma. Louis avait des absences, selon Marion. Il était distrait, furieux, amer. Seigneur ! Elle n'aimait pas du tout la tournure que prenait cette enquête...

Laurel resta silencieuse pendant que Matt manœuvrait dans les embouteillages du centre-ville. Aucun homme ne pouvait oublier qu'il avait abandonné sa femme en pleine nuit dans un marécage. Aucun homme... sain d'esprit.

Matt se gara le long du trottoir.

— Où allons-nous ? demanda-t-elle.

— Rendre visite à Nathan Brewster.

Laurel leva les yeux vers l'immeuble abritant le siège social de la société des Trulane. C'était l'un des plus anciens et des plus prestigieux de la ville. Peut-être y découvriraient-ils des éléments permettant d'écarter les soupçons qui pesaient sur Louis, se dit-elle avec espoir.

— Marion n'avait pas envie de parler de Nathan Brewster.

— J'ai remarqué, répliqua Matt en descendant de voiture. Essayons de découvrir pourquoi.

— Je sais à quoi tu penses, murmura Laurel alors qu'ils se dirigeaient vers l'entrée de l'immeuble.

— Allons bon ! Ça pourrait être très embarrassant, plaisanta-t-il.

Elle pénétra dans l'immeuble en levant les yeux au ciel.

— Tu penses qu'Anne était attirée par Nathan Brewster et qu'elle a agi en conséquence. Que Louis l'a découvert et qu'il a préféré l'entraîner dans le marécage et l'y abandonner plutôt que d'essayer de trouver une solution ou de divorcer.

Matt cherchait l'étage de la comptabilité sur le panneau affiché dans le hall.

— Ça m'a traversé l'esprit, acquiesça-t-il.

— Tu as des préjugés contre Louis.

— Oui, en effet, maugréa-t-il en lui prenant la main pour l'entraîner vers l'ascenseur. Allons parler à cet homme et voyons quelle est sa réaction. Peut-être détourne-t-il des fonds ou bien a-t-il tout simplement une aventure avec Marion.

— Tes hypothèses sont de plus en plus ridicules !

Laurel pénétra dans l'ascenseur et croisa les bras.

— Tu fais la tête.

— Pas du tout !

Poussant un soupir exaspéré, elle fusilla Matt du regard.

— Je ne suis pas d'accord avec ta théorie, c'est tout.

— Donne-moi la tienne.

Elle regarda les lumières des étages s'allumer les unes après les autres.

— Quand nous aurons parlé à Brewster.

La porte s'ouvrit sur un hall au sol recouvert d'une épaisse moquette. Ignorant délibérément Matt, Laurel se dirigea vers l'hôtesse d'accueil.

— Laurel Armand, Matthew Bates, du *Herald*, annonça-t-elle d'un ton ferme. Nous aimerions voir Nathan Brewster.

La jeune femme ouvrit un registre.

— Vous avez rendez-vous ?

— Non. Dites à M. Brewster que nous souhaitons lui parler d'Anne Trulane.

— Si vous voulez bien vous asseoir, je vais voir si M. Brewster est disponible.

— Bien joué, Laurellie, commenta Matt. As-tu déjà pensé à intégrer l'armée ?

— Cette manière de procéder m'ouvre beaucoup de portes.

Elle s'assit sous un palmier en pot et croisa les jambes. Matt réprima un sourire. La jeune femme triste et vulnérable qui avait posé la tête sur son épaule, quelques instants plus tôt, s'était évanouie.

— Tu as de la classe, dit-il.

Il baissa les yeux.

— Et des jambes superbes.

Elle lui jeta un regard en coin.

— C'est vrai.

— M. Brewster vous attend.

L'hôtesse les précéda dans un couloir sur lequel donnaient plusieurs portes. Elle en ouvrit une, puis regagna silencieusement la réception.

Nathan Brewster respirait la sensualité, songea Laurel dès qu'elle le vit. Une sensualité lubrique, bestiale. Il n'était pas très grand, mais il émanait de toute sa personne une virilité flagrante, qui ne pouvait échapper à aucune femme. Il avait un physique agréable, mais ce n'était pas le plus important. C'était sa virilité presque sauvage qui devait attirer ou repousser au premier regard.

— Mademoiselle Armand… Monsieur Bates, dit-il en indiquant deux petits fauteuils de cuir avant de s'asseoir derrière son bureau. Vous voulez me parler d'Anne Trulane ?

— C'est exact, déclara Laurel en s'asseyant à côté de Matt.

Quelle avait pu être la réaction d'une femme comme Anne Trulane vis-à-vis de cet homme ? se demanda-t-elle.

— Elle est morte, déclara Brewster. En quoi cela intéresse-t-il la presse ?

— Vous avez rencontré Anne au *Domaine du chêne*, déclara Laurel. Ce qui est le cas de très peu de gens.

— Mes visites là-bas étaient professionnelles.

Il prit un crayon et commença à jouer avec.

— Pouvez-vous nous dire l'impression qu'elle vous a faite ?

— Elle était jeune, timide. C'était à M. Trulane que j'avais affaire. Je lui ai à peine parlé.

— C'est curieux, intervint Matt en regardant le crayon passer et repasser entre les doigts de Brewster. Vous faites partie des très rares personnes qu'Anne mentionnait dans ses lettres.

Le crayon se brisa avec un bruit sec.

— Je ne vois pas à quoi vous faites allusion.

— Anne parlait de vous dans ses lettres à sa sœur, déclara Matt d'un ton posé, sans quitter Brewster des yeux. Celle-ci ne croit pas que la mort d'Anne soit accidentelle.

Brewster déglutit péniblement. Le mouvement de sa pomme d'Adam n'échappa pas à Matt.

— Elle est morte des suites d'une morsure de serpent, déclara le comptable.

— Dans le marécage, compléta Laurel, fascinée par la violence manifeste des émotions qui secouaient cet homme. Saviez-vous qu'elle avait peur du marécage, monsieur Brewster ?

Matt se raidit devant le regard meurtrier que le comptable darda sur Laurel.

— Comment l'aurais-je su ? demanda Brewster.

— A votre avis, pourquoi s'est-elle rendue seule dans un endroit qui la terrifiait ?

— Peut-être ne supportait-elle plus d'être enfermée ! s'écria Brewster. Peut-être avait-elle besoin de sortir à tout prix !

— Enfermée ? répéta Laurel, en s'efforçant d'ignorer la boule qui lui nouait l'estomac. Etes-vous en train de dire que Louis la retenait prisonnière ?

— Quel autre terme voulez-vous employer ?

Les doigts de Brewster se serraient et se desserraient convulsivement sur les deux morceaux de crayon.

— Jour après jour, mois après mois, ne jamais voir personne d'autre que les domestiques et un homme qui surveillait le moindre de ses mouvements... Elle ne faisait jamais rien sans lui en demander l'autorisation. Elle ne franchissait jamais les grilles de la propriété sans lui.

— Etait-elle malheureuse ? demanda Laurel. Vous a-t-elle dit qu'elle était malheureuse ?

— Cela paraît évident. Trulane la traitait plus comme sa fille que comme son épouse. Elle avait besoin de quelqu'un qui la traite comme une femme.

— Vous ? demanda Matt d'une voix douce.

La respiration de Brewster était de plus en plus hachée. Son agressivité ne demandait qu'à se déchaîner, comprit Matt. Cet homme était obligé de faire un énorme effort pour la contrôler. Et il ne devait pas souvent y parvenir...

— Je la désirais, admit Brewster d'une voix rauque. Dès l'instant où je l'ai vue, sur la pelouse, en plein soleil. C'était une femme faite pour la lumière. Je la désirais, je l'aimais, d'une manière que Trulane était incapable de comprendre.

— Vous aimait-elle ?

Brewster devint écarlate.

— Elle l'aurait quitté. Elle ne serait pas restée dans ce... mausolée toute sa vie.

— Et elle vous aurait rejoint ? murmura Laurel.

— Tôt ou tard, oui. Je lui avais dit qu'elle n'était pas obligée de rester prisonnière, que je l'aiderais à s'échapper. Je lui avais dit qu'il vaudrait mieux pour elle être morte que...

— ... que vivre avec Louis, termina Laurel.

Brewster resta silencieux.

— Ça devait être très frustrant d'aimer la femme de votre employeur. Vous n'aviez que très rarement l'occasion de la voir ou de lui faire part de vos sentiments.

— Anne connaissait mes sentiments, rétorqua Brewster

d'un ton mordant. Mais quelle importance, aujourd'hui ? Elle est morte. Cet endroit l'a tuée. *Il* l'a tuée.

Il darda sur ses deux visiteurs un regard étincelant.

— Ecrivez ça dans votre journal.

— Vous pensez que Louis Trulane a tué sa femme ? demanda Matt en regardant Brewster jeter à terre les deux morceaux de crayon d'un geste rageur.

— Il aurait aussi bien pu braquer un pistolet sur sa tempe. Elle s'est enfuie, murmura le comptable en regardant ses mains vides. Elle a fini par s'enfuir mais elle n'est pas venue me rejoindre.

Il crispa les poings.

— Maintenant, laissez-moi tranquille.

Laurel ne commença à se détendre qu'une fois sur le trottoir, au soleil.

— Voilà un homme particulièrement irascible, murmura-t-elle.

— Et qui ne fait rien pour le cacher.

En frissonnant, elle s'appuya contre la voiture de Matt.

— Je comprends pourquoi il rendait Anne nerveuse.

Matt alluma une cigarette.

— Donne-moi ton impression en tant que femme.

— Passion, virilité. Suffisamment primitif pour fasciner.

Elle secoua la tête.

— Certaines femmes doivent le trouver irrésistible parce qu'un peu effrayant. Mais à mon avis, pour une femme comme Anne Trulane, c'était un homme à éviter à tout prix.

Laissant échapper un petit rire, elle ramena une mèche de cheveux derrière l'oreille.

— Sans être psychiatre, je crois pouvoir affirmer que Brewster n'était pas du tout le genre d'homme d'Anne Trulane. Mais à mon tour d'élaborer un scénario.

— Je t'écoute.

— Brewster est amoureux d'elle — ou croit être amoureux d'elle. Aucune importance. Pour un homme comme lui, ça revient au même. Il déclare sa flamme à Anne et lui demande de quitter Louis pour lui. Comment réagit-elle ? Elle est effrayée, consternée. Un peu flattée, peut-être.

— Flattée ? demanda Matt en arquant les sourcils.

— C'était une femme. Jeune, naïve.

Laurel leva les yeux vers les fenêtres de l'immeuble.

— Oui, je pense qu'elle a pu ressentir tout ça à la fois. Elle est perturbée. Brewster est pressant, enflammé. Elle aime son mari, mais elle ne sait pas comment affronter cette situation. Elle n'ose même pas en parler à sa sœur dans ses lettres.

Matt hocha la tête.

— Continue.

— Supposons que Brewster ait exigé qu'elle lui accorde un rendez-vous. Peut-être même a-t-il menacé de parler à Louis. Elle ne veut surtout pas. L'approbation et la confiance de son mari sont trop importantes pour elle. Elle connaît sûrement l'histoire de sa première épouse. Alors...

Laurel plissa les yeux.

— Elle accepte de le rencontrer, dehors, la nuit, pendant que Louis travaille. Ils se disputent parce qu'elle refuse de quitter son mari. C'est un homme brutal, dit-elle en se remémorant les doigts puissants de Brewster sur le crayon. Il s'est mis dans la tête qu'elle l'aime mais qu'elle a peur de partir. Il l'entraîne loin de la maison, loin de la lumière. Elle est terrifiée. Elle a peur de lui, de l'obscurité. Elle s'enfuit, mais il fait noir et, sans s'en rendre compte, elle se retrouve dans le marécage. Elle est partie. Brewster ne la retrouve pas. Ou n'essaie même pas de la retrouver. Et ensuite...

— Intéressant, commenta Matt en jetant sa cigarette.

Et aussi plausible que n'importe quelle autre hypothèse. Si seulement nous avions ces fichues lettres… Elles devaient contenir un indice, sinon elles n'auraient pas disparu.

— Sans doute.

— Je veux aller jeter un coup d'œil dans le marécage.

Laurel réprima un frisson.

— Ce soir ?

— Mmm.

Cela devait arriver à un moment ou à un autre, songea Laurel avec résignation.

— Allons chercher de la lotion contre les moustiques, dit-elle avec ironie.

— Nous ne sommes pas obligés d'y aller tous les deux. Tu peux rester chez toi et m'attendre en laissant une lumière allumée à ta fenêtre, plaisanta-t-il.

Laurel releva le menton d'un air hautain.

— C'est mon article. J'y vais. Tu peux m'accompagner si ça te chante.

— Notre article, rectifia-t-il une fois de plus. De toute façon, il n'y aura sans doute rien là-bas qu'une bande d'insectes répugnants et de la boue.

Et des serpents… Laurel déglutit péniblement.

— Nous verrons bien, dit-elle d'un ton qu'elle espérait désinvolte. En tout cas, nous aurions bien besoin de trouver des indices.

Ils se regardèrent, la mine perplexe. Impasse… pour l'instant.

— Allons déjeuner, suggéra Laurel en ouvrant la portière. Et retournons au journal avant d'être licenciés.

7

Laurel passa plus d'une heure avec Matt aux archives du journal à consulter des fichiers jusqu'à en avoir des douleurs dans la nuque. L'atmosphère poussiéreuse des archives et l'odeur de vieux journaux lui manqueraient peut-être, mais il fallait reconnaître que ce système présentait des inconvénients.

Certains journalistes rechigneraient sans doute à s'initier à l'informatique, mais pas elle, se promit-elle en se massant la nuque.

— Brewster a eu droit à la page deux du journal, murmura-t-elle en parcourant un article. Il y a deux ans.

Elle leva les yeux vers Matt.

— Grand-mère avait raison. Personne n'a une meilleure mémoire.

— Elle m'a parlé d'une sœur…

— C'est ça. La sœur de Brewster fréquentait un homme qui aimait un peu trop le bourbon, apparemment. Ce type l'avait vue dans un bar en compagnie d'un autre homme, lui avait fait une scène et avait voulu la faire sortir de force. Brewster était là. Il a fallu une dizaine d'hommes pour l'arrêter. Et le temps qu'ils y parviennent, il avait cassé le nez et trois côtes au gars en question, ainsi que deux tables et un miroir, se blessant lui-même à la main.

Matt haussa les sourcils.

— Des charges ont été retenues contre lui ?

— Coups et blessures, en tête de liste. Il s'en est sorti avec une amende parce que son... adversaire n'a pas voulu porter plainte.

Laurel griffonna quelques notes sur un bout de papier.

— Apparemment, quand Brewster perd son sang-froid, il le perd pour de bon. Je vais voir si je peux retrouver la sœur. Il lui a peut-être parlé d'Anne.

— Mmm.

Matt griffonnait, lui aussi, dans son calepin.

— Qu'as-tu trouvé ? demanda Laurel.

— Ce ne sont que des spéculations, murmura-t-il en se levant. J'ai quelques coups de téléphone à donner.

— Matthew, n'est-ce pas toi qui m'as vanté les vertus du travail en équipe ? demanda-t-elle en le suivant.

Il appela l'ascenseur et lui adressa un sourire charmeur.

— Je te mettrai au courant quand j'aurai passé ces coups de téléphone.

— Tu édictes tes propres règles du jeu en cours de partie ? maugréa-t-elle en entrant dans la cabine.

Matt la contempla, envahi par le souvenir de sa passion, de sa vulnérabilité. De son innocence.

— C'est peut-être préférable.

Electrisée par son regard, Laurel détourna les yeux.

— Tenons-nous-en à l'article.

— Pas de problème.

Au moment où les portes de la cabine se rouvraient, il lui prit le bras et l'entraîna dans la salle de rédaction, où ils se séparèrent.

Les journalistes doivent s'habituer à ce qu'on leur réponde grossièrement, qu'on refuse de leur répondre, ou qu'on esquive habilement leurs questions. Laurel eut droit à toute la palette de réactions quand elle passa ses coups de fil pour essayer de localiser Kate Brewster. Lorsqu'elle y parvint enfin, elle essuya une nouvelle rebuffade.

La sœur de Brewster refusa catégoriquement de discuter

de la bagarre dans le bar. Quant à son frère, elle n'avait pas grand-chose à en dire. Quand Laurel mentionna le nom d'Anne Trulane, elle perçut une hésitation à l'autre bout du fil. Etait-ce de la peur dans la voix de son interlocutrice ? se demanda-t-elle quand celle-ci affirma ne connaître personne de ce nom.

Mais Laurel connut une autre frustration appartenant au quotidien des journalistes. Le bruit soudain de la tonalité : sa correspondante lui avait raccroché au nez.

Elle leva les yeux et vit Matt coincer son téléphone sur son épaule pour prendre des notes. Il y en avait au moins un des deux qui progressait, songea-t-elle avec dépit en se levant pour aller s'asseoir sur le coin de son bureau. Elle tenta en vain de lire ce qu'il avait écrit. Son écriture très particulière était illisible à l'envers. Elle prit négligemment le gobelet dans lequel le café de Matt refroidissait et but une gorgée. En l'entendant prononcer le nom d'Elise Trulane, elle tendit l'oreille.

Que manigançait-il ? se demanda-t-elle, tandis qu'il continuait d'écrire en l'ignorant. Il prenait des renseignements sur Elise... De toute évidence, la ressemblance entre les deux femmes l'obsédait. Mais quel rapport pouvait-il y avoir entre une première épouse qui s'était enfuie et une seconde qui était morte ? Assaillie par une idée terrifiante, Laurel fixa Matt. La vengeance ? Mais ce serait de la folie. Louis n'était pas... Louis ne pouvait pas... Au regard que lui lança Matt, elle comprit qu'il lisait dans ses pensées. Délibérément, elle lui tourna le dos. Face à elle se trouvait le bureau de Don Ballinger. Les informations qu'ils avaient transmises au rédacteur en chef étaient succinctes mais avaient suffi à leur obtenir son feu vert.

Matt raccrocha et tapota le bord de son bureau avec son crayon.

— Où en es-tu ? demanda-t-il.

— Nulle part, si ce n'est que la sœur de Brewster est devenue nerveuse dès que j'ai prononcé le nom d'Anne Trulane. Et qu'elle a préféré ne pas se mouiller au sujet de son frère. Et toi, où en es-tu ?

Matt jouait avec son crayon. Mais pas avec la même fébrilité que Brewster. Ses mains étaient fines. Ni élégantes comme celles de Louis, ni brutales comme celles de Brewster. Elles étaient habiles et solides. Comme il l'était lui-même. Troublée, Laurel leva les yeux vers le visage de Matt. Il lui arrivait de plus en plus souvent d'être distraite de son travail, parce qu'elle pensait à lui…

— Matthew, où en es-tu ? répéta-t-elle alors qu'il regardait dans le vague.

— Il semble que la ressemblance physique n'était pas le seul point commun entre les deux Mme Trulane.

Il laissa tomber le crayon sur son bureau et prit une cigarette.

— Toutes les deux n'avaient qu'un seul parent. Dans le cas d'Elise, c'est une tante. Je viens de lui parler.

— Pourquoi ?

— Simple curiosité.

Il alluma sa cigarette, tandis que, derrière eux, un journaliste raccrochait son téléphone d'un coup sec en jurant.

— Elle décrit sa nièce comme une jeune fille timide et calme, poursuivit Matt. Apparemment Elise aimait beaucoup le *Domaine du chêne* et, contrairement à Anne, elle assumait pleinement son rôle de maîtresse de maison. Elle aimait jardiner, recevoir, et envisageait de changer la décoration de la maison. Sa tante a été très étonnée d'apprendre qu'elle s'était enfuie avec son beau-frère… et elle n'a jamais eu de nouvelles d'elle depuis. Elle pensait qu'Elise était très amoureuse de son mari.

— Comme tout le monde. Ce sont des choses qui arrivent, Matthew. Sans que personne ne se doute de rien. Je ne vois pas pourquoi Elise aurait raconté à sa tante ou à quelqu'un d'autre qu'elle avait une aventure avec son beau-frère.

— Tu as sans doute raison. Cependant, il y a un détail que je trouve intéressant. Elise a hérité de cinquante mille dollars à son vingt et unième anniversaire. C'est-à-dire un mois après avoir quitté le domaine. L'argent n'a jamais été réclamé.

Une foule de pensées se bousculèrent aussitôt dans l'esprit de Laurel.

— Peut-être que... qu'elle a eu peur que Louis puisse retrouver sa trace si elle réclamait son héritage.

— Cinquante mille dollars, ça rend très courageux.

— Je ne vois pas ce qu'Elise a à voir avec Anne.

Matt plongea son regard dans le sien.

— Si, tu le vois parfaitement.

Le visage de Laurel était de nouveau pâle et crispé, constata-t-il. Comme lors de leur visite au domaine. Réprimant un juron, il se leva.

— C'est une information qu'il faut garder à l'esprit, dit-il d'un ton vif. Pour l'instant, nous ferions mieux de nous concentrer sur notre petite promenade de ce soir. Rentrons nous reposer un peu avant de nous mettre en route.

— D'accord.

Laurel réprima un soupir de lassitude. Elle n'avait aucune envie de discuter. Et même si c'était lâche, elle n'avait aucune envie non plus de réfléchir à ce que Matt venait de lui apprendre. La journée avait été assez éprouvante. Elle avait besoin d'un peu de temps pour parvenir à maîtriser ses émotions.

Pendant le trajet, Matt s'en tint délibérément à des propos anodins. Il était très doué pour masquer ses pensées et ses sentiments sous une attitude désinvolte. C'était une de ses armes les plus efficaces sur le plan professionnel, mais également personnel. S'il était furieux que Laurel prenne systématiquement la défense de Louis Trulane, il n'en laisserait rien paraître. S'il était miné par l'envie impérieuse, presque violente, de l'emmener dans un endroit isolé pour lui faire oublier jusqu'à l'existence de cet homme, il ne le montrerait pas. Sa voix était calme, sa conduite souple. Mais, en réalité, il était tendu à l'extrême.

— Une bonne sieste, ça va être le paradis, dit Laurel quand ils descendirent de voiture au pied de leur immeuble. Les deux dernières journées ont été longues.

« L'année a été longue », rectifia intérieurement Matt, rongé par le désir.

— La nuit va être longue également, dit-il d'un ton léger.

Laurel lui sourit pour la première fois depuis qu'ils avaient quitté le *Herald*.

— A quelle heure partons-nous en expédition ?

— Minuit est l'heure tout indiquée, je suppose.

Il effleura ses cheveux avant de monter l'escalier.

— L'ail n'a aucun pouvoir contre les fantômes, n'est-ce pas ? demanda Laurel d'un air songeur. Les balles de revolver non plus et les morceaux de bois encore moins. Qu'est-ce qui est efficace ?

— Le bon sens.

Elle poussa un profond soupir.

— Aucun romantisme…

Il s'immobilisa sur le palier et lui sourit.

— Tu veux parier ?

En riant, elle se pencha pour ramasser un paquet qui avait été déposé devant sa porte.

— Je ne me souviens pas d'avoir commandé quelque chose.

— De la part de Jerry, sans doute.

Laurel voulut prendre un air outré, mais elle n'y parvint pas.

— A minuit, Matthew.

Après avoir fouillé un instant dans son sac, elle trouva ses clés et déverrouilla la porte. Après un dernier regard malicieux, elle lui ferma la porte au nez.

Le sourire de Matt s'effaça. Cette femme le rendait fou, songea-t-il en se dirigeant vers son appartement. Il fallait qu'elle soit aveugle pour ne pas s'en apercevoir. Peut-être s'était-il montré trop prudent...

Une fois chez lui, il gagna la cuisine en enlevant sa chemise qu'il jeta par terre. Pour dire la vérité, il lui avait fallu des semaines pour reconnaître qu'il avait eu le coup de foudre dès l'instant où elle avait posé sur lui ses grands yeux émeraude.

Ce jour-là, il n'avait pas voulu le croire. De même que des années auparavant, il avait refusé d'admettre qu'il était tombé amoureux de l'adolescente dont Curt avait posé la photo sur leur bureau, dans leur chambre à l'université.

— Ma sœur, avait commenté Curt d'un air distrait. Elle est stagiaire au journal de mon père pendant l'été.

Matt n'avait pas vraiment entendu ce que lui avait dit Curt, parce que le souffle lui avait soudain manqué. Lui, un étudiant de troisième année, plus expérimenté que bien des hommes mûrs, il restait cloué sur place, pris de vertige, à cause d'une fille qui ne devait pas avoir plus de quinze ans... Impossible, s'était-il dit avant de continuer à défaire sa valise.

Matt prit du jus d'orange dans le réfrigérateur et but à la bouteille. Il s'était remis de ce premier... — mais quel nom donner à ce choc intense ? — assez rapidement. Du moins était-ce ce qu'il avait voulu croire. Mais quand, des années après, William Armand lui avait écrit pour lui offrir un poste au *Herald*, il n'avait pas hésité un seul instant. Et il ne s'était pas demandé pourquoi.

La situation aurait été plus simple si, derrière ce visage fabuleux, il avait découvert un esprit borné, se dit-il en jetant la bouteille vide à la poubelle. Ou bien une personnalité trop fade, ou un caractère trop doux. La situation aurait été plus simple si, pendant l'année passée en face d'elle au journal, il n'avait pas eu l'occasion de constater qu'elle correspondait à l'idée qu'il se faisait de la femme idéale.

Il avait bien l'intention de la conquérir. Mais puisqu'elle était encore vierge, il allait lui faire la cour dans les règles. Dîners aux chandelles et attentions délicates. De nouveau submergé par le désir, Matt laissa échapper un juron. Pourvu qu'il parvienne à dominer ses instincts...

Il avait bien l'intention de la conquérir, même si leur différence de milieu constituait un obstacle non négligeable. Il avait déjà réussi à franchir plusieurs portes. A présent, il devait faire en sorte que sa chance ne l'abandonne pas.

Oui, il allait la conquérir.

Enfonçant les mains dans ses poches, il se dirigea vers la salle de bains. Ce fut à ce moment-là qu'il l'entendit hurler.

Plus tard, il ne se rappellerait pas être sorti en courant de son appartement pour se précipiter chez elle. Il se rappellerait l'avoir entendue crier encore et encore, mais pas avoir tambouriné à sa porte avant de finir par l'enfoncer. En revanche, l'image de Laurel, figée au milieu de son salon, le visage blême, les mains à la gorge et les yeux écarquillés d'effroi, ne s'effacerait jamais de sa mémoire...

— Laurel !

Il la prit dans ses bras. Elle était raide comme une statue.

— Qu'y a-t-il ? Que se passe-t-il ?

Il sentait les battements affolés de son cœur. Etait-il vraiment possible qu'un cœur puisse battre aussi vite ? Sa peau était à la fois glacée et inondée de sueur, mais elle ne tremblait pas. Pas encore.

— Le paquet, murmura-t-elle d'une voix étranglée. Dans le paquet...

Sans la lâcher, il se tourna et regarda dans le paquet posé sur la table. Un juron lui échappa.

— Ce n'est rien, Laurel. Il est mort. Il ne peut pas te faire de mal.

Tremblant de rage, il souleva le serpent.

— Il ne peut plus te faire aucun mal, répéta-t-il, horrifié par la chose immonde qu'il tenait à la main.

Des gouttes de sueur perlaient au front de Laurel.

— Matthew... s'il te plaît, supplia-t-elle d'une voix éteinte.

Sans un mot, il laissa retomber le serpent dans la boîte, referma celle-ci et sortit de l'appartement. Quand il revint — vingt, trente secondes plus tard —, il trouva Laurel appuyée sur la table, la tête baissée, en train de sangloter. Toujours sans un mot, il la souleva de terre et la porta jusqu'au canapé où il s'assit, la berçant dans ses bras comme un bébé. Ce fut à ce moment-là seulement qu'elle se mit à trembler.

Cinq minutes... dix minutes, et il restait silencieux, se contentant de la serrer contre lui, tandis qu'elle pleurait sur son épaule, secouée de tremblements. Elle semblait si fragile... Bien sûr, il avait déjà eu l'occasion d'entrevoir sa vulnérabilité, mais il n'aurait jamais pu l'imaginer ainsi — aussi désarmée, perdue. Il serra les dents. Le jour où il mettrait la main sur celui ou celle qui avait déposé ce paquet devant sa porte, il lui ferait regretter amèrement son geste.

En sûreté. Elle était en sûreté à présent, se répétait Laurel. Même si la peur menaçait de la submerger de nouveau — cette peur abominable, paralysante, indicible. Le cœur de Matt battait sous sa paume, et la chaleur de son corps la réchauffait peu à peu. Il la serrait dans ses bras et tout allait rentrer dans l'ordre...

— Je suis désolée, dit-elle d'une voix tremblante.

— Tu n'as aucune raison de l'être.

Il lui embrassa les cheveux, puis les caressa.

— C'est comme ça depuis toujours. J'ai été mordue par un serpent quand j'étais petite. Je ne m'en souviens pas. Je ne me souviens pas non plus d'avoir été malade, mais je ne peux pas... je ne peux pas supporter...

— Ce n'est rien. Il n'est plus là. N'y pense plus.

Elle ne tremblait presque plus, mais Matt sentait encore de temps en temps un spasme la secouer. Sa respiration était hachée, son visage trempé de larmes. Oh, comme il avait envie de lui faire tout oublier... Et comme il avait envie de mettre la main sur l'ordure qui lui avait infligé ça...

— Je vais te servir un cognac.

— Non, dit-elle aussitôt en crispant les poings contre son torse.

Elle se détestait d'être aussi faible, songea Laurel avec dépit. Mais elle avait trop besoin de la force de Matt.

— Serre-moi seulement dans tes bras, le supplia-t-elle.

— Aussi longtemps que tu veux.

Elle poussa un petit soupir et ses doigts se décrispèrent peu à peu. Le silence se prolongea. Elle avait dû s'endormir, songea Matt. Sa respiration s'était apaisée, son cœur battait plus lentement et son corps avait retrouvé un peu de sa chaleur. Si elle le lui demandait, il pourrait rester ainsi sans bouger pendant des jours...

— Matthew..., murmura-t-elle en levant la tête vers lui.

Ses yeux étaient encore rougis et son visage n'avait pas repris ses couleurs. Submergé par une vague d'émotion, il dut se retenir pour ne pas la serrer contre lui à l'étouffer.

— Ne t'en va pas, s'il te plaît.

— Non, murmura-t-il en lui caressant la joue.

Sa peau était encore mouillée de larmes.

— Je reste là.

Elle lui prit la main et la pressa contre ses lèvres. Matt

fut envahi par un sentiment intense et doux à la fois, qu'il n'identifia pas comme de la tendresse.

Mais Laurel la vit s'allumer dans ses yeux.

C'était ce qu'elle attendait, comprit-elle. C'était ce dont elle avait besoin, ce qu'elle désirait, même si jusqu'alors elle avait refusé de l'admettre. S'il le lui demandait maintenant… mais il n'en ferait rien, bien sûr. C'était évident. Il fallait que ça vienne d'elle.

— Fais-moi l'amour, murmura-t-elle.

— Laurel…

Bouleversé, Matt se tut. Comment pourrait-il lui faire l'amour, alors qu'elle était aussi vulnérable ? En d'autres circonstances, oh oui ! en d'autres circonstances, il aurait tout donné pour l'entendre prononcer ces mots…

— Tu devrais te reposer, éluda-t-il.

Il paraissait hésitant. Curieux… Elle le croyait au contraire si sûr de lui, songea Laurel. Peut-être éprouvait-il pour elle des sentiments aussi troublants que ceux qu'elle éprouvait pour lui…

— Matthew, je te le demande en toute lucidité.

Sa voix n'était pas très forte, mais elle était ferme, constata-t-elle avec plaisir.

— Je te désire. Je te désire depuis longtemps.

Elle fit glisser sa main sur son torse, puis dans son cou, et lui caressa la joue.

— Aime-moi… maintenant.

Elle pressa ses lèvres contre les siennes, comme si c'était la chose la plus naturelle au monde.

Peut-être aurait-il trouvé la force de résister à son propre désir. Peut-être… Mais comment résister à celui de Laurel ? Laissant échapper un gémissement, Matt captura sa bouche pour un baiser plein de ferveur. Elle était si souple, elle semblait si malléable… Ne risquait-elle pas de se dissoudre dans ses bras, comme un mirage qu'il aurait poursuivi désespérément pendant des jours et des nuits, pour finalement le voir s'évanouir sous ses yeux ? Il approfondit son baiser avec une ardeur mêlée de crainte, mais à son grand soulagement, Laurel resta dans ses bras, bien réelle et toute chaude contre lui.

Enivré par la douceur sublime de ses lèvres, il dut faire un effort surhumain pour réprimer l'envie irrésistible de les dévorer. La saveur exquise de sa bouche, le contact de sa main sur sa joue, son parfum délicat se fondirent en un mélange enivrant qui faillit lui faire perdre tout contrôle de lui-même. Non, pas question. Il ne pouvait pas se le permettre. Pas la première fois.

S'exhortant à conserver son sang-froid, il enfouit son visage dans le cou de Laurel. Mais ses lèvres semblaient mues par une force propre. Il avait trop envie de l'embrasser... Ses mains ne tenaient pas en place. Il avait trop envie de la caresser...

— Laurel... J'ai tellement envie de toi...

Il lui arracha son corsage, tout en s'exhortant à la patience. Elle l'embrassa dans le cou.

— Pas ici, murmura-t-il.

Il se leva et la porta jusqu'à la chambre, la tête appuyée contre son épaule. Les rais obliques de lumière qui filtraient à travers les stores de bois faisaient briller les yeux de Matt d'un éclat intense, constata Laurel quand il la déposa sur le lit.

— Je ne vais pas te faire mal, murmura-t-il.

Elle lui tendit les bras en souriant.

— Je sais.

Il s'allongea près d'elle. Les paupières mi-closes, elle voyait la lumière jouer sur sa peau, tandis qu'il la couvrait de baisers. C'était si facile... Elle aurait dû se douter qu'avec lui ce serait aussi facile. Promenant les mains sur son dos nu, elle sentait sous ses doigts les muscles saillants, la peau veloutée, la force. Il l'avait attirée dès le premier instant, et elle s'était efforcée de l'ignorer.

Mais aujourd'hui, elle pouvait se délecter à sa guise de ce corps superbe.

Il la caressait du bout des lèvres. Jamais elle n'aurait imaginé une sensation aussi merveilleuse, songea-t-elle, parcourue de longs frissons.

Des frissons délicieux.

La bouche de Matt se promena sur son cou, puis ses épaules, tandis que ses mains s'attardaient dans ses cheveux. Une légère morsure, un petit coup de langue, et elle eut l'impression de flotter.

De la rue parvenait un air de blues joué à la trompette. Dans l'esprit de Laurel, la musique se mêlait aux murmures de Matt. Il enfouit le visage dans son cou. Renversant la tête en arrière, elle sentit le parfum vanillé de la bougie allumée sur sa table de chevet. Elle laissa échapper un long soupir, sans se douter que ce dernier exacerbait encore le désir de Matt.

Il s'empara de sa bouche dans un baiser où se mêlaient tendresse et passion. Consciente de son impatience, elle lui répondit avec une ardeur égale à la sienne.

Lorsqu'il posa la main sur son sein à travers la soie de son caraco, les soupirs de Laurel devinrent gémissements. Transpercée par mille flèches de plaisir, elle cambra les reins. Vibrant de tout son corps, elle était assaillie par une foule de sensations nouvelles qui lui donnaient le vertige.

Soucieux de faire monter lentement le désir en elle, sans précipiter le mouvement, Matt couvrait son corps de caresses d'une douceur infinie.

Lentement, millimètre par millimètre, il fit glisser son caraco de soie jusqu'à sa taille, découvrant sa peau satinée. Il dégusta celle-ci, la parsemant de baisers gourmands, attentif aux soupirs et aux gémissements indiquant que Laurel perdait peu à peu le contrôle d'elle-même. Quand il cueillit entre ses lèvres la pointe d'un sein, elle poussa un petit cri étranglé. Dieu, quel délice...

Il mordilla doucement le bourgeon hérissé, le retenant prisonnier entre ses dents tout en le léchant du bout de la langue, jusqu'à ce qu'elle ne s'appartienne plus, engloutie dans la passion, dans les profondeurs obscures du plaisir, au-delà de toute conscience.

Pour Laurel, tout n'était plus que sensation pure — la pensée, la raison n'existaient plus, tandis que les flammes de la volupté la dévoraient tout entière. Son corps, offert et suppliant, ondulait en mouvements instinctifs. Matt continuait de la couvrir de baisers tout en finissant de la déshabiller.

Vibrante de désir, Laurel était enivrée par l'odeur qui se dégageait de leurs deux corps mêlés. Une odeur intime. Sublime.

Il lui semblait que son corps était en feu, qu'elle n'avait plus aucun pouvoir sur lui. Elle ne s'appartenait plus. Tout ce que Matt voulait d'elle, il pouvait le prendre. Il pouvait disposer d'elle. Les choix qu'elle avait faits — d'abord de lui résister, puis de se donner à lui — n'avaient plus aucun sens. Il n'était plus question de choix dans ce monde de chaleur et de lumière. Son corps se consumait de désir. Son esprit était tout entier accaparé par le même désir. Elle était à lui.

Matt le savait. Mais il s'efforçait de ne pas oublier qu'elle était encore vierge. Pourtant, la passion qu'elle lui inspirait menaçait dangereusement de lui faire perdre son sang-froid. Elle était aussi désinhibée qu'un jeune animal, ses mains le caressaient sans la moindre hésitation, ses lèvres couraient sur sa peau… Le souffle court, le sang bouillonnant dans ses veines, Matt résistait contre le tourbillon irrésistible qui menaçait de l'emporter. Faisant appel à toute sa volonté, il s'efforçait de conserver le même rythme.

Quand il glissa un doigt dans la fleur de sa féminité, Laurel se cambra sous lui, emportée par la première vague du plaisir suprême. Au-delà de son propre désir, qu'il avait de plus en plus de mal à contenir, Matt sentit la stupeur éblouie avec laquelle Laurel bascula dans le gouffre. Personne ne lui avait jamais offert cette jouissance. Personne.

Il enfouit son visage dans son cou en étouffant un gémissement. Si moite, si chaude... Elle était prête à le recevoir. Il changea de position.

— Laurel...

Encore secouée de spasmes, elle ouvrit les yeux et les plongea dans les siens. Matt était tendu comme un arc, comprit-elle confusément. Malgré la brume de volupté qui engourdissait son esprit, elle fut assaillie par une certitude : Matt ne se préoccupait que de son plaisir à elle. Submergée par un désir intense, qui se mêlait au plaisir fabuleux qu'elle venait de découvrir, elle attira Matt vers elle, exigeant silencieusement un baiser.

Au moment où leurs bouches s'unirent, elle lui offrit sa virginité. Matt plongea en elle avec aisance et douceur, comme s'il se laissait glisser depuis la rive dans l'eau tiède d'une rivière.

Elle dormait. Matt était allongé à côté de Laurel et regardait les rais de lumière qui filtraient à travers les lamelles du store virer du blanc au rose, puis au gris, avant que le clair de lune ne vienne se glisser dans la chambre.

Son corps était au repos, mais son esprit était agité par une foule de pensées.

Par moments, au cours des derniers mois, il avait presque réussi à se convaincre que, une fois qu'il serait parvenu à ses fins, le désir lancinant que lui inspirait Laurel s'éteindrait. Mais, à présent qu'il était dans son lit et qu'elle dormait la tête sur son épaule, le corps caressé par les rayons de lune, il savait que ce désir persisterait, aussi fondamental et indispensable que le besoin de respirer.

Physiquement, elle était sienne. Pas de doute là-dessus. Il avait le pouvoir de déchaîner sa passion et de la combler. Ce n'était pas suffisant. Saurait-il gagner son cœur comme il avait su conquérir son corps ? Aurait-il la patience nécessaire ?

Matt la contempla avec émotion. Sa peau était comme de la porcelaine, sur laquelle ses cils noirs tranchaient de manière saisissante. Quelle délicatesse... Il traça du bout du doigt le contour de sa pommette. Oui, elle était d'une délicatesse extrême. Ce qui parfois lui donnait le sentiment d'être un petit garçon maladroit devant un jouet trop fragile. Mais Laurel avait également de la verve, de l'énergie et de l'ambition. Et ces traits de caractère, qu'il possédait lui aussi, les rapprochaient l'un de l'autre.

Des coéquipiers... Dans les yeux de Matt s'alluma une lueur amusée. Oui, ils étaient bel et bien des coéquipiers. Se penchant sur elle, il captura sa bouche.

Etourdie, le corps parcouru de frissons, Laurel se réveilla et fut aussitôt submergée par une vague de passion. Son corps s'enflammait sous les caresses frénétiques de Matt. C'était de nouveau lui qui donnait le rythme, mais celui-ci n'avait plus rien de nonchalant. Gémissant contre sa bouche, elle fut emportée dans un tourbillon de volupté, catapultée toujours plus haut, s'envolant de cime en cime, jusqu'à ce que Matt la rejoigne pour fusionner avec elle dans un bonheur partagé.

Rompue, épuisée, elle reprit peu à peu son souffle. Le visage enfoui dans ses cheveux, Matt était allongé sur elle. Plus que tout, cette étreinte rapide, impétueuse, lui prouvait à quel point il s'était montré attentif et délicat la première fois.

Elle l'aimait, comprit Laurel en le serrant dans ses bras. Voilà une information qui n'aurait pas manqué de faire tomber Matt à la renverse… Un sourire malicieux aux lèvres, elle enfonça les doigts dans les cheveux qui bouclaient sur la nuque de Matt. « Matthew Bates, je vais jouer serré… et je vais gagner. »

Elle laissa échapper un soupir d'aise. Se sentait-on toujours aussi délicieusement indolent après l'amour ?

— Ton intention était-elle de me suggérer qu'il est temps de se lever ? demanda-t-elle dans un murmure.

Relevant la tête, il lui sourit.

— Je ne pense pas.

— Ce qui vient de se passer n'était pas prévu.

— Si.

Il déposa un baiser sur son front.

— Nous sommes juste un peu en avance sur le programme.

Elle arqua les sourcils d'un air faussement hautain, qui contrastait avec l'éclat de son visage repu de plaisir.

— Le programme de qui ?

— Le nôtre, répondit-il avec désinvolture. Le nôtre, Laurel.

Elle noua les mains sur sa nuque.

— Tu es beau, Matthew Bates.

Une lueur amusée s'alluma dans les yeux de Matt.

— Vraiment ?

— Oui. Je crois que je commence à m'habituer à cette allure de surfeur et à cet accent yankee. A moins que…

Les yeux pétillants de malice, elle se mordit la lèvre.

— A moins que ce soit tout simplement ton corps qui me plaise. Tu fais du sport ?

Il se hissa sur les coudes.

— De temps en temps.

Elle pinça un de ses biceps.

— Haltères ?

— Non.

— Tant mieux. Je n'ai jamais aimé les muscles trop voyants.

Elle lui caressa le bras jusqu'au poignet, puis remonta vers l'épaule.

— Tu sembles en parfaite condition pour la suite du programme.

Il se pencha pour lui mordiller la lèvre.

— C'est-à-dire ?

— Une petite randonnée dans le marécage.

Matt effleura nonchalamment les lèvres de Laurel, tout en réfléchissant. Il pouvait la distraire, attendre qu'elle se rendorme, puis partir sans elle.

— Je me disais que nous pourrions... remettre ça à plus tard, commença-t-il.

— Vraiment ? Jusqu'à ce que tu trouves un moyen de t'esquiver et d'y aller sans moi, par exemple ?

Matt réprima un soupir. Il aurait dû s'en douter... Le corps de Laurel était alangui, mais son esprit restait beaucoup trop vif.

— Laurel...

Il posa une main sur son sein.

— Oh, non ! s'exclama-t-elle en s'écartant vivement de lui. Pas question d'essayer de me distraire. Nous travaillons en équipe.

— Ecoute !

Il la prit fermement par les épaules.

— Il est inutile que tu viennes. Nous n'avons pas besoin d'être deux pour fouiller le coin. Ce sera même plus facile si un seul d'entre nous y va.

— Dans ce cas, tu restes ici.

Elle déposa un baiser sur ses lèvres et se leva.

— Bon sang, Laurel, réfléchis !

— A quoi ? rétorqua-t-elle en fouillant dans les tiroirs de la commode.

— Ce n'est pas devant ma porte que quelqu'un a déposé un paquet.

Elle se mordit la lèvre avant de se tourner vers lui, un T-shirt et une culotte à la main.

— Non, en effet, répliqua-t-elle calmement. C'est devant la mienne, et pour une raison évidente. Nos recherches inquiètent quelqu'un, Matthew. Et ce quelqu'un va avoir affaire à moi.

Il la regarda. Sa peau nue brillait à la lumière de la lune. Elle était menue, mais elle se tenait bien droite, le menton relevé, et elle semblait parfaitement capable de se venger.

— D'accord, brave petit soldat, dit-il en s'asseyant au bord du lit. Quand nous aurons découvert le coupable, tu pourras te défouler sur lui. Mais d'ici là, souviens-toi que le marécage est infesté de serpents… qui ne sont ni morts ni enfermés dans des boîtes.

En voyant les doigts de Laurel se crisper sur le T-shirt, Matt se maudit. Pourquoi avait-il éprouvé le besoin de l'effrayer ?

— Je fermerai les yeux.

La mâchoire serrée, elle enfila sa culotte et ajouta :

— Tu ferais mieux de t'habiller.

— Ce que tu peux être entêtée ! lança-t-il avec humeur.

— Oui, en effet.

Elle enfila son T-shirt et le foudroya du regard.

— Entêtée mais pas stupide. Celui qui a déposé ce paquet devant ma porte voulait m'inciter à renoncer. A priori, ça ne peut être que Brewster ou… les Trulane, dit-elle à contrecœur. Et si on veut que je renonce, c'est qu'il y a une bonne raison. Et cette raison pourrait bien se trouver dans le marécage.

— Je ne te contredirai pas sur ce point. Mais ça n'implique pas que tu sois obligée d'y aller.

— Si je me laissais intimider par ce genre de menace,

je n'aurais plus qu'à rendre ma carte de presse. Personne ne me poussera à cette extrémité.

Elle le défia du regard.

— Personne.

Matt ravala son irritation. Elle avait raison. Comment prétendre le contraire ? Il enfila son jean en silence.

— Il faut que j'aille chercher un T-shirt et une lampe, dit-il. Sois prête dans dix minutes.

— D'accord, répondit-elle en feignant de fouiller dans un tiroir.

Une fois seule, Laurel enfouit son visage dans ses mains et donna libre cours à sa peur. Une nausée l'emporta dans un tourbillon, avant de refluer peu à peu. Cramponnée à la commode, elle se concentra sur sa respiration. Elle devait absolument aller dans le marécage — surtout après avoir reçu ce paquet. Reculer maintenant, ce serait perdre la partie.

Elle enfila un vieux jean. Ses mains ne tremblaient presque plus, constata-t-elle avec satisfaction. Anne Trulane avait peur du marécage, et elle comprenait ce genre de peur. Une peur irraisonnée qu'on ne pouvait pas plus expliquer que surmonter. Anne n'avait pas pu s'aventurer volontairement dans cet endroit obscur et menaçant. Pas plus qu'elle-même ne pourrait se rendre volontairement dans un élevage de serpents. Elle le pressentait depuis le début, bien sûr. Mais à présent qu'elle venait d'être confrontée à sa propre phobie, elle en avait la certitude. Et bon sang, elle allait le prouver.

Laurel alluma la lumière et se mit à chercher ses bottes dans le fouillis de son placard. Si Matt réagissait de manière excessive, c'était uniquement parce qu'il était inquiet pour elle. Elle pouvait le comprendre, mais pas l'accepter.

Son amour pour lui aurait pu l'inciter à lui céder sur

ce point. Mais, dans ce cas, combien d'autres concessions risquait-elle de faire par la suite ?

Quelle que soit la nature de ses sentiments pour elle, elle lui avait plu telle qu'elle était, songea-t-elle en mettant la main sur une botte. Il fallait absolument qu'elle reste elle-même. C'était la meilleure attitude à adopter.

Se maudissant pour son manque d'ordre, elle continua de fouiller le placard à la recherche de l'autre botte.

A son retour, Matt la trouva assise par terre au milieu de la chambre, en train de se battre avec les lacets de ses bottes. Il avait réussi à se calmer en se disant que Laurel serait plus en sécurité avec lui que seule chez elle. Et en se promettant qu'il ne la lâcherait pas des yeux pendant tout le temps qu'ils seraient dans le marécage.

— Tu as un problème ? demanda-t-il d'un ton léger.

— Je ne comprends pas ce qui s'est passé, marmonna-t-elle en tirant sur un lacet. C'est comme si un génie caché au fond de mon placard prenait un malin plaisir à semer la pagaille dans mes affaires. Qui d'autre aurait pu faire des nœuds aussi serrés avec mes lacets ?

Matt promena un regard désabusé sur le sol jonché d'objets divers.

— Moi qui te croyais extrêmement méticuleuse et organisée… Je perds toutes mes illusions.

— Je le suis… mais seulement au travail. Aïe !

Laurel regarda son ongle cassé avec une moue de dépit avant de recommencer à se battre avec ses lacets.

— Voilà. A présent, il ne me manque plus qu'une lampe, dit-elle quand elle eut enfin réussi à mettre ses bottes.

Bondissant, elle se précipita dans la cuisine.

— Tu sais, Laurellie, ton pantalon est tellement usé qu'il est presque transparent, commenta Matt en la suivant.

— Ce n'est pas grave. Il fera sombre.

Il lui donna une petite tape sur les fesses.

— Pas si sombre que ça.

Elle prit une lampe dans le tiroir de la cuisine et vérifia qu'elle fonctionnait.

— Dans ce cas, tu devras marcher devant moi en essayant de ne pas penser à mon anatomie, rétorqua-t-elle avec un large sourire.

— Je préférerais marcher derrière.

— Il n'en est pas question.

Tout à coup, Laurel se figea.

— Qu'est-ce que... ? commença-t-elle en fixant la porte d'entrée avec stupéfaction.

— Tu étais trop occupée à crier pour m'ouvrir la porte, expliqua Matt d'un air désinvolte en la poussant dehors. J'ai appelé le gardien pour qu'il s'occupe de la faire réparer.

— Tu as défoncé ma porte ?

Elle le regarda d'un air ébahi.

Il l'entraîna dans l'escalier en riant.

— Eh oui... On ne fait plus des portes aussi solides qu'autrefois...

Il avait défoncé sa porte pour voler à son secours ! A cette pensée, Laurel fut envahie par une émotion délicieuse. En bas des marches, elle le prit par la taille.

— Tu sais, Matthew, j'ai toujours eu un faible pour les preux chevaliers sur des destriers blancs.

Matt lui prit le visage à deux mains et l'embrassa.

— Même ceux qui sont désargentés ?

— Surtout ceux-là.

8

Matt se gara derrière le mur du Domaine du chêne. Dès qu'il coupa le moteur, ils eurent l'impression qu'un silence de mort s'abattait sur eux. Ils avaient soigneusement évité d'en parler, mais s'introduire sans autorisation chez Louis donnait mauvaise conscience à Laurel. Il le savait, songea Matt en descendant de voiture. Et il savait également que ce sujet resterait tabou. Il glissa sa lampe dans la poche arrière de son jean.

— Je vais te faire la courte échelle, déclara-t-il.

Hochant la tête, Laurel prit appui sur les mains de Matt et se hissa avec agilité sur le mur. Puis elle se cala sur le ventre et lui tendit la main pour l'aider à monter à son tour. Ils se laissèrent ensuite glisser de l'autre côté.

— J'ai l'impression que ce n'est pas la première fois que tu pratiques ce genre de sport, murmura-t-elle en s'essuyant les mains sur son jean.

— Disons que j'ai été obligé d'escalader quelques murs au cours de ma carrière.

— Et ce n'est pas une métaphore.

— Ne m'oblige pas à faire remarquer que tu as toi-même grimpé comme une pro.

Laurel promena son regard autour d'elle, s'attardant sur la maison, dont l'ombre se dressait un peu plus loin.

— Je suppose que tu as pensé aux conséquences légales, si nous nous faisons prendre.

C'était le seul commentaire qu'elle se permettrait, songea Matt.

— Ne nous faisons pas prendre, répliqua-t-il sobrement en lui prenant la main.

Silencieux comme des ombres, ils traversèrent la pelouse nord. Les lampes étaient inutiles dans cette partie de la propriété. La lumière du clair de lune était faible, mais suffisante. Il n'y avait pas un souffle d'air, mais de nombreux bruits troublaient le silence. Le bruissement des feuilles, dû aux oiseaux de nuit, était ponctué de temps à autre par le hululement d'une chouette. Mais ce qui dominait, c'était le chant incessant des grillons.

Par intermittence, les petites lumières dorées des lucioles perçaient l'obscurité. Il flottait dans l'air une forte odeur de fleurs d'été et d'herbe verte.

Laurel apercevait déjà les contours lugubres du marécage. Son aversion était telle qu'elle dut faire appel à toute sa volonté pour continuer d'avancer. Ses doigts se resserrèrent autour de ceux de Matt. Sa paume était fraîche et sèche contre la sienne, constata-t-elle.

Ne ressentait-il rien ? Elle réprima un frisson. N'était-il pas sensible à l'atmosphère oppressante des marais ? Ceux-ci renfermaient des secrets qu'il valait mieux, peut-être, ne pas tenter de déterrer. Des secrets qui prenaient racine dans les herbes détrempées... Quand ils franchirent la limite du marécage, un nouveau frisson la parcourut.

— C'est un endroit comme un autre, murmura Matt d'une voix douce.

— Il est maléfique, répliqua-t-elle.

Refoulant sa peur avec détermination, Laurel desserra l'étreinte de ses doigts, mais sans toutefois lâcher la main de Matt.

— Il est difficile d'imaginer qu'une des épouses Trulane, même poussée par l'amour ou le désir, ait pu choisir cet endroit pour tromper son mari, déclara-t-elle d'un ton qui se voulait enjoué.

Avec un petit rire, Matt sortit sa lampe.

— Peut-être qu'elle avait un faible pour l'humidité et les moustiques. Voyons…

Il n'alluma pas sa lampe, mais regarda derrière lui la silhouette de la maison qui se profilait au milieu des arbres.

— Ça me paraît l'endroit le plus logique pour accéder au marécage quand on arrive directement de la maison, déclara-t-il.

Laurel suivit son regard.

— D'accord avec toi.

— Par conséquent, il y a de grandes chances pour qu'Anne soit passée par là.

— Oui.

— Voyons si nous trouvons quelque chose. Ne t'éloigne pas de moi.

— Conseil inutile, Matthew, répondit Laurel en prenant sa lampe dans sa poche. Si tu sens quelqu'un te grimper sur le dos, ce sera moi.

Moins de trois mètres plus loin, le feuillage des arbres s'épaissit, voilant le clair de lune. L'ombre de la maison se perdit derrière un écran d'autres ombres enchevêtrées. Déjà les joncs sauvages surgissaient de terre, formant un mur végétal. Les faisceaux jumeaux des lampes de Matt et de Laurel ouvraient un chemin dans l'obscurité.

Baignant dans une humidité poisseuse, c'était un monde d'ombres et de murmures qui donnaient la chair de poule. Une odeur d'herbes pourrissantes prenait à la gorge. Pas étonnant qu'Anne ait été terrorisée par cet endroit sinistre, se dit Matt, qui commençait à mieux comprendre la jeune femme. Pour sa part, il n'aimerait pas s'y perdre seul, dans l'obscurité. Mais pourquoi avait-elle continué à avancer au lieu de faire demi-tour ?

Peur panique ? Il eut une moue dégoûtée devant l'étroite voie envahie par la végétation.

Non, elle aurait dû prendre ses jambes à son cou.

— Ça n'a aucun sens, marmonna-t-il.

Laurel braqua le faisceau de sa lampe sur le côté, en direction d'un bruit étouffé. Elle resserra les doigts autour du poignet de Matt, dont le pouls lent et régulier l'apaisa un peu.

— Qu'est-ce qui n'a aucun sens ?

— Pourquoi n'a-t-elle pas fait demi-tour ?

Avec circonspection, Laurel éclaira de nouveau le chemin. Elle avait probablement entendu un opossum. Il n'y avait pas que les serpents qui faisaient du bruit... Des ours bruns avaient souvent été aperçus dans la forêt au nord du marécage, se rappela-t-elle en déglutissant péniblement.

— Quelle que soit la théorie que nous adoptions, Matthew, Anne était effrayée. Elle a paniqué, et elle a perdu la tête.

— Tu as peur ? demanda-t-il en regardant les doigts de Laurel, crispés sur son poignet.

— Non.

Avec un sourire contrit, Laurel desserra son étreinte.

— Je n'ai pas peur, je suis terrorisée.

— Pourrais-tu sortir d'ici ?

— Eh bien, je...

Elle lui broya de nouveau le poignet. Ce n'était pas le moment de jouer les héroïnes...

— Tu ne me laisses pas ici, Matthew Bates.

— Que ferais-tu, si je te laissais là ?

— Je te tuerais dès que je te retrouverais.

Avec un sourire ravi, il la prit par le bras et ils se remirent en route.

— Comment ? demanda-t-il.

— Je t'empoisonnerais, j'imagine. C'est le moyen le plus lent et le plus douloureux.

— Mais avant ça, comment sortirais-tu du marécage ?

— Je...

Déglutissant péniblement, Laurel se retourna. Ils étaient cernés par les ombres, les bruissements, l'odeur fétide de terre mouillée et d'herbe pourrie. Un peu plus loin vers l'est et le sud-ouest, il y avait également des sables mouvants, se rappela-t-elle.

— Je partirais en courant par là, je tournerais à droite à la hauteur de cette souche et je continuerais tout droit.

— Et tu serais dehors en cinq minutes, approuva-t-il.

Il se tourna vers elle. Ses yeux étincelaient à la lumière du clair de lune.

— Pourquoi Anne a-t-elle continué à s'enfoncer dans le marécage ?

En essayant de se mettre à la place d'Anne, Laurel craignait de perdre le peu de courage qu'elle avait et de prendre ses jambes à son cou... Passant une main dans ses cheveux, elle s'efforça de réfléchir calmement.

— Elle avait été mordue... Peut-être délirait-elle.

— Je me demande à quelle vitesse le poison agit.

Il faudrait vérifier, se dit Matt avant de poursuivre.

— Il me semble qu'elle aurait dû avoir le temps de regagner la propriété ou au moins de s'en rapprocher.

— Ils l'ont trouvée près du bayou, n'est-ce pas ?

— Oui. Au centre du marécage. Pendant les recherches, nous sommes tombés à plusieurs reprises sur ses traces. Elle semblait avoir tourné en rond.

Peur panique, songea-t-il de nouveau. Pourtant, elle n'était pas restée pétrifiée comme Laurel devant le paquet. Elle avait couru, manifestement à l'aveuglette, s'enfonçant de plus en plus profondément dans ce marécage qui la terrorisait plus que tout au monde... ou bien fuyant devant un danger qui la terrorisait encore plus.

Un bruit tout près d'eux fit tressaillir Laurel. Matt pointa sa lampe sur les buissons et mit en fuite un raton laveur.

— Je déteste me ridiculiser, marmonna-t-elle. Continuons.

Vexée, Laurel passa devant Matt. Ils continuèrent leur marche en silence. Elle éclairait le chemin, tandis que Matt braquait sa lampe à droite et à gauche, sans qu'ils sachent ni l'un ni l'autre ce qu'ils espéraient trouver. Mais leur expérience de journaliste leur avait appris qu'il était souvent payant de suivre son intuition.

— Ne ris pas, déclara Laurel en s'arrêtant brusquement.

— D'accord.

Se mordillant la lèvre, elle hésita.

— Je suis sérieuse, Matthew. Ne ris pas.

— Croix de bois, croix de fer…

— J'ai l'impression que… que quelqu'un nous regarde.

— Un autre raton laveur ?

— Matthew…

— Détends-toi, dit-il en s'efforçant de prendre un ton d'autant plus désinvolte qu'il avait le même sentiment très désagréable.

Il massa la nuque de Laurel pour l'apaiser. Des histoires de fantômes… Il n'allait tout de même pas se mettre à prendre des légendes au sérieux ! S'il avait cru à ce genre de phénomènes, il aurait pensé qu'il y avait dans les ombres des marais quelque chose de maléfique qui battait en retraite devant la lumière du soleil. Mais il ne croyait pas à ces sornettes. La source du mal, c'était toujours l'homme.

— Trop de gens sont morts ici, dit Laurel en frissonnant.

Il lui massa de nouveau la nuque.

— Tu veux que nous fassions demi-tour ? demanda-t-il d'une voix douce.

« Oh, mon Dieu, oui ! » songea-t-elle. Mais elle redressa les épaules.

— Non, continuons. Le bayou n'est pas loin. On sent son odeur.

Quand ils atteignirent la rive, l'odeur de végétation saturée d'humidité se fit plus forte. Mais aucun bruit ne provenait du bayou, qui s'écoulait lentement. Les cyprès dressaient leurs silhouettes décharnées. Quelques rayons de lune parvenaient à s'insinuer à travers le feuillage des arbres et se reflétaient dans l'eau, la faisant paraître encore plus sombre. A leur approche, une grenouille sauta dans le bayou avec un petit floc.

Il y avait des alligators tapis dans l'eau, songea Laurel en fronçant le nez. Des alligators énormes.

— C'était là.

Matt dirigea le faisceau de sa lampe vers le sol.

— Laurel, s'il le fallait, serais-tu capable de retrouver ton chemin pour sortir du marécage en partant d'ici ?

Elle regarda par terre le cercle lumineux et se remémora soudain les photos du dossier. Se mordant la lèvre, elle s'efforça de chasser ces images de son esprit.

— Oui. Le chemin que nous avons pris est le plus facile, je suppose. Mais quelle que soit la direction que l'on prenne, on finit par sortir d'ici.

— En effet.

Matt continuait de scruter le sol.

— C'est curieux qu'elle ait choisi le cœur du marécage pour renoncer.

Il réprima un juron de frustration. Rien… Absolument rien… Mais que diable s'attendait-il à trouver ?

— Si seulement je pouvais mettre la main sur ces lettres !

— Si elles contenaient des informations compromettantes, la personne qui les a prises les a sûrement détruites.

— Je me demande si Susan…

Matt s'interrompit brusquement. Quelque chose scintillait dans le faisceau de sa lampe. Il se baissa et ramassa un petit morceau de métal.

— Qu'est-ce que c'est ? demanda Laurel.

— On dirait un fragment de bijou. En très mauvais état.

Il se releva et examina sa trouvaille.

— Appartenait-il à Anne ?

Laurel le lui prit des mains et essuya la boue séchée qui le recouvrait.

— Je ne sais pas. Au bout d'un mois ici…

Braquant sa lampe sur l'objet, elle fut assaillie par un souvenir confus.

— On dirait la face d'un médaillon… sans doute précieux. Regarde la finesse du motif gravé.

Le souvenir se précisa brusquement pour lui échapper aussitôt.

Elle secoua la tête avec agacement.

— Ça me rappelle quelque chose… Peut-être appartenait-il à tante Ellen. Louis a pu le donner à Anne après leur mariage.

— Nous devrions pouvoir le vérifier. A supposer que ça nous avance à quelque chose…

Il reprit le bout de métal et le mit dans sa poche, avant de braquer sa lampe vers la droite, le long de la rive.

— Reste ici une minute, je vais aller jeter un coup d'œil par là-bas.

— Qu'est-ce que tu cherches ?

— Si je le savais…

— Je viens avec toi.

— Laurel, c'est un vrai bourbier. Tu as eu de la chance d'éviter les serpents jusqu'à maintenant. Inutile de prendre des risques inutiles.

Elle se mordit la lèvre. Il avait raison. Des vipères venimeuses nageaient dans le bayou…

— Tu as deux minutes, Matthew. Si tu restes plus longtemps, je te rejoins.

— Deux minutes.

Il déposa un baiser sur sa tempe.

— Reste ici.

— Je ne risque pas de bouger…

Elle suivit des yeux la lumière de la lampe qui s'éloignait. Il ne savait pas ce qu'il cherchait, mais elle comprenait son besoin d'agir. Jusqu'à présent, leur butin était bien maigre. De nouvelles questions et un fragment de bijou…

Elle plissa le front. Pas de doute, ce dernier lui évoquait quelque chose. Un souvenir d'enfance ? Avait-elle vu ce médaillon quand il était encore entier et étincelant… sur une robe blanche ? Elle pressa les doigts sur ses tempes en fouillant dans sa mémoire. Une des robes de dentelle que tante Ellen portait lors des réceptions ? Non, décidément, elle ne voyait pas… Frustrée, elle renonça.

« Plus qu'une minute, Matthew », dit-elle silencieusement. Pourquoi les petits bruits de la nuit lui paraissaient-ils amplifiés à présent qu'il ne se trouvait plus auprès d'elle ? Une goutte de sueur coula dans son dos, la faisant frissonner.

« C'est juste cet endroit qui me porte sur les nerfs, se dit-elle en refusant de céder à l'envie de regarder derrière elle. Dans une heure, nous serons de retour chez moi et je rirai de bon cœur en me rappelant que je frissonnais dans la chaleur étouffante en imaginant des lutins dans mon dos. Dans une heure… »

Un bruit plus net que les autres, derrière elle, la fit tressaillir. « Maudits ratons laveurs ! » songea-t-elle, irritée contre elle-même. Elle ouvrait la bouche pour appeler Matt quand un bras se referma autour de son cou.

Tétanisée par la frayeur, elle ne sentit pas tout de suite la douleur ni le manque d'air. Dans un réflexe d'autodéfense, elle balança son coude en arrière, mais il ne rencontra que le vide. Au même instant, elle fut projetée en avant avec force. Sa lampe lui échappa des mains et elle tomba au milieu des joncs, se cognant violemment la tête sur le tronc d'un cyprès.

Au bord du bayou, Matt vit l'arc de lumière dessiné par la lampe de Laurel volant dans les airs, puis ce fut le noir complet. Il s'élança aussitôt en criant son nom, maudissant la boue qui le ralentissait. Lorsqu'il la vit étendue par terre, il fut assailli par l'image du cadavre d'Anne Trulane et il crut que son cœur allait s'arrêter de battre. S'agenouillant près d'elle, il la saisit par les épaules et l'attira contre lui d'un geste brusque. En l'entendant gémir, il recommença à respirer.

— Qu'est-ce qui t'arrive ? hurla-t-il, rendu agressif par la terreur qu'il venait d'éprouver.

— Ma tête... J'ai heurté..., répondit-elle d'une voix tremblante.

Elle secoua la tête pour tenter de s'éclaircir les idées. Grave erreur, constata-t-elle aussitôt, alors que le sol tanguait sous elle.

— Quelqu'un m'a poussée... quelqu'un qui est arrivé par-derrière.

Elle agrippa le T-shirt de Matt, qui se relevait.

— Oh, non ! tu ne me laisses plus toute seule ici !

Ecumant de rage, furieux de se sentir aussi impuissant, Matt s'agenouilla de nouveau à côté d'elle.

— D'accord, reste assise un moment.

Il passa la main dans ses cheveux.

— Tu es blessée ?

Laurel pouvait voir la colère, l'inquiétude et la frustration dans son regard.

— Non, pas vraiment.

Elle sourit. A part des élancements dans la tête, elle ne sentait rien.

— Juste une bosse. Je n'ai pas perdu connaissance. J'ai vu des étoiles, c'est tout... mais pas autant que la première fois où tu m'as embrassée.

Cette remarque réconfortait Matt, comprit-elle en le

sentant se détendre légèrement. Cependant, il scrutait toujours son visage d'un air anxieux.

— Je n'aurais jamais dû te laisser seule.

— Matthew, si tu commences à jouer le macho et à culpabiliser, je vais m'énerver.

Elle l'embrassa.

— Voyons si j'arrive à me lever.

En la tenant fermement, Matt la hissa lentement sur ses pieds.

Pas de vertige, constata-t-elle. Et les élancements laissaient place à une douleur très supportable.

— Ça va, je t'assure, dit-elle en voyant qu'il continuait de l'observer avec inquiétude. J'ai déjà reçu des coups plus douloureux.

« Tu n'en recevras plus tant que je serai près de toi », lui promit silencieusement Matt.

Il s'efforça de sourire.

— Je ne ferai aucun commentaire sur les gens qui ont la tête dure, dit-il sur le ton de la plaisanterie. Mais dis-moi ce que tu as vu... à part des étoiles ?

— Rien.

Elle soupira.

— J'étais tellement décidée à ne pas me comporter comme une idiote, que je n'ai pas voulu me retourner quand j'ai entendu un bruit derrière moi. Et tout à coup, j'ai senti un bras m'étrangler. Je n'ai même pas eu le temps de mettre en pratique ce que j'ai appris dans mes cours d'autodéfense. J'ai été violemment poussée contre cet arbre. Et quand les étoiles ont cessé de tourbillonner, tu étais là.

Refoulant sa soif de vengeance, Matt caressa la tête de Laurel avec douceur.

— Tu vas avoir une bosse, commenta-t-il en s'efforçant de prendre un ton léger. Mais pas d'égratignure.

— Voilà une bonne nouvelle.

Soudain, il l'embrassa longuement, avec ferveur. Ses mains ne tremblaient plus, mais il bouillait toujours de rage.

— Tu es sûre que tu peux marcher ? demanda-t-il quand il finit par s'arracher à ses lèvres.

— Pour sortir d'ici ? Absolument ! Au fait, j'ai perdu ma lampe.

— Tu n'as plus qu'à en racheter une, dit-il en ramassant la sienne. Elle est tombée dans le bayou.

— Oh ! super. Elle était neuve… En tout cas, nous avons la confirmation que quelqu'un essaie de m'intimider, ajouta-t-elle alors qu'ils prenaient le chemin du retour.

— Oui. Quelqu'un qui n'a rien d'un fantôme. Car les fantômes ne poussent pas les gens contre les arbres, n'est-ce pas, Laurel ?

— Non.

Laurel savait ce que Matt pensait. Ils n'étaient pas loin de la maison, et ses habitants connaissaient bien le marécage.

Ils continuèrent d'avancer silencieusement, encore plus prudents qu'à l'aller, tendant l'oreille à chaque bruit et s'efforçant d'identifier chaque ombre. Matt ne lâchait pas la main de Laurel. Lorsqu'ils aperçurent de nouveau la maison, celle-ci était plongée dans l'obscurité.

Le dégoût que lui avait inspiré le marécage poursuivit Matt même après qu'ils eurent franchi le mur de la propriété. Bon sang, comme il avait envie d'une douche ! Une très longue douche…

Laurel resta silencieuse jusqu'à ce que le *Domaine du chêne* soit loin derrière eux.

— Il va falloir de nouveau parler à Louis et à Marion, dit-elle alors.

— Je sais, acquiesça Matt en appuyant sur l'allume-cigare.

S'il se remplissait les poumons de fumée, il se débarrasserait peut-être de l'odeur nauséabonde qui semblait s'accrocher à lui...

— Nous leur rendrons visite demain.

Renversant la tête en arrière, Laurel ferma les yeux. On était déjà demain...

— Je ne sais pas si tu es comme moi, mais je meurs de faim.

Matt lui jeta un coup d'œil. Elle était encore un peu pâle, mais c'était peut-être un effet du clair de lune. Sa voix était ferme et sa respiration régulière. Il n'avait pas vraiment senti de la peur chez elle, même quand elle était à terre, étourdie. De la frustration, oui, et aussi de l'irritation, parce qu'elle s'en voulait de s'être laissé surprendre. Mais pas de la peur.

Avec les ombres des arbres qui dansaient sur son visage, elle ressemblait à Olivia. Unique, indomptable, fascinante. Il prit sa main et la porta à ses lèvres.

— Nous allons acheter une pizza et la manger chez moi.

Laurel approuva avec enthousiasme.

— Oui, une pizza royale !

Il était plus de 2 heures quand Laurel repoussa son assiette sur la table, incapable d'avaler une bouchée de plus. N'ayant aucune idée préconçue, elle n'avait pas été surprise par l'appartement de Matt. Le décor invitait à la nonchalance — gros coussins bien rembourrés, épais tapis, couleurs apaisantes, le tout dénotant un goût très sûr et un penchant très net pour le confort.

Au mur, il n'y avait ni journaux encadrés ni reproductions de Picasso, mais deux huiles d'un artiste qu'elle ne connaissait pas et qui avaient toutes les deux New York pour sujet. Une vue d'ensemble soulignant la splendeur de la ville, et une scène de rue dans un quartier aux immeubles décrépis et aux trottoirs défoncés. Le contraste entre les deux œuvres, excellentes l'une et l'autre, était étonnant. Sans doute Matt avait-il connu les deux aspects de la ville, songea Laurel.

— Non, merci, je n'en peux plus, dit-elle quand il voulut lui servir une autre part de pizza.

— Tu n'avais pas dit que tu serais capable de la manger entière tellement tu étais affamée ? plaisanta-t-il avant de mordre dans la part qu'il venait de lui proposer.

Laurel se leva et se promena dans la pièce, son verre de vin à la main, en goûtant le moelleux du tapis sous ses pieds nus.

— Ton appartement me plaît. Tu aimes visiblement le confort.

— Comme la plupart des gens, fit-il valoir en la suivant des yeux, tandis qu'elle se dirigeait vers la chaîne hi-fi.

— Mmm. Mais tout le monde n'en fait pas un art de vivre.

Laurel écarta un disque pour étudier les toiles de plus près.

— Ces tableaux sont impressionnants. Je ne connais pas ce peintre, mais je suis sûre que j'aurai l'occasion de voir bientôt d'autres œuvres de lui.

— Il serait ravi de t'entendre.

Matt prit son verre sans cesser d'observer Laurel. Le vin était doux et moelleux.

— Nous avons grandi dans le même quartier.

— Vraiment ? New York te manque ? demanda-t-elle avec curiosité.

Matt jeta un coup d'œil au tableau, puis reporta son attention sur son verre.

— Non.

— Pourtant, tu l'emportes partout avec toi, apparemment.

— Nous trimballons tous nos bagages partout où nous

allons, murmura-t-il en se levant pour mettre le reste de pizza au réfrigérateur.

Laurel le suivit des yeux avec perplexité. Pourquoi cette réflexion ? Elle contempla de nouveau les tableaux. Le même quartier... Rues sales et immeubles dégradés.

Lorsque Matt revint de la cuisine, elle n'avait pas bougé.

— Tu as grandi là.

Il n'eut pas besoin de regarder de quel tableau elle parlait.

— Oui, répondit-il en enlevant son T-shirt. J'ai besoin de prendre une douche.

Elle le suivit et le saisit par le bras à l'entrée de la salle de bains. Ignorant son mouvement d'impatience, elle demanda :

— C'était dur, n'est-ce pas ?

— J'ai survécu, dit-il d'un air indifférent. Tout le monde n'a pas cette chance.

Il réprima un soupir. La compassion de Laurel était perceptible dans ses yeux, le contact de sa main, sa voix.

— Raconte-moi.

— Laisse tomber.

Aussi surprise que blessée par le ton cinglant de Matt, Laurel recula d'un pas. Puis elle redressa les épaules et déclara :

— D'accord, je suis désolée. Merci pour la pizza. A demain matin.

Il la retint par le bras.

— Laurel, tu sais bien que tu ne peux pas retourner chez toi tant que la porte n'est pas réparée.

— Tout le monde n'a pas besoin de serrures et de verrous, Matthew, rétorqua-t-elle en le regardant droit dans les yeux.

— Bon sang...

Il s'exhorta au calme. Il était crispé, encore remué par ce qui était arrivé à Laurel dans le marécage et par ce qui s'était passé entre eux dans son lit. En vérité, il était en proie à une foule d'émotions qu'il avait du mal à maîtriser...

— Ecoute, j'ai grandi dans un quartier difficile de l'East Side. Ça n'a rien à voir avec toi. Rien du tout.

Laurel ne cilla pas.

— Bien. Disons que c'était de la simple curiosité professionnelle et restons-en là.

— Bon sang, Laurel !

Matt la saisit par les épaules, alors qu'elle pivotait sur elle-même.

— Tu ne dormiras pas chez toi toute seule cette nuit.

— Ne me dis pas ce que je dois faire.

— Si. Et pour une fois, tu vas m'écouter.

— Lâche-moi.

Malgré sa colère, Matt sentit la souffrance derrière le ton glacial de Laurel. En soupirant, il appuya son front contre le sien.

— Excuse-moi.

— Tu ne me dois pas d'excuses.

— Si. Je t'ai blessée et ce n'était pas mon intention.

— Non, ce n'est pas grave, insista Laurel, dont la colère s'évanouit instantanément. J'ai été indiscrète.

— Non, je...

Matt hésita. Il n'était pas prêt à évoquer le passé. Pas avec Laurel.

— Je n'ai pas envie de me quereller avec toi, Laurel. Ecoute, il est tard, la journée a été très longue. Je ne peux pas me pencher sur mon passé cette nuit.

Elle le prit dans ses bras.

— Plus de questions ce soir.

— Laurel...

Il s'empara de la bouche qui s'offrait à lui. Peu à peu, il sentit sa tension se dissiper.

— Reste ici, murmura-t-il. Reste avec moi.

Avec un petit soupir d'aise, elle posa la tête sur son épaule.

— La douche est-elle incluse dans le prix de la chambre ?

Elle entendit son rire étouffé, tandis qu'il enfouissait le visage dans son cou.

— Bien sûr. Mais nous allons être obligés de la prendre ensemble. Tu as entendu parler de la pénurie d'eau ?

— Non, pas du tout.

— Vraiment ?

Il l'entraîna dans la salle de bains.

— Elle atteint un seuil critique. Je vais t'expliquer, dit-il en lui enlevant son T-shirt.

Elle pouffa joyeusement.

Quand Laurel sortit de la douche, sa peau était rouge et lui cuisait. S'enveloppant dans une serviette, elle déclara :

— Je suis très impressionnée par ton engagement pour la défense de l'environnement.

— C'est toute ma vie.

Il lui arracha sa serviette.

— Il faut également économiser sur les lessives. Tu sais combien de litres d'eau consomme une machine à laver ?

Il promena son regard sur elle.

— Et maintenant, tu ferais mieux d'aller te coucher, sinon tu vas attraper froid.

Elle quitta la pièce d'une démarche altière, le laissant admirer sa nudité.

— Je suppose que ta conscience t'interdit d'allumer la lumière, dit-elle une fois dans la chambre, où il l'avait suivie.

— Devoir civique, dit-il en la saisissant par la taille et en l'entraînant dans sa chute sur le lit.

Feignant l'indignation, elle s'écria :

— Matthew !

Il la réduisit au silence en s'emparant de ses lèvres. Il avait bien l'intention de poursuivre la torture sensuelle à laquelle il l'avait soumise sous la douche… Mais ses jambes étaient mêlées aux siennes, son corps offert au sien, et sa bouche…

— Oh, mon Dieu ! Laurel, j'ai tellement envie de toi !

Il l'embrassa avec une fougue décuplée par les émotions de la nuit.

Il oublia d'être patient et elle oublia d'avoir besoin de sa patience. Il oublia d'être doux et elle oublia d'avoir besoin de sa douceur. Il plongea sa langue au plus profond de sa bouche, comme s'il craignait de ne pouvoir en savourer pleinement le goût, la saveur. Mais Laurel n'avait pas l'intention de le priver de quoi que ce soit. Submergée par un désir qui s'accroissait de seconde en seconde, elle répondit à son baiser avec une ardeur et une avidité égales aux siennes. Cette fois, il n'était pas question de se laisser aller passivement dans ses bras, mais de prendre autant qu'elle donnerait.

Elle ne savait pas que la passion pouvait balayer toute trace de civilisation chez l'homme, mais elle le découvrit. Savourant les délices de l'abandon, elle touchait et goûtait tout ce dont elle avait envie avec des mains et des lèvres fébriles, aussi impatientes que celles de Matt. Il sentait bon le savon qu'elle avait fait mousser sur lui quelques instants plus tôt. Ce parfum entêtant la grisait et exacerbait son désir, qui la poussait toujours plus loin dans sa quête.

Ils étaient deux ombres dans le lit, enchevêtrées, agrippées l'une à l'autre, emportées dans un tourbillon de sensualité brûlante. Peut-être étaient-ce les dangers sournois qui les avaient menacés au cours des heures précédentes qui les incitaient tous les deux à se repaître de tout ce que pouvaient s'offrir mutuellement un homme et une femme. Peau humide de sueur, pouls frénétique, gémissements haletants. Seul comptait l'instant, le présent enivrant. Hier et demain n'existaient plus.

Conscient de sa brutalité, Matt était incapable de se contrôler. Le feu qui semblait jaillir du corps de Laurel attisait celui qui le consumait. Elle était aussi délicate, souple et veloutée que lorsqu'il s'était uni à elle quelques heures plus tôt — mon Dieu, était-ce seulement quelques heures plus tôt ? Mais elle ne restait plus passive. Animée par une ardeur égale à la sienne, elle était en proie à la même fièvre. Elle voulait tout. Tout ce qu'il lui avait déjà donné et tout ce qui lui restait encore à découvrir. Elle voulait tout apprendre, tout connaître de l'amour et de ses mystères.

Il couvrit son ventre de baisers affamés, lui arrachant des soupirs éblouis. S'offrant à sa bouche, elle le guida vers le cœur brûlant de sa féminité, l'invitant à assouvir son désir.

Sous les caresses expertes de sa langue, Laurel se cambra, foudroyée par un plaisir inédit. L'emportant vers des sommets inexplorés, il lui fit franchir un premier pic et continua sur sa lancée, implacable, tandis que, secouée de spasmes, elle enfonçait les ongles dans ses épaules.

Vague après vague, elle était submergée par un plaisir dévastateur, mais Matt l'entraînait toujours plus loin. Il était impossible que ce plaisir vertigineux se prolonge encore, songea-t-elle confusément juste avant d'être propulsée encore plus haut. Puis plus haut encore. Et encore… Au lieu d'être saturée, elle vibrait d'énergie. Le cœur de Matt battait au même rythme que le sien. A peine assouvi, son désir était de nouveau attisé.

— Matthew, supplia-t-elle dans un gémissement étranglé. J'ai envie de toi.

Quand la bouche de Matthew quitta la fleur de sa féminité pour remonter le long de son corps en effleurant sa peau, elle sentit les frissons qui le parcouraient et les martèlements de son cœur. Leurs souffles haletants ne faisaient plus qu'un. Elle vit ses yeux étinceler dans la lumière pâle du clair de lune, puis elle se délecta du mélange exquis de sel et de savon qui parfumait sa peau.

— J'ai envie de toi…, murmurèrent-ils en chœur.

Elle cambra les reins pour l'accueillir en elle.

9

Le ciel était bas. D'épais nuages couleur d'étain retenaient prisonnières la chaleur et l'humidité, incitant à espérer la pluie plutôt qu'à la redouter. Les feuilles des arbres pendaient mollement, immobiles.

Laurel renversa la tête en arrière et tenta de trouver un peu de réconfort dans l'air poisseux que la vitesse faisait souffler par la vitre de la voiture. Les arbres qui bordaient la route projetaient sur celle-ci une ombre qui atténuait à peine la chaleur accablante. Elle réprima un soupir. Ce serait si agréable d'être installée sous un arbre dans l'herbe humide, au bord d'une rivière…

Pour la troisième fois en deux jours, elle était en route pour le *Domaine du chêne*. Chaque fois, elle appréhendait un peu plus les réponses qu'elle risquait d'y trouver.

Leur visite provoquerait sans nul doute la colère de Louis. L'homme qu'elle avait vu la veille serait furieux d'être dérangé de nouveau… à supposer qu'il consente à leur parler. Quant à Marion… Laurel fut assaillie de remords. Marion serait profondément blessée. Blessée que Laurel s'obstine à poursuivre des recherches qu'elle trouvait déplaisantes et pénibles pour son frère et pour elle.

Il fallait éviter d'y penser, songea Laurel en regardant par la vitre. Elle n'avait pas le choix. Certaines questions devaient être posées. Ils étaient allés trop loin pour faire machine arrière. Après tout, ce serait sans doute plus facile pour Louis et Marion d'être interrogés par elle. Mais non, se dit-elle aussitôt, la mort dans l'âme. Ça ne serait pas plus facile. Pour personne.

Matt était silencieux et elle savait pourquoi. Il voulait lui laisser le temps de se préparer à cette entrevue avant leur arrivée au domaine. Attention touchante. Elle réprima un sourire. Etonnant… Une semaine plus tôt, elle aurait juré que Matthew Bates était incapable de se montrer attentionné. Elle avait beaucoup appris à son sujet au cours des derniers jours. Pas tout, cependant, songea-t-elle en se souvenant des deux tableaux. Mais tout de même un grand nombre de choses importantes. La plus importante étant qu'elle l'aimait.

Ils n'avaient pas encore parlé sérieusement de ce qui s'était passé entre eux. Curieusement, elle sentait qu'ils étaient tous deux réticents à sonder l'autre sur ses sentiments. « Ne t'emballe pas. Il ne faut rien précipiter. » C'étaient les mots qui lui revenaient sans cesse à l'esprit. Etait-ce également ce que se disait Matt ?

Tout était arrivé si vite. Un an ? Est-ce si rapide ? se demanda-t-elle en esquissant un sourire. C'était en tout cas l'impression qu'elle avait. Ils avaient refoulé l'un et l'autre ce qui avait germé entre eux au fil des mois, si bien que la soudaine flambée de passion avait été totalement inattendue. Et d'autant plus excitante. Mais que représentait-elle vraiment pour lui ? Si seulement elle avait le courage de le lui demander…

Elle étudia son profil. Energique, séduisant, avec un sourire désinvolte et des yeux malicieux. Toutefois, sa personnalité était beaucoup plus complexe que ne le laissaient supposer les apparences. L'observation de son écriture lui avait appris qu'il était perspicace et ironique. Elle avait également découvert que sa désinvolture était une façade. Ce n'était pas sa vraie nature. Matthew Bates était un homme nerveux et impatient qui ne suivait que ses propres règles. Non seulement elle l'aimait, mais elle appréciait son caractère ! songea Laurel, amusée.

Coéquipiers... Son sourire s'élargit. « Tu ferais mieux de t'y habituer, Matthew Bates, parce que nous allons faire équipe pendant très très longtemps. »

— Ce que tu vois te plaît ? demanda-t-il d'un ton pince-sans-rire.

Inclinant la tête, elle continua de l'étudier. « Ne t'emballe pas », se répéta-t-elle une fois de plus.

— A vrai dire, oui, répondit-elle. Et je n'en reviens toujours pas.

Il rit et lui caressa doucement les cheveux sans quitter la route des yeux.

— J'adore tes compliments, Laurellie. On ne sait jamais comment on doit les prendre.

— Ça t'oblige à rester sur le qui-vive.

— Tu m'as quand même dit une fois que j'avais des yeux fantastiques.

Elle arqua les sourcils.

— Vraiment ?

— Il est vrai que c'était après quatre Martini.

Elle éclata de rire alors qu'ils franchissaient l'entrée du domaine.

— L'alcool fait dire n'importe quoi. De quelle couleur sont-ils, au fait ?

Plissant les paupières, il se tourna vers elle.

— Bleus. Cheveux blonds, yeux bleus... C'est assez banal, mais l'ensemble n'est pas trop catastrophique.

— Merci. En revanche, ton menton...

— Mon menton n'est pas pointu, protesta-t-elle en relevant machinalement ce dernier.

— Si, mais console-toi. Ça ne se voit pas tant que ça...

Matt se gara devant la maison et descendit de voiture en faisant tinter les clés dans sa main. Il avait rendu le sourire à Laurel, mais ce n'était que temporaire, songea-t-il en l'observant, tandis qu'elle contemplait la maison. Le conflit entre ses sentiments et sa conscience professionnelle se reflétait sur son visage.

— Matthew, Marion acceptera de nous recevoir parce que son éducation l'y oblige, mais… je doute que Louis accepte de nous parler, dit-elle après une hésitation, tandis qu'ils montaient les marches du porche.

— Nous devrons le convaincre, répliqua-t-il en laissant le heurtoir retomber lourdement sur la porte.

— Je ne veux pas trop insister pour l'instant. Si…

— Alors quand ? coupa-t-il d'un ton vif en dardant sur elle un regard étincelant.

Laurel ouvrit la bouche, mais l'air furieux de Matt l'incita à garder le silence.

— D'accord, murmura-t-elle enfin. D'accord.

Pris de remords, Matt voulut se rattraper.

— Laurel…

Mais la porte s'ouvrit, l'empêchant de poursuivre. Binney les regardait tous les deux avec surprise. Puis une lueur fugitive s'alluma dans ses yeux.

— Mademoiselle Laurel, nous ne pensions pas vous revoir si vite.

— Bonjour, Binney. J'espère que ça ne tombe pas trop mal, mais nous aimerions parler à Louis et à Marion.

Binney jeta un coup d'œil à Matt, puis reporta son attention sur Laurel.

— M. Louis ne va pas bien. Le moment est mal choisi.

— Il est malade ?

— Non.

Binney hésita.

— Non, mais il… il n'est pas de très bonne humeur, dit-elle en croisant ses longs doigts noueux devant elle.

— Je suis désolée, dit Laurel avec un sourire, tout en se haïssant. Nous ne le dérangerons pas longtemps. C'est important, Binney.

Sans attendre d'y être invitée, elle pénétra dans le hall.

— Très bien.

Le regard accusateur que lui lança la gouvernante avant de refermer la porte accrut le sentiment de culpabilité de Laurel.

— Venez dans le salon. Je vais prévenir Mlle Marion que vous êtes là.

— Merci, Binney.

Sur le seuil du salon, Laurel prit la main de la gouvernante.

— Arrive-t-il souvent à Louis de… ne pas être de très bonne humeur ?

— De temps en temps.

— Cela lui arrivait-il déjà quand Anne était… quand il était marié à Anne ?

Pinçant les lèvres, Binney jeta un regard furtif vers l'étage. Puis elle déclara à voix basse, précipitamment et en français :

— Vous l'avez connu, mademoiselle Laurel, mais il y a eu tellement de changements, il est arrivé tellement de malheurs… Rien n'est plus comme à l'époque où vous veniez pour prendre le thé et apprendre à monter à cheval.

— Je comprends, Binney. J'aimerais l'aider.

La gouvernante jeta un nouveau coup d'œil vers l'étage.

— Après le départ de M. Charles, M. Louis a commencé à avoir des… sautes d'humeur. Il lui arrivait d'errer dans la maison sans adresser la parole à personne, ou bien de s'enfermer dans son bureau pendant des heures. Nous étions inquiets pour lui, mais…

Elle eut un haussement d'épaules éloquent.

— Quand il s'est mis à voyager pour ses affaires, ç'a commencé à aller mieux. La vie n'était pas facile pour lui, mais il était… calme. Puis un jour, il a ramené la jeune fille. Sa femme.

— Et il a de nouveau changé ?

— Oui, en mieux.

La gouvernante hésita. Elle avait manifestement des scrupules et c'était bien compréhensible, songea Laurel.

— Nous avons été surpris, reprit Binney. Elle ressemblait tellement à sa première femme.

Binney parlait à voix si basse que Laurel devait tendre l'oreille pour saisir ses paroles.

— C'était bizarre de la voir. Même sa voix... Mais M. Louis était heureux avec elle, il avait rajeuni. Il lui arrivait encore de temps en temps de broyer du noir et de s'enfermer, mais rarement.

S'efforçant d'ignorer le nœud dans son estomac, Laurel demanda :

— Binney, Anne avait-elle peur quand Louis... broyait du noir ?

La gouvernante pinça de nouveau les lèvres.

— Elle était peut-être un peu perplexe.

— Etait-elle heureuse ici ?

Une ombre passa dans les yeux noisette.

— Elle disait que la maison semblait sortir d'un conte de fées.

— Et le marécage ?

— Elle en avait peur. Elle n'aurait pas dû y aller. Ce qu'il y a là-bas, il vaut mieux ne pas s'en approcher, déclara Binney en baissant encore la voix.

— Qu'y a-t-il là-bas ?

— Des esprits, répondit la gouvernante avec un tel naturel que Laurel frissonna.

Il était inutile de discuter les vieilles croyances, les vieilles légendes, décida-t-elle.

— Anne voyait-elle souvent Nathan Brewster ?

— C'était une épouse fidèle.

Le ton de la gouvernante avait imperceptiblement changé, comme si elle était soudain moins déterminée à prendre aveuglément la défense des habitants du domaine, comprit Laurel. Autant aller droit au but.

— Louis savait-il que Brewster était amoureux d'Anne ?

— Ce n'est pas à moi de le dire, répliqua Binney d'un ton réprobateur.

« Ni à vous de poser la question », entendit Laurel comme si la gouvernante l'avait dit à voix haute.

— Je vais prévenir Mlle Marion que vous êtes là.

Pivotant sur elle-même, Binney s'éloigna.

— Bon sang, j'ai perdu sa confiance, pesta Laurel.

— Assieds-toi, dit Matt en lui avançant un fauteuil. Et explique-moi de quoi vous avez parlé.

— Elle m'a dit que Louis avait de fréquentes sautes d'humeur après le départ de Charles et d'Elise. Ce qui est compréhensible, ajouta-t-elle un peu trop machinalement au goût de Matt. Tout le monde était inquiet pour lui. Mais son état s'est un peu amélioré quand il s'est mis à voyager pour ses affaires. Le jour où il a ramené Anne, la ressemblance entre ses deux épouses a suscité des commentaires, bien sûr. Mais apparemment Binney appréciait la jeune femme. D'après elle, Louis allait beaucoup mieux depuis son second mariage. Quant à Anne, elle semblait heureuse.

Laurel se laissa aller contre le dossier avec un soupir, tout en pianotant nerveusement des deux mains sur les accoudoirs.

— Elle partage le sentiment des gens de la région à propos du marécage.

— Encore cette histoire de fantômes ?

— Ne sois pas aussi terre à terre ! C'est une question de… d'atmosphère.

Mieux valait ne pas insister, décida Matt.

— Il me semble avoir entendu le nom de Brewster.

— Elle s'est contentée de m'assurer qu'Anne était une

épouse fidèle. J'ai essayé de lui en faire dire plus, mais c'est à ce moment-là que j'ai perdu sa confiance.

— Oublie tes sentiments une minute et utilise ton cerveau, conseilla Matt d'un ton sec.

Après tout, pourquoi ne pas la brusquer un peu ? Il préférait la voir en colère plutôt que triste, songea-t-il avant de poursuivre.

— Si la gouvernante était au courant pour Brewster — et le fait qu'elle se soit fermée comme une huître prouve qu'elle l'était — qui d'autre savait ?

— On ne peut rien cacher aux domestiques, Matthew. Ils étaient tous au courant.

— Pourtant, aucun d'eux n'a parlé de lui quand ils ont été questionnés par la police.

Laurel croisa les mains devant elle pour s'empêcher de pianoter.

— En parler aurait terni la réputation d'Anne et par ricochet celle de Louis. Par ailleurs, n'oublie pas que les enquêteurs ont conclu à une mort accidentelle. Ce genre de détail ne devait pas paraître pertinent, à l'époque.

— Et aujourd'hui ?

— Les domestiques sont loyaux envers Louis, répondit-elle avec lassitude. Ils ne vont pas colporter des potins sur lui auprès d'étrangers.

— J'ai des contacts en ville. Je pourrais demander à quelqu'un de venir fouiner ici discrètement.

— Pas encore. Attendons encore quelques jours.

Laurel prit la main de Matt, qui se tenait debout à côté d'elle.

— Je ne veux pas faire appel à la police tant que ce n'est pas strictement nécessaire. De toute façon, nous n'avons pas assez d'éléments pour faire rouvrir l'enquête. Tu le sais bien.

— Peut-être... Peut-être pas.

Matt réprima un soupir.

— Quelques jours, Laurel. Pas plus…

Une fois féminine l'interrompit.

— Laurel… Monsieur Bates.

Marion entrait dans le salon, les mains tendues vers Laurel.

— Asseyez-vous, je vous en prie, monsieur Bates. Je suis désolée de vous avoir fait patienter, mais nous ne vous attendions pas.

La réprobation contenue dans ces propos était à peine voilée, songea Laurel. Et compréhensible…

— Excuse-nous, Marion. J'espère que nous ne te dérangeons pas trop.

— A vrai dire, je suis un peu pressée, mais…

Elle serra les mains de Laurel avant de s'asseoir en face d'elle dans une causeuse de brocart.

— Voulez-vous du café ? Une boisson fraîche, peut-être ? Il fait un temps si triste…

— Non, merci, Marion. Nous ne te retiendrons pas longtemps.

Des banalités, songea Laurel, écœurée. Comme il était facile d'enfouir l'horreur sous des banalités…

— Nous avons encore besoin de vous parler, à toi et à Louis, dit-elle. C'est très important.

— Oh… Louis est sorti.

— Doit-il revenir ? demanda Matt, qui était resté debout malgré l'invitation à s'asseoir.

— Je ne sais pas. Enfin, je ne sais pas quand. Je suis désolée.

L'expression de Marion s'altéra légèrement.

— A vrai dire, Laurel, je ne suis pas sûre qu'il accepte de te voir.

Laurel ne cilla pas. C'était dur à entendre, mais elle s'y attendait.

— Marion… Matthew et moi sommes allés voir Nathan Brewster hier.

En moins d'une seconde, plusieurs émotions se succédèrent sur le visage de Marion. Détresse, nervosité, contrariété, doute. Mais elle reprit très vite son sang-froid.

— Vraiment ? Pourquoi ?

— Il était amoureux d'Anne, répondit Laurel. Et apparemment, il ne s'en cachait pas.

Le regard de Marion se durcit.

— Anne était une jeune femme charmante. N'importe quel homme aurait pu être attiré par elle.

— Je n'ai pas dit qu'il était attiré par elle, corrigea Laurel. J'ai dit qu'il était amoureux d'elle. Il voulait qu'elle quitte Louis.

La fine chaîne que Marion portait au cou étincela brièvement quand elle déglutit péniblement.

— Ce que pouvait vouloir M. Brewster n'avait aucune importance. Anne aimait Louis.

— Tu étais au courant.

Laurel observa les yeux de Marion, gris pâle comme ceux de son frère. Après un moment de silence, celle-ci laissa échapper un soupir.

— Oui. J'étais au courant. Il était impossible de ne pas s'en apercevoir, vu la façon dont il regardait Anne. Elle en était très perturbée.

Marion eut un geste d'impuissance.

— Elle s'est confiée à moi parce qu'elle ne savait pas quoi faire. Elle n'aurait jamais quitté Louis, murmura-t-elle en pétrissant nerveusement le tissu de sa jupe.

Son visage, en revanche, restait impassible. C'était comme si ses mains étaient mues par une volonté propre.

— Elle aimait Louis.

— Il était au courant ?

— Il n'y avait rien à savoir, rétorqua sèchement Marion.

Elle se ressaisit aussitôt et poursuivit d'un ton plus calme.

— Si Anne s'est confiée à moi, c'est uniquement parce que cet homme la perturbait. Elle a d'ailleurs dit à sa sœur qu'il la rendait nerveuse. Anne aimait Louis, répéta Marion avec force. Et puis quelle importance, aujourd'hui ?

Les traits soudain crispés, elle les regarda tour à tour, tout en continuant de pétrir nerveusement sa jupe.

— La pauvre enfant est morte et les médisances de ce genre ne peuvent qu'aggraver la souffrance de Louis. Laurel, ne peux-tu pas cesser tout ça ? Tu dois bien te douter de l'effet qu'a sur Louis cette pression permanente.

— Si c'était aussi simple..., intervint Matt avant que Laurel ait le temps de répondre. A votre avis, pourquoi quelqu'un a-t-il pris la peine d'envoyer un avertissement à Laurel ?

— Un avertissement ?

Marion secoua la tête, tandis que ses doigts s'immobilisaient enfin.

— Quel avertissement ?

— Quelqu'un a déposé un paquet devant ma porte, expliqua Laurel. Il y avait une vipère cuivrée morte à l'intérieur.

— Oh, mon Dieu !

Marion prit les mains de Laurel, qui put constater qu'elle tremblait.

— Qui a bien pu commettre un acte aussi odieux ? Et pourquoi ? Quand est-ce arrivé ?

— Hier en fin d'après-midi. Quelques heures après notre départ du domaine.

— Oh, mon Dieu, tu as dû... Anne a été mordue par une vipère cuivrée..., murmura Marion, comme si ce détail venait de lui revenir à l'esprit. Tu crois... ? Laurel, tu ne crois tout de même pas que Louis te ferait une chose pareille ! Tu ne peux pas croire ça !

— Je ne peux... je ne *veux* pas croire ça de Louis, corrigea Laurel. Mais nous avons pensé qu'il valait mieux vous mettre au courant tous les deux.

Prenant une profonde inspiration, Marion lâcha les mains de Laurel.

— Tu as dû avoir une peur épouvantable. Moi-même, je suis si… Et Louis…

Elle secoua la tête.

— Bien sûr, je le lui dirai, tu peux compter sur moi, mais…

— Mademoiselle Marion ?

— Oui, Binney ?

— Excusez-moi, mais Mme Hollister est au téléphone. Elle veut vous parler de la collecte de dons en faveur de l'hôpital. Elle dit que c'est urgent.

— Oui, très bien. Dis-lui que j'arrive dans un instant.

Marion se retourna vers Laurel en triturant nerveusement le col de sa robe.

— Je suis navrée de ce qui t'est arrivé, Laurel. Si vous voulez bien attendre ici, je vais répondre à ce coup de téléphone et je reviens. Cependant, je ne vois pas ce que je pourrais vous dire de plus.

— Pas de problème, Marion, vas-y. Nous allons partir.

Marion hocha la tête et quitta la pièce.

— Eh bien, quand tu t'y mets, tu ne lâches plus prise, commenta Matt quand ils furent seuls.

— Oui, n'est-ce pas ?

Sans le regarder, Laurel prit son sac et se leva.

— C'est ma conscience professionnelle, je suppose.

Matt la prit par les épaules et l'obligea à le regarder.

— Laurel, cesse de te morfondre.

— J'aimerais en être capable, murmura-t-elle en regardant par la fenêtre. Je n'ai pas aimé la mine défaite de Marion quand j'ai mentionné Brewster.

— Elle en sait plus qu'elle n'a bien voulu le dire.

Matt caressa les cheveux de Laurel, réprimant l'envie de l'attirer contre lui.

— Louis est dehors, dit-elle d'un ton très calme. Je veux lui parler seule à seul.

Matt s'écarta vivement d'elle. Comment une requête aussi banale pouvait-elle le faire souffrir à ce point ? se demanda-t-il avec effarement.

— D'accord.

Il enfonça les mains dans ses poches et la suivit des yeux tout en traitant mentalement Louis Trulane de tous les noms.

La chaleur qui régnait dehors semblait encore plus écrasante après la fraîcheur du salon. Le temps était à la pluie mais celle-ci ne tomberait pas. Les rares oiseaux qui prenaient la peine de chanter le faisaient sans enthousiasme. En passant à côté des rosiers, Laurel fut assaillie par le parfum entêtant des fleurs. La chemise de Louis était tachée de sueur, constata-t-elle en approchant de lui.

— Louis.

Il tourna vivement la tête et se figea. Son regard n'était plus aussi éteint que lors de leur précédente visite. De toute évidence, il était furieux.

— Que fais-tu ici ?

— Il faut que je te parle.

— Il n'y a rien à dire.

— Louis…

Elle lui saisit le bras alors qu'il se remettait en marche. Mais, devant son regard noir, elle le lâcha aussitôt.

— Laisse-nous quelques souvenirs agréables, Laurel. Et ne viens plus me voir.

— Je garderai toujours les souvenirs, Louis. Mais j'ai aussi mon travail à accomplir.

Elle scruta son visage. Que faire pour éviter qu'ils ne se brouillent définitivement ?

— Je ne crois pas qu'Anne soit allée dans le marécage de son plein gré.

— Je me moque éperdument de ce que tu crois. Elle est morte.

Il regarda derrière elle, vers le nord, où la pelouse laissait place au marécage.

— Anne est morte, répéta-t-il en fermant les yeux. Un point, c'est tout.

— Vraiment ? rétorqua-t-elle en s'exhortant à ne pas se laisser attendrir. S'il existe la moindre possibilité que quelqu'un l'ait attirée dans le marécage par la ruse ou par la menace, n'as-tu pas envie de le savoir ?

Il brisa une fine branche de myrte qu'il tenait à la main. L'image de Brewster et de son crayon s'imposa à l'esprit de Laurel.

— Ce que tu dis est absurde. Personne n'a rien fait de tel. Personne n'avait de raison d'agir ainsi.

— Tu en es certain ?

De nouveau retentit le claquement sec du bois entre les doigts de Louis.

— Quelqu'un n'apprécie pas que nous enquêtions, ajouta-t-elle.

— C'est mon cas, figure-toi ! explosa Louis en jetant la branche cassée et les fleurs. Est-ce que ça implique que j'ai assassiné ma femme ? Pour l'amour de Dieu, Laurel, pourquoi éprouves-tu le besoin de te mêler de ça ? C'est fini. Rien ne pourra jamais me la ramener.

— Le fait que j'enquête te contrarie-t-il au point que tu puisses déposer un serpent mort devant ma porte ?

— Pardon ?

— Quelqu'un m'a envoyé une vipère cuivrée morte, bien enveloppée dans un paquet.

— Une vipère cuivrée, comme…

La voix de Louis s'éteignit.

— Une plaisanterie de mauvais goût, reprit-il en rejetant ses cheveux en arrière dans un geste qui fit naître des souvenirs dans l'esprit de Laurel. Je crains de ne pas être d'humeur à faire des plaisanteries depuis quelque temps. Même si je vois mal…

Il s'interrompit de nouveau et la fixa d'un air étrange.

— Je me souviens. Pauvre petite Laurel, tu as toujours eu une peur maladive des serpents. J'ai failli étrangler un de mes cousins le jour où il en a brandi un sous ton nez au cours d'une réception de Marion. Quel âge avais-tu ? Neuf ans ? Dix ans ? Tu te souviens ?

— Je me souviens.

Le visage de Louis se radoucit légèrement.

— As-tu réussi à te débarrasser de cette phobie ?

Laurel déglutit péniblement.

— Non.

— Je suis désolé.

Il lui effleura la joue, et le cœur de Laurel se serra. Ce geste amical était encore plus douloureux que ses paroles de colère.

— Tu n'as jamais aimé le marécage à cause des serpents, murmura-t-il.

— Je n'ai jamais aimé le marécage, Louis.

— Anne le détestait.

Il regarda de nouveau vers le nord.

— Je la taquinais gentiment pour tenter de dédramatiser le problème… comme je le faisais avec toi. Oh, mon Dieu, elle était adorable…

— Tu ne me l'as jamais présentée. Pourquoi ne la présentais-tu jamais à personne ?

— Elle ressemblait à Elise.

Il n'était pas conscient que sa main était toujours sur sa joue, comprit Laurel.

— La première fois que je l'ai vue, ça m'a stupéfié. Mais elle n'était pas comme Elise.

Les yeux de Louis, du même gris que le ciel, se durcirent.

— En la voyant, les gens auraient pensé qu'elle était comme elle. J'étais incapable de supporter… les comparaisons, les murmures.

— L'as-tu épousée parce qu'elle te rappelait Elise ?

La colère sembla de nouveau submerger Louis. Une colère si soudaine et si violente que Laurel eut un mouvement de recul. Mais les doigts de Louis se crispèrent sur sa joue.

— Je l'ai épousée parce que je l'aimais… j'avais besoin d'elle. Je l'ai épousée parce qu'elle était jeune et docile et que je savais qu'elle serait dépendante de moi. Ce n'était pas une femme qui aurait pu s'intéresser aux autres hommes. Pendant l'année que nous avons passée ensemble, je suis resté avec elle en permanence pour éviter qu'elle ne sombre dans l'ennui et l'insatisfaction comme Elise disait l'avoir fait dans cette maudite lettre.

— Louis, j'imagine ce que tu ressens…

— Crois-tu vraiment ? coupa-t-il d'une voix à peine audible. Comprends-tu ce qu'est la perte, Laurel ? La trahison ? Non, dit-il sans lui laisser le temps de répondre. Pour comprendre ce genre de choses, il faut les avoir vécues.

— S'il y avait eu quelqu'un d'autre…

La bouche soudain sèche, Laurel s'humecta les lèvres avant de poursuivre.

— S'il y avait eu un autre homme, qu'aurais-tu fait ?

Il darda sur elle un regard glacial.

— Je l'aurais tué. Un seul Judas, c'est suffisant pour n'importe qui.

Louis pivota sur lui-même et s'éloigna à grands pas. Laurel frissonna malgré la chaleur poisseuse.

Il en avait vu assez ! Matt se précipita dehors et, réprimant l'envie de courir après Louis pour déverser sa hargne sur lui, il rejoignit Laurel. Elle suivait Louis des yeux, constata-t-il avec exaspération.

— Allons-nous-en, dit-il sobrement.

Elle hocha la tête. Il y avait de l'électricité dans l'air — au propre comme au figuré. L'orage menaçait dans le ciel, mais aussi en elle, en Louis et en Matt. Il suffirait d'un rien pour le faire éclater. Ils traversèrent la pelouse impeccablement tondue et rejoignirent la voiture de Matt en silence.

— Alors ? demanda ce dernier quand ils eurent quitté le domaine.

— Binney avait raison à propos de l'humeur de Louis, répondit Laurel au bout d'un moment. Il est sur les nerfs, furieux, mais sans rien sur quoi se défouler. Il persiste à considérer la mort d'Anne comme un accident. Quand il regardait en direction du marécage, il avait une expression…

Laurel jeta un coup d'œil à Matt. Sa mine sombre n'était pas si différente de celle de Louis.

— Matthew, je suis persuadée qu'il l'aimait. Il a peut-être été attiré par elle parce qu'elle ressemblait à Elise, et il l'a peut-être même épousée pour se donner inconsciemment une seconde chance, mais il l'aimait sincèrement.

— Penses-tu que dans son esprit la différence entre les deux femmes était toujours bien claire ?

— Je ne suis pas psychiatre.

Se maudissant aussitôt pour son ton cinglant, Laurel serra les dents. Si Matt et elle recommençaient à se quereller, leur enquête n'aboutirait jamais.

— Je peux seulement te faire part de mes observations, reprit-elle d'une voix plus calme. A mon avis, Louis aimait Anne, et sa mort lui cause un immense chagrin. Peut-être entre-t-il une part de culpabilité dans ce chagrin… Parce qu'il la taquinait au sujet de sa peur du marécage, précisa-t-elle devant le regard interrogateur de Matt. Il s'en veut sans aucun doute de ne pas avoir pris cette peur suffisamment au sérieux.

— Tu lui as parlé du paquet ?

— Oui.

Pourquoi ne pleuvait-il pas ? se demanda Laurel en pinçant le tissu de son corsage pour le décoller de son dos. Tout semblerait peut-être un peu moins sale après la pluie…

— Au début, il n'a pas compris. Et ensuite, il m'a paru plus dégoûté qu'autre chose. Et puis… il s'est rappelé que j'avais toujours été terrifiée par les serpents. Pendant quelques instants il est redevenu comme avant. Gentil, chaleureux…

Elle tourna la tête vers la vitre, tandis que Matt jurait intérieurement, en proie à une jalousie féroce.

— Je lui ai demandé pourquoi il n'avait jamais présenté Anne à personne. Il m'a répondu qu'il ne voulait pas entendre les inévitables comparaisons avec Elise. Il ne la quittait jamais parce qu'il ne voulait pas qu'elle s'ennuie et…

— Qu'elle aille voir ailleurs, termina Matt.

— N'as-tu donc aucune compassion pour lui ? Ne peux-tu comprendre tout ce qu'il a enduré ? s'exclama-t-elle avec véhémence.

— De la compassion, tu en as suffisamment pour deux.

— Va au diable ! Tu es si suffisant ! Tu juges les gens si vite… Tu ne crois pas que tu as de la chance de n'avoir jamais perdu quelqu'un que tu aimais ?

Matt jeta sa cigarette par la vitre.

— C'est de Trulane qu'il s'agit, pas de moi. Si tu as l'intention de repartir en croisade, fais-le pendant tes loisirs. Pas pendant le travail. Nous sommes coéquipiers et, pour ma part, je m'occupe uniquement des faits.

Laurel eut toutes les peines du monde à surmonter son indignation.

— Tu veux des faits ? demanda-t-elle d'une voix glaciale. En voici un. Louis m'a dit que si Anne avait eu un amant il aurait tué celui-ci. Il l'a dit avec un sang-froid que tu aurais certainement trouvé admirable. Pourtant, Nathan Brewster travaille toujours pour lui.

— Et voici un autre fait, riposta Matt en se garant sur le parking du *Herald* et en la saisissant par le bras. Tu es tellement folle de Trulane que tu le vois comme le héros d'un roman des sœurs Brontë. Tu refuses d'envisager qu'il puisse être différent de l'image que tu as de lui. C'est un homme amer et sans pitié, capable d'utiliser la violence sans le moindre scrupule. Sa première épouse a choisi son frère cadet. T'es-tu jamais demandé pourquoi ?

Elle dégagea son bras d'un geste vif.

— Tu ne connais rien à l'amour et à la loyauté.

— Et toi ? Tu y connais quelque chose ? Si tu étais adulte, tu te rendrais compte que tu n'aimes pas Trulane mais que tu es obsédée par lui.

Elle devint livide.

— Je l'aime vraiment, dit-elle d'une voix vibrante d'émotion. Mais ça, tu es incapable de le comprendre. Tu voudrais que les choses soient noires ou blanches. Très bien. Reste comme ça et fiche-moi la paix.

Elle descendit vivement de voiture, mais Matt la rattrapa. Il la saisit par les épaules.

— Ne me fuis pas ! cria-t-il avec une rage mêlée de panique. J'en ai par-dessus la tête de Louis Trulane ! Je n'ai aucune envie de l'avoir sur le dos chaque fois que je te touche.

Laurel darda sur lui un regard méprisant.

— Tu es stupide. Puisque tu aimes tant les faits, tu ferais bien de les reconsidérer avec attention. Maintenant, laisse-moi tranquille.

La voix de Laurel se brisa.

— Laisse-moi tranquille pendant quelque temps, insista-t-elle.

Cette fois, Matt ne tenta pas de la retenir. Il attendit qu'elle ait disparu dans l'immeuble, puis il s'appuya contre le capot de sa voiture. Sous la chaleur écrasante, il sortit une cigarette et tenta de recouvrer son sang-froid.

Pourquoi l'avait-il agressée ? Il passa nerveusement la main dans ses cheveux. Agresser quelqu'un verbalement, c'était aussi minable que l'agresser physiquement. Etait-ce la chaleur ? Il se contorsionna pour décoller de ses épaules sa chemise humide de sueur. Elle était si accablante qu'elle aurait rendu nerveux n'importe qui.

Il secoua la tête avec dérision. Qui espérait-il convaincre avec un argument d'une telle mauvaise foi ? Lui-même ? Il expira longuement la fumée et la regarda stagner dans l'air lourd et immobile. Le fond du problème, c'était que, après la nuit qu'ils avaient passée ensemble, il n'avait pas supporté de voir Louis lui caresser la joue.

Stupide. Laurel avait trouvé le mot juste. Il s'était laissé submerger par la jalousie et il avait déversé sa rancune sur elle. Il avait été incapable de se maîtriser. Non, en réalité, il n'avait même pas essayé de se maîtriser. La colère était tellement plus confortable que la peur… La peur qu'il avait éprouvée pour Laurel quand il avait regardé dans le paquet qu'elle avait reçu. La peur qu'il avait éprouvée à cause d'elle quand il avait compris qu'il l'aimait éperdument. Il ne voulait pas la perdre. Il n'y survivrait pas.

S'il s'était montré agressif, c'était peut-être dans l'espoir qu'elle renonce et qu'elle le laisse poursuivre l'enquête seul. S'il avait pu la dissuader de l'accompagner dans le marécage, elle n'aurait pas été blessée.

Peut-être s'était-il servi de Louis comme prétexte pour provoquer une querelle, parce qu'il avait peur d'avouer à Laurel ce qu'il ressentait pour elle. Malgré tout, le contrôle de la situation lui avait échappé dès l'instant où il avait commencé à travailler avec Laurel sur cette affaire.

Comment était-il censé lui avouer qu'il l'aimait — qu'il l'aimait peut-être depuis l'instant où il avait vu cette photo appuyée contre les livres de Curt, à l'université ? Elle le croirait fou, s'il lui disait cela.

Matt écrasa sa cigarette par terre. Peut-être l'était-il.

Mais il n'en restait pas moins journaliste. Et les journalistes allaient toujours jusqu'au bout des choses, en procédant par étapes. D'abord, il fallait accorder à Laurel le temps qu'elle réclamait. Il lui devait bien ça et il en profiterait pour approfondir les recherches de son côté. Ensuite, il faudrait trouver un moyen de lui présenter des excuses sans mentionner le nom de Trulane.

Matt se dirigea vers l'immeuble du journal.

Et, enfin, il faudrait lui faire entrer dans la tête qu'il l'aimait.

Que ça lui plaise ou non.

10

C'était une chance qu'on l'ait envoyée en reportage dès son arrivée dans la salle de rédaction, songea Laurel dans la voiture qui la conduisait au centre-ville, où trois voitures s'étaient carambolées à un carrefour. Elle avait eu le temps de prendre un calepin neuf, de trouver un photographe et de ressortir, avant que Matt ne fasse son apparition.

Elle n'avait aucune envie de le voir. Pas avant que sa colère et sa souffrance ne se soient un peu atténuées. La chaleur, le bruit et la confusion qui devaient régner sur le lieu de l'accident la distrairaient de ses problèmes personnels. Du moins temporairement.

Matt était vraiment excessif ! se dit-elle en serrant les dents, tandis que le photographe passait à l'orange dans le flot de la circulation. Excessif et intransigeant. Comment pouvait-on manquer à ce point de compassion ? Il s'était pourtant montré plein de sollicitude quand elle avait été agressée, dans le marécage. Comment pouvait-il rester insensible devant la souffrance de Louis Trulane ? Après tout ce que ce dernier avait enduré, il n'était tout de même pas difficile de comprendre que sa douleur était bien réelle. Comment pouvait-elle aimer quelqu'un qui... ? Elle se mordit la lèvre. Oui, elle l'aimait. Peu importait comment ou pourquoi. Elle aimait Matt. Tout simplement.

Mais c'était justement parce qu'elle l'aimait que son

attitude l'avait blessée à ce point. L'accuser d'être obsédée par Louis... Comment avait-il osé ? N'importe quel homme sensé serait capable de comprendre que Louis Trulane avait été le prince charmant de son enfance. Elle l'avait aimé avec un cœur d'enfant et à la manière d'une enfant. Au fil du temps, cet amour avait évolué, non pas parce que Louis avait changé mais parce qu'elle-même avait changé.

Certes, elle aimait toujours Louis et elle manquait peut-être d'objectivité à son égard. Elle lui garderait toujours une immense tendresse en souvenir du passé et il n'y avait rien de plus naturel. Or, Matt lui demandait de tourner le dos à ce passé. Comment aurait-elle pu accepter ? Dire qu'il avait été jusqu'à suggérer qu'elle pensait à Louis quand elle était avec lui. Comment pouvait-il imaginer un seul instant... ?

Une idée s'imposa soudain à l'esprit de Laurel. Une idée fascinante. Matt serait-il tout simplement jaloux ?

— Oh ! s'exclama-t-elle en se laissant aller contre le dossier de son siège.

Le photographe lui jeta un regard en coin, mais ne fit aucun commentaire.

Jaloux ! Laurel eut un sourire ravi. Voilà une hypothèse intéressante... Même si la conduite de Matt restait irrationnelle et stupide. Car s'il était jaloux, cela ne signifiait-il pas que ses sentiments pour elle étaient plus profonds qu'elle n'osait l'espérer ? Peut-être. A moins qu'il ait tout simplement un caractère insupportable, comme elle le pensait à l'origine. Dans l'euphorie de l'amour, elle avait fini par l'oublier, mais cette seconde hypothèse n'était pas exclue non plus. En tout cas, cela méritait réflexion.

La voiture fut bientôt immobilisée dans un embouteillage inextricable, au milieu d'un concert de Klaxon assourdissant.

— Je vais descendre là et continuer à pied, dit-elle au photographe. Gare-toi dès que tu peux.

Matt se trouvait dans le quartier français. L'ambiance y était plus calme que dans la rue où se trouvait Laurel au même instant, mais la chaleur y était aussi intense. L'air était saturé de l'odeur du fleuve et du parfum des fleurs, un mélange qui, dans son esprit, était intimement lié à La Nouvelle-Orléans. Mais il n'y prêtait guère attention : au cours de la dernière heure, il avait été très occupé.

Une visite au commissariat et quelques questions posées d'un air dégagé lui avaient permis d'apprendre qu'aucune recherche officielle n'avait été entreprise après le départ d'Elise et de Charles Trulane. Aucun des deux n'avait été répertorié dans le fichier des personnes disparues. La lettre écrite par Elise, la disparition des vêtements et du matériel de peinture avaient suffi à satisfaire tout le monde. Sauf Matt.

Quand il avait voulu approfondir le sujet, il s'était heurté à un mur d'indifférence. A quoi bon chercher à savoir comment ils avaient quitté la ville et si des témoins les avaient vus ? Ils étaient bel et bien partis, et dix ans c'était très long. Des centaines d'autres affaires requéraient l'attention de la police de La Nouvelle-Orléans, et celle-ci avait d'autres chats à fouetter. S'il y tenait, les gars du labo se pencheraient sur son petit bout de métal, mais pourquoi s'intéressait-il à cette histoire, au juste ?

Matt avait éludé la question et il avait quitté le commissariat. Peut-être obtiendrait-il plus de renseignements auprès de Curt, avait-il songé.

A un coin de rue, il pénétra dans un petit bar. Dans la pénombre, un trio jouait une version discordante de *The Entertainer.* Il repéra Curt immédiatement, assis dans un coin de la salle, à une table couverte de papiers.

Un verre de bière encore plein était posé devant lui. Le souvenir de son ami à l'époque de leurs études s'imposa alors à l'esprit de Matt. Pour la première fois depuis des heures, il sourit.

— Comment ça va, monsieur l'avocat ?

— Pardon ?

Curt leva un regard distrait.

— Oh, salut.

Il rassembla les feuilles étalées sur la table et les glissa dans un dossier.

— La même chose, demanda Matt à la serveuse en indiquant le verre de bière.

— Que se passe-t-il, Matt ?

— J'ai besoin de te consulter.

— Oh-oh…

Curt se frotta le menton. Cette habitude était sans doute le seul point commun qu'il avait avec sa sœur, songea Matt avant de préciser :

— J'ai juste besoin d'une information, je te rassure. Pas des services d'un avocat.

— Oh, très bien.

Quand la serveuse revint avec la bière de Matt, Curt se souvint de la sienne.

— Si je décidais d'investir en Bourse, me conseillerais-tu la compagnie de navigation Trulane comme un bon investissement ?

Curt jeta à Matt un regard soudain aigu.

— Je dirais que c'est une question à poser à ton courtier plutôt qu'à ton avocat. D'autant plus que d'habitude, c'est toi qui me donnes des conseils dans ce domaine. Tu te souviens ?

— C'est une question purement théorique. Si je voulais investir dans une entreprise basée à La Nouvelle-Orléans, la compagnie Trulane représenterait-elle un bon choix ?

— C'est l'une des entreprises les plus florissantes de la région.

— D'accord.

Il fallait s'en douter, c'était une impasse, songea Matt avec philosophie.

— A ton avis, pourquoi Elise Trulane n'a-t-elle pas réclamé son héritage ? demanda-t-il.

Curt posa son verre.

— Comment le sais-tu ?

— Je ne peux pas révéler mes sources. Cinquante mille dollars… Une coquette somme. Les intérêts sur dix ans doivent également représenter une petite fortune. Même pour un homme comme Trulane.

— Il n'a aucun droit sur cet argent. Elise Trulane est l'unique légataire.

Devant la question muette de Matt, Curt haussa les épaules.

— C'est mon cabinet qui s'en occupe.

— C'est curieux de laisser dormir tout cet argent, non ? Ton cabinet n'a pas essayé de retrouver la trace d'Elise Trulane ?

— Tu sais bien que le secret professionnel m'interdit d'entrer dans les détails.

— D'accord. Adoptons un point de vue plus général. Quand quelqu'un qui a hérité d'une grosse somme d'argent ne se manifeste pas, que fait l'exécuteur testamentaire ?

— Il entreprend des recherches. En publiant une annonce dans les journaux, par exemple. Et en engageant un détective privé, le cas échéant.

— Supposons que la bénéficiaire ait un mari qu'elle veut éviter à tout prix.

— L'enquête et toute correspondance s'y rapportant seraient confidentielles.

— Mmm.

Matt fit tourner son verre dans ses mains. Dans le fond du bar, le pianiste se déchaînait.

— Elise Trulane avait-elle un testament ?

— Matt…

— Officieusement, Curt, s'il te plaît. C'est peut-être d'une importance capitale.

Curt connaissait Matt depuis trop longtemps pour ne pas savoir que s'il lui demandait un service de ce genre, c'était avec une bonne raison.

— Non, répondit-il franchement. Louis et elle avaient rédigé chacun un testament, mais elle s'est enfuie avant la signature.

— Je vois. Quels bénéficiaires ?

— C'étaient des testaments classiques pour un couple sans enfants. Marion et Charles ont des biens propres.

— Substantiels ?

— Le moins qu'on puisse dire, c'est que Marion est une femme très riche.

Anticipant la question de Matt, Curt ajouta :

— Les investissements et l'épargne de Charles dorment comme ceux d'Elise.

— Intéressant…

Curt darda sur lui un regard pénétrant. Ses yeux n'étaient pas émeraude comme ceux de sa sœur, mais d'un vert plus pâle.

— Vas-tu m'expliquer pourquoi toutes ces questions ?

— J'essaie juste de ne négliger aucun détail.

— C'est lié à l'affaire sur laquelle vous travaillez, Laurel et toi… pour Susan ?

— Oui. Tu as rencontré Susan ?

— Oui, à la maison.

Les joues de Curt se colorèrent légèrement. Pensif, Matt le revit, des années auparavant, quand il était tombé éperdument amoureux d'une étudiante en médecine.

— Elle m'a parlé d'Anne et des lettres, dit Curt. Allez-vous pouvoir l'aider ?

Ce n'était plus un jeune étudiant émotif, songea Matt. Mais un excellent juriste doué d'une grande force de caractère malgré sa tendance à la rêverie.

— Nous faisons tout ce que nous pouvons. Puisque tu la connais et qu'elle s'est confiée à toi, tu peux peut-être la rassurer tout en l'incitant à se tenir à l'écart de tout ça jusqu'à ce que nos recherches aboutissent.

— C'est ce que j'avais prévu. De ton côté, tu veilles sur Laurel ?

Matt eut une moue de dérision en se remémorant en quels termes Laurel et lui s'étaient séparés quelques heures plus tôt.

— Personne ne prend soin de Laurel, marmonna-t-il.

— Non, tu as raison.

Curt glissa son dossier dans son attaché-case.

— J'ai un rendez-vous, mais quand nous aurons le temps de discuter plus longuement, j'aimerais bien avoir des détails sur cette affaire.

— Entendu. Et merci.

Resté seul, Matt but sa bière en ruminant. Trop de détails inexpliqués... Trop de pièces du puzzle qui ne s'emboîtaient pas. Un homme et une femme éperdument amoureux pouvaient éventuellement couper les ponts avec leurs amis et leur famille pendant les premiers temps de la passion, mais pas renoncer à des sommes d'argent aussi considérables. Pas pendant dix ans.

Soit l'amour les avait rendus idiots, soit ils étaient morts. La seconde hypothèse semblait la plus plausible, décida-t-il en allumant une cigarette. Mais à supposer qu'ils aient eu un accident après leur départ du *Domaine du chêne*, n'auraient-ils pas été identifiés ? Différentes théories se succédèrent dans l'esprit de Matt. Oui, la mort d'Anne Trulane avait forcément un rapport avec la disparition d'Elise et de Charles... Et s'il ne se trompait pas, il n'y avait pas eu *un* meurtre, mais *trois*.

Il suivit des yeux la mince volute de fumée bleue qui s'élevait vers le plafond et marmonna un juron. Il était trop tard dans l'après-midi pour vérifier où se trouvait Louis, le jour de la disparition d'Elise et de Charles. Et demain, c'était dimanche, il ne pourrait sans doute pas mettre la main sur les informations dont il avait besoin avant la fin du week-end. Lundi, songea-t-il en écrasant sa cigarette. Lundi, même si Laurel n'en avait pas envie, ils poursuivraient leurs investigations, jusqu'à ce qu'ils découvrent le fin mot de l'affaire.

Il se leva, jeta des billets sur la table et sortit. A propos de Laurel, peut-être était-il temps qu'ils aient une discussion.

Laurel était absorbée dans son article quand Matt regagna la salle de rédaction. Il se dirigea vers elle, mais, jetant un coup d'œil à la pendule, il se ravisa et s'assit à son bureau en silence. Pas question de la déranger dans son travail au moment du bouclage. Elle était de bonne humeur, à en juger par l'expression de son visage. Jubilation intense...

Laurel tapait à toute vitesse en réprimant un fou rire. Trois voitures qui se rentrent dedans à un carrefour, de la tôle froissée, rien qu'elle aurait trouvé drôle d'ordinaire. Mais il n'y avait pas eu de blessés. Et la femme du maire se trouvait dans le deuxième véhicule.

Mieux qu'une attraction... Perdant son calme et sa dignité, la femme du maire avait voulu frapper l'infortuné conducteur qui avait défoncé l'arrière de sa voiture.

Peut-être était-ce la chaleur écrasante, peut-être était-ce la pression qu'elle subissait depuis quelques jours, mais cette scène burlesque avait eu sur elle un effet libérateur. Comment rester morose en voyant cette femme d'ordinaire guindée et d'une élégance irréprochable, les vêtements tout froissés et les cheveux en bataille, agripper par le revers de sa veste un homme bâti comme un champion de boxe et le menacer de lui casser la figure, selon ses propres termes ? Cela juste avant que le radiateur de sa voiture n'explose, crachant un véritable geyser...

Ah, cela mettrait du baume au cœur à beaucoup de gens d'apprendre que des notables perdaient, eux aussi, leur sang-froid, se dit-elle en terminant son article. Cela méritait bien la première page.

— Copie ! cria-t-elle à l'adresse du garçon de courses en jetant un coup d'œil à l'horloge.

Juste dans les délais. Elle se retourna avec un sourire satisfait et rencontra le regard de Matt. Aussitôt, elle fut assaillie par une foule de sentiments contradictoires. Mais un seul dominait tous les autres. Son amour pour lui.

— Je ne t'ai pas vu arriver, dit-elle en mettant de l'ordre sur son bureau.

— C'était il y a quelques minutes. Tu étais en plein travail.

Autour d'eux, c'était l'effervescence, un brouhaha ponctué de cris, de bruits de pas précipités et de cliquetis de machines à écrire.

— Tu as fini ? demanda Matt.

— Dès que mon article sera approuvé.

— Il faut que je te parle. Pouvons-nous dîner ensemble ?

Laurel se sentit prise au dépourvu par le ton circonspect, presque cérémonieux, de Matt.

— D'accord. Matthew...

Son téléphone se mit à sonner. Tout en réfléchissant à ce qu'elle voulait dire à Matt, elle décrocha.

— Salle de rédaction, Laurel Armand.

Inquiet, Matt vit la jeune femme changer soudain de couleur. Quand elle leva les yeux vers lui pour lui faire signe d'écouter la conversation, il avait déjà décroché son téléphone.

— Je suis désolée, dit-elle dans le combiné. Il y a beaucoup de bruit ici. Pourriez-vous parler plus fort ?

— Vous avez déjà reçu deux avertissements.

C'était à peine un murmure, mais il semblait bien y avoir de la peur dans cette voix, se dit Laurel. Une voix de femme ? D'homme ? Impossible à dire.

— Cessez de vous intéresser à la mort d'Anne Trulane.

— Est-ce vous qui m'avez envoyé le serpent ?

Laurel vit Matt basculer son poste sur une autre ligne et composer un numéro.

— Le prochain sera vivant, répondit la voix.

Envahie par un grand froid, Laurel parvint néanmoins à garder un ton posé.

— La nuit dernière, vous étiez dans le marécage, n'est-ce pas ?

— Vous n'avez rien à y faire. Si vous y retournez, vous n'en ressortirez pas.

A l'autre bout de la salle, quelqu'un réclama en criant un café sans sucre. Etait-elle en train de rêver ? se demanda confusément Laurel avant de répliquer :

— Que craignez-vous que j'y découvre ?

— Anne aurait dû l'éviter, elle aussi. Souvenez-vous-en.

Il y eut un déclic, puis le bruit monotone de la tonalité. Quelques secondes plus tard, Matt raccrocha en jurant.

— Pas assez de temps pour localiser l'appel. Tes impressions sur la voix ? Elle t'a semblé familière ?

— Non.

Il se leva et prit le calepin de Laurel, sur lequel elle avait machinalement pris la conversation en sténo.

— En plein dans le mille, marmonna-t-il. Il y a quelqu'un que nos recherches rendent de plus en plus nerveux.

Quelqu'un qui avait peut-être déjà assassiné trois personnes, se dit-il en songeant à sa théorie.

— Tu penses de nouveau à faire appel à la police, devina Laurel.

— En effet.

Laurel se leva en passant une main dans ses cheveux.

— Ecoute, Matthew, je ne suis pas contre, mais je voudrais juste un peu de temps pour y réfléchir. Ecoute-moi, s'empressa-t-elle de poursuivre alors qu'il ouvrait la bouche. Celui qui vient d'appeler veut que nous abandonnions nos recherches. C'est ce que nous allons faire de toute façon pendant le week-end. Je veux prendre le temps de relire mes notes, les comparer aux tiennes, et essayer d'en tirer des conclusions. Si nous décidons d'aller voir la police lundi, il vaudrait mieux avoir des arguments convaincants.

Matt s'efforça de masquer sa réprobation. Laurel avait raison, mais ce plan ne lui disait rien qui vaille. Comment l'écarter de l'enquête pour la mettre à l'abri du danger ? Plusieurs idées lui vinrent à l'esprit. Il avait le week-end pour choisir la meilleure, décida-t-il.

— D'accord. Mets Don au courant. Je vais rassembler mes notes.

Au lieu du dîner fin aux chandelles que Matt avait prévu, ils mangèrent des hamburgers et des frites dans la cuisine de Laurel, au milieu des notes éparpillées sur la table. Les gribouillis de Matt ressemblaient à des hiéroglyphes, alors que les notes de Laurel étaient rédigées d'une écriture très nette, parfaitement lisible. Par un accord tacite, ils n'avaient pas pris le temps de revenir sur leur querelle de l'après-midi. Pour l'instant, ils étaient deux journalistes en plein travail.

— A ce stade de l'enquête, on peut affirmer qu'il y a de fortes présomptions pour que la mort d'Anne Trulane ne soit pas un simple accident, déclara Laurel, en tentant de rédiger une synthèse cohérente de leurs notes.

— On dirait le début d'une plaidoirie de Curt, plaisanta Matt.

— Ne prends pas ton air supérieur, Matthew Bates. Et passe-moi cette bouteille de soda.

Elle but directement au goulot et plissa le front.

— A l'appui de cette hypothèse, nous disposons du témoignage de Susan, qui affirme qu'Anne avait la phobie de l'obscurité, et qu'elle redoutait le marécage au point de refuser de s'en approcher. Témoignage corroboré depuis par ceux de Louis, de Marion et de Binney. Par ailleurs, le vol des lettres d'Anne dans la chambre de Susan, et les intimidations dont j'ai été l'objet — paquet, agression et coup de téléphone anonyme — renforcent ces présomptions.

Occupée à écrire, Laurel ne remarqua pas que Matt écrasait sa cigarette avec une telle nervosité qu'il en arrachait le filtre.

— Première entrevue avec Louis et Marion... Pas grand-chose à en retenir, à part les émotions manifestes des personnes concernées, mais tu préfères ne pas en tenir compte.

— Les émotions peuvent être révélatrices, mais seulement quand on les considère avec objectivité, commenta Matt d'un ton neutre.

Laurel ravala une réplique cinglante. Ce n'était pas le moment de se quereller.

— D'accord... Brewster, poursuivit-elle. Nous savons qu'il était amoureux d'Anne — ou qu'il se croyait amoureux, ce qui revient au même — et qu'il voulait qu'elle quitte Louis. C'est un fait avéré, puisque c'est lui-même qui nous l'a avoué.

Elle souligna deux fois le nom de Brewster avant de poursuivre.

— Marion nous a confirmé les sentiments de Brewster pour Anne et nous a précisé comment celle-ci avait réagi.

Ma seconde entrevue avec Louis m'a conduite à penser qu'il n'était pas au courant des sentiments de Brewster ou bien qu'il n'y attachait pas suffisamment d'importance pour s'en inquiéter, étant donné que Brewster fait toujours partie de ses employés.

Laurel se massa la nuque, premier signe de fatigue.

— En résumé, nous sommes d'accord sur un point. Il paraît très improbable qu'Anne se soit rendue dans le marécage sans y avoir été incitée. Pour ce qui est du coupable, selon moi, le plus vraisemblable est Brewster.

Matt feuilleta son calepin.

— J'ai discuté avec Curt, aujourd'hui.

— Ah ?

Laurel le regarda avec perplexité. Quel rapport avec leur enquête ?

— J'avais des renseignements à lui demander pour étayer une théorie que j'ai élaborée.

— Quels renseignements Curt peut-il avoir sur cette affaire ?

— C'est un juriste.

Matt alluma une nouvelle cigarette.

— A vrai dire, cette conversation a été encore plus fructueuse que je ne l'espérais. C'est le cabinet dans lequel travaille Curt qui gère l'héritage d'Elise Trulane.

— Quel rapport avec la mort d'Anne ?

— Je commence à penser qu'il y a justement un rapport très étroit entre les deux affaires. Ecoute ça.

Il feuilleta son calepin.

— Les cinquante mille dollars dont a hérité Elise Trulane, ainsi que les intérêts sur dix ans, n'ont jamais été touchés. Or, d'après Curt, le cabinet a obligatoirement effectué des recherches pour retrouver sa trace. De toute évidence sans succès. Par ailleurs, l'argent de Charles Trulane dort également. Jamais touché.

Matt feuilleta de nouveau son calepin, puis leva les yeux vers Laurel.

— De plus, ni Elise ni Charles Trulane n'ont été enregistrés dans le fichier des personnes disparues.

— Où veux-tu en venir ?

Matt posa son calepin.

— Tu vois parfaitement où je veux en venir, Laurel.

Eprouvant soudain le besoin de bouger, elle se leva.

— Tu penses qu'ils sont morts. Peut-être est-ce le cas. Ils ont pu avoir un accident, et…

Elle se figea.

— Tu penses qu'ils sont morts avant d'avoir quitté le *Domaine du chêne* ?

— C'est une possibilité, non ?

— Je ne sais pas.

Se massant les tempes, elle s'efforça de garder la tête froide.

— Ils ont pu changer de nom et partir en Europe ou en Asie, ou Dieu sait où…

— En effet. Mais ce n'est pas une certitude, n'est-ce pas ?

— Non…

Laurel prit une profonde inspiration.

— Si nous poursuivons le raisonnement, si nous admettons que leur disparition est liée à la mort d'Anne, ça innocente Brewster. Mais pourquoi ? s'exclama-t-elle. Qui aurait eu un mobile, à part Louis ? De toute façon, il était en voyage.

— En a-t-on la preuve ?

Matt se leva. Dès qu'on évoquait Louis Trulane, il fallait prendre des gants…

— Il possède un avion privé, n'est-ce pas ? poursuivit-il. Il pilote lui-même — ou, en tout cas, il pilotait. Tu comprends ce que ça implique.

Oui, elle comprenait… Retour à l'improviste, il surprend les deux amants, un moment de folie. Dans un avion privé, rien de plus simple que de transporter des corps. Très pâle, Laurel regarda Matt. Il s'attendait qu'elle proteste ou qu'elle fasse machine arrière, comprit-elle. Mais il n'était plus question de faire ni l'un ni l'autre.

— Il ne va pas être facile… peut-être même impossible de vérifier les vols de nuit effectués il y a dix ans, déclara-t-elle d'un ton très professionnel.

— Je m'y attellerai dès lundi.

Elle hocha la tête.

— De mon côté, continua-t-elle, je vais demander à Curt de me donner le nom de la société qui a effectué les recherches pour retrouver Elise.

— Non.

— Non ?

Elle le fixa avec stupéfaction.

— Il faut explorer toutes les pistes, voyons !

— Je veux que tu abandonnes. Je veux que tu arrêtes de poser des questions.

— Qu'est-ce qui te prend ? On ne résout pas une affaire sans poser de questions.

— Ecoute, nous partagerons tous les honneurs que nous vaudra cet article, quels qu'ils soient. Mais à partir de maintenant, je continue seul.

— Tu as perdu l'esprit.

Ce fut peut-être le ton très calme de Laurel qui déclencha l'orage. Matt oublia instantanément tous les arguments imparables qu'il avait longuement élaborés.

— C'est moi qui ai perdu l'esprit ? s'écria-t-il, hors de lui. C'est un comble !

Il se mit à arpenter la pièce à grands pas, mettant délibérément de la distance entre Laurel et lui pour éviter de la saisir par les épaules et de la secouer comme un prunier.

— Ce n'est pas un jeu, bon sang ! On ne joue pas à qui aura droit à la une !

— Je n'ai jamais considéré ma profession comme un jeu.

— Je ne veux pas t'avoir dans les jambes.

Elle plissa les paupières.

— Ne t'inquiète pas. J'éviterai de me trouver sur ton chemin. Et toi, évite de te trouver sur le mien.

— C'est trop dangereux ! Essaie de réfléchir un peu. C'est toi qui as été menacée. A trois reprises. Celui qui est derrière la mort d'Anne n'hésitera pas à tuer de nouveau.

Elle releva le menton. Dieu, qu'elle était belle quand elle prenait cet air hautain ! songea Matt en crispant la mâchoire. Belle et horripilante…

— Dans ce cas, il va falloir que je me montre très prudente, n'est-ce pas ? dit-elle d'un ton ironique.

— Ne sois pas stupide ! Ce n'est pas à moi qu'on a téléphoné pour me demander de laisser tomber. Ce n'est pas moi qu'on a menacé.

La panique était nettement perceptible dans la voix de Matt, mais Laurel était trop submergée par l'indignation pour s'en apercevoir.

— Tu veux savoir pourquoi ? cria-t-elle à son tour. Parce que je suis une femme et donc soi-disant plus facile à intimider. La preuve, tu penses qu'en criant assez fort et en faisant pression sur moi, tu vas m'obliger à céder.

— Ne te fais pas plus idiote que tu ne l'es.

— Mais ce qu'ils ont oublié, poursuivit-elle avec la même véhémence, ce que *tu* as oublié, c'est que je suis journaliste. Et pour résoudre une affaire, pour découvrir la vérité, une journaliste est prête à tout. Tous les journalistes sont confrontés au danger, un jour ou l'autre. Ce sont les risques du métier.

— Je ne suis pas amoureux de tous les journalistes, bon sang ! Je suis amoureux de toi !

Matt se précipita vers la table pour prendre son paquet de cigarettes.

Laurel le regarda écarter les feuilles avec nervosité à la recherche d'allumettes. Elle était aussi essoufflée que si elle venait de monter plusieurs étages en courant. Et à présent qu'elle était arrivée en haut de l'escalier, elle ne savait plus du tout pourquoi elle s'était dépêchée à ce point. Ce fut seulement quand il cessa de jurer et de marmonner pour se tourner vers elle, qu'elle sentit une chaleur et un plaisir intenses l'envahir.

Matt reposa sa cigarette sans l'allumer et regarda Laurel. Que venait-il de dire ? Oh, mon Dieu, venait-il vraiment de tout gâcher en abattant ses cartes sans avoir assuré ses arrières ? Que faire, à présent ? Mieux valait laisser à Laurel une chance de se dérober si elle le souhaitait.

— Est-ce que... je viens vraiment de dire ce que je pense avoir dit ?

Laurel croisa les bras.

— Oui, j'ai un témoin.

— Un témoin ? Il n'y a personne ici.

— Je soudoierai quelqu'un.

Il enfonça les mains dans ses poches. Bon sang, comme il avait envie de la serrer contre lui !

— Tu es certaine que c'est ce que tu veux ?

Elle fit un pas vers lui.

— Je me demande comment j'ai pu penser que tu étais perspicace et observateur. Figure-toi que c'est une règle universelle, Matthew. Quand une femme est amoureuse d'un homme, elle préfère que ce soit réciproque.

Matt sentit son cœur s'affoler dans sa poitrine, des battements à la fois légers et frénétiques. Quelle sensation extraordinaire ! C'était la première fois de sa vie qu'il l'éprouvait.

— Dis-le-moi, murmura-t-il. Ne m'oblige pas à te supplier.

— Matthew...

Ne lisait-il donc pas ses sentiments sur son visage ? se demanda Laurel, déconcertée. Pourtant, ils devaient être évidents. Elle tendit la main vers lui.

— Tu es le seul homme avec qui j'ai fait l'amour parce que tu es le seul homme dont j'aie jamais été amoureuse. Ces deux vérités sont immuables, Matt.

— Laurel…

Matt ne put en dire plus. La bouche de Laurel s'offrait à la sienne. Sans réserves. Il la captura avec fougue, ivre de bonheur. Si longtemps… Il y avait si longtemps qu'il attendait ce moment, ces paroles.

— Encore, murmura-t-il. Dis-le-moi encore.

— Je t'aime. Je n'ai jamais aimé que toi.

Elle noua les bras sur sa nuque.

— Dire qu'il y a encore quelques minutes, je pensais que si je te faisais cet aveu, tu me croirais folle…

Prise de vertige, elle s'accrocha à lui.

— Quand ? Quand as-tu su ? demanda-t-elle dans un souffle.

— Tu ne me croirais pas.

Sans laisser à Laurel le temps de réagir, Matt s'empara de nouveau de sa bouche.

Son baiser prit rapidement une ferveur inédite. Jamais il n'aurait pu imaginer qu'un tel bonheur était possible. Son amour était partagé ! Emporté dans un tourbillon enchanté, il oublia tout ce qui n'était pas Laurel.

Elle avait l'impression de pouvoir se perdre dans un baiser de lui… Se perdre corps et âme dans cet océan de félicité. Savoir qu'il la désirait était excitant. Savoir qu'il l'aimait était exaltant. Tant de choses, elle avait tant de choses à lui dire… Mais une fois qu'ils auraient assouvi la passion qui les dévorait… Vibrante de désir, Laurel entraîna Matt par terre avec elle.

Vite, vite… Sans avoir besoin de parler, chacun savait ce que l'autre voulait. Se débarrasser de tout ce qui faisait obstacle au contact de leurs deux épidermes. Les vêtements volèrent à travers la pièce. Oh, le plaisir inouï de sentir contre la sienne cette peau brûlante… Enivrée par le parfum subtil du corps de Matt, qui se mêlait à celui du savon, Laurel s'en délecta, pressant ses lèvres contre son cou, là où battait son pouls, rapide et léger.

Il murmura son prénom, et ce son délicieux se propagea dans tout son corps en une onde voluptueuse. Le plaisir qui l'envahissait était d'une nature toute nouvelle, surnaturelle. La bouche de Matt quitta son oreille et descendit le long de son cou, lui arrachant un soupir.

Une longue caresse, sensuelle et nonchalante. Ils avaient tout leur temps, à présent. Pourquoi se presser ? La passion se teintait d'émerveillement. « Mon amour est partagé. » Chacun se délectait de cette certitude, qui suffisait à son ravissement. Laurel sentait le bonheur circuler sans relâche de l'un à l'autre, tandis que leurs deux cœurs battaient au même rythme. Un bonheur parfait, absolu. Le désir, allié à ce sentiment de plénitude, gagnait en intensité. Le temps était aboli. Ils avaient l'éternité devant eux pour effectuer le voyage enchanteur qui leur ferait découvrir des contrées paradisiaques.

Les lèvres de Matthew effleurèrent l'épaule de Laurel avant de descendre lentement le long de son bras, puis de s'attarder sur la veine qui battait au creux de son coude. Envahie par une foule de sensations exquises, elle enfonça les doigts dans ses cheveux, jouant avec ses boucles épaisses, lui caressant la nuque. Il leva la tête vers elle et ils se regardèrent un long moment en silence. Puis, dans un sourire, leurs lèvres s'unirent.

Peu à peu, sans qu'ils en prennent vraiment conscience, la fièvre monta. Les soupirs étouffés devinrent des gémissements.

Les lèvres refermées sur la pointe d'un sein, Matt entendit le cœur de Laurel s'affoler. Il avait la sensation de baigner dans une brume vaporeuse, enivré par le parfum, le goût, le velouté de la peau de la femme qu'il aimait.

Ses mains poursuivirent leur descente.

Entre les cuisses de Laurel, il trouva la douceur incomparable de sa fleur humide et palpitante. Bientôt sa bouche prit le relais de ses doigts.

Parcourue de longs frissons, Laurel sentit la première vague monter lentement en elle avant de déferler, apaisant momentanément ses sens exacerbés tout en lui apportant la promesse d'un raz-de-marée plus dévastateur encore. Etourdie, elle s'allongea sur Matt pour lui rendre le plaisir si précieux qu'il venait de lui prodiguer.

Comme sa peau était chaude... Comme son corps était ferme... Elle promena les mains sur ses hanches, effleura son ventre. Savoura sa virilité frémissante.

Comme en état d'apesanteur, elle flottait dans l'air, l'esprit délicieusement confus. Elle sentit les mains de Matt se refermer sur ses hanches, elle l'entendit prononcer son prénom d'une voix rauque. Puis il ne fit plus qu'un avec elle et une déflagration d'une violence inouïe la propulsa dans une autre dimension.

Matt contemplait Laurel. Il luttait pour retarder le moment où la lame de fond qui s'annonçait s'abattrait sur lui pour le précipiter dans le gouffre sans fond du plaisir. Il voulait graver dans son esprit cette image d'elle, en pleine lumière, la tête renversée en arrière, les cheveux ruisselant dans son dos, transfigurée. Elle n'était plus que jouissance... Il la contempla encore un instant avant de la rejoindre, emporté dans le même tourbillon.

11

Il faisait nuit. Matt n'avait aucune idée de l'heure et s'en moquait. Laurel et lui étaient blottis l'un contre l'autre dans le lit de Laurel, bien au chaud. Comme des enfants désordonnés, ils avaient laissé leurs vêtements éparpillés sur le sol du salon. C'était si plaisant d'imaginer qu'ils pouvaient rester au lit pendant tout le week-end — à somnoler, à faire l'amour, à se repaître l'un de l'autre.

Il savait tout de Laurel. Ce qui lui plaisait, ce qui la contrariait, ce qui la faisait rire. D'où elle venait, quelle enfant elle était. Il connaissait de multiples fragments de sa vie, qu'il avait glanés auprès d'Olivia, de son père ou de Curt. Elle s'était foulé la cheville à neuf ans. Elle avait collaboré au journal de son collège. Elle avait dormi jusqu'à l'âge de sept ans avec un chien en peluche qui n'avait qu'une oreille.

Matt réprima un sourire. Il trouvait ça attendrissant, mais apprécierait-elle qu'il soit au courant ? Sans doute pas.

Il y avait tant de choses qu'il ne lui avait pas dites... L'air blessé de Laurel quand il avait esquivé ses questions s'imposa à l'esprit de Matt. Oui, il y avait tant de choses qu'il ne lui avait pas dites. Mais elle l'aimait malgré tout...

Il la sentit bouger contre lui. Les yeux ouverts, elle poussa un soupir de bien-être.

— A quoi penses-tu ? demanda-t-elle.

Au bout d'un moment, il répondit :

— J'ai grandi dans ce tableau.

Elle lui prit la main en silence.

— Dans le quartier, les gens d'un certain âge évitaient de se promener la nuit et les autres ne sortaient qu'en groupe. Trop de ruelles sombres et de lampadaires brisés. Les flics patrouillaient par deux, en voiture. Je n'ai pas souvenir d'une seule nuit où je n'ai pas entendu les sirènes.

Laurel était si chaude et douce contre lui... La chambre était si confortable. Pourquoi faire revivre le passé ? Parce qu'on ne s'en débarrassait jamais complètement, se dit-il. Et parce qu'il avait besoin d'en parler à Laurel.

— Je travaillais pour un vendeur de journaux. Un été, nous avons été braqués six fois. Il en avait tellement assez que, la dernière fois, il a résisté. Je suis sorti de l'hôpital au bout de deux jours, mais lui y est resté deux semaines. Il avait soixante-quatre ans.

— Oh, Matthew...

Laurel pressa son visage contre son épaule.

— Tu n'es pas obligé d'en parler.

— Je veux que tu saches d'où je viens.

Il resta silencieux un moment avant de reprendre.

— Dans l'immeuble où j'habitais, les couloirs étaient imprégnés d'une odeur de renfermé et de sueur qui ne disparaissait jamais. En hiver, il faisait froid. Les fenêtres laissaient passer des courants d'air et le plancher était glacial. En été, c'était une véritable fournaise. On sentait l'odeur des poubelles qui montait de la ruelle, trois étages plus bas. La nuit, on entendait les bruits de la rue — dealers, prostituées, gamins, clients des uns et des autres. J'évitais les dealers parce que je n'avais pas envie de me détruire et j'allais voir les prostituées quand j'arrivais à rassembler suffisamment d'argent.

Il fit une pause. Ces aveux rebutaient-ils Laurel ? Allait-elle avoir un mouvement de recul ? A son grand soulagement, la main de la jeune femme ne quitta pas la sienne.

Le cœur serré, Laurel pensait à l'appartement de Matt. Le confort dont il avait tant manqué, il l'avait élevé au rang d'art, songea-t-elle. Comme il avait dû souffrir… Et, pourtant, il avait exposé les tableaux de New York dans son salon. Il était donc conscient de ce qu'il devait à son passé et il ne le rejetait pas.

— Je vivais avec ma tante, reprit-il. Elle m'a recueilli quand ma mère est morte et que mon père est parti. Rien ne l'y obligeait.

Il entrelaça ses doigts avec ceux de Laurel.

— C'est la personne la plus généreuse que j'aie jamais connue.

— Elle t'aimait, murmura Laurel, reconnaissante à cette femme d'avoir pris soin du petit garçon qui était devenu l'homme de sa vie.

— Oui. L'argent manquait toujours. Pourtant, elle travaillait dur et je l'aidais. Dès que j'ai été assez grand, j'ai apporté ma contribution aux dépenses. Mais le loyer ne cessait d'augmenter malgré l'état lamentable de cet immeuble répugnant et…

Il s'interrompit et haussa les épaules.

— La vie, reprit-il sobrement après un silence. Je me suis juré de nous sortir de là. Je me suis promis que d'une façon ou d'une autre je parviendrais à nous sortir de là. J'avais un but très précis et je voulais à tout prix l'atteindre, même s'il me paraissait inaccessible. Journaliste dans un grand quotidien new-yorkais avec un salaire qui me permettrait d'installer ma tante dans une coquette petite maison à Brooklyn Heights ou New Rochelle. J'ai commencé par travailler comme garçon de courses dans un journal pendant la journée, tout en étudiant la nuit. Bien sûr, j'aurais pu choisir une autre voie, moins honnête, et gagner plus rapidement l'argent dont nous avions besoin, mais ma tante en aurait été morte de chagrin. J'ai obtenu une bourse et je suis parti à l'université. Quand je revenais en été, il faisait une chaleur tellement insupportable dans l'appartement que je ne parvenais plus à m'imaginer le froid glacial qu'il y faisait au mois de janvier. Au milieu de ma dernière année d'études, j'avais économisé presque assez d'argent pour permettre à ma tante de déménager. Pas dans une maison de Brooklyn Heights, mais dans un appartement décent. C'était prévu pour l'été. Elle est morte au mois de mars.

Laurel embrassa tendrement son épaule.

— Elle aurait été fière de toi.

— Si je m'y étais pris autrement, elle serait peut-être encore en vie.

Laurel se redressa sur un coude.

— Ou bien tu l'aurais tuée de chagrin.

Les yeux de Matt étincelèrent dans la pénombre de la chambre.

— C'est ce que je pense aussi, mais parfois je me dis que j'aurais pu lui offrir ne serait-ce que six mois de confort.

Il enroula une mèche des cheveux de Laurel autour de son doigt.

— Malgré la pauvreté, elle était très joyeuse. Elle trouvait toujours des raisons de rire. Je lui en serai éternellement reconnaissant.

— Moi aussi.

Laurel embrassa de nouveau l'épaule de Matt.

— Je t'aime, Matt.

— Je me suis souvent demandé comment j'allais m'y prendre pour te séduire. Nous avons vécu des enfances si différentes. Je dois t'avouer qu'il y a même des moments où je me suis demandé si ce n'était pas uniquement à cause de ça que tu m'attirais.

Au grand soulagement de Matt, Laurel eut un sourire attendri.

— Idiot…

— Tu es si belle… Je n'oublierai jamais la première fois où je t'ai vue, sur cette photo que Curt avait posée sur le bureau de notre chambre, à l'université.

Laurel réprima de justesse une exclamation de surprise. Pas question qu'il puisse s'imaginer qu'elle ne le croyait pas. Elle avait une confiance aveugle en lui et elle voulait le lui prouver.

— Je t'imaginais à une de ces garden-parties très chic, vêtue d'une robe de soie et coiffée d'une capeline, poursuivit-il à mi-voix. J'étais béat d'admiration. Mais je ne pouvais pas m'empêcher de te voir au bras d'un homme du même milieu que toi.

— Matt, j'ai horreur de me répéter, plaisanta-t-elle.

Mais il ne sourit pas.

— Tu penses à Louis, n'est-ce pas ? insista-t-elle.

— Non.

Il la serra contre lui.

— Pas ce soir.

— Ecoute-moi.

Elle plongea son regard dans le sien.

— Ce que je ressens pour lui n'a absolument rien à voir avec l'amour que j'éprouve pour toi. J'aime Louis depuis que je suis toute petite et mes sentiments pour lui n'ont pas changé depuis cette époque. Lui et Marion appartiennent à mon passé, ils sont intimement liés à mes souvenirs d'enfance. Quand j'allais chez eux, j'avais l'impression de vivre dans un conte de fées. Toutes les petites filles ont le droit d'en vivre un.

Matt se souvint d'une conversation avec Olivia. Elle lui avait dit la même chose. Il sentit les muscles de ses épaules se décrisper légèrement.

— Je crois que je comprends ça, Laurel. C'est ce que tu ressens pour lui aujourd'hui qui me préoccupe.

— Aujourd'hui, je suis triste pour lui, et pour Marion

aussi. Aujourd'hui, je suis déchirée parce que, au lieu de soulager leur douleur, je risque de l'aggraver en faisant mon travail de journaliste. Si j'étais amoureuse de Louis, ne crois-tu pas qu'au cours des dix dernières années, j'aurais tenté de renouer avec lui ?

Sans lui laisser le temps de répondre, elle ajouta avec feu :

— Dire que j'ai attendu toutes ces années pour tomber amoureuse, et qu'il a fallu que je tombe sur un idiot !

— C'est une question de chance, je suppose.

— En tout cas, il faut que tu saches une chose, Matthew Bates. C'est la dernière fois que je m'explique sur mes relations avec Louis. A toi de voir si ça te convient ou non.

Il poussa un profond soupir, feignant d'hésiter. Dans la pénombre, les yeux de Laurel étincelaient. Elle avait peut-être eu une enfance plus douce que la sienne, mais il n'y avait pas de couple mieux assorti que le leur. Il en était absolument certain.

— Veux-tu m'épouser, Laurel ? demanda-t-il.

Il perçut l'arrêt de sa respiration, il vit ses prunelles s'élargir. Le silence se prolongea un instant.

— Il t'en a fallu du temps, répliqua-t-elle simplement.

Puis elle se jeta dans ses bras.

Quand Laurel se réveilla, le soleil inondait son visage et Matt lui mordillait l'oreille. Elle n'eut pas besoin d'ouvrir les yeux pour savoir que c'était une journée magnifique. Pendant la nuit, la pluie avait enfin allégé l'atmosphère. Les paupières closes, elle s'étira en soupirant. Les lèvres de Matt effleurèrent son menton.

— J'aime ta façon de te réveiller, murmura-t-il en faisant glisser une main sur sa hanche.

— Mmm... quelle heure est-il ?

— C'est le matin.

Les lèvres de Matt trouvèrent enfin les siennes.

Alanguie, elle noua les bras sur sa nuque.

— T'ai-je déjà dit à quel point j'aime que tu m'embrasses comme ça ?

— Non.

Il l'embrassa de nouveau avant d'ajouter :

— Je t'écoute…

— Mmm… Si je te le dis… je n'aurai plus aucune chance d'avoir le dernier mot quand nous nous querellerons.

Avec un petit rire ravi, il déposa un baiser au creux de son épaule.

— Je suis fou de toi, Laurellie. Quand nous marions-nous ?

— Bientôt, répondit-elle avec fermeté. Même si grand-mère risque de…

Elle tressaillit.

— Oh, mon Dieu, le brunch !

— J'avais d'autres projets, murmura Matt en recommençant à lui mordiller l'oreille.

— Oh, non, tu ne comprends pas ! Quelle heure est-il ?

S'écartant de lui, Laurel prit le réveil sur la table de chevet.

— Oh, mon Dieu ! Il faut nous dépêcher, sinon nous allons nous attirer de graves ennuis !

Matt la saisit par la taille alors qu'elle s'apprêtait à bondir du lit.

— Si nous restons ici, nous…

— Matthew !

Elle voulut esquiver son baiser, mais celui-ci atterrit à la base de son cou, la faisant frissonner.

— Le brunch du dimanche à *Promesse d'amour* est sacré, expliqua-t-elle en s'efforçant de surmonter son trouble.

— Sais-tu faire la cuisine ?

— Quoi ? Oh, oui... enfin, du moment qu'on a un

estomac très tolérant, on peut considérer que oui... Matthew ! Non...

Elle lui saisit la main et l'écarta de son ventre d'un geste brusque.

— Dans ce cas, pourquoi ne prendrions-nous pas un brunch en tête à tête, vers l'heure du dîner ?

— Matthew...

Prenant une profonde inspiration, Laurel l'agrippa fermement par les épaules.

— Puisque tu vas bientôt faire partie de la famille, tu as intérêt à t'habituer dès maintenant à respecter certaines traditions incontournables. Le brunch du dimanche est un rituel avec lequel on ne plaisante pas.

— Je suis un iconoclaste.

Laurel réprima un sourire.

— Tais-toi. Grand-mère me pardonnerait si je décidais de devenir strip-teaseuse. Et elle me pardonnera d'épouser un Yankee. Mais jamais au grand jamais elle ne me pardonnerait de rater le brunch du dimanche. Arriver en retard suffit à s'attirer ses foudres. Or, nous en prenons dangereusement le chemin.

Poussant un soupir exagérément profond, Matt lâcha Laurel.

— Si c'est pour Mlle Olivia...

— Je vais prendre une douche, lança-t-elle en se précipitant vers la salle de bains. Si nous nous dépêchons, nous arriverons avant l'heure limite.

— Je vais la prendre avec toi pour gagner du temps, annonça-t-il en la suivant.

— Matthew !

En riant, Laurel posa les mains sur son torse pour le repousser.

— Si nous prenons notre douche ensemble, nous arriverons en retard à coup sûr.

Il l'attira contre lui.

— Je prends le risque.

— Matthew…

Il lui mordilla la lèvre inférieure.

— Tu oublies que je sais exactement quoi faire pour avoir le dernier mot.

— Oh, mon Dieu…

En soupirant, elle s'alanguit contre lui.

Ils étaient en retard.

— Nous sommes bons pour l'excommunication, marmonna Laurel, tandis que Matt s'engageait dans l'allée bordée de cèdres.

Il lui adressa un sourire irrésistible.

— Ça valait le coup.

— Evite la mine satisfaite du chat qui vient de manger le canari, s'il te plaît. Essaie plutôt d'adopter un profil bas.

— Nous pourrions prétexter un pneu crevé.

— Pour avoir droit au pardon, il faudrait au moins un accident. Or, ta voiture n'a même pas une éraflure.

Elle lui jeta un regard plein d'espoir.

— Pas question d'abîmer ma carrosserie, dit-il aussitôt d'un ton catégorique. Même pour toi.

— Oh, le côté matérialiste des Yankees ! marmonna-t-elle alors que la maison se profilait au bout de l'allée. Bon, il n'y a qu'une solution. Ça ne marchera probablement pas, mais on va essayer. Retarde ta montre.

— Pardon ?

— Retarde ta montre d'un quart d'heure, intima Laurel en reculant les aiguilles de la sienne. Dépêche-toi !

— De quoi as-tu peur ? demanda-t-il en se garant à côté de la voiture de Curt. Qu'Olivia te conduise au bûcher ?

— Tu ne crois pas si bien dire. Oh-oh, la voilà. Ecoute, je sais que c'est te demander un exploit, mais essaie de prendre un air innocent.

— Je vais peut-être me contenter de te déposer et retourner t'attendre en ville.

— Si tu fais ça, je te casse le bras, promit-elle en descendant de voiture. Grand-mère !

Un sourire éclatant aux lèvres, Laurel s'avança vers Olivia, les bras tendus. Elle embrassa les deux joues ridées en feignant de ne pas remarquer la froideur des yeux émeraude.

— Tu es splendide ! ajouta-t-elle avec chaleur.

— Et toi, tu es en retard.

— Pas du tout. J'ai même quelques minutes d'avance. J'ai amené Matthew avec moi.

Avec un peu de chance — non, beaucoup de chance —, la présence de Matt suffirait à distraire l'attention d'Olivia, songea Laurel.

— Mademoiselle Olivia.

Matt prit la main que lui tendait avec morgue la vieille dame et la porta à ses lèvres.

— J'espère que je ne vous dérange pas.

— Vous êtes en retard, répéta Olivia en les observant tour à tour.

— Comment est-ce possible ? s'exclama Laurel en regardant sa montre. Il est tout juste 11 heures !

Olivia releva le menton avec l'air de défi dont avait hérité sa petite-fille.

— Cette ruse est encore plus vieille que moi. Pourquoi êtes-vous en retard ?

Laurel s'humecta les lèvres. Pourquoi n'avait-elle pas pris le temps d'élaborer un mensonge convaincant ?

— Eh bien, vois-tu, grand-mère…

A son grand soulagement, Matt lui coupa la parole.

— C'est ma faute, mademoiselle Olivia.

— En quoi le retard de ma petite-fille a-t-il quelque chose à voir avec vous ?

— Je lui ai fait perdre du temps sous la douche, répondit-il d'un ton désinvolte.

— Matthew !

Le regard horrifié de Laurel contenait la promesse d'une vengeance terrible. Et son cri résonna dans le silence qui suivit.

— Je vois.

Olivia hocha la tête.

— C'est une excuse valable.

Laurel en resta bouche bée.

— Ferme la bouche, conseilla distraitement sa grand-mère tout en observant Matt. Vous avez pris tout votre temps, mais vous avez réussi. Vous allez bientôt l'épouser.

Ce n'était pas une question.

Matt se contenta de sourire, tandis que Laurel s'étranglait.

— Très bientôt, confirma-t-il.

— Bienvenue dans notre famille, Yankee.

Olivia lui offrit sa joue en souriant.

Avec un clin d'œil à l'adresse de sa petite-fille, elle tendit la main à Matt pour qu'il l'escorte cérémonieusement jusqu'à la terrasse, de l'autre côté de la maison.

Personne ne lui arrivait à la cheville, songea Laurel, submergée par une bouffée d'amour et de fierté. Absolument personne.

Olivia présida le repas avec son panache coutumier. Son fils était assis en face d'elle à l'autre extrémité de la table, tandis que la jeune génération avait pris place entre eux. Comme toujours, elle avait tenu à perpétuer la tradition dominicale avec le plus grand raffinement. Lin blanc, argenterie et cristal étincelants, fleurs fraîchement coupées, disposées dans des coupes qui dataient d'avant la guerre.

Le repas se déroula dans une atmosphère détendue. Susan était métamorphosée. Il était difficile de reconnaître la jeune femme désespérée qui s'était effondrée dans le bureau de Don quelques jours plus tôt. Ses mains ne tremblaient plus et s'il restait des traces de tristesse dans ses yeux, celles-ci s'estompaient de jour en jour. Devant le regard confiant que la jeune femme lui adressa, Laurel sentit le fardeau de ses responsabilités s'alourdir.

Pas maintenant, se dit-elle en buvant une gorgée de champagne, brut et délicieusement frais. Les tâches pénibles attendraient demain. Aujourd'hui, elle avait besoin de s'imprégner de l'atmosphère magique et intemporelle du brunch dominical à *Promesse d'amour.* Comment ne pas savourer le plaisir d'être réunis autour d'une table somptueusement dressée, sur laquelle des couverts en argent datant de plus d'un siècle étincelaient au soleil ? Le chant des oiseaux et une brise délicieuse qui ne durerait peut-être pas ajoutaient au charme de l'instant. Celui-ci était trop précieux pour le gâcher avec des pensées moroses. Et puis, surtout, elle était amoureuse.

Elle jeta à Matt un regard éperdu dans lequel elle lui renouvelait ses serments d'amour.

— Un jour, ce sera ton rôle d'organiser le brunch dominical, Laurellie, déclara Olivia en coupant délicatement la crêpe qui se trouvait dans son assiette. Les traditions comme celle-ci sont importantes... Pour les enfants plus encore que pour leurs parents. Toi et Matthew, vous êtes les bienvenus si vous souhaitez vous installer dans l'aile ouest quand vous serez mariés. De façon permanente ou seulement de temps en temps, au gré de vos envies. La maison est suffisamment grande pour que nous ne nous gênions pas les uns les autres.

— Reprends du café, maman, intervint William avec un regard réprobateur qui en disait long sur ce qu'il pensait des tendances de sa mère à vouloir tout organiser. Il faut que je vous parle à tous les deux, ajouta-t-il en se tournant vers Matt et Laurel.

Son regard effleura à peine Susan, mais ce fut suffisant. Il voulait leur parler d'Anne Trulane, comprit Laurel.

— Lundi matin, dans mon bureau, précisa William.

— Pas question de faire la moindre allusion au travail aujourd'hui, déclara Olivia. Parlons plutôt du mariage. Le jardin est idéal en cette saison. La terrasse est à votre disposition.

— Pourquoi pas le week-end prochain ? suggéra Matt en prenant sa tasse de café.

— Soyez prudent, Matt, conseilla William. Au moindre contretemps, Olivia est capable d'ordonner à Curt de vous poursuivre pour rupture de promesse de mariage.

— Tu as raison !

Olivia partit d'un grand éclat de rire et posa la main sur celle de Laurel.

— Mais, à mon avis, il n'y a aucun risque. Nous le tenons, à présent, Laurellie. William ! s'exclama-t-elle, alors que son fils tentait de masquer son fou rire sous une fausse quinte de toux, qu'attends-tu pour soumettre ce garçon à l'interrogatoire de rigueur ? Un père n'est jamais trop prudent avec l'homme qui a des vues sur sa fille... surtout si c'est un Yankee.

— Pour dire la vérité, intervint Laurel avant que son père ait le temps de répliquer, si Matthew veut m'épouser, c'est pour la maison et pour pouvoir plus facilement faire la cour à grand-mère.

Son père ouvrit de grands yeux.

— Tu plaisantes ?

— Pas du tout, répliqua Laurel avec le plus grand sérieux, tout en trempant une fraise dans de la crème. Matthew est fou de grand-mère.

— Laurel...

Un sourire aux lèvres, William se tut, ne sachant plus du tout quoi dire.

— Elle ne plaisante pas, murmura Curt en observant sa sœur.

Il se tourna vers Matt.

— Depuis tout ce temps ? demanda-t-il d'une voix douce, en se rappelant la fascination de son ancien camarade de chambre pour une certaine photo, et toutes les questions qu'il lui avait posées.

— Oui, répondit Matt en souriant à Laurel. Depuis tout ce temps.

— Le secret a été bien gardé, déclara William. Dire qu'un vieux limier comme moi n'y a vu que du feu…

Laurel posa la main sur le bras de son père.

— Tu nous en veux ?

— Rien ne pouvait me faire plus plaisir, répondit-il en pressant sa main.

Il regarda Matt.

— Rien. Mais pour tout vous dire, je pensais que vous ne vous entendiez pas du tout. Laurel, il y avait un adjectif qui revenait tout le temps dans ta bouche au sujet de Matt, si je me souviens bien.

— Insupportable, acquiesça-t-elle. Il est toujours valable.

— C'est ce qui donne du piment à la relation, commenta Olivia en reculant sa chaise.

C'était le signal que la cérémonie du brunch était terminée.

— Susan, soyez gentille de monter dans ma chambre, s'il vous plaît, dit la vieille dame. Et rapportez-moi un petit médaillon qui se trouve dans ma boîte à bijoux. En or, incrusté de perles.

Dès que la jeune femme eut quitté la pièce, Olivia se tourna vers son petit-fils.

— Mon cher, tu ne vas pas laisser ce Yankee te battre, j'espère ?

Curt se leva et concentra son attention sur un fil accroché

à sa veste. Il prit tout son temps pour s'en débarrasser. Ensuite seulement, il se tourna vers sa grand-mère.

— Tu disais ?

— Matt a ramé pendant un an pour parvenir à ses fins avec ta sœur. Je pense que six mois devraient te suffire pour séduire notre locataire.

— Maman…

William se plaça derrière Olivia et lui posa une main sur l'épaule.

— Contente-toi d'une victoire pour aujourd'hui, dit-il en souriant.

— Pas question. Quand j'en aurai terminé avec Curtis, je m'occuperai de toi.

Avec une moue résignée, William se tourna vers son fils.

— Chacun pour soi… Au fait, Matt, j'ai quelque chose à vous dire.

— Poltron, murmura Olivia, tandis que son fils entraînait Matt à l'écart.

Susan revint quelques instants plus tard.

— C'est celui-ci, mademoiselle Olivia ? demanda-t-elle en tendant un bijou à la vieille dame.

— Oui, merci, répondit Olivia en souriant. Curtis, si tu emmenais Susan faire un tour dans le jardin ? Vous aimez vous promener dans le jardin, n'est-ce pas, Susan ?

La jeune femme baissa les yeux sur ses mains, puis jeta un coup d'œil furtif à Curt.

— Oui, en effet.

— Tu vois, Curt, elle aime se promener dans le jardin. Allez, sauvez-vous. A présent…

Olivia se tourna vers Laurel. Celle-ci la serra longuement dans ses bras.

— Grand-mère, je t'adore.

Olivia savoura la chaleur et le parfum de la jeunesse avant de repousser Laurel pour l'étudier avec attention.

— Tu es heureuse, apparemment.

— Oui.

Laurel rejeta la tête en arrière en riant.

— Si tu m'avais demandé il y a un mois — mon Dieu, et même il y a une semaine ! — ce que je pensais de l'idée de célébrer mon mariage avec Matthew Bates sur la terrasse, j'aurais répondu…

Elle pouffa.

— Il vaut mieux que je ne dise pas ce que j'aurais répondu.

— Tu as été attirée par lui dès le premier jour, mais tu t'en es bien cachée, n'est-ce pas ?

— Je suis assez fière de moi.

Olivia s'esclaffa.

— C'est normal, tu es comme moi, ma petite fille !

— Tu ne pouvais me faire de plus beau compliment.

Olivia posa le médaillon sur ses genoux et prit les mains de Laurel.

— Quand on aime, quand on aime vraiment, c'est avec tout notre cœur. Alors on ne le donne pas si facilement. Ton grand-père…

L'espace d'un instant, Olivia eut l'impression de rajeunir de plusieurs dizaines d'années et ses yeux s'embuèrent.

— Mon Dieu, comme j'ai aimé cet homme ! Quinze ans avec lui, c'était beaucoup trop court. Quand il est mort, je l'ai pleuré longtemps, mais ensuite, la vie… il faut la prendre comme elle vient. Les autres, après lui…

Elle secoua la tête avec un sourire rêveur.

— C'était pour le plaisir. J'ai éprouvé des sentiments pour tous les hommes que j'ai connus, mais il n'y en a qu'un seul à qui j'ai donné mon cœur. Tu dois comprendre ça, murmura-t-elle. Et ton Yankee aussi.

— Oui.

Laurel refoula les larmes qui perlaient à ses paupières.

— Je t'aime, grand-mère.

— Vous allez vous en faire voir de toutes les couleurs,

dit Olivia en pressant les mains de Laurel. Et je ne peux rien te souhaiter de mieux.

Olivia prit le médaillon sur ses genoux, et le garda un moment au creux de sa main.

— C'est pour toi. Ton grand-père me l'a donné quand nous nous sommes fiancés. Je le portais le jour où je l'ai épousé. Ça me ferait un immense plaisir si tu le portais le jour où tu épouseras Matthew.

— Oh ! grand-mère, il est splendide.

Laurel prit le bijou en or. Il était incrusté de minuscules perles blanches aux reflets bleus.

— Je ne t'ai jamais vue avec.

— Je l'ai enlevé quand ton grand-père est mort. Il est temps qu'il soit porté de nouveau. Et par une jeune mariée.

— Merci.

Laurel embrassa sa grand-mère, puis admira le médaillon de plus près. Il était magnifique… et il serait parfait sur une robe blanche vaporeuse et romantique. Peut-être avec de la dentelle et…

Assaillie par un souvenir, elle pressa une main sur sa tempe.

— Laurellie ?

— Ne t'inquiète pas, tout va bien.

Elle tapota distraitement la main de sa grand-mère.

— Tout va bien. Je viens seulement de me rappeler quelque chose. Du moins, je crois. Il faut que je téléphone.

Laurel se précipita dans la maison, en serrant le médaillon dans sa paume. De mémoire, elle composa le numéro du *Domaine du chêne*. Les yeux sur le médaillon, elle entendit à peine la voix qui répondit.

— Bonjour, Binney. C'est Laurel Armand.

Il y eut un silence. Elle s'empressa de le combler.

— S'il te plaît, Binney, je sais que tu m'en veux de t'avoir questionnée hier. Je te comprends. Je suis vraiment désolée si j'ai été trop insistante.

— Ce n’est pas mon rôle de vous en vouloir, mademoiselle Laurel, répondit la gouvernante. Ce n’est pas non plus mon rôle de répondre aux questions.

— S’il te plaît, juste une encore. C’est peut-être très important. C’est au sujet d’un médaillon.

Laurel insista, malgré le silence hostile.

— Le médaillon que Louis avait offert à Elise. Elle le portait le jour de son mariage et par la suite elle ne l’a plus jamais quitté, il me semble. Je ne me souviens pas de l’avoir vue sans ce bijou. Le médaillon en or orné d’une eau-forte. Tu t’en souviens, Binney ? Tu dois t’en souvenir. Elle avait mis la photo de Louis dedans.

— Je m’en souviens.

Le cœur de Laurel s’affola dans sa poitrine. Ce n’était pas de la peur… ni de l’excitation. Mais du désenchantement.

— Elle le portait en permanence, n’est-ce pas ? Il était petit et très élégant. Elle pouvait le porter tous les jours et le garder sur ses robes de soirée.

— Oui, elle le portait tout le temps.

Laurel déglutit péniblement.

— Binney, Elise avait-elle peur du marécage ? demanda-t-elle en s’efforçant de maîtriser le tremblement de sa voix.

Elle connaissait la réponse. Cependant, mieux valait vérifier. Il n’était pas prudent de se fier aux souvenirs d’enfance. Le moment était venu de s’en tenir aux faits, même s’ils étaient douloureux.

— Il y a si longtemps…

— S’il te plaît, Binney. Tu la connaissais, tu étais là.

— Elle n’aimait pas le marécage. Elle connaissait la légende.

— Mais il… il lui arrivait d’y aller, n’est-ce pas ? murmura Laurel.

— Oui, mais seulement avec M. Louis.

— Oui, oui, je sais.

Laurel poussa un profond soupir.

— Seulement avec Louis. Merci, Binney.

Laurel raccrocha et regarda le médaillon au creux de sa main. Puis elle le glissa dans sa poche et partit à la recherche de Matt.

Celui-ci la vit traverser la pelouse. S'excusant auprès de William, il la rejoignit aussitôt. Malgré la distance, il avait reconnu la lueur dans ses yeux.

— Qu'y a-t-il, Laurel ?

Elle noua les bras derrière le dos de Matt et appuya la joue contre son torse. Pendant un moment, elle savoura sa force, la promesse du bonheur.

— Matthew, où est le fragment de médaillon que tu as trouvé dans le marécage ?

— Je l'ai porté au laboratoire de la police pour qu'ils effectuent des tests.

Il l'écarta de lui pour scruter son visage.

— Pourquoi ?

Elle soupira.

— Les tests vont prouver qu'il est resté dehors, dans la boue et la poussière… pendant dix ans.

— Dix ans… ? Il appartenait à Elise…

— Je me suis enfin rappelé où je l'avais vu. Je viens d'appeler au domaine pour vérifier auprès de Binney que je ne me trompais pas. Elise portait ce médaillon tous les jours…

Parce qu'elle était pâle, parce qu'il l'aimait, Matt évita de crier victoire.

— Pour l'instant, ça ne prouve rien. Elle a pu le perdre là-bas n'importe quand.

— Non, ça ne prouve rien. Mais je ne pense pas qu'Elise l'ait perdu lors d'une promenade. Non seulement elle y tenait trop, mais elle n'allait jamais dans le marécage. Il ne l'effrayait pas autant qu'Anne, mais elle connaissait la légende et elle préférait ne pas prendre de risques. Les rares fois où elle y est allée, c'était avec Louis. Binney vient de me le confirmer.

Matt vit la peine dans les yeux de Laurel. Cette fois, il ne ressentit pas la moindre frustration ni la moindre jalousie. Il lui prit le visage à deux mains.

— Je suis désolé, Laurel.

Elle lui saisit les poignets et les serra.

— Oh ! mon Dieu, Matthew, moi aussi…

— Je pense que nous devrions mettre ton père au courant immédiatement. Mais il serait peut-être préférable de ne rien dire à Susan pour l'instant.

— Tu as raison.

Au même instant, le rire de Susan retentit quelque part dans le jardin.

— Laissons-la en dehors de tout ça. Mon père peut sans doute user de son influence pour faire rouvrir l'enquête sur la mort d'Anne et en faire ouvrir une sur la disparition d'Elise et de Charles.

— Oui, cette fois nous avons suffisamment d'éléments pour faire bouger les choses, approuva Matt.

— Oh ! mon Dieu, Matthew, tu te rends compte ! Si ce que nous pensons est vrai… Louis doit être terriblement malade. Pour Charles et Elise, c'est sans doute une crise passagère déclenchée par la jalousie. Ç'a dû le ronger pendant toutes ces années. Et quand il a rencontré Anne…

Elle s'enfouit le visage dans ses mains. Allait-elle être capable de faire abstraction de ses sentiments ?

— Il a besoin d'aide, Matthew. Peux-tu imaginer quel cauchemar il vit depuis toutes ces années ?

— Il aura de l'aide. Mais, Laurel…

Matt la prit par les épaules et attendit qu'elle le regarde.

— Avant tout, il faut trouver des preuves. Je pense que si nous nous concentrons sur les premiers meur… sur Charles et sur Elise, se reprit-il prudemment, cela nous conduira à Anne. Mais ça ne va pas être facile pour toi.

— Non. Mais c’est nécessaire.

En voyant une lueur s’allumer dans les yeux de Matt, Laurel devina l’idée qui venait de germer dans son esprit.

— A quoi penses-tu, Matt ? demanda-t-elle pourtant.

— Il faut faire bouger les choses. Louis doit être sur le fil du rasoir, prêt à craquer. Il t’a déjà menacée trois fois. A ton avis, quelle serait sa réaction s’il voyait ce fragment de médaillon ?

— Je pense…

Laurel caressa machinalement le bijou qui se trouvait dans sa poche.

— … que ça le briserait.

— C’est aussi mon avis.

Il passa un bras autour de ses épaules.

— Demain, nous retournerons au *Domaine du chêne*.

12

La table était encore encombrée de feuilles et d'emballages de plats à emporter. Le sol était jonché de vêtements. Laurel referma la porte derrière eux et fit tinter ses clés.

— Quelle pagaille ! Tu devrais avoir honte, Matthew.

— Moi ? C'est ton appartement ! D'ailleurs...

Il écarta une chemise du bout du pied.

— ... c'est toi qui m'as renversé par terre, submergée de désir pour mon corps sublime.

Elle émit un grognement dédaigneux.

— Et c'est toi qui m'as obligé à partir en courant ce matin comme si l'immeuble était en feu, poursuivit-il, imperturbable.

Aucun des deux n'était dupe. Ils s'efforçaient l'un et l'autre de ne pas penser à ce qui les attendait le lendemain : la confrontation avec Louis Trulane.

— Et tu m'es si reconnaissant d'être une femme capable de faire preuve d'initiative que tu vas m'aider à ranger, déclara-t-elle d'un ton suave.

— J'ai une meilleure idée.

Il la prit dans ses bras.

— Semons un peu plus la pagaille.

— Matthew !

La bouche de Matt captura celle de Laurel, tandis que ses doigts cherchaient la fermeture Eclair au dos de sa robe.

— Arrête !

Mi-amusée, mi-sérieuse, elle se débattit.

— Tu es fou ! Ne penses-tu donc jamais à rien d'autre ?

— Il m'arrive de penser à manger, avoua-t-il avant de lui mordiller le cou.

— Matthew, c'est ridicule...

Mais Laurel était déjà envahie par une chaleur intense.

— Il y a seulement quelques heures que... oh...

— Je ne suis pas encore rassasié, murmura-t-il avant de dévorer sa bouche.

Seigneur ! Il était fou et il la rendait folle ! La robe baissée jusqu'à la taille, Laurel tenta de se dégager.

— Arrête. Nous avons des décisions à prendre, et...

— Mmm, une femme qui résiste... J'adore...

Il la plaqua contre lui.

— Ça excite mes cellules sensuelles.

— Tes quoi ? s'exclama-t-elle en pouffant.

— Regarde.

Avant qu'elle eût le temps de deviner ses intentions, il la souleva dans ses bras et la mit sur son épaule.

— Matthew ! As-tu perdu l'esprit ?

— Oui.

Sur le chemin de la chambre, il finit de lui ôter sa robe, puis il en fit autant avec ses chaussures.

— C'est la faute de mes cellules sensuelles.

— Je vais te dire ce que je pense de tes cellules sensuelles...

L'entraînant dans sa chute sur le lit, Matt réduisit Laurel au silence par un baiser.

Puis il l'emporta dans un tourbillon de sensualité brûlante, faisant jaillir en elle des sensations divines, surnaturelles. Des gerbes de flammes multicolores explosaient dans sa tête, tandis que son corps vibrait d'un plaisir fluide, lancinant, incandescent.

Plus de pensées. Plus de mots. Elle n'était que sensation

pure. Ses vêtements s'étaient désintégrés et son corps était ouvert aux caresses, aux baisers, aux folies. A toutes les folies dans lesquelles Matt semblait déterminé à l'entraîner.

Au plus profond d'elle, des volcans se réveillaient, des torrents grondaient. Elle était libre. Si merveilleusement libre… Plaisir. Tout n'était que plaisir. Elle flottait dans un océan de volupté. Les mains de Matt sur son corps, ses lèvres sur ses lèvres, sa langue au plus profond de sa bouche, le velours de sa peau sous ses doigts…

Fièvre. Fièvre ardente, grisante. Liberté. Envol ébloui. Ivresse de l'amour. Promesse d'une vie éclaboussée de bonheur.

Matt l'entraînait dans une course éperdue. Abandonnée dans ses bras, le souffle court et le cœur battant à tout rompre, elle avait l'impression d'être en apesanteur.

Puis il plongea en elle, et ce fut comme si le monde chavirait.

Un long moment plus tard, lorsqu'elle eut recouvré son souffle et sa lucidité, Laurel posa une main sur le torse de Matt, allongé sur le dos à côté d'elle. Etait-il aussi épuisé qu'elle ? Peut-être. Elle posa la tête au creux de son épaule.

— Tu t'es plus soucié de mon plaisir que du tien.

Il eut un petit rire.

— Je suis le bon Samaritain. Toujours prêt à se dévouer pour son prochain.

— Matthew…

Laurel croisa les bras sur le torse de Matt et y appuya le menton.

— Tu as compris que j'étais tendue et que j'avais envie de me mettre la tête dans le sable. Tu as compris que je n'avais aucune envie de penser à ce qui nous attend demain, alors qu'il faudrait au contraire que je m'y prépare. C'était de la lâcheté.

— Mais non.

Il écarta une mèche de cheveux de son visage.

— C'est une réaction humaine. Tu avais besoin de faire le vide pendant un moment, de tout oublier. Moi aussi. C'était plus efficace qu'un cachet d'aspirine, ajouta-t-il avec un sourire malicieux.

— C'est vrai. J'espère que tu seras disponible chaque fois que j'aurai la migraine.

Elle déposa un baiser sur son torse.

— Je suis assez forte pour affronter la situation. Je t'assure.

« Peut-être, songea Matt. Peut-être pas. »

— D'accord. Je vais aller au labo reprendre le médaillon, que les tests aient déjà été effectués ou non. Je préfère le récupérer.

Laurel hocha la tête.

— Et demain matin, nous irons le montrer à Louis.

« J'irai seul », rectifia-t-il en silence. Mais il se contenta de hocher la tête. C'était un point qu'il réglerait le moment venu…

— Si ça ne suffit pas à le faire passer aux aveux, il faudra continuer à enquêter, mais nous ferons appel à la police.

— D'accord.

Matt se redressa. Où avait-il jeté ses vêtements ?

— Tu veux venir avec moi au labo ?

— Non.

Elle inspira profondément. Qu'avait dit sa grand-mère ? La vie… il fallait la prendre comme elle venait.

— J'ai une surprise pour toi, Matthew Bates. Et crois-moi, c'est un privilège immense dont tu es le premier à bénéficier.

Matt, qui était en train d'enfiler son pantalon, eut un sourire amusé.

— Je vais te préparer à dîner.

— Laurel, je suis… bouleversé.

— Tu risques de l'être bien plus encore quand tu auras mangé, murmura-t-elle.

— Nous pouvons dîner dehors, tu sais ?

— Allons, un peu de courage ! plaisanta-t-elle tout en se demandant ce qu'il y avait dans le congélateur. Il faudrait que tu rapportes du vin.

Elle s'agenouilla sur le lit et lui boutonna sa chemise.

— Et du bicarbonate, ajouta-t-elle en riant.

— Du bicarbonate… Ce n'est pas très engageant.

— Non, mais c'est plus prudent.

— A tout de suite. Je n'en ai pas pour longtemps.

— Prends mes clés au cas où je serais trop occupée dans la cuisine. Et…

Elle noua les bras sur sa nuque.

— … contrôle tes cellules sensuelles jusqu'à ton retour.

Il l'embrassa, puis lui donna une petite tape sur les fesses.

— Je serai là dans une heure au plus tard, promit-il avant de quitter la pièce.

Une heure, songea-t-elle en s'étirant. Cela devrait lui laisser le temps de s'essayer à jouer à la femme d'intérieur…

Elle commença par ranger le désordre. Matt s'était débrouillé très habilement pour échapper à cette corvée… Toutefois, manger le dîner qu'elle allait préparer serait une punition bien assez cruelle, songea-t-elle en réprimant un sourire. Elle gagna la cuisine et ouvrit le réfrigérateur.

Du jus de fruits, du lait, deux livres de beurre. Deux livres… Par quel miracle ? En tout cas, il y avait de quoi préparer une salade. C'était un début. Et elle allait tenter un ragoût. Il devait bien y avoir un livre de cuisine quelque part…

Un quart d'heure plus tard, elle faisait de son mieux pour suivre à la lettre la recette de la timbale de thon aux macaronis, garantie inratable par son livre de cuisine. Promenant son regard sur le chaos qui régnait dans la cuisine, elle soupira. L'auteur du livre était bien optimiste…

Elle s'apprêtait à entamer vaillamment l'étape suivante quand le téléphone sonna.

Matt, songea-t-elle en s'essuyant les mains pour répondre. Il voulait sans doute lui proposer de prendre des plats chez un traiteur chinois. S'il s'imaginait échapper aussi facilement à sa punition, il se trompait... Un sourire malicieux aux lèvres, elle décrocha.

— Allô !

— Oh, Laurel ! Dieu merci, tu es là !

Les doigts de Laurel se crispèrent sur le combiné.

— Marion ? Que se passe-t-il ?

— Laurel, je ne savais pas quoi faire... Qui appeler... C'est Louis...

— Que se passe-t-il ? Il s'est blessé ? demanda Laurel, la gorge nouée.

— Non... enfin, je n'en sais rien... Oh, Laurel...

La voix de Marion se brisa.

— Marion, essaie de te calmer et dis-moi ce qui s'est passé.

— Je ne l'ai jamais vu dans un tel état. Il n'a pas prononcé un mot de toute la journée, et... Oh, Seigneur ! Laurel, c'est tellement éprouvant ! Et c'est encore pire depuis qu'Anne... Laurel, j'ai besoin d'aide, supplia Marion d'une voix tremblante.

— Je vais t'aider, répliqua Laurel aussi calmement qu'elle le put. Que s'est-il passé ?

— A l'instant... il y a quelques minutes...

Laurel entendit Marion prendre une profonde inspiration.

— Il est entré dans une rage folle. Il... il tenait des propos incohérents. Il parlait d'Elise et d'Anne. Je ne sais pas... C'est comme s'il les confondait.

Laurel pinça les lèvres. Il fallait absolument qu'elle garde son sang-froid.

— Que fait-il à présent ?

— Il s'est enfermé dans sa chambre. Il est déchaîné.

Je l'entends cogner dans les meubles… Laurel, il ne veut pas m'ouvrir !

— Appelle un médecin.

— Oh, mon Dieu, Laurel ! tu crois que je n'ai pas déjà essayé ? Il refuse catégoriquement d'en voir un et il n'a jamais été aussi… aussi violent qu'aujourd'hui. S'il te plaît, viens. Tu as toujours été notre amie. Louis était si proche de toi avant… avant tout ça. Tu parviendras peut-être à le calmer et ensuite, si j'arrive à trouver un moyen de lui faire accepter que… qu'on l'aide… Laurel, je t'en supplie, je ne veux pas que des étrangers le voient dans cet état. Je ne vois personne d'autre que toi en qui je peux avoir toute confiance.

— D'accord, Marion.

Des images insoutenables se bousculaient dans l'esprit de Laurel.

— J'arrive tout de suite.

— Laurel… en tant qu'amie, s'il te plaît. Pas en tant que journaliste.

— Bien sûr, Marion.

Matt introduisit la clé de Laurel dans la serrure.

— Comme tu ne m'avais pas dit ce qu'il y aurait au menu, j'ai pris du rouge et du blanc ! lança-t-il joyeusement.

Il jeta un coup d'œil dans le salon. Laurel avait déjà rangé. Nul doute qu'il allait en entendre parler ! songea-t-il en réprimant un sourire.

— C'est bizarre, je ne sens pas d'odeur de brûlé.

Il se rendit dans la cuisine. Le spectacle qui s'offrit à ses yeux l'impressionna. Apparemment, la recette dans laquelle elle s'était lancée n'était pas des plus simples. En tout cas, sa préparation requérait tout l'espace disponible sur le comptoir…

Il déposa le vin dans l'évier — seul endroit où il restait

encore de la place — et secoua la tête. Etait-ce bien la même femme dont les notes étaient toujours parfaitement lisibles et structurées ? Dont le bureau était toujours impeccablement rangé ? Plongeant la main dans une casserole, il en retira un macaroni froid et spongieux.

— Dis-moi, Laurel, tu dois connaître ce petit restaurant de poissons, dans Canal Street. On y mange très bien. Si nous…

Il se figea sur le seuil de la chambre. Vide.

— Laurel ? appela-t-il en ouvrant la porte de la salle de bains.

Vide, elle aussi. Une vague de panique le submergea, qu'il s'efforça de réprimer. Laurel était juste sortie acheter quelque chose qui lui manquait pour sa recette. Elle avait dû lui laisser un mot.

Il regagna le salon et trouva le mot près du téléphone.

« Matthew, Marion a téléphoné, bouleversée. Louis perd la tête. Il s'est enfermé dans sa chambre. Il a besoin d'aide. Je ne pouvais pas refuser. Laurel. »

— Bon sang !

Etreint par une angoisse insupportable, Matt laissa tomber le bout de papier et se précipita dehors.

Laurel tourna dans l'allée qui conduisait au Domaine du chêne. C'était la fin de l'après-midi et les ombres s'allongeaient. L'air était immobile. Le cri d'un oiseau troua le silence, puis le calme revint aussitôt. Alors qu'elle arrêtait la voiture au bout de l'allée, Marion sortit de la maison et courut vers elle.

Ses cheveux étaient défaits, son visage d'une pâleur extrême et son regard affolé. Jamais elle ne l'avait vue aussi peu maîtresse d'elle-même, songea Laurel, le cœur serré.

— Oh, mon Dieu, Laurel !

Marion se cramponna à son bras comme à une bouée.

— Je n'ai pas pu l'arrêter ! Je n'ai pas pu l'arrêter !

Laurel leva vivement les yeux vers la fenêtre de la chambre de Louis. Une image horrible s'imposa à son esprit. Il gisait par terre, mort. Suicidé.

— Que se passe-t-il, Marion ? Qu'a-t-il fait ?

— Le marécage. Il est allé dans le marécage.

Marion se cacha le visage dans les mains et éclata en sanglots.

— Je crois qu'il a perdu l'esprit. Il disait des choses... Il m'a bousculée.

Louis n'était pas mort... Laurel prit une profonde inspiration. Il fallait rester calme.

— Il a dit quelque chose ?

Marion écarta ses mains de son visage. Ce dernier était hagard.

— Oui. Il a dit... Il a dit qu'il allait chercher Elise.

— Elise ?

Laurel inspira de nouveau. Ne pas céder à la panique...

— Il faut faire quelque chose !

Marion l'agrippa par le bras.

— Laurel, il faut faire quelque chose ! Il faut aller le chercher. Le retrouver ! Il est en train de sombrer...

— Marion, comment le retrouver là-dedans ? Il faut appeler la police.

— Non ! Pas la police.

Marion lâcha Laurel et sembla se ressaisir.

— Je vais le retrouver. Je connais le marécage aussi bien que lui. Tu n'es pas obligée de venir avec moi. Excuse-moi. Je n'aurais pas dû t'appeler.

Laurel se passa nerveusement les mains dans les cheveux, tandis que Marion s'éloignait en direction du marécage. Louis l'avait mise sur son premier poney, se souvint-elle. Il lui avait appris à jouer aux échecs, il l'avait toujours écoutée avec bienveillance. Quoi qu'il ait fait, comment pourrait-elle repartir sans tenter de l'aider ?

— Marion, attends ! Je viens avec toi.

Marion s'arrêta et lui tendit la main.

Les deux femmes gagnèrent le marécage à grands pas. Au moment d'y pénétrer, Laurel fut submergée par une vive répulsion. Une répulsion qu'elle s'efforça de surmonter. C'était un endroit comme un autre, avait dit Matt. Et Louis avait besoin d'elle.

Le jour déclinait et les ombres s'allongeaient de plus en plus. Il leur restait environ une heure, peut-être un peu plus, avant qu'il fasse trop sombre pour se repérer, se dit Laurel pour tenter de se rassurer. D'ici là, elles auraient retrouvé Louis.

Elle suivit Marion d'un pas déterminé.

— Je pense qu'il est peut-être allé près du bayou, dit celle-ci. Là où on a trouvé Anne.

Que savait exactement Marion ? se demanda Laurel. N'avait-elle que des soupçons ou bien des certitudes ? De toute façon, ce n'était pas le moment de lui poser la question.

— Ça va aller ? demanda-t-elle en regardant la jupe vaporeuse de Marion et ses élégants escarpins. Ce n'est pas facile de marcher dans les herbes.

— Ça ne fait rien, répliqua Marion d'un ton impatient. Louis est mon frère.

— Tout va bien se passer, affirma Laurel autant pour elle-même que pour Marion.

Pendant un moment, elles avancèrent côte à côte, puis le chemin se rétrécit et Laurel passa devant Marion. On entendait des petits bruits très divers… oiseaux, insectes. Quand elle vit un héron bleu s'envoler gracieusement, Laurel comprit qu'elles arrivaient à proximité du bayou.

— Il faudrait peut-être l'appeler pour lui signaler notre présence, suggéra-t-elle.

— Il ne t'entendra pas.

— Pas s'il est parti plus loin. Mais s'il est resté sur la rive, il...

Laurel se retourna et se figea.

Marion avait un pistolet à la main. Un rayon de soleil fit étinceler l'arme. L'espace d'un instant, Laurel ne discerna plus qu'un blanc aveuglant. Puis elle vit le visage de Marion. En dépit de ses yeux gonflés et de ses cheveux en bataille, celle-ci était manifestement très calme. Laurel entendit ses oreilles se mettre à bourdonner, sans comprendre que c'était l'effet de la terreur. La gorge nouée, elle gardait les yeux fixés sur le visage de Marion.

— Marion, dit-elle en s'efforçant de prendre un ton posé. Que fais-tu ?

— Ce que j'ai à faire.

Le pistolet était-il censé intimider Louis ? se demanda Laurel en tentant de faire le tri dans toutes les hypothèses les plus folles qui se bousculaient dans son esprit. S'il était pour Louis, pourquoi était-il pointé sur elle ? Pas question de le regarder — pas encore. Il fallait continuer de fixer les yeux gris pâle de Marion.

— Où est Louis ? Le sais-tu ?

— Bien sûr. Il travaille dans son bureau. Il n'en a pas bougé de tout l'après-midi.

— Tout l'après-midi...

Laurel sentit un grand froid l'envahir.

— Pourquoi m'as-tu appelée ?

— Je n'avais pas le choix.

Marion eut un sourire très doux.

— Quand tu as parlé du médaillon d'Elise ce matin, j'ai compris que les choses étaient allées trop loin. Que *tu* étais allée trop loin.

— Quand je t'ai parlé ? Mais c'est Binney que... C'était toi ?

— Je suis surprise que tu ne te souviennes pas que Binney passe tous ses dimanches chez sa sœur. Tu m'as vraiment simplifié la tâche, Laurel. Tu croyais parler à Binney, alors j'ai été Binney.

Le sourire de Marion s'estompa. Elle fronça délicatement les sourcils, comme quand elle était contrariée.

— Tu me déçois beaucoup. Je t'ai pourtant avertie que tu devais rester en dehors de tout ça. Peux-tu imaginer les problèmes que tu aurais causés si Binney t'avait répondu ce matin ? Comment as-tu osé questionner une domestique sur des affaires de famille ?

Marion secouait la tête, une lueur d'irritation dans les yeux.

— Tu as pourtant reçu une bonne éducation.

Une bonne éducation ? Laurel fut prise de vertige. Marion était-elle folle ? Oh, Seigneur ! Bien sûr, elle était folle...

— Marion, que vas-tu faire ?

— Tu dois être punie, répondit Marion d'une voix très calme. Comme les autres.

Dans un dérapage contrôlé, Matt arrêta sa voiture à côté de celle de Laurel. Il n'avait pas cessé de jurer depuis qu'il avait lu son mot. Jurer lui permettait de tenir l'angoisse à distance. « S'il lui a fait du mal..., songea-t-il en montant les marches du porche quatre à quatre. Mon Dieu, s'il lui a fait du mal... »

Il tambourina à la porte.

— Trulane !

Il tambourina de nouveau, la peur au ventre. Quand la porte s'ouvrit, il s'engouffra dans la maison et agrippa Louis par sa chemise.

— Où est Laurel ?

— Qu'est-ce qui vous prend ?

Louis se tenait raide, les yeux étincelants de fureur.

— Qu'avez-vous fait à Laurel ? hurla Matt.

— Rien du tout ! Pourquoi ? Je ne l'ai pas vue.

Il baissa les yeux sur les mains de Matt.

— Lâchez-moi, Bates.

Cet homme avait envie de se battre, comprit Matt. Il avait envie de se défouler dans un combat physique, poings contre poings. Ça se voyait dans ses yeux.

— Ne vous inquiétez pas, Trulane, nous nous battrons, promit-il d'un air sombre. Rien ne pourrait me faire plus plaisir… mais pas avant que vous m'ayez dit ce que vous avez fait de Laurel.

Louis sentait quelque chose bouillonner en lui. Une émotion qui, pour la première fois depuis des semaines, n'avait rien à voir avec le chagrin. C'était de la colère pure. D'une certaine façon, elle lui faisait du bien.

— Je vous ai dit que je ne l'avais pas vue. Elle n'est pas là.

— Inutile de mentir.

Matt pointa son doigt vers la porte d'entrée, restée ouverte.

— Sa voiture est là.

Louis jeta un coup d'œil dehors et plissa le front. Le doute s'insinua en lui, atténuant un peu sa colère.

— Elle a dû venir voir ma sœur.

— C'est elle qui lui a téléphoné.

Matt poussa Louis si brutalement contre le mur que ce dernier faillit perdre l'équilibre.

— Elle lui a demandé de venir parce que vous aviez perdu la tête et vous étiez enfermé dans votre bureau.

— Vous êtes fou !

Louis repoussa Matt et ils se toisèrent un moment en silence, chacun s'efforçant de réprimer une furieuse envie de sauter à la gorge de l'autre.

— Je ne vois pas pourquoi Marion appellerait Laurel si j'étais enfermé dans ma chambre, déclara sèchement Louis. De toute façon, j'ai travaillé tout l'après-midi.

Le souffle court, les poings crispés, Matt s'exhortait

au calme. S'il frappait Trulane, même une fois, il ne pourrait peut-être plus jamais s'arrêter. Il sentait la fureur se déchaîner en lui, prête à le déborder. Non, pas avant d'avoir retrouvé Laurel, se dit-il. Mais ensuite…

— Laurel m'a laissé un mot pour me prévenir qu'elle venait ici. Elle a reçu un coup de téléphone de Marion lui réclamant de l'aide parce que vous aviez perdu la tête.

— Je ne comprends strictement rien à ce que vous racontez.

— La voiture de Laurel est garée devant la maison. Et vous, vous êtes là.

Louis darda sur Matt un regard glacial.

— Fouillez la maison, si vous ne me croyez pas.

— C'est exactement ce que je vais faire. Au fait, pendant que nous y sommes, si vous jetiez un coup d'œil là-dessus ? ajouta Matt en fouillant dans sa poche.

Il tendit la main et l'ouvrit sous les yeux de Louis. Au creux de sa paume se trouvait le fragment de médaillon. Louis lui saisit le poignet avec violence, lui enfonçant les doigts dans la chair.

— Elise… Où avez-vous trouvé ça ?

A présent dénué de toute colère, son visage exprimait seulement le tourment.

— Où avez-vous trouvé ça, bon sang ?

— Dans le marécage.

Matt referma la main sur le médaillon.

— Laurel l'a reconnu, elle aussi. Et ce matin, au téléphone, votre gouvernante lui a confirmé que ce bijou appartenait à Elise.

— Binney ?

Louis fixait la main fermée de Matt d'un air hagard.

— Non, c'est impossible. Binney n'est pas là aujourd'hui. Le marécage ? Dans le marécage ?

Louis releva la tête. Il était livide.

— Elise n'y allait jamais sans moi. Et elle portait ce

médaillon en permanence. En permanence. Elle le portait le jour où je suis parti pour New York, avant qu'elle...

Il secoua la tête et le sang afflua de nouveau à ses joues.

Matt prit une profonde inspiration pour tenter de maîtriser la nouvelle angoisse qui l'envahissait.

— Laurel m'a dit qu'elle avait téléphoné ici, vers midi, et qu'elle avait parlé à votre gouvernante.

— Je vous dis que Binney n'est pas là ! Elle est absente pour la journée. Comme tous les dimanches. Tous les domestiques sont en congé le dimanche. Binney est chez sa sœur. Il n'y a que moi et Marion dans la maison.

— Marion ? murmura Matt.

Marion, qui avait téléphoné... Marion, qui, à cause de sa nervosité manifeste, avait orienté leurs soupçons vers Brewster. Marion, se rappela soudain Matt, qui leur avait affirmé que Brewster rendait Anne nerveuse. Comment aurait-elle pu le savoir, si... si elle n'avait pas vu les lettres ?

— Où est-elle ? demanda-t-il en s'avançant dans le hall, l'estomac noué. Où est votre sœur ?

— Attendez un peu !

Louis le retint par le bras.

— Qu'insinuez-vous ? Où avez-vous trouvé ce médaillon ?

— Dans le marécage ! hurla Matt, à bout de nerfs. Bon sang ! Vous ne comprenez pas que Marion a attiré Laurel dans un piège ?

Il prit une profonde inspiration.

— Dans le marécage, répéta-t-il d'un ton plus calme. Votre sœur a attiré Laurel dans le marécage. Comme les autres.

— Les autres ?

Louis se jeta sur Matt avant que celui-ci ait le temps de l'esquiver.

— Que voulez-vous dire ?

— Votre sœur est une meurtrière. Elle a déjà tué trois personnes. Et, aujourd'hui, elle a tendu un piège à Laurel.

— Vous êtes fou !

— Non, malheureusement.

Matt rouvrit la main. Au creux de sa paume, le médaillon semblait narguer les deux hommes.

— Nous sommes allés dans le marécage, l'autre nuit… Quelqu'un l'a attaquée. La même personne lui a envoyé un paquet contenant un serpent mort. La même personne lui a téléphoné ce soir… Laurel est venue ici pour vous.

Matt plongea son regard dans celui de Louis.

— Allez-vous m'aider ?

Le souffle court, Louis baissa les yeux sur le médaillon.

— Nous y allons. Attendez-moi un instant.

Il traversa le hall à grands pas et ouvrit une porte, en face du salon. Quelques secondes plus tard, il revint avec un petit revolver qu'il tendit à Matt. Il était de nouveau livide.

— Elle a pris le pistolet. Le pistolet ancien que nous conservions dans la vitrine.

« Ne panique pas. Surtout, n'essaie pas de t'enfuir, se répétait inlassablement Laurel sans quitter Marion des yeux. Elle paraît si calme à présent, comme si d'une seconde à l'autre, elle allait te proposer du thé et des gâteaux avec un sourire affable. Depuis combien de temps est-elle folle ? » Laurel déglutit péniblement, tout en prenant soin de rester parfaitement immobile. « Incite-la à parler. Elle en meurt d'envie. »

— Punie ? Tu as puni les autres, Marion ?

— Il le fallait.

— Pourquoi ?

— Tu as toujours été une enfant très intelligente, Laurel. Mais pas assez, cependant.

Elle sourit. Un sourire de connivence.

— Je n'ai eu aucun mal à diriger tes soupçons sur Brewster en ne disant que la stricte vérité. Anne n'aurait jamais quitté Louis. Elle l'adorait.

— Dans ce cas, de quoi l'as-tu punie, Marion ?

— Elle n'aurait pas dû revenir.

Marion laissa échapper un petit soupir tremblant.

— Elle n'aurait jamais dû revenir.

— Revenir ?

Laurel s'autorisa à jeter un coup d'œil furtif derrière Marion. Si elle parvenait à distraire son attention, à prendre ne serait-ce que quelques secondes d'avance, réussirait-elle à la semer dans les broussailles ?

— Je n'ai pas été dupe, dit Marion, de nouveau souriante, mais l'air absent. Oh ! elle a trompé tous les autres — surtout Louis — mais moi, j'ai tout de suite su. Bien sûr, je me suis bien gardée de le laisser paraître, je suis très douée pour ça. Elle avait peur du marécage. Je savais pourquoi, naturellement. Elle y était déjà morte, et elle devait y mourir de nouveau.

Laurel sentit sa gorge se nouer. Seigneur ! Marion avait vraiment perdu l'esprit ! « Continue à lui parler, surtout continue à lui parler », se dit-elle, tandis qu'une grive se mettait à chanter dans un cyprès, derrière elle.

— Pourquoi as-tu tué Elise ?

— Elle n'avait aucun droit ! hurla Marion.

Surprise, Laurel eut un mouvement de recul.

— Elle n'avait aucun droit sur la maison ! Le *Domaine du chêne* est à moi. Depuis toujours. Louis allait le lui léguer par testament. A elle ! Alors qu'elle n'avait pas la moindre goutte de sang Trulane dans les veines. Elle ne faisait pas partie de la famille. C'est moi l'aînée ! cria Marion, visiblement folle de rage. En toute justice, la maison me revient. Mon père n'aurait pas dû la laisser à Louis.

Marion fut parcourue d'un frisson. Mais la main qui tenait le pistolet restait ferme, constata Laurel, le cœur battant.

— Le *Domaine du chêne* m'appartient. Je l'aime. J'aime tout ça.

Elle promena autour d'elle un regard soudain attendri.

— C'est la seule chose que j'aie jamais aimée.

— Mais pourquoi Elise ?

La maison ! songea Laurel avec effarement. Pouvait-on vraiment tuer pour une maison, un bout de terrain ? Oui, bien sûr, se rappela-t-elle. C'était un mobile classique, depuis la nuit des temps.

— Pourquoi n'as-tu pas tué Louis, Marion ? Tu aurais hérité.

— Voyons, Laurel, Louis est mon frère, protesta Marion d'une voix douce.

— Mais... Charles... ?

— Je n'ai jamais eu l'intention de lui faire le moindre mal.

Les yeux de Marion se noyèrent de larmes.

— Je l'aimais. Mais il nous a vues et il est intervenu.

Une larme roula sur sa joue.

— Je n'avais pas le choix. Elise et moi, nous étions parties nous promener. Elle se sentait seule sans Louis. Lorsque nous nous sommes trouvées suffisamment loin de la maison, j'ai sorti le pistolet. Ce pistolet, dit-elle en levant le bras. Le reconnais-tu, Laurel ?

Laurel réprima un frisson. Oui, elle l'avait vu dans la vitrine de la bibliothèque. Le même pistolet qu'un autre Trulane, des années auparavant, avait utilisé pour tuer... pour punir.

— Oui.

— Je savais qu'il fallait que je m'en serve.

Marion caressa le canon du bout du doigt.

— C'était comme s'il m'avait attendue, comme si

quelqu'un m'avait confirmé qu'il était juste que je m'en serve pour punir Elise. Tu comprends ?

— J'essaie.

— Pauvre Laurel, murmura Marion. Toujours si compréhensive, si attentionnée. Quand je t'ai téléphoné, j'étais sûre que tu viendrais.

Laurel avait toutes les peines du monde à tenir debout sur ses jambes tremblantes.

— Tu me parlais de Charles.

— Oui. Il nous a vues. Il m'a vue entraîner Elise dans le marécage sous la menace du revolver. Du moins, je crois... Je n'ai pas eu le temps de lui poser la question. Tout s'est passé si vite. Nous étions ici quand il est intervenu. Exactement au même endroit.

Marion jeta un regard autour d'elle comme si elle craignait de voir surgir de nouveau un témoin. Laurel en profita pour faire un pas prudent sur le côté.

— Non, Laurel, murmura Marion en crispant les doigts sur le pistolet.

Laurel s'immobilisa.

— Elise s'est affolée, poursuivit Marion. C'est à ce moment-là que son médaillon a dû se casser. J'aurais dû être plus attentive. J'ai été obligée de lui tirer dessus. Et ensuite, Charles s'est jeté sur moi. Mon propre frère s'en prenait à moi ! Le coup a semblé partir tout seul. Et Charles était mort.

Les yeux de Marion étaient secs, à présent.

— Je ne savais pas quoi faire, et puis, tout à coup, l'idée s'est imposée à moi. Ils étaient amants, comme les deux autres qui étaient morts dans le marécage des années plus tôt. Il fallait que j'écrive une lettre, dans laquelle Elise informerait Louis qu'elle le quittait pour Charles. C'était mieux. Vraiment, c'était beaucoup mieux ainsi. J'ai dû les traîner jusqu'aux sables mouvants...

— Oh, mon Dieu...

Laurel ferma les yeux, mais Marion, perdue dans ses souvenirs, ne s'en rendit pas compte.

— J'ai mis une partie de leurs vêtements dans une valise. C'était un dimanche. Tous les domestiques étaient absents. Le matériel de peinture de Charles, également… J'ai failli l'oublier. Il ne serait jamais parti sans ça. J'ai tout jeté dans les sables mouvants. C'était si simple. Bien sûr, Louis a souffert. Il a beaucoup souffert.

Le regard de Marion s'assombrit furtivement.

— Je savais qu'il se sentait coupable, mais je pouvais difficilement lui expliquer que tout était pour le mieux. La maison était de nouveau à moi. Il était pris par son travail. Mais parfois…

Marion baissa la voix.

— Parfois, je les entendais s'agiter dans le marécage. La nuit.

Laurel déglutit péniblement, un goût métallique dans la bouche.

— Charles et Elise ?

— Je les entendais… Ça me réveillait et il fallait que je sorte, que je vienne jusqu'ici. Je ne les ai jamais aperçus…

Marion regarda de nouveau autour d'elle, comme si elle attendait quelqu'un.

— Mais je les entendais.

Cela l'avait rendue folle, songea Laurel. Comment était-il possible que personne ne s'en soit aperçu ? Que personne ne se soit douté de rien ? Elle revit Marion à un gala de bienfaisance, quelques mois plus tôt… élégante, raffinée, un petit bouquet de violettes à la boutonnière. Elle regarda le pistolet.

— Et un jour, elle est revenue, poursuivit Marion d'une voix monocorde. Elle a prétendu s'appeler Anne et Louis l'a crue. Mais moi, je savais. Elle me regardait avec son air doux, timide, et elle riait ! Je lui ai laissé croire que j'étais dupe.

— Et tu l'as ramenée ici.

— Il fallait prendre plus de précautions, cette fois. Louis ne la quittait pratiquement pas et elle ne s'approchait jamais du marécage. Ce soir-là, il travaillait tard. Je les ai entendus dans le bureau. Il lui a dit qu'il en avait sans doute encore pour quelques heures et qu'elle ferait mieux d'aller se coucher sans lui. J'ai su que le moment était venu. Je suis allée dans sa chambre, je l'ai étouffée avec un oreiller. Oh ! j'ai dû faire très attention. Je ne pouvais pas la tuer à ce moment-là. Cette fois, il fallait simuler un accident. Elle était toute menue et n'avait aucune force. Elle a perdu très rapidement connaissance. Ensuite, je l'ai portée jusqu'ici.

A ce souvenir, Marion eut un sourire.

— J'avais le pistolet, mais elle ne savait pas que je ne pouvais pas me permettre de m'en servir. Quand elle est revenue à elle, Elise a été terrifiée. Elle a compris qu'elle allait mourir une seconde fois. Elle m'a suppliée de la laisser partir, mais je l'ai obligée à se lever. J'avais l'intention de la noyer dans le bayou. Mais lorsqu'elle s'est mise à courir, je n'ai pas cherché à la rattraper. J'ai pensé que ce serait plus simple de la laisser s'épuiser en attendant à proximité. Puis je l'ai entendue crier. Le serpent. Elise avait marché sur un nid. Tu vois, c'était écrit. Ce n'était que justice. Il ne me restait plus qu'à attendre que le poison fasse son effet et à la laisser une nuit entière dans le froid et l'humidité. J'ai attendu qu'elle arrête de courir et qu'elle perde connaissance, à l'endroit même où elle était déjà morte dix ans plus tôt. Ensuite, je suis rentrée.

Marion sourit, mais son regard était vide.

— Cette fois, elle ne reviendra pas.

— Non. Elle ne reviendra pas.

— J'ai toujours été très attachée à toi, Laurel. Si seulement tu m'avais écoutée, nous n'en serions pas là.

Laurel s'humecta les lèvres. Pourvu que sa voix ne tremble pas…

— Si tu me tues, ils t'emmèneront loin du *Domaine du chêne*.

— Non !

Les doigts de Marion se crispèrent sur la crosse du pistolet, puis se détendirent.

— Non. Je ne te tirerai dessus que si tu m'y obliges. Et dans ce cas, il faudra que j'accuse Louis. Je n'aurai pas le choix. Ce sera ta faute.

Seigneur ! Elle avait de plus en plus de mal à respirer, constata Laurel. C'était si difficile, tout à coup, d'inspirer et d'expirer. Mais si elle se concentrait sur sa respiration, peut-être parviendrait-elle à s'empêcher de hurler jusqu'à ce que Marion soit obligée de la réduire au silence…

— Je n'entrerai pas dans le bayou ni dans les sables mouvants.

— Je sais. Tu n'es pas comme les autres. Tu n'es pas aussi facile à effrayer. Mais il y a quand même une chose…

Sans cesser de viser Laurel, Marion fit un pas de côté vers un bouquet de joncs.

— Tu es venue fouiner jusqu'ici. Tu n'as pas pu t'en empêcher. Et tu as eu un accident tragique. Comme Elise… Anne.

Marion prit un panier en osier caché au pied des joncs.

— Ceux-ci ne sont pas morts, déclara-t-elle d'une voix suave.

Laurel comprit aussitôt et se sentit submergée par une terreur insurmontable. Une épouvante sans nom. Avec un long bâton, Marion poussa le panier devant elle, puis souleva son couvercle. Pétrifiée, Laurel sentit un froid glacial l'envahir, tandis que le serpent se glissait hors du panier en ondulant. Bientôt suivi par un second.

— Je n'ai voulu prendre aucun risque, murmura Marion.

Elle posa le pistolet et prit le bâton à deux mains en souriant à Laurel.

— Tu les as toujours eus en horreur, n'est-ce pas ? Je me souviens parfaitement de la fois où tu t'es évanouie devant une petite couleuvre d'eau. Une créature inoffensive.

Elle titilla avec le bâton les vipères cuivrées, qui se tortillèrent en sifflant.

— Celles-ci ne sont pas inoffensives.

Mieux valait mourir d'un coup de pistolet, songea frénétiquement Laurel. Elle voulut courir, s'enfuir en hurlant. Mais ses pieds restaient ancrés dans le sol et sa gorge était incapable d'émettre le moindre son. Elle sentait la sueur dégouliner sur tout son corps.

— Ça ne changera rien de rester immobile, déclara Marion d'une voix suave. Ils sont furieux. Et je peux les irriter encore davantage.

Elle recommença à donner des petits coups aux serpents tout en les rapprochant de Laurel. L'un d'eux se jeta sur le bâton. Marion s'esclaffa.

Ce fut ce rire qu'entendit Matt. Un rire qui le glaça jusqu'aux os.

Lorsqu'il les vit, les serpents étaient à moins d'un mètre de Laurel. Ils sifflaient, se tortillaient frénétiquement, enragés par les coups de bâton de Marion.

Matt saisit son pistolet à deux mains, fit une rapide prière et tira.

— Non !

Le hurlement rageur de Marion vibra dans l'air, tandis qu'un des serpents se tordait, agité de secousses violentes, et s'immobilisait. Pivotant sur elle-même, Marion trébucha sans même sentir les crochets qui s'enfonçaient dans sa cheville, avant que Matt ne tire de nouveau. Puis, comme un animal traqué, elle partit en courant à travers les joncs.

— Laurel !

Matt courut vers la jeune femme et la serra contre lui à l'étouffer.

— Dieu merci, tu n'as rien !

Il captura sa bouche dans un baiser éperdu.

— C'est fini. Je t'emmène.

— Matthew…

Laurel s'efforçait de réprimer les sanglots qui soulevaient sa poitrine.

— Elle a perdu la raison. Elle les a tous tués… tous. Mon Dieu, Matthew ! Les serpents…

— Morts, dit-il en l'attirant contre lui. Ils sont morts. Tout va bien.

— Pour la maison, dit Laurel, le visage contre son torse. Elle les a tués pour la maison ! Louis…

Matt tourna la tête. A quelques mètres, Louis les regardait, livide. Seuls ses yeux semblaient vivants.

— Elle a été mordue, dit-il d'une voix si basse que Matt l'entendit à peine. Je vais la chercher.

— Louis…

Matt hésita. Que dire ? Il n'y avait rien, absolument rien à dire…

— Je suis désolé, murmura-t-il.

— Emmenez Laurel, dit Louis avant de s'enfoncer dans les joncs.

— Viens.

Matt pressa les lèvres sur la tempe de Laurel.

— Tu peux marcher ?

— Oui.

Elle sentait les larmes ruisseler sur ses joues, mais elle en éprouvait du soulagement.

— Oui, ça va.

— Lorsque je serai tout à fait convaincu, je t'étranglerai, marmonna-t-il en la serrant contre lui.

Lorsqu'ils furent sortis du marécage, il la fit s'allonger dans l'herbe. Elle posa la tête sur ses genoux.

— Je serai complètement remise dans une minute. Il faut appeler la police.

— Louis l'a fait avant de quitter la maison. Ils seront là d'un moment à l'autre. Tu peux me raconter ce qui s'est passé ?

Au début de son récit, elle garda la tête sur les genoux de Matt. Puis, peu à peu, la peur et l'émotion se dissipèrent et elle eut la force de se redresser. Quand elle entendit les sirènes des voitures de police, elle prit la main de Matt et la serra.

Une confusion indescriptible… la police dans le marécage, toutes les questions. Un article fantastique, songea Laurel, au bord de l'hystérie. S'efforçant de se calmer, elle enfouit son visage dans le cou de Matt. Encore quelques minutes, se dit-elle. Encore quelques minutes et elle serait d'aplomb.

Elle se laissa entraîner jusqu'à la maison, où elle but le cognac que Matt lui servit.

— Je vais mieux, dit-elle au bout d'un moment. S'il te plaît, arrête de me regarder comme si j'étais sur le point de me désintégrer.

Il la contempla un instant en silence, puis la prit dans ses bras et enfouit le visage dans ses cheveux.

— Je te préviens, Laurel, dit-il d'une voix tremblante. Ne me refais jamais ça. J'ai cru qu'il était trop tard. Cinq minutes de plus…

— Plus jamais, promit-elle en lui caressant la nuque. Plus jamais, Matthew. Oh ! comme je t'aime…

Lui prenant le visage à deux mains, elle l'obligea à relever la tête.

— Je t'aime tellement.

Elle répondit avec ardeur à son baiser possessif, tandis que les dernières bribes de peur s'évaporaient. Matt était là, il la serrait dans ses bras… Rien d'autre ne comptait.

Soudain, elle entendit la porte s'ouvrir.

— Voilà Louis.

Ce dernier pénétra lentement dans le hall. Echevelé, il avait les vêtements en désordre et maculés de boue. Son regard n'était plus froid ni distant, mais las et vulnérable, constata Laurel. Spontanément, elle se leva et le rejoignit.

— Oh ! Louis…

Il la prit dans ses bras et la serra contre lui, posant le menton sur le sommet de son crâne.

— Nous l'avons retrouvée. Elle est… Ils l'emmènent à l'hôpital, mais je ne sais pas si… Elle délire.

Il s'écarta légèrement.

— Elle t'a blessée ?

— Non, non, je vais bien.

Il regarda Matt.

— Je vous dois bien plus que des excuses.

— Pas du tout.

Avec un hochement de tête reconnaissant, Louis alla à son tour se servir un cognac.

— Vous sentez-vous le courage de me raconter toute l'histoire, maintenant ?

Louis garda le dos tourné pendant que Laurel lui répétait tout ce que lui avait dit Marion. A un moment, voyant ses épaules secouées de légers tremblements, elle s'interrompit. Il secoua la tête et d'un geste de la main lui fit signe de poursuivre.

— Il faut que je parle à Susan, dit-il quand Laurel eut terminé.

— Elle est chez ma grand-mère.

Louis se servit un autre cognac.

— Si elle accepte de me voir, j'irai là-bas demain.

— Elle acceptera, Louis. S'il te plaît, ne culpabilise pas. Tu n'es pour rien dans ce qui est arrivé.

Il se retourna lentement.

— Tu veux bien faire quelque chose pour moi ?

— Bien sûr. Tu sais bien que oui.

— Je sais, acquiesça-t-il avec un pâle sourire. Ecris ton article. Ecris un bon article. Tout. Je veux que toute la vérité soit révélée. Ensuite, peut-être, je parviendrai à la supporter.

— Matthew et moi allons écrire cet article.

Laurel rejoignit Louis et lui prit la main.

— Et tu trouveras la force de supporter la vérité. Je reviendrai pour t'y aider.

Elle posa une main sur sa joue. Avec une ombre de sourire, Louis l'embrassa sur le front.

— Vous êtes faits l'un pour l'autre, murmura-t-il à l'oreille de Laurel en jetant un coup d'œil à Matt. Tu es aussi entêtée que lui.

Il lui pressa les mains.

— Oui, reviens. Je vais avoir besoin de toi.

Lorsqu'ils quittèrent la maison, quelques minutes plus tard, Laurel inspira profondément, avec délectation. Juste le parfum de la nuit. Le parfum de la vie.

— C'est beau, n'est-ce pas ?

Elle pencha la tête en arrière pour regarder les étoiles.

— Il faut appeler mon père pour lui annoncer que nous lui préparons une exclusivité fantastique, ajouta-t-elle.

— La prochaine fois que tu décides de partir en reportage, souviens-toi que nous sommes coéquipiers, déclara Matt d'un ton pince-sans-rire. Plus de rendez-vous en solo.

— Tope là. Prenons ta voiture, dit-elle, trop surexcitée pour conduire. Nous reviendrons chercher la mienne demain. Oh, mon Dieu, Matthew !

Elle se laissa tomber sur le siège passager et se renversa contre le dossier.

— Je ne veux plus jamais vivre une nuit comme celle-ci ! Même pour le Pulitzer.

— C'est ta punition pour avoir déguerpi avant d'avoir terminé le dîner.

Ses mains ne tremblaient plus, constata Matt avec satisfaction en mettant le contact.

— C'est un coup à se demander quel genre de femme on est sur le point d'épouser, dit-il d'un ton taquin.

— Une perle. Tu vas épouser une perle, Matthew Bates.

Elle se pencha vers lui et l'embrassa.

— Je ne t'ai pas remercié de m'avoir sauvé la vie.

— En effet.

Posant la main sur sa nuque, il prolongea leur baiser.

— Comment comptes-tu me témoigner ta reconnaissance ?

Elle eut un sourire malicieux.

— En te rendant la pareille. Nous dînons dehors.

L'ÎLE DES SECRETS

1

Le ciel était bleu, d'un bleu presque éblouissant de pureté. Une légère brise soufflait entre les roses du jardin, parfumant l'air d'une fragrance lourde et sucrée. Au loin, les montagnes profilaient leur silhouette massive. Accoudée à la balustrade de son balcon, Morgan jouissait avec bonheur du spectacle merveilleux que la nature lui offrait.

Elle avait du mal à croire que la veille encore, elle se trouvait dans son bureau, en haut d'une des immenses tours de verre et d'acier de New York. Bureau qu'elle avait déserté pour se rendre, en cette fraîche matinée d'avril, à l'aéroport. Une journée. Comment était-il possible de se rendre à l'autre bout du monde en moins d'une journée ?

Et pourtant, elle était là, sur la terrasse d'une splendide villa de l'île de Lesbos, où la grisaille du ciel new-yorkais n'avait pas sa place. Il régnait en ces lieux une quiétude rare qui contrastait étrangement avec la frénésie et l'agitation auxquelles elle était quotidiennement confrontée. « Si j'étais peintre, songea-t-elle, je peindrais cet endroit exactement tel qu'il est et je l'intitulerais : *Silence et Paix*. »

Des coups frappés à sa porte la tirèrent de ses rêveries. Elle poussa un soupir et s'arracha à regret à sa contemplation.

— Entrez.

Liz, sorte de fée blonde et gracile, venait de faire son

apparition, suivie d'une domestique chargée du plateau du petit déjeuner.

— Déjà prête ? s'étonna Liz.

— Quel service parfait ! plaisanta Morgan avant d'adresser un sourire de remerciement à la jeune fille qui venait de placer le plateau sur une table de verre. Il va falloir que je m'habitue à vivre dans le luxe.

Elle huma avec délice les arômes des plats que la domestique venait de découvrir.

— Tu m'accompagnes ?

— Oui, mais juste pour un café.

Liz s'installa sur une chaise et lissa les plis de son déshabillé en dentelle de soie. Puis elle se mit à observer attentivement la jeune femme qui avait pris place face à elle.

De longues boucles blondes aux reflets de miel balayaient ses épaules nues. Ses yeux, d'un bleu presque transparent, paraissaient démesurément grands dans son visage fin que rehaussaient des pommettes saillantes. Une bouche délicatement ourlée, un nez droit et un menton fièrement pointé conféraient à l'ensemble une beauté singulière dont auraient rêvé bien des modèles. Si elle avait seulement été douée du minimum de patience qu'exigeait le métier de mannequin, elle serait devenue la coqueluche des plus grands photographes.

« Un peu de hâle et ce sera parfait », songea Liz en notant le teint diaphane de son amie.

— Oh, Morgan, tu es superbe ! Je suis si heureuse que tu te sois enfin décidée à venir !

— Maintenant que je suis ici, répliqua Morgan, l'œil irrésistiblement attiré par l'extérieur, je regrette d'avoir si longtemps différé mes vacances. *Efkharisto*, remercia-t-elle tandis que la servante remplissait sa tasse de café.

— Frimeuse ! la taquina Liz avec une moue dédaigneuse. Tu sais combien de temps il m'a fallu pour simplement pouvoir dire : « Bonjour, comment allez-vous ? » Enfin, peu importe.

Elle eut un geste de la main visant à empêcher son amie d'objecter et qui fit briller de mille feux les pierres précieuses de son alliance.

— Trois ans que je vis entre Athènes et Lesbos, poursuivit-elle, et je ne suis pas capable d'aligner correctement deux mots de grec. Merci, Zena, ajouta-t-elle en congédiant d'un sourire sa jeune employée.

L'appétit aiguisé, Morgan mordit à belles dents dans un toast beurré.

— C'est parce que tu n'as pas envie d'apprendre, voilà tout, jugea cette dernière, la bouche pleine. Si tu t'ouvrais réellement à cette perspective, les mots couleraient d'eux-mêmes.

Liz plissa le nez.

— Evidemment, c'est facile pour toi qui parles une douzaine de langues différentes !

— Cinq, rectifia Morgan.

— C'est déjà beaucoup plus que le commun des mortels.

— Peut-être, mais moi, je suis interprète, lui rappela la jeune femme en plongeant une mouillette dans son œuf à la coque. Et si je n'avais pas parlé grec, je n'aurais jamais rencontré Alex et tu ne serais pas aujourd'hui *Mme* Elizabeth Theoharis. Que veux-tu, c'est le destin, ce phénomène aussi étrange que merveilleux !

— Tu fais de la philosophie au petit déjeuner maintenant ? murmura Liz, le nez dans sa tasse. C'est vrai, j'avais oublié. En fait, je déteste imaginer ce qu'aurait été ma vie si je n'avais pas été en transit chez nous le jour où Alex est venu te voir. Tu ne nous aurais jamais présentés l'un à l'autre.

Elle s'interrompit pour recouvrir un toast d'une fine couche de confiture.

— Et je serais probablement encore en train de servir des plateaux-repas à huit mille mètres d'altitude.

— Liz, mon chou, insista Morgan en découpant une tranche de bacon, ce qui doit arriver arrive. J'aimerais bien m'attribuer le mérite de votre bonheur, mais je n'ai été qu'une intermédiaire, je ne suis en rien responsable de la passion qui a suivi et qui vous unit toujours.

Elle leva les yeux sur son amie et lui adressa un sourire débordant d'affection.

— Quoi qu'il en soit, j'ai perdu ma colocataire en l'espace de trois semaines à peine. Je n'avais encore jamais vu les choses se faire aussi vite !

— Alex et moi avions décidé de faire plus ample connaissance après notre mariage.

Le visage de Liz se fendit d'un large sourire.

— Et nous y sommes parvenus !

— Et où se trouve la perle rare ce matin ?

Liz haussa légèrement les épaules et reposa son toast intact sur son assiette.

— En bas, dans son bureau. En train de concevoir un nouveau bateau, j'imagine.

Morgan éclata de rire.

— Tu m'annonces ça comme s'il s'agissait de maquettes quelconques ! Ne serais-tu pas en train de devenir une épouse blasée, comme toutes les femmes d'armateur milliardaire ?

— Certainement pas ! dit distraitement Liz en vidant sa tasse d'un trait. En tout cas, il va être horriblement occupé dans les semaines à venir, et c'est une raison supplémentaire de me réjouir de ta présence.

— Tu as trouvé la partenaire idéale pour jouer au bridge !

Liz réprima un petit sourire moqueur.

— J'en doute. Si j'ai bonne mémoire, tu es la pire joueuse que je connaisse.

Morgan leva un sourcil sceptique.

— Ah, oui ?

— A moins que tu n'aies progressé..., concéda Liz en dissimulant son amusement derrière sa tasse vide. Quoi qu'il en soit, et sans vouloir me montrer ingrate envers ma patrie d'adoption, je suis quand même bien contente d'accueillir ma meilleure amie, qui plus est une de mes compatriotes, chez moi.

— *Spasibo.*

— En anglais, s'il te plaît, insista Liz. En outre, je te rappelle que tu es ici en vacances pour quatre longues semaines. Alors, oublie l'ONU et tes traductions simultanées.

Elle se pencha en avant et posa les coudes sur la table.

— Dis-moi la vérité, Morgan, demanda-t-elle sur le ton de la confidence. Ne t'est-il jamais arrivé d'être terrifiée à l'idée de te tromper d'une nuance qui pourrait être à l'origine de... je ne sais pas, une troisième guerre mondiale, par exemple ?

Morgan écarquilla de grands yeux étonnés.

— Moi ? Pas du tout ! Il suffit de penser dans la langue dont on se fait l'interprète. Rien de plus facile !

— Evidemment, commenta Liz, manifestement peu convaincue.

Elle se rejeta en arrière pour ajouter :

— Mais à partir de maintenant, tu es en vacances, tu as donc pour consigne de ne penser qu'en anglais... A moins que tu n'aies des reproches à faire au cuisinier, conclut-elle en regardant son amie engloutir le reste de ses œufs.

— Absolument aucun, affirma Morgan en mastiquant de bon cœur.

— Comment va ton père ?

— Il se porte à merveille, comme toujours.

Détendue, repue, Morgan remplit de nouveau sa tasse

vide. A quand remontait la dernière fois où elle avait pris le temps de boire une seconde tasse de café au petit déjeuner ? « En vacances », avait dit Liz. Morgan se promettait bien de suivre le conseil de son amie et d'en profiter au maximum.

— Il m'a chargée de t'embrasser, précisa-t-elle. Et de lui rapporter une bonne bouteille d'ouzo.

— Je ne veux même pas penser à ton départ, trancha Liz en se levant pour se diriger vers la terrasse.

Morgan regarda le bas de sa robe aérienne effleurer les tommettes.

— D'ailleurs je vais tout mettre en œuvre pour te trouver le compagnon idéal et t'obliger ainsi à t'installer en Grèce.

— Je te suis très reconnaissante de prendre les choses en main à ma place, commenta Morgan, pince-sans-rire.

— Ne me remercie pas, répliqua Liz à qui le ton sarcastique de cette dernière avait échappé. Les amis sont faits pour ça, non ?

Elle se pencha en avant sur la rambarde, comme Morgan l'avait fait quelques minutes plus tôt.

— Dorian me paraît être un candidat tout à fait approprié. C'est l'un des bras droits d'Alex ; tu verras, il est extrêmement séduisant. Blond comme les blés, le teint hâlé, son profil pourrait figurer sur une médaille de l'Antiquité. Tu feras sa connaissance demain.

— Dois-je prévenir mon père pour qu'il prépare mon trousseau ? railla Morgan.

— Morgan ! Je suis très sérieuse !

Liz croisa les bras sur sa poitrine et soutint sans ciller le regard ironique de son amie.

— Je ne te laisserai pas repartir sans avoir mis toutes les chances de ton côté ! décréta-t-elle. Je me fais fort de remplir tes journées de choses parfaitement futiles que tu accompliras avec des hordes d'éphèbes tous plus beaux les uns que les autres. Je te parie que d'ici peu, tu auras oublié jusqu'à l'existence même de New York et de l'ONU.

— J'ai déjà oublié… tout au moins pour les quatre semaines à venir.

Morgan rejeta la lourde masse de ses cheveux derrière ses épaules.

— Fais comme tu voudras, je jure de t'obéir. Quel est le programme de ce matin ? Tu as décidé de me traîner à la plage et de me forcer à rester allongée sous les rayons impitoyables du soleil, jusqu'à ce qu'un fabuleux bronzage doré ait remplacé ma blancheur citadine ?

— Exactement, acquiesça Liz. Change-toi, je te retrouve en bas dans quelques minutes.

Une demi-heure plus tard, Morgan commençait à apprécier les méthodes de relaxation préconisées par Liz. Du sable blanc, une eau turquoise. Elle flottait paresseusement, les vaguelettes caressant son corps alangui et les paroles de son père lui revinrent à la mémoire : « Tu te laisses trop absorber par ton travail ; ce n'est pas lui qui doit mener ta vie, mais toi, Morgan. »

Morgan ferma les yeux, roula sur le dos. Entre la pression due à ses fonctions et sa rupture avec Jack, elle ressentait un besoin impérieux de paix intérieure.

Jack faisait partie du passé désormais. Mais, pour être tout à fait honnête, elle devait reconnaître que l'amour qui les unissait ne devait rien à la passion amoureuse, mais plutôt à l'habitude. Chacun d'eux avait puisé dans cette relation raisonnable ce après quoi il courait. Elle y avait trouvé le compagnon brillant dont elle avait toujours rêvé, et lui, la femme séduisante et cultivée qui pouvait servir la carrière politique dans laquelle il s'était lancé.

Si elle l'avait vraiment aimé, se demandait-elle, songerait-elle à lui de manière aussi objective, aussi… détachée ? Elle n'éprouvait aucune souffrance, aucun sentiment de solitude. Juste un soulagement intense. Et l'impression étrange d'être inutile. Quelque chose qu'elle n'avait jamais ressenti jusque-là et qui la laissait désemparée.

L'invitation de Liz était tombée à pic. Et ce qu'elle découvrait en ouvrant les yeux était sans nul doute un avant-goût du paradis. Le soleil, le sable, les rochers, les fleurs, tout lui soufflait qu'elle était dans le domaine des dieux et des déesses de l'Antiquité. La Turquie, aux accents mystérieux, était toute proche, seulement séparée de l'île par l'étroit golfe d'Edremit. Morgan ferma de nouveau les yeux, bercée par ce moment de pure félicité.

Elle se serait certainement assoupie si la voix de Liz ne l'avait brutalement ramenée sur terre.

— Morgan ! Il est l'heure d'aller déjeuner !

— Tu ne penses donc qu'à ton estomac, riposta mollement la jeune femme.

— Non, je pense à ta peau aussi. Tu vas griller, si tu restes une minute de plus dans l'eau. Tu peux sauter un repas si tu le souhaites, mais tu n'éviteras certainement pas le coup de soleil magistral qui te guette.

— D'accord, maman, dit Morgan d'une voix de petite fille obéissante.

Elle regagna le rivage à la nage et sortit de l'eau en courant.

— Je me demande comment tu fais pour traînasser des journées entières au soleil et donner quand même l'impression que tu es prête à te rendre à une soirée mondaine.

— Question d'habitude, expliqua Liz en tendant un paréo à son amie. Allons-y, le déjeuner est le seul moment où Alex daigne lever le nez de ses bateaux.

Qu'il doit être facile de s'habituer au luxe ! se disait Morgan après le repas, alors qu'elle et ses hôtes sirotaient un café glacé sur la terrasse. Elle nota que le mariage n'avait en rien entamé la séduction naturelle d'Alexander Theoharis. Il était toujours aussi beau que lorsqu'elle l'avait rencontré à New York, trois ans auparavant. Oubliant les propos qu'elle avait tenus à son amie le matin même, elle ressentit une immense fierté à l'idée d'être pour quelque chose dans leur histoire d'amour. Un couple parfaitement assorti, songeait-elle en admirant le charme très « Vieux Continent » d'Alex. Un visage au teint mat. Un front haut marqué d'une légère cicatrice. Un nez aquilin. Une taille bien au-dessus de la moyenne qui lui donnait une allure aristocratique. Décidément, il était le complément idéal à la beauté blonde et tout en délicatesse de son épouse.

— Je me demande comment tu fais pour t'arracher d'ici, lui dit Morgan. Si je vivais dans un endroit pareil, je crois que rien ne pourrait me forcer à le quitter.

Alex la regarda suivre des yeux la ligne des montagnes qui semblaient émerger de la mer.

— Lorsque je reviens, je suis encore plus conscient de la chance que j'ai de vivre dans un lieu aussi privilégié. Et de retrouver la femme que j'aime, ajouta-t-il en portant la main de Liz à ses lèvres. Le paradis se mérite.

— Tu as certainement raison.

— Alex, annonça Liz en enlaçant ses doigts à ceux de son mari, je ne te l'ai pas encore dit, mais j'ai l'intention d'établir une liste des hommes de la région susceptibles de correspondre à Morgan.

— Tu n'as pas de frère, Alex ? s'enquit Morgan en riant.

— Malheureusement non, je n'ai que des sœurs. Désolé.

— Alors, laisse tomber, Liz.

— Il n'en est pas question. Mais si toutefois je ne parvenais pas à mes fins, Alex pourrait te trouver sans difficulté un poste d'interprète à Athènes.

Alex haussa négligemment les épaules.

— Je n'ai pas réussi à la débaucher il y a trois ans. Pourtant ce n'est pas faute d'avoir essayé.

— Cette fois, nous avons un mois pour la faire changer d'avis, décida Liz.

Elle jeta à son mari un bref coup d'œil complice.

— Nous pourrions faire une sortie en mer demain, qu'en penses-tu ?

— Excellente idée, approuva spontanément Alex. Cela te plairait-il, Morgan ?

— Puisque vous insistez, ironisa la jeune femme en affichant une moue faussement blasée, je ferai l'effort de cacher l'ennui que cette sortie m'inspire.

— Quelle amie formidable, n'est-ce pas, chéri ? murmura Liz, sur le mode de la confidence.

Il était un peu plus de minuit lorsque Morgan prit de nouveau le chemin qui menait à la plage. Elle reçut comme une bénédiction cette insomnie qui lui permettait de jouir de la douceur printanière de la nuit.

Le croissant de la lune baignait le paysage d'une douce clarté, éclaboussant les cyprès qui bordaient les marches du sentier d'une lumière argentée. Le parfum des fleurs, lourd et entêtant durant la journée, semblait plus léger, plus exotique au clair de lune.

Elle entendit au loin le bruit d'un moteur. Probablement un pêcheur retardataire, songea-t-elle en souriant. Quelle merveilleuse aventure ce devait être que de pêcher à la faveur de la nuit !

La plage s'ouvrait en un large demi-cercle. Morgan alla poser sa serviette et son peignoir sur un rocher et courut vers la mer. L'eau était si douce, si soyeuse sur sa peau qu'elle eut envie de retirer son maillot. Mais l'idée de quelque fantôme de dieu antique rôdant autour d'elle l'en dissuada. « Inutile de tenter le diable », songea-t-elle en riant. Elle résista également à l'envie de partir explorer les innombrables criques qui bordaient le rivage. Elles seraient toujours là demain, et certainement moins inquiétantes au grand jour.

Morgan nageait paresseusement, se donnant juste l'impulsion nécessaire qui lui permettait de flotter. Elle n'était pas venue pour battre des records de vitesse. Même les premiers frissons qui lui parcouraient l'échine ne pouvaient la décider à sortir de l'eau. Elle était si bien, la tête dans les étoiles, à écouter le silence. Un silence exceptionnel. Elle réalisa à cet instant précis à quel point, sans le savoir vraiment, elle en avait éprouvé le besoin.

New York et sa frénésie lui semblaient si loin tout à coup ! A des années-lumière d'ici. De ce lieu paradisiaque où elle se surprenait à rêver à des dieux antiques, à des chevaliers téméraires et à des pirates intrépides. Elle se mit debout dans l'eau en riant. Dieux, chevaliers, pirates… Vers lequel de ces héros tendrait son cœur, si elle devait choisir ? Elle jugea les premiers trop assoiffés de sang, les deuxièmes trop chevaleresques, quant aux troisièmes… Oui, un pirate, pourquoi pas ?

Morgan secoua la tête, se demandant ce qui avait bien pu la pousser à de pareilles divagations. L'influence de Liz, sans doute. Car elle était bien déterminée à ne laisser aucun homme, pas même le plus séduisant des pirates s'il se présentait, entrer de nouveau dans sa vie.

Elle poussa un soupir et se redressa. Laissant l'eau caresser ses chevilles, elle resta quelques instants immobile, ses cheveux s'égouttant sur sa peau. Elle avait froid, mais elle estimait que c'était un froid revigorant qui ne pouvait nuire à sa santé. Délaissant son peignoir, elle s'assit sur un rocher et passa dans ses boucles emmêlées le peigne qu'elle avait pris soin d'emporter. La lune, le sable, la mer. Que demander de plus ? L'espace d'un bref instant, elle se sentit en parfaite harmonie avec la nature qui l'entourait.

C'est alors qu'une main s'abattit fermement sur sa bouche. Elle tenta désespérément de se débattre, mais le bras qui lui enserrait la taille entravait chacun de ses mouvements. Elle sentait le contact d'un tissu rugueux contre sa peau nue. Ainsi plaquée contre un torse puissant, elle se laissa entraîner elle ne savait où. La question fusa dans son esprit, terrifiante, angoissante : allait-il la violer ? Une onde de panique la submergea. Elle donna des coups de pied à l'aveuglette tandis que son agresseur la tirait sans ménagement sous la couverture des arbres, dans la partie la plus sombre de la plage. Mue par l'énergie du désespoir, ivre de peur, Morgan se démenait sauvagement, griffant le moindre bout de peau qui se trouvait à sa portée, ne s'arrêtant que pour mieux reprendre des forces.

— Pas un bruit.

L'ordre avait été donné en grec, d'une voix dure, autoritaire.

Alors qu'elle était sur le point de se démener une nouvelle fois, son sang se glaça dans ses veines. Elle avait eu le temps d'apercevoir, juste avant que son agresseur ne la plaque brutalement au sol, la lame d'un couteau.

— Espèce de tigresse, l'entendit-elle marmonner. Tenez-vous tranquille et je ne vous ferai aucun mal. Vous comprenez ce que je dis ?

Muette de terreur, Morgan opina d'un léger mouvement de tête. Les yeux rivés sur la lame étincelante, elle restait parfaitement immobile. « Pour le moment, je ne peux pas me défendre, se dit-elle, mais je jure que je saurai qui est ce type. Et il devra payer. »

Morgan avait beau s'exhorter au calme, elle tremblait de tous ses membres. Durant ce qui lui sembla une éternité, l'inconnu resta ainsi couché sur elle, sans bouger, sans dire un mot. Tout était si calme ! Elle entendait, à quelques mètres d'eux, le clapotis des vagues venues lécher le sable du rivage. Au-dessus de sa tête, à travers les feuilles des arbres, elle entrevoyait les étoiles qui scintillaient. C'était un cauchemar, rien de tout cela n'était vrai ! Le poids de l'homme qui la tenait plaquée au sol était malheureusement là pour lui rappeler l'affreuse réalité.

La main collée sur sa bouche l'empêchait de respirer normalement. Des papillons se mirent à danser devant ses yeux. La voix de son agresseur, s'adressant à quelqu'un qu'elle ne voyait pas, l'empêcha de justesse de s'évanouir.

— Tu entends quelque chose ?

— Non, rien pour le moment.

La voix qui venait de lui répondre était sèche et âpre.

— Qui est-ce ? demanda le nouveau venu.

— Aucune importance. Je m'en occupe.

Les oreilles de Morgan se mirent à bourdonner, sa tête à tourner. « Je m'en occupe », avait-il dit. La peur, la panique s'emparèrent de nouveau de la jeune femme.

Elle entendit le complice de son agresseur pester à voix basse contre les femmes, puis cracher rageusement par terre.

— Ouvre bien les oreilles, c'est tout ce que je te demande, ordonna l'agresseur à son comparse.

— Compris.

Morgan sentit le corps de l'étranger se raidir. Elle ne pouvait détacher le regard de la lame menaçante, des doigts qui s'agrippaient un peu plus fort sur le manche en ivoire.

Elle entendit soudain des bruits de pas. Ils résonnaient sur les marches qui menaient à la plage. Avec la force que peut donner la peur mêlée au désespoir, Morgan tenta une nouvelle fois de se débattre. L'homme lui donna un ordre bref et la plaqua un peu plus fermement au sol. Une faible odeur d'embruns se dégageait de lui. Alors qu'il relevait légèrement la tête, elle aperçut, à la faveur d'un rayon de lune, une bouche sévère et des yeux sombres dans un visage aux traits anguleux. Il émanait de l'ensemble une impression de dureté et de froideur qui fit frissonner Morgan. C'était le visage d'un homme prêt à tuer. *Pourquoi?* se demanda la jeune femme. *Je ne le connais même pas.*

— Suis-le, commanda l'homme à son complice. Moi, je reste ici avec elle.

Les yeux de Morgan s'écarquillèrent d'horreur tandis que planait toujours sur elle la menace du couteau. Un goût de fer lui emplit la bouche, tout se mit à tourner avant qu'un voile noir ne s'abatte sur elle.

Lorsque Morgan rouvrit les yeux, les étoiles scintillaient dans le ciel, comme autant de diamants éternels. La mer chuchotait. Les grains de sable incrustés dans sa chair lui piquaient désagréablement le dos. Elle se releva sur un coude et essaya de retrouver ses esprits. Avait-elle réellement perdu connaissance ? Ou tout cela n'était-il qu'un mauvais rêve ? Elle massa ses tempes douloureuses, se demandant si ses divagations sur les pirates n'étaient pas responsables des hallucinations dont elle venait d'être la victime.

Un bruit la fit se relever brusquement. Ainsi donc, elle n'avait pas rêvé. Il revenait. Morgan, ivre de rage, se rua sur la silhouette qui s'approchait. Car si, quelques minutes plus tôt, elle avait accepté la fatalité sans se battre, elle était fermement déterminée cette fois à mettre toutes les chances de son côté pour s'en sortir indemne.

L'homme grogna faiblement sous la pluie de coups qui s'abattait sur lui avant de capturer sa victime en la plaquant une nouvelle fois dans le sable rugueux.

— Tenez-vous tranquille, répéta-t-il d'une voix furieuse tandis que Morgan tentait de lui griffer le visage.

— Sûrement pas! rétorqua cette dernière tout aussi furibonde.

Elle rassembla toutes ses forces pour lutter du mieux qu'elle pouvait. Pourtant, avec une facilité déconcertante, l'homme la cloua au sol, bras en croix. Haletante, ivre de rage, elle releva le menton et le défia du regard.

L'inconnu la fixa, sceptique.

— Vous n'êtes pas grecque.

Il avait parlé dans un anglais parfait, quoique teinté d'un fort accent étranger.

— Qui êtes-vous ?

Morgan tenta vainement de libérer ses poignets prisonniers.

— Ça ne vous regarde pas, siffla-t-elle entre ses dents.

— Arrêtez de gigoter comme ça, lui intima l'homme en resserrant son emprise. Que faisiez-vous sur cette plage au beau milieu de la nuit ?

— Je venais de me baigner, cracha Morgan. N'importe quel abruti s'en serait rendu compte !

Il égrena un chapelet d'injures, puis se plaqua un peu plus contre elle pour l'empêcher de bouger.

— Tenez-vous tranquille, bon sang !, commanda-t-il une nouvelle fois.

Puis ses sourcils s'arquèrent, son visage exprimant un certain scepticisme.

— Vous baigner, répéta-t-il en plissant les yeux.

Il l'avait vue sortir de l'eau. Peut-être disait-elle la vérité, après tout. En outre, elle était américaine. N'avait-il pas entendu dire que les Theoharis attendaient la visite d'une de leurs amies vivant aux Etats-Unis ? On pouvait dire qu'elle tombait bien, celle-là !

— Vous n'êtes pas grecque, répéta-t-il à mi-voix.

— Vous non plus, riposta Morgan en serrant les dents.

— A moitié seulement.

Il avait répondu machinalement, mais son esprit était ailleurs. Elle était bien l'invitée que les Theoharis attendaient et elle était effectivement sortie pour prendre un bain de minuit. Il allait falloir qu'il joue serré, s'il ne voulait pas avoir à payer très cher son erreur.

Sans paraître réaliser l'incongruité de la situation, il adressa soudain un large sourire à Morgan.

— Vous m'avez bien eu ! J'espère que vous comprendrez…

— Je comprends parfaitement que vous ne pourrez pas me violer aussi facilement, maintenant que vous n'avez plus de couteau à me brandir sous le nez !

— Vous violer ?

Il la fixa un instant, cloué par la surprise, puis éclata d'un rire sonore.

— J'avoue que cette idée ne m'a même pas effleuré. De plus, belle Aphrodite, le couteau ne vous était pas destiné.

— Alors pouvez-vous m'expliquer pourquoi vous l'avez pointé sur moi ? Et pourquoi vous m'avez traînée jusqu'ici pour, ensuite, m'étouffer à moitié ?

La colère était salvatrice et elle y donna libre cours avec satisfaction.

— Laissez-moi partir !

Elle tenta de le repousser de toutes ses forces. En vain. Il ne bougeait pas d'un millimètre.

— Dans un moment, dit-il aimablement.

Il regardait la lune jouer sur sa peau nue. S'attarda sur son visage magnifique. Une femme probablement habituée à susciter l'admiration des hommes. Il souhaita vivement lui faire oublier le caractère pour le moins… particulier de cette première rencontre.

— La seule chose que je peux vous dire, c'est que j'ai agi ainsi pour vous protéger.

— Me protéger !

— Croyez-moi, belle inconnue, l'heure n'était pas aux civilités. Toutes mes excuses, si le procédé vous a paru un peu… cavalier.

Le ton de sa voix semblait indiquer que Morgan ne pouvait que comprendre les raisons pour lesquelles il avait agi ainsi.

— Mais, dites-moi, pourquoi étiez-vous seule ici, telle Lorelei sur son rocher ?

Il avait parlé d'une voix chaude, sensuelle, si différente de celle avec laquelle il lui avait ordonné de se taire.

— Mêlez-vous de ce qui vous regarde !

Les yeux sombres s'étaient adoucis. Morgan avait du mal à croire que c'étaient les mêmes dont elle avait capté la rudesse quelques minutes auparavant. Mais les marques sur sa chair meurtrie étaient là pour en témoigner.

— Je vais me mettre à hurler, si vous ne me laissez pas partir tout de suite, menaça-t-elle.

Il se leva et haussa les épaules. Maintenant que le danger était écarté, il aurait aimé prendre le temps de contempler ce corps parfait. Mais sa mission était loin d'être achevée.

— Toutes mes excuses pour le désagrément, répéta-t-il.

— C'est me faire trop d'honneur, railla Morgan. Vraiment.

Enfin libre, elle se redressa en titubant et se mit à essuyer le sable qui lui collait à la peau.

— Vous ne manquez pas de culot ! Me traîner comme vous l'avez fait dans ces buissons, me flanquer par terre, me menacer avec un couteau ! Et tout ce que vous trouvez à faire, c'est vous excuser comme si vous m'aviez simplement marché sur les pieds !

Un frisson la parcourut. Elle s'enveloppa de ses bras.

— Qui êtes-vous au juste ? Et à quoi rime tout ce cirque ?

Pour toute réponse, l'homme se baissa pour ramasser le peignoir de Morgan.

— Tenez. J'étais allé le chercher, mais j'ai dû m'en débarrasser pour me défendre de vos attaques.

En souriant, il la regarda se couvrir. Dommage de dissimuler une pareille merveille.

— Qui je suis, reprit-il, n'a pas grande importance. Quant au reste… (Il haussa de nouveau négligemment les épaules.) Je ne peux rien dire.

— Et vous croyez pouvoir vous en tirer aussi facilement ?

Morgan hocha la tête avant de tourner le dos à l'inconnu, pour prendre la direction du sentier.

— Nous verrons bien ce qu'en pense la police.

— Si j'étais vous, je n'irais pas la trouver.

Le ton était impérieux. Morgan hésita quelques secondes puis se retourna.

Elle l'observa en silence, semblant tout à coup découvrir sa grande taille. La clarté de la lune lui révélait un visage tantôt séduisant, tantôt diabolique. Pour l'heure, il avait plutôt les traits de Lucifer. Le souvenir de ses muscles saillants contre elle lui revint à la mémoire.

Il se tenait immobile, les mains dans les poches de son jean, et elle décida que l'air autoritaire qui accompagnait son petit sourire en coin lui allait à merveille. Sales pirates ! songea-t-elle avec un vague sentiment de honte. Il fallait être folle pour trouver du charme à un type qui venait de vous malmener ! Elle cacha sa soudaine vulnérabilité sous des airs bravaches.

— Vraiment ?

Elle releva crânement le menton et se dirigea vers lui.

— Vraiment, confirma l'homme. A moins que, contrairement à moi, vous ne cherchiez des complications. Je suis un homme simple, vous savez ?

Il dévisagea encore une fois ce visage angélique. Elle, en revanche, ne devait pas être quelqu'un de simple, jugea-t-il. Il la maudit intérieurement tout en poursuivant sa conversation faussement badine.

— On va vous poser d'innombrables questions, vous devrez remplir et signer des tonnes de paperasse… Et puis, même si vous connaissiez mon nom…

Il s'interrompit pour lui adresser un sourire démoniaque.

— … personne ne vous croirait, Aphrodite. Personne.

Morgan ne voulait se fier ni à son sourire irrésistible ni à la façon unique qu'il avait de prononcer le nom de la déesse de l'Amour dont il l'avait affublée. Pourtant, elle ne pouvait lutter contre le feu qui s'était mis à couler dans ses veines.

— Je n'en suis pas si sûre, commença-t-elle.

Mais elle s'interrompit pour le regarder combler d'une démarche souple de félin la distance qui les séparait.

— En outre, poursuivit l'inconnu, je ne vous ai pas violée.

Il passa ses mains dans les cheveux de la jeune femme et les rejeta derrière ses épaules. Ses mains ne s'enfonçaient plus douloureusement dans sa chair, mais s'attardaient à la caresser doucement. Elle avait les yeux d'une ensorceleuse dans un visage de déesse. Il lui restait trop peu de temps pour le gâcher.

— Mais là, j'avoue que je ne peux résister plus longtemps à l'urgence de vous embrasser.

Sa bouche se posa sur celle de Morgan, chaude et étonnamment douce. Par réflexe, plus que par conviction, la jeune femme tenta de résister. En voilà un qui avait l'art et la manière de savoir s'y prendre avec les femmes ! se dit-elle en le repoussant mollement. Cette fois, il n'avait pas eu à recourir à la force pour l'attirer contre lui.

Morgan avait conscience d'une puissante odeur d'iode et d'un courant de chaleur qui l'enveloppait tout entière. Elle ne savait au juste s'il émanait de son corps ou de l'air particulièrement doux de cette soirée pas comme les autres. Elle entendait leurs cœurs battre à l'unisson tandis que la langue de l'homme, audacieuse, franchissait le barrage de ses dents. Ses mains, caressantes, se faufilaient sous les manches trop larges du peignoir pour remonter jusqu'au creux de son épaule.

Sentant Morgan s'abandonner, il se mit à mordiller sensuellement l'ourlet de ses lèvres, comme pour en savourer sans fin le goût fruité. Son baiser était doux comme une caresse. Morgan craignit un instant de s'évanouir de nouveau entre ses bras.

— Un baiser, murmura-t-il contre sa bouche, n'est pas un crime puni par la loi.

Elle était douce, beaucoup plus douce que ce qu'il avait imaginé. Et beaucoup plus dangereuse aussi, s'il tenait compte du désir intense qui le submergeait.

— Alors, Aphrodite, je vais prendre le risque de vous embrasser encore.

— Non !

Reprenant ses esprits, Morgan s'écarta vivement de lui.

— Vous êtes fou ! Comment pouvez-vous imaginer une seule seconde que je vais laisser ce moment d'égarement se reproduire. Je suis...

Elle s'interrompit tandis qu'elle passait une main fébrile sur son cou. La chaîne qu'elle portait toujours n'y était plus. Morgan jeta un coup d'œil par terre, puis darda sur l'inconnu un regard furibond.

— Qu'avez-vous fait de ma médaille ? demanda-t-elle d'une voix sourde. Rendez-la-moi immédiatement !

— J'ai bien peur de ne pas l'avoir, Aphrodite.

— Rendez-la-moi, répéta Morgan en haussant le ton.

Blême de rage, elle s'approcha si près de lui qu'elle pouvait sentir son souffle sur sa joue.

— Vous n'en tirerez rien. Quelques drachmes tout au plus.

Les yeux de l'homme s'étrécirent.

— Je ne vous ai rien pris, affirma-t-il sèchement. Je ne suis pas un voleur. Et si c'était le cas, je ne perdrais pas mon temps à voler ce genre de pacotille.

Ses yeux lançant des éclairs, Morgan leva la main pour le gifler. Mais l'inconnu lui saisit fermement le poignet, rajoutant ainsi la frustration à la colère.

— Vous semblez attacher beaucoup d'importance à ce bijou. Serait-ce un cadeau de votre amant ?

— Il m'a été offert par quelqu'un que j'aime beaucoup, rétorqua froidement Morgan. Mais je doute qu'un homme comme vous puisse comprendre ce genre d'attachement sentimental.

D'un geste brusque, elle libéra son poignet.

— Croyez bien que je ne vous oublierai pas, promit-elle avant de s'enfuir en courant.

L'homme la suivit des yeux jusqu'à ce que les ténèbres l'engloutissent. Puis il partit dans la direction opposée.

2

Le soleil éblouissant faisait scintiller des myriades de petites étoiles à la surface de l'eau. Morgan somnolait, bercée par la légère houle qui balançait le yacht.

Etait-il possible qu'elle ait rêvé les événements de la veille ? Les couteaux menaçants, les mains brutales, les baisers arrachés au clair de lune, tout cela était du domaine de la fiction. Du domaine du rêve, qu'il lui arrivait parfois d'appeler de toutes ses forces lorsque la pression du quotidien devenait trop forte. Elle avait toujours considéré cela comme une soupape de sécurité, un simple moyen d'évasion. Quelque chose qu'elle tenait secret, dont elle n'avait jamais parlé à Jack ni à aucun de ses proches.

Si la perte de sa médaille et les légères égratignures qui griffaient ses bras n'avaient pas été là pour témoigner de la réalité, elle aurait pu croire qu'elle avait été victime de son imagination débordante.

Elle soupira, s'allongea sur le dos, la tête reposant sur ses bras repliés. Sa peau luisait de l'huile solaire dont elle s'était généreusement enduite.

Pourquoi n'avait-elle rien dit à Liz et Alex ? Parce qu'ils auraient probablement été horrifiés d'apprendre qu'elle avait été agressée. Alex lui aurait infligé la présence d'un garde du corps armé, jusqu'à la fin de son séjour sur l'île. Il se serait assuré qu'une enquête était menée, lente, compliquée, et qui serait probablement restée infructueuse. Morgan se dit que l'inconnu avait raison et le détesta encore plus pour cela.

Effectivement, si elle avait décidé de porter plainte, de quoi aurait-elle bien pu l'accuser ? Il ne l'avait pas blessée, ni agressée sexuellement. Elle ne pourrait se plaindre d'aucune menace à son encontre et ne pourrait même pas évoquer le moindre mobile. Car, en réalité, que s'était-il passé ? Un homme l'avait traînée, contre son gré, dans des fourrés, lui avait imposé le silence, certes par la force et sans raison apparente, mais pour la laisser repartir quelques instants plus tard sans la moindre blessure.

Evidemment, la police grecque ne retiendrait pas le baiser comme un délit criminel. Et pour conclure, elle n'avait aucune preuve que cet homme lui avait dérobé sa médaille. D'ailleurs il n'avait pas vraiment le profil d'un voleur à la petite semaine. Non, ce genre d'homme devait viser plus gros. Beaucoup plus gros.

Que faire ? Si toutefois la police parvenait à mettre la main sur l'inconnu, ce serait sa parole contre la sienne. D'instinct, elle sut qu'elle ne gagnerait pas la partie.

Elle en conclut en toute objectivité qu'elle en avait été quitte pour une grosse frayeur et une blessure d'amour-propre. Pas de quoi aller inquiéter Liz et Alex. Ce ne serait qu'une péripétie de plus dans la vie déjà bien agitée de Morgan James. Lorsqu'elle entendit Alex gravir les marches qui menaient au pont supérieur, elle décida que cette affaire était définitivement classée.

Elle mit sa main en visière sur son front et sourit à son ami. Dans un transat à côté d'elle, Liz semblait plongée dans un profond sommeil.

— Le soleil a eu raison d'elle, commenta Alex en s'installant auprès de son épouse.

— Il a failli aussi avoir raison de moi, avoua Morgan en bâillant.

Elle s'étira paresseusement puis, après s'être relevée, mit son fauteuil en position assise.

— Mais j'ai lutté. Je ne voulais rien rater de ce fabuleux spectacle.

Elle se perdit un instant dans la contemplation d'une île qui se profilait au loin. Forme fantasmagorique noyée dans une légère brume de chaleur, elle semblait flotter sur la mer.

— L'île de Chios, précisa Alex en suivant son regard. Et là-bas, ajouta-t-il en pointant du doigt une bande de terre, ce sont les côtes turques.

— Elles semblent si proches, murmura Morgan, pensive. On pourrait presque y aller à la nage.

Alex alluma le bout d'une longue cigarette noire. Il en exhala une bouffée de fumée qui avait pour Morgan un léger parfum d'exotisme.

— En mer, les distances sont trompeuses. Il faudrait être un sacré bon nageur pour aller jusque là-bas. En bateau, en revanche, c'est l'affaire de quelques minutes à peine. D'ailleurs, certains ont bien compris les bénéfices qu'ils pouvaient tirer d'une telle proximité.

Il éclata de rire devant la mine perplexe de Morgan.

— Tu n'as jamais entendu parler de contrebande ? C'est monnaie courante ici malgré les sanctions.

— De la contrebande, répéta Morgan, effarée.

Instantanément ce mot se superposa à celui de « pirates ». Voilà qui n'avait rien de romantique dans un décor aussi idyllique. Elle fronça les sourcils, tout à coup soucieuse.

Alex indiqua la côte d'un geste large de la main, son élégante cigarette fermement tenue entre ses longs doigts fins.

— Il y a ici une quantité infinie de petites baies, de criques, d'îlots qui sont autant de cachettes introuvables. En outre, l'accès est on ne peut plus simple entre la mer et l'intérieur des terres.

Morgan opina d'un hochement de tête. Mais ils n'étaient pas en train de parler de petits trafics d'alcools ou de cigarettes. Non, il s'agissait de trafics beaucoup plus graves.

— Cocaïne ? s'enquit-elle.

— Entre autres.

L'apparente désinvolture d'Alex lui fit froncer un peu plus les sourcils. Les notions très tranchées qu'elle avait du bien et du mal la poussèrent à réagir vivement.

— Cela ne t'ennuie pas ?

— Pourquoi cela m'ennuierait-il ? questionna Alex, sincèrement surpris.

Médusée, Morgan se redressa un peu plus dans son siège.

— Tu ne te sens pas concerné ? Il existe un trafic de drogue à deux pas de chez toi et cela te laisse indifférent ?

Alex écarta les mains en signe d'impuissance. Son alliance se mit à étinceler sous les rayons du soleil.

— Morgan, que je me sente concerné ou pas ne changera rien au problème ! Ces trafics existent depuis des siècles et des siècles, tu comprends ?

— Mais enfin, cela se passe quasiment sous tes fenêtres ! s'offusqua la jeune femme.

Puis elle s'arrêta, consciente de la vanité de son indignation. Ne se passait-il pas la même chose, chez elle, dans les rues de Manhattan ?

— Je voulais dire par là que tu dois être ennuyé.

Une petite lueur amusée passa dans le regard d'Alex, puis il haussa les épaules.

— Je laisse aux autorités locales le soin de régler ce genre d'ennuis. Dis-moi plutôt si ton séjour parmi nous te plaît ?

Morgan renonça à aborder de nouveau ce sujet qui la chagrinait. Manifestement, il n'était pas dans les habitudes de son hôte de discuter de choses déplaisantes avec ses invités.

— Tout est si beau ici, Alex ! Je comprends maintenant pourquoi Liz est tombée amoureuse de ce pays !

Alex eut un sourire satisfait et tira longuement sur sa cigarette.

— Elle aimerait tellement que tu viennes t'installer ici ! Tu lui manques beaucoup, tu sais ? Quelquefois je me sens coupable de ne pas venir te voir plus souvent en Amérique.

Morgan mit ses lunettes de soleil et commença à se détendre. Après réflexion, Alex avait raison. Tout cela ne la regardait pas.

— Tu n'as pas à culpabiliser, Alex. Liz est heureuse, c'est le principal.

— Elle le serait encore plus si tu vivais ici.

— Alex, protesta Morgan avec un petit sourire indulgent, malgré toute l'affection que je porte à Liz je ne me vois pas emménager ici pour le seul but de lui tenir compagnie.

— Toujours dévouée à ton poste à l'ONU, n'est-ce pas ?

Le ton d'Alex avait changé pour devenir plus sérieux, plus professionnel.

— J'adore mon métier, c'est vrai. Ainsi que le défi permanent qu'il représente.

— Je sais me montrer généreux envers les employés dont les capacités professionnelles…

Il observa la jeune femme en silence, à travers un léger voile de fumée.

— Je t'ai déjà proposé de venir travailler pour moi il y a trois ans, reprit-il. Et j'avoue que si je ne m'étais pas laissé distraire…

Il jeta un regard énamouré à Liz, toujours endormie.

— … J'aurais consacré plus de temps à essayer de te convaincre.

— « Distraire » ?

Liz abaissa ses lunettes sur le bout de son nez pour fixer son mari d'un air faussement offusqué, tandis que Morgan prenait l'un des verres qu'un serveur en uniforme venait de poser sur une table devant eux.

— Il semble que les murs ont des oreilles, ironisa cette dernière en reniflant légèrement. Mais il est vrai que tes manières ont toujours laissé à désirer.

— Tu as encore plusieurs semaines pour y réfléchir, insista Alex, qui n'entendait pas renoncer aussi facilement.

« Une main de fer dans un gant de velours. » Telle avait toujours été la devise de ce brillant homme d'affaires.

— Mais je te préviens, si tu n'acceptes pas ma proposition, Liz s'acharnera un peu plus à te trouver un prétendant digne de ce nom.

Il haussa les épaules et prit un verre à son tour.

— D'ailleurs, je suis d'accord avec elle : une femme a besoin d'un homme pour la protéger.

— Je reconnais bien là ton machisme, commenta sèchement Morgan.

Indifférent à la flèche que venait de lui décocher son amie, Alex poursuivit en souriant.

— Je crains que l'un des prétendants en question ne te soit présenté avec un peu de retard. Dorian, puisque c'est de lui qu'il s'agit, ne pourra pas nous rejoindre avant demain. Il viendra avec ma cousine, Iona.

— J'en trépigne d'impatience, railla Morgan.

Une nouvelle fois, le trait de sarcasme de la jeune femme échappa à Alex.

— Liz ne l'aime pas beaucoup, mais, que veux-tu, elle fait partie de ma famille.

Morgan surprit le regard que les jeunes époux s'échangèrent et qui semblait signifier que le sujet les avait souvent divisés.

— J'ai donc des responsabilités vis-à-vis d'elle.

Liz poussa un soupir résigné, puis se pencha pour prendre le verre qui restait.

— *Nous* avons des responsabilités, rectifia-t-elle. Iona est donc la bienvenue chez nous, mon chéri.

Un sourire vint fleurir sur les lèvres d'Alex, si radieux que Morgan ne put réprimer un petit grognement moqueur.

— Il ne vous arrive donc jamais de vous disputer ? Une telle entente peut se révéler malsaine à la longue, vous savez !

Liz regarda son amie par-dessus son verre.

— Cela nous arrive, bien sûr. La semaine dernière je suis restée fâchée contre lui au moins… quinze minutes !

— C'est écœurant, déclara Morgan, morte d'envie.

— D'après toi, intervint Alex, il faut qu'un homme et une femme se disputent pour maintenir un certain équilibre dans leur couple ?

Morgan éclata de rire.

— Je crois qu'en fait je parlais pour moi.

— Morgan, tu n'as pas mentionné Jack une seule fois depuis ton arrivée. Il y a un problème ?

— Liz !

Alex avait parlé sur un ton lourd de reproche.

— Laisse, Alex, ça n'a pas d'importance.

Son verre à la main, la jeune femme se leva et alla s'appuyer contre le bastingage.

— Ce n'est pas un problème, précisa-t-elle lentement. Du moins, je l'espère.

Elle s'interrompit pour contempler le fond de son verre, comme si elle n'était pas certaine de son contenu.

— En fait, je m'étais engagée sur une voie bien tracée, bien définie. Une voie que je connaissais si bien que j'ai fini par avoir des œillères.

Cheveux au vent, la jeune femme émit un petit rire cristallin.

— Et puis brusquement, un matin, j'ai réalisé que

cette voie n'était qu'une ornière qui se creusait un peu plus chaque jour. Alors j'ai décidé d'en sortir avant qu'elle ne devienne un fossé trop profond.

— Tu as toujours préféré les courses d'obstacles, murmura Liz sans toutefois cacher la satisfaction que cette nouvelle lui procurait.

Morgan détourna les yeux de l'écume qui bouillonnait dans le sillage du bateau.

— Ce n'est pas parce que j'ai rompu avec Jack que je vais me jeter aux pieds de ce Dorian, Liz, prévint-elle. Ni aux pieds de quiconque, d'ailleurs.

— Je n'en espérais pas tant, de toute façon, commenta Liz avec humour. Cela manquerait singulièrement de piquant.

Morgan poussa un soupir où se mêlaient étroitement affection et exaspération, puis elle se replongea dans la contemplation du paysage.

Les monts austères de Lesbos, auréolés d'un parfum d'éternité, semblaient jaillir de l'eau. La villa des Theoharis se dessinait au loin, éclatante de pureté et de blancheur, telle une offrande aux dieux de l'Olympe. Elle distingua, surplombant celle-ci, une vaste demeure en béton gris qui paraissait taillée à même la roche. Ainsi accrochée à la falaise, elle faisait face à la mer, splendide d'arrogance et véritable défi permanent au dieu Poséidon. Les vignobles qui l'entouraient n'adoucissaient en rien la sévérité de son apparence, mais lui conféraient une beauté singulière.

Les deux constructions, l'une élégante, l'autre sauvage, dominaient le village, composé de petites maisons blanches blotties les unes contre les autres.

— A qui appartient cette maison ? cria Morgan par-dessus son épaule. Elle est vraiment incroyable !

Liz suivit le regard de son amie, puis se leva pour la rejoindre, un sourire aux lèvres.

— J'aurais dû me douter qu'elle ne te laisserait pas

indifférente. Quelquefois même, on jurerait qu'elle est vivante ! Elle appartient à Nicholas Gregoras, des huiles du même nom, et qui s'est lancé récemment dans une affaire d'import-export.

Elle étudia attentivement le profil de son amie avant d'ajouter :

— Je pensais le mettre sur ma liste d'invités de demain soir. Bien que je ne pense pas qu'il soit ton type d'homme.

Morgan leva un sourcil perplexe.

— Et quel est mon type d'homme, d'après toi ?

— Quelqu'un à combattre. Qui serait en quelque sorte ce parcours d'obstacles dont je parlais tout à l'heure.

— Mmm. Tu me connais décidément trop bien, railla Morgan.

— En ce qui concerne Nick, il a la réputation d'être un charmeur qui sait parler aux femmes.

Pensive, elle pianota du bout des ongles sur le bastingage.

— D'une beauté moins évidente que celle de Dorian, mais qui dégage un érotisme torride. Un brin bon vivant et…

Elle s'interrompit, cherchant le terme qui le qualifierait le mieux.

— Quelque peu… bizarre. En fait, cette maison lui correspond tout à fait. Elle est aussi étrange que lui. Il a à peine trente ans, mais dirige déjà l'empire familial dont il a hérité il y a une dizaine d'années. Depuis peu, il s'est lancé dans l'import-export international et réussit à merveille dans ce domaine. Alex l'apprécie beaucoup, ils se connaissent depuis l'enfance.

— Liz, je voulais simplement savoir à qui appartenait cette maison, je ne te demandais pas de me faire la biographie complète de son propriétaire.

— Cela fait partie du service, répliqua Liz en allumant une cigarette. Il est indispensable que tu aies une idée très précise des gens que je vais te présenter.

— Tu n'aurais pas un berger parmi tes connaissances ? demanda Morgan, mi-figue, mi-raisin. Je me verrais bien dans un petit cottage blanc, à cuisiner du pain dans mon propre four.

— Je vais voir ce que je peux faire.

— J'imagine qu'il ne vous est pas venu une seconde à l'esprit, à toi et à Alex, que j'adorais être célibataire. Et que j'étais heureuse d'être la femme moderne et indépendante que je suis devenue, capable de changer une roue toute seule, de se servir d'un tournevis...

— Tu te défends trop pour être honnête.

— Liz...

— Je me soucie de toi, Morgan...

La jeune femme porta son verre à ses lèvres.

— Va au diable, Liz, murmura-t-elle.

— Allez ! Laisse-moi m'amuser un peu, la pressa Liz avec une petite moue puérile destinée à l'amadouer. D'ailleurs, tout n'est qu'une affaire de destin, tu l'as dit toi-même.

— Prise à mon propre piège si j'ai bien compris, grommela Morgan. Très bien, je me rends. Je t'autorise à me présenter à tous les Dorian, Nick et Lysander de la Terre.

— Lysander ? !

— Joli nom pour un berger, non ?

Liz éclata de rire.

— Il faudrait d'abord que j'en trouve un.

— Liz...

Morgan hésita un instant, puis finit par demander avec une désinvolture feinte :

— La plage où nous sommes allées hier est-elle très fréquentée ?

— Mmm ? demanda Liz, qui, distraite, tentait de maintenir derrière son oreille une mèche de cheveux qui lui chatouillait la joue. Oh, pas vraiment. A part nous et les Gregoras, personne n'y va jamais. Tiens, tu me fais penser qu'il faudra que je demande à Alex à qui elle appartient. En fait, la baie est fermée et n'est accessible que par l'escalier en pierre privé, commun aux deux propriétés. Ainsi qu'au cottage que possède Nick et qu'il loue occasionnellement. D'ailleurs, je crois me souvenir qu'il est occupé par un Américain en ce moment. Quelqu'un du nom de Stevens… Non, rectifia-t-elle aussitôt, Stevenson, Andrew Stevenson. Il est poète, ou peintre, je ne sais plus. Je ne l'ai pas encore rencontré.

Elle regarda fixement son amie avant d'ajouter :

— Pourquoi me poses-tu cette question ? Tu as l'intention de faire du bronzage intégral ?

— Non, simple curiosité.

Morgan tenta de reprendre ses esprits. Puisqu'elle avait décidé que l'affaire était classée, il fallait qu'elle cesse d'y penser. Elle pointa la maison grise du doigt.

— J'aimerais la voir d'un peu plus près. Elle est vraiment exceptionnelle ! L'architecte qui l'a dessinée devait être un peu fou, lui aussi.

— Use de ton charme auprès de Nick, suggéra Liz. A mon avis, il sera enchanté de te faire visiter les lieux.

— Pourquoi pas ?

Elle contempla une dernière fois l'énorme bâtisse, se demandant si les pas qu'elle avait entendus dans les buissons la veille au soir étaient ceux de Nicholas Gregoras.

— Tu as raison, c'est exactement ce que je vais faire, murmura-t-elle comme pour elle-même.

Cette nuit-là, Morgan laissa la baie vitrée de sa chambre ouverte. Elle avait envie de sentir la douceur de l'air et le parfum des fleurs. La grande horloge de l'entrée résonna soudain dans la quiétude de la nuit, lui indiquant qu'il était 1 heure du matin. Pour la deuxième fois consécutive, elle n'arrivait pas à trouver le sommeil.

Les gens, contrairement à elle, dormaient-ils pendant leurs vacances ? se demanda-t-elle. Elle estimait, quant à elle, que c'était une perte de temps.

Elle alla s'asseoir au petit bureau de bois de rose qui se trouvait dans la pièce et se mit à écrire une lettre. Quelque part, entre la maison et la mer, une chouette hulula. Morgan posa son stylo et tendit l'oreille, espérant l'entendre encore déchirer le silence de la nuit. En vain. Comment pourrait-elle décrire les émotions que suscitaient la vue d'un îlot rocheux semblant surgir de la mer, cette force, cette beauté inaltérable, presque effrayante ?

Elle haussa les épaules et fit du mieux qu'elle put pour tenter d'expliquer à son père ce qu'elle ressentait. Il comprendrait, se dit-elle en pliant sa lettre. Qui, mieux que l'homme qui les lui avaient transmises, pourrait comprendre les idées fantasques qui quelquefois lui traversaient l'esprit ? Et qui, mieux que son père, pourrait rire avec elle de la folle détermination de Liz à vouloir la voir se marier et s'installer en Grèce ?

Elle se leva, s'étira paresseusement et, en se retournant, se heurta à un torse puissant. La main qui lui couvrit la bouche le fit avec plus de douceur que la première fois et les yeux noirs qui la fixaient se plissèrent d'amusement.

Son cœur bondit dans sa poitrine.

— *Kalispera,* Aphrodite. Donnez-moi votre parole que vous ne crierez pas, et je vous relâche.

Instinctivement, elle tenta de se débattre, mais il la maintenait si fermement que ses efforts inutiles le firent sourire. Elle lutta une dernière fois puis se résigna, vaincue. Bien à contrecœur, elle opina d'un signe de tête. L'homme relâcha son étreinte sur-le-champ.

Morgan refoula péniblement le cri qui lui restait dans la gorge et poussa à la place un soupir chargé de frustration. Elle avait donné sa parole.

— Comment êtes-vous entré ici ? questionna-t-elle.

— Le lierre qui grimpe sur cette façade est très résistant.

— Vous voulez dire que vous avez escaladé le mur ?

Morgan s'était exprimée avec une incrédulité teintée d'admiration. Les murs étaient lisses, la hauteur vertigineuse.

— Vous êtes complètement fou !

— C'est possible, commenta l'intrus en affichant un petit sourire suffisant.

Il ne semblait pas le moins du monde affecté par l'acrobatie périlleuse qu'il venait d'effectuer. Il était certes échevelé, mais tout autant que la veille au soir. Une barbe naissante ombrait ses joues ; aucune trace de fatigue n'altérait son regard dans lequel Morgan décela même une pointe d'amusement qu'elle trouvait, bien malgré elle, irrésistible. Elle découvrit, à la faveur de la lampe de son bureau, que ses traits n'étaient pas aussi durs qu'elle avait cru, ni sa bouche aussi sévère. Elle le trouva même très séduisant, ce qui eut pour effet de la contrarier profondément.

— Que voulez-vous ?

Il sourit de nouveau, laissant courir sur le corps de la jeune femme, à peine voilé d'une nuisette de soie ivoire, un regard teinté d'une insolence qu'elle devina chez lui toute naturelle. Il restait immobile, faisant de son corps un rempart entre elle et le déshabillé qu'elle avait négligemment jeté sur son lit. Crânement, elle releva le menton et le défia du regard.

— Comment avez-vous réussi à me retrouver ?

— Disons que cela fait, en quelque sorte, partie de mon boulot, répondit-il, énigmatique.

Il délaissa les formes de ce corps harmonieux pour admirer le courage dont elle faisait preuve.

— Morgan James, reprit-il. En visite chez son amie Elizabeth Theoharis. Américaine, vit à New York.

Célibataire. Interprète à l'ONU. Parle couramment le grec, le français, l'anglais, l'italien et le russe.

Morgan essaya de cacher la stupéfaction que cette intrusion dans sa vie privée avait déclenchée.

— Résumé assez sommaire, commenta-t-elle avec raideur.

— Disons plutôt succinct.

— Puis-je savoir en quoi tout cela vous concerne ?

— Je ne l'ai pas encore décidé.

Il se mit à l'observer en silence, semblant tout à coup réfléchir au problème. Il pourrait en effet utiliser ses talents d'interprète et sa position privilégiée. Une tête bien pleine dans un corps bien fait : il ferait ainsi coup double.

— Votre séjour parmi nous se passe bien ?

A son tour, Morgan le dévisagea puis, lentement, secoua la tête. Non, décidément, il n'avait rien d'un brigand et encore moins d'un violeur. Elle était sûre de ce dernier point. Et s'il était un voleur, mais en cela elle réservait son jugement, il n'était pas un voleur ordinaire. En d'autres circonstances, elle aurait même pu tomber amoureuse de lui. Tomber sous le charme de son aisance à s'exprimer, de la grâce féline avec laquelle il se déplaçait, de ce mélange d'arrogance et de perspicacité qui lui donnait une séduction hors du commun.

— Vous avez un culot incroyable !

— Vous me flattez.

— Parfait, décida Morgan, qui, lèvres pincées, se dirigea d'un pas sûr vers la baie vitrée. Je vous ai donné ma parole que je ne crierais pas et je n'ai pas crié. Mais je n'ai nullement l'intention de rester là, à faire la conversation à un fou furieux !

D'un geste de la main, elle lui indiqua la sortie.

— Dehors !

Au lieu de lui obéir, l'inconnu lui adressa son sourire horripilant, puis il alla s'asseoir sur le bord du lit.

— J'ai une grande admiration pour les femmes qui tiennent leurs promesses, finit-il par dire après avoir observé Morgan quelques minutes en silence.

Il allongea négligemment ses longues jambes devant lui et les croisa.

— Oui, vraiment, je vous admire, Morgan. Hier soir, vous avez fait preuve de courage et de bon sens, deux qualités de plus en plus rares de nos jours.

— Pardonnez-moi de ne pas être bouleversée.

Le trait de sarcasme n'échappa pas à l'inconnu, pas plus que le changement d'expression dans les yeux clairs de la jeune femme. Ils n'exprimaient plus la colère malgré tout le mal qu'elle se donnait pour tenter de lui faire croire le contraire.

— Il me semble pourtant m'être excusé, lui rappela-t-il en souriant.

Morgan poussa un soupir exaspéré. Elle aurait tant aimé le détester. Mais qui se cachait donc derrière cet homme insupportable, qui n'était ni un violeur ni un cambrioleur ? Oui, qui diable pouvait-il bien être ? Morgan dissipa ses pensées, préférant rester dans l'ignorance.

— Vraiment ? J'ai du mal à croire qu'il s'agissait d'excuses.

— Si je vous demandais une nouvelle chance, demanda-t-il avec une sincérité si désarmante que les lèvres de Morgan se mirent à trembler, accepteriez-vous de me la donner ?

La jeune femme lutta pour rester de marbre face à son sourire diabolique.

— Si j'accepte, partirez-vous enfin ?

— Pourtant je trouve votre compagnie fort agréable, éluda-t-il.

Une lueur amusée passa dans le regard de Morgan.

— Allez au diable !

— Aphrodite, vous me peinez beaucoup !

— Vous me donnez envie de vous étriper de mes propres mains. Allez-vous sortir à la fin ?

— Bientôt.

Il se leva de nouveau en souriant. Quel était donc ce parfum dont elle s'était enveloppée ? Suave, sans être écœurant. Du jasmin. Oui, c'était cela, du jasmin sauvage. Qui s'accordait à merveille avec son caractère rebelle. Il alla jusqu'à la coiffeuse, déplaça machinalement le miroir à main qui se trouvait dessus.

— Demain, annonça-t-il négligemment, vous ferez la connaissance de Dorian Zoulas et de Iona Theoharis.

Devant la mine stupéfaite de Morgan, il prit soin d'ajouter :

— Tout le monde se connaît sur cette île, vous savez ?

— Manifestement, commenta sobrement Morgan sans toutefois pouvoir dissimuler la curiosité qui pointait sous ce mot.

— Peut-être, une autre fois, me parlerez-vous de l'impression qu'ils vous ont faite.

Morgan secoua énergiquement la tête.

— Je serais très étonnée qu'il y ait une autre fois, et si cela se produisait, sachez que je n'ai nullement l'intention de me répandre en ragots sur les uns et les autres en votre compagnie. Je ne vois vraiment pas pourquoi…

— Pourquoi pas ? l'interrompit l'inconnu.

— Tout simplement parce que je ne vous connais pas ! Pas plus que je ne connais ce Dorian et cette Iona, d'ailleurs ! Et je ne comprends pas pourquoi vous vous acharnez à…

— Vous avez raison, la coupa-t-il une nouvelle fois, n'en parlons plus. Vous connaissez bien Alex ?

Morgan passa une main nerveuse dans ses cheveux. Comment en était-elle arrivée à échanger des banalités avec un parfait étranger dans sa chambre, à une heure indue et vêtue quasiment de sa seule dignité ?

— Ecoutez-moi bien, monsieur... Je ne vais vous parler ni d'Alex ni de qui que ce soit d'autre. Je voudrais juste que vous partiez.

— Très bien. De cela aussi nous parlerons une autre fois, décida-t-il en s'approchant d'elle. J'ai quelque chose pour vous.

Il fouilla dans sa poche et en retira une petite médaille en argent dont il agita la chaîne sous le nez de la jeune femme.

— Oh! C'est vous qui l'aviez!

Elle se jeta sur la main de l'inconnu, mais avant qu'elle ne se saisisse du précieux bijou, il l'avait mis hors de sa portée, ses yeux brûlant d'une colère contenue.

— Je vous ai déjà dit que je n'étais pas un voleur.

Devant le ton menaçant de l'étranger, Morgan fit machinalement un pas en arrière.

Semblant regretter de l'avoir effrayée, il reprit d'un ton radouci :

— Je crains qu'elle ne soit abîmée.

Les yeux fixés sur Morgan, il lui tendit de nouveau la chaîne. La jeune femme la prit et s'empressa de la passer autour de son cou.

— Vous êtes un agresseur bien attentionné!

— Croyez-vous que cela m'a fait plaisir de vous bousculer comme je l'ai fait?

Les mains de Morgan hésitèrent sur sa nuque. Elle considéra en silence l'homme qui se tenait devant elle et qui venait de lui parler sans la moindre trace d'ironie, délaissant même momentanément ses airs supérieurs. Il était tel que lors de leur première rencontre. Capable de passer de la colère à la douceur la plus extrême.

— Vous croyez vraiment que j'ai pris plaisir à vous terroriser au point de vous faire perdre connaissance; que j'ai fait exprès de vous laisser croire que j'allais vous tuer ? Et ces marques sur vos bras, pensez-vous que je me réjouisse de savoir que j'en suis la cause ?

Il se détourna d'elle et se mit à arpenter la pièce comme un ours en cage.

— Il n'est pas dans mes habitudes de maltraiter les femmes.

— Comment aurais-je pu le savoir ? questionna posément Morgan.

L'homme s'arrêta devant elle et la fixa de nouveau. Elle paraissait parfaitement décontractée à présent. Elle était belle. D'une beauté capable de lui faire oublier qu'il ne pouvait se permettre aucune futilité amoureuse.

— Je ne sais pas qui vous êtes, ni à quoi vous êtes mêlé, reprit Morgan en attachant enfin le système de fermeture de sa chaîne.

Sa voix, calme et hautaine, ne laissait rien deviner du tremblement qui agitait ses mains.

— Et franchement je m'en fiche, pourvu que vous quittiez cette pièce immédiatement. En d'autres circonstances, je vous aurais remercié de m'avoir rapporté cette médaille, mais je pense que, dans le cas présent, ce serait parfaitement grotesque. Je ne vous retiens pas, vous connaissez la sortie.

Il l'aurait volontiers étranglée, cette Morgan à demi nue qui, pour la troisième fois de la soirée, venait de le congédier sans ménagement. Cette situation l'aurait probablement amusé s'il n'avait eu à lutter contre la vague de désir qui tout à coup le submergeait.

Mais, après tout, pourquoi lutter ? se demanda-t-il. Cette femme qui le défiait ouvertement, effrontément, ne méritait pas un tel sacrifice.

— Le courage vous va bien, gronda-t-il d'une voix sourde. Nous devrions bien nous entendre.

Il s'approcha d'elle jusqu'à pouvoir caresser la médaille nichée entre ses seins, puis il l'épingla de son regard de braise. Il ne décela aucune crainte dans les yeux d'un bleu profond qu'elle posa sur lui. Juste une pointe de dédain teintée de mépris. Une femme pareille pouvait rendre un homme fou d'amour ou le faire dépérir à petit feu. Mais, bon sang, elle en valait sacrément la peine !

— Je vous ai dit de partir, répéta Morgan d'un ton glacial, en parfaite contradiction avec les battements accélérés de son cœur.

Des battements qui n'étaient à mettre ni sur le compte de la peur ni sur celui de la colère, comme elle aurait voulu s'en convaincre.

— Et moi, je vous ai dit que j'allais le faire, murmura-t-il en laissant la médaille retomber sur la peau brûlante de Morgan. Mais avant, et bien que vous ne m'y ayez pas invité, je vais me permettre de vous embrasser.

Une nouvelle fois, elle se retrouva entre ses bras. Ce n'était pas le baiser tendre et sensuel de la veille, mais un baiser passionné, avide de sensations. Jamais aucun homme ne l'avait embrassée de cette façon, jusqu'à lui donner l'impression de violer chacun de ses secrets les plus intimes. Le flot de désir qui s'insinua en elle était si fort, si dévastateur, qu'elle n'était pas de taille à l'endiguer. Comment pouvait-elle désirer si fort cet homme ? se demanda-t-elle à travers les limbes d'une raison qui l'abandonnait déjà. Par quel miracle souhaitait-elle de toute son âme qu'il la touche, la caresse, la possède, même ? Elle laissait sa langue jouer avec la sienne, ses mains caresser ses épaules, sans lui opposer la moindre résistance.

— Tes lèvres ont un goût de miel, Morgan, lui susurra-t-il à l'oreille. Un goût si fruité qu'on ne peut se résoudre à les quitter.

Lentement, ses mains descendirent le long de son dos, glissant voluptueusement sur la soie lisse. Elles étaient puissantes, calleuses et pourtant aussi lestes et légères que celles d'un musicien.

Déjà bien loin des rivages de la réalité, Morgan prit le visage de l'inconnu entre ses longs doigts fins qu'elle passa ensuite dans ses épaisses boucles brunes. Il la serra un peu plus fort contre lui, marmonnant en grec quelque chose que Morgan soupçonna ne pas être une déclaration d'amour.

Elle avait l'étrange impression de connaître ce corps depuis toujours. Long, souple et pourtant si athlétique ! Elle se grisait de la subtile odeur d'embruns qui se dégageait de lui, répondait avec ferveur à ses baisers de plus en plus ardents.

Elle laissa échapper un petit gémissement, s'abandonnant au tourbillon de volupté qui l'emportait. Peu lui importait à ce moment précis qui il était, car seul comptait ce plaisir dense qu'il lui procurait. Mais, soudain, elle sentit ce corps en fusion résister, pour finalement s'écarter d'elle.

L'homme détestait les battements désordonnés de son cœur, ainsi que la passion qui troublait chacune de ses pensées. Il n'avait pas le droit de tout compliquer. Et de faire prendre le moindre risque à Morgan James. Bien à contrecœur, il s'écarta un peu plus, caressa doucement les bras de la jeune femme.

— Beaucoup plus satisfaisant que des remerciements, lança-t-il avec désinvolture.

Puis, fixant le lit avec un sourire entendu, il ajouta :

— Vas-tu me prier de rester ?

Morgan sembla soudain reprendre ses esprits. Ce diable d'homme devait posséder aussi des talents d'hypnotiseur, décida-t-elle. Car elle ne trouvait aucune explication rationnelle à ce moment d'égarement.

— Une autre fois, peut-être, parvint-elle à dire d'un ton dégagé.

Une lueur amusée éclaira le visage de l'inconnu.

— J'attendrai ce moment avec impatience, Aphrodite.

Puis il se dirigea vers la terrasse, enjamba la rambarde et lui adressa un sourire radieux avant d'entamer sa descente. Incapable de s'en empêcher, Morgan se précipita, le cœur battant, pour le regarder glisser habilement le long du mur.

Silhouette sombre se détachant étrangement sur la façade claire, il se déplaçait avec la grâce et la souplesse d'un félin. Lorsque enfin il sauta à terre, il courut se réfugier sous la couverture des arbres. Sans un regard en arrière.

Morgan pivota sur ses talons puis, après avoir regagné sa chambre, prit bien soin de fermer sa porte vitrée à double tour.

3

Morgan fit tourner distraitement son verre entre ses doigts. Elle était beaucoup trop préoccupée pour savourer le vin local fruité qu'on lui avait servi. Elle se trouvait sur la terrasse principale, qui surplombait la mer d'un bleu profond, ponctuée d'un archipel d'îlots minuscules. Elle regardait sans les voir les innombrables yachts qui, de son poste d'observation, semblaient autant de petits points mouvants. Son esprit tout entier tendait à comprendre les messages cryptés que son visiteur n'avait cessé de lui envoyer la veille au soir. De temps en temps, néanmoins, elle parvenait à émerger de ses pensées pour saisir des bribes de conversation auxquelles elle n'avait pas envie de se mêler.

Dorian Zoulas était exactement tel que Liz le lui avait décrit : d'une beauté classique, avec un teint parfaitement hâlé et une allure très sophistiquée. Dans son costume crème impeccablement coupé, il était l'incarnation même d'un Apollon, bien dans son époque. Il était intelligent et cultivé, mais si Morgan n'avait vu passer dans son regard un éclair de malice, elle ne lui aurait probablement manifesté qu'une politesse de rigueur. Elle avait alors réalisé que Dorian n'était pas dupe des manigances de Liz, mais qu'il avait décidé de jouer le jeu. La lueur de défi qu'elle avait lue dans ses yeux l'avait rassurée, et c'est ainsi qu'elle s'était pliée de bonne grâce à un badinage mutuel que tous deux savaient sans conséquence.

Quant à Iona, la cousine d'Alex, Morgan la trouvait beaucoup moins sympathique. Les regards sombres dont cette dernière la gratifiait étaient aussi surprenants qu'embarrassants. Aucune note d'humour dans ses grands yeux de biche, ni dans les moues faussement puériles de sa bouche sensuelle. Morgan la trouvait semblable à un volcan en éruption. Brûlante, vaporeuse, dangereuse.

Des caractéristiques qui lui rappelèrent instantanément son visiteur nocturne. Elles lui correspondaient aussi bien qu'elles correspondaient à Iona Theoharis et pourtant… si elle les admirait chez l'homme, elle ne pouvait s'empêcher de les trouver déplaisantes chez la femme. Se pourrait-il qu'il y ait deux poids, deux mesures ? se demanda-t-elle. Non, c'était juste que cette énergie semblait aussi destructrice chez Iona qu'elle était fascinante chez l'inconnu. Ennuyée de se fourvoyer dans de telles considérations, Morgan cessa de contempler la baie pour reporter toute son attention sur Dorian.

— Vous devez trouver cette île incroyablement calme, après la frénésie d'une grande ville comme Athènes.

Dorian se retourna sur sa chaise et fixa attentivement Morgan. Le sourire qu'il lui adressa lui donna l'illusion d'être son seul centre d'intérêt.

— Lesbos est un endroit merveilleusement tranquille. Mais j'aime tout autant le tourbillon des grandes villes. Vous qui vivez à New York, vous devez me comprendre.

— Parfaitement, et j'avoue qu'en ce moment c'est la quiétude de cet endroit magique dont j'ai besoin.

Appuyée contre la rambarde, elle sentait la douce chaleur du soleil lui caresser le dos.

— Je me contente de ne rien faire, si ce n'est paresser toute la journée. Je n'ai encore même pas eu l'énergie de partir explorer la région.

Dorian sortit de sa poche un étui à cigarettes en or qu'il ouvrit et présenta à Morgan. Après que cette dernière eut refusé d'un signe de tête, il en alluma une et se renfonça dans son siège, affichant une décontraction teintée d'une certaine réserve.

— Eh bien, lorsque vous vous sentirez assez reposée, n'hésitez pas à aller en quête des trésors dont regorge cette île. Il y a ici quantité de grottes, de criques, d'oliveraies qui sont autant de trésors à découvrir. Sans compter les innombrables petites fermes isolées, si pittoresques. Les villages ici ont tous gardé leur charme et leur authenticité.

— C'est exactement ce dont je rêvais, commenta Morgan en commençant à siroter son vin. Me laisser aller au rythme lent de cette île. J'ai bien l'intention d'enrichir ma collection de coquillages et de trouver un fermier qui voudra bien m'initier à la traite de ses chèvres.

— Vaste programme, railla gentiment Dorian.

— Liz vous le dira, renchérit Morgan sur le même ton, j'ai toujours été téméraire.

Dorian la considéra un instant avec un intérêt manifeste qui n'échappa pas à la jeune femme.

— Je vous aiderais volontiers à ramasser vos coquillages, reprit-il. Les chèvres, en revanche…

La voix rauque de Iona interrompit brutalement leur tête-à-tête.

— Je suis surprise que des occupations aussi futiles vous intéressent.

Morgan regarda la nouvelle venue lui adresser un sourire contrit.

— N'oubliez pas que je suis avant tout une touriste. En tant que telle, j'ai envie de découvrir votre île. En outre, les vacances sont pour moi une occasion de me ressourcer, pas de passer frénétiquement d'une activité à l'autre.

— Morgan ne fait strictement rien depuis deux

jours, intervint Liz, venue rejoindre le petit groupe. Un véritable record !

— Je n'aspire qu'au repos, murmura Morgan. *Et à la paix*, ajouta-t-elle mentalement en repensant soudain à son étrange visiteur.

— Lesbos est l'endroit parfait pour cela, assura Dorian en exhalant un nuage de fumée. Calme, rustique.

Songeuse, Iona passa un doigt parfaitement manucuré sur le bord de son verre.

— Les apparences sont parfois trompeuses, dit-elle, énigmatique.

Morgan vit les sourcils de Dorian s'arquer en signe d'incompréhension, tandis que ceux d'Alex marquaient une franche désapprobation.

— En tout cas, nous allons faire de notre mieux pour assurer à Morgan un séjour paisible, déclara Liz. Elle le mérite bien, elle qui ne reste jamais longtemps au même endroit.

Morgan émit un petit grognement et plongea le nez dans son verre. Paisible ! Si seulement Liz savait !

Dorian se leva pour aller chercher une carafe en cristal.

— Un peu plus de vin, Morgan ?

Iona pianotait à présent du bout des ongles sur le bras de son siège en fer forgé.

— Quand je pense qu'il y a des gens qui aiment s'ennuyer ! déplora-t-elle.

— Il s'agit de se détendre, pas de s'ennuyer, riposta Alex avec une pointe d'impatience.

Liz se mit à caresser doucement la main de son mari, dans un geste visant à calmer sa colère naissante.

— Le travail de Morgan est épuisant, expliqua-t-elle d'une voix douce. Elle est confrontée en permanence à des exigences contraignantes.

Dorian, lui, n'avait pas attendu l'approbation de la jeune femme pour remplir de nouveau son verre.

— Je suis sûr qu'elle doit avoir un tas d'histoires fascinantes à raconter, dit-il en lui souriant.

Morgan le regarda, perplexe. Cela faisait bien longtemps qu'un homme ne lui avait pas adressé un sourire purement admiratif, dénué de toute tentative de séduction. Elle songea qu'elle pourrait y prendre goût.

— J'en ai quelques-unes, en effet.

C'était l'heure où le soleil plongeait à l'horizon. La porte-fenêtre restée ouverte laissait entrer à flots les derniers rayons incandescents qui baignaient la chambre d'une lumière flamboyante.

Ses deux premiers jours à Lesbos étaient bien loin des vacances paisibles auxquelles Liz avait fait allusion, mais Morgan ne voulait plus y penser. Elle entendait bien laisser tout cela derrière elle. Avec un peu de chance, et si elle s'en donnait les moyens, il n'y avait aucune raison pour que sa route croise une nouvelle fois celle de cette espèce d'irrésistible fou.

Lorsque Morgan surprit dans le miroir le sourire béat qui flottait sur ses lèvres, elle s'empressa de l'effacer pour afficher une expression qu'elle jugeait plus digne. Une fois de retour à New York, elle irait voir un psychiatre. Car lorsqu'on commençait à être attirée par des fous c'était le signe que l'on n'était pas loin de l'être soi-même. « Oublie-le », se dit-elle en se dirigeant vers le placard. Il y avait des choses beaucoup plus importantes auxquelles penser. Comme, par exemple, choisir sa tenue pour la soirée que ses hôtes donnaient en son honneur.

Après un rapide inventaire, elle opta pour une robe blanche fluide, en crêpe de Chine. Dorian lui avait donné l'envie d'exhiber sa féminité. Jack, lui, la préférait plus sobre, en tailleur strict. Il s'était souvent mêlé de lui donner un avis qu'elle ne lui demandait pas, trouvant la garde-robe de la jeune femme frivole ou de mauvais goût. Il ne comprenait pas que les jupes gitanes bariolées qui voisinaient sans complexe avec les tailleurs les plus chic reflétaient parfaitement la personnalité de sa compagne. Mais ce n'était là qu'une des nombreuses différences qui avaient fini par les séparer définitivement.

Mais, ce soir, elle était bien décidée à s'amuser, se disait-elle en boutonnant les petites perles qui fermaient sa robe. Il y avait trop longtemps qu'elle n'avait pas flirté avec un homme. Le visage ténébreux de l'inconnu s'imposa alors à elle. Elle revit avec une émotion inattendue les boucles emmêlées, la barbe naissante… « Allons, sois raisonnable, cela n'avait rien d'un simple flirt. » Elle alla fermer la porte puis la verrouilla soigneusement. Voilà qui n'allait pas lui faciliter les choses, s'il avait dans l'idée de revenir la surprendre, se dit-elle avec une pointe de satisfaction.

En parfaite maîtresse de maison, Liz passait inlassablement d'un invité à l'autre. Morgan pouvait faire son entrée à présent, on ne pourrait que la remarquer !

Derrière des airs d'apparente fragilité, Liz était douée d'une rare détermination. La loyauté était sa principale qualité. Lorsqu'elle aimait, c'était pour la vie. Elle voulait tant que Morgan soit heureuse ! Qu'elle connaisse, comme elle, une relation qui lui apporterait bonheur et équilibre.

Un sourire satisfait aux lèvres, elle jeta un dernier coup d'œil circulaire à la salle de réception. Les lumières étaient tamisées et la pièce était parfumée des senteurs d'été qui s'infiltraient par les fenêtres ouvertes. Les vins, qu'elle avait elle-même soigneusement sélectionnés pour accompagner le dîner, apporteraient la touche finale, en grisant légèrement les esprits. Restait à prier pour que Morgan veuille bien se montrer coopérative.

Elle se dirigea, mains tendues, vers le retardataire qui venait d'arriver.

— Nick, je suis si heureuse que tu aies pu te joindre à nous ! Pour une fois que nous nous trouvons tous sur l'île en même temps !

— C'est toujours un grand plaisir de te retrouver, Liz, répliqua le nouveau venu en adressant à son hôtesse un sourire renversant de charme. Et un grand soulagement de quitter Athènes pour quelques semaines.

Il se courba légèrement sur l'une des mains de Liz pour l'effleurer de ses lèvres. Puis il darda sur elle son regard de braise.

— Permets-moi de te dire que je te trouve chaque fois plus belle.

Liz éclata d'un petit rire cristallin, puis passa son bras sous celui de son invité.

— Je devrais t'inviter plus souvent, décréta-t-elle en le guidant vers le bar. Laisse-moi te remercier encore pour ce merveilleux buste d'Indien que tu m'as déniché. Je l'adore !

Nick lui tapota gentiment la main.

— Tant mieux. Je suis heureux d'avoir trouvé exactement ce que tu voulais.

— Je n'en ai jamais douté une seconde. Contrairement à Alex, qui n'aurait même pas fait la différence entre art indien et art sumérien.

Nick éclata de rire.

— A chacun sa spécialité.

— Ton travail doit être passionnant, non ? poursuivit Liz en lui servant un cocktail. Tous ces trésors et tous ces endroits exotiques que tu visites !

— Il m'arrive de penser que c'est plus excitant de rester chez soi.

Liz leva sur lui un regard sceptique.

— J'ai du mal à le croire. Tu profites si rarement de ta maison ! Où étais-tu le mois dernier ? A Venise ?

— Une ville merveilleuse ! commenta sobrement Nick.

— J'adorerais y aller ! Si seulement je pouvais entraîner Alex loin de ses bateaux !

La jeune femme plissa soudain les yeux avant de pousser un soupir excédé.

— Je crois que Iona est une nouvelle fois en train d'ennuyer mon mari. Je vais encore devoir aller jouer les diplomates, ajouta-t-elle en se forçant à sourire.

— Tu y parviens toujours à merveille. Alex a vraiment beaucoup de chance.

— Je te suggère de le lui rappeler de temps en temps, plaisanta Liz. Et de lui faire comprendre que rien n'est jamais définitivement acquis. Ah ! voilà Morgan. Je vais lui demander de s'occuper de toi pendant que je vais accomplir mon devoir.

Nick suivit le regard de Liz et vit Morgan faire son apparition.

— Elle va être ravie, murmura-t-il en admirant la robe aérienne qui laissait deviner les courbes harmonieuses de la jeune femme.

Ses cheveux, qu'elle avait laissés cascader librement sur ses épaules, la rendaient encore plus lumineuse. Nick avait toujours eu un petit faible pour la beauté sous toutes ses formes.

Morgan venait à peine de saluer Dorian que déjà Liz la prenait par le bras pour l'entraîner à sa suite.

— Je te charge de distraire Nick le temps que je remplisse ma mission. Morgan James. Nicholas Gregoras.

Après ces présentations sommaires, Liz planta là ses deux invités pour voler au secours de son mari.

Abasourdie, incapable de dire un mot, Morgan regardait Nick fixement. Ce dernier en profita pour baiser la main de la jeune femme.

— Vous ! parvint à dire Morgan dans un souffle.

— Aphrodite, tu es magnifique ! Même habillée, ajouta-t-il perfidement.

Tout en effleurant les doigts de Morgan de ses lèvres, il levait sur elle ses yeux noir de jais, qui pétillaient d'une lueur malicieuse.

Morgan, qui avait recouvré ses esprits, tenta de dégager sa main prisonnière. En vain. L'étreinte se resserra un peu plus.

— Prends garde, Morgan, chuchota-t-il. Ton comportement singulier pourrait alarmer Liz. Et nécessiter des explications…

Il s'interrompit pour lui adresser ce sourire qui la faisait chavirer.

— … qui pourraient faire douter de ta santé mentale.

— Lâchez ma main, siffla Morgan en affichant un rictus qui se voulait un sourire. Ou je jure de me venger.

Nick esquissa une courbette pleine de grâce avant de lui obéir.

— Tu es vraiment magnifique, répéta-t-il. Sais-tu que tes yeux lancent de véritables éclairs lorsque tu es en colère ?

— J'en suis enchantée. Et j'espère que l'un d'eux a atteint votre cœur, *monsieur* Gregoras !

— Je t'en prie, appelle-moi Nick, dit-il avec une politesse exagérée. Après les… péripéties que nous avons partagées, je crois que nous avons largement dépassé le stade des formalités d'usage.

Contre toute attente, Morgan lui adressa un sourire resplendissant.

— Très bien, *Nick*. Sale crétin, ajouta-t-elle entre ses dents. Dommage que les circonstances ne s'y prêtent pas. Je vous aurais dit à quel point je vous trouve détestable.

Nick inclina légèrement la tête.

— Nous nous ménagerons d'autres occasions, affirma-t-il avec aplomb. Très bientôt. Mais pour le moment, si tu me le permets, je vais aller nous chercher quelque chose à boire.

Liz surgit soudain entre eux, satisfaite des sourires dont elle avait été témoin de loin.

— Eh bien, vous m'avez l'air de vous entendre à merveille, tous les deux !

— J'étais en train de dire à M. Gregoras que j'avais trouvé sa maison sublime, dit Morgan en fusillant ce dernier du regard.

— C'est exact, renchérit Liz. Elle était vraiment fascinée. Mais Morgan est ainsi, elle a toujours préféré ce qui se distingue par une certaine originalité, si tu vois ce que je veux dire.

— Tout à fait, acquiesça Nick, qui ne pouvait lâcher la jeune femme des yeux.

Un homme pourrait se damner pour des yeux pareils, songea-t-il. Mieux valait rester vigilant. Très vigilant.

— D'ailleurs, Mlle James a accepté de venir la visiter demain après-midi.

Il lui souriait, semblant prendre beaucoup de plaisir à voir la jeune femme écarquiller de grands yeux surpris.

— Excellente idée ! exulta Liz. Tu verras, la maison de Nick est une véritable caverne d'Ali Baba, remplie de trésors provenant des quatre coins du monde.

Morgan afficha un sourire grinçant, maudissant intérieurement celle qu'elle qualifiait à présent de « prétendue meilleure amie ».

— Je meurs d'envie de voir ça !

Tout au long du dîner, Morgan n'eut de cesse d'épier le comportement de Nick. L'homme courtois, distingué, aux manières exquises, qui se trouvait à leur table n'était pas le rustre qu'elle connaissait.

Nicholas Gregoras. Import-export d'huile d'olive. Effectivement, elle reconnaissait à présent les signes extérieurs de richesse, l'autorité naturelle qui sont autant de révélateurs d'une réussite professionnelle éclatante.

Elle le regardait rire et plaisanter avec ses hôtes, son élégant verre en cristal à la main. Le costume sombre impeccablement coupé qu'il avait endossé lui allait aussi bien que la tenue décontractée qu'il portait lors de leurs deux premières rencontres. Tous les angles vifs de sa personnalité paraissaient avoir été gommés pour céder la place à un homme plus sophistiqué, plus stylé. Aucune trace non plus de la fébrilité dangereuse ni de l'arrogance affichée qu'elle lui avait vues.

Etait-il possible que cet homme soit celui qui l'avait menacée d'un couteau et qui avait escaladé son mur en pleine nuit, comme un vulgaire cambrioleur ?

Lorsque Nick lui tendit un verre de vin, elle fronça les sourcils. Oui, il s'agissait bien du même homme. Mais à quel jeu se livrait-il donc ? Leurs yeux se croisèrent. Les doigts de Morgan se crispèrent sur le pied de son verre. Elle venait de voir, l'espace de quelques secondes, l'homme véritable. Elle se mit à siroter une gorgée de vin dans l'espoir de calmer ses nerfs mis à rude épreuve. A quel jeu sadique jouait-il donc ? Elle décida fermement qu'elle ne se laisserait pas entraîner sur une pente aussi dangereuse.

Elle se tourna vers Dorian, abandonnant Nick aux filets de Iona. Intelligent, spirituel, dénué des zones d'ombre d'un Nicholas Gregoras, il était le voisin de table idéal. Morgan se laissa porter par la conversation et commença, enfin, à se détendre.

— Dites-moi, Morgan, s'enquit Dorian, ne vous arrive-t-il pas de mélanger toutes ces langues étrangères que vous pratiquez ?

L'estomac noué, Morgan chipotait dans son assiette

sans pouvoir avaler une bouchée de la moussaka qui, en d'autres occasions, aurait aiguisé son appétit. Par quel miracle cet étranger était-il parvenu à la priver de ce plaisir ?

— Non, chacune d'elles est bien rangée dans un coin de mon cerveau. Du coup, je pense dans une langue à la fois.

— Vous êtes trop modeste. Vous pouvez être fière des exploits que vous accomplissez. Des exploits que l'on pourrait même qualifier de pouvoirs.

— De pouvoirs ? répéta Morgan, sceptique.

Elle sembla réfléchir quelques secondes, puis la réponse s'imposa, évidente.

— Peut-être avez-vous raison, bien que je ne l'aie jamais envisagé sous cet angle. Car je n'y vois personnellement qu'un fantastique moyen de communiquer.

— Vous devez vous sentir à l'aise dans chacun des pays où vous allez.

— En effet, ne connaissant pas le barrage de la langue, je me sens partout chez moi.

— Alex m'a confié qu'il aimerait vous embaucher.

Il porta un toast à la jeune femme et enchaîna en souriant :

— J'avoue que votre présence dans ma société immobilière me serait très bénéfique.

Le rire hystérique de Iona parvint jusqu'à eux.

— Oh, Nicky ! minaudait-elle. C'est la chose la plus ridicule que j'aie jamais entendue !

Un spasme nauséeux souleva le cœur de Morgan. *Nicky*. Elle l'appelait *Nicky*.

— Prenez garde, parvint-elle à dire dans un sourire, je pourrais vous prendre au mot.

— Emmenez-moi faire un tour sur votre bateau demain, Nicky, poursuivait Iona, provocatrice. J'ai besoin de m'amuser un peu.

— Je suis désolé, Iona, mais demain ce n'est pas possible. Un autre jour, peut-être.

Morgan regarda la main de Nick se poser sur celle de la jeune femme. Cette dernière esquissa une petite moue qui se voulait mutine.

— Mais je vais mourir d'ennui, d'ici là !

Morgan entendit Dorian pousser un profond soupir et lancer à Iona un regard exaspéré.

— Iona m'a dit qu'elle était tombée sur Maria Papagos la semaine dernière à Athènes, dit-il d'une voix pourtant douce. Elle lui a dit qu'elle avait… quatre enfants, c'est bien ça, Iona ?

Il la traitait comme une gamine, songeait Morgan avec une certaine répugnance. Une enfant gâtée et capricieuse, une petite chose fragile qu'elle n'était pas.

Durant le reste du repas et ensuite dans le salon où ils avaient été priés de se rendre pour boire le café, Morgan n'avait cessé d'épier les moues variées qui animaient le visage de Iona. Apparemment habitué à ses manœuvres de séduction, ou trop bien éduqué pour les relever, Dorian faisait comme s'il ne voyait rien. Bien que rechignant à l'admettre, elle constata que Nick agissait de même. Quant à Alex, elle nota dans un élan de compassion que plus la soirée avançait, plus il semblait nerveux. A mesure que sa cousine remplissait son verre, toujours vide, il la mettait en garde d'une voix contenant mal la colère qu'il éprouvait. La jeune femme secouait simplement la tête, indifférente à ses menaces, avant de vider son verre d'un trait et de lui tourner le dos.

Lorsque Nick se leva pour partir, Iona insista pour le raccompagner jusqu'à sa voiture. Elle lança un coup d'œil victorieux par-dessus son épaule tandis qu'ils quittaient la pièce bras dessus, bras dessous. Morgan se demanda si ce sourire lui était adressé. Elle haussa les épaules, bien déterminée à ne pas laisser ce genre d'interrogations gâcher la fin de sa soirée. Elle aurait bien le temps de tenter d'y répondre lorsqu'elle serait seule dans sa chambre.

Morgan avait l'impression de flotter. Elle bougea langoureusement, à demi consciente d'une caresse sur sa peau, aussi légère qu'une aile de papillon. Elle effleurait ses lèvres, les quittait, revenait. La jeune femme s'étira de nouveau. Son corps était souple, lascif. Tandis que la caresse se faisait plus pressante sur sa bouche, elle entrouvrit les lèvres, attirant à elle son amant imaginaire.

L'excitation s'infiltrait en elle, aussi grisante que le vin qu'elle avait bu et qui lui brouillait encore l'esprit. Elle passa les bras autour du cou du fantôme qui avait pris des airs de pirate. Il murmurait son nom, abaissait lentement le drap qui couvrait sa splendide nudité. Des mains carrées, presque familières, faisaient frissonner sa peau brûlante. Un corps trop lourd, trop puissant pour n'être que celui d'un fantasme, écrasait le sien. Peu à peu, les images se précisaient, jusqu'à devenir presque tangibles. Un visage se dessina, encadré d'une masse de cheveux noirs, percé d'un regard de braise. Une bouche sensuelle lui souriait.

Son corps en fusion s'enflamma. Elle laissa la passion déferler sur elle, poussant de petits gémissements de plaisir. Les caresses se firent alors plus précises, l'éloignant encore plus des rivages de la réalité, dans un tourbillon de plaisir et de volupté. Une voix chaude et grave lui soufflait des mots d'amour à l'oreille.

Soudain les limbes de la rêverie s'effilochèrent. Le poids sur son corps devint réel, presque douloureux. Familier. Morgan se débattit comme elle put.

— La déesse se réveille. Quel dommage !

En l'apercevant à la faveur d'un rayon de lune, elle eut soudain la certitude qu'il était à l'origine de son émoi.

Elle avait encore le goût de ses lèvres sur les siennes, la sensation exquise de ses mains sur elle. Le souffle court, le cœur battant, elle s'exhorta au calme.

— Que faites-vous ici ! vociféra-t-elle, hors d'elle. Vous dépassez vraiment les bornes, monsieur Gregoras ! Si vous vous imaginez que je vais rester tranquillement assise à vous regarder, alors que vous avez tenté de vous glisser dans mon lit pendant mon sommeil !

— Je dois dire que le spectacle était charmant.

— Vous êtes ignoble !

Nick lui caressa l'oreille du bout des doigts. Il pouvait sentir les battements désordonnés de son cœur sous la chair encore palpitante.

— Tu étais très réceptive, murmura-t-il. Et tu avais l'air d'apprécier mes caresses. Tout comme j'ai adoré les tiennes.

Sa voix s'était faite encore plus basse, plus envoûtante. Morgan se raidit, sur la défensive.

— Sortez de là, vous m'étouffez ! ordonna-t-elle.

— Ma douce Morgan…

Indifférent aux protestations de la jeune femme, il se mit à lui mordiller les lèvres. Il les sentit frémir sous les siennes, avides de sensations. Il lui serait si facile de la faire flancher ! Facile mais trop risqué. A regret, il s'écarta d'elle et lui adressa un sourire qui se voulait amical.

— Tu ne fais que différer l'inévitable.

Morgan le fixa tout en essayant de reprendre son souffle. Elle savait qu'il disait vrai.

— Je n'ai pas promis de ne pas crier cette fois, lança-t-elle d'un ton provocant.

Nick leva un sourcil sceptique qui en disait long sur l'absurdité d'une telle éventualité.

— Il pourrait être intéressant, en effet, de tenter d'expliquer la… situation à Liz et Alex. Je pourrais leur dire que j'ai été subjugué par ta beauté. Ce qui, d'ailleurs, ne serait pas éloigné de la vérité. Mais, de toute façon, je sais que tu ne crieras pas.

— Vous êtes bien sûr de vous !

Nick roula sur le côté.

— Si tu avais eu l'intention d'alerter la population, tu l'aurais déjà fait, ou du moins aurais-tu déjà tenté de le faire.

Enfin libérée, Morgan s'assit et rejeta ses cheveux derrière ses épaules. Aurait-il donc toujours raison ? se demanda-t-elle avec humeur.

— Que voulez-vous ? Et comment êtes-vous entré cette fois ? J'avais verrouillé…

Elle s'interrompit, interdite, les yeux fixés sur la baie vitrée grande ouverte.

— Croyais-tu vraiment qu'un simple verrou allait m'arrêter ?

Il lui caressa l'arête du nez en riant.

— Tu as encore beaucoup à apprendre.

— Et vous, vous allez m'écouter une bonne fois pour toutes !

— Garde tes récriminations pour plus tard. De toute façon, tu as raison, elles sont justifiées.

Il enroula distraitement une boucle autour de ses doigts.

— Mais sache que je suis juste venu m'assurer que tu ne prétexterais pas une migraine imaginaire pour te dispenser de venir chez moi demain. En outre, il y a deux ou trois choses dont je voudrais discuter avec toi.

— Et moi, il y a des tonnes de choses que j'aimerais savoir, siffla la jeune femme. Par exemple, ce que vous faisiez sur la plage cette nuit-là ? Et qui… ?

— Plus tard, Aphrodite. Je n'ai pas vraiment la tête à ça pour le moment. Non, je préfère m'enivrer de ton parfum. Il est si…

Il l'épingla de son regard de braise.

— Si excitant.

— Arrêtez !

Morgan ne voulait pas se laisser prendre dans les filets de cette voix envoûtante. Elle ne devait pas faire confiance à cet homme.

— Pouvez-vous me dire à quoi rime ce petit jeu stupide ?

Nick écarquilla les yeux.

— Un jeu ? répéta-t-il, manifestement surpris. Mais Morgan, mon amour, de quel jeu parles-tu ? Je suis parfaitement sincère.

— Je me fiche bien de votre prétendue sincérité !

— Ne sois pas désagréable, Aphrodite, dit-il avec douceur.

— J'ai des raisons de l'être, non ?

Comment pouvait-il rester aussi séduisant dans de telles circonstances ?

— Vous avez été parfait ce soir, poursuivit-elle en écartant la main de Nick, qui, à présent, jouait négligemment avec la bretelle de sa nuisette. Un invité plein de charme…

— Merci.

— Et tout ce qu'il y a de plus hypocrite.

— Pas du tout, protesta Nick. Je me suis adapté à la situation, voilà tout.

— Effectivement, cela aurait été du plus mauvais effet que vous sortiez votre arme dans une occasion pareille.

Ses doigts se crispèrent légèrement sur l'épaule de la jeune femme. Elle ne lui pardonnerait jamais de l'avoir terrorisée au point de lui faire perdre connaissance. Lui, de son côté, n'était pas prêt non plus à oublier ce corps inerte entre ses bras.

— Peu de gens m'ont vu autrement que tel que j'étais ce soir, murmura-t-il. Disons que ce n'est pas de chance que ce soit tombé sur toi.

— Peu importe ! A partir de maintenant, considérez

que je n'ai plus l'intention de vous voir, sous quelque jour que ce soit.

Une lueur de malice passa dans le regard de Nick.

— Menteuse. Je passerai te chercher demain à 13 heures.

Morgan lâcha en italien un juron auquel Nick répondit en riant de bon cœur.

— Sache que mes affaires m'amènent régulièrement à traiter avec des Italiens.

— C'est parfait. Vous avez donc compris ce que je voulais dire.

— Sois prête, éluda Nick. Tu verras, tout sera beaucoup plus facile au grand jour et…

Il balaya ostensiblement du regard le corps à moitié nu de la jeune femme.

— Avec une tenue plus appropriée.

— Je vous l'ai dit, répliqua vertement Morgan, je n'ai absolument pas l'intention de vous revoir. Ni de poursuivre cette comédie ridicule en acceptant votre invitation.

— Et moi, je crois, au contraire, que tu viendras.

Il la fixait avec un aplomb qui eut le don d'amplifier la colère de Morgan.

— Comment expliquer ton refus auprès de ton amie, alors que tu as manifesté tant d'intérêt pour ma maison ? A ce propos, qu'est-ce qui t'a donc tant attirée dans cette bâtisse ?

— L'aberration de l'architecture, répliqua Morgan du tac au tac.

Nick éclata de nouveau d'un rire sonore.

— J'apprécie le compliment. Je t'adore, Aphrodite. Allons, embrasse-moi pour me souhaiter une bonne nuit.

Morgan s'écarta vivement de lui, sourcils froncés.

— Certainement pas !

D'un mouvement leste, il s'étendit une nouvelle fois sur elle, la clouant bras en croix sur le lit.

Les injures dont elle l'abreuva ne firent que redoubler son hilarité.

— Ensorceleuse, lui chuchota-t-il à l'oreille. Quel mortel pourrait résister à tes charmes ?

D'un baiser il scella les protestations de Morgan. Petit à petit, celle-ci s'abandonna, jusqu'à donner libre cours à la passion qui couvait en elle. Ses lèvres, ardentes, répondaient à celles de Nick. La petite plainte qu'elle laissa échapper fit comprendre à ce dernier qu'elle était totalement consentante entre ses bras. Comme un signal qu'il attendait pour se détendre totalement, pour savourer le goût des lèvres de Morgan sans retenue. Longtemps il se souviendrait de ce baiser fruité. Chaque parcelle de peau que touchaient ses doigts lui donnait l'envie de la posséder tout entière. Mais pas maintenant. Il y avait trop de choses en jeu. Entamer une relation serait trop risqué, il était déjà allé si loin avec elle ! Et pourtant le goût de sa bouche...

Il fallait qu'il se raisonne. Il ne pouvait pas courir le risque de se rendre vulnérable, même l'espace d'un moment aussi précieux que celui-ci. Même pour se perdre en elle. Si elle n'avait pas été sur la plage cette nuit-là... S'il ne s'était pas dévoilé à elle... Les choses auraient-elles été différentes ? Plus simples ? S'ils s'étaient rencontrés pour la première fois ce soir, l'aurait-il désirée aussi ardemment, aussi désespérément ?

Il passa les mains dans les cheveux de Morgan. Sa bouche à présent effleurait sa gorge offerte. Il émanait d'elle un mélange d'odeurs, sauvages et animales, qui le rendaient fou de désir. Lui, qui avait l'habitude de côtoyer le danger, et de s'en réjouir, se trouvait totalement désarmé face à la force des sentiments qu'il sentait naître en lui.

Il brûlait d'arracher la fine pellicule de soie, dernier rempart à la pudeur de la jeune femme ; de mordre dans cette chair incandescente. Mais il n'osait pas franchir ses propres limites, ses propres faiblesses. Il maudit le destin qui lui avait fait la rencontrer à un moment où il ne pouvait se permettre aucune faiblesse.

Comme en réponse aux doutes de Nick, Morgan glissa ses mains sous son T-shirt, caressa les muscles saillants de son torse. Une onde de désir le submergea, si violente qu'elle en devenait douloureuse et qu'il dut lutter de toutes ses forces pour ne pas y céder. Il s'écarta légèrement de Morgan et attendit qu'elle ouvre enfin ses yeux mi-clos, encore voilés d'un plaisir frustré. Il ouvrit la paume de sa main, découvrant soudain la médaille de la jeune femme, que dans la force de son désir il avait agrippée sans s'en rendre compte. Il se donna quelques secondes pour recouvrer un semblant d'assurance et dire d'une voix faussement désinvolte :

— Dors bien, Aphrodite. A demain.

— Vous..., commença Morgan avant de renoncer, le souffle court.

— A demain, répéta Nick en portant sa main à ses lèvres.

Elle le regarda franchir le balcon puis disparaître dans la nuit. Le cœur battant à tout rompre, elle se demanda dans quelle galère elle s'était embarquée.

4

La maison était fraîche et paisible à cette heure de la matinée. Morgan accepta avec soulagement l'invitation de Liz à profiter de la plage. Ainsi, elle n'aurait pas à affronter la morgue de Iona ni, même si elle rechignait à l'admettre, les commentaires de Liz sur le dîner de la veille. Cette dernière n'aurait certainement pas manqué de lui demander son avis sur Nick, dernier sujet qu'elle avait envie d'aborder. Quant à Dorian, il avait à discuter affaires avec Alex, ce qui lui évitait d'avoir à subir sa compagnie.

Morgan avait besoin de solitude. Elle réfléchissait mieux lorsqu'elle était seule. Et il lui était arrivé tant de choses au cours des deux derniers jours ! Livrée à elle-même, elle allait pouvoir tenter d'y voir plus clair.

Que faisait donc Nicholas Gregoras sur cette plage cette nuit-là ? Sa peau était salée, ce qui laissait supposer qu'il avait été en contact avec la mer. Elle se souvint brusquement d'avoir entendu le bruit d'un moteur. Elle avait alors pensé qu'il s'agissait d'un pêcheur rentrant chez lui. Hypothèse rapidement écartée : Nick n'était pas pêcheur. Ne s'était pas comporté comme tel. Et s'était senti en danger au point de brandir un couteau dont il n'aurait pas hésité une seconde à se servir. Elle le savait, elle revoyait très nettement l'expression de son visage à ce moment-là.

Cette prise de conscience dérangea vivement la jeune femme. Elle envoya une pierre rouler violemment au bas des marches avant de reprendre le cours de ses réflexions.

Qui était cet homme à qui Nick avait parlé et qui avait suivi ses ordres sans protester ? Et cette troisième personne qui avait descendu l'escalier tandis qu'il la retenait prisonnière dans les buissons. Qui était-elle ? Alex ? Le locataire de Nick ? Frustrée par tant de questions restées sans réponse, Morgan retira ses chaussures et foula le sable tiède de ses pieds nus. Quelle raison pouvait être assez grave pour que Nick soit prêt à tuer qui l'aurait surpris ?

Trop d'interrogations se bousculaient dans sa tête. Elle décida de les traiter les unes après les autres. En premier lieu, se demanda-t-elle, était-il plausible d'imaginer que les pas qu'elle avait entendus aient pu être ceux d'un homme venant de la mer ? Oui, décida-t-elle. Et, oui, cette personne se dirigeait vers une des deux villas, ou vers le cottage de Nick. Sinon, pourquoi aurait-elle emprunté cette plage en particulier ? Cette conclusion lui paraissait tenir la route. Restait à savoir pourquoi Nick était si farouchement déterminé à ne pas se faire repérer.

Contrebande. Le mot s'imposa à son esprit en ébullition. Cela lui apparut soudain comme une évidence. Logique. Elle réalisa au même moment qu'elle avait inconsciemment rejeté cette réalité, refusant de croire que Nick pouvait tremper dans un trafic aussi odieux. Car, bien que tiraillée entre la colère et le ressentiment, elle éprouvait pour lui un sentiment sur lequel elle ne parvenait pas à mettre de nom. Il se dégageait de lui une force qui faisait penser à Morgan qu'entre ses bras une femme devait se sentir en sécurité. Qu'il était le genre d'homme sur lequel on pouvait compter, se reposer. Elle avait besoin d'y croire. Elle ne savait pas pourquoi, mais c'était ainsi.

Etait-il réellement un contrebandier ? Pensait-il qu'elle avait été témoin de quelque chose qui devait rester secret ? La ronde infernale des interrogations reprenait, ne lui laissant aucun répit. Les pas qu'elle avait entendus étaient-ils ceux d'une patrouille ? Ou d'un membre d'une bande rivale ? S'il avait vu en elle une menace, pourquoi alors ne l'avait-il pas éliminée ? S'il pouvait tuer quelqu'un de sang-froid… Morgan secoua la tête, repoussant cette idée de toutes ses forces. Non, Nick ne pouvait pas être un meurtrier.

Elle ferma les yeux, tentant de dissiper le malaise que cette éventualité lui procurait. Puisque la seule personne à pouvoir répondre à ses questions était Nick, elle se fit la promesse de lui en parler l'après-midi même. Après tout, c'était bien sa faute, si elle était impliquée dans cet imbroglio ! En venant ici, elle ne souhaitait rien d'autre qu'oublier ses propres problèmes et passer des vacances paisibles dans cette île de rêve. Elle se laissa tomber mollement sur le sable et remonta ses genoux sur sa poitrine.

— Ah, les hommes ! se lamenta-t-elle à haute voix.

— Je refuse de le prendre pour moi.

Morgan tourna la tête et se trouva face à un large sourire. L'inconnu se rapprocha. Il était grand et mince, son visage, tanné par trop de soleil, encadré d'une foison de boucles blondes.

— Bonjour. Bien que vous sembliez en vouloir à l'ensemble de mes congénères, je prends le risque de me présenter. Je m'appelle Andrew Stevenson.

Toujours souriant, il se laissa tomber à côté de Morgan.

— Oh, dit Morgan, qui venait de se rappeler à qui elle avait affaire. Poète ou peintre ? Liz n'était pas très sûre.

— Poète, annonça-t-il dans une grimace. Du moins ai-je la prétention de le croire.

Morgan nota le carnet tout corné et noirci d'écriture qu'il tenait à la main.

— J'ai interrompu votre travail. Je suis désolée.

— Au contraire, vous êtes une source d'inspiration

pour moi. Permettez-moi de vous dire que vous êtes d'une beauté remarquable.

— J'imagine qu'il s'agit d'un compliment.

— Belle inconnue, votre beauté est celle dont rêvent tous les poètes.

Il la dévisagea quelques secondes.

— Avez-vous un nom ou allez-vous disparaître d'un seul coup, telle l'apparition que vous semblez être ?

Le style pour le moins ampoulé du jeune homme fit rire Morgan de bon cœur.

— Je m'appelle Morgan. Morgan James. Etes-vous un grand poète, Andrew Stevenson ?

— La modestie n'étant pas une de mes plus grandes qualités, je serais enclin à répondre oui.

Il la fixait toujours avec une certaine candeur.

— Vous avez évoqué Liz. J'imagine que c'est de Mme Theoharis qu'il s'agit. Vous séjournez chez elle ?

— Oui, pour quelques semaines. Et vous, seriez-vous le locataire de Nicholas Gregoras ?

— Tout à fait. Mais en fait je ne loue pas.

Il posa son carnet à côté de lui et se mit à écrire sur le sable.

— Nous sommes cousins.

En voyant la surprise se peindre sur le visage de Morgan, le jeune homme élargit son sourire.

— Par nos mères.

— Ah ! sa mère est donc américaine. Je comprends mieux sa facilité à parler notre langue.

— Oui, elle est de San Francisco. Elle s'est remariée avec un Français après la mort du père de Nick et vit en Provence depuis quelques années.

— Ainsi, vous profitez de la présence de votre cousin ici pour visiter l'île ?

— A vrai dire, Nick m'a gentiment offert l'hospitalité

quand il a su que je me lançais dans l'écriture d'un poème épique. Un peu genre « Homère », vous voyez ?

Ses yeux étaient bleus, d'un bleu plus profond que ceux de Morgan, et il n'avait aucun scrupule à les river franchement à ceux de la jeune femme. Elle avait beau chercher, elle ne lui trouvait aucune ressemblance avec Nick.

— Son invitation est tombée à pic, compte tenu du fait que c'est ici que j'avais l'intention de venir chercher l'inspiration. Lesbos. La patrie de Sapho. J'ai toujours été fasciné par les légendes et par la poésie.

— Sapho..., répéta Morgan. Ah, oui ! La poétesse.

— C'était la dixième des Muses. Elle vivait ici, à Mitilini très exactement.

Soudain rêveur, il se mit à balayer la plage du regard.

— J'aime l'idée que la maison de Nick se trouve sur la falaise d'où elle s'est jetée par désespoir, pour l'amour de Phaon.

— En effet, c'est intéressant, commenta pensivement Morgan, en fixant le seul pan de mur visible de l'endroit où ils se trouvaient. J'imagine que son âme plane sur la maison, à la recherche de son amour perdu.

Jugeant l'idée séduisante, Morgan esquissa un petit sourire.

— La maison se prête merveilleusement à ce genre de fantasmagorie poétique, ajouta-t-elle, à son tour rêveuse.

— L'avez-vous déjà visitée ? s'enquit Andrew, toujours plongé dans ses pensées lyriques. Elle est vraiment fabuleuse !

— Pas encore, mais j'ai droit à une visite privée cet après-midi.

Elle se maudit intérieurement au moment même où elle prononçait ces mots. En effet, la nouvelle étonna Andrew au point qu'il sembla soudain revenir parmi les mortels.

— Une visite privée ? Vous avez dû faire grande impression à Nick ! Mais c'est normal. Lui aussi s'est toujours montré sensible à la beauté.

Morgan lui adressa un sourire distrait. Comment aurait-il pu savoir que ce privilège n'était pas dû qu'à sa simple séduction ?

— Cela vous arrive souvent de venir écrire sur cette plage ? Moi-même, j'adore cet endroit.

Elle hésita quelques secondes avant d'enchaîner :

— Il y a deux jours, je suis même venue y prendre un bain de minuit.

Aucune trace d'inquiétude ne pointa dans le regard du jeune homme.

— Je regrette d'avoir raté ça ! dit-il simplement en lui souriant. En fait, je déambule un peu partout dans ce coin de l'île. Je vais au gré de mon humeur.

Morgan songea avec nostalgie à l'heure de solitude qu'elle avait eu l'intention de mettre à profit pour explorer les petites criques du coin.

— J'ai bien l'intention de partir moi-même à la découverte de cet endroit un de ces jours.

— Je peux vous servir de guide, si vous le souhaitez.

Il posait de nouveau sur elle son regard franc et bienveillant.

— Je connais cette partie de l'île comme ma poche. Alors si vous avez envie de compagnie, n'hésitez pas. Vous me trouverez toujours quelque part par là, ou bien au cottage. Il n'est pas loin d'ici.

— Merci. Je m'en souviendrai, répondit Morgan, une lueur amusée au fond des yeux. Vous n'auriez pas un troupeau de moutons par hasard ?

— Un... ? Non.

L'expression médusée d'Andrew la fit éclater de rire.

— Ne cherchez pas à comprendre, lui conseilla-t-elle en lui tapotant la main. Je dois vous laisser à présent. Il est temps que j'aille me préparer pour ma visite guidée.

Andrew se leva en même temps qu'elle et prit sa main entre les siennes.

— Nous nous reverrons, affirma-t-il sans paraître douter un instant de ce qu'il avançait.

— Bien sûr, répondit gentiment Morgan. L'île est si petite !

Andrew lui sourit avant de lui relâcher la main.

— Minuscule, même.

Il prit le temps de regarder la jeune femme s'éloigner, puis regagna son rocher, face à la mer.

Nicholas Gregoras se révéla la ponctualité même. Il était à peine 13 heures lorsque Liz, au comble de l'enthousiasme, s'apprêtait à refermer la porte sur les deux jeunes gens.

— Amuse-toi bien, ma chérie, et surtout prends ton temps. Je suis certaine que tu vas adorer cette maison ! Tous ces corridors en plein air et cette vue fantastique sur la mer ! Tu verras, Nick, c'est une femme très courageuse, n'est-ce pas, Morgan ?

— Absolument, grommela celle-ci tandis que sur les lèvres de Nick flottait un sourire goguenard.

— Eh bien, sauvez-vous vite et amusez-vous bien, répéta Liz en les poussant dehors comme s'ils étaient deux écoliers rechignant à rejoindre leurs classes.

— Il faut que je vous prévienne, dit Morgan en se glissant sur le siège du côté passager, Liz vous considère comme le prétendant idéal. Je crois qu'elle est désespérée de me voir toujours vieille fille.

Nick s'installa derrière le volant et prit la main de Morgan entre les siennes.

— Aphrodite, il n'y a pas un homme au monde capable de te considérer comme une vieille fille ! assura-t-il gentiment.

Refusant de se laisser charmer, Morgan retira sa main et fixa son attention sur le paysage.

— Ce matin sur la plage, j'ai rencontré votre cousin, le poète.

— Andrew ? C'est un charmant garçon. Comment l'as-tu trouvé ?

— Ce n'est pas un « garçon », comme vous dites, mais un homme très séduisant.

— Tu as raison, dit Nick en haussant légèrement les épaules. J'oublie toujours que nous n'avons que cinq ans d'écart. Il a beaucoup de talent. Je suppose que tu ne l'as pas laissé indifférent.

— Disons plutôt que je l'ai « inspiré », selon ses propres termes, répondit Morgan.

— Je l'aurais deviné, riposta Nick, un sourire en coin. Le romantisme appelle le romantisme, c'est bien connu.

— Je ne suis pas romantique, protesta trop vivement Morgan.

La conversation prenait une tournure personnelle qu'elle n'avait pas prévue et qui la contrariait au plus haut point.

— Au contraire, j'ai un esprit très rationnel.

— N'essaie pas de t'en défendre, Morgan, insista Nick, que la réaction de la jeune femme avait l'air de beaucoup amuser. Je sais, moi, que tu es une incorrigible romantique. Une femme qui, comme toi, se coiffe au clair de lune, porte des nuisettes de soie et chérit des souvenirs lointains n'est rien de moins qu'une indécrottable romantique.

Mal à l'aise d'être ainsi percée à jour, Morgan riposta d'une voix qui se voulait indifférente.

— Je collectionne aussi les bons de réduction et je surveille mon taux de cholestérol.

— Admirable ! feignit de s'extasier Nick.

Morgan refoula la colère qui montait dangereusement en elle.

— Nicholas Gregoras, vous êtes le roi des crétins !

— Oui. Comme en toute chose, je préfère être le premier.

Morgan se renfonça dans son siège, n'oubliant sa rancune que lorsque la maison se dressa devant elle dans son imposante beauté.

— Oh, Seigneur ! Elle est superbe !

La bâtisse donnait l'impression d'une forteresse, massive autant qu'austère, dont le premier étage se détachait, tel un bras tendu surplombant les flots. Même de près, elle ne perdait rien de la puissance qui émanait d'elle, depuis la mer. Des bouquets d'arbustes en fleurs judicieusement plantés çà et là s'emmêlaient aux vignes et conféraient à l'ensemble l'illusion d'un jardin à l'abandon. « Le château de la Belle au bois dormant », songea Morgan.

— Quel endroit magnifique ! s'exclama-t-elle en se tournant vers Nick, tandis que celui-ci garait la voiture devant l'entrée. Je n'ai jamais rien vu de pareil !

— C'est la première fois que tu m'adresses un sourire sincère, dit Nick, que cette soudaine prise de conscience semblait agacer.

Car il venait de réaliser à quel point il avait attendu ce chaleureux élan de spontanéité sur son visage. Face à ce miracle, il ne savait trop comment réagir. Il se maudit intérieurement et sortit de la voiture.

Sans dire un mot, Morgan sortit à son tour et tenta d'avoir une vue d'ensemble de la propriété.

— Vous savez à quoi elle me fait penser ? demanda-t-elle comme pour elle-même. A une œuvre de Zeus, qui aurait décoché un éclair en direction de la falaise pour donner naissance à cette maison.

— Théorie intéressante, jugea Nick en prenant la jeune femme par la main pour la guider vers l'escalier en pierre. Si tu avais connu mon grand-père, tu aurais réalisé à quel point tu es proche de la vérité.

Dès qu'ils eurent franchi le seuil, toutes les bonnes résolutions de Morgan volèrent en éclats. Elle, qui s'était promis de jouer les indifférentes, préféra renoncer devant ce qu'elle découvrait.

Le hall était vaste et d'un blanc lumineux, ponctué çà et là des couleurs vives des tableaux primitifs que Nick y avait accrochés. Un des murs disparaissait à demi sous une collection de lances entrecroisées. Des armes faites pour tuer, jugea Morgan, mais chargées de tant d'histoire qu'elle ne pouvait que les admirer. L'escalier en colimaçon menant aux étages supérieurs était protégé d'une rampe de bois brut et conférait à l'ensemble un savant dosage d'élégance et d'originalité.

Morgan pivota sur elle-même pour faire face à Nick.

— Nicholas, c'est vraiment superbe. On s'attendrait presque à voir débouler un cyclope ! N'y aurait-il pas quelque centaure caché dans le jardin ?

— Nous pourrons aller vérifier, si tu veux.

Morgan lui rendait la tâche difficile. Car si elle persistait à jouer de son charme comme elle le faisait, cela changerait sacrément la donne ! Il la prit par la main pour l'entraîner à travers la maison.

Morgan estima que la comparaison qu'avait faite Liz avec la caverne d'Ali Baba était parfaitement justifiée. Chaque pièce regorgeait de trésors inestimables : miroirs vénitiens, miniatures de Fabergé, masques africains, poteries indiennes, vases Ming. Tout était stocké, pêle-mêle, dans un joyeux mélange culturel. Ce qui aurait pu n'être qu'un musée sinistre et poussiéreux se révélait en fait un amoncellement de merveilles. A mesure que la visite avançait, la fascination de Morgan augmentait. Elle allait de surprises en surprises, découvrant avec toujours plus de ravissement et d'extase les objets d'art que recélait la maison. Ici, des vases en cristal voisinaient avec des arbalètes du XVIIe ; là, des têtes réduites de tribus primitives côtoyaient de délicates porcelaines.

L'architecte qui avait conçu la maison devait être complètement fou, décida la jeune femme lorsqu'elle découvrit une frise sculptée de têtes de loup alternant avec des elfes malicieux. Merveilleusement fou ! Car sur cette maison soufflait un vent de folie qui donnait l'impression qu'elle avait été projetée dans un monde imaginaire.

Mais Morgan n'était pas au bout de ses surprises. Lorsqu'ils longèrent le couloir du premier étage, une immense baie vitrée lui donna l'illusion d'être suspendue à la falaise. Elle jeta un coup d'œil en bas, à la fois exaltée et terrifiée.

Nick l'observait en silence. Il avait envie de la posséder, de la prendre tandis qu'elle affichait ce sourire bravache, défiant le danger. En homme habitué à obtenir tout ce qu'il voulait, il désirait ardemment la faire plier.

Morgan se tourna vers lui, les yeux encore brillants d'excitation.

— Andrew m'a confié qu'il pensait que c'est de cette falaise que Sapho s'était jetée dans la mer. Je suis sûre qu'il a raison.

— Andrew ne manque pas d'imagination.

— Vous non plus. Il en faut beaucoup pour avoir choisi de vivre ici.

— Tes yeux sont comme deux lacs, murmura-t-il soudain. Du même bleu-vert sublime et limpide. Je devrais t'appeler Circé plutôt qu'Aphrodite.

D'un geste brusque, il attrapa Morgan par les cheveux et lui tira la tête en arrière, la forçant à le fixer.

— Car tu as beaucoup plus de l'ensorceleuse que de la déesse.

Morgan le regardait sans ciller. Aucune lueur d'ironie ou d'arrogance cette fois au fond de ces prunelles sombres posées sur elle. Juste un profond désir. Et le désir, bien plus que la passion, l'aimantait.

— Nicholas, je ne suis qu'une femme, s'entendit-elle dire.

Les doigts de Nicholas se crispèrent un peu plus dans

l'épaisse chevelure. La jeune femme sentit que son humeur avait changé lorsqu'il lui prit le bras plutôt que la main pour lui faire poursuivre la visite.

— Viens, descendons boire un verre.

Lorsqu'ils pénétrèrent dans le salon, Morgan avait changé son fusil d'épaule et du même coup ses priorités. Il lui fallait des réponses à ses questions et elle entendait bien les obtenir. Elle ne laisserait pas quelques mots tendres, chuchotés à son oreille, et une paire d'yeux sombres lui faire oublier la seule raison pour laquelle elle avait accepté de venir ici. Mais avant qu'elle ait pu dire un mot, un homme s'était glissé dans la pièce.

Bien que de taille moyenne, il impressionnait par sa corpulence massive. Morgan lui trouva l'aspect d'un char d'assaut que rien ni personne ne pourrait arrêter. D'épais cheveux gris encadraient son visage cuivré. Quant à la moustache épaisse dont les extrémités effilées lui balayaient le menton, elle était un véritable chef-d'œuvre. L'homme lui adressa un sourire à demi édenté.

— Bonjour, mademoiselle, dit-il avec déférence.

Intriguée, Morgan lui répondit sans sourire.

— *Yassou.*

— Stephanos, je te présente Mlle James. Stephanos est… mon garde du corps, si l'on peut dire.

Un nouveau sourire accueillit les paroles de Nick.

— Votre serviteur, mademoiselle, dit le nouveau venu en esquissant une courbette. Puis se tournant vers Nick :

— Le sujet qui nous préoccupe a été débattu, monsieur Gregoras. Vous avez reçu des messages d'Athènes.

— Merci. Je verrai cela plus tard.

— Comme vous voudrez.

Le serviteur se retira, laissant Morgan sceptique. Quelque chose dans le bref échange que venaient d'avoir les deux hommes lui échappait et l'intriguait. Elle secoua la tête et fixa son attention sur Nick, qui s'affairait à leur préparer des cocktails. Après tout, elle se fichait pas mal des relations que Nick entretenait avec son serviteur. Puis, décidant que la meilleure attaque était de foncer droit au but, elle demanda à brûle-pourpoint :

— Que faisiez-vous sur la plage l'autre soir ?

— Je suis venu pour t'agresser. Ton opinion n'est-elle pas déjà faite à ce sujet ?

Il s'était exprimé d'une voix douce qui déstabilisa la jeune femme.

— En admettant que ce soit vrai…

Elle s'interrompit pour rassembler tout son courage.

— … cela ne me dit pas si vous trempez dans une affaire de contrebande ou pas.

Nick sembla hésiter une fraction de seconde. Comme il tournait le dos à Morgan, celle-ci ne vit pas son visage passer de la surprise à la plus grande considération. Cette femme était redoutable. Beaucoup plus qu'il ne l'avait imaginé.

Il se retourna et lui tendit un verre plein.

— Puis-je savoir ce qui t'a conduite à une conclusion aussi fantaisiste ?

— Ne jouez pas à ce petit jeu avec moi ! fulmina Morgan en lui arrachant presque son verre des mains. Je sais très bien ce que je dis !

Elle alla s'asseoir et l'épingla du regard. La bouche de Nick esquissa une petite moue narquoise.

— Quelle façon simpliste d'interpréter les choses, tu ne crois pas ?

— Je ne vois pas ce qu'il y a de simpliste à vous demander si vous êtes un contrebandier.

Nick alla s'asseoir face à elle, se donnant le temps d'étudier les différentes possibilités qui s'offraient à lui.

— D'abord, dis-moi ce qui te fait penser une telle chose.

— Vous sortiez de l'eau. Je l'ai nettement senti sur votre peau.

Nick baissa les yeux sur son verre avant d'en siroter une gorgée.

— C'est pour le moins curieux d'imaginer que, parce que je venais de la mer, je suis forcément un contrebandier.

Morgan serra les dents devant tant de sarcasme, mais poursuivit néanmoins :

— Si vous reveniez d'une partie de pêche, je ne vois vraiment pas pourquoi vous m'auriez traînée dans les buissons en brandissant un couteau comme vous l'avez fait.

— Et pourtant, murmura Nick comme pour lui-même, dans un certain sens j'étais réellement à la pêche.

— D'après Alex, insista la jeune femme, les côtes de Turquie sont facilement accessibles depuis cette partie de l'île. Il paraît que la contrebande est monnaie courante par ici.

— Alex ? répéta Nick, qui parut tout à coup préoccupé. Et que pense-t-il de ce problème ?

Morgan hésita à répondre, semblant peser ses mots.

— Il paraissait… comment dire ? Résigné. Il m'en a parlé comme d'une fatalité.

Nick se renfonça dans son siège et fit tourner son verre dans sa main.

— Je vois. Est-ce qu'Alex et toi avez également débattu de la façon dont les trafiquants s'y prennent pour faire leur sale boulot ?

— Bien sûr que non ! aboya Morgan, furieuse de voir les rôles s'inverser. Alex n'y connaît rien ! Contrairement à vous ! ajouta-t-elle perfidement.

Un sourire amusé flotta sur les lèvres de Nick.

— Eh bien ? s'entêta Morgan.

— Eh bien quoi ?

— Vous continuez à nier ?

Elle s'acharnait, souhaitant pourtant de toute son âme qu'il nie ce qui lui apparaissait à elle comme une évidence.

Nick la considéra un instant en silence.

— De toute façon, finit-il par dire, tu ne me croirais pas, n'est-ce pas ?

A présent, même ses yeux souriaient. Il semblait beaucoup s'amuser de la situation.

— Que ferais-tu si j'avouais ?

— J'irais vous dénoncer à la police, assura Morgan en vidant la moitié de son verre.

Nick explosa d'un rire sonore qui se répercuta dans toute la maison.

— Morgan, quelle délicieuse femme tu fais ! Délicieuse et décidément très courageuse.

Il se pencha vers elle et lui prit la main.

— Tu ne me connais pas encore très bien, mais je peux t'assurer que ma réputation est telle que les policiers te prendraient pour une folle si tu allais les trouver.

— Je pourrais prouver...

— Quoi ? questionna-t-il plus durement.

Peu à peu le vernis craquait, révélant l'homme implacable qu'il pouvait être.

— Tu ne peux pas prouver ce que tu ignores, Morgan.

— Je sais que vous n'êtes pas celui que vous prétendez être ! affirma la jeune femme en tentant vainement de dégager sa main.

Nick l'observa un long moment, déchiré entre la contrariété et l'admiration.

— Qui que je sois, ça n'a de toute façon rien à voir avec toi, conclut-il d'une voix légèrement radoucie.

— Si vous pouviez avoir raison !

Luttant contre le flot d'émotions contradictoires qui le submergeait, Nick la regarda par-dessus son verre.

— Tu disais donc que tu n'hésiterais pas à me dénoncer à la police, reprit-il. Crois-moi, cela ne serait pas une décision très sage.

— Je m'en fiche ! Je ne ferais que mon devoir.

Morgan inspira profondément puis lâcha d'un trait ce qui lui torturait l'esprit depuis cette fameuse nuit.

— Le couteau, vous l'auriez utilisé ?

— Contre toi ?

Sa voix était aussi imperméable que son regard.

— Contre n'importe qui.

— Je ne peux donner de réponse précise à une question aussi vague.

— Nicholas ! Pour l'amour du ciel !

Nick reposa son verre et croisa les doigts. Ses traits se durcirent, son regard s'assombrit.

— Si j'étais réellement aussi mauvais que tu le dis, tu serais bien téméraire ou, disons-le, complètement inconsciente de rester là, tranquillement assise à bavarder avec moi.

— Que pourriez-vous contre moi ? demanda la jeune femme en haussant les épaules. Tout le monde à la villa sait que je suis ici avec vous.

— Cette fois, d'accord. Mais je pourrais attendre un moment plus propice pour t'empêcher de parler.

Une fois encore, il admira le sang-froid dont la jeune femme faisait preuve. Car, mis à part l'imperceptible tressaillement qu'il avait surpris, rien ne laissait supposer qu'elle avait peur.

— Je saurais me défendre !

— Vraiment ? murmura-t-il, tandis que son humeur changeait de nouveau. De toute façon, enchaîna-t-il d'une voix plus enjouée, je n'ai pas l'intention de gâcher tant de beauté alors que mon but est d'en tirer profit. Tes talents pourraient même m'être très utiles.

Morgan releva fièrement le menton.

— Et moi, je n'ai pas l'intention de me laisser manipuler. Le trafic de drogue est le pire trafic qui soit ! Les magouilles des petits trafiquants d'alcool ou de cigarettes paraissent bien inoffensives en comparaison.

— Des pirates borgnes qui écouleraient leur marchandise à la faveur de nuits embrumées, se moqua Nick. C'est ainsi que ton *esprit pratique* voit les choses, Morgan ?

La jeune femme ouvrit la bouche pour rétorquer vertement, mais elle y renonça.

— Je ne vous aime pas, Nicholas Gregoras, soutint-elle en lui souriant.

— Je ne t'en demande pas autant, Morgan. D'ailleurs, ce mot ne fait pas partie de mon vocabulaire, il est beaucoup trop fade à mon goût.

A présent manifestement très détendu, il se pencha en avant pour reprendre son verre.

— Tu n'aimes pas ? s'enquit-il en voyant la jeune femme reposer le sien.

— Nicholas, dit-elle posément sans le quitter des yeux, je veux juste une réponse. J'estime le mériter. Quoi que vous me disiez, et contrairement à ce que j'affirmais tout à l'heure, je n'irai pas trouver la police. Je vous en fais le serment, vous n'avez rien à craindre de moi.

Quelque chose comme de la bienveillance passa fugacement dans le regard de Nick. Il hésita longuement, semblant peser soigneusement sa décision.

— Tu as raison, finit-il par admettre, je suis en quelque sorte concerné par ce trafic. Et j'aimerais que tu m'informes de tout ce que tu pourras entendre à ce sujet.

Sourcils froncés, Morgan se leva de son siège et se mit à arpenter nerveusement la pièce. En lui demandant d'oublier les voies du bien et du mal, Nick lui rendait les choses difficiles. D'autant plus difficiles que les sentiments s'en mêlaient. Des sentiments ! Morgan coupa court à ce qu'elle jugeait comme un excès de sentimentalisme. Il n'était pas question d'éprouver quoi que ce soit pour cet homme !

— Qui était avec vous ce soir-là ?

Il fallait coûte que coûte s'en tenir à sa décision. Des

questions qui appelaient des réponses. L'heure n'était certes pas à l'introspection.

— Je vous ai entendu donner des ordres à quelqu'un, enchaîna-t-elle.

— Dommage ! Je te croyais trop terrorisée pour l'avoir remarqué, dit Nick en continuant de siroter son verre.

— Vous parliez à quelqu'un, répéta Morgan avec autorité. Quelqu'un qui a exécuté vos ordres sans poser la moindre question ? Qui était-ce ?

Nick pesa le pour et le contre avant de répondre. De toute façon, la logique implacable de la jeune femme ainsi que l'instinct dont elle était douée l'amèneraient tôt ou tard à découvrir qui était son comparse.

— Stephanos.

— Cette espèce de vieillard ?

Morgan cessa de faire les cent pas pour venir se planter face à Nick. Stephanos ne correspondait pas vraiment à l'idée qu'elle se faisait d'un dangereux contrebandier.

— Ce *vieillard*, comme tu dis, connaît la mer comme personne.

Un sourire fleurit sur ses lèvres devant l'air incrédule de Morgan.

— En outre, il possède la qualité rare d'être loyal et enfin il m'accompagne depuis ma plus tendre enfance.

— Tout cela est en effet bien pratique pour des agissements aussi répréhensibles !

Tout à coup déprimée, Morgan lui tourna le dos pour aller regarder par la fenêtre. Enfin, elle avait les réponses à ses questions ! Malheureusement, ce n'étaient pas celles qu'elle aurait souhaité entendre.

— Une belle maison bien située, un complice zélé, un rituel bien rodé… Qui est la personne qui est passée près de nous et que vous vouliez éviter à tout prix ?

Décidément, nota Nick avec colère, même dans la terreur, aucun détail ne semblait lui avoir échappé.

— Cela ne te regarde pas, dit-il avec raideur.

Morgan se retourna brusquement.

— Vous m'avez entraînée dans cette histoire, j'ai le droit de savoir.

Nick se leva à son tour, au comble de l'impatience.

— Ton droit s'arrête là où je le décide, trancha-t-il. Ne me pousse pas à bout, Morgan. Tu risquerais de le regretter. Je t'ai dit tout ce que je pouvais te dire. Il va falloir que tu t'en contentes.

Morgan recula de quelques pas, se maudissant intérieurement de s'être laissé impressionner. Son mouvement n'avait pas échappé à Nick, qui se rapprocha d'elle et la prit par les épaules.

— Bon sang, Morgan ! Je n'ai pas l'intention de te faire de mal. Si cela avait été le cas, j'aurais déjà eu l'occasion de le faire, non ? Mais qu'est-ce que tu t'imagines ? demanda-t-il en la secouant brutalement. Que je vais te trancher la gorge ou te pousser de la falaise ?

Le regard de Morgan, franc et direct, exprimait à présent plus de colère que de crainte.

— Je ne sais pas.

Il réalisa soudain qu'il lui faisait mal. Il relâcha son emprise, se détestant de s'être laissé aller à un tel mouvement d'humeur. Il devait se ressaisir, rester indifférent à ce qu'elle pouvait bien penser de lui.

— Je n'attends pas de toi que tu me fasses confiance, dit-il avec une infinie douceur. Mais sois raisonnable, ton implication dans cette histoire n'a été qu'un malheureux concours de circonstances. Je ne te veux aucun mal, Morgan. Il faut que tu me croies.

Intriguée par ce revirement d'humeur, la jeune femme se mit à observer Nick en silence. Il paraissait sincère.

— Vous êtes un homme étrange, Nicholas. Je ne sais pas pourquoi, je n'arrive pas à vous imaginer dans un trafic aussi sordide.

— Serais-tu devenue intuitive tout à coup ? railla gentiment Nick.

Il passa ses mains dans les cheveux de la jeune femme. Ils étaient aussi doux que dans son souvenir.

— Qu'est devenu ton fameux sens de la réalité ?

— Nicholas...

— Non, la coupa-t-il. Une question de plus et tu me mettras dans l'obligation de faire diversion. Et comme tu as pu t'en rendre compte... (Un sourire renversant éclaira son visage), je suis très sensible à ta beauté, ainsi qu'à ton intelligence plus que vive. Je ne suis pas sûr de pouvoir résister à la combinaison des deux.

Il fit tourner entre ses doigts la médaille que Morgan portait autour du cou, puis il la laissa retomber délicatement avant de s'écarter légèrement d'elle.

— Dis-moi, Morgan, que penses-tu de Dorian et de Iona ?

— Tout cela me déplaît fortement, Nicholas, dit-elle en s'éloignant un peu plus de lui.

Elle ne lui reconnaissait pas le droit de la perturber comme il le faisait. C'était si facile pour lui de l'atteindre, puis de s'esquiver, inconscient du trouble qu'il provoquait !

— Je suis venue à Lesbos pour fuir les pressions et les complications de ma vie quotidienne.

— Quels genres de pressions ?

Elle revint se planter devant lui, ses yeux lançant des éclairs.

— Cela ne vous regarde pas ! Mais tout ce que je peux dire, c'est que j'avais une vie avant de descendre sur cette fichue plage et de vous y rencontrer.

— Je n'en doute pas une seconde, répondit Nick en s'emparant une nouvelle fois de son verre.

— Tout à coup, je me retrouve mêlée à une mauvaise série B et je n'aime pas ça du tout !

— Il est bien dommage, en effet, que tu n'aies pas eu

la bonne idée de rester sagement couchée cette nuit-là, déplora Nick, en faisant négligemment tourner son verre. La part grecque qui est en moi me souffle que ce sont les dieux qui en ont décidé ainsi, ajouta-t-il. Quoi qu'il en soit, nos deux sorts sont liés et il n'y a rien que nous puissions faire pour le moment.

Il fut surpris par la main que Morgan posa sur son torse. Et détesta sentir son cœur s'emballer à ce contact. Il ne voulait pas céder aux sentiments. Au désir que l'on satisfait aussi facilement qu'on l'oublie, oui, mais pas aux sentiments, que l'on ne pouvait contrôler.

— Puisque vous semblez croire à la fatalité, pourquoi ne pas répondre simplement à ma question ?

— Je n'ai pas le choix.

Il la regardait fixement, et Morgan lut dans ses yeux le reflet de son propre désir pour lui.

— Prends-moi tel que je suis, Morgan.

La jeune femme laissa retomber sa main, effrayée par la puissance des émotions qu'elle ressentait.

— Je n'ai pas l'intention de vous prendre du tout, lâcha-t-elle d'une voix faussement désinvolte.

Nick la pressa contre lui, jouissant avec une pointe de perversité de la résistance qu'elle lui opposait.

— Vraiment ? Laisse-moi te prouver le contraire, Aphrodite.

A peine avait-il pris ses lèvres qu'elle s'abandonna entre ses bras. Tout était si confus dans son esprit ! Jusqu'à ne plus faire la moindre distinction entre le bien et le mal. Elle se fichait pas mal de savoir qui il était et ce qu'il faisait. Seul comptait le désir physique qui la submergeait.

Elle noua ses bras autour du cou de Nick et se plaqua un peu plus contre lui. Elle l'entendit lui murmurer quelque chose à l'oreille, puis leurs bouches se joignirent en un baiser chargé de tant de passion qu'elle se demanda si elle n'avait pas éprouvé ce sentiment intense à la seconde même où elle l'avait rencontré. Elle s'accrochait désespérément à lui, lui témoignant l'urgence de son désir. Quelque chose en elle s'était ouvert, brisant tous les tabous, déchirant les frontières. Elle se cambra, provocante, le poussant à plus d'audace.

Elle savait que leurs deux corps parfaitement imbriqués se chercheraient toujours, encore et encore, contre leur volonté, contre toute raison. Cette prise de conscience, au lieu de l'effrayer, la rendit encore plus avide de lui.

— Morgan, susurra Nick dans un souffle, tu me rends fou. Je te veux. Reste avec moi ce soir. Ici nous serons seuls au monde.

Sa bouche ardente dévorait la gorge de la jeune femme. Il la sentit prête à céder. Tout son corps tendait à lui dire oui. Pourtant, elle s'écarta de lui.

— Non, dit-elle enfin.

Nick l'observa en silence, une lueur amusée au fond des yeux.

— Tu as peur ?

— Oui, répondit-elle spontanément.

La sincérité de la jeune femme avait beau le toucher profondément, un immense sentiment de frustration l'envahit.

— Tu es vraiment exaspérante ! grommela-t-il en allant remplir de nouveau son verre vide. Tu mériterais que je te charge sur mon épaule pour te fourrer dans mon lit et voilà, le tour serait joué !

Les jambes encore flageolantes, Morgan mit un point d'honneur à cacher son émotion.

— Qu'est-ce qui t'en empêche ? demanda-t-elle d'une voix égale qui eut le don de mettre Nick hors de lui.

Il se retourna brusquement vers elle.

— Probablement le fait que tu sois du genre à dîner aux chandelles et à apprécier les promesses d'amour. Même si tu ne crois pas à ces fadaises.

Il but son verre d'un trait et le reposa bruyamment.

— C'est ce que tu attends de moi ?

Morgan le fixait posément. Seules ses mains tripotant sa médaille trahissaient son extrême nervosité.

— Non. Et je n'attends pas non plus de toi que tu me fasses l'amour.

— Ne me prends pas pour un imbécile, Morgan, gronda Nick d'une voix menaçante.

Il fit un pas vers elle et s'arrêta, conscient du danger qu'il y avait à combler la distance entre eux.

— Ton corps te trahit chaque fois que je te touche.

— Cela n'a rien à voir, assura calmement la jeune femme. Je te répète que je ne veux pas que tu me fasses l'amour.

Nick se mordit la lèvre et attendit que s'apaise le mélange de colère et de frustration qui l'étouffait presque.

— Pourquoi ? Parce que tu t'imagines que je suis un trafiquant de drogue ?

— Non, répondit Morgan, à la grande surprise de Nick.

Elle eut soudain l'impression que les forces allaient lui manquer, puis elle se ressaisit et s'appliqua à lui dire la vérité :

— Parce que je ne souhaite pas n'être dans ta vie qu'un agréable passe-temps.

Nick fourra les mains dans ses poches.

— Je vois. Eh bien, je crois qu'il vaut mieux que je te ramène avant que tu ne découvres que je ne considère pas l'amour comme un passe-temps.

Une demi-heure plus tard, Nick était de retour chez lui et claquait violemment la porte derrière lui. Sa colère n'était toujours pas retombée. Il se dirigea vers le bar, se servit un autre verre d'alcool et se laissa tomber dans un fauteuil. Il n'avait ni le temps ni la patience d'essayer de la convaincre de sa bonne foi. Le désir qu'il avait d'elle était encore si intense qu'il en devenait douloureux. Un désir purement physique, se dit-il comme pour mieux s'en convaincre. Il avala une bonne rasade dans l'espoir de voir son tourment s'apaiser. Il lui fallait une femme; n'importe quelle femme pour calmer la tension qui l'oppressait.

— Ah, tu es revenu, dit Stephanos, qui venait de faire son entrée dans le salon.

Il nota, sans faire le moindre commentaire, l'humeur sombre de son chef. Il y était habitué, pour en avoir été témoin des centaines de fois depuis qu'il le connaissait.

— Cette femme est bien plus belle que dans mon souvenir.

Le silence obstiné de Nick le laissa imperturbable. A son tour, il alla se servir un verre de brandy.

— Tu lui as parlé ?

— Je n'ai dit que le strict nécessaire. Elle est beaucoup trop fine et, en plus, elle n'a peur de rien.

Nick fixa pensivement le fond de son verre puis ajouta, l'air préoccupé :

— Elle m'a accusé d'être un trafiquant de drogue.

Il avala une nouvelle gorgée d'alcool, tandis que Stephanos éclatait de rire.

— Je ne vois vraiment pas ce qu'il y a de drôle! dit Nick avec humeur.

Pour toute réponse, le vieil homme lui adressa un large sourire.

— Elle a le regard aiguisé. Et le porte souvent sur toi, affirma-t-il.

Puis, coupant court à d'éventuelles objections, il enchaîna :

— Tu lui as parlé d'Alex ?

— Pas vraiment.

— Elle est loyale ?

— Envers Alex ?

Nick fronça les sourcils, l'air songeur.

— Oui. Elle est loyale avec les gens qu'elle aime.

Il reposa son verre, résistant à la tentation de le fracasser contre un des murs.

— Essayer de lui tirer des renseignements ne va pas être facile.

— Il faudra bien que tu y arrives, pourtant.

— Bon sang ! Si au moins elle n'était pas sortie cette nuit-là !

Stephanos le gratifia d'un nouveau sourire avant de finir son verre d'un trait et de marquer son approbation par un soupir d'aise.

— Cette fille t'obsède, affirma-t-il. Et tu n'as pas l'air d'aimer ça !

Il éclata de nouveau d'un rire moqueur, ne s'arrêtant que lorsqu'il remarqua le regard irrité que Nick fixait sur lui.

— Athènes attend ton coup de fil, lui rappela-t-il.

— Athènes peut bien aller au diable !

5

L'état d'esprit de Morgan ne valait guère mieux que celui de Nick lorsqu'elle franchit le seuil des Theoharis. Car durant le trajet du retour elle avait découvert que ce qu'elle éprouvait pour Nick n'était pas de la colère. Pas plus que de la crainte ou du ressentiment. Pour la première fois, un homme était parvenu à la faire souffrir. Même Jack, avec qui pourtant elle avait partagé plusieurs mois de sa vie, n'y était pas arrivé.

Cela n'avait rien à voir avec les marques qu'elle avait encore sur les bras. Non, c'était une souffrance plus profonde, et qui certainement avait trouvé ses racines dans le choix de vie qu'il avait fait.

« Cela n'a rien à voir avec moi, cela n'a rien à voir avec moi », se répétait sans cesse la jeune femme. Pourtant la violence avec laquelle elle claqua la porte d'entrée semblait vouloir la persuader du contraire. Son projet de filer directement dans sa chambre sans voir personne fut contrarié par la présence de Dorian, qui l'appela dès qu'il la vit.

— Morgan ! Tu viens nous rejoindre ?

La jeune femme plaqua un sourire contrit sur ses lèvres et gagna la terrasse.

Iona était alanguie sur un canapé, près de lui. Elle était vêtue d'un short rose qui révélait ses longues jambes délicatement musclées, et d'un chemisier en dentelle resserré aux poignets. Elle daigna saluer distraitement Morgan avant de se perdre de nouveau dans la contemplation du paysage. Une tension semblait régner entre eux et Morgan se demanda si elle en était la cause.

— Alex est au téléphone, précisa Dorian en se levant pour approcher un siège. Et Liz est occupée à régler un problème d'intendance avec le cuisinier.

— Sans l'aide d'une interprète ? railla gentiment Morgan.

Elle envoya soudain Nicholas Gregoras au diable, décidant qu'il n'allait pas lui gâcher ses vacances plus longtemps ni la rendre aussi boudeuse que Iona. Et elle retrouva miraculeusement toute sa bonne humeur.

— C'est ridicule, intervint Iona en faisant signe à Dorian d'allumer la cigarette qu'elle tenait à la main. Liz n'a qu'à le virer. Les Américains ont pourtant la réputation de ne pas faire de sentiment avec leurs domestiques !

— Vraiment ? dit Morgan, que cette allusion méprisante avait prodigieusement agacée. Je l'ignorais.

Iona enveloppa la jeune femme d'un regard dédaigneux.

— Ça ne m'étonne pas. Je ne vous imagine pas une seconde en train de donner des ordres à des domestiques.

Dorian intervint habilement, empêchant ainsi Morgan de riposter à l'insulte.

— Dites-moi, Morgan, comment avez-vous trouvé les trésors de notre cher Nick ?

La jeune femme put lire dans ses yeux qu'il lui demandait clairement de ne pas tenir compte des attaques perfides de Iona. « Il l'aime », songea Morgan. Une onde de compassion la traversa. Elle inspira profondément, s'exhortant à relâcher ses muscles tendus.

— C'est un endroit merveilleux. Un peu comme un musée, mais sans la solennité propre à ce genre de lieux. Il a dû mettre des années à rassembler une telle collection !

Elle vit passer dans le regard du jeune homme un éclair de gratitude.

— Nick est avant tout un homme d'affaires, vous savez ?, commenta-t-il. Alors bien sûr, il profite de son érudition et de sa position pour garder les plus belles pièces pour lui.

— J'ai adoré sa petite boîte à musique du siècle dernier, qui joue *La Lettre à Elise*.

Morgan, à présent parfaitement détendue, poussa un nouveau soupir et ajouta :

— A la place de Nick, j'aurais donné n'importe quoi pour acquérir cette petite merveille.

— Nick est un homme très généreux, dit Iona, un sourire entendu aux lèvres; à condition de savoir le prendre, bien sûr.

Morgan croisa le regard venimeux de la jeune femme.

— Si vous le dites…, éluda-t-elle d'un air qu'elle souhaitait dégagé.

Puis s'adressant à Dorian :

— J'ai rencontré le cousin de Nick hier matin.

— Ah, oui ! Le jeune poète américain.

— Il m'a dit qu'il adorait se promener dans cette partie de l'île. Je le comprends tout à fait, moi aussi, j'aime beaucoup le calme et la sérénité qui se dégagent de cet endroit. J'ai été d'autant plus stupéfaite d'apprendre que c'était la plaque tournante d'un trafic de drogue.

Dorian afficha un sourire mi-amusé, mi-ironique. Iona, elle, se raidit brusquement. Ses traits se tendirent, elle devint blême. Elle avait peur, c'était évident. Qu'est-ce qui pouvait bien l'effrayer à ce point ?

— C'est une activité bien risquée, commenta Dorian, qui semblait ne pas avoir remarqué le brusque changement de Iona. Et cependant très pratiquée. A tel point que cela en devient presque une tradition.

— Drôle de tradition, tout de même, murmura Morgan.

— Pourtant, enchaîna Dorian, le secteur est étroitement quadrillé par des patrouilles de police. Et croyez-moi, elles ne font pas de quartier ! Cinq hommes ont été tués l'année dernière, abattus au large des côtes turques.

Il alluma une cigarette avant de poursuivre :

— La brigade des stupéfiants a pu mettre au jour une cache recélant d'importantes quantités de drogue.

— C'est terrible, commenta Morgan en notant que la pâleur de Iona n'avait fait que s'amplifier.

Dorian haussa négligemment les épaules.

— Ce sont souvent des paysans, ou des pêcheurs, précisa-t-il. Pas assez intelligents pour s'organiser entre eux. On murmure dans le pays que leur chef est redoutablement brillant, mais que c'est également un homme sans pitié. Il paraît qu'il se déplace toujours masqué. Même ses troupes ne savent pas qui il est. Il se peut même que ce soit une femme, qui sait ?

Cette idée le fit sourire.

— Cela ajouterait une note romanesque à ces sombres histoires.

A ces mots, Iona se leva précipitamment et s'enfuit de la terrasse.

— Pardonnez-lui, dit Dorian en la suivant des yeux. Elle est complètement lunatique.

— Elle semblait plutôt bouleversée.

— Iona est toujours bouleversée, murmura-t-il. Les nerfs, probablement.

— Vous semblez prendre d'elle un soin particulier.

Dorian reporta son attention sur Morgan, puis, se levant à son tour, alla s'accouder à la balustrade.

— Excusez-moi, Dorian, commença Morgan, je ne voulais pas me mêler de ce qui ne me regarde pas.

— Non, c'est moi qui vous dois des excuses, protesta Dorian.

Le soleil jouait avec son visage, accentuant un peu plus son hâle parfait, le blond doré de ses cheveux. Un véritable Adonis, songea une nouvelle fois Morgan. Pour la deuxième fois depuis son arrivée à Lesbos, elle regretta de ne pas être peintre.

— La relation que j'entretiens avec Iona est pour le moins… difficile, et je pensais avoir suffisamment dissimulé les sentiments que je lui porte.

— Je suis désolée, s'excusa de nouveau Morgan, qui ne savait pas quoi dire.

— Iona est une enfant gâtée, capricieuse. Pourtant, je l'aime.

Dorian secoua la tête et éclata d'un rire joyeux avant de reprendre :

— Je me demande bien ce qui fait qu'une personne peut vous faire perdre ainsi tout votre bon sens.

Pensive, Morgan laissa son regard dériver au loin.

— Je ne sais pas. Malheureusement, je ne sais pas.

— Par ma faute, vous voilà triste à présent, regretta Dorian en retournant s'asseoir auprès de la jeune femme. Ne me plaignez pas trop, Morgan, ajouta-t-il en lui prenant la main. Un jour ou l'autre, ce qui existe entre Iona et moi trouvera forcément une issue. Je suis quelqu'un de très patient, vous savez ?

Il souriait à présent, ses yeux clairs brillant d'une certitude absolue.

— Mais parlons d'autre chose, voulez-vous ? Pour en revenir au sujet que nous évoquions tout à l'heure, je dois avouer qu'en fait toutes ces histoires de contrebande me fascinent.

— Vous disiez que personne, pas même les hommes qui travaillent pour lui, ne sait qui est à la tête de ce trafic. C'est incroyable !

— C'est en tout cas le bruit qui court. J'adorerais mettre à profit mon séjour ici pour tenter de trouver des indices susceptibles de nous mettre sur la voie.

L'esprit tourmenté par le souvenir de Nick, Morgan grommela vaguement quelque chose.

— Pourtant, ce problème ne semblait pas vraiment vous préoccuper tout à l'heure.

Dorian haussa négligemment les épaules.

— Parce que j'estime que c'est le problème des autorités locales. Non, moi, ce que je trouve excitant, c'est juste la chasse à l'homme. (Ses yeux se mirent à briller dangereusement.) La chasse à l'homme, Morgan !

— Tu ne penses pas ce que tu dis, intervint Liz, qui, après avoir déboulé sur la terrasse, se laissa tomber lourdement sur une chaise. Une demi-heure avec un cuisinier grec caractériel vaut toutes les épreuves que l'on peut imaginer, vous pouvez me croire ! Dorian, sois gentil, donne-moi une cigarette.

Son sourire rayonnant, sa joie de vivre firent instantanément oublier à ses invités le sujet pourtant épineux qu'ils venaient d'aborder.

— Alors, Morgan, comment as-tu trouvé la maison de Nick ?

Le soleil qui pointait à l'horizon embrasait le ciel d'une lueur rosée. L'air était doux et humide. Après une nuit blanche c'était, pour Morgan, la meilleure des façons de commencer la journée.

Elle flânait au bord de l'eau, attentive au chant mélodieux des oiseaux qui accompagnait sa solitude. C'était ainsi qu'elle devait passer ses vacances. Détente, longues balades en solitaire, levers de soleil romantiques. N'était-ce d'ailleurs pas ce que lui avaient seriné son père d'abord, et ensuite Liz ?

« Détends-toi, Morgan. Pour une fois, oublie ton boulot. Pense un peu à toi, prends du bon temps. »

Mais aucun des deux n'avait prévu que Nicholas Gregoras entrerait dans sa vie. Si la situation n'avait pas été aussi absurde, elle aurait pu en rire.

Cet homme était une énigme dont elle ne possédait pas la clé. Elle n'arrivait pas réellement à croire qu'il était impliqué dans un trafic de drogue. Elle sentait confusément que quelque chose dans ce puzzle ne collait pas. Des pièces manquaient, qu'elle ne supporterait pas de ne pas trouver.

Et que penser de Iona ? Morgan soupçonnait la cousine d'Alex de ne pas être qu'une capricieuse imbue de sa petite personne. Au-delà des apparences un peu caricaturales, elle devinait une femme plus complexe. Qui cherchait à cacher un secret. Un secret qu'Alex connaissait. Ainsi que Dorian, Morgan en était presque certaine. Mais de quoi s'agissait-il ? Et dans quelle mesure les deux hommes étaient-ils impliqués ? Morgan avait trouvé démesurée la réaction de la jeune femme par rapport à celle de Dorian et d'Alex. Eux s'étaient montrés presque indifférents au problème, paraissant même s'en amuser. Iona, en revanche, avait semblé terrifiée. A l'idée d'être découverte ? se demanda Morgan. Non, c'était absurde.

Elle secoua la tête, dans l'espoir de chasser de son esprit ces dérives qu'elle jugeait extravagantes. Ce matin, décida-t-elle soudain, elle allait faire ce pour quoi elle était venue. C'est-à-dire rien. Ou du moins rien d'épuisant. Elle allait ramasser des coquillages. Forte de cette bonne résolution, elle roula le bord de son jean et commença à patauger au bord de l'eau.

Morgan n'avait que l'embarras du choix. La nacre des coquillages étincelait sous ses pieds. Elle se baissa et se mit à remplir les poches de sa veste. Son attention fut soudain attirée par le mégot d'une cigarette noire, à demi enfoui dans le sable. Elle songea en souriant qu'elle était en train de marcher dans les pas d'Alex. Elle imagina Liz et son mari marchant main dans la main le long de cette ravissante crique.

Morgan, de plus en plus absorbée, ne voyait pas le temps

passer. Le soleil était déjà haut lorsqu'elle déplora de ne pas avoir pris de sac pour son précieux trésor. Il restait encore tant de merveilleux spécimens à ramasser ! Elle décida alors d'empiler son butin sur le sable et de venir le récupérer plus tard. Il serait du plus bel effet chez elle dans une vasque de verre. Ainsi se souviendrait-elle avec bonheur de ses vacances en Grèce lorsque viendraient les journées froides et pluvieuses de l'hiver new-yorkais.

Des douzaines de mouettes tournoyaient autour d'elle en poussant leurs cris de guerre. Morgan se réjouissait de leur compagnie, qu'elle trouvait parfaitement adaptée à son humeur solitaire. Elle retrouva peu à peu la paix et la sérénité qu'elle avait éprouvées lors de sa baignade nocturne.

Elle se trouvait à présent à une bonne distance de la plage. Elle découvrit, face à elle, la gueule béante d'une grotte à demi dissimulée par la végétation folle qui l'avait prise d'assaut. Elle se sentit tout à coup l'âme d'une exploratrice. Se maudissant d'avoir choisi un jean blanc parfaitement inadapté à ce genre d'aventure, elle décida de jeter à l'endroit un bref coup d'œil et de revenir l'explorer une fois qu'elle se serait changée. De l'eau jusqu'aux chevilles, elle prit la direction de la grotte, se baissant une nouvelle fois pour ramasser un coquillage, niché dans son écrin de sable. Mais tandis que son regard glissait vers l'entrée de la caverne, son sang se figea dans ses veines.

Un visage livide miroitait à la surface de l'eau. Des yeux noirs la fixaient. Pétrifiée de terreur, Morgan ne pouvait émettre aucun son. C'était la première fois qu'elle était ainsi confrontée brutalement à la mort. Elle fit un pas en arrière, manqua de glisser sur des rochers émergents. Tandis qu'elle luttait pour se maintenir en équilibre, des spasmes d'une violence inouïe lui vrillèrent l'estomac, sa tête se mit à tourner. Elle ne devait pas s'évanouir. Non, pas ici, pas si près d'un cadavre ! Elle tourna le dos à la vision cauchemardesque et se mit à courir comme une folle.

Elle fuyait, trébuchant, se relevant, semblant voler au-dessus du sable et de l'eau. Une pensée la hantait : se sauver le plus loin possible pour échapper à ce qu'elle venait de voir. Enfin, dans un dernier sprint, à bout de souffle, elle atteignit l'anse rassurante de la petite plage.

C'est alors que des bras la ceinturèrent fermement. Portée par un instinct de survie qu'elle n'aurait jamais pensé posséder, Morgan se débattit comme une furie, cherchant à échapper à la peur primitive, autant que puérile, qui lui soufflait que le cadavre s'était lancé à ses trousses pour la tuer.

— Arrête, Morgan ! Arrête ou je vais finir par te blesser de nouveau. Bon sang, mais qu'est-ce qu'il t'arrive ?

Morgan fut prise de tremblements compulsifs. Sous le choc, son esprit mit quelques secondes à réaliser que c'était la voix de Nick. Elle leva la tête et le fixa, hébétée.

— Nicholas ?

De nouveau, tout se mit à tourner autour d'elle. Elle sentit le sol se dérober sous ses jambes tandis que de nouvelles vagues de peur et de nausées la submergeaient. Les tremblements redoublèrent bien qu'elle se sache désormais en sécurité dans les bras de Nick. Avec lui, rien ne pourrait lui arriver.

— Nicholas, répéta-t-elle machinalement comme si le simple fait de prononcer son nom la mettait définitivement à l'abri de tout danger.

Nick la serra un peu plus contre lui, la secoua avec douceur et examina son visage. Il était livide, sa peau moite. Il reconnut dans les yeux de la jeune femme la terreur qu'il avait si souvent vue passer dans d'autres yeux au cours de ses missions. Il devina également que s'il ne faisait rien, elle allait s'évanouir ou céder à une crise d'hystérie.

— Que s'est-il passé ? demanda-t-il d'une voix forte qui attendait une réponse.

Morgan ouvrit la bouche, mais aucun son n'en sortit. Elle ne pouvait que secouer la tête, muette. Elle enfouit son visage contre l'épaule de Nick, implorant tout son être de chasser à jamais de son esprit cette vision obsédante. Luttant contre la panique, le souffle court, elle hoquetait, blottie contre ce torse puissant qui était devenu pour elle un refuge inviolable. Là, aucun mal ne pourrait lui être fait.

— Morgan, essaie de te calmer et dis-moi ce qui s'est passé, intima Nick d'une voix autoritaire.

— Je... je ne..., balbutia-t-elle en cherchant à se blottir un peu plus.

D'un geste brusque, Nick l'écarta de lui et se mit à la secouer plus rudement.

— Parle, Morgan !

Sa voix était tranchante, dénuée de toute émotion. Mais il ne connaissait que cette façon pour lui faire reprendre ses esprits.

Sonnée par le ton de sa voix, Morgan essaya de parler, n'y parvint pas, puis sursauta violemment à un bruit de pas qui s'approchaient.

— Salut. Je vous dérange ?

La voix enjouée d'Andrew s'élevait derrière elle, mais Morgan ne tenta même pas de se retourner. Elle continuait à trembler, comme victime d'un choc cataleptique.

Pourquoi Nick était-il en colère contre elle ? Pourquoi ne l'aidait-il pas ? Elle s'appliqua à reprendre son souffle, tout en essayant de comprendre la réaction pour le moins surprenante de Nick. Il ne voyait donc pas qu'elle avait besoin de lui ?

— Quelque chose ne va pas ? s'enquit Andrew, piqué par la curiosité.

Car le tableau que formaient Nick, manifestement

impassible, et Morgan, bouleversée, ne lui avait évidemment pas échappé.

Nick jura intérieurement contre l'arrivée impromptue de son cousin.

— Je ne sais pas ce qui se passe, admit-il brièvement. J'ai vu Morgan arriver comme une folle sur la plage et depuis je n'ai pas réussi à lui faire dire un mot.

Il maintenait toujours la jeune femme à distance, ses doigts s'enfonçant douloureusement dans sa chair à mesure qu'elle cherchait à se rapprocher de lui.

— Maintenant, Morgan, dit-il d'une voix encore plus dure, dis-nous ce qui s'est passé.

— Là-bas..., parvint-elle à dire en claquant des dents.

Elle avala péniblement sa salive, chercha dans le regard de Nick un peu de compassion. Elle n'y vit qu'une froide détermination.

— Près de la grotte.

Elle s'arrêta, épuisée par l'effort que lui avaient demandé ces deux petits bouts de phrase. De nouveau, elle chercha la chaleur rassurante de ses bras. De nouveau, il la repoussa sans ménagement.

— Nicholas, s'il te plaît, implora faiblement la jeune femme.

La mort dans l'âme, Nick fit mine de ne pas entendre sa supplique, de ne pas voir les mains tendues vers lui. Il ne pouvait se permettre aucune faiblesse.

— Je vais aller jeter un coup d'œil, annonça-t-il.

— Ne pars pas, je t'en supplie !

Elle tenta une dernière fois de le retenir, mais se retrouva brutalement poussée dans les bras d'Andrew.

— Essaie de la calmer, pour l'amour du ciel ! gronda Nick, conscient de la rudesse avec laquelle il la traitait.

Mais elle n'avait pas le droit de lui demander des choses qu'il ne pouvait pas lui donner. Il jura entre ses dents avant de leur tourner le dos et de s'éloigner.

— Nicholas ! hurla Morgan en se débattant pour se libérer de l'emprise d'Andrew.

Il continua à marcher. Ne se retourna pas.

Morgan pressa une main tremblante sur sa bouche pour s'empêcher de hurler son nom une nouvelle fois. Elle sentit les bras d'Andrew l'entourer cette fois avec douceur. Elle se laissa aller contre lui, s'agrippant à son chandail.

— Ça va aller, murmura le jeune homme en lui caressant les cheveux. Dans d'autres circonstances, j'aurais aimé que tu te blottisses ainsi dans mes bras, ajouta-t-il d'un ton plus léger.

— Oh ! Andrew.

La gentillesse et la douceur du jeune homme eurent raison du blocage de Morgan. Elle fondit en larmes.

— C'était… c'était horrible ! hoqueta-t-elle.

— Raconte-moi ce que tu as vu, Morgan, l'encouragea Andrew d'une voix douce. Dis-le d'un trait, sans t'arrêter. Tu verras, ce sera plus facile.

La jeune femme renifla puis essuya ses larmes du revers de la main.

— Il y a un cadavre à l'entrée de la grotte.

— Un cadavre ! répéta Andrew, sceptique.

Il s'écarta légèrement de Morgan, la forçant à le regarder dans les yeux.

— Tu en es sûre ?

— Oui… oui. J'ai vu… J'étais…

Morgan se couvrit le visage de ses deux mains, incapable de poursuivre.

— Détends-toi, murmura Andrew, détends-toi et laisse sortir tout ça.

Encouragée par la tendre patience dont elle était l'objet, Morgan inspira profondément et reprit le cours de son récit.

— Je ramassais des coquillages dans la crique et puis j'ai vu une caverne. Je me suis avancée vers l'entrée et là…

Un frisson la parcourut tout entière.

— J'ai vu son visage, dans l'eau.

— Oh, Morgan...

Andrew l'attira de nouveau contre lui et la serra très fort. Il ne dit pas un mot, mais son silence était cent fois plus éloquent que des paroles. Il laissa Morgan pleurer tout son soûl contre sa poitrine.

Lorsque Nick revint quelques minutes plus tard, il fronça les sourcils à la vue des deux jeunes gens, toujours enlacés. Andrew, dans un élan protecteur qu'il ne lui connaissait pas, embrassait les cheveux de Morgan. Une pointe de jalousie lui vrilla le cœur, qu'il chassa aussitôt.

— Andrew, ordonna-t-il, ramène Morgan chez les Theoharis et appelle la police. Apparemment, un des villageois a eu un accident qui lui a été fatal.

Andrew opina, sans cesser de rassurer Morgan.

— Oui, elle m'a raconté. C'est terrible que ce soit elle qui ait découvert le corps.

Il frissonna et demanda :

— Tu viens avec nous ?

Nick baissa les yeux sur Morgan au moment où elle se tournait vers lui. Il détesta le mélange d'indifférence et de douleur qu'il lùt dans son regard. Elle ne lui pardonnerait jamais son attitude.

— Non, je vais rester et veiller à ce que personne ne s'approche en attendant l'arrivée de la police. Morgan...

Il posa une main sur l'épaule de la jeune femme, se détestant encore un peu plus. Elle l'effleura d'un regard vide d'expression.

— Ça va aller maintenant. Andrew va te raccompagner.

Sans un mot, Morgan lui tourna le dos.

— Prends soin d'elle, intima-t-il à son cousin en le fixant durement.

— Bien sûr, acquiesça Andrew, surpris par la note

d'hostilité qu'il avait sentie dans la voix de Nick. Viens, Morgan. Appuie-toi sur moi.

Nick les regarda monter les marches et attendit qu'ils soient hors de vue pour retourner près du corps.

Assise dans le salon, le traumatisme qu'elle venait de subir légèrement atténué par le verre de brandy qu'elle avait vidé d'un trait, Morgan détaillait en silence le capitaine Tripolos, chef de la police de Mitilini. C'était un homme de taille moyenne dont la carrure impressionnante n'était due qu'aux kilos qu'il avait en trop. Il avait pris soin de bien plaquer sur son crâne les rares mèches de cheveux qui lui restaient, et épinglait ses interlocuteurs d'un regard aussi sombre que vif. A travers les brumes de l'alcool, Morgan devina en lui la ténacité d'un bouledogue.

— Miss James, attaqua-t-il dans un anglais courant mais néanmoins haché, j'espère que vous ne vous formaliserez pas, mais j'ai quelques questions à vous poser. La routine, rien de plus.

— Cela ne peut pas attendre ? interrogea Andrew, assis sur le canapé à côté de Morgan. Il passa un bras protecteur autour des épaules de la jeune femme. Mlle James a été très choquée.

Touchée, Morgan posa sa main sur celle du jeune homme.

— Non, ça va maintenant, Andrew. J'ai surmonté le choc. Capitaine, allez-y, je comprends parfaitement. J'espère que je pourrai vous aider.

— *Efkharisto.*

Il alla s'installer sur la chaise qu'on lui avait avancée, puis commença, un sourire jovial sur sa face ronde.

— Pourriez-vous me raconter exactement ce qui s'est

passé depuis le moment où vous vous êtes levée ce matin, mademoiselle James ?

Morgan narra les faits aussi fidèlement que possible. Elle parlait de façon mécanique, les mains posées bien à plat sur ses cuisses. Tripolos nota que, malgré l'émotion qui pointait de temps en temps, Morgan soutenait son regard sans ciller. Il salua mentalement son courage, soulagé de n'avoir à affronter ni torrents de larmes ni fâcheuse crise d'hystérie.

— … et puis je l'ai vu, sous l'eau, poursuivait Morgan en acceptant avec gratitude la main que lui offrait Andrew. Alors je me suis mise à courir comme une folle.

Tripolos opina d'un hochement de tête.

— Il était très tôt lorsque vous vous êtes levée. Est-ce dans vos habitudes ?

— Non, mais en me réveillant ce matin, j'ai eu envie d'aller me promener seule, sur la plage.

— Avez-vous rencontré quelqu'un ?

— Non.

Un nouveau frisson la parcourut, mais son regard ne lâcha pas celui de Tripolos.

— A l'exception de Nicholas et d'Andrew, bien sûr.

— Nicholas ? Ah, vous voulez dire M. Gregoras.

Son regard alla se porter sur Nick, qui, lui, s'était confortablement installé sur un autre divan, entre Liz et Alex.

— Aviez-vous déjà rencontré cet homme, mademoiselle James ?

— Non.

Le visage du défunt lui apparut si clairement qu'elle serra convulsivement la main d'Andrew. Dans un effort presque surhumain, elle parvint à le chasser de son esprit.

— Je ne suis ici que depuis quelques jours, précisa-t-elle, et c'est la première fois depuis mon arrivée que je m'éloignais de la maison.

— Vous êtes ici en vacances ?

— Oui.

Le capitaine Tripolos émit un petit son qui pouvait passer pour une marque de compassion.

— Pas de chance qu'un meurtre soit venu les gâcher.

— Un meurtre ? répéta Morgan, sonnée. Mais je croyais... Il ne s'agit donc pas d'un accident ?

— Non. La victime a été poignardée... (Il baissa les yeux sur son carnet)... dans le dos, précisa-t-il avec une pointe de dégoût qui semblait signifier qu'il faisait un distinguo entre l'idée de meurtre et la façon dont ce dernier avait été perpétré.

— Eh bien, il me reste à vous remercier pour votre précieuse coopération, mademoiselle. J'espère que je n'aurai pas à vous déranger de nouveau.

Il se leva de son siège et s'inclina légèrement sur la main de la jeune femme.

— Au fait, avez-vous trouvé beaucoup de coquillages ?

— Oui. Je... j'en ai ramassé quelques-uns.

Elle se sentit obligée de prouver ses dires en lui montrant ceux qu'elle avait stockés dans ses poches.

— J'ai pris les plus beaux.

Tripolos sourit de l'embarras de la jeune femme et se tourna vers les autres.

— Je suis désolé, mais je vais devoir tous vous questionner sur vos emplois du temps respectifs. Même si, ajouta-t-il dans un haussement d'épaules, il ne fait pas l'ombre d'un doute qu'il s'agit d'un règlement de comptes entre villageois. Cependant, vous comprendrez bien qu'avec le cadavre si proche de vos maisons...

Il laissa sa phrase en suspens et fourra son carnet et son stylo dans sa poche.

— L'un d'entre vous se souviendra peut-être d'un détail, même infime, qui pourrait nous mettre sur la voie.

Les effets de l'alcool commençant à se dissiper, Morgan

eut soudain l'impression de vivre un cauchemar. « Je vais me réveiller, se dit-elle. J'ai découvert un cadavre, mais c'est un mauvais rêve, je vais me réveiller. »

— Détends-toi, Morgan, lui chuchota Andrew à l'oreille.

Il remplit son verre vide et l'encouragea à en boire une gorgée.

— Vous pouvez compter sur notre entière coopération, capitaine, affirma Alex en se levant à son tour. Ce n'est déjà pas agréable qu'un tel drame se soit joué si près de chez nous, mais qu'en plus ce soit mon invitée qui ait découvert le corps…

— Je compatis, vraiment.

Tripolos caressa machinalement son menton carré puis reprit :

— Si vous n'y voyez pas d'inconvénient, je préférerais vous interroger séparément. Pourrais-je utiliser votre bureau ?

— Venez, accepta spontanément Alex. Je vais vous montrer où il se trouve. Vous pouvez commencer par moi, si vous voulez.

— Merci.

Tripolos salua l'assemblée avant d'emboîter le pas à Alex. Morgan le regarda quitter la pièce d'un pas mesuré. Il ne lâcherait pas le morceau, jugea-t-elle en avalant d'un trait le reste de son brandy.

— J'ai bien besoin d'un verre, moi aussi, déclara Liz en se dirigeant vers le bar. Un double whisky. Des amateurs ?

Nick effleura Morgan du regard avant de répondre.

— Oui, moi, dit-il en faisant signe à Liz de remplir également le verre de Morgan une troisième fois.

Iona alla se servir elle-même, trop nerveuse pour attendre une minute de plus.

— Je ne vois vraiment pas pourquoi ce type veut nous interroger ! s'exclama-t-elle. C'est absurde ! Alex aurait dû refuser, il a suffisamment d'influence pour ça !

Elle se servit un grand verre d'alcool qu'elle but à moitié.

— Il n'y a aucune raison pour qu'Alex se défile, dit Liz en tendant son verre à Nick, puis en versant une bonne rasade de brandy dans celui de Morgan. Nous n'avons rien à cacher, que je sache. Dorian, qu'est-ce que je te sers ?

— Il ne s'agit pas de cacher quoi que ce soit, rétorqua Iona en se mettant à arpenter la pièce. Je n'ai pas envie de répondre aux questions stupides de ce flic, juste parce qu'*elle* est tombée par hasard sur le cadavre d'un villageois dont je n'ai que faire, d'ailleurs !

— Je prendrais bien un verre d'ouzo, Liz, coupa Dorian fort à propos. Je ne crois pas que nous puissions blâmer Morgan, Iona. La pauvre n'y est pour rien. Et de toute façon, compte tenu de la proximité du corps, nous aurions quand même été interrogés. Merci, Liz, ajouta-t-il à l'intention de cette dernière qui venait de placer un verre entre ses mains.

— En tout cas, il n'est pas question que je passe la journée enfermée ! décréta Iona, qui, loin de se calmer, paraissait de plus en plus nerveuse. Nicky, tu m'emmènes faire un tour en bateau ? demanda-t-elle en se laissant tomber sur le bras du canapé où ce dernier se trouvait.

— Je n'aurai pas le temps, Iona. Dès que ce sera terminé ici, je rentrerai chez moi. J'ai une tonne de paperasserie en retard.

Il sirota une gorgée de son whisky et tapota doucement la main de Iona. Morgan fixa sur lui un regard lourd de reproche. « Va au diable, Morgan James, jura-t-il intérieurement. Tu ne me culpabiliseras pas de vouloir faire mon devoir. »

Iona effleura du doigt le bras de Nick.

— Je sens que je vais devenir folle si je reste ici aujourd'hui. S'il te plaît, Nicky, juste quelques heures !

Nick soupira en signe de capitulation, mais pestant contre la laisse qui lui serrait le cou et dont il ne pouvait encore se dégager. Il avait de bonnes raisons d'accepter cette corvée et il n'allait pas laisser le regard haineux de Morgan changer le cours des choses.

— D'accord, finit-il par dire. Va pour cet après-midi.

Un sourire triomphant flotta sur les lèvres de la jeune femme.

Après Alex, ce fut au tour de Liz de subir l'interrogatoire serré du capitaine Tripolos. Dans le salon, les conversations se poursuivaient à mi-voix. Lorsque Andrew quitta la pièce pour gagner le bureau, Nick alla rejoindre Morgan près de la fenêtre où elle se trouvait.

— Morgan, il faut que je te parle.

Le ton était calme mais autoritaire. Lorsque Nick posa ses mains sur ses épaules, Morgan sursauta violemment.

— Et moi, je ne veux pas t'écouter.

Nick s'écarta d'elle et fourra ses mains dans ses poches. Elle était toujours aussi livide, quoique plus calme, grâce au brandy sans doute.

— Je ne peux pas t'expliquer pourquoi j'agis ainsi, mais j'y suis obligé, Morgan.

— C'est ton problème, pas le mien.

— Lorsque Tripolos aura fini, nous irons faire un tour tous les deux. Tu as besoin de t'éloigner un peu d'ici.

— Je n'irai nulle part avec toi, riposta durement la jeune femme. Et ne me parle pas de ce dont j'ai besoin. C'est tout à l'heure qu'il fallait t'en préoccuper.

— Bon sang, Morgan !

Nick avait presque crié, mais la jeune femme gardait les yeux obstinément rivés sur le jardin. Elle nota distraitement qu'un des rosiers ployait sous le poids de ses fleurs.

— Tu crois que je ne le sais pas ? gronda-t-il en serrant les poings dans ses poches. Que je ne…

Il s'interrompit pour s'exhorter au calme.

— Je ne pouvais pas te donner ce que tu attendais de

moi. Pas encore. Je t'en prie, Morgan, ne me rends pas les choses plus difficiles.

Elle se tourna vers lui et affronta la colère contenue de Nick avec froideur.

— Ce n'est pas mon intention, déclara-t-elle d'une voix dénuée de toute émotion. Pour la bonne raison que je n'attends strictement plus rien de toi. Et que je ne veux plus rien avoir à faire avec toi.

Quelque chose passa dans le regard de Nick qui laissait à penser qu'il était sur le point de craquer. Qu'il la suppliait de lui pardonner. Quelque chose dont elle ne l'avait pas cru capable.

— S'il te plaît, Morgan, je voudrais…

— Je me fiche de ce que tu voudrais, trancha-t-elle précipitamment. Ne m'approche plus, tu m'entends ? Plus jamais !

— Ce soir…, commença Nick.

Mais il s'interrompit net face au regard glacial qu'elle avait posé sur lui.

— Plus jamais, répéta-t-elle.

Elle lui tourna le dos et alla rejoindre Dorian, laissant Nick seul et désemparé.

6

Morgan fut surprise de constater qu'elle avait dormi. Pourtant elle ne s'était pas sentie fatiguée lorsque Liz et Alex avaient insisté pour qu'elle aille se reposer. Elle leur avait obéi juste parce que son tête-à-tête avec Nick avait sapé toute résistance en elle.

Groggy, les paupières encore lourdes de sommeil, elle jeta un coup d'œil au réveil : midi. Elle avait dormi plus de deux heures ! Elle se leva et alla dans la salle de bains s'asperger le visage d'eau froide. Le choc était passé, mais ce repos forcé l'avait encore plus abattue. Un sentiment de honte émergeait. Honte d'avoir cédé à la panique et d'avoir fui sans se préoccuper du corps. Honte de s'être désespérément raccrochée à Nick. Honte d'avoir été repoussée. Elle ressentait avec acuité ce sentiment de totale dépendance qu'elle avait alors éprouvé, ainsi que celui de rejet dont elle avait été l'objet.

Plus jamais, se promit Morgan. Elle n'aurait pas dû écouter ce que lui dictait son cœur, mais se fier à la raison, comme elle l'avait toujours fait. Elle aurait dû savoir qu'elle n'avait rien à attendre d'un homme tel que Nick Gregoras. Un homme comme lui n'avait rien à donner. Et pourtant…

Pourtant c'était de lui qu'elle avait eu désespérément besoin. A lui qu'elle avait voulu fait confiance. Et c'était dans ses bras qu'elle s'était sentie à l'abri de tout danger.

« C'est ma faute », songea-t-elle en contemplant son reflet dans le miroir. Elle était toujours aussi pâle, et des cernes mauves soulignaient ses yeux gonflés, pourtant elle sentait ses forces revenir peu à peu.

« Je n'ai pas besoin de lui, se dit-elle à voix haute, comme pour mieux se persuader de ce qu'elle avançait. Cet homme n'est rien pour moi. »

Mais il te fait souffrir, lui soufflait une petite voix. *Quelqu'un qui ne compte pas n'a pas le pouvoir de faire souffrir.*

Morgan se fit la promesse solennelle de se fermer désormais à toute souffrance. Nick n'aurait plus aucun pouvoir sur elle car elle n'attendrait rien de lui. Plutôt mourir !

Forte de cette bonne résolution, elle tourna le dos à son reflet et descendit l'escalier. Elle venait d'atteindre le hall d'entrée lorsqu'elle entendit derrière elle le bruit d'une porte que l'on refermait, suivi d'un bruit de pas. Elle regarda par-dessus son épaule : c'était Dorian.

— Vous avez réussi à vous reposer un peu ?

Arrivé à sa hauteur, il lui prit gentiment la main dans un geste qui exprimait toute l'affection qu'il lui portait.

— Oui. Mais je me sens un peu stupide.

Devant le regard interrogateur qu'il lui lançait, elle jugea bon de préciser :

— Andrew a été obligé de me traîner jusqu'à ma chambre.

Dorian éclata de rire puis, lui passant un bras affectueux autour des épaules, la guida vers le salon.

— Pourquoi est-ce que vous, les Américaines, vous devez toujours vous montrer sous un bon jour, fortes et sûres de vous ?

— C'est ainsi que j'ai toujours été…

Elle se revit en train de pleurer dans les bras de Nick, suppliant, s'agrippant. Elle se raidit instantanément.

— On m'a élevée comme ça, dans l'idée qu'il ne fallait compter que sur soi-même.

— Je vous admire. Mais découvrir un cadavre peut entamer n'importe quelle force de caractère, vous savez ?

La pâleur extrême de la jeune femme poussa Dorian à lui parler avec encore plus de douceur.

— Je suis désolé. Je n'aurais pas dû réveiller un tel souvenir. Puis-je vous servir quelque chose à boire ?

— Non... non, merci, je crois que j'ai assez bu comme ça !

Elle lui adressa un pauvre sourire et se détacha de lui.

Pourquoi tout le monde se montrait-il aussi gentil et attentionné envers elle, sauf Nick ? Le seul qui comptait vraiment à ses yeux. Non, se corrigea-t-elle fermement. Nick ne comptait pas et elle n'avait besoin du soutien de personne !

— Vous paraissez encore bien fatiguée, Morgan. Voulez-vous que je vous laisse seule ?

— Non, répondit-elle en le regardant fixement.

Il émanait de lui une force tranquille, rassurante. Si seulement elle avait pu tomber sur lui après sa macabre découverte ! Elle alla vers le piano et en effleura les touches d'un doigt léger.

— Je suis contente que Tripolos soit parti, ajouta-t-elle. Sa présence me rendait nerveuse.

— Vraiment ? Pourtant je ne crois pas que nous ayons grand-chose à craindre de lui. Pas plus que l'assassin de ce pauvre bougre, d'ailleurs.

Il sortit son étui à cigarettes de sa poche avant de poursuivre :

— Les forces de police de Mitilini n'ont pas la réputation de briller par leurs compétences ni par leur efficacité.

— Vous en parlez comme si vous étiez indifférent au fait que l'on retrouve le meurtrier.

— Ces querelles de village ne m'intéressent, en effet,

pas beaucoup. Mais ne vous inquiétez pas, je suis beaucoup plus humain envers les gens que je connais. Par exemple, je n'aime pas savoir que Tripolos vous inquiète.

— Il ne m'inquiète pas, corrigea la jeune femme en le regardant allumer sa cigarette.

Quelque chose, elle ne savait quoi, mit soudain ses sens en alerte.

— Cette façon insistante qu'il a de dévisager ses interlocuteurs...

Elle suivit des yeux les volutes de fumée qui s'élevaient de la longue cigarette noire et eut l'impression diffuse que quelque chose d'important, que sa mémoire refoulait au plus profond d'elle-même, lui échappait.

— Où sont les autres ? demanda-t-elle.

— Liz est allée rejoindre Alex dans son bureau et Iona est partie faire du bateau.

— Ah, oui ! Avec Nicholas, précisa Morgan d'une voix faussement désinvolte.

Mais ses poings, qu'elle avait machinalement serrés, en disaient long sur la contrariété qu'elle éprouvait.

— Ce doit être difficile pour vous, n'est-ce pas ?

— Elle avait besoin de prendre l'air. Cette histoire sordide lui a sérieusement porté sur les nerfs.

— Décidément, vous êtes très compréhensif !

Reconnaissant les prémices d'une violente migraine, Morgan se rapprocha de la fenêtre.

— Moi, je ne crois pas que je pourrais l'être. Enfin, je veux dire... si j'étais amoureuse.

— Je vous l'ai dit, je suis très patient. En outre, je ne pense pas que Nick l'intéresse vraiment.

Il s'interrompit un instant, semblant peser ses mots.

— Vous savez, certaines personnes sont incapables de la moindre émotion. L'amour, la haine, ils ne sauront jamais ce que c'est.

— C'est dommage, vous ne trouvez pas ?

— Non. J'aurais même tendance à trouver cela plutôt… confortable.

— Peut-être. Il n'empêche que…

Morgan s'interrompit net en regardant Dorian tirer sur sa cigarette. Soudain, le voile se déchira, elle se souvenait parfaitement. Le mégot que son esprit perturbé avait inconsciemment enregistré, et qui se trouvait près du corps. Un frisson la parcourut tandis qu'elle continuait à fixer la longue cigarette noire.

— Morgan, quelque chose ne va pas ? s'enquit Dorian, à qui la réaction de la jeune femme n'avait pas échappé.

— Non… non, balbutia celle-ci. Je suppose que je suis encore sous le choc. Après tout, je crois que je vais accepter votre proposition de me servir un verre.

Morgan profita de ce répit pour tenter de rassembler ses esprits. Un mégot de cigarette n'était pas forcément une preuve. N'importe quel occupant des deux maisons avait pu aller se promener de ce côté de l'île sans pour cela assassiner un homme.

Le problème venait du fait que ce mégot, presque intact, n'avait pas séjourné longtemps dans l'eau. Et que si quelqu'un s'était trouvé si près du cadavre, il l'aurait forcément vu. Non seulement il l'aurait vu, mais il aurait alerté la police. A moins que…

Morgan repoussa cette idée de toutes ses forces. Non, c'était impossible ! Pourquoi Dorian aurait-il assassiné un pauvre pêcheur ? Dorian, ou pourquoi pas Alex, puisqu'il fumait les mêmes cigarettes ?

Les deux amis étaient des gens civilisés et les gens civilisés ne poignardaient pas des inconnus dans le dos, cela tombait sous le sens. Morgan ne pouvait tout simplement pas imaginer une seule seconde leurs belles mains manucurées en train de commettre un acte aussi ignoble. Et Nick ? Elle secoua la tête. Elle penserait à Nick plus tard. Pour le moment, elle avait à se concentrer sur ce détail infime, mais néanmoins capital, qui mettait les deux hommes en cause.

Cela n'avait aucun sens, se répéta la jeune femme. Des hommes comme eux, menant brillamment leurs affaires, ne pouvaient pas tremper dans une affaire aussi sordide. Et d'ailleurs, quel aurait été leur mobile ? Non, tout cela était absurde. Morgan avait beau essayer de se persuader qu'il devait y avoir une explication logique à tout cela, le doute avait germé dans son esprit. Il y avait toujours une explication à tout. Elle était encore beaucoup trop bouleversée et, du coup, le moindre détail insignifiant prenait des dimensions démesurées.

Mais la petite voix intérieure revenait à la charge, ne lui laissant aucun répit. Qui était la troisième personne dont ils avaient entendu les pas cette nuit-là ? De qui Nick voulait-il se cacher ? Qui attendait-il ? Elle eut soudain la certitude que l'homme n'était pas mort au cours d'une querelle de village. Pas plus qu'il n'était mort accidentellement.

Un meurtre... Un trafic de drogue... Morgan ferma les yeux et se remit à trembler. La ronde infernale des questions reprit. Quel mystérieux inconnu arrivait de la mer lorsque Nick l'avait traînée de force sous la couverture des arbres ? Nick avait ordonné à Stephanos de le suivre. Mais de qui s'agissait-il ? De Dorian ? D'Alex ? De l'homme dont on avait retrouvé le corps, peut-être.

Dorian, venu lui apporter un petit verre d'alcool, la fit sursauter violemment.

— Morgan, vous êtes si pâle ! Vous devriez vous asseoir.

— Non... je suis encore un peu nerveuse, voilà tout.

Elle fixa pensivement le fond de son verre sans penser à le porter à ses lèvres. Il suffisait qu'elle lui pose la question. Oui, voilà, elle allait lui demander s'il s'était rendu dans la petite crique avant elle. Mais lorsque son regard croisa celui, impénétrable, de Dorian une vague de terreur la submergea.

— La crique…, commença-t-elle en rassemblant tout son courage. La crique était si belle, elle paraissait si paisible !

Comment n'avait-elle pas pensé avant aux débris de coquillages sous ses pieds, signe que quelqu'un était passé là avant elle.

— Etes-vous… Est-elle connue de beaucoup de monde ?

— Je n'en sais rien, déclara Dorian en regardant la jeune femme se percher sur le bras d'un fauteuil. Je ne peux pas parler au nom des villageois. Mais, à mon avis, ils sont beaucoup trop occupés à pêcher ou à cultiver leurs olives pour s'amuser à aller ramasser des coquillages.

— Bien sûr, murmura Morgan en passant la langue sur ses lèvres desséchées. Mais c'est un bel endroit, n'est-ce pas ?

Morgan ne quittait pas Dorian des yeux. Son imagination lui jouait-elle des tours ou l'avait-elle réellement vu plisser dangereusement les yeux à travers la fumée de sa cigarette ? Etait-il possible que ce soit un effet de ses nerfs mis à mal depuis le début de la journée ?

— Je ne sais pas, déclara Dorian avec désinvolture. Je n'y suis jamais allé. J'imagine que je suis un peu comme ces New-Yorkais de souche qui ne sont jamais allés en haut de l'Empire State Building.

Morgan regarda les longs doigts fins écraser lentement la cigarette dans un cendrier en cristal.

— Y a-t-il autre chose que vous vouliez savoir, Morgan ?

— Quelqu… non, non, répondit-elle précipitamment. Rien du tout. Je suppose que, comme pour Iona, cette ambiance un peu électrique me porte sur les nerfs.

— Cela n'a rien d'étonnant, vous savez ?, lui assura Dorian en se rapprochant d'elle, compatissant. Vous avez eu une rude journée. Mais assez parlé de ce meurtre, si nous allions faire un tour dans le jardin ? Nous pourrions parler d'autre chose.

La première réaction de Morgan fut de refuser. Elle ne savait pour quelle raison, sinon qu'elle n'avait pas envie de se retrouver seule avec lui. Pas après les idées qui lui avaient traversé l'esprit. Mais alors qu'elle cherchait une excuse plausible à son refus, Liz fit son apparition.

— Morgan ! Je croyais que tu étais en train de te reposer, lui reprocha gentiment cette dernière.

Soulagée par cette intervention, Morgan reposa son verre intact et se leva.

— Je me suis assez reposée comme ça, décréta-t-elle. En revanche, tu devrais y aller, toi. Tu as l'air épuisée !

— J'ai surtout besoin de prendre l'air.

— Justement, intervint Dorian en posant une main amicale sur l'épaule de la jeune femme, je venais juste de proposer une petite promenade à Morgan. Mais je crois que je vais vous laisser entre vous et que je vais aller rejoindre Alex. Nous avons des affaires à régler.

— Merci beaucoup. Je ne sais pas ce qu'Alex et moi aurions fait sans toi aujourd'hui.

Sensible au compliment, Dorian embrassa légèrement la joue de Liz.

— Allez-y, et efforcez-vous d'oublier cette sale histoire.

— Oui. Nous allons essayer. Si tu pouvais persuader Alex de faire de même…

Sentant l'inquiétude pointer dans la voix de son amie, Morgan passa un bras protecteur autour de ses épaules. Un sentiment de honte l'envahit tout à coup. Qu'était-elle allée s'imaginer au sujet de Dorian, lui qui n'avait fait que lui témoigner patience et affection depuis le début ?

— Dorian… Merci.

Celui-ci souleva un sourcil sceptique puis, sur une impulsion, embrassa également la jeune femme. Un parfum boisé émanait de lui.

Tandis qu'il gagnait le hall d'entrée, les deux femmes se dirigèrent vers le jardin.

— Veux-tu que je fasse préparer un thé ? demanda Liz.

— Pas pour moi, merci. Et cesse de me traiter comme si j'étais une invitée de passage.

— Seigneur ! C'est l'impression que je te donne ?

— Oui, depuis…

— Cette histoire ne me plaît pas du tout, l'interrompit Liz en grimaçant.

Puis, abandonnant sa distinction habituelle, elle se laissa tomber, plutôt qu'elle ne s'assit, sur un banc en marbre. Le décor idyllique dans lequel les deux amies se trouvaient ne parvenait pas à leur faire oublier l'affreuse matinée qu'elles venaient de vivre.

— Je regrette tellement que ce soit toi qui aies découvert le corps, Morgan ! Et n'essaie pas de minimiser le traumatisme que tu as subi, ordonna-t-elle en voyant son amie afficher un air qu'elle voulait dégagé. Nous nous connaissons trop bien et je sais exactement ce que tu peux ressentir !

— Je vais bien maintenant, Liz, assura la jeune femme en choisissant, elle, de s'installer confortablement sur la balancelle qui se trouvait à proximité. Même si, je dois l'avouer, je suis guérie des coquillages pour un bon moment !

Elle remonta ses genoux sur sa poitrine avant de poursuivre :

— Et je ne veux pas qu'Alex et toi vous sentiez responsables de ce qui m'est arrivé, Liz. Tout cela n'a été qu'un affreux concours de circonstances. Personne ne m'a forcée à aller dans cette crique. Et puis, de toute façon, il fallait bien que quelqu'un trouve ce pauvre homme.

— Eh bien, j'aurais préféré que ce ne soit pas toi.

— Cesse de culpabiliser, veux-tu ?

Liz poussa un profond soupir.

— Mon côté pratique me souffle que tu as raison, mais…

Elle s'interrompit pour hausser les épaules et sourire à Morgan.

— Mais la part grecque qui est désormais en moi me dit que tu étais sous ma responsabilité puisque tu séjournes dans ma maison.

Liz alluma une cigarette et, après s'être levée, se mit à arpenter un bout du jardin.

Une cigarette noire, nota Morgan avec un regain d'angoisse. Elle avait oublié que Liz avait pris l'habitude d'en piquer régulièrement dans le paquet de son mari.

Elle observa attentivement l'ovale parfait de son visage, puis ferma les yeux. Fallait-il qu'elle soit devenue folle pour avoir imaginé, même l'espace de quelques secondes, que Liz pouvait être mêlée à un meurtre, ainsi qu'à un trafic de drogue ! Elle la connaissait depuis de nombreuses années, avait vécu avec elle, et si quelqu'un pouvait prétendre la connaître ce ne pouvait être qu'elle, Morgan.

En revanche, jusqu'où une femme pouvait-elle aller pour couvrir l'homme qu'elle aimait ?

— Et je dois admettre, poursuivait Liz tout en continuant à faire les cent pas, et même si cela me contrarie d'abonder dans le sens de Iona, que ce capitaine Tripolos me rend très nerveuse. Il est trop…

Elle s'interrompit, cherchant le terme exact.

— Trop respectueux, voilà ! Parle-moi plutôt d'un bon interrogatoire musclé, à l'américaine !

— Je vois ce que tu veux dire, murmura Morgan.

Il fallait qu'elle cesse de se torturer l'esprit. Si seulement elle pouvait ne plus penser, les choses rentreraient très vite dans l'ordre.

— Je ne sais pas ce qu'il cherche, à nous asticoter comme ça, ajouta Liz en faisant tourner nerveusement son alliance autour de son doigt.

— Il l'a dit lui-même, simple routine, la rassura Morgan.

Elle ne pouvait détacher son regard des pierres précieuses qui scintillaient au soleil, symboles de valeurs si fortes. Amour, honneur, fidélité.

— Rien qu'à le regarder, il me flanque la chair de poule, poursuivit Liz. D'ailleurs, aucun de nous ne connaissait cet Anthony Stravos.

— Il a dit que c'était un pêcheur.

— La belle affaire ! Tout le monde est pêcheur ici !

Morgan ne répondit pas, cherchant à revivre la scène du matin, alors qu'ils étaient tous réunis dans le salon. Quelles avaient été les réactions de chacun ? Aurait-elle remarqué quelque chose d'anormal, si elle n'avait pas été à moitié assommée par le choc et l'alcool ?

— Liz, commença-t-elle prudemment, tu n'as pas trouvé la réaction de Iona un peu excessive ? Etre à deux doigts de la crise de nerfs pour quelques banales questions...

— Iona adore les psychodrames ! rétorqua Liz en souriant à son amie. Tu as remarqué la façon dont elle minaudait avec Nick ? Je ne sais pas comment il fait pour la supporter !

— Ça n'a pas l'air de le déranger, murmura Morgan avant de se ressaisir.

Elle n'était pas prête à régler ce problème-là. Pas encore.

— Quant à elle, reprit Morgan, je la trouve bizarre. Ce matin, mais hier également, lorsque j'ai évoqué les trafics de drogue de l'île, elle a paru terrorisée.

— Ça m'étonnerait ! Je ne crois pas Iona capable de sentiments aussi intenses, objecta Liz. Si seulement Alex pouvait s'en débarrasser ! Malheureusement ce n'est pas pour demain, il a un sens de la famille si aigu !

— C'est curieux. Dorian pense la même chose que toi, commenta Morgan en s'acharnant distraitement sur une rose largement épanouie. Pourtant moi, je ne la crois pas aussi insensible.

— Que veux-tu dire ?

Morgan reporta toute son attention sur son amie.

— Que je l'imagine plutôt comme une paumée, prisonnière d'un tourbillon d'émotions ingérables. Des émotions brutes, presque destructrices.

— En tout cas, je ne peux pas la supporter !

Morgan, surprise par tant de véhémence, fixa attentivement son amie.

— Par sa faute, Alex est complètement retourné ! Je ne te dis pas l'argent et le temps que cette fille lui coûte ! Pour en retirer quoi ? De l'ingratitude, quand ce n'est pas de l'indifférence !

— Alex se sent responsable d'elle, plaida Morgan. Tu ne peux pas le protéger de…

— Je le protégerai de n'importe quoi ! la coupa violemment Liz. De n'importe quoi et de n'importe qui !

Elle lança au loin sa cigarette à demi consumée. Morgan, frissonnante, regarda la fumée s'élever.

— Bon sang, ajouta Liz d'un ton radouci, je crois que toute cette histoire me porte sur les nerfs.

— Nous sommes tous très nerveux, commenta Morgan en essayant de chasser le malaise qu'elle ressentait. La journée a été difficile pour tout le monde.

— Je suis désolée de m'être emportée, Morgan. Mais je ne supporte pas de voir Alex dans cet état ! Tu comprends, il m'aime tant qu'il croit m'épargner en me cachant certains de ses soucis. En bon macho qu'il est, il préfère garder ses problèmes pour lui.

Liz secoua la tête et laissa échapper un petit rire forcé.

— Je crois que la crise est passée, tu peux aller te rasseoir, Morgan.

— Liz, si quelque chose te perturbait… enfin… je veux dire si tu avais un problème grave, tu me le dirais, n'est-ce pas ?

— Ne t'inquiète pas pour moi, répondit Liz en poussant son amie à regagner la balancelle. C'est juste que je me sens impuissante à aider l'homme que j'aime, voilà tout ! Quelquefois, ça me rend folle de le voir m'écarter ainsi de sa vie !

— C'est parce qu'il t'aime, lui aussi, murmura Morgan en se tordant nerveusement les doigts.

— Tu as raison.

— Liz…, commença timidement Morgan, est-ce qu'Alex et toi allez souvent vous promener du côté de la crique ?

— Mmm ? demanda Liz, manifestement distraite. La crique ? Oh, non ! En fait nous préférons marcher sur la falaise. Enfin, quand Alex daigne quitter sa tanière. Je n'arrive même pas à me rappeler la dernière fois où je suis allée dans cette crique, d'ailleurs.

Elle poussa un profond soupir.

— Si seulement je t'avais accompagnée ce matin ! déplora-t-elle.

Morgan eut soudain honte des pensées qui lui avaient traversé l'esprit.

— Eh bien, moi, je suis contente que tu ne l'aies pas fait. Imagine ce pauvre Alex avec deux femmes hystériques sur les bras !

— Tu n'étais pas hystérique, corrigea Liz. Je dirais que tu étais même anormalement calme lorsque Andrew t'a ramenée à la maison.

— Le pauvre ! Je ne l'ai même pas remercié, dit Morgan en se forçant à oublier doutes et suspicions.

Elle n'avait pas le droit de soupçonner ses amis de choses aussi horribles !

— Au fait, que penses-tu de lui ? demanda-t-elle soudain.

— C'est un garçon charmant, répondit spontanément Liz. Qui, aujourd'hui, a gagné ses galons de héros, je me trompe ?

Un sourire bienveillant éclairait son visage redevenu angélique.

— C'est incroyable de voir à quel point trois années de mariage peuvent rendre quelqu'un suffisant ! se moqua gentiment Morgan.

— Il pourrait être un compagnon très agréable, remarqua Liz, indifférente à la remarque de son amie. Enfin, pour quelques jours, parce que malheureusement il est issu de la branche pauvre des Gregoras. Et je préférerais largement te voir faire un grand mariage. En revanche, insista-t-elle, pour te changer les idées…

Comme tombé du ciel, Andrew fit son apparition.

— Bonjour. J'espère que je ne vous dérange pas.

— Absolument pas, lui affirma Liz avec un sourire resplendissant. Les artistes sont toujours les bienvenus dans ma maison.

Il lui sourit en retour, d'un sourire encore teinté d'enfance qui lui valut de grimper aussitôt en flèche dans l'estime de Liz.

— En fait je venais m'assurer que Morgan allait mieux. Je m'inquiétais pour elle.

Sans laisser à cette dernière le temps de répondre, et comme pour vérifier par lui-même, il se pencha vers elle et, après lui avoir pris le menton entre les doigts, scruta attentivement son visage.

— J'espère que cela ne t'ennuie pas, dit-il.

Il avait posé sur elle ses yeux d'un bleu profond, aussi calmes que les eaux d'un lac.

— Pas du tout, s'empressa de répondre Morgan. Je me sens beaucoup mieux. Je venais justement de dire à Liz que je ne t'avais pas remercié pour ce que tu avais fait pour moi.

— Tu es encore si pâle, Morgan.

— L'hiver rude de New York, sans doute, répondit-elle en souriant, touchée de tant de sollicitude.

— Déterminée à faire preuve de courage, n'est-ce pas ?

— Disons plutôt, à me montrer moins émotive que ce matin.

Andrew lui caressa la main.

— J'aimerais vous l'enlever, l'espace d'une soirée, dit-il à l'intention de Liz. Pouvez-vous m'aider à la convaincre qu'elle a besoin de se changer les idées ?

— Vous avez mon entière approbation.

Il s'inclina alors légèrement devant Morgan.

— Viens dîner avec moi au village. Je connais un petit restaurant typique, où l'ouzo coule à flots et où les gens sont de bonne compagnie. Qu'en dis-tu ?

— Que c'est une merveilleuse idée ! répondit Liz à la place de son amie. Accepte, Morgan, c'est exactement ce dont tu as besoin !

Amusée, Morgan fut tentée de laisser Liz et Andrew languir un peu. Mais l'idée de fuir l'atmosphère étouffante de cette journée la séduisait vraiment. Elle sourit à Andrew.

— A quelle heure dois-je être prête à partir ?

— 18 heures ? proposa Andrew, qui avait du mal à cacher sa joie. Nous pourrions d'abord faire le tour du village ; Nick m'a prêté sa voiture, cela nous évitera le déplacement à dos d'âne, conclut-il gaiement.

Au nom de Nick, Morgan s'était rembrunie, mais elle décida qu'Andrew ne méritait pas qu'elle lui impose sa mauvaise humeur.

— 18 heures, c'est parfait !

Le soleil était au zénith lorsque Nick mit pleins gaz en direction de la haute mer. Il avait besoin de se griser de vitesse et de vent.

Morgan. Le visage de la jeune femme le hantait sans répit. Une nouvelle vague de colère et de frustration l'envahit. Si seulement elle était restée couchée, au lieu de déambuler en pleine nuit, rien de tout cela ne serait arrivé ! Il la revit, les yeux écarquillés d'horreur, le suppliant de ne pas l'abandonner. Il ressentait encore sur sa peau le contact de ses mains crispées cherchant de l'aide.

Nick laissa échapper un juron et poussa le moteur à fond.

Ses pensées dérivèrent alors vers le mort. Anthony Stravos. Nick le connaissait, c'était un pêcheur de l'île, un type stupide et cupide, prêt à tuer pour de l'argent. Sauf qu'aujourd'hui c'était lui qui était mort. Le numéro de téléphone qu'il avait trouvé, bien enfoui au fond d'une de ses poches, ne lui était pas non plus étranger.

Combien de temps faudrait-il à Tripolos pour écarter la thèse de la querelle de village et découvrir la vérité ? Pas assez, en tout cas. Nick allait devoir précipiter les choses.

— Nicky, pourquoi as-tu l'air d'aussi mauvaise humeur ? cria Iona pour couvrir le bruit du moteur.

Aussitôt, dans un réflexe qui lui était machinal, Nick se composa une attitude.

— Je pense à tous ces papiers qui s'amoncellent sur mon bureau.

Il coupa les gaz et laissa le hors-bord dériver au gré des vagues.

— Je n'aurais pas dû t'écouter.

Iona se leva pour aller s'asseoir auprès de lui. Il la regarda s'approcher, ondulant outrageusement des hanches, bombant un peu plus sa poitrine généreuse. Le Bikini qu'elle portait dévoilait presque entièrement sa peau luisante d'huile solaire. Pourtant elle le laissait de marbre.

— Oublie un peu tes affaires, lui susurra-t-elle en s'installant sur ses genoux et en se pressant contre lui.

Nick l'embrassa machinalement, sachant que, après la bouteille de champagne qu'elle avait bue, elle ne ferait pas la différence. Lui, en revanche, n'aimait pas le goût un peu acidulé de sa bouche. Le visage de Morgan s'imposa soudain à lui et dans un mouvement rageur, retenant le juron qui lui brûlait les lèvres, il écrasa la bouche de Iona.

— Mmm, minauda cette dernière en se méprenant sur le caractère du baiser qu'elle venait de recevoir. J'ai l'impression que tu as déjà oublié tes papiers, non ? Dis-moi que tu me veux, Nicky. Que tu as envie de moi.

En guise de réponse, Nick lui caressa sauvagement le dos.

— Quel homme au monde n'aurait pas envie d'une femme comme toi, Iona ? mentit-il tandis que la bouche avide de la jeune femme cherchait passionnément la sienne.

— Prends-moi, Nicky, lui murmura-t-elle en s'agrippant fébrilement à lui. Elle rejeta la tête en arrière, ses yeux mi-clos voilés par l'alcool. Fais-moi l'amour là, au soleil, en plein air.

Nick songea avec répulsion qu'il allait devoir s'exécuter. Il n'avait pas le choix s'il voulait obtenir d'elle ce qu'il cherchait. Il allait quand même essayer de la cuisiner avant que son esprit déjà embrumé ne sombre dans le néant.

— Dis-moi, *mata-miou,* lui chuchota-t-il, qu'est-ce que tu sais du trafic de drogue qui existe entre Lesbos et la Turquie ?

Nick la sentit se raidir entre ses bras. Il promena alors ses lèvres sensuelles sur son cou, au creux de son épaule, à la naissance de ses seins, jusqu'à la sentir haletante.

— Rien, dit-elle soudain en s'acharnant sur les boutons de sa chemise. Je ne sais rien de tout ça.

— Allez, Iona, insista Nick d'une voix enjôleuse.

Elle aimait trop le sexe. Par ce biais, il parviendrait bien à ses fins.

— Je suis sûr que tu sais quelque chose, affirma-t-il en lui mordillant le lobe de l'oreille. Je suis un homme d'affaires, et ce genre de profit m'intéresse. Tu ne voudrais pas me faire rater une bonne affaire, n'est-ce pas, Iona ?

— Des millions, révéla la jeune femme d'une voix pâteuse. Il y a des millions à se faire.

— Qu'est-ce que tu sais, Iona ? répéta Nick. Toi. Tous ces millions. Si tu savais comme tout cela m'excite !

— Je sais que l'homme que cette idiote a trouvé ce matin est mort parce qu'il en voulait trop.

Les muscles de Nick se tendirent.

— C'est difficile de résister à l'appât du gain, non ?

Iona s'allongea sur la banquette, entraînant Nick à s'allonger sur elle.

— Tu sais qui l'a tué, Iona ?

Mais Iona ne l'entendait plus, ayant sombré dans les vapeurs de l'alcool. Nick jura, redoubla de caresses érotiques jusqu'à ce qu'elle émerge de nouveau.

— Je n'aime pas les meurtres, Nicky, marmonna-t-elle. Et je n'aime pas ce Tripolos.

Elle tendit ses mains tremblantes vers lui, mais elle ne rencontra que le vide.

— Je ne veux plus qu'on se serve de moi, articula-t-elle avec difficulté. Je veux rester avec toi. Tu es riche, toi. Et moi, j'aime l'argent. Je veux beaucoup d'argent.

— Comme tout le monde, non ? dit sèchement Nick.

— Plus tard. On parlera plus tard. Et je te dirai tout.

Pris à son propre piège, Nick fit appel à toute sa volonté pour éprouver un semblant de désir. C'était une belle femme, il avait envie d'elle. Il fallait qu'il ait envie d'elle. Car il avait besoin d'elle. Pourtant, lorsqu'il la sentit de nouveau glisser dans l'inconscience, il ne fit rien pour la ramener sur terre.

Plus tard, bien plus tard, tandis que Iona avait sombré dans un profond sommeil, Nick, appuyé au bastingage, sentit un sentiment mêlé de colère et de répulsion s'abattre sur lui. Il savait que s'il y avait échappé cette fois, il aurait à utiliser Iona un jour ou l'autre. Tout comme elle se servirait de lui. Il en allait de sa sécurité et de la réussite de la mission qu'on lui avait confiée.

Et si pour cela il devait devenir l'amant de Iona, eh bien, il n'hésiterait pas. De toute façon, cela n'avait aucune importance, se disait-il en tirant nerveusement sur sa cigarette. Cela faisait partie des affaires, voilà tout.

Il avait envie de prendre une douche. De se laver de cette crasse qui le rongeait. De ces années de crasse et de mensonges. Pourquoi tout à coup avait-il envie de s'en libérer ?

Le visage de Morgan, une fois de plus, s'imposa à lui, comme une réponse à sa question.

Il donna un coup de poing rageur sur le bastingage et alla remettre le moteur en marche.

7

Après qu'ils eurent fait le tour du village et qu'ils se furent arrêtés dans un bar local pour boire un verre, Morgan commença à se sentir mieux. L'endroit était propice au délassement, avec ses maisons blanches blotties les unes contre les autres. Certaines étaient ornées d'arches, d'autres de piliers et d'autres encore, de balcons de bois qui leur donnaient, malgré le blanc immaculé de leurs façades, un air d'éternité.

La jeune femme et son compagnon s'installèrent dans un *kafeneion* situé en bordure de plage d'où ils regardèrent à loisir les bateaux rentrer au port et les pêcheurs mettre leurs filets à sécher.

Ancienne et nouvelle génération se confondaient gaiement ; douze personnes par filet, vingt-quatre mains, certaines noueuses et ridées qui en frôlaient d'autres, jeunes et lisses. Mais toutes dures au labeur. Des cris de joie et des rires sonores fusaient régulièrement des petits groupes.

— La pêche a dû être bonne, commenta Andrew, amusé de voir Morgan fascinée par le spectacle auquel elle assistait.

— Quand j'y pense, dit-elle. Ils ont largement dépassé ce que les pays occidentalisés considèrent comme l'âge de la retraite et pourtant ils travaillent encore. Probablement même travailleront-ils jusqu'à l'heure de leur mort. Passer toute une vie sur l'eau, ce doit être exaltant.

Une vie de pirates… Cette image cesserait-elle un jour de la hanter ?

— Je ne sais pas si ces hommes voient la chose sous cet angle. Ils font tout simplement leur devoir, sans se poser de questions. En général, les gens d'ici pêchent ou sont employés dans les oliveraies de Nick. Et cela, de génération en génération.

Jouant avec son verre, il se mit, à son tour, à observer le petit groupe.

— Mais effectivement, ils respirent la joie de vivre. Ils savent ce qu'on attend d'eux et le font dans la joie et la simplicité. Une simplicité que je leur envie parfois.

— Il y a pourtant le problème du trafic de drogue, objecta Morgan.

Andrew haussa les épaules.

— Cela part du même principe. Ils font ce qu'on leur demande, sans trop se poser de questions, heureux de gagner quelques drachmes de plus avec, en prime, la sensation de vivre une aventure extraordinaire.

Morgan jeta un regard réprobateur à son compagnon.

— Je ne m'attendais pas à une telle réaction de ta part.

— Quelle réaction ? interrogea ce dernier, les sourcils froncés.

— Cette… cette espèce d'indifférence face à un problème aussi grave.

— Mais voyons, Morgan, ce n'est que…

— Non ! l'interrompit brutalement la jeune femme. Il existe des moyens pour combattre ce fléau, mais tout le monde a l'air de s'en ficher royalement !

Puis, innocemment, elle but une longue gorgée de l'ouzo qu'un serveur venait de leur apporter.

— Comment stopper quelque chose qui existe, sous une forme ou une autre, depuis des siècles ?

— C'est affreux ! insista Morgan. Je pense que des hommes d'influence comme le sont Alex ou… Nicholas, et qui, en outre, sont des résidents de l'île, pourraient faire pression auprès des autorités.

— Je ne connais pas suffisamment Alex pour parler en son nom, commenta Andrew en remplissant le verre déjà vide de Morgan, mais en ce qui concerne Nick, je ne le vois pas s'intéresser à autre chose qu'à lui-même ou à ses affaires.

— Vraiment ? dit Morgan, qui paraissait sincèrement étonnée.

— Ne crois pas que ce soit une critique, s'empressa de préciser Andrew.

Il nota le regard un peu trouble de la jeune femme.

— Nick s'est toujours montré si chic envers moi. Il n'a pas hésité une seconde à me prêter ce cottage et même de l'argent que je ne pourrai peut-être jamais lui rendre. Bien sûr, cela heurte un peu mon amour-propre de devoir tendre la main, mais que veux-tu, je n'ai pas choisi la voie la plus facile. Ni la plus lucrative.

— Tu n'es pas le seul. J'ai lu quelque part que T.S. Eliot était employé de banque.

Andrew répondit au sourire compréhensif de Morgan par une petite moue ironique.

— Nick m'a bien proposé de m'employer dans sa succursale californienne, mais j'ai senti qu'il n'avait pas foi en mes compétences. Plutôt dur pour mon ego !

Il s'interrompit quelques instants pour laisser son regard dériver vers la mer.

— Mon heure de gloire viendra peut-être un jour, dit-il pensivement.

— J'en suis certaine, Andrew. Certains d'entre nous sont faits pour poursuivre leurs rêves.

— Comme les artistes, pour souffrir un peu et vivre

d'amour et d'eau fraîche, loin des contingences matérielles de ce bas monde ? acheva-t-il avec humour.

Morgan décela sous les propos du jeune homme une pointe de cynisme à laquelle elle répondit par un sourire qu'elle voulait chaleureux et encourageant.

— Si nous commandions ? proposa-t-elle. Je meurs de faim !

Ils n'avaient pas terminé leur repas que, déjà, la nuit se préparait à tomber. A l'ouest, une palette de mauves embrasait l'horizon tandis qu'à l'est le ciel drapé d'un voile évanescent semblait prêt à accueillir les premières étoiles. Morgan se sentait parfaitement détendue, le visage légèrement rosi par l'effet conjugué de plats épicés et du traître ouzo. Attentive au son d'une mandoline qui provenait de la rue, elle observait, le regard trouble, les gens entrer et sortir du café, certains bras dessus, bras dessous, et chantant à tue-tête des airs traditionnels.

Le propriétaire de la taverne était un homme rond dont le visage jovial était orné d'une énorme moustache brune. Morgan attribua ses yeux larmoyants à une consommation excessive d'épices ainsi qu'à la fumée dont l'atmosphère de son restaurant était saturée. Impressionné par l'aisance avec laquelle Morgan maniait sa propre langue, il prétextait n'importe quelle bonne raison pour venir bavarder avec elle.

Enchantée de se trouver en si bonne compagnie, Morgan jouissait de sa soirée sans aucune réticence. Ce qu'elle vivait là n'avait rien à voir avec la chaleur et l'affection qu'on lui manifestait chez les Theoharis. Elle trouvait ici une ambiance décontractée qui manquait au foyer raffiné et élégant de ses hôtes. Ici, elle se gargarisait sans complexe des pichets de vin résiné qui coulait à flots et des rires qui fusaient d'un peu partout. Tout l'amour qu'elle portait à Liz et à Alex ne lui faisait pas oublier qu'elle n'adhérait pas à un mode de vie qu'elle jugeait superficiel. Une vie dans laquelle elle aurait perdu son identité.

Pour la première fois de la journée, Morgan sentit sa violente migraine s'estomper.

— Oh, regarde, Andrew ! Ils vont danser !

Fascinée, le menton posé entre ses mains en coupe, elle regardait des hommes se mettre en ligne en se tenant par le bras.

— Tu veux te joindre à eux ? proposa Andrew en mangeant la dernière des saucisses épicées qu'on leur avait servies.

Morgan secoua la tête en riant.

— Non, je gâcherais tout. Mais vas-y, toi, si tu veux.

— Sais-tu que tu as un rire merveilleux ? commenta Andrew en remplissant de nouveau le verre de sa compagne. Si sensuel !

— Et toi, on peut dire que tu sais parler aux femmes, répliqua Morgan en lui adressant un sourire amusé. Tu es si facile, Andrew ! Nous pourrions devenir bons amis tous les deux.

En réponse, et sans qu'elle s'y attende, le jeune homme se pencha vers elle et captura sa bouche. Bien que surprise, Morgan se laissa faire, appréciant le goût fruité et légèrement épicé de ses lèvres.

— Cela n'est qu'un début, annonça-t-il en s'enfonçant nonchalamment dans son siège. (Il souriait de l'air interrogateur qu'affichait la jeune femme.) Je ne sais pas si ce que je lis sur ton visage est flatteur pour mon ego, railla-t-il.

Il sortit de la poche de sa veste un paquet de cigarettes que Morgan, troublée, considéra un moment en silence.

— J'ignorais que tu fumais, parvint-elle à dire avec désinvolture en le regardant porter à sa bouche le bout d'une longue cigarette noire.

— Cela m'arrive quelquefois.

La petite flamme de l'allumette vacilla, projetant sur son visage des ombres inquiétantes et mystérieuses. Le doute, de nouveau, s'insinua dans l'esprit de Morgan.

— Surtout depuis que Nick a eu pitié de moi et m'a laissé un paquet de ses cigarettes au cottage. J'avoue que je les aime beaucoup. Mais lorsque je n'en ai pas, je sais m'en passer.

L'expression dubitative de Morgan attira soudain son attention.

— Quelque chose ne va pas, Morgan ?

— Non, non, tout va bien.

Elle porta un toast dans sa direction, espérant s'être montrée convaincante.

— J'étais en train de penser à la crique où j'ai trouvé le cadavre. Toi qui connais parfaitement cette partie de l'île, tu dois y être déjà allé ?

— C'est un endroit ravissant, répondit spontanément Nick, croisant ses doigts avec ceux de la jeune femme. En tout cas, ça l'était la dernière fois que je m'y suis rendu, la semaine dernière. Mais j'avoue que je ne suis pas près d'y retourner de sitôt.

« Une semaine », songea Morgan.

Elle leva les yeux et plongea son regard dans celui, clair et bienveillant, de son compagnon. Elle était complètement folle ! Alex, Dorian, Andrew. Aucun d'eux n'était capable de ce dont son esprit perturbé les soupçonnait. Pourquoi ce crime ne serait-il pas l'œuvre de quelque villageois, amateur lui aussi de ces cigarettes noires ? Cette hypothèse au moins tenait la route. Beaucoup plus que ses divagations hystériques.

— Tu as raison, finit-elle par dire en répondant à la pression des mains d'Andrew sur les siennes. Parle-moi un peu de tes poèmes.

— Mademoiselle James, monsieur Stevenson, bonsoir.

Morgan tourna la tête vers le nouveau venu. Son visage s'assombrit à la vue du capitaine Tripolos.

— Bonsoir, capitaine, répondit-elle froidement.

Mais le manque d'enthousiasme de la jeune femme ne parut pas affecter le commissaire de police qui poursuivit, imperturbable :

— Je vois que vous avez l'air de bien vous amuser. Vous venez souvent ici ?

— Pour Morgan, c'est une première, lui répondit Andrew. J'ai réussi à la convaincre de sortir. Après le choc qu'elle a subi ce matin, un peu de distraction s'imposait.

Tripolos acquiesça, une pointe de compassion dans la voix.

— Vous avez bien fait. Cette jeune personne a été trop éprouvée, des horreurs pareilles ne sont pas de son âge. Eh bien, je vous laisse car moi, en revanche, j'ai du pain sur la planche.

Il jeta un coup d'œil sur la bouteille de vin, largement entamée.

— Bonne fin de soirée, dit-il d'un air entendu, le visage fendu d'un large sourire.

— Zut, zut et zut ! maugréa Morgan sitôt qu'il eut tourné les talons. Pourquoi est-ce que ce type me met aussi mal à l'aise ?

— Je comprends ce que tu ressens, approuva Andrew en regardant la foule s'écarter pour laisser passer l'officier de police. Il arriverait presque à nous faire avouer quelque chose dont nous ne sommes pas responsables.

— Heureusement que je ne suis coupable de rien ! renchérit Morgan en notant avec contrariété que ses mains tremblaient. Andrew, ajouta-t-elle en s'exhortant au calme, à moins que tu n'y voies une objection, je tiens à te dire que je suis sur le point d'être parfaitement ivre.

Bien après qu'Andrew l'eût rassurée sur des réticences qu'elle n'avait pas à avoir, Morgan flottait sur un nuage de béatitude. Les teintes crépusculaires avaient cédé la place à un ciel d'encre où brillaient des myriades d'étoiles. La clientèle, devenue plus nombreuse et plus bruyante au fil des heures, ajoutait à l'impression d'irréalité. Au grand plaisir de Morgan, qui ne souhaitait rien tant que fuir les événements sordides de la matinée.

Elle accueillit le serveur, venu leur apporter une nouvelle bouteille de résiné, avec un sourire embrumé de vapeurs d'alcool.

— Quel monde, ce soir !

— C'est toujours comme ça le samedi, expliqua ce dernier de bonne grâce.

— Nous avons choisi le bon jour, alors, dit-elle en repérant un petit groupe qui paraissait en pleine effervescence. Vos clients ont l'air contents.

Le serveur s'essuya les mains à son tablier avant de répondre.

— Oui, ça va. Même si je crains toujours un peu la venue du capitaine Tripolos. Les affaires pourraient en pâtir, vous comprenez ?

— Absolument, commenta Morgan. J'imagine que la présence de la police ici pourrait gâcher l'ambiance. Mais Tripolos enquête sur la mort de ce pêcheur qu'on a retrouvé dans la crique.

Le serveur hocha légèrement la tête en signe d'assentiment.

— Stravos. C'était un habitué. Un type solitaire qui avait peu d'amis et ne venait pas ici pour s'amuser. J'imagine qu'il occupait ses loisirs à d'autres activités.

Il interrompit brutalement ses confidences et plissa suspicieusement ses petits yeux sombres.

— Mes clients n'aiment pas qu'on leur pose des questions.

Puis il se mit à marmonner quelque chose d'incompréhensible que Morgan supposa être à l'adresse de Stravos ou de Tripolos.

— C'était un pêcheur, dit-elle néanmoins, pourtant ses compagnons ne semblaient pas l'apprécier.

Le serveur haussa négligemment les épaules, mais Morgan lut dans son regard tout le mépris qu'il portait au défunt et qui disait clairement qu'il existait deux catégories de pêcheurs : ceux qui inspiraient le respect, et les autres.

— Bonne soirée, *kyrios*, conclut-il, mettant ainsi un terme définitif à la conversation. C'est un honneur de vous servir.

— Sais-tu que tu m'impressionnes ? dit Andrew dès que le serveur les eut quittés pour une autre table. C'est très intimidant de t'entendre parler grec couramment, alors que je n'ai pas capté un traître mot de votre conversation. De quoi parliez-vous ?

Peu désireuse d'aborder une nouvelle fois le sujet du meurtre, Morgan adressa un sourire charmeur à Andrew.

— Les Grecs ont le sang chaud, éluda-t-elle. J'ai été obligée de rappeler à notre ami que j'étais accompagnée.

Elle croisa les mains derrière la nuque et se mit à contempler la voûte céleste.

— Je suis heureuse d'être venue, ajouta-t-elle, je me sens si bien ! Cette soirée est charmante ! J'en arrive presque à oublier le meurtre, les trafics de drogue. Quand pourrais-je lire quelques-uns de tes poèmes Andrew ?

— Lorsque tu auras l'esprit parfaitement clair, se moqua gentiment ce dernier en lui servant un verre de vin. Je tiens beaucoup à avoir ton opinion.

Morgan le fixa intensément par-dessus son verre.

— Tu es si gentil, Andrew ! Pas du tout comme Nicholas, ajouta-t-elle comme pour elle-même.

— Qu'est-ce qui te fait penser à lui ? demanda le jeune homme en fronçant les sourcils.

— Vraiment différent, poursuivit Morgan. Aux Américains, annonça-t-elle soudain en choquant son verre contre celui d'Andrew. Aux Américains pure souche !

Andrew but une gorgée puis secoua la tête.

— J'ai comme l'impression que nous n'arrosons pas la même chose. Je me trompe ?

Morgan repoussa de toutes ses forces l'image de Nick qui s'imposait à son esprit.

— Quelle importance ? Ne gâchons pas cette merveilleuse soirée.

— Tu as raison, approuva Andrew en lui caressant doucement la main. T'ai-je dit à quel point je te trouvais jolie ?

— Allons, Andrew ! Serais-tu en train d'essayer de me flatter ?

Elle se pencha vers lui pour lui souffler d'une voix aguicheuse :

— Continue. J'adore ça.

Surpris par l'audace de la jeune femme, Andrew rétorqua avec une pointe d'humour :

— Dommage ! Tu as gâché mon effet.

Morgan posa son menton entre ses mains en coupe et posa sur son compagnon un regard grave.

— Vraiment ?

Andrew éclata de rire devant l'air sérieux de la jeune femme.

— Je crois que nous devrions aller faire quelques pas, lui chuchota-t-il à l'oreille, ce qui me donnera l'occasion de t'embrasser dans quelque coin sombre.

Il se leva et aida Morgan à en faire autant. Cette dernière prit poliment congé du patron avant de se laisser docilement guider à travers la foule compacte.

A quelques pas à peine du restaurant, les rues étaient plongées dans une profonde quiétude. Les petites maisons blanches semblaient protéger le sommeil de leurs occupants. Seuls les aboiements d'un chien et l'écho de leurs pas sur les pavés rompaient le silence de la nuit.

— Tout est si calme ! s'extasia Morgan. C'est étrange, mais je me sens en parfaite communion avec cette île. Comme si j'appartenais à ces lieux depuis toujours. Même le terrible événement que nous venons de vivre n'a pas réussi à m'ôter cette impression.

Elle prit le bras du jeune homme et éclata de rire.

— Je n'arrive pas à croire que je vais devoir quitter cet endroit idyllique. Comment pourrais-je affronter de nouveau New York, ses embouteillages monstrueux et ses intempéries, après avoir connu ça ? Je ne vais jamais pouvoir me réhabituer à cette frénésie ! Finalement, je devrais peut-être capituler et suivre les conseils de Liz. Mais je préférerais épouser un berger. Ou vivre de la pêche, comme les gens d'ici.

Andrew serra la jeune femme un peu plus contre lui. Son parfum lui fit battre le cœur. Elle leva vers lui son visage angélique.

— Je ne pense pas que ce soit une bonne idée d'épouser un berger, commenta-t-il. En revanche, la pêche… Nous pourrions nous installer dans le cottage de Nick.

Morgan lui tendit ses lèvres. Celles d'Andrew vinrent s'y poser doucement, sans exigence ni possessivité. Simplement chaudes et rassurantes. Morgan, elle, ne donnait que ce qu'elle pouvait.

Aucune passion ne filtrait dans ce baiser, mais elle voulait se convaincre que c'était parce qu'elle le souhaitait. La passion, selon elle, ne pouvait que brouiller la raison, beaucoup plus que ne pouvaient le faire des litres d'ouzo ou de résiné. Elle ne vous apportait que souffrance et désillusions. Comme il était bon et reposant de céder à un homme comme Andrew, gentil et si peu compliqué ! Qui ne lui tournerait pas le dos lorsqu'elle aurait besoin de lui. Lui ne lui ferait pas passer des nuits sans sommeil à se torturer l'esprit, à douter du bien ou du mal. Il était le chevalier dont rêvait toute femme.

— Morgan, murmura-t-il en caressant de sa joue les cheveux de la jeune femme, tu es adorable. Aurais-je un rival que je devrais combattre en duel ?

Morgan tenta désespérément de penser à Jack. En vain. Ce fut de nouveau le visage de Nick qui s'imposa à elle. Nick, lorsqu'il l'attirait à lui pour l'un de ses baisers passionnés qui la laissaient pantelante.

— Non, répondit-elle avec force. Il n'y a personne. Absolument personne.

Andrew s'écarta légèrement d'elle et lui releva le menton, tentant de lire la vérité dans ses yeux clairs.

— Et je crois, moi, que la compétition va s'avérer difficile. Non, dit-il en posant un doigt sur les lèvres de Morgan, l'empêchant ainsi de protester, je n'ai pas envie de voir mes doutes se confirmer ce soir. Ce soir, je choisis d'être égoïste.

Il l'embrassa de nouveau, s'attardant à mordiller sensuellement ses lèvres pleines.

— Bon sang, Morgan, je pourrais vite y prendre goût ! Je crois qu'il vaut mieux que je te raccompagne avant d'oublier que je suis un gentleman, et toi, une jeune femme respectable, mais parfaitement ivre.

La silhouette blanche de la villa se détachait dans la nuit étoilée. On avait laissé une lumière allumée en prévision du retour de Morgan.

— Tout le monde dort, précisa inutilement Morgan en s'extirpant péniblement de la voiture. Il ne faut pas que je fasse de bruit. (Elle mit une main devant sa bouche, tentant de réprimer les petits gloussements qui lui échappaient.) Je vais me sentir complètement stupide demain, si je me souviens de tout ça.

— A mon avis, glissa Andrew en lui prenant le bras, tu n'as rien à craindre. Tu devrais avoir tout oublié.

Morgan gravit les marches du perron en prêtant une attention exagérée à chacun de ses pas.

— Je crois qu'Alex n'apprécierait pas de me voir m'affaler par terre. Lui et Dorian sont si... dignes !

— Et moi, rétorqua Andrew, j'ai plutôt intérêt à rendre à Nick sa voiture intacte. Il n'apprécierait pas non plus de la retrouver au bas d'une falaise.

Morgan interrompit sa pénible ascension pour fixer attentivement Andrew.

— Tu sais quoi, Andrew ? Je crois que tu es aussi soûl que moi !

— Pas tout à fait. Même si, effectivement, je n'en suis pas loin. (Il laissa échapper un soupir.) La preuve, c'est que j'ai réussi à maîtriser mes bas instincts.

— Tu t'es comporté en parfait gentleman, jugea Morgan en pouffant de nouveau. Oh, Andrew ! (Elle s'appuya si pesamment contre le jeune homme qu'il faillit en perdre l'équilibre.) J'ai passé une bonne soirée. Non, une merveilleuse soirée. Je n'avais pas réalisé à quel point j'en avais besoin ! Merci, Andrew.

Celui-ci la poussa doucement à l'intérieur.

— Il est temps de rentrer maintenant. Fais attention dans l'escalier, lui chuchota-t-il. Dois-je attendre que tu sois arrivée saine et sauve à l'étage ?

— Ce ne sera pas nécessaire. Vas-y et prends garde de ne pas faire le plongeon du siècle avec la belle Fiat de ton cousin.

Elle se haussa sur la pointe des pieds et réussit à effleurer de ses lèvres le menton d'Andrew.

— Et si j'allais faire du café, qu'est-ce que tu en penses ?

— Que tu n'es même pas capable de retrouver la cuisine. Ne t'inquiète pas, si je sens que je ne peux pas conduire, je laisserai la voiture et rentrerai à pied. A présent, va te coucher, tu tiens à peine debout.

— Tu as raison, approuva Morgan avant de refermer la porte derrière elle.

Elle monta les marches avec la plus grande précaution. Elle n'avait pas la moindre envie de se retrouver nez à nez avec l'un des occupants de la maison. L'heure n'était pas aux leçons de morale. Elle s'arrêta néanmoins pour réprimer un nouvel accès de fou rire. C'était si bon de ne penser à rien ! Dommage que cela ne puisse pas durer ! Allons, ressaisis-toi, Morgan, redresse les épaules et monte ces fichues marches avant qu'on ne te découvre dans cet état-là !

Enfin parvenue sur le palier de l'étage, elle mit quelques secondes à se rappeler où se trouvait sa chambre. A gauche, bien sûr, se dit-elle en secouant la tête. Mais nom de nom ! Où se trouvait donc la gauche ? Elle passa quelques secondes supplémentaires pour répondre à sa question et retrouva enfin sa porte. Elle s'agrippa à la poignée, jurant à voix basse contre ces portes qui ne s'ouvraient pas.

— Ah, enfin ! se félicita-t-elle en trébuchant presque sur le tapis.

Satisfaite d'être parvenue sans encombre à bon port, elle souhaita ardemment trouver son lit. Comme par magie, une lampe s'alluma à ce moment précis. Un vague sourire vint flotter sur ses lèvres lorsqu'elle vit Nick.

— Salut, dit-elle sans paraître s'étonner de sa présence. Décidément, il semblerait que ce soit devenu une habitude !

Les yeux débordant d'une colère mal contenue, Nick regarda la jeune femme retirer ses chaussures en vacillant dangereusement.

— Où diable es-tu allée traîner ? fulmina-t-il. Il est près de 3 heures !

— Oh, quelle horreur ! J'ai oublié de te téléphoner

pour te dire que je serais en retard ! railla ouvertement Morgan.

Nick s'approcha d'elle et, d'un geste brusque, la prit par le bras.

— N'essaie pas de me pousser à bout, je ne suis pas d'humeur à le supporter ! Je t'ai attendue toute la nuit, Morgan, et je...

Il s'interrompit pour l'observer plus attentivement. La colère céda peu à peu le pas à l'amusement.

— Ma parole, mais tu es complètement ivre !

— Complètement ! acquiesça Morgan en inspirant profondément pour ne pas céder une nouvelle fois à l'hilarité qui la gagnait. On ne peut rien te cacher !

Nicholas reprit son sérieux lorsque la main de Morgan s'aventura sur sa chemise.

— Comment suis-je censé avoir une conversation rationnelle avec une femme qui a tellement bu qu'elle doit tout voir en double ?

— En triple, rectifia fièrement la jeune femme. C'est Andrew qui voit double, moi, je l'ai largement dépassé.

Sa seconde main, venue rejoindre la première, se mit à jouer négligemment avec l'un des boutons.

— Sais-tu que tu as des yeux superbes ? Je n'ai jamais vu un regard d'une telle profondeur. Ceux d'Andrew sont bleus. Il n'embrasse pas du tout comme toi. Nicholas, qu'est-ce que tu attends pour m'embrasser ?

Morgan sentit Nicholas resserrer plus fermement son étreinte puis la relâcher doucement. Il s'écarta d'elle et se mit à arpenter nerveusement la pièce.

— Ainsi, tu étais avec ce gamin d'Andrew ? dit-il en feignant l'indifférence.

— Ce *gamin* et moi t'aurions volontiers invité à te joindre à nous, mais cela ne nous a pas effleuré l'esprit. D'ailleurs, c'est aussi bien, tu nous aurais vite barbés avec tes bonnes manières et tes tentatives de séduction à la noix.

Ces derniers mots se perdirent dans un bâillement qui en disait long sur son degré de fatigue.

— Avons-nous terminé cette charmante conversation ? Je commence à avoir la bouche pâteuse.

— Mes bonnes manières et mes tentatives de séduction à la noix, comme tu dis, ont pourtant atteint leur but, décocha-t-il perfidement en reposant la bouteille de parfum qu'il tripotait.

— En effet, approuva Morgan, qui bataillait avec la fermeture Eclair de sa robe. On pourrait même presque y croire.

— Que veux-tu dire ?

Son attention fut soudain attirée par la robe qui glissait au sol.

— Morgan, pour l'amour du ciel, ne fais pas ça ! Je…

— Eh bien, poursuivit la jeune femme sans tenir compte des protestations de Nicholas, je veux dire que, mis à part quelques cafouillages que seuls les gens avertis comme moi peuvent détecter, tu peux te montrer extrêmement convaincant. Un regard, ta façon de marcher… Mais, finalement, peut-être ne suis-je pas la seule à l'avoir remarqué. Vas-tu te décider à m'embrasser, oui ou non ? s'enquit-elle en dégageant ses chevilles de sa robe.

La bouche de Nicholas devint sèche à la vue de la fine combinaison de soie qui ne cachait pratiquement rien de la nudité de la jeune femme. Cette dernière le fixait d'un regard trouble mais néanmoins provocant. Une vague de désir le submergea, puissante, brûlante. Il dut faire un effort surhumain pour résister à la tentation de fondre sur elle.

— Remarqué quoi ? insista-t-il.

Morgan fit deux tentatives qui se révélèrent infructueuses pour ramasser sa robe. Chaque fois qu'elle se baissait, le décolleté de sa combinaison laissait apercevoir la rondeur de ses seins. Nicholas assistait au spectacle, impuissant, le cœur battant la chamade.

— Remarqué quoi ? répéta distraitement la jeune femme qui finit par trouver moins périlleux de laisser sa robe là où elle se trouvait. Oh, nous en sommes encore là ? Eh bien, sans aucun doute ta démarche féline.

— Vraiment ? questionna Nicholas, qui luttait pour ignorer les formes offertes de la jeune femme.

Mais même à quelques mètres de distance, il ne pouvait rester insensible au parfum envoûtant qui émanait d'elle. Ni au sourire aguichant qui l'invitait à prendre possession de ce corps diaboliquement sexy.

— Oui, tu te déplaces toujours comme un félin qui se sait pourchassé, mais qui parvient toujours à retourner la situation à son avantage.

— Je vois, acquiesça Nicholas, que cette comparaison n'enchantait guère. Je vais veiller à changer cela à l'avenir.

— C'est ton problème, assura Morgan d'une voix tout à coup enjouée. Bien ! Puisque apparemment tu n'as pas l'intention de m'embrasser, je te souhaite une bonne nuit, Nicholas. Je vais me coucher. Je devrais te regarder redescendre le long de ta treille, mais j'avoue que, compte tenu de mon état, je crains bien de tomber par-dessus le balcon.

Nicholas se précipita sur la jeune femme avant qu'elle ne s'écroule sur son lit.

— Morgan, il faut que je te parle, dit-il en la retenant par le bras.

Il la sentit s'abandonner, souple et chaude, contre sa poitrine. Lorsqu'il resserra son étreinte, elle ne protesta pas, mais, au contraire, lui adressa un sourire béat.

— Tu as changé d'avis ? murmura-t-elle, les paupières déjà lourdes de sommeil. Tu sais, lorsque Andrew m'a embrassée ce soir, c'est à toi que je pensais. C'est moche pour lui… ou pour moi… je ne sais pas trop. Mais peut-être que je penserai à Andrew si tu m'embrasses. Qui sait ?

Nicholas la serra à l'étouffer, prêt à succomber.

— Au diable Andrew !

— Essaie, Nicholas, lui susurra-t-elle, plus tentatrice que jamais.

— Morgan, je… Oh, et puis zut, tant pis !

Il se pencha vers elle et prit sa bouche avec avidité. Instantanément, Morgan sentit son corps se liquéfier en même temps qu'il s'embrasait. Pour la première fois, Nicholas se laissait totalement emporter par la passion que déclenchait ce corps incandescent plaqué contre le sien. Toute pensée rationnelle avait déserté son esprit. Sa peau était douce, si douce ! Plus douce même qu'il n'aurait osé l'imaginer ! Un désir violent le submergea, qui prenait le pas sur la raison. Mais peu lui importait, cette fois. Il brûlait même de perdre le contrôle et de s'abandonner à son tour.

Avec elle, tout pourrait être différent. Elle lui donnerait l'envie et la force de devenir meilleur, d'effacer un passé dur et douloureux. Le frôlement du couvre-lit contre sa cuisse lui rappela que, d'un simple mouvement, il pourrait la faire basculer avec lui dans un tourbillon de volupté. Plus rien alors ne compterait que le fait qu'enfin il la posséderait, qu'elle serait à lui corps et âme. Car il avait compris instinctivement, cette nuit-là sur la plage déserte, qu'elle était la femme de sa vie. Il en avait eu la certitude lorsque, plus tard, elle avait levé sur lui ses grands yeux bleus.

Une douleur fulgurante se mêla à l'intense désir qu'il avait d'elle. Jurant en son for intérieur, il s'écarta légèrement tout en maintenant une tendre étreinte.

— Fais attention, Morgan.

Sa voix était rauque et tendue, mais la jeune femme ne

paraissait pas s'en apercevoir. Elle lui sourit et, du revers de la main, lui caressa tendrement la joue.

— C'est bien ce que je fais, souffla-t-elle.

Nicholas brûlait de la secouer violemment, pourtant il parvint à lui parler calmement.

— Il faut que je te parle, répéta-t-il.

— Parler ? lui dit-elle dans un sourire enjôleur. Crois-tu que ce soit le moment de parler ?

— Il y a des choses que tu dois savoir. Ce matin…

Il s'interrompit, ne sachant brusquement plus quoi dire ni faire. Il s'étourdissait de son odeur, devenue à chaque seconde plus grisante.

Morgan poussa un profond soupir.

— Nicholas, j'ai bu une quantité incroyable d'ouzo et de vin ce soir. Alors, si je ne dors pas très vite, je sens que je vais mourir. Le corps a ses limites, vois-tu, et je crois bien que j'ai atteint les miennes.

— Morgan…

La respiration de Nicholas s'altéra de nouveau, le sang se mit à affluer à ses tempes. Il fallait qu'il s'en aille, il le savait. Pour le salut de leurs âmes. Pourtant, il ne pouvait se résoudre à se détacher d'elle.

— Morgan, dit-il avec autorité, essaie de te tenir droite et écoute-moi.

— Je suis tout ouïe, riposta la jeune femme en laissant échapper un petit rire sensuel. Tout ouïe, mais fais-moi l'amour ou va-t'en.

Ses yeux n'étaient plus que deux fentes, mais dont le bleu profond et mystérieux toucha encore une fois Nicholas en plein cœur. Inutile de résister plus longtemps. Aucune force au monde ne pourrait désormais lui faire quitter cette pièce.

— Tu l'auras voulu, murmura-t-il tandis qu'il l'entraînait avec lui sur le lit. Tu l'auras voulu, mon ensorceleuse.

Ce fut comme si les éléments s'étaient tout à coup

déchaînés. La peau de Morgan avait un goût de vin, à la fois doux et corsé, dont il n'était pas repu. Il jouissait des gémissements de plaisir que ses mains expertes arrachaient à la jeune femme, à chacune des caresses qu'elles lui prodiguaient. Tandis que ses lèvres écrasaient passionnément les siennes, les gémissements se muèrent en râles saccadés. Nicholas savait qu'il devrait payer le prix de cette jouissance. Mais il ne voulait pas penser à demain. Juste au moment présent. Lui faire l'amour, même s'il devait en souffrir par la suite, suffisait à un bonheur qu'il savait éphémère.

Dans sa hâte à vouloir la posséder, Nicholas arracha, plus qu'il ne lui retira, sa fine chemise, dernier rempart à sa nudité. Dans un grognement de désir, il se mit à la dévorer.

Son parfum musqué lui emplissait la bouche jusqu'à l'étourdir. Le goût de miel de ses lèvres, les senteurs de rose de sa peau le grisaient jusqu'à vouloir tout exiger d'elle. Il voulait chacun des trésors que recélait la moindre parcelle de son corps. Aucune douceur dans ses gestes, mais les assauts brusques d'un homme impatient et vibrant d'un désir insondable.

Il accompagnait ses caresses de mots crus qu'il lui murmurait à l'oreille et qui attisait un peu plus le feu qui les consumait. Peut-être même lui murmura-t-il quelque folle promesse. Car il y avait en elle autre chose, quelque chose de plus fort, de plus sensuel que chez les autres femmes qu'il avait connues jusque-là. Lorsqu'il s'aventura vers les zones d'ombre de Morgan, il sombra dans un tourbillon de volupté, bien loin des rivages de la réalité. Leurs corps en fusion se fondaient l'un dans l'autre jusqu'à ne faire qu'un. Ensemble, ils se perdaient dans un océan de plaisir où la raison, le contrôle de soi n'existaient pas.

Les mains de Nicholas étaient brûlantes sur la peau

moite de la jeune femme. Il ne savait qui, de lui ou d'elle, menait la danse tant ils étaient en parfaite communion. Sous sa bouche, celle de Morgan était à la fois douce et exigeante, son corps souple mais pressant. Il devinait sous ses doigts fébriles sa peau d'albâtre, qu'il brûlait d'aimer à la lumière du soleil. Se perdait dans la lueur de ses yeux mi-clos, brillant dans la pénombre.

Morgan prit soudain la bouche de Nicholas avec une telle avidité que ce dernier en perdit presque la raison. Un feu d'artifice d'émotions le submergea. Un feu d'artifice aux couleurs de la passion. De l'extérieur lui parvenaient les effluves lourds et sucrés d'un buisson de jasmin et qu'il savait désormais liés à jamais au souvenir de cet instant.

Dans une ultime tentative désespérée, il tenta de recouvrer la raison. Il ne devait pas se perdre en elle, pour elle. Il ne le pouvait pas. Car s'il ne prenait garde à se préserver, il signerait son arrêt de mort.

Mais il rendit les armes lorsque, au paroxysme du plaisir, il laissa échapper un cri de jouissance pareil à une longue plainte.

8

Le soleil qui entrait à flots par les fenêtres et les portes du balcon fit cligner Morgan des yeux. Une violente migraine lui martelait les tempes. Elle laissa échapper un grognement et roula sur elle-même, souhaitant ardemment que la douleur s'estompe au plus vite. Précautionneusement, elle tenta la position assise, mais la douleur ne fit qu'empirer. La lumière du jour, éblouissante, lui fit fermer les yeux de plus belle. Elle attendit quelques minutes puis, lentement, en jurant entre ses dents, elle souleva ses paupières engourdies.

L'étourdissement dont elle s'était grisée la veille n'était plus aujourd'hui que source de souffrance. L'estomac révulsé, les yeux brûlants, elle resta assise, parfaitement immobile, jusqu'à ce qu'elle se sente la force de bouger. Tentant alors de garder la tête droite, elle se glissa tout doucement hors du lit.

Elle enjamba sa robe restée sur le sol et alla chercher un peignoir dans son placard. Elle se serait damnée pour avoir sur-le-champ un pack de glace et une tasse de café. Non, des litres de café.

Brutalement, la soirée de la veille lui revint à la mémoire. Elle se retourna d'un coup pour fixer son lit. Il était vide. Peut-être avait-elle rêvé. Tout imaginé. Dans un geste d'impuissance, elle couvrit son visage de ses mains. Non, elle n'avait pas rêvé. Nicholas était venu.

Et chaque détail dont elle se souvenait était le reflet de la réalité. Ses yeux, brillants de colère, les siens, brillants de désir. La façon dont elle l'avait séduit. Sa façon à lui de l'embrasser passionnément, et l'abandon total avec lequel elle s'était donnée. Sans la moindre pudeur.

Tout s'était passé exactement comme elle se l'était imaginé. Un mélange d'émotions merveilleuses, douloureuses, d'une rare intensité. Elle se remémora les mots prononcés, au plus fort de leur passion. Il lui avait fait découvrir un plaisir jusque-là insoupçonné, elle lui avait fait don de son corps comme jamais encore cela ne lui était arrivé. Elle frissonna au souvenir des muscles de Nick sous ses doigts, de son souffle chaud au creux de son oreille.

Il l'avait prise sans tendresse, répondant à l'urgence de son désir et elle y avait répondu sans états d'âme ni faux-fuyants. Puis il était resté silencieux et elle s'était endormie entre ses bras. Pour découvrir, à son réveil, qu'il était parti.

Une plainte lui échappa, elle laissa ses bras retomber mollement le long de son corps. Evidemment, qu'il était parti ! Que pouvait-elle espérer ? Pour lui, cette nuit ne signifiait strictement rien. Si seulement elle n'avait pas été aussi ivre !

« Piètre excuse, ma pauvre Morgan ! » se dit-elle avec amertume. Elle avait trop de fierté pour imputer à l'alcool sa conduite de la veille. Elle alla prendre sur son lit sa combinaison déchirée. Elle avait désiré cet homme comme une folle. Et le vin n'avait rien à voir là-dedans. Elle seule était responsable. Elle roula en boule la fine lingerie, puis alla la fourrer sur l'une des étagères de son placard. Dans un sursaut de lucidité, elle referma bruyamment la porte. « C'est fini », se dit-elle avec fermeté. Elle n'avait pas l'intention de donner à cette aventure une dimension qu'elle n'avait pas, ni de lui accorder plus d'importance que Nick ne le faisait.

Durant quelques secondes, elle appuya son front douloureux contre le panneau de bois, refoulant les larmes qui lui brûlaient les yeux. Non, elle ne pleurerait pas pour lui ! Ni aujourd'hui, ni demain, ni jamais ! Redressant les épaules, Morgan tenta de se persuader que sa violente migraine était à l'origine de son état de faiblesse physique et psychologique. Elle était une grande fille maintenant, libre de se donner et de prendre, où et quand elle le voulait ! Elle allait descendre et, après quelques cafés, elle y verrait certainement plus clair.

Une fois encore, elle ravala ses larmes et se dirigea vers la porte.

— Bonjour, madame, dit la domestique chargée d'un plateau qu'elle croisa dans le couloir. Voulez-vous votre petit déjeuner dans votre chambre maintenant ?

L'odeur des mets, d'habitude si alléchante, lui soulevait le cœur.

— Non, merci, je veux juste un café. Et je vais le prendre en bas.

— Belle journée, n'est-ce pas ?

— Oui, belle journée, approuva Morgan en s'éloignant, les dents serrées.

Un bruit de vaisselle qui venait de se fracasser au sol, suivi d'un cri aigu, obligea Morgan à s'appuyer contre le mur. Elle porta les mains à ses tempes douloureuses. C'était bien le jour pour se montrer aussi maladroite !

Mais les cris devenant plus hystériques, elle décida de revenir sur ses pas. Elle trouva la jeune servante accroupie devant la porte ouverte d'une des chambres à coucher, parmi les débris de verre et de nourriture qui jonchaient le sol.

— Calmez-vous ! lui intima Morgan.

Elle s'agenouilla auprès de la jeune femme et la secoua

légèrement par les épaules afin de lui faire reprendre ses esprits.

— Personne ne va vous renvoyer pour quelques plats cassés, Zena.

Cette dernière, les yeux écarquillés, secoua la tête et pointa le lit d'un doigt tremblant avant de se dégager de l'emprise de Morgan et de déguerpir à toutes jambes. Morgan regarda dans la direction indiquée. Tout se mit à tourner autour d'elle. Ce n'était pas possible ! Elle vivait un nouveau cauchemar !

Une main sur la poignée de la porte, elle ne pouvait détacher son regard du lit sur lequel gisait Iona. Couchée en travers du matelas, sa tête pendait dans le vide sur le côté, l'extrémité de ses cheveux balayant le sol. Le premier choc passé, Morgan se rua vers elle et pressa un doigt tremblant sur sa gorge. Elle était vivante ! Son pouls battait. Faiblement, mais il battait ! Parfaitement inconsciente d'avoir bloqué sa respiration, elle laissa échapper un profond soupir de soulagement. Agissant d'instinct, elle tira la forme inerte jusqu'à ce qu'elle repose totalement sur le lit. C'est à ce moment-là qu'elle remarqua la seringue sur les draps froissés.

— Oh, mon Dieu !

Tout se mit soudain en place : les brusques sautes d'humeur de la jeune femme, ses nerfs à fleur de peau, tout ce que Morgan prenait pour des bouderies d'enfant gâtée. Quelle idiote elle avait été de ne pas avoir pensé aux effets de la drogue ! Prise de panique, Morgan se demandait ce qu'elle devait faire. Car il devait bien y avoir quelque chose à faire lorsque quelqu'un était en train de mourir d'une overdose !

— Morgan… Oh, Seigneur !

Morgan tourna la tête vers Dorian, qui se tenait immobile et pâle comme un linge, sur le seuil.

— Elle n'est pas morte, s'empressa de préciser la jeune

femme. Je crois qu'elle a fait une overdose. Appelez une ambulance, un médecin, vite !

— Pas morte ? répéta Dorian d'une voix blanche en se dirigeant vers le corps.

— Faites ce que je vous ai dit ! lui ordonna Morgan. Son pouls bat toujours, mais il est très faible.

La voix impatiente d'Alex se fit entendre à l'autre bout du couloir.

— Qu'est-ce qu'elle a encore fait cette fois ? La domestique est complètement hystérique et… Grands dieux !

— Une ambulance, bon sang ! répéta Morgan, le doigt toujours pressé sur la gorge de Iona. Pour l'amour du ciel, dépêchez-vous !

Elle se retourna au bruit des pas d'Alex, qui venait de quitter la pièce en courant. Dorian, lui, restait pétrifié sur place.

— Il y a une seringue, enchaîna-t-elle, cette fois calmement.

Elle ne voulait pas le heurter, mais il fallait qu'il sache. Elle croisa son regard affolé.

— Elle a dû forcer sur l'héroïne. Vous saviez qu'elle se droguait, Dorian ?

— De l'héroïne ? (Un frisson sembla le parcourir.) Je croyais qu'elle avait arrêté. Vous êtes sûre qu'elle…

— Elle est toujours en vie, anticipa Morgan, qui avait cru percevoir une lueur d'angoisse dans ses yeux.

Elle lui prit la main. Une vague de compassion la submergea. Pour Iona, pour l'homme qui se tenait à ses côtés.

— Elle est toujours en vie et nous allons tout faire pour la sauver.

La main de Dorian s'agrippa si fort à la sienne que cela lui arracha une petite plainte de douleur.

— Iona, murmura-t-il. Si belle. Et perdue.

— Elle n'est pas perdue ! Pas encore ! protesta Morgan

de toutes ses forces. Remerciez plutôt le ciel que nous l'ayons trouvée à temps.

Les yeux de Dorian, dénués de toute expression, vinrent fixer ceux de Morgan. Cette dernière ne se souvenait pas d'avoir jamais vu regard aussi vide.

— Prier… Oui, il n'y a rien d'autre à faire.

Après un laps de temps qui lui parut une éternité, Morgan entendit enfin les pales d'un hélicoptère qui venait de l'ouest. On transporta Iona, toujours inconsciente, vers un hôpital d'Athènes. Dorian l'accompagnait. De leur côté, Liz et Alex hâtaient les préparatifs pour rejoindre leur jet privé.

Toujours pieds nus et enveloppée de son peignoir, Morgan avait suivi l'hélicoptère des yeux jusqu'à ce qu'il disparaisse. Elle songea que, aussi longtemps qu'elle vivrait, le regard éteint de Dorian viendrait la hanter. Elle se mit à frissonner. En pivotant pour quitter son poste d'observation, elle se heurta à Alex.

— Tripolos vient d'arriver, lui annonça-t-il. Il est dans le salon.

— Oh, non, par pitié ! Pas maintenant, Alex !

Puis, dans un nouvel élan de compassion, elle prit les deux mains de son ami entre les siennes.

— Il le faut, dit fermement ce dernier.

Morgan sentait bien qu'il s'appliquait à parler d'une voix égale.

— Je suis vraiment désolé que tu sois mêlée à tout ça, Morgan. Je…

— Non, l'interrompit la jeune femme en accentuant la pression sur ses doigts. Pas avec moi, Alex. Je croyais que nous étions amis.

— *Diabolos*, murmura-t-il. Tu parles d'amis ! Excuse-moi.

— Seulement si tu cesses de me traiter comme une étrangère.

Alex poussa un profond soupir et lui passa un bras autour des épaules.

— Allez, viens, allons affronter ensemble le terrible capitaine Tripolos.

Morgan se demanda si le jour viendrait où, de nouveau, elle pourrait entrer dans ce salon sans avoir à subir la présence du commissaire. Elle prit place sur le même canapé que la veille, fixa leur visiteur et attendit patiemment ses questions.

— Je sais bien que ce doit être difficile pour vous, affirma ce dernier après avoir observé quelques minutes de silence. Pour vous tous.

Son regard insistant se porta tour à tour sur Morgan puis sur Alex et enfin sur Liz.

— Nous ferons de notre mieux pour nous montrer aussi discrets que possible, monsieur Theoharis. J'essaierai d'éviter la presse, mais une tentative de suicide dans une famille aussi connue que la vôtre…

Sa phrase resta en suspens.

— Un suicide, répéta machinalement Alex, comme si les mots n'avaient pas encore pénétré son esprit.

— Il semblerait, d'après l'enquête préliminaire, que votre cousine se soit injecté une dose trop forte d'héroïne. Mais nous ne pourrons l'affirmer que lorsque l'enquête sera terminée. C'est la procédure habituelle, vous comprenez ?

— La procédure, bien sûr.

— Mademoiselle James, c'est vous qui avez trouvé Mlle Theoharis ?

Morgan sursauta légèrement en entendant prononcer son nom.

— Non, en fait, c'est la domestique qui l'a trouvée, rectifia-t-elle. Je suis allée voir ce qui se passait. Zena avait laissé tomber son plateau et elle était devenue complètement hystérique. C'est lorsque je suis entrée dans la chambre que j'ai vu Iona.

— A ce moment-là, avez-vous appelé une ambulance ?

Morgan secoua la tête, contrariée. Tripolos ne pouvait pas ignorer qu'Alex l'avait fait. Manifestement, il voulait sa propre version des faits. Elle décida de se résigner à faire contre mauvaise fortune bon cœur.

— Tout d'abord j'ai cru qu'elle était morte, poursuivit-elle. Mais lorsque j'ai tâté son pouls j'ai compris qu'elle était vivante, alors je l'ai replacée sur son lit.

— Comment cela ? s'étonna Tripolos.

Il n'échappa pas à Morgan que le ton du commissaire était monté d'un cran.

— Oui, précisa-t-elle. Elle était à moitié sur le lit, à moitié par terre. Je voulais l'allonger correctement.

Elle écarta les mains dans un geste qui visait à souligner son impuissance.

— Honnêtement, j'étais un peu paniquée. Et cela m'a paru la meilleure chose à faire.

— Je vois. Et c'est après que vous avez trouvé ceci ?

Il lui montrait la seringue, placée dans un sachet en plastique transparent.

— Oui.

— Saviez-vous que votre cousine se droguait, monsieur Theoharis ?

Morgan vit Alex se raidir. Liz posa une main qui se voulait réconfortante sur celle de son mari.

— Je savais que Iona avait un problème avec la drogue, répondit-il. Il y a deux ans, elle est entrée en clinique pour une cure de désintoxication. Je pensais qu'elle s'en était sortie. Si j'avais pu penser une seconde qu'elle avait recommencé à se droguer, je ne l'aurais pas laissée franchir le seuil de ma maison.

— Et vous, madame Theoharis, vous n'avez jamais eu conscience du problème ?

Morgan fut la seule à entendre le petit sifflement qu'Alex émit entre ses dents à ce moment-là.

— J'en étais parfaitement consciente, au contraire, répondit-elle avec le plus grand calme et en ignorant la stupéfaction qui venait de se peindre sur le visage d'Alex. Bien que mon mari ait voulu me tenir à l'écart de la situation, j'étais au courant de tout.

Elle accompagna ses paroles d'un tapotement affectueux sur la main d'Alex.

— Auriez-vous, monsieur Theoharis, la moindre idée de l'endroit où se fournissait votre cousine ?

— Aucune.

— Je vois. Cette dernière vivant à Athènes, je crois que j'aurais intérêt à travailler avec la police de là-bas et à prendre contact avec ses meilleurs amis.

— Faites votre devoir, commenta platement Alex. Je vous demanderai simplement d'épargner autant que possible ma famille.

— Je ferai de mon mieux, je vous le promets. Eh bien, je vais vous laisser à présent. En vous priant d'excuser cette nouvelle intrusion dans votre vie.

— Il faut que je prévienne ma famille, annonça Alex lorsque la porte se fut refermée derrière Tripolos.

Comme pour se donner le courage nécessaire, il passa une main dans les cheveux de sa femme. Puis il se leva et quitta la pièce sans dire un mot.

— Liz, dit Morgan, je sais bien que ce sont des formules toutes faites, mais si je peux faire quelque chose pour toi…

Liz secoua la tête.

— Tout cela est tellement incroyable ! Je n'arrive pas à réaliser qu'elle gisait là, à quelques mètres de nous, à deux doigts de la mort ! Je ne l'ai jamais aimée, mais là, j'avoue que…

Elle se leva pour aller regarder distraitement par la fenêtre.

— Elle fait partie de la famille d'Alex et ces valeurs sont si profondément ancrées en lui ! Tu peux être sûre qu'il se tient pour responsable de ce drame. Quand je pense à la façon dont j'ai traité cette pauvre fille !

— Alex va avoir besoin de toi, dit Morgan en allant rejoindre son amie. (Elle lui passa un bras réconfortant autour des épaules.) Tu n'as pas à culpabiliser de ne pas l'aimer, Liz. Iona est si difficile !

— Tu as raison.

La jeune femme se retourna vers Morgan et lui adressa un faible sourire.

— Ce sont de drôles de vacances que nous te faisons passer, n'est-ce pas ? Non, ne dis rien, coupa-t-elle en pressant affectueusement la main de son amie. Je vais aller voir si Alex a besoin de moi, il va devoir affronter tant de tracas !

La maison était plongée dans un profond silence lorsque Morgan monta se changer. Tandis qu'elle boutonnait son chemisier, elle contempla encore une fois ce paysage qu'elle ne cessait d'admirer. Comment de telles horreurs pouvaient-elles se produire dans un cadre aussi idyllique ? Et dans un laps de temps aussi court ? Un meurtre, une overdose. Ainsi donc, il fallait en payer le prix pour avoir sa place au paradis ? songea-t-elle en détournant le regard de ce panorama grandiose.

Des coups légers frappés à sa porte la tirèrent de ses réflexions sinistres.

— Entrez.

— Morgan, je ne te dérange pas ?

— Oh, Alex !

En voyant les traits tirés de son ami, le cœur de Morgan se serra une nouvelle fois.

— Je sais combien cette épreuve est horrible pour toi, enchaîna-t-elle. Et je m'en voudrais d'être un poids supplémentaire. Je crois qu'il vaut mieux que je rentre à New York.

— Morgan...

Alex s'interrompit, hésitant à poursuivre.

— Je sais que c'est beaucoup te demander, mais je le fais uniquement pour Liz. Elle va plus que jamais avoir besoin de toi. Et ta compagnie est la seule chose que je puisse lui offrir pour l'instant. Veux-tu rester, s'il te plaît ?

Sans attendre de réponse il se mit à arpenter la pièce et reprit :

— Nous allons partir pour Athènes. Je ne sais pas pour combien de temps. Jusqu'à ce que Iona aille mieux ou qu'elle…

Il s'interrompit de nouveau, incapable de prononcer le mot qu'il redoutait.

— Moi, je vais devoir rester auprès de ma famille, soutenir ma tante. Mais j'essaierai de persuader Liz de rentrer. Savoir que tu seras là pour l'accueillir lui rendra les choses plus faciles.

— Bien sûr, Alex. Je vais rester.

Un faible sourire vint éclairer son visage fatigué.

— Tu es une véritable amie, Morgan. Nous allons partir pour au moins vingt-quatre heures, mais ensuite je demanderai à Liz de venir te retrouver. Je suis certain que si tu es là, elle reviendra.

Il poussa un profond soupir et s'empara machinalement de la main de la jeune femme.

— Je pense que Dorian aussi va rester au chevet de Iona. Il a fallu cette épreuve pour que je comprenne ses sentiments à son égard. Je vais demander à Nick de veiller sur toi pendant notre absence.

— Ce n'est pas la peine ! protesta vivement Morgan. Non, vraiment, Alex, ça va aller. D'ailleurs je ne suis pas seule, il y a les domestiques. Quand comptez-vous partir ?

— D'ici une heure.

— Alex, je suis sûre que c'était un accident.

— Reste à en convaincre ma tante.

Ses yeux se plissèrent, son regard se durcit.

— Iona a toujours aimé flirter avec le danger, se complaire dans le misérabilisme. Je ne l'ai jamais dit à personne, pas même à Liz...

Son visage devint un masque impitoyable de dureté.

— Mais je la déteste, laissa-t-il tomber d'une voix glaciale. Et sa mort serait une délivrance pour tous les gens qui l'aiment.

Aussitôt qu'Alex, Liz et Dorian furent partis, Morgan quitta la maison. Elle avait besoin de marcher, de changer d'air. Contrairement à ses habitudes, elle ne prit pas la direction de la plage. Elle se sentait incapable d'affronter le souvenir que cet endroit ne manquerait pas de lui rappeler. Elle choisit donc d'emprunter le chemin qui menait à la falaise.

Au fur et à mesure qu'elle grimpait, elle respirait à pleins poumons, se gorgeant de l'air frais et iodé qui venait de la mer. Elle marchait sans but, la tête enfin vidée des drames de ces derniers jours. Haut, toujours plus haut. Comme si, en atteignant le sommet, elle allait échapper définitivement à tout danger. Elle allait à la rencontre des dieux qui, longtemps avant elle, avaient foulé ce sol, s'étaient grisés du même spectacle et des mêmes senteurs.

Elle découvrit avec ravissement, au détour d'un chemin, une chèvre famélique. Elle la vit se précipiter sur quelques brins d'herbe, qui avaient miraculeusement poussé entre deux rochers. L'animal se mit à brouter tout en fixant la jeune femme de ses gros yeux noirs, mais lorsque celle-ci s'approcha, elle disparut en quelques bonds gracieux de l'autre côté de la falaise.

Morgan poussa un soupir d'aise et s'assit sur un rocher surplombant la mer. Elle remarqua deux minuscules fleurs bleues luttant pour tendre, à travers la crevasse où elles avaient vu le jour, leur faible corolle aux rayons du soleil. Décidément, la vie était partout, pour peu qu'on se donne la peine de regarder autour de soi.

— Morgan.

Les mains de la jeune femme se crispèrent au son de cette voix. Lentement, elle tourna la tête vers Nicholas, qui se tenait à quelques mètres d'elle. En jean et T-shirt, cheveux au vent, il ressemblait à l'homme qu'elle avait rencontré la première fois. Indiscipliné, sans scrupules. Son cœur se mit à bondir dans sa poitrine comme un oiseau affolé.

Sans un mot, Morgan se leva et entreprit de redescendre le versant. En deux enjambées, Nick l'avait rejointe et, avec une infinie douceur, l'obligea à lui faire face.

Il devina le trouble sous la froideur feinte de son regard.

— J'ai appris pour Iona.

— Je n'en doute pas. Tu m'as dit un jour que rien de ce qui se passait sur l'île ne t'échappait.

Nicholas reçut comme une gifle le ton indifférent qu'elle employait pour lui parler. Il garda néanmoins sa main sur le bras de la jeune femme.

— Je sais aussi que c'est toi qui l'as trouvée.

Morgan refusait de se laisser berner par le ton inhabituellement tendre de sa voix. Elle allait se montrer aussi froide et détachée qu'il l'avait été à son égard.

— On t'a bien informé.

Son visage fermé n'incitait pas au dialogue. De même que la raideur de son corps.

— Cela a dû être très difficile pour toi.

Morgan afficha une moue qui se voulait amusée.

— Ne t'inquiète pas, c'est plus facile de trouver une personne vivante qu'une personne morte, dit-elle avec cynisme.

Nicholas, désemparé, laissa retomber ses bras le long de son corps. Pourquoi refusait-elle son aide aujourd'hui, alors qu'il se sentait prêt à la lui donner ? Qu'il ressentait cela comme une évidence.

— Tu veux t'asseoir un moment ?

— Non, cet endroit ne m'inspire plus aucune quiétude maintenant.

— Arrête de me traiter comme tu le fais ! explosa-t-il soudain, en l'agrippant par le bras.

— Lâche-moi.

Mais le faible tremblement de sa voix la trahissait. Il la devinait plus proche de franchir le pas qu'elle ne l'avait jamais été.

— Je te lâcherai si tu acceptes de m'accompagner chez moi.

— Non.

— Si, lui intima Nick en resserrant son emprise pour l'entraîner à sa suite. Nous devons parler.

Morgan tenta vainement de se dégager. Nicholas fonçait droit devant lui, sans même lui jeter un regard.

— Qu'est-ce que tu veux, Nicholas ? Des détails sordides ?

La bouche du jeune homme se pinça tandis qu'il rétorquait :

— Ce n'est pas exactement ce que je voulais dire, mais vas-y, si tu veux. Parle-moi de Iona.

— Je n'en ai pas envie ! répliqua la jeune femme en découvrant qu'ils étaient en train de gravir les marches qui menaient à la propriété.

Elle n'avait pas réalisé en venant jusque-là qu'elle était si proche de chez lui ! Qu'est-ce qui avait bien pu la guider par ici ?

— Et je ne veux pas non plus aller chez toi !

— Depuis le temps, tu devrais savoir que je me fiche pas mal de ce que tu veux ou pas, dit-il en reprenant son ton sarcastique.

Il ouvrit la porte à la volée et poussa, sans ménagement, Morgan à l'intérieur.

— Apporte-nous du café, ordonna-t-il sans préambule à Stephanos venu à leur rencontre.

— Très bien, tu veux des détails ? fulmina Morgan, ivre de rage. Eh bien, je vais t'en donner ! Et après, plus rien ne me retiendra ici, tu m'entends ? J'ai trouvé Iona inconsciente, son pouls battait à peine. Il y avait une seringue dans son lit, à côté d'elle.

Elle fit une pause, sans paraître noter que sa respiration s'était accélérée.

— Mais je ne t'apprends rien, n'est-ce pas, Nicholas ? Puisque tu es au courant de tout !

Elle était livide, comme le matin où elle avait trouvé le cadavre et qu'elle avait couru se réfugier entre ses bras. Une pointe vrilla le cœur de Nicholas. Il fit un pas vers elle.

— *Ne me touche pas !*

Nicholas n'aurait pas été plus humilié si elle l'avait giflé. Elle pressa les mains sur sa bouche et s'écarta de lui.

— Ne me touche pas, reprit-elle d'une voix radoucie.

— Je ne porterai plus les mains sur toi, si c'est ce que tu veux, parvint-il à dire, encore sous le choc de la violence avec laquelle elle avait protesté. Mais assieds-toi, tu es si bouleversée !

— Ne me dis pas ce que je dois faire, répliqua-t-elle en maudissant le tremblement de sa voix. (Elle pivota et, se plantant devant lui, le défia du regard.) Tu n'as pas à me dire ce que je dois faire, répéta-t-elle.

Stephanos entra, silencieux, attentif. Il lut aussitôt dans les yeux de Morgan l'immense détresse qui la submergeait.

— Vous prendrez du café, mademoiselle ?, demanda-t-il d'une voix étonnamment douce pour un homme de ce gabarit.

— Non, merci. Je...

— Vous devriez vous asseoir, suggéra-t-il tout en la

poussant délicatement dans un fauteuil. Et le café vous ferait du bien. Il est corsé.

Nick se leva d'un bond, rageant contre son impuissance, tandis que Stephanos s'affairait autour de Morgan comme une mère poule.

— Buvez, dit-il en lui tendant une tasse pleine, il va vous redonner des couleurs.

Morgan l'observa, médusée.

— Merci.

Stephanos lança à Nicholas un regard long, énigmatique, puis il quitta la pièce.

— Eh bien, bois, gronda Nicholas, furieux que le vieil homme ait si facilement réussi là où lui avait échoué. Ce n'est pas en regardant le fond de ta tasse que tu vas retrouver des forces.

Morgan s'exécuta machinalement, vidant sa tasse d'un trait.

— Alors, que veux-tu savoir ?

— Bon sang, Morgan, je ne t'ai pas traînée jusqu'ici pour te faire parler de Iona.

— Vraiment ? Cela me surprend beaucoup.

Se sentant plus calme, elle posa sa tasse sur la table basse et se leva.

— Quoique peu de choses puissent me surprendre venant de toi, lui assena-t-elle avec force.

— Tu me crois vraiment capable du pire, n'est-ce pas, Morgan ?

Délaissant son café, il se leva et se dirigea vers le bar.

— Peut-être même me crois-tu coupable du meurtre de Stravos. J'aurais laissé le corps dans la grotte en sachant que tu allais le découvrir.

— Non, riposta Morgan d'une voix devenue soudain étrangement calme. Il a été poignardé dans le dos.

— Et alors ?

— Alors, tu dois être du genre à regarder tes victimes en face, répondit la jeune femme, implacable.

Nick se détourna du bar, son verre encore vide à la main. Ses yeux étaient dangereusement sombres. D'une profondeur que Morgan ne leur avait jamais vue. Elle crut voir y briller un éclair de passion.

— Morgan, cette nuit...

— Je n'aborderai pas ce sujet avec toi, coupa-t-elle sur un ton tranchant.

— Très bien, oublions ce qui s'est passé, reprit-il en se versant une large rasade de brandy.

Il avait toujours su qu'il y aurait un prix à payer à son renoncement. Mais pas si vite ni si cher.

— Veux-tu que je te présente des excuses ?

— Pour quoi ?

Il émit un petit rire forcé tandis que sa main se crispait sur son verre.

— Arrête un peu de vouloir être cynique, Morgan, ça ne te va pas du tout.

— Ne me parle pas de cynisme, veux-tu ? répliqua le jeune femme en haussant de nouveau le ton. Toi qui vis bien tranquillement dans ta jolie maison tout en jouant avec la vie des gens. Sache que moi, je ne serai jamais un des pions que tu manipules à ta guise. Il y a une femme qui lutte contre la mort à l'hôpital d'Athènes. A cause de toi, de l'argent que tu te fais sur son dos et sur celui de gens comme elle. Te crois-tu hors d'atteinte parce que tu fais ton sale boulot à la faveur de la nuit, comme un vulgaire voleur ?

Mâchoires contractées, Nicholas reposa doucement son verre et se tourna vers la jeune femme.

— Tu ne vas pas m'apprendre qui je suis, Morgan.

— Toi non plus, riposta-t-elle avant de tourner les talons et de s'enfuir.

Cette fois, Nicholas ne fit rien pour la retenir.

Quelques minutes à peine après le départ de Morgan, Stephanos refit son apparition.

— La jeune dame avait l'air bouleversée, commenta-t-il d'une voix douce.

Nick lui tourna le dos pour remplir de nouveau son verre.

— Je sais.

— Ces deux derniers jours ont été difficiles pour elle, plaida le vieil homme en faisant claquer sa langue. Elle était venue chercher du réconfort ?

— Pas vraiment, non. Et désormais, elle préférera aller en chercher auprès du diable lui-même plutôt que de me revoir. De toute façon, cela vaut mieux. Je ne veux pas l'avoir dans les pattes en ce moment. Au train où vont les choses, elle ne ferait que nous embarrasser.

Stephanos lissa sa moustache.

— Elle va peut-être vouloir rentrer à New York, lança-t-il négligemment.

— Le plus tôt sera le mieux, marmonna Nick en buvant son brandy d'un trait.

Des coups frappés à la porte lui arrachèrent un chapelet d'injures.

— Va voir qui est là et débarrasse-nous au plus vite de ce gêneur.

Stephanos revint quelques secondes plus tard, accompagné du capitaine Tripolos. Une petite lueur amusée dansa au fond de ses yeux avant qu'il ne s'éclipse, laissant les deux hommes en tête à tête.

— Capitaine, dit poliment Nicholas en réprimant péniblement la nouvelle bordée d'injures qui lui brûlait les lèvres. Vous prendrez bien un café ?

— Volontiers, acquiesça Tripolos en prenant place sur une chaise sans attendre d'y être invité. Etait-ce Mlle James que je viens d'apercevoir sur le chemin de la falaise ?

— Oui, répondit Nick en tentant de décrisper ses doigts. Elle vient juste de partir.

Les deux hommes se dévisagèrent mutuellement, chacun cherchant à donner à l'autre l'impression qu'il ne lui accordait qu'un intérêt très relatif.

— Alors elle a dû vous mettre au courant de ce qui est arrivé à Mlle Theoharis.

— Oui, acquiesça Nicholas en ajoutant une goutte de crème au café de Tripolos. Sale histoire, capitaine. J'avais l'intention d'appeler l'hôpital un peu plus tard. Etes-vous venu pour me parler de Iona ?

— En effet. Mais tout d'abord je tiens à vous remercier de votre accueil, monsieur Gregoras. Je sais à quel point vous êtes un homme occupé.

— Il est de mon devoir de coopérer avec la police, capitaine, dit Nicholas en s'installant à son tour, sa tasse à la main. Dans la mesure où je peux le faire, bien entendu.

— Eh bien, je me disais que, puisque vous avez passé l'après-midi d'hier en compagnie de Mlle Theoharis, vous pourriez peut-être m'éclairer sur son état d'esprit à ce moment-là.

— Je vois, dit Nick pour gagner quelques secondes. Malheureusement, je crains de ne pouvoir vous être utile, capitaine. Iona était, comme souvent, fébrile, mais je n'ai rien vu là d'alarmant. On peut même dire qu'elle était dans son état normal.

— Pouvez-vous me dire ce que vous avez fait durant votre traversée ? Elle ne vous a rien dit qui vous aurait laissé supposer qu'elle songeait au suicide ?

Nick fronça les sourcils.

— A vrai dire… nous n'avons pas beaucoup parlé.

— Bien sûr.

Nicholas se demanda combien de temps encore lui et Tripolos allaient jouer au chat et à la souris. Il décida que c'était à lui d'y mettre un terme.

— Pourtant, je me souviens d'un détail maintenant. Iona semblait… comment dire ? Un peu plus nerveuse que d'habitude. Mais je crois pouvoir affirmer, en toute honnêteté, qu'il ne m'est jamais venu à l'esprit qu'elle puisse vouloir mettre fin à ses jours. Encore maintenant, en vous en parlant, cette éventualité me paraît absurde.

Tripolos se carra confortablement contre son dossier.

— Pourquoi une telle certitude ?

Des généralités devraient amplement suffire, se dit Nick.

— Iona s'aime trop, capitaine. C'est une belle femme, qui adore s'étourdir des plaisirs de la vie. Evidemment, cela n'est que mon opinion. Mais bien que vous ayez beaucoup plus l'habitude que moi de ce genre de choses, je pense que c'était un accident.

— C'est peu probable, commenta Tripolos en cherchant la faille sur le visage de Nick, qui se contenta de froncer de nouveau les sourcils. On a détecté dans son organisme une dose massive d'héroïne, que seul un non-initié aurait pu s'injecter par mégarde. Et les nombreuses traces d'aiguille que nous avons relevées sur son corps prouvent que Mlle Theoharis n'en était pas à son coup d'essai.

— Je vois.

— Saviez-vous qu'elle était toxicomane ?

— Je ne connaissais pas très bien Mlle Theoharis, vous savez ?, plaida Nick. Bien sûr, nous nous croisions souvent, mais pour moi elle est avant tout la cousine d'un de mes amis.

— Pourtant, vous n'avez pas hésité à passer tout un après-midi avec elle sur votre bateau.

— Je vous l'ai dit, c'est une belle femme, dit Nick en affichant un sourire entendu. Désolé de ne pas vous être d'un grand secours.

— Moi, j'ai une théorie qui pourrait vous intéresser.

Si Nicholas se méfiait du regard inexpressif du commissaire, il n'en laissa rien deviner.

— Je vous écoute.

— Voyez-vous, monsieur Gregoras, enchaîna Tripolos, si, comme je le crois, il ne s'agissait pas d'un… accident, il n'y aurait qu'une réponse.

— Que voulez-vous dire ? s'enquit Nicholas en feignant la plus totale incrédulité. Que quelqu'un a… a tenté d'assassiner Iona ?!

— Je suis un policier, voyez-vous, affirma Tripolos en simulant une humilité qu'il était loin d'avoir. Et en tant que tel, il est dans mes habitudes de ne jamais écarter l'hypothèse du crime. Puis-je me montrer franc avec vous ?

— Je vous en prie, l'encouragea Nick en se félicitant mentalement de sa propre perspicacité..

— J'avoue que je suis perplexe et que j'aimerais avoir l'opinion d'un homme qui connaît bien la famille Theoharis.

— Allez-y.

Tripolos afficha un air satisfait, mais crut bon d'abord de préciser :

— Il va de soi que cette conversation ne doit pas sortir d'ici.

En guise de réponse, Nicholas inclina légèrement la tête et vida sa tasse d'un trait.

— Anthony Stravos appartenait à un gang spécialisé dans le trafic de drogue, attaqua-t-il sur le mode de la confidence.

Amusé par la tournure que prenait cette conversation, Nick sortit de sa poche un paquet de cigarettes et le présenta, ouvert, à Tripolos.

— J'avoue que l'idée m'avait effleuré l'esprit.

— Ce n'est un secret pour personne que ces trafiquants ont choisi Lesbos en raison de sa proximité avec la Turquie, affirma Tripolos en se penchant vers le briquet que Nick venait d'allumer.

— Et vous pensez que Stravos a été assassiné par un de ses acolytes ?

— J'en suis convaincu, affirma-t-il en contemplant les volutes de fumée qu'il venait d'exhaler. Mais c'est leur chef qui m'intéresse. Un type brillant, je suis bien forcé de l'admettre. Qui a toujours réussi à passer à travers les mailles du filet. On murmure qu'il se joint rarement aux trafics eux-mêmes, et que, lorsqu'il y prend part, il le fait toujours masqué.

— J'en ai entendu parler, dit Nick derrière son écran de fumée. Tout cela relève de la fiction et de l'imagination débordante d'une population en délire. Un homme masqué ! Et puis quoi encore ?

— C'est pourtant la vérité, monsieur Gregoras, et le meurtre de Stravos n'a rien de fictif, que je sache.

— Vous avez raison.

— Stravos ne brillait pas, lui, par son intelligence. Mon équipe le filait depuis un moment dans l'espoir de le voir nous mener à la tête du gang. Malheureusement…

Comme à son habitude, Tripolos laissa sa phrase en suspens.

— Je me demande pourquoi vous me racontez tout ça, capitaine Tripolos.

— Vous êtes un homme influent, répondit ce dernier sur un ton mielleux, et je sais que je peux vous mettre dans la confidence.

« C'est ça, vieux filou », songea Nick en lui souriant.

— J'apprécie beaucoup la confiance que vous me manifestez, dit-il d'un ton mielleux. Pensez-vous que cet homme, l'homme masqué je veux dire, pensez-vous que ce soit quelqu'un de chez nous ?

— En tout cas, il connaît bien l'île, éluda Tripolos. Mais je ne pense pas que ce soit un pêcheur.

— Un de mes employés, alors ? suggéra Nick tout en exhalant une bouffée de fumée. Non, je ne crois pas.

— D'après les premiers rapports d'enquête qui m'ont été communiqués, il semblerait que Mlle Theoharis connaissait l'identité de notre mystérieux homme.

L'attention de Nick s'intensifia soudain.

— Iona ?

— Je tendrais à penser qu'elle est impliquée, d'une façon ou d'une autre, dans ce trafic. Trop, pour sa propre sécurité. Si... Quand, se reprit-il, elle sortira du coma, nous ne manquerons pas de la questionner à ce sujet.

— Il m'est difficile d'imaginer Iona trempant dans un trafic de drogue !

« L'abruti ! jura Nick en son for intérieur. Il va nous couper l'herbe sous le pied ! »

— Iona est perturbée, c'est vrai, reprit-il, mais de là à l'imaginer complice d'un meurtre et d'un trafic de drogue, non ! C'est impossible !

— Je crains pourtant qu'on ait voulu supprimer Mlle Theoharis parce qu'elle en savait trop. Je vous pose la question, monsieur Gregoras : jusqu'où pensez-vous qu'elle aurait pu aller par amour ? Ou pour de l'argent ?

Nick se donna le temps de réfléchir à toute allure à la réorganisation de son propre plan.

— Par amour, finit-il par dire, pas grand-chose. En revanche, pour de l'argent, elle serait prête à tout.

— Je vous remercie pour votre franchise. Peut-être aurons-nous l'occasion de reparler de tout cela une autre fois. Je dois vous avouer... (Là, Tripolos afficha un sourire candide que démentait son regard pénétrant.) Quoi que vous en pensiez, votre aide m'a été précieuse. J'y vois beaucoup plus clair à présent.

— J'en suis très heureux, capitaine, rétorqua Nick, sourire aux lèvres.

Bien après le départ de Tripolos, Nick était toujours dans le salon, à la même place. L'esprit en ébullition, il contemplait distraitement une sculpture de Rodin placée dans un angle de la pièce.

— C'est pour ce soir, annonça-t-il à Stephanos lorsque celui-ci vint le rejoindre.

— C'est trop risqué. Il est trop tôt.

— Nous n'avons pas le choix. Appelle Athènes et tiens les informés du changement. Vois avec eux s'ils peuvent tenir ce Tripolos à l'écart durant quelques heures.

Il croisa les doigts et fronça les sourcils.

— Il aimerait trop me voir mordre à l'hameçon.

— C'est trop dangereux ce soir, insista Stephanos. Il vaut mieux attendre la prochaine livraison.

— Non, nous ne pouvons pas nous permettre d'attendre plus longtemps. Tripolos est trop près du but et je ne veux pas compliquer les choses avec la police locale.

Nicholas étrécit dangereusement ses yeux de jais.

— Je n'en suis pas arrivé là pour tout voir capoter à cause de ce flic. Nous devons agir avant lui.

9

L'entrée de la grotte était plongée dans l'obscurité. Des rochers la protégeaient des vents et la dissimulaient à la vue d'éventuels curieux. Une puissante odeur de feuilles mortes et de fleurs à peine écloses embaumait l'air. Pourtant, au-delà de ces senteurs terrestres flottait dans l'air un parfum malsain lourd de secrets et de craintes.

Même les amoureux ne s'attardaient pas en ces lieux. On les disait hantés. Quelquefois, un promeneur tardif rapportait qu'il avait clairement entendu des murmures, provenant de la grotte. Mais il fallait être téméraire, ou fou, pour oser s'aventurer à l'intérieur.

La lune semblait contempler le reflet de son fin croissant à la surface de la mer, aussi lisse et calme ce soir-là que les eaux d'un lac.

Les hommes qui s'étaient regroupés près du bateau n'étaient que de vagues silhouettes sans visage. Eux ne craignaient pas les fantômes de la grotte, ils savaient pourquoi ils étaient là. Ils se parlaient peu et lorsqu'ils le faisaient, c'était à mi-voix. De temps en temps, un rire étouffé déchirait le silence de la nuit.

Tout à coup, l'un des hommes repéra une ombre qui s'approchait et, d'un geste, le signala à ses acolytes. Il dégaina un couteau de sa ceinture, maintenant le manche fermement serré dans sa grosse main calleuse. La lame se mit à luire, menaçante, dans l'obscurité. Toute agitation cessa. Les hommes attendaient, respiration bloquée.

Tandis que la forme se rapprochait, l'homme rengaina son arme ; un goût de fer lui emplit la bouche. Car s'il ne craignait pas de commettre un crime, il redoutait, en revanche, le nouvel arrivant.

— On ne vous attendait pas, dit-il d'une voix qu'il avait du mal à rendre égale.

— J'ai horreur d'être toujours là où on m'attend.

Ombre parmi les ombres, l'homme était vêtu de noir de la tête aux pieds. Une cagoule dissimulait son visage et sa tête, ne laissant apparaître que la fente de son regard sombre et menaçant. Grand et mince, il aurait pu aussi bien incarner Dieu que le diable.

— Vous restez avec nous pour la livraison ?

— Je suis là, non ?

Le ton tranchant avec lequel il s'était exprimé n'appelait pas de réponse. Il enjamba l'embarcation avec l'assurance d'un homme qui avait le pied marin.

C'était un bateau de pêche traditionnel, aux lignes épurées, dont on venait de repeindre le pont en noir. Seule la puissance de ses moteurs pouvait le différencier de bateaux similaires.

Sans un mot, l'homme masqué traversa le pont, sans prêter la moindre attention à l'équipage, qui s'écartait craintivement sur son passage. Tous étaient de solides gaillards, aux muscles saillants et aux mains puissantes aussi larges que des battoirs. Pourtant, ils veillaient scrupuleusement à rester à distance de leur chef, comme s'ils redoutaient d'être crucifiés sur place, chacun priant pour que les yeux impitoyables ne le remarquent pas.

L'homme alla s'installer à la barre puis jeta un regard par-dessus son épaule. Le signal était donné : l'équipage se précipita pour larguer les amarres. Ils allaient avancer à la rame jusqu'à s'éloigner suffisamment des côtes, puis, une fois en pleine mer, ils mettraient les gaz.

Le bateau avançait doucement, point solitaire sur une mer sombre. Brusquement, les moteurs se mirent à rugir. Personne ne parlait. Ouvrir la bouche n'aurait pas manqué d'attirer l'attention et chacun souhaitait plus que tout rester discret.

L'homme masqué se tenait droit, presque figé, insensible au vent salé qui manquait à chaque instant de rabattre sa cagoule vers l'arrière. Les minutes passaient, semblables à des heures, dans l'ambiance étouffante de l'embarcation.

— Nous manquons de personnel, murmura l'homme qui, au début de l'opération, avait dégainé son couteau. (Son estomac était noué, sa voix basse et rauque.) Vous voulez que je trouve un remplaçant à Stravos ?

Son chef se tourna vers lui, d'un mouvement délibérément lent. Apeuré, l'homme fit un pas en arrière, ravalant avec difficulté la boule qui lui serrait la gorge.

— Je m'en occuperai moi-même. Et vous faites bien de vous souvenir de Stravos.

Il avait haussé la voix, ses yeux sombres épinglant impitoyablement le pauvre bougre.

— Vous saurez ainsi que personne n'est irremplaçable.

Il avait appuyé sur ce dernier mot, notant avec satisfaction les yeux que ses hommes tenaient servilement baissés vers le sol. C'était exactement ce qu'il voulait. Les terroriser. Quelle meilleure façon de les tenir sous sa coupe ? Un sourire mauvais vint flotter sur ses lèvres tandis qu'il se détournait pour fixer de nouveau la mer.

Le reste de la traversée s'effectua dans le plus grand silence. Les plus superstitieux croisaient les doigts derrière leur dos ou faisaient le signe perpétué par les anciens et qui était censé éloigner d'eux le mauvais œil.

Parvenus à mi-chemin entre Lesbos et la Turquie, l'homme masqué coupa les gaz. Un silence pesant s'abattit alors sur l'embarcation. Aucun des membres de l'équipage n'osait parler comme il l'aurait fait en l'absence de leur chef. Ce soir-là, dans le bateau doucement bercé par la houle, aucune plaisanterie ne fusait. La lune disparut derrière un nuage pour réapparaître, plus éclatante, quelques minutes plus tard.

Le bruit d'un moteur se fit entendre au loin, d'abord faible, puis de plus en plus net. Un signal lumineux s'alluma deux fois, puis une autre fois quelques secondes plus tard. Un bateau de pêche semblable au premier sortit alors des ténèbres pour s'en approcher. Les hommes attendaient en silence, attentifs à la silhouette cagoulée qui, telle une figure de proue, se détachait à l'avant du bateau.

— La pêche a été bonne ce soir, annonça une voix provenant du second bateau.

— Les gros poissons sont moins vigilants la nuit.

Un éclat de rire sonore accueillit cette plaisanterie douteuse tandis que des hommes s'affairaient à remonter sur le pont un filet débordant de poissons. L'embarcation tangua dangereusement avant de se stabiliser de nouveau.

L'homme masqué assista au transbordement sans un mot ni même un geste. Il regarda un moment fixement les poissons morts qui jonchaient une partie du pont, puis il donna le signal du départ. Les moteurs des deux bateaux vrombirent simultanément, chacun prenant une direction opposée pour redevenir des points infimes sur l'immensité de la mer.

— Ouvrez-les, ordonna soudain l'homme.

— Maintenant ? se hasarda à demander un membre de l'équipage. Vous ne voulez pas qu'on attende d'être arrivés à l'endroit habituel ?

— Ouvrez-les, répéta l'homme d'une voix dangereusement sourde. Je vais les prendre sur moi, cette fois.

Trois hommes s'agenouillèrent, couteau à la main, exécutant les ordres à coups de gestes nets et précis. Une odeur tenace de sang, de sueur et de peur emplissait l'air à mesure qu'ils sortaient des entrailles des poissons les petits sachets de poudre blanche. Les corps mutilés étaient ensuite rejetés à la mer, aucun des hommes n'imaginant une seule seconde qu'ils puissent finir dans leur assiette.

Sans hâte particulière, l'homme cagoulé glissait les sachets dans les poches de son blouson. Il regardait avec une satisfaction proche du sadisme ses complices s'affairer sans bruit. La crainte qu'il leur inspirait provoquait chez lui un plaisir intense. Pour la première fois, il se mit à rire, d'un rire sinistre qui se répercuta à l'infini et qui donnait la chair de poule.

Lorsqu'il ressortit de la grotte, beaucoup plus tard, il ne put s'empêcher d'éprouver une profonde satisfaction. Tout s'était passé si facilement que cela en devenait exaltant, grisant. Une fois encore, il n'avait pas eu à affronter de questions indiscrètes ni de revendications amères. Personne n'avait osé le suivre jusqu'à la cache qu'il était seul à connaître. Pourtant, il était seul face à des gros bras qui n'avaient rien d'enfants de chœur !

Il s'appliqua quand même à se déplacer sans bruit car il savait qu'un danger, autrement plus réel celui-là, le guettait. Et il n'était pas question de se faire avoir comme un bleu !

Le hululement d'une chouette le cloua sur place. Il se mit à scruter les arbres et les rochers à travers les fentes de sa cagoule. De l'endroit où il se trouvait, il pouvait voir la masse blanche de la villa des Theoharis se découper en ombre chinoise. Il resta un long moment à l'observer, songeur, avant de reprendre sa longue marche en solitaire.

Il grimpait avec l'agilité d'une chèvre. Il connaissait si bien ce chemin ! Pour l'avoir parcouru des centaines de fois auparavant, il aurait même pu le gravir les yeux fermés. Il contourna, sans s'y attarder, le rocher sur lequel Morgan s'était assise le matin même.

La lumière qu'il avait pris soin d'allumer avant de partir brillait toujours à la fenêtre. Pour la première fois depuis des heures, il ressentit le besoin de retrouver la chaleur rassurante de son foyer. Il avait envie d'un alcool fort qui lui ferait oublier la peur qu'il avait lue dans le regard de tous ces hommes.

Il entra dans la maison et, après avoir gagné un petit salon, vida le contenu de ses poches sur une élégante table Louis XVI.

— Eh bien, mon vieux Stephanos, annonça-t-il dans un sourire victorieux, on peut dire que la pêche a été bonne !

Le vieil homme hocha légèrement la tête dans un mouvement d'approbation.

— Pas de problème ?

— Comment aurais-je pu en avoir avec des hommes qui ont même peur de l'air qu'ils respirent ?

Il alla au bar et, après avoir rempli deux verres, en tendit un à son compagnon. Il avait du mal à calmer le sentiment d'exaltation qu'il avait connu en affrontant le danger. Il vida son verre d'un trait.

— Une bande de minables, poursuivit-il. Mais ils n'y sont pour rien, ils font leur boulot. Tous aussi cupides et… (Nicholas s'interrompit pour retirer sa cagoule et la jeter sur les petits sachets en plastique)… et terrifiés.

— C'est comme ça qu'il les tient, commenta Stephanos. Beau travail en effet, dit-il en évaluant mentalement la quantité de cocaïne. De quoi être tranquille pour un bon moment, non ?

— De quoi surtout en vouloir plus. Toujours plus, affirma Nick dans un nouveau sourire. *Diabolos*, j'empeste le poisson ! ajouta-t-il en esquissant une moue de dégoût. Occupe-toi d'envoyer ça à Athènes. Nous verrons bien ce qu'ils en pensent là-bas. En attendant, je vais prendre une bonne douche et dormir quelques heures, je suis vanné !

— Ah, j'allais oublier... Quelque chose qui pourrait vous intéresser...

— Pas ce soir, Steph, coupa Nick sans même daigner se retourner. Tu me raconteras ça demain.

— La jeune dame...

Stephanos vit Nicholas s'arrêter et se raidir imperceptiblement. A l'évidence, il avait compris de qui il s'agissait.

— J'ai appris qu'elle avait renoncé à regagner les Etats-Unis. Elle va rester ici pendant l'absence d'Alex.

Nick jura entre ses dents avant de revenir sur ses pas.

— Je ne veux pas qu'une femme me mette des bâtons dans les roues, c'est compris !

— Elle restera seule jusqu'au retour de son amie.

— Je m'en fiche !

Comme à son habitude, Stephanos huma délicatement son verre avant d'en siroter une gorgée.

— Elle intéresse Athènes, poursuivit-il, indifférent aux protestations de Nick. Ils pensent qu'elle pourrait nous être utile.

— Il n'en est pas question !

Contenant mal la contrariété qui le submergeait, Nick se mit à arpenter nerveusement la pièce.

— Elle ne peut que nous causer de sérieux problèmes. Non, mieux vaut la laisser en dehors de tout ça.

— Cela me paraît difficile, compte tenu de...

— Il n'en est pas question ! répéta Nick avec encore plus de force.

— Comme tu voudras.

Irrité par le ton faussement respectueux de Stephanos, Nick reposa le verre vide que, d'un geste machinal, il s'était mis à faire tourner entre ses doigts.

— Va au diable ! grommela-t-il. Je te répète qu'elle ne peut nous être d'aucune utilité. Et j'espère qu'elle n'aura pas la mauvaise idée de fourrer son joli nez en dehors de la villa.

— Et si cela arrive ? insista Stephanos en avalant sa dernière gorgée de liqueur.

Nicholas pinça les lèvres.

— Alors, je m'occuperai d'elle.

Stephanos laissa échapper un petit rire narquois avant d'aller se resservir.

— Et moi, je crois plutôt que c'est elle qui va s'occuper de toi ! Si ce n'est pas déjà fait, insinua-t-il sous le regard courroucé de Nick, qui quitta la pièce sans ajouter un mot.

Le long moment qu'il passa dans son bain ne parvint pas à le calmer. Il mit cela sur le compte du trop-plein d'énergie que cette opération avait déclenché et alla à la fenêtre. Son regard se posa instantanément sur la villa des Theoharis, en contrebas.

Ainsi, elle était seule dans cette grande maison, dans ce lit trop grand pour elle. Il ne fallait pas qu'il y pense. Il avait escaladé le mur qui menait à sa chambre pour la dernière fois, la nuit dernière. Il avait agi sur une impulsion, sans réfléchir aux conséquences. Poussé par le besoin impérieux de justifier ses actes.

« Quel idiot j'ai été ! » se dit-il en crispant les doigts sur la rambarde en pierre. Il n'avait pas fallu longtemps à la jeune femme pour le faire succomber. Avec quelle aisance déconcertante elle avait réussi à trouver le chemin qui menait à son cœur !

Ses mains se crispèrent un peu plus au souvenir de leurs étreintes. Du goût salé-sucré de sa peau, de la douceur de l'écrin qui l'avait accueilli. Il avait commis une erreur, certainement la plus grosse de son existence. Car si c'était une chose de risquer sa vie, Nicholas jugeait beaucoup plus grave de risquer son âme.

« Je n'aurais jamais dû la toucher », se reprocha-t-il dans un accès de colère. Il le savait et pourtant il n'avait pu renoncer aux promesses d'un plaisir qu'il avait deviné intense. Il avait abusé de sa faiblesse, du fait qu'elle était ivre. Cela l'amena à penser à Andrew et une nouvelle vague de rage le submergea. Il le haïssait d'avoir embrassé la jeune femme. Mais il détestait aussi Dorian pour les sourires qu'il lui avait adressés et auxquels elle avait répondu. Et Alex, pour la complicité qui semblait les lier.

Morgan ne lui pardonnerait jamais ce qu'il s'était passé entre eux. Il l'avait bien compris dans la façon cinglante dont elle lui avait parlé le matin même. L'aurait-elle poignardé qu'il n'aurait pas plus souffert. Non, elle ne pourrait pas lui pardonner d'avoir profité d'elle dans un moment où elle était vulnérable. Elle détesterait à jamais l'homme aux bas instincts qu'il avait été cette nuit-là.

En se maudissant, Nick s'arracha à la contemplation de la villa. Après tout, en quoi les états d'âme d'une Morgan James le concernaient-ils ? se demanda-t-il avec la plus parfaite mauvaise foi. Lui aussi aurait vite fait de l'oublier. C'était l'affaire de quelques semaines, ni plus ni moins. Après quoi, il retrouverait tranquillement la voie qu'il s'était choisie, bien avant de l'avoir rencontrée. Il n'avait pas à rougir de ce qu'il était. Et encore moins du fait qu'elle n'accepterait jamais son choix de vie. Il ne lui permettrait pas de pointer du doigt ses activités, ni de lui faire sentir qu'il avait les mains sales.

Nick se laissa tomber dans un fauteuil et se mit à scruter les ténèbres. Il décida avec fermeté que si elle avait réussi à toucher son cœur, il s'en accommoderait. Il s'en faisait même le serment. Il n'avait pas fait tout ce chemin, ni surmonté tant d'obstacles, pour laisser une paire d'yeux bleus, aussi émouvants soient-ils, le désarçonner.

Morgan ruminait sa solitude. Cette solitude à laquelle elle avait accordé tant de prix quelques jours auparavant lui pesait à présent atrocement. La maison avait beau vibrer de la présence des domestiques, elle n'en retirait aucun réconfort. Alex, Liz et Dorian lui manquaient cruellement. La matinée s'écoulait, morne, tout comme s'était écoulée la nuit. La maison lui apparaissait comme une prison dorée dont elle était prisonnière.

Ses pensées la ramenaient invariablement vers Nick. Au point qu'elle n'avait pu se résoudre à aller s'allonger dans le lit qu'elle avait partagé avec lui. Comment aurait-elle pu y dormir en paix quand tout lui rappelait qu'ils avaient fait l'amour ? Ses mains, si douces et si puissantes à la fois, sa bouche qu'il avait pressée si passionnément sur la sienne, l'odeur d'embruns qui imprégnait sa peau. Elle avait déserté sa chambre, incapable d'affronter ce souvenir douloureux.

Elle se demanda ce qui la poussait si fort vers cet homme. Et combien de temps encore elle aurait la force de combattre ce désir violent qu'il lui inspirait.

Décidée à ne pas se laisser sombrer dans le désespoir, elle enfila un maillot de bain et prit la direction de la plage. Il lui restait encore trois semaines de vacances et elle avait bien l'intention d'en profiter ! Rester cloîtrée à la maison ne changerait rien à ce qui s'était passé.

Elle foula avec bonheur le sable blanc et scintillant, surprise de n'éprouver aucune appréhension. Elle retira son peignoir et courut vers la mer. L'eau apaisa instantanément ses tensions. Avec un peu de chance, elle parviendrait peut-être même à dormir cette nuit. Il fallait qu'elle prenne de la distance. Après tout, pourquoi se laisserait-elle impressionner par la mort d'un homme qu'elle ne connaissait même pas ? Il avait été tué à la suite d'une querelle entre villageois, voilà tout. Pourquoi vouloir à tout prix trouver une autre explication à ce meurtre ? Il était évident qu'aucune des personnes de son entourage n'était mêlée à cette tragique affaire. Elle ne voulait plus penser à Iona, ni à tous ces trafics sordides, ni même…

elle plongea tête la première sous une vague… à Nicholas. Elle ne voulait plus penser à rien.

Elle fuyait. Dans un monde fait d'eau, de soleil et de plaisir. Elle se laissait flotter au gré des vagues, cherchant à retrouver la quiétude des premiers jours.

Dans un jour ou deux, Liz serait de retour. Il faudrait qu'elle soit en forme pour lui apporter l'aide et le soutien dont elle aurait besoin. Oui, ce soir elle dormirait ! Elle en avait soupé, des cauchemars !

Plus détendue qu'elle ne l'avait été depuis des jours, Morgan regagna le rivage à la nage. Elle jaillit de l'eau, rayonnante sous le soleil déjà chaud.

— Telle Vénus jaillissant de l'onde, s'écria Andrew.

Morgan mit sa main en visière devant ses yeux et l'aperçut, assis à côté de sa serviette. Il se leva pour aller à sa rencontre.

— Comment vas-tu ?

Morgan prit la serviette qu'il lui tendait et s'en frictionna vigoureusement les cheveux.

— Bien, répondit-elle enfin.

— Tes yeux sont cernés. On dirait deux lacs profonds voilés par des nuages.

Il effleura son visage du bout des doigts puis, la prenant par la main, la ramena à l'endroit où elle s'était installée.

— Nick m'a dit pour Iona. Quelle maudite série ! Je regrette que ce soit toi qui l'aies trouvée.

Morgan laissa tomber sa serviette et s'assit dessus.

— Il semblerait que j'ai un certain talent pour ça, ironisa-t-elle en secouant ses cheveux mouillés. Mais ne t'inquiète pas, je me sens beaucoup mieux aujourd'hui. Vraiment.

A son tour, elle lui caressa tendrement la joue.

— Hier, je me sentais… à vrai dire, je ne sais même plus ce que je ressentais. J'avais l'impression bizarre d'être comme désincarnée. D'assister à tout ça à travers un prisme. Tout me paraissait tellement irréel !

— Je suppose que c'était une façon de te protéger.

— Alex, Liz et Dorian me faisaient tant de peine ! C'était si dur de les voir comme ça, Andrew ! Et moi, j'étais là, impuissante à soulager leur douleur.

Elle s'allongea en arrière et, appuyée sur les coudes, goûta avec bonheur à la caresse du soleil sur sa peau nue.

— J'espère ne pas te choquer, poursuivit-elle, mais ces deux drames m'ont fait réaliser à quel point il fait bon vivre.

— Tu ne me choques pas du tout. Au contraire, je dirais même que ta réaction est tout à fait normale ; et saine.

Il adopta la même position que Morgan, mais plissa les yeux pour les protéger du soleil.

— J'aimerais te croire. Je culpabilise quand même un peu.

— Tu ne dois pas culpabiliser d'être en vie, Morgan.

— Non, tu as raison. Tu sais, ç'a été comme une révélation. J'ai réalisé brusquement tout ce qu'il me restait à faire, tout ce que j'avais encore à voir. Tu te rends compte, Andrew, j'ai vingt-six ans et c'est la première fois que je pars en voyage d'agrément ! Mon père et moi avons quitté Philadelphie pour New York à la mort de ma mère. J'avais à peine six ans et depuis, je n'ai rien vu d'autre que cette ville. Je parle cinq langues et c'est la première fois que je me rends dans un pays qui n'est pas anglophone. J'ai encore tant de pays à découvrir, Andrew. Je voudrais aller en France, en Italie !

Morgan tourna la tête vers Andrew et posa sur lui un regard débordant d'enthousiasme.

— Je veux voir Venise et m'y promener en gondole, et puis aussi flâner sur les Champs-Elysées. Je me sens la force d'escalader des montagnes, conclut-elle dans un éclat de rire.

— Et ton projet de devenir un jour pêcheur ? questionna Andrew, gentiment ironique.

— Je t'ai dit ça hier soir, n'est-ce pas ? supposa Morgan en riant de nouveau. Eh bien, pourquoi pas ? Jack déplorait toujours mes goûts, selon lui trop éclectiques.

— Qui est Jack ?

— Un homme que j'ai connu, répondit vaguement Morgan, satisfaite du peu de cas que, désormais, elle faisait de lui. Il s'était lancé dans la politique.

— Tu l'aimais ?

— Non, je crois qu'entre nous, c'était plutôt une question d'habitude. C'est terrible de dire une chose pareille, tu ne trouves pas ?

— Je n'en sais rien.

— De toute façon, c'est la vérité. C'était un homme très conformiste, sans la moindre once de fantaisie et, du coup, parfaitement rasoir. Pas du tout comme…

Morgan laissa sa phrase en suspens, les yeux soudain rivés à la falaise. En suivant son regard, Andrew aperçut Nick, qui, bien campé sur ses jambes, les mains fourrées dans ses poches, semblait les observer. Sans un salut ni un signe de la main, il pivota pour disparaître brusquement derrière les rochers.

— Tu l'aimes, n'est-ce pas ?

— Oh, non ! Non, pas du tout ! se défendit vivement Morgan. Je le connais à peine ! En plus, c'est un ours mal léché. Il est lunatique, arrogant, autoritaire et… et incapable de la moindre émotion !

Andrew accueillit d'un froncement de sourcils la description passionnée que Morgan venait de faire de Nicholas.

— J'ai l'impression que nous parlons de deux personnes différentes.

Morgan prit une poignée de sable qu'elle laissa filer nerveusement entre ses doigts.

— C'est possible, marmonna-t-elle, butée. Quoi qu'il en soit, je n'aime aucun des deux.

Andrew garda le silence quelques secondes, le regard fixé sur les mains fébriles de la jeune femme.

— Tu l'aimes, insista-t-il.

— Andrew...

— Tu l'aimes, mais tu ne veux pas te l'avouer, affirma-t-il en fixant pensivement l'horizon. Morgan, si je te demandais de m'épouser, cela gâcherait-il notre amitié ?

— Quoi ? Tu plaisantes !

— Pas le moins du monde, riposta-t-il calmement. J'ai pensé que si je te proposais de coucher avec moi, tu ne voudrais plus me parler. En revanche, si je t'épouse...

— Andrew..., commença Morgan, ne sachant trop comment prendre cette nouvelle.

Elle inspira profondément puis lâcha :

— Une demande en mariage est toujours flatteuse, surtout si elle vient de quelqu'un qu'on estime profondément. Mais l'amitié n'a pas besoin de flatteries.

Elle se pencha vers le jeune homme et effleura ses lèvres d'un baiser.

— Je suis très contente d'être ton amie, conclut-elle.

— Que veux-tu, je suis un incorrigible romantique. Je nous imaginais sur cette île paradisiaque, vivant dans le cottage de Nick. Des feux auraient brûlé dans l'âtre, au printemps nous aurions cueilli des fleurs.

— Tu ne m'aimes pas, Andrew.

— Je pourrais.

Il prit la paume de la jeune femme et fit mine de l'étudier attentivement.

— Mais ce n'est pas ton destin de passer ta vie avec un poète fauché.

— Andrew...

— Et ce n'est pas le mien d'être aimé d'une femme comme toi.

Il lui sourit et embrassa sa paume offerte.

— Tant pis, c'était bon de rêver.

— Merci, Andrew, pour cette charmante attention.

Andrew hocha légèrement la tête, puis il se leva.

— Peut-être nous croiserons-nous à Venise. Il paraît que cette ville merveilleuse enchante les poètes.

Il lui sourit, d'un sourire charmeur qui fit regretter à Morgan d'avoir pris sa demande à la légère.

— Qui sait ? L'amour n'est qu'une question de moment.

Elle le regarda traverser la plage puis gravir les marches qui menaient au cottage.

10

Malgré toutes ses bonnes résolutions et les promesses qu'elle s'était faites, Morgan n'arrivait pas à trouver le sommeil. Elle se retournait sans cesse dans son lit, refusant de sombrer dans des rêves où Nicholas viendrait la hanter impitoyablement. Elle qui était parvenue à le tenir éloigné de ses pensées une bonne partie de la journée, elle ne baisserait pas la garde pour quelques heures de sommeil.

A la faveur de la nuit, des images cauchemardesques resurgissaient. Elle revoyait, pêle-mêle, le visage du cadavre sous l'eau, des mégots de cigarettes noires à demi enfouis dans le sable. Et Iona, blême, la masse de ses cheveux balayant le sol, retenue à la vie par un faible souffle.

Pourquoi ce soudain pressentiment que le coupable se trouvait parmi son entourage ?

Le silence de la nuit était pesant. Même l'air qu'elle respirait oppressait Morgan. Elle était tiraillée entre l'envie de céder au sommeil et celle de chasser ses fantômes.

Elle ne pouvait oublier la voix d'Alex, aussi froide et tranchante qu'une lame de couteau, lui disant que la mort de Iona serait une libération pour tous. Comme elle ne pouvait non plus oublier le regard vide de Dorian tandis que, presque indifférent au drame qui venait de se produire, il portait à ses lèvres une longue cigarette noire. Et que penser de Liz, si dévouée à son mari qu'elle s'était dite prête à tout pour le protéger ? Quant à Nick, elle ne pouvait que l'imaginer tenant à la main le manche d'un couteau dégoulinant de sang.

Morgan poussa un cri et s'assit dans son lit, les yeux écarquillés d'effroi. Non, elle ne voulait pas dormir. Pas toute seule. Elle n'osait pas.

Sans trop réfléchir à ce qu'elle faisait, elle se leva et enfila un jean et un T-shirt. Elle allait retourner à la plage, c'était le seul endroit qui lui procurait la quiétude et la sérénité dont elle avait tant besoin.

L'air frais lui fit du bien. Elle appréciait de ne plus être confinée entre quatre murs, de respirer à pleins poumons le parfum des fleurs, d'entendre le vent murmurer entre les feuilles des arbres. A chaque pas qu'elle faisait, les images traumatisantes s'estompaient un peu plus.

La lune, presque pleine, se réfléchissait à la surface de l'eau. Morgan suivait le chemin, sans hésitation, guidée par un instinct qui lui soufflait qu'elle ne risquait rien.

Après avoir roulé le bas de son pantalon, elle se redressa et marcha dans l'eau, laissant les vaguelettes lui lécher les chevilles. Elle étira ses bras en direction des étoiles et poussa un profond soupir d'aise. Enfin, elle commençait à se détendre !

— Il ne t'arrive donc jamais de passer une nuit entière dans ton lit ?

Morgan fit volte-face pour se retrouver nez à nez avec Nick. Il devait déjà être là, elle n'avait entendu aucun bruit de pas derrière elle. Elle se raidit, le toisa d'un regard glacial. Lui non plus n'avait pas pris la peine d'enfiler une paire de chaussures. Il portait un jean et une chemise largement déboutonnée sur son torse bronzé. Morgan maudit le désir fulgurant qui la submergea.

— Qu'est-ce que ça peut bien te faire, que je dorme ou pas ? rétorqua-t-elle sèchement.

Nick renonça péniblement à son envie d'attirer la

jeune femme contre lui. Cela faisait des heures qu'il était à sa fenêtre, attendant en vain un sommeil qui ne venait pas, lorsqu'il l'avait vue sortir de la villa. Avant même de réaliser ce qu'il faisait, il s'était retrouvé à moitié nu sur les marches qui menaient à la plage pour aller la rejoindre. Mais il ne s'attendait pas à un accueil aussi glacial.

— Tu as déjà oublié ce qui arrive aux femmes qui se promènent seules sur la plage, en pleine nuit ?

Il avait parlé avec une pointe d'ironie tout en enroulant négligemment une mèche des cheveux de Morgan autour de ses doigts. Il pourrait tout aussi bien caresser sa peau nue, s'il le décidait. Qui pourrait l'en empêcher ?

— Je te préviens, Nicholas, si tu as dans l'idée de me séduire une nouvelle fois, je ne resterai pas là, les bras ballants ! Je saurai me défendre.

— Cela pourrait être amusant, lança-t-il en la défiant du regard tandis qu'elle essayait de se soustraire à ses mains trop douces. Je pensais que tu en aurais assez de la plage aujourd'hui, Aphrodite, ajouta-t-il d'un ton sarcastique. Mais peut-être as-tu rendez-vous avec Andrew.

Elle tenta d'ignorer le doux frisson qui lui avait parcouru l'échine en l'entendant l'appeler de ce petit nom affectueux.

— Je n'attends personne et j'entends bien rester seule. Alors si tu veux bien t'en aller à présent…

Au lieu de s'exécuter, Nicholas se rapprocha d'elle et la prit par les épaules, enfonçant douloureusement ses doigts dans sa chair tendre.

— N'essaie pas de me provoquer, Morgan, gronda-t-il d'une voix sourde. Je ne suis pas comme ce blanc-bec d'Andrew, moi !

— Ne me touche pas, ordonna-t-elle en contrôlant tant bien que mal sa voix.

Elle fixa sur lui un regard dur. Cette fois, elle ne flancherait pas !

— Dommage ! Tu aurais pu t'inspirer de la façon

dont lui ou Dorian traitent les femmes, lui assena-t-elle avec perfidie.

Nick, lèvres pincées, marmonna une injure avant d'attirer violemment Morgan contre lui. Elle se dit, en voyant son visage déformé par la colère, qu'elle seule avait le triste privilège de connaître sa face sombre. L'idée d'avoir ce pouvoir sur lui fit naître en elle une joie mauvaise.

— Dois-je comprendre que tu as couché aussi avec Dorian ? questionna-t-il avec rudesse. Combien d'amants te faut-il donc pour te satisfaire ?

Morgan réussit à ne rien laisser paraître de la colère qui l'avait submergée.

— As-tu remarqué, demanda-t-elle d'une voix presque égale, que lorsque tu es en colère tu t'exprimes exclusivement dans ta langue maternelle ? Franchement, je ne vois pas ce que vous pouvez bien avoir en commun, Andrew et toi.

La comparaison attisa un peu plus la colère de Nicholas.

— Tu te réjouis de l'ascendant que tu as sur lui, n'est-ce pas ?

Morgan serra les dents. Non, elle ne lui donnerait pas la satisfaction de la voir afficher la souffrance qui lui vrillait le cœur.

— Sale garce, siffla Nick. Tu as l'intention de nous manipuler encore longtemps comme ça ?

Ivre d'une rage décuplée par trop de nuits sans sommeil, Morgan le repoussa de toutes ses forces.

— Comment oses-tu ? Oui, comment oses-tu porter un jugement sur moi, toi qui n'hésites pas à jouer avec la vie des gens ? Toi qui as fait du mensonge une règle de vie ? Tu n'as pas de leçons à me donner, tu m'entends ? Tu n'es qu'un sale égoïste qui se fiche bien de ce que les autres peuvent ressentir ! Je te déteste, toi, et tout ce que tu représentes !

D'un mouvement brusque, elle se dégagea de l'emprise de Nick et se rua dans les vagues.

— Idiote, grommela Nick avant de courir la rejoindre.

Lorsque, enfin, il l'eut rattrapée, il la prit par les épaules et la secoua légèrement. Sa voix claqua dans le silence de la nuit, sèche comme un coup de fouet.

— Sache que je ne mendierai jamais tes faveurs, Morgan. Quant à mes activités, je ne peux pas m'y soustraire et je ne fais qu'exécuter des ordres. Si cela peut changer quoi que ce soit à la piètre opinion que tu sembles avoir de moi, sache également que je n'en tire aucune gloire.

— Je me fiche bien de tes activités ! cracha la jeune femme. Et de tout ce qui te concerne ! Je te déteste ! répéta-t-elle. Et je me déteste de t'avoir laissé poser la main sur moi !

La sentence était tombée, plus douloureuse que Nick ne l'aurait imaginé. Il refoula avec peine les images de leurs deux corps enlacés.

— Je comprends. Alors, veille à garder tes distances et tout ira bien.

— Je ne demande pas mieux, figure-toi ! Je ne veux plus te voir, ni même entendre prononcer ton nom !

Nick lutta pour ne pas céder aux flots de tendresse qui soudain le submergeaient. Il aurait tant aimé la prendre dans ses bras, la supplier de lui pardonner et la remercier du magnifique cadeau qu'elle lui avait fait !

— Je respecterai ta volonté, Morgan. Fais ce que tu veux avec Dorian, mais ne t'amuse pas à faire souffrir Andrew. Sans quoi, je jure de tordre ce joli cou de mes propres mains. Compris ?

Morgan rejeta en arrière ses cheveux dégoulinants et darda sur lui un regard furibond.

— Tu ne me fais pas peur ! Et je verrai Andrew si ça me chante, que tu le veuilles ou non ! Je me demande d'ailleurs s'il apprécierait ton excès de zèle. Figure-toi qu'il m'a demandé de l'épouser.

En un mouvement aussi brusque que leste, Nicholas souleva Morgan et la plaqua étroitement contre lui. Morgan se débattit tant qu'elle put, mais ne parvint qu'à soulever des gerbes d'eau qui les trempèrent un peu plus.

— Qu'est-ce que tu as répondu ? gronda-t-il, menaçant.

— Ça ne te regarde pas ! vociféra Morgan, qui, en se débattant de plus belle, ne fit qu'inciter Nick à resserrer son étreinte. Et repose-moi *immédiatement* ! Tu n'as pas le droit de me traiter de cette façon !

Mais Nick ne l'entendait pas, aveuglé par la jalousie. Il n'accepterait jamais qu'elle appartienne à un autre homme !

— Je t'ai posé une question, Morgan !

— Non ! hurla-t-elle, au comble de l'hystérie. J'ai répondu *non* !

Un sourire satisfait vint flotter sur les lèvres de Nick tandis qu'il reposait délicatement Morgan sur le fond sableux. Il remarqua aussitôt son teint livide et s'en voulut d'en être responsable. Ne saurait-il donc que la blesser ? Si seulement il n'y avait pas tant d'obstacles en travers de leur route, il aurait une chance de la conquérir !

— Tant mieux, dit-il d'une voix loin d'être aussi désinvolte qu'il l'aurait voulu. Je n'aurais pas aimé te voir mener ce pauvre Andrew par le bout du nez. Il est si fragile !

Il libéra complètement Morgan, conscient de l'avoir touchée pour la dernière fois.

— Je suppose que tu ne lui as pas parlé de l'amant que tu as laissé derrière toi ?

— Un amant ? De quel amant parles-tu ?

Pour toute réponse, Nick pointa du doigt le médaillon que la jeune femme portait autour du cou, et qu'il mourait d'envie de lui arracher.

— Celui qui t'a fait cadeau de cette breloque à laquelle

tu tiens tant ! Lorsqu'une femme affiche avec aussi peu de discrétion sa dévotion à un autre homme, il est difficile de ne pas le remarquer, non ?

Morgan serra dans sa main la petite médaille en argent. Elle avait cru connaître le paroxysme de la colère, eh bien, elle s'était trompée !

Sa dévotion à un autre homme, répéta-t-elle dans un souffle. Aucun amant ne m'a marquée à ce point, Nicholas, reprit-elle plus haut.

— Pardon, railla Nick, ce n'était qu'une façon de parler, bien sûr.

— C'est mon père qui m'a donné cette médaille, rétorqua-t-elle d'une voix blanche. Il me l'a donnée alors que j'avais huit ans et que je m'étais cassé le bras en tombant d'un arbre. Mon père est la personne la plus gentille et la plus attentionnée que j'aie jamais connue. Et toi, Nicholas Gregoras, tu n'es qu'un imbécile !

Elle lui tourna brusquement le dos et courut vers la plage. En deux enjambées il l'avait rattrapée et, indifférent à ses protestations, la maintenait de nouveau fermement serrée contre lui. Il plongea ses yeux dans les siens. Il n'en pouvait plus, il avait besoin de savoir.

— Tu n'as pas d'amant à New York ? demanda-t-il, sceptique.

— Fiche-moi la paix !

Il la trouvait encore plus belle, la tête rejetée en arrière, ses yeux bleus étincelant de colère. Et lorsqu'elle releva crânement le menton pour l'épingler d'un regard implacable, il songea avec émotion qu'il aurait volontiers sacrifié sa vie par amour pour elle.

— As-tu un amant à New York, Morgan ? répéta-t-il d'une voix ferme mais radoucie.

— Je n'ai d'amant nulle part !

Il lâcha un juron qui ressemblait plus à un soupir de soulagement. Son corps s'enflamma instantanément à travers ses vêtements mouillés. Il sentit le cœur de Morgan s'accélérer au même rythme que le sien.

— Maintenant tu en as un, lui murmura-t-il avant de prendre ses lèvres et de l'allonger sur le sable.

Sa bouche était avide, ardente. Morgan lui en voulait encore, mais, même si elle le déplorait, elle ne pouvait résister à l'appel de ses sens. Elle le laissa lui retirer fébrilement son T-shirt, comme s'il ne supportait pas la moindre entrave entre leurs peaux moites de désir.

Morgan savait qu'il lui ferait toujours l'amour avec la même intensité. Sans rime ni raison. Elle se fondait avec bonheur dans ce plaisir commun, car un amour d'une telle force ne pouvait connaître aucune limite. A son tour, emportée par l'urgence de son désir, elle lui arracha, plus qu'elle ne la lui ôta, sa chemise. Elle l'entendit rire contre sa gorge.

Plus aucune frontière n'existait entre le bien et le mal. Et tandis que la passion la propulsait sur des cimes toujours plus hautes, elle reconnut les signes de l'amour. Toute sa vie, elle avait rêvé d'un amour pareil. Et voilà qu'il se matérialisait sous les traits de Nick. L'heure n'était pas aux questions. Elle savait juste qu'elle l'aimait et que rien d'autre n'avait d'importance.

Lorsque les mains de Nick se posèrent sur les seins nus de la jeune femme, il laissa échapper un petit grognement de plaisir. Il reprit sa bouche avec avidité. Elle était si douce, si chaude ! La fièvre se mit à couler dans ses veines, décuplant le désir qu'il avait d'elle. Il n'avait encore jamais désiré une femme comme il la désirait, elle ! Pas de cette façon, unique, où il donnait libre cours à ses instincts les plus sauvages. Même lorsqu'il l'avait prise la première fois, il n'avait pas ressenti une telle puissance d'émotions !

Elle s'infiltrait en lui par tous les pores de sa peau, par la moindre cellule de son cerveau. Pourrait-il un jour se lasser de son odeur, de ce corps fin et souple qui se tendait vers le sien, en quête de plus de plaisir ? Il en doutait.

Morgan passa une main fiévreuse dans les cheveux de Nick. Elle se grisait de la musique des mots qu'il lui murmurait à l'oreille d'une voix si rauque qu'elle ne les comprenait pas. Elle se livrait sans pudeur à ses mains audacieuses qui, à présent, lui retiraient son jean, lui rendant des caresses qu'elle n'avait jamais prodiguées à aucun des hommes qui avaient partagé son lit. Elle s'abandonnait avec délice à l'instinct de possession de ce mâle qui le poussait à prendre et à prendre encore, sans douter un instant du pouvoir qu'il exerçait sur elle. Morgan poussait des cris de plaisir qui se muaient en cri de douleur sitôt que les caresses cessaient. Elle se donnait entière, sans restriction, offrant la moindre parcelle de son corps à la bouche, aux mains, au sexe bandé de Nick. Elle se laissait couler dans un tourbillon de plaisir où la raison n'existait pas. Elle était sa prisonnière consentante.

Le sable, ainsi que l'eau qui leur léchait les pieds, était froid, mais ils n'en avaient pas conscience. C'est à peine s'ils entendirent le hululement d'un hibou accompagner leurs gémissements de plaisir. Ils avaient l'impression d'être seuls au monde, amants passionnés destinés à se rencontrer un jour pour s'appartenir à jamais.

Morgan eut soudain l'impression qu'elle allait perdre connaissance lorsque, de sa seule bouche, il l'entraîna sur des sommets de volupté.

Elle s'agrippait à lui, exigeant, suppliant pour qu'il lui donne la caresse ultime qui, enfin, la délivrerait de l'exquise torture qu'il lui infligeait. Mais Nick restait sourd aux prières de sa maîtresse, aux battements accélérés de son cœur contre le sien. Ce ne fut que lorsqu'il la sentit au bord de l'explosion qu'il entra en elle, l'entraînant dans un monde qui oscillait entre le paradis et l'enfer. Lorsque, dans une parfaite fusion, ils atteignirent l'orgasme, Morgan ne savait toujours pas de quel côté ils avaient basculé, sa seule certitude étant qu'ils y avaient sombré ensemble.

Bien plus tard, Morgan reposait sur le sable froid, les yeux mi-clos, la tête nichée contre l'épaule nue de Nick. Elle avait du mal à émerger du plaisir charnel dans lequel elle s'était noyée. Jamais aucun homme ne l'avait aimée aussi passionnément ! Ni ne lui avait procuré un tel sentiment de puissance ! Elle ferma les yeux, désireuse de capturer en pensée ces moments magiques.

Elle n'avait même pas essayé de lutter. N'avait pas émis la moindre protestation. Elle s'était donnée sans la moindre arrière-pensée, obéissant à ses propres pulsions. Mais maintenant que se dissipaient les limbes de la passion, seul subsistait un profond sentiment de honte.

Elle aimait un criminel. Un homme sans foi ni loi, qui tirait profit de la misère psychologique de gens qu'il tuait à petit feu. C'était à cet être abject qu'elle s'était livrée corps et âme. Car si elle reconnaissait volontiers n'avoir aucun contrôle sur ses sentiments, elle savait en avoir sur son corps. Tremblante, elle s'écarta de Nick.

— Non, reste, lui dit celui-ci en enfouissant son visage dans la masse de ses cheveux.

Morgan se dégagea doucement des bras rassurants de Nick.

— Je dois y aller, murmura-t-elle. S'il te plaît, laisse-moi partir.

Nicholas s'appuya sur un coude et la fixa, un sourire amusé au coin des lèvres. Il paraissait détendu et satisfait.

— Non, dit-il simplement. Je ne veux plus que tu me quittes.

— Nicholas, s'il te plaît, répéta-t-elle en inclinant légèrement la tête de côté. Il est tard, il faut vraiment que je parte.

Nicholas resta immobile un instant, puis il lui prit le visage entre ses mains et la força à le regarder. Lorsqu'il vit que ses yeux étaient embués de larmes, il laissa échapper un juron.

— Tu viens de te rendre compte que tu as fait l'amour avec un criminel et que tu as aimé ça, n'est-ce pas ?

— Tais-toi ! le supplia-t-elle. Je te demande juste de me laisser partir. Quoi que j'aie fait, je l'ai fait parce que je le voulais. Personne ne m'a forcée.

Elle avait séché ses yeux du revers de la main et elle lui offrit un regard voilé de tristesse. Jurant de nouveau, Nick empoigna sa chemise, et l'obligea à s'asseoir. Athènes attendrait !

— Mets ça, lui ordonna-t-il en lui tendant le vêtement. Nous devons parler.

— Je ne veux pas parler ! Ça ne sert à rien.

— Et moi, je te dis qu'il faut que nous parlions, Morgan ! ordonna-t-il en l'aidant à enfiler une manche. Je ne veux pas que tu te sentes coupable de ce qui vient de se passer.

Morgan sentait la colère couver en lui tandis que, d'un geste nerveux, il rabattait la chemise sur sa poitrine dénudée.

— Je ne l'admettrais pas, tu m'entends ? C'est trop. Je ne peux pas tout t'expliquer maintenant et certaines choses devront rester dans l'ombre pour toujours, mais…

— Je ne te demande aucune explication, Nicholas.

Ses yeux plongèrent dans ceux de Morgan.

— Tu m'en demandes chaque fois que tu poses le regard sur moi.

Il sortit un paquet de cigarettes de la poche de son jean et en alluma une.

— Mes affaires dans l'import-export, enchaîna-t-il, m'ont permis de développer un réseau relationnel important. Parmi les personnes que je côtoie, certaines sont peu recommandables, je l'avoue.

Il s'interrompit, semblant réfléchir à la suite qu'il allait donner à ses révélations.

— Nicholas, je ne…

— Tais-toi, Morgan ! Lorsqu'un homme a décidé de vider son sac, rien ne peut l'arrêter, pas même la femme qu'il aime ! Alors tu vas écouter ce que j'ai à dire. Et jusqu'au bout, précisa-t-il en exhalant un voile de fumée. J'avais à peine vingt ans lorsque j'ai rencontré un homme qui m'a proposé un boulot un peu… particulier, mais fascinant. J'ai découvert alors que le danger pouvait agir comme une véritable drogue. Qu'une fois qu'on y avait goûté, on ne pouvait plus décrocher.

« Cela au moins je peux le comprendre », se dit Morgan avec amertume.

— Puis j'ai commencé à travailler en free-lance. (Il avait prononcé ce dernier mot dans un demi-sourire.) En règle générale, j'aimais bien ce que je faisais. Jusqu'à aujourd'hui. C'est curieux comme dix ans de ma vie me sont brusquement apparus comme une prison.

Morgan avait remonté ses genoux sur sa poitrine et elle l'écoutait, le regard perdu au loin. Son visage resta obstinément tourné vers la mer lorsque, d'un geste plein de tendresse, il lui caressa les cheveux. Se confesser s'avérait beaucoup plus difficile qu'il ne l'avait imaginé. En outre il savait qu'il jouait gros. Morgan le quitterait peut-être lorsqu'il lui aurait tout déballé. Il resterait alors seul, face à ce grand vide qu'elle laisserait derrière elle. Il tira nerveusement sur sa cigarette, en fixa le bout incandescent.

— Morgan, il y a des choses que j'ai faites… (Il inspira profondément pour se donner le courage de poursuivre.) Il y a des choses que j'ai faites, répéta-t-il, et dont je ne pourrai jamais te parler, même si j'étais libre de le faire. Parce que tu ne pourrais pas supporter de l'entendre.

Morgan tourna enfin son visage vers lui et lui demanda d'une voix forte :

— Tu as tué des gens, c'est ça ?

Comment répondre, face à un regard si profondément désespéré ?

— Lorsque c'était nécessaire, oui.

Morgan baissa la tête. Elle avait toujours refusé de le voir comme un meurtrier. Elle le voulait incapable de commettre ce qu'elle considérait comme la pire des choses : ôter la vie à quelqu'un.

Nick fronça les sourcils et écrasa le mégot de sa cigarette dans le sable. « J'aurais pu lui mentir, se disait-il rageusement. Pourquoi ne lui ai-je pas menti ? Je suis pourtant un expert en la matière ! Mais je lui dois la vérité, voilà pourquoi », conclut-il dans un éclair de lucidité.

— J'ai fait ce que je devais faire, Morgan, reprit-il d'une voix lisse. Et je ne peux pas gommer dix ans de ma vie. Bon ou mauvais, c'est un choix que j'ai fait et je n'ai pas à m'en excuser.

— Je ne te le demande pas. Et mon intention n'était pas de te laisser penser le contraire.

Elle se leva et regarda Nicholas bien en face.

— Je t'en prie, Nick, je ne veux rien savoir. Ta vie t'appartient, tu n'as pas à te justifier.

— Morgan..., commença-t-il.

Si Morgan l'avait accablé de reproches, probablement aurait-il gardé le silence. Mais il la sentait si désemparée, refoulant les questions qui lui brûlaient les lèvres, qu'il choisit de révéler ce qu'il cachait depuis des jours.

— J'ai passé ces six derniers mois à lutter contre les trafiquants de drogue qui officient entre la Turquie et Lesbos.

Morgan le dévisagea comme si elle le voyait pour la première fois.

— Lutter ? Mais je croyais... Tu m'as dit...

— Je ne t'ai jamais rien dit, Morgan, la coupa-t-il. Je t'ai laissée croire, mais c'était mieux ainsi, je ne pouvais pas faire autrement.

Morgan se rassit, sonnée, tentant de mettre de l'ordre dans les pensées qui se bousculaient dans sa tête.

— Nicholas, je ne comprends pas. Es-tu en train de me dire que tu es un policier ?

Nicholas éclata de rire, oubliant la colère qui l'avait ravagé quelques minutes auparavant.

— Non, Aphrodite, s'il te plaît, épargne-moi ça.

— Un espion alors ? suggéra Morgan en fronçant les sourcils.

Nick fondit de tendresse devant l'ingénuité de la jeune femme. Il prit son visage entre ses mains. Dieu qu'elle était craquante !

— Disons que je suis un homme, toujours par monts et par vaux, qui obéit à des ordres. Il faudra te contenter de cette explication sommaire, Morgan. Je ne peux rien te dire de plus.

— Mais alors, cette première nuit sur la plage…

Enfin, pour la première fois depuis qu'elle avait rencontré Nicholas Gregoras, les pièces du puzzle commençaient à se mettre en place.

— … Tu étais en train de guetter le chef des trafiquants ? L'homme que Stephanos filait.

Nick fronça les sourcils à son tour et laissa retomber ses bras le long de son corps. Elle l'avait cru sans la moindre réticence, semblant même avoir oublié qu'il avait tué. Pour quelle raison alors était-il si réticent à poursuivre ?

— Il fallait que je te tienne à l'écart car je savais qu'il avait traversé la plage pour prendre le chemin qui menait chez Stravos. Ce dernier a été éliminé parce qu'il savait, lui, qui était à la tête de l'organisation. Il a dû se montrer un peu trop gourmand et en guise de réponse il a reçu un coup de couteau dans le dos.

— Qui est-ce, Nicholas ?

— Je ne peux pas te le dire, répondit ce dernier, inflexible. Même si j'étais sûr de son identité, je ne te le révélerais pas. Je t'en prie, Morgan, ne me pose pas de questions auxquelles je ne peux pas répondre. Plus tu en sauras et plus je te mettrai en danger.

Son regard s'assombrit dangereusement.

— L'organisation pour laquelle je travaille t'aurait bien vue dans nos services. Tu pourrais leur être utile avec toutes les langues que tu parles. Mais je te l'ai déjà dit : je suis égoïste. Alors je leur ai dit que leur proposition ne t'intéressait pas.

— Je te trouve un peu présomptueux, rétorqua Morgan. Je suis assez grande pour décider moi-même.

— Ce ne sera pas nécessaire. Dès que je saurai avec certitude qui est à la tête de ce trafic, mon boulot sera terminé. Et Athènes devra apprendre à se débrouiller sans moi.

— Tu veux dire que tu ne veux plus être…

Elle fit un geste vague de la main signifiant qu'elle ne savait trop quel nom donner aux activités de Nick.

— Enfin… tu ne veux plus faire… ce genre de choses ?

— Non. Cela fait déjà trop longtemps que je suis dans ce milieu.

— Quand t'es-tu décidé ?

« Quand nous avons fait l'amour la première fois », brûlait-il de lui avouer. Mais cela n'aurait été qu'à moitié vrai. Car il lui restait encore quelque chose à lui dire.

— Le jour où je suis parti en bateau avec Iona.

Nick s'interrompit pour pousser un profond soupir. Il redoutait que Morgan ne lui pardonne pas ce qu'il allait lui révéler.

— Elle trempe dans cette sordide histoire, Morgan.

— Dans ce trafic de drogue ? Mais…

— Une partie de mon boulot consistait à obtenir

d'elle les informations dont j'avais besoin. Alors je l'ai emmenée sur mon bateau avec la ferme intention de lui faire l'amour pour lui délier la langue.

Il regarda Morgan, qui, les yeux fixés sur l'horizon, ne trouvait rien à dire.

— Il s'agissait de la faire craquer sous la pression. C'est pour cette raison qu'on a cherché à l'éliminer elle aussi.

— L'éliminer ? répéta Morgan en cherchant à dissimuler le tumulte intérieur que cette révélation venait de provoquer. Pourtant, le capitaine Tripolos a évoqué, lui, une tentative de suicide.

— Iona n'avait pas plus envie de se suicider que moi, tu peux me croire !

— Bien sûr, tu as raison.

— Il s'en est fallu de peu qu'elle confirme mes doutes.

— Pauvre Alex, murmura Morgan, il va être anéanti lorsqu'il apprendra qu'elle est mêlée à tout ça ! Et Dorian…

Elle se rappela son regard vide, les mots qu'il avait prononcés. « Pauvre Iona. Si belle. Et déjà perdue. » Peut-être savait-il déjà.

— Il n'y a rien que tu puisses faire ? s'enquit-elle en posant sur Nick un regard cette fois confiant. Est-ce que la police est au courant ? Le capitaine Tripolos ?

Nick prit la main de Morgan entre les siennes.

— Tripolos en sait beaucoup plus qu'il ne veut bien le dire. Mais je ne travaille pas directement avec eux, ils risqueraient de me mettre des bâtons dans les roues. Pour le moment, ajouta-t-il gaiement, ce brave capitaine me croit coupable d'un meurtre, d'une tentative d'assassinat et s'imagine que je suis l'homme masqué. S'il m'avait vu la nuit dernière ! Il en aurait eu des frissons !

Morgan observa attentivement les yeux pétillants d'enthousiasme de Nick.

— Tu adores ton métier, Nick, affirma-t-elle. Pourquoi veux-tu arrêter ?

Le sourire de Nick se figea instantanément.

— Je t'ai dit que j'étais avec Iona. Il fallait que je couche avec elle. Ce n'est pas la première fois que j'employais cette méthode. Dans mon métier, le sexe est un moyen comme un autre de parvenir à ses fins.

Nick vit avec un pincement au cœur Morgan baisser les yeux sur le sable.

— Elle avait trop bu pour pouvoir se montrer coopérative, mais je savais qu'il y aurait d'autres occasions. Pourtant ce jour-là, j'ai ressenti comme un malaise.

Il glissa un doigt sous le menton de Morgan, la forçant à le regarder dans les yeux.

— Qui n'a cessé que ce soir, ajouta-t-il.

Morgan fouilla son visage, à la recherche d'un indice qui la mettrait sur la voie. Elle y vit passer quelque chose qui implorait sa clémence et qui pouvait ressembler à des regrets. Elle lui passa alors les bras autour du cou et posa sa bouche sur la sienne. Elle l'entendit pousser tout bas un soupir de soulagement.

— Morgan..., commença-t-il en la serrant un peu plus fort contre lui, si j'avais le pouvoir de remonter le temps... (Il n'hésita que l'espace de quelques secondes.) Eh bien, sache que je referais exactement la même chose.

— Quelle charmante façon de t'excuser, railla gentiment Morgan.

Nick enfouit son visage dans ses cheveux, ne pouvant se résoudre à se détacher d'elle ne fût-ce que de quelques millimètres.

— Cette histoire devrait être terminée demain soir et ensuite je serai libre. Partons ensemble quelques jours, Morgan. N'importe où.

— Demain ? répéta la jeune femme soudain attentive au feu qui se répandait dans ses veines. Pourquoi demain ?

— A cause de... disons de complications dont je

suis responsable. Mais viens, allons nous baigner, tu es couverte de sable.

— Des complications ? demanda Morgan tandis que Nick l'aidait à se lever. Quel genre de complications ?

— Je crois que notre homme ne va pas supporter d'avoir perdu une de ses livraisons, murmura Nick en faisant glisser sa chemise des épaules de Morgan.

— Tu l'as interceptée ?

Il l'entraîna dans l'eau et admira, le cœur battant, sa silhouette gracile se découpant au clair de lune. Il attendit qu'elle ait de l'eau jusqu'à la taille pour l'attirer contre lui.

— Avec une facilité déconcertante, même. Mais il faut dire que Stephanos et moi les filions depuis un bon bout de temps.

Ses lèvres effleurèrent celles de Morgan avant de descendre le long de sa gorge.

— Le soir où nous sommes tombés sur toi, reprit-il, nous étions justement en train de les guetter. Et maintenant, parlons un peu de ces quelques jours rien que toi et moi.

— Qu'est-ce qu'il va se passer demain soir ?

Elle s'était légèrement écartée de lui, se soustrayant pour quelques secondes à ses caresses irrésistibles. La peur se lisait dans ses yeux.

— Nicholas, que va-t-il se passer demain soir ? répéta-t-elle avec plus de force.

— Pour le moment j'attends les conclusions d'Athènes. Lorsque je les aurai, je saurai exactement comment agir. Et je serai là pour les cueillir au moment où ils débarqueront la marchandise.

— Tu ne seras pas seul ? lui demanda-t-elle en s'agrippant à ses épaules. Cet homme a prouvé qu'il était prêt à tout.

Nicholas frotta tendrement son nez à celui de Morgan.

— Ne me dis pas que tu t'inquiètes pour moi, Aphrodite.

— Nick, ne plaisante pas avec ça !

Un éclair de panique passa dans son regard.

— Demain, en fin d'après-midi, Tripolos sera mis au courant du rendez-vous. Si tout se passe comme prévu, je pourrai même l'en informer moi-même.

Le froncement de sourcils sceptique de Morgan le fit sourire.

— Et du coup, il pourra reprendre à son compte ce beau coup de filet.

— Mais ce n'est pas juste ! s'exclama Morgan. Après tout le temps et l'énergie que tu as consacrés à cette affaire ! pourquoi ne pourrais-tu...

— Chut, lui souffla Nick à l'oreille. Je ne peux pas faire l'amour à une femme qui se plaint constamment.

— Nicholas, j'essaie de comprendre.

— Et moi, je veux que tu comprennes ceci, rétorqua-t-il avec une pointe d'impatience. J'ai eu envie de toi à la minute où je t'ai vue sur ce rocher. Pendant des jours, j'ai cru que j'allais devenir fou, Morgan. Je ne veux plus jamais vivre ça, tu m'entends ? Plus jamais !

Sans attendre de réponse, il lui scella les lèvres d'un baiser passionné.

11

Morgan batailla un moment en riant pour enfiler son jean encore trempé.

— J'étais tellement furieuse après toi que si tu ne m'avais pas rejointe, j'aurais plongé dans l'eau tout habillée.

— Moi aussi, rétorqua Nick en reboutonnant son pantalon.

Morgan regarda avec tendresse cet homme qui, nu jusqu'à la taille, tentait de chasser le sable collé sur sa chemise. Une lueur mutine s'alluma au fond de ses yeux. Elle fit un pas vers lui, promena lentement un doigt léger sur son torse viril avant de nouer ses bras autour de son cou.

— Tu étais furieux que je porte un bijou donné par un amant attendant impatiemment mon retour à New York ?

— Pas du tout, mentit Nick en affichant un sourire désinvolte.

Il passa sa chemise autour de la taille de Morgan pour l'attirer un peu plus contre lui.

— Cela m'est complètement égal.

— Alors, murmura Morgan en lui mordillant la lèvre, peut-être aimerais-tu que je te parle de Jack.

— Sûrement pas, marmonna-t-il en appuyant la pression sur les lèvres de la jeune femme. (Il sentit le souffle chaud du petit rire qui lui échappa malgré elle.) Ensorceleuse, lui susurra-t-il avant de l'embrasser si passionnément qu'elle pouvait à peine respirer. Tu aimes me faire sortir de mes gonds, n'est-ce pas ?

— Je t'aime, lui répondit-elle simplement en blottissant sa tête contre l'épaule offerte.

Les bras de Nick se refermèrent sur elle, puissants, rassurants. Il savait pourtant qu'il ne la garderait pas par la force.

— Tu es une femme dangereuse. Je l'ai su à la minute où je t'ai tenue dans mes bras.

Morgan éclata de rire en rejetant sa lourde chevelure en arrière.

— La première fois que tu m'as tenue dans tes bras, tu n'as pas cessé de m'injurier. Je voudrais t'avoir connu ce soir.

Elle s'accrocha soudain désespérément à lui, son cœur battant dans sa poitrine comme un oiseau affolé.

— Je ne veux pas penser à l'avenir, Nick. Je veux juste goûter au moment présent. Et je voudrais tant qu'il ne finisse jamais !

Un intense sentiment de culpabilité assaillit Nick. Il enfouit son visage dans les cheveux de Morgan. Que lui avait-il apporté depuis qu'il la connaissait, sinon la crainte et le désespoir ? Et tout l'amour qu'il éprouvait pour elle n'y changerait rien. Il ne se sentait pas le droit de répondre pour le moment à ses attentes. S'il lui avouait que son cœur n'appartenait qu'à elle, elle le supplierait de renoncer et il l'aimait trop pour ne pas lui céder. Mais s'il laissait tomber si près du but, il ne pourrait pas se le pardonner.

— Patience, mon amour, lui murmura-t-il. Dans un peu plus de vingt-quatre heures, tout sera terminé et nous aurons alors toute la vie devant nous.

Elle devait lui faire confiance, se raccrocher à la certitude qu'il s'en sortirait sain et sauf. Et que, d'ici peu de temps, il serait hors de danger.

— Rentre avec moi, Nick, implora-t-elle en lui souriant bravement car elle avait compris que ses craintes ne lui seraient d'aucune aide. Rentre avec moi et refaisons l'amour.

Nick se pencha vers la jeune femme et lui effleura les joues d'un baiser infiniment tendre.

— Tu me tentes, Aphrodite. Mais tu as besoin de te reposer, tu dors debout. Nous aurons plein d'autres nuits à partager, mon amour, je te le promets.

Morgan le laissa à regret la faire pivoter sur elle-même pour lui indiquer les marches qui menaient à la villa.

— Je suis sûre que tu te sépares de moi la mort dans l'âme, plaisanta-t-elle, un sourire au coin des lèvres.

— Ce n'est pas facile, en effet, mais...

Il s'interrompit brutalement. Son regard acéré se mit à scruter la falaise au-dessus d'eux.

— Nicholas, que...

En guise de réponse il plaqua une main sur sa bouche et, une fois encore, l'entraîna sous la couverture des arbres. Comme cette nuit-là, le cœur de la jeune femme se mit à battre à tout rompre, mais cette fois, elle ne luttait pas pour se libérer de Nick.

— Ne bouge pas et surtout ne parle pas, lui souffla-t-il à l'oreille.

Il retira sa main et la poussa contre le tronc d'un arbre.

— Pas un bruit, Morgan, lui chuchota-t-il encore.

Elle opina, mais déjà le regard de Nick s'était porté ailleurs. A l'affût, dans un silence absolu, il fixait sans relâche le haut de la falaise. Puis il l'entendit de nouveau. Un bruit de pas sur les rochers. Les muscles tendus, il vit soudain la silhouette sombre se déplacer agilement de rocher en rocher. « J'avais raison, se dit Nick, un sourire mauvais aux lèvres, il va bien en direction de sa cache. Malheureusement, mon vieux, tu vas avoir une sacrée surprise. Tu risques d'en être pour tes frais. »

Sans un mot, il retourna tout près de Morgan.

— Retourne à la villa, lui ordonna-t-il tout bas, et ne bouge pas jusqu'à ce que je te le dise.

Toute tendresse avait disparu pour céder la place à une implacable froideur.

— Qu'est-ce que tu as vu, Nick ? questionna-t-elle, au comble de l'inquiétude. Et qu'est-ce que tu comptes faire ?

— Fais ce que je te dis, lui ordonna-t-il en la poussant presque en direction des marches. Et dépêche-toi ! Je ne veux pas le voir me filer entre les doigts.

Le. Il avait dit *le*. Une vague de peur submergea la jeune femme, mais elle n'en laissa rien paraître.

— Je vais avec toi.

— Ne dis pas n'importe quoi ! Retourne à la villa, je t'y rejoindrai plus tard.

— Non, protesta Morgan. Je vais avec toi et tu ne pourras pas m'en empêcher.

Plantée devant lui, elle le défiait du regard, bien déterminée à ne pas se laisser impressionner. Nick jura, conscient que chaque seconde perdue mettait un peu plus de distance entre lui et sa proie.

— Tu ferais mieux d'accepter, tu es en train de perdre un temps précieux, ajouta-t-elle calmement.

— Très bien ! Viens.

Nick ne doutait pas une seconde que la jeune femme renoncerait rapidement. Elle ne tiendrait pas cinq minutes pieds nus sur des rochers ! Sans même l'attendre, il se lança à la poursuite de l'homme. Morgan serra les dents et se rua à son tour derrière lui.

Il ne lui prêta pas plus d'attention lorsqu'il quitta le sentier pour attaquer la falaise. Il grimpait toujours plus haut, maudissant la lune qui rendait la nuit si claire. Si au moins un nuage avait pu la voiler, juste le temps pour lui de se rapprocher suffisamment de son adversaire. En agrippant un rocher pour se hisser un peu plus haut, il arracha des bouts de roche qui s'effritèrent. Il se retourna et constata avec surprise que Morgan était toujours derrière lui.

Il réprima le chapelet d'injures qui lui était monté aux lèvres. Morgan méritait bien l'admiration qu'il lui portait. Sans un mot, il lui tendit la main et l'aida à se hisser à sa hauteur.

— Idiote, siffla-t-il, partagé entre l'envie de la secouer et celle de la prendre dans ses bras. Tu ferais mieux de rentrer, tu n'as pas de chaussures.

— Toi non plus, lui fit remarquer la jeune femme.

— Ce que tu peux être têtue !

— Oui.

Nick marmonna quelque chose entre ses dents puis reprit son ascension. Il ne pouvait pas prendre le risque de se mettre à découvert. Mieux valait continuer à grimper par les rochers. Bien que l'homme ait disparu de son champ de vision, Nick savait exactement où il se rendait.

Morgan suivait en silence, courageusement. Aucun son ne lui échappait, pas même lorsque son pied heurta un caillou aussi acéré qu'une lame. Vaillant petit soldat, elle persistait dans sa course folle, ne voulant pas abandonner l'homme qu'elle aimait.

Parvenu sur une saillie, Nick s'arrêta brièvement, considérant à toute allure les différentes options qui s'offraient à lui. La contourner lui prendrait trop de temps. S'il avait été seul, et armé, il aurait repris le sentier de la falaise. Car, manifestement, l'homme ne se doutait pas qu'il était suivi. Loin devant Nick, il poursuivait son chemin sans même jeter de temps en temps un coup d'œil par-dessus son épaule. Malheureusement, Nick dut renoncer à cette éventualité : Morgan le talonnait de près et si, par malheur, les choses tournaient mal, il serait impuissant à la protéger.

— Ecoute-moi bien, lui dit-il pour l'effrayer, cet homme est dangereux. Il a tué et n'hésitera pas à tuer encore, tu peux me croire. Lorsqu'il découvrira que la drogue n'est plus dans sa cache, il saura qu'il est pisté. Alors je t'en prie, Morgan, retourne à la villa.

Bien que terrorisée, Morgan n'en montra rien. Elle parvint même à demander posément :

— Tu veux que j'appelle la police ?

— Non ! siffla-t-il entre ses dents. Je ne peux pas me payer le luxe d'échouer si près du but. Je veux être le premier à savoir quelle ordure se cache sous ce masque.

Se sentant impuissant à la convaincre, il joua la carte de la douceur.

— Morgan, je n'ai pas d'arme. Si ce...

— Tu perds ton temps Nick. Je ne te laisserai pas.

Nick jura une fois de plus contre l'entêtement de la jeune femme.

— Très bien, suis-moi. Mais je te conseille vivement de faire exactement ce que je te dis ou je jure de t'assommer et de te pousser derrière un rocher !

Indifférente à ses menaces, et bien que le sachant capable de les mettre à exécution, Morgan releva fièrement le menton.

— Allons-y, dit-elle simplement.

D'un mouvement leste, Nick se hissa sur la corniche qui bordait le sentier. Avant même qu'il eût le temps de se retourner pour prêter assistance à Morgan, celle-ci était agenouillée sur le sol caillouteux. Admiratif, Nick salua son agilité. Il avait de la chance : bien des hommes rêveraient d'une telle femme ! Belle, forte, loyale. Il lui prit la main et l'entraîna à sa suite, anxieux de rattraper le temps qu'il avait perdu à essayer de la faire renoncer.

— Tu sais exactement où il va, n'est-ce pas ? chuchota Morgan entre deux souffles. Où est-ce, Nicholas ?

— Une petite grotte à côté de la maison de Stravos. Il croit y trouver la livraison d'hier.

Morgan entendit le ricanement étouffé de Nick.

— Mais il ne trouvera rien. Mais chut ! Plus aucun bruit maintenant.

Malgré les circonstances, Morgan goûtait à la beauté surréaliste du paysage. Le ciel était de velours, ponctué çà et là du scintillement de milliers d'étoiles. Même les bosquets prenaient, à la clarté de la lune, des allures magiques et inquiétantes. Du bas de la falaise lui provenait le bruit des vagues venues se fracasser contre les rochers. Un hibou hulula au loin.

Soudain, elle se sentit plaquée au sol sans ménagement.

— La grotte est juste au-dessus de nous, chuchota Nick. Attends-moi ici.

— Non, je…

— Ne discute pas, lui dit-il d'un ton impatient. J'irai plus vite sans toi. Ne bouge pas et, surtout, plus un bruit !

Avant qu'elle ait pu dire un mot, il s'éloigna mi-accroupi, mi-allongé sur le ventre. Morgan le suivit des yeux jusqu'à ce qu'il disparût derrière un rocher.

Nick se déplaçait à présent plus lentement. Il ne devait pas prendre le risque de se retrouver face à face avec sa proie. Il jouissait de cette chasse à l'homme, probablement la dernière, qui allait lui permettre de découvrir enfin l'identité de cet homme qu'il traquait depuis des mois.

Les arbres et les rochers redevenant moins rares à mesure qu'ils approchaient de la maison de Stravos, Nick put enfin se relever. Jouxtant le jardin, un potager était laissé à l'abandon. Il se demanda, sans trop savoir pourquoi, ce qu'était devenue la compagne du pêcheur.

Soudain il entendit les pas de l'homme, à quelques mètres seulement de lui. Il se mit à ramper silencieusement vers l'entrée de la grotte, puis se cacha derrière un rocher.

Il entendait l'homme aller et venir impatiemment et pouvait aisément imaginer son visage déformé par la colère. L'injure qu'il hurla tira à Nick un sentiment d'intense satisfaction. Les pas se firent un peu plus martelés à l'intérieur. Le sourire de Nick s'élargit un peu plus. Il devait passer la grotte au crible. Chercher des indices qui le renseigneraient sur l'identité des pilleurs. « Ne cherche pas, mon vieux, tu n'es pas près de mettre la main sur tes précieux petits sachets. »

Soudain, il le vit sortir, titubant presque sous le choc. Comme à son habitude, vêtu de noir et cagoulé. « Allez, pria mentalement Nick, retire-la. Enlève cette cagoule que je voie enfin ta sale gueule. »

L'homme se tenait devant l'entrée, hurlant sa colère sans retenue. Il regardait nerveusement à droite, à gauche, semblant chercher quelque chose… ou quelqu'un.

Ils entendirent le bruit au même instant. Des cailloux qui roulaient sous des pas, des bruissements de feuilles. Bon sang, Morgan ! songea Nick en se redressant d'un bond. Il eut le temps d'apercevoir l'homme qui, pistolet dans une main, se fondait dans l'ombre des arbres.

Le cœur battant à tout rompre, il se tint sur la défensive. Avec un peu de chance, il pourrait maîtriser l'homme et donner à Morgan le temps nécessaire pour s'enfuir. La peur s'empara de lui. Et si Morgan n'était pas assez rapide ?

Le buisson d'où leur était parvenu le bruit frémit un peu plus. Nick retint sa respiration.

C'est alors qu'apparut une chèvre famélique, que les feuilles plus vertes de ce buisson avaient attirée jusque-là. Nick replongea derrière son rocher, furieux des tremblements qui l'agitaient. Bien que Morgan lui ait scrupuleusement obéi et ne soit pour rien dans cette alerte, il ne put s'empêcher de la maudire.

De son côté, l'homme rengaina son arme en abreuvant la pauvre bête d'injures. Puis, alors qu'il reprenait le sentier, il retira sa cagoule.

Nick vit clairement son visage, ses yeux. Et il comprit.

Morgan attendait patiemment à l'endroit même où Nick l'avait poussée. Elle avait l'impression que des heures s'étaient écoulées. Elle tentait de tromper son ennui en prêtant attention à chacun des bruits qui rompaient le silence de la nuit. Pourtant, malgré ses efforts, elle ne pouvait empêcher la petite pointe douloureuse qui lui vrillait le cœur chaque fois qu'elle pensait à Nick.

Plus jamais, se promit la jeune femme. Plus jamais elle n'accepterait de le laisser seul et d'attendre bras croisés, si impuissante que les larmes lui montaient aux yeux. Si quelque chose lui arrivait... Morgan repoussait cette idée de toutes ses forces, incapable d'envisager une telle éventualité. Rien ne pouvait arriver à Nick. D'ailleurs, il n'allait pas tarder à arriver.

Lorsque, enfin, il se laissa tomber à côté d'elle, elle réprima de justesse un cri de terreur. Elle ne l'avait même pas entendu s'approcher. Elle se blottit instantanément entre ses bras, sans même trouver la force de murmurer son nom.

— Il est parti, annonça Nick.

Il se pencha vers Morgan et l'embrassa passionnément, comme pour chasser de sa mémoire le moment pénible qu'il venait de vivre. Toutes les craintes de Morgan disparurent une à une avec ce baiser, jusqu'à ce qu'il ne reste plus que le bien-être que lui procurait cet amour partagé.

— Oh, Nicholas ! J'ai eu si peur pour toi ! Raconte-moi comment ça s'est passé.

— Le moins que l'on puisse dire, c'est que l'homme était furieux.

Dans un sourire il se leva et aida la jeune femme à se lever à son tour.

— Oui, il était même sacrément furieux. A mon avis, il ne manquera pas de participer à la livraison de demain.

— Mais as-tu pu voir qui...

— Ne me demande rien, Morgan, dit-il en scellant sa bouche d'un nouveau baiser. Je n'aimerais pas devoir te mentir une nouvelle fois.

Il éclata de rire et l'entraîna sur le sentier éclairé par la lune.

— Et maintenant, mon adorable ensorceleuse, je te ramène chez toi. Et tu verras que, demain, tu me maudiras pour les courbatures qui t'empêcheront de déplier tes jolies jambes.

Morgan sut qu'il était inutile d'insister. Il ne lui dirait rien de plus. Peut-être était-ce mieux ainsi, après tout.

— Alors reste encore un peu avec moi, implora-t-elle, câline. Juste une heure, et je promets de ne pas te maudire demain.

Nick passa un bras autour de sa taille et lui sourit tendrement.

— Quel homme pourrait résister à pareil ultimatum ?

Morgan se réveilla en entendant des coups discrets frappés à sa porte.

— Excusez-moi, madame, mais vous avez un appel d'Athènes.

— Oh… merci, Zena, je le prends tout de suite.

Morgan se leva précipitamment et alla prendre la communication dans la chambre de Liz tout en enfilant à la hâte un peignoir.

— Allô ?

— Morgan, je t'ai réveillée ? Il est pourtant plus de 10 heures.

— Liz ? balbutia Morgan, qui, n'ayant dormi que quelques heures depuis l'aube, essayait de rassembler ses idées.

— A moins que tu ne connaisses quelqu'un d'autre à Athènes…

— Pardonne-moi, je suis un peu sonnée ce matin.

Un sourire béat vint flotter sur ses lèvres au souvenir de la soirée de la veille.

— Je suis allée me baigner hier soir, précisa-t-elle. C'était merveilleux !

— Tu m'as l'air d'être sur un nuage, commenta Liz, songeuse. Nous en parlerons plus tard, Morgan. Je t'appelais juste pour te dire que cela m'ennuie terriblement, mais je vais devoir rester à Athènes jusqu'à demain. Bien que les médecins soient optimistes, Iona n'est toujours pas sortie du coma. Je ne peux pas laisser Alex gérer cela tout seul.

— Surtout, ne t'inquiète pas pour moi, Liz. La situation doit être si difficile pour vous tous !

Se rappelant soudain les révélations que Nick lui avait faites, elle éprouva un sentiment de compassion pour la jeune femme.

— Comment va Alex ? Il était si bouleversé quand il a quitté la maison.

— Ce serait plus facile si toute sa famille ne comptait pas sur lui pour tout régler. Oh, Morgan ! C'est tellement affreux !

Morgan sentit son amie tendue au bout du fil. Elle l'entendit inspirer profondément avant de poursuivre.

— Je ne sais pas comment la mère de Iona réagirait, si elle perdait sa fille. Un suicide… Cela rend les choses encore plus difficiles.

Morgan se rattrapa de justesse. Nick lui avait parlé sous le sceau du secret. Elle ne pouvait pas le trahir, même pour Liz.

— Tu viens de dire que les médecins étaient optimistes.

— Oui, ses organes vitaux ne sont pas touchés, mais…

— Et Dorian ? la coupa Morgan. Il va bien ?

— Pas très bien, non.

Morgan entendit une nouvelle fois son amie inspirer profondément.

— Je me demande comment j'ai pu être aussi aveugle ! Il est fou amoureux de cette fille, c'est évident. Si tu le voyais ! Il ne quitte pratiquement pas son chevet. Alex a dû l'obliger à rentrer chez lui, sans quoi il aurait passé la nuit prostré sur sa chaise à côté du lit de Iona. Mais, vu sa tête ce matin, il n'a pas dû dormir beaucoup !

— S'il te plaît, transmets-lui mes amitiés, ainsi qu'à Alex. Oh, Liz, je me sens si impuissante ! Si seulement je pouvais faire quelque chose pour t'aider !

— Sois là quand je rentrerai, ce sera déjà beaucoup.

Liz avait parlé sur un ton qu'elle voulait désinvolte, mais que Morgan devinait tendu.

— Profite bien de la plage pour moi, ajouta-t-elle sur le même mode. Et pendant que tu y es, essaie de trouver ton berger. Ses moutons pourraient te tenir compagnie pendant que tu prends tes bains de minuit.

Remarquant que Morgan observait le silence le plus absolu, Liz avança prudemment :

— L'aurais-tu déjà trouvé ?

— Eh bien, en fait…

Morgan laissa sa phrase en suspens, ce qui eut pour effet de décupler la curiosité de Liz.

— Raconte ! Sur qui as-tu craqué ? Un berger, un poète ?

— Ni l'un ni l'autre, répondit laconiquement Morgan.

— Alors, ça ne peut être que Nick ! conclut victorieusement Liz. Tu te rends compte ! Je n'ai eu qu'à l'inviter à dîner et…

— Je ne vois pas de quoi tu veux parler, l'interrompit Morgan.

Pourtant elle souriait toujours à l'autre bout du fil. « La vie est partout, pour peu qu'on se donne la peine de regarder autour de soi », se rappela-t-elle.

— Hum, eh bien, nous en reparlerons demain. Amuse-toi bien. Le numéro de l'hôpital a dû s'afficher, si jamais tu as besoin de me joindre. Ah, j'oubliais ! ajouta-t-elle, un sourire dans la voix, tu trouveras de merveilleuses bouteilles de vin à la cave, au cas où tu aurais envie d'une soirée… romantique à la maison. Et surtout, fais comme chez toi !

— Je te remercie, Liz, mais…

— Ne t'inquiète pas trop pour nous. Tout va bien se passer, je le sens. Embrasse Nick pour moi.

— Je n'y manquerai pas, répondit Morgan.

— Je n'en doute pas. A demain.

Toujours souriante, Morgan raccrocha le combiné.

— Et donc, conclut Stephanos en lissant attentivement sa moustache, Mikal est devenu plus loquace après quelques verres d'ouzo. Les deux derniers rendez-vous auxquels notre homme s'est rendu remontent à la dernière semaine de février et à la deuxième de mars.

Sourire aux lèvres, Nick feuilletait les rapports d'enquête étalés sur son bureau.

— Et entre fin février et début avril, il se trouvait à Rome, acheva-t-il.

— Qu'en pense Athènes ?

— Il est lavé de tout soupçon. Nous savons maintenant avec certitude qu'il n'a pris part à aucune livraison.

Nick se carra confortablement dans son fauteuil.

— Quant à notre homme masqué, maintenant qu'il sait que quelqu'un l'a volé, nul doute qu'il participera à la livraison qui aura lieu cette nuit. Il ne prendra pas le risque de voir une nouvelle cargaison lui filer entre les doigts. Et maintenant que j'ai les informations que j'attendais, ajouta-t-il en tapotant la pile de feuilles, je ne vais pas attendre le feu vert d'Athènes. Nous allons le coincer ce soir.

— Tu es rentré très tard la nuit dernière, commenta négligemment Stephanos en sortant de sa poche une pipe affreuse qu'il se mit à bourrer de tabac.

— Tu me surveilles, Stephanos ? s'enquit Nick, sourcils froncés. Je te rappelle que je n'ai plus dix ans depuis bien longtemps.

Le vieil homme fit mine de ne pas entendre et continua à tasser consciencieusement son tabac dans sa pipe.

— Tu m'as l'air d'excellente humeur, poursuivit-il. Cela fait des jours que je ne t'avais pas vu aussi heureux de vivre.

— Depuis le temps, tu devrais être habitué à mes sautes d'humeur, non ?

En guise de réponse, Stephanos haussa les épaules.

— La jeune Américaine adore se promener sur la plage la nuit. Peut-être l'as-tu rencontrée hier soir.

Nick gratta une allumette qu'il passa au-dessus du fourneau de la pipe.

— La sagesse semble te guetter avec l'âge, répliqua-t-il d'un ton moqueur.

— En tout cas, mon âge canonique ne m'empêche pas de reconnaître un homme satisfait par une nuit de plaisir. Très belle femme. Forte aussi.

Nick alluma une cigarette et regarda son ami en souriant.

— Tu te répètes, mon vieux Stephanos. Cela dit, je l'avais remarqué aussi. Mais dis-moi un peu, ton âge canonique ne t'empêcherait-il pas non plus de t'intéresser aux jolies femmes ?

Stephanos gloussa.

— Il n'y a que les morts pour ne plus rien ressentir. Et crois-moi, je n'ai pas l'intention de passer l'arme à gauche de sitôt.

— Garde tes distances, vieux fou. Elle est à moi.

— Elle est amoureuse de toi, lâcha laconiquement Stephanos.

La main de Nick resta en suspens. Le sourire qu'il affichait depuis le matin se figea sur ses lèvres. Stephanos, lui, ne se laissait pas impressionner par le regard perçant que Nick avait braqué sur lui.

— Pourquoi dis-tu ça ?

— Parce que c'est la vérité. Je l'ai bien vu dans la façon dont elle te regarde.

Il tirait sur sa pipe, heureux de la révélation qu'il venait de faire à son ami.

— Combien de temps encore va-t-elle rester seule ?

Nick attendit d'avoir repris ses esprits pour répondre.

— Je ne sais pas exactement. Un jour, peut-être deux. Cela dépendra de l'état de santé de Iona. Amoureuse de moi, répéta-t-il tout bas, pensivement.

Il s'était bien rendu compte de la tendresse qu'elle lui manifestait, mais de là à penser qu'elle était amoureuse de lui, il y avait un pas qu'il n'avait pas encore franchi.

— Elle sera seule ce soir, continua Stephanos, imperturbable. Il ne faudrait pas qu'elle ait la mauvaise idée de quitter la villa pour aller se promener sur la plage.

Il s'interrompit, tira sur sa pipe quelques secondes en silence.

— Il vaudrait mieux qu'elle reste en sécurité, barricadée chez les Theoharis.

— Je l'ai déjà prévenue. Je crois qu'elle est suffisamment consciente du danger pour suivre mes conseils à la lettre.

Nick secoua la tête. Aujourd'hui, plus que jamais, il avait besoin d'avoir les idées claires.

— Mon bon Stephanos, je crois qu'il est temps que nous invitions le capitaine Tripolos. Appelle Mitilini.

Morgan profitait pleinement du petit déjeuner tardif qu'elle était en train de prendre sur la terrasse. Elle évoqua l'idée d'aller ensuite marcher sur la plage. « Il pourrait me rejoindre, songea-t-elle. Oui, c'est ça, je vais l'appeler et lui demander de venir. » Mais elle changea aussitôt d'avis. Si la soirée qui s'annonçait était aussi importante qu'il le lui avait dit, il aurait besoin de rester seul. Elle aurait tant aimé en savoir plus ! Savoir ce qu'il avait prévu de faire. Si jamais il était blessé... Morgan refusa d'envisager le pire et souhaita ardemment être au lendemain. Elle sursauta à la voix de Zena, qui venait de faire son apparition.

— Madame, le capitaine Tripolos est là. Il souhaite vous parler.

— Quoi ?

Une panique, aussi soudaine que violente, s'empara de la jeune femme. Qu'est-ce qu'il pouvait bien lui vouloir ?

— Dites-lui que je suis sortie, improvisa-t-elle nerveusement. C'est ça, dites-lui que je suis allée à la plage... ou au village.

— Très bien, acquiesça la domestique sans poser la moindre question, mais en regardant, intriguée, la jeune femme filer comme une flèche.

Pour la deuxième fois en l'espace de quelques heures, Morgan se retrouva sur le sentier qui longeait la falaise. Mais, cette fois, elle savait exactement où elle allait. Sitôt passé le premier coude, elle aperçut la voiture de Tripolos garée devant la villa. Elle accéléra le pas, courant comme une folle jusqu'à être certaine d'être hors de vue.

Parvenue devant chez Nick, elle put constater qu'ici aussi elle était attendue. A peine était-elle arrivée sur la dernière marche que les portes de la maison s'ouvraient à la volée sur Nick venu l'accueillir.

— Eh bien, tu m'as l'air d'être dans une sacrée forme pour attaquer la falaise à cette vitesse.

— Très drôle ! dit-elle en se jetant dans ses bras, hors d'haleine.

— Dois-je comprendre que tu ne peux pas te passer de moi, ou quelque chose de grave est-il arrivé ?

Il la tint serrée contre lui, puis s'écarta légèrement afin de trouver sur son visage les réponses à ses questions.

Elle avait les joues rougies par sa course effrénée, mais aucune trace de crainte n'altérait son regard limpide.

— Tripolos est à la villa, dit précipitamment Morgan en essayant de reprendre son souffle. Je me suis éclipsée parce que je ne savais pas ce que je devais lui dire. Nicholas, il faut que je m'asseye, je suis épuisée.

Nick l'observait en silence. Consciente de l'attention dont elle était l'objet, Morgan éclata de rire et repoussa ses cheveux en arrière.

— Pourquoi me regardes-tu ainsi ?

— J'essaie de deviner quelle femme se trouve réellement devant moi.

Morgan rit de nouveau.

— Qui crois-tu ? C'est bien moi, Morgan James, mais je sens que je vais m'effondrer d'une minute à l'autre.

Dans un élan de tendresse infinie, Nick la souleva du sol pour la porter. Morgan noua ses bras autour de son cou tandis que le jeune homme se penchait vers elle pour l'embrasser.

— Nick ! Qu'est-ce que tu fais ? demanda-t-elle lorsque Nick lâcha ses lèvres et qu'il se mit à déambuler dans toute la maison.

— Je prends ce qui m'appartient.

Cette fois sa bouche s'attarda sensuellement puis, tout doucement, s'ouvrit pour chercher la langue de Morgan. Il se fit la promesse que lorsque tout serait fini, il passerait le plus clair de son temps à l'embrasser comme ça, sous le soleil, qui darderait ses rayons sur sa peau nue. Oui, dès que tout serait fini.

— Donc, reprit-il, toujours chargé de son précieux fardeau, le capitaine est venu te voir. Un homme tenace, décidément !

Morgan inspira profondément, tentant de reprendre pied avec la réalité.

— Tu m'as bien dit que tu allais lui parler aujourd'hui,

mais je ne savais pas si tu étais prêt, ni si tu avais obtenu les informations que tu attendais. Et puis, je dois bien te l'avouer, je me suis enfuie par lâcheté. Je ne me sentais pas le courage d'affronter de nouveau ce type.

— Lâche, toi, Aphrodite ? Certainement pas !

Il frotta sa joue contre celle de la jeune femme, la faisant s'interroger sur l'idée qu'il avait derrière la tête.

— J'ai appelé Mitilini, continua-t-il. J'ai laissé un message pour Tripolos. Dès qu'il m'aura rappelé, je gage qu'il te fichera la paix.

— Dieu t'entende ! Voudrais-tu me poser par terre, Nick ? Nous ne pouvons pas avoir de vraie discussion dans de telles conditions.

— Tant mieux, dit Nick en pénétrant dans le salon. Stephanos, je crois que Morgan aimerait boire quelque chose de frais.

— Non, merci, vraiment, protesta cette dernière, embarrassée.

Stephanos lui adressa un large sourire qui découvrit sa denture à claire-voie, puis il s'éclipsa discrètement.

— Si tu connais l'identité de l'homme masqué, reprit Morgan, pourquoi ne pas en avertir Tripolos afin que lui et ses hommes l'arrêtent ?

— Ce n'est pas aussi simple. Nous voulons d'abord le prendre en flagrant délit. Il faudra aussi vider la cache de sa marchandise, et ça, ce sera le boulot de Tripolos.

— Nicholas, que comptes-tu faire ?

— Mon devoir.

— Nicholas...

— Morgan, l'interrompit-il.

Il la déposa doucement à terre et plaça des mains qui se voulaient rassurantes sur ses épaules.

— Je ne peux pas te faire un compte rendu détaillé de ce qu'il va se passer. Je t'en prie, Morgan, je t'ai déjà assez impliquée dans cette affaire.

Il l'embrassa avec une rare douceur, puis il la serra contre lui tout aussi délicatement, comme s'il tenait entre ses bras le plus précieux des cadeaux. Morgan sentit son corps se liquéfier.

— Tu as l'art de la diversion, mon chéri, lui murmura-t-elle à l'oreille.

— Et à partir de cette nuit, je jure de ne me consacrer qu'à cela. Morgan, je…

— Oh ! pardon, s'excusa Stephanos, de retour dans la pièce.

Nick agita impatiemment la main dans la direction du vieil homme.

— Laisse-nous, vieux fou !

— Nicholas ! s'écria Morgan sur un ton lourd de reproche. Stephanos, il est toujours aussi grossier avec vous ?

— Hélas, madame, depuis qu'il est en âge de parler.

— Stephanos…, commença Nick d'une voix menaçante.

Mais Morgan, d'un baiser, le fit renoncer.

— Le capitaine Tripolos réclame quelques minutes de votre temps, monsieur Gregoras, ajouta Stephanos avec emphase. Il désire vous parler.

— Fais-le entrer et apporte les dossiers. Je vous rejoins dans un instant.

Morgan s'agrippa au bras de Nick.

— Nicholas, laisse-moi aller avec toi ! Je te promets de ne pas te gêner.

— Non.

Il avait parlé d'une voix tranchante qui n'entendait pas être discutée. Mais lorsqu'il vit le visage de Morgan s'assombrir, il se radoucit.

— Morgan, même si je pouvais, je ne le voudrais pas. Je ne veux pas qu'il t'arrive quelque chose, tu comprends ? C'est vital pour moi de te savoir en sécurité.

— Tu ne te débarrasseras pas de moi comme ça !

Nick fronça les sourcils, son visage se fit dangereusement menaçant.

— Morgan, je ne suis pas sous pression comme la nuit dernière et, cette fois, je ne te laisserai pas avoir le dernier mot.

— Nous verrons bien.

— Tu feras exactement ce que je te dirai de faire, gronda-t-il d'une voix sourde.

— Il n'en est pas question.

La colère qui avait commencé à s'emparer de Nick se dilua peu à peu pour disparaître tout à fait. La farouche détermination de Morgan le fit éclater d'un rire sonore.

— Tu es exaspérante, Aphrodite ! Et crois-moi, si je n'étais pas aussi pressé, je te flanquerais une bonne correction.

Pour preuve de ce qu'il avançait, il plaqua étroitement la jeune femme contre son torse.

— Mais comme je manque de temps, je te demanderai juste d'aller m'attendre sagement à l'étage.

— C'est si gentiment demandé, railla Morgan.

— Monsieur Gregoras, salua Tripolos, qui, de son pas pesant, venait d'entrer dans la pièce. Ah ! mademoiselle James, vous êtes là. J'étais justement chez les Theoharis pour prendre des nouvelles.

— Mlle James était sur le point de partir, annonça Nick. Vous serez d'accord avec moi que sa présence parmi nous n'est pas indispensable, n'est-ce pas ? M. Adonti, du bureau d'Athènes, m'a demandé de vous tenir informé d'un fait qui s'est produit.

— Adonti ? répéta Tripolos, sceptique. Auriez-vous un lien avec l'organisation de M. Adonti ?

— M. Adonti est en effet une vieille connaissance, répondit Nick d'un air dégagé. Nous avons eu à traiter pas mal d'affaires ensemble au cours des dernières années.

— Je vois, commenta Tripolos en observant attentivement son interlocuteur. Et... Mlle James ?

— Mlle James a choisi un très mauvais moment pour venir en vacances chez ses amis. D'ailleurs, si vous voulez bien m'excuser un instant, je vais reconduire cette charmante personne jusqu'à la porte.

Il prit Morgan par le bras et l'entraîna à sa suite vers le couloir.

— Si vous voulez vous servir un verre en attendant..., ajouta-t-il en quittant la pièce.

— Il a eu l'air impressionné par le nom que tu lui as donné, dit Morgan dès qu'ils eurent tourné le dos au capitaine.

— Oublie ce que j'ai dit, ordonna sèchement Nick. Tu ne m'as jamais entendu prononcer ce nom, d'accord ?

— D'accord, acquiesça Morgan sans hésitation.

— Je me demande ce que j'ai bien pu faire pour mériter une telle confiance, interrogea Nick. Depuis que je te connais, je n'ai fait que te blesser. A tel point qu'une vie entière ne suffirait pas à me faire pardonner.

— Nicholas...

— Non, la coupa-t-il en secouant la tête.

Puis, dans un geste qui traduisait une nervosité inhabituelle, il passa la main dans ses cheveux.

— Nous n'avons plus le temps. Stephanos va te montrer où m'attendre.

Surgi comme par miracle derrière eux, Stephanos tendit un épais dossier à Nick.

— Si mademoiselle veut bien me suivre.

Livrée au vieux serviteur, Morgan lui emboîta le pas en silence. Elle ne pouvait exiger de Nick plus de temps qu'il ne lui en avait déjà consacré.

Stephanos lui ouvrit la porte d'un petit salon attenant à la chambre de Nicholas.

— J'espère que vous vous sentirez bien ici. Je vais vous chercher du café.

— Non, merci, Stephanos. Je n'en veux pas.

Comme elle le fixait, le vieil homme put lire dans son regard comme dans un livre ouvert.

— Tout va bien se passer, n'est-ce pas ? lui demanda-t-elle avec anxiété.

Il lui adressa un large sourire qui fit frémir sa moustache.

— Cela ne fait pas l'ombre d'un doute, affirma-t-il en refermant doucement la porte derrière lui.

12

Rien n'était plus frustrant que d'attendre, décida Morgan au bout de trente minutes d'isolement. Surtout pour quelqu'un qui ne supportait pas de rester inactif.

La petite pièce dans laquelle elle était consignée était douillette, décorée d'un mobilier de bois verni qui luisait sous l'effet du soleil se répandant généreusement par la fenêtre restée ouverte. Ici aussi, les nombreuses pièces de valeur témoignaient du goût du maître de maison pour les jolis objets. En d'autres circonstances, Morgan se serait extasiée sur les formes graciles et délicates de la bergère en porcelaine de Dresde qui semblait la fixer de ses yeux presque transparents. Mais, pour l'heure, elle lui apparaissait aussi inutile qu'elle-même pouvait l'être.

Elle trouva soudain ridicule cette volonté farouche qu'affichait Nick à vouloir la protéger à tout prix. Frémissante d'impatience, elle poussa un long soupir avant de se remettre à faire les cent pas. N'était-ce pas ce que Liz, elle aussi, reprochait à Alex ? Morgan ne méritait pas d'être traitée comme une petite chose fragile ; elle n'était pas une écervelée, incapable de gérer le moindre obstacle. Et même s'il lui était arrivé de se retrouver tremblante et à moitié morte de peur dans les bras de Nick, cela avait été exceptionnel. Ce souvenir amena sur ses lèvres un sourire d'autodérision.

Elle avait ensuite prouvé à Nick qu'elle était de taille à

affronter n'importe quelle situation, pourvu qu'ils soient ensemble. S'il comprenait les sentiments qu'elle éprouvait… Mais avait-il seulement conscience de l'amour qu'elle lui portait ? Car si elle le lui avait montré de différentes façons, elle ne le lui avait jamais clairement dit.

Comment l'aurait-elle pu ? se demanda-t-elle en se laissant tomber sur une chaise. Lorsqu'un homme avait vécu, comme lui, plus de dix ans de sa vie en ne suivant que ses propres règles, en flirtant quotidiennement avec le danger, en n'acceptant que des liaisons sans avenir, pouvait-il seulement se lier à une femme et accepter les responsabilités et les concessions que l'amour impliquait forcément ?

Morgan savait qu'elle comptait pour lui. Et qu'il la désirait comme aucun homme ne l'avait jamais désirée. Mais l'amour, le véritable amour, ne viendrait pas facilement à un homme comme Nicholas. Et il n'était pas question qu'elle exerce sur lui une quelconque pression. Il avait d'autres chats à fouetter en ce moment ! Non, elle ne pouvait que continuer à se montrer attentionnée à son égard et à lui faire confiance. Mais même cela semblait le déstabiliser, songea-t-elle, un sourire attendri aux lèvres. C'était comme s'il craignait de se dévoiler, de se montrer tel qu'il était vraiment avec ses forces et ses faiblesses. Il faudrait bien qu'il s'habitue, trancha la jeune femme. Il faudrait bien qu'il s'habitue, parce qu'elle n'avait pas l'intention de le laisser l'écarter de sa vie sans se battre.

Elle alla regarder par la fenêtre. La vue d'ici était si différente de celle qu'elle avait de sa chambre ! Vertigineusement haute. Fascinante. Plus dangereuse aussi, songea-t-elle avec un frisson d'effroi. A l'image de l'homme à qui elle avait ouvert son cœur.

Morgan se sentit soudain oppressée. Elle avait besoin d'air, de sentir la caresse du soleil sur sa peau. Elle se rendit dans la chambre de Nick et ouvrit grandes les portes qui donnaient sur sa terrasse. Elle entendit avec bonheur le tumulte que faisaient les vagues en venant se fracasser au pied de la falaise, plusieurs dizaines de mètres plus bas. Dans un éclat de rire, elle se pencha sur la rambarde.

Elle pourrait vivre ici, sans jamais se lasser d'une vue aussi exceptionnelle. Elle passerait des heures à regarder la mer accorder ses nuances à celles du ciel, à observer le ballet incessant des mouettes qui, après avoir frôlé la mer, regagnaient leurs nids dans la falaise en poussant des cris aigus. Elle épierait la villa des Theoharis, si raffinée, si élégante, mais si éloignée de ses goûts ! Elle lui préférait définitivement la roche grise et brute de la maison de Nick, perchée sur sa falaise.

Morgan rejeta la tête en arrière, souhaitant ardemment qu'un orage se produise. Le grondement du tonnerre, les éclairs, le vent sauvage qui, ici, soufflait de l'ouest, apportant avec lui des masses de nuages menaçants. Riant aux éclats, elle implora le ciel de l'exaucer.

— Dieu, que tu es belle !

Les yeux brillants d'excitation, Morgan se retourna vers Nick. Appuyé contre le chambranle, il la dévorait des yeux. Son regard sombre, sa bouche sensuelle, tout son visage exprimait la vague de passion qui déferlait à ce moment-là dans ses veines. Le désir lui allait bien, songeait la jeune femme. Elle se sentit soudain l'âme d'une femme fatale.

— Tu as envie de moi, Nick. Je le vois. Viens, montre-moi.

Nick découvrit brusquement que le désir pouvait se révéler douloureux. Mais peut-être était-ce tout simplement l'amour qui faisait mal. Combien de fois avaient-ils fait l'amour la veille ? Il ne pouvait le dire, mais, en revanche, il se souvenait parfaitement de la tempête qui, chaque fois, s'était déchaînée en lui. Il avait envie, cette fois, de lui faire l'amour autrement.

D'une démarche féline, il se dirigea lentement vers elle. Il prit ses mains entre les siennes et en embrassa doucement les paumes. Lorsque leurs regards se croisèrent, une lueur d'émotion vive s'alluma dans les yeux de Morgan. Quelque chose remua alors en lui, mélange d'amour et de culpabilité.

— T'ai-je témoigné si peu de tendresse, Morgan ?, murmura-t-il.

— Nicholas..., dit-elle dans un souffle, en proie à un désir dévastateur.

Elle s'interrompit, incapable de poursuivre.

— Tu veux savoir à quel point j'ai envie de toi ? demanda-t-il tendrement.

Il prit son visage entre ses mains, avec une douceur infinie qui donnait à la jeune femme l'impression d'être en porcelaine. Puis il se pencha vers elle et, de ses lèvres, effleura sa bouche avec dévotion. Le souffle de Morgan s'altéra.

— Eh bien, je vais te montrer.

Une nouvelle fois, il la souleva du sol et la porta dans ses bras, comme s'il s'agissait d'un trésor d'une valeur inestimable. Il l'allongea sur son lit.

— Mais ici, et en plein jour, ajouta-t-il.

De nouveau, il prit sa main, qu'il couvrit de petits baisers, puis il remonta jusqu'au poignet, là où pulsaient les battements désordonnés de son cœur. Leurs regards restaient rivés l'un à l'autre, disant tout l'émerveillement qu'ils éprouvaient l'un pour l'autre.

Comme elle était jeune et fragile ! Elle n'avait plus rien à présent d'une ensorceleuse ni d'une déesse. Elle était juste une femme. *Sa* femme. Il lui avait montré le feu, la glace, il voulait maintenant la noyer dans un océan de douceur. Il se mit à lui mordiller légèrement la lèvre, n'autorisant ses mains qu'à effleurer ses cheveux.

Morgan vivait un rêve éveillé, fragile et émouvant. Immobile, le souffle court, elle se livrait avec délice aux lèvres sensuelles de son amant, qui se promenaient sur ses paupières closes, son front, ses tempes, dessinaient le contour de ses pommettes. Aussi légères que les ailes d'un papillon. Les mots qu'elles lui murmuraient à l'oreille attisaient un peu plus le désir qui la submergeait. Incapable de bouger, elle jouissait avec intensité de la douce torture qu'il lui infligeait.

La bouche de Nick agaçait à présent le lobe velouté de son oreille, descendait le long de sa gorge. Morgan laissa échapper de petits gémissements de plaisir.

La touchant à peine, Nick déboutonna lentement son chemisier, dévoilant sa peau dorée. Il ignora le contact sur lui de ses seins tendus et enfouit son visage dans le creux de son épaule, là où grâce et force se confondaient. Puis il releva la tête pour reprendre possession de ses lèvres brûlantes. Son désir pour elle gonflait, grondait tandis que sa bouche happait tendrement les tétons durcis de ses mamelons joliment rosés. Morgan, vibrante de désir, se mit à onduler sous ce corps puissant qui la maintenait prisonnière. Mais, impitoyable, Nick continuait le délicieux supplice tout en lui susurrant des mots d'amour. Il se grisait de son odeur animale, de la douceur de sa peau et il réalisa avec douleur que l'amour serait lié à jamais au souvenir du moment magique qu'il était en train de vivre.

Pour la première fois, il autorisa ses mains à se poser sur Morgan. La jeune femme s'abandonnait à elles, réclamant toujours plus de plaisir, à mesure que les caresses se faisaient plus précises. Les mains de Nick, légères, aériennes, n'épargnaient aucune parcelle de ce corps incandescent, jouant de lui comme d'un violon.

Sa bouche, brûlante, exigeante, s'attardait avec une sensualité inouïe sur chaque centimètre de peau qui s'offrait à elle. Lorsque Nick, regard rivé à celui de Morgan, fit lentement glisser la fermeture Eclair de son jean, elle se mit à trembler. Il couvrit de baisers humides le tendre renflement de son pubis, entraînant la jeune femme dans un tourbillon de volupté sans fin.

Même lorsqu'elle fut complètement nue, il continua à vénérer son corps de ses lèvres, et de ses mains qu'il s'efforçait de garder légères. Il sentit Morgan se raidir, le patient désir devenir impatient.

— Nicholas, maintenant, murmura-t-elle dans un souffle.

— Tu as égratigné tes jolis pieds sur les rochers, dit-il en pressant ses lèvres sur les orteils de la jeune femme. C'est un péché de meurtrir une si jolie peau, mon amour.

Sans la quitter des yeux, il dessina du bout de la langue le contour de son pied. Il regardait Morgan chavirer d'un plaisir toujours plus intense.

— Depuis que je t'ai rencontrée, je rêve de te voir comme ça.

Il avait parlé d'une voix sourde qui traduisait à présent l'urgence de son désir.

— De te voir dans mon lit, tremblante de désir, frémissante de plaisir.

Sans cesser de murmurer, ses lèvres remontèrent vers la bouche de Morgan. Bien qu'au bord de la jouissance, Nick s'astreignait à se contrôler, incapable de se rassasier de son odeur.

Morgan noua ses bras autour du cou de Nick. Chacun des pores de sa peau, chacun de ses nerfs la reliait à lui. L'accord parfait, auquel ils n'auraient jamais osé croire, existait, se produisait même dans un miracle de chaque seconde.

— Tu veux savoir à quel point je te désire ?, murmura-t-il d'une voix rauque en se glissant en elle. Eh bien, regarde.

Nick tenait Morgan serrée contre lui, lui caressant tendrement le dos pour apaiser les tremblements qui l'agitaient encore. La jeune femme s'agrippait à lui, éblouie, submergée d'amour. Au comble de l'émotion, elle refoula les larmes qui lui brûlaient les yeux et pressa ses lèvres sur la gorge de Nick.

— Je me sens si belle avec toi, murmura-t-elle.

— Tu *es* belle.

Nick rejeta la tête en arrière et lui sourit.

— Et fatiguée, ajouta-t-il en traçant du bout des doigts les cernes mauves qui soulignaient ses yeux. Tu devrais dormir maintenant, je ne voudrais pas que tu tombes malade.

— Je ne tomberai pas malade, assura-t-elle en se blottissant un peu plus entre ses bras, émerveillée de ce que leurs corps s'imbriquent si parfaitement. Et j'aurai tout le temps de dormir plus tard. Nick, tu avais raison, nous allons partir quelques jours seuls, toi et moi.

Nick fixait distraitement le plafond, une mèche des cheveux de la jeune femme enroulée autour de ses doigts. Quelques jours ne suffiraient pas à apaiser le feu qui couvait en lui.

— Où aimerais-tu aller ?

Morgan repensa à ses rêves de voyage romantique : Venise et ses gondoles, Paris et ses Champs-Elysées. Elle poussa un petit soupir et ferma les yeux.

— N'importe où. Ici.

Elle éclata de rire et alla se caler confortablement contre la poitrine de Nick.

— Peu importe car j'ai bien l'intention de te retenir au lit une bonne partie de nos journées.

Nick fit mine d'esquisser une petite moue contrariée et tira doucement sur la mèche toujours enroulée autour de son doigt.

— Vraiment ? Je vais finir par croire que tu ne vois en moi qu'un homme-objet.

— Un objet plutôt sexy, commenta Morgan en passant ses mains sur les épaules larges de son compagnon. Souple… musclé…

Elle s'interrompit en découvrant une fine cicatrice en haut de sa poitrine. Elle fronça les sourcils. La petite marque apparaissait presque comme un sacrilège sur un corps si parfait.

— Comment t'es-tu fait ça ? s'enquit-elle.

Nick baissa les yeux sur la fine zébrure.

— Oh, simple souvenir de guerre, répondit-il sur un ton qu'il voulait dégagé.

Morgan réalisa brutalement tout ce que cela signifiait d'horrible réalité. Une peur panique s'inscrivit sur ses traits tirés.

— Morgan…

— Non, s'il te plaît, chuchota-t-elle en enfouissant de nouveau son visage contre lui. Ne dis rien. Laisse-moi juste une minute.

Elle avait oublié. La douceur et la beauté de l'amour qu'ils venaient de faire lui avaient fait oublier les risques qu'encourait quotidiennement Nick. Comme il lui avait été facile d'occulter, l'espace d'un moment, le danger, les menaces ! C'était digne d'un enfant de dix ans. Mais Nick n'avait que faire d'un enfant. Il avait besoin d'une femme forte à ses côtés. Refoulant la peur qui l'étouffait, elle inspira profondément et pressa ses lèvres sur sa poitrine.

— Tout s'est passé comme tu voulais avec le capitaine Tripolos ?

Quelle femme extraordinaire ! songea Nick en prenant les mains de Morgan entre les siennes.

— Il a paru satisfait des informations que je lui ai données. Un fin psychologue, ce Tripolos, malgré les apparences.

— La première fois que je l'ai vu, il m'a fait penser à un bouledogue.

Nick rit de la comparaison et attira la jeune femme un peu plus contre lui.

— C'est vrai, la ressemblance est frappante, approuva-t-il en tendant le bras vers le paquet de cigarettes qui se trouvait sur sa table de chevet. Mais c'est l'un des rares policiers avec qui j'ai du plaisir à travailler.

— Pourquoi…

Morgan s'interrompit, fixant la fine cigarette noire que Nick venait d'allumer.

— J'avais oublié, murmura-t-elle. Comment ai-je pu oublier ?

Nick exhala une longue bouffée de fumée.

— Oublié quoi, mon amour ?

— Le mégot…

Elle s'assit brusquement et rejeta en arrière la masse de ses cheveux emmêlés.

— Oui, le mégot qui se trouvait près du cadavre, précisa-t-elle.

Nick fronça les sourcils puis, très vite, préféra reporter son attention sur les seins fermes et laiteux de Morgan.

— Oui ? demanda-t-il distraitement.

— On voyait bien qu'il n'était pas là depuis longtemps. C'était une cigarette noire, comme celles que tu fumes. J'aurais dû t'en parler plus tôt, j'imagine que maintenant que tu sais qui a tué Stravos et donc qui est à la tête du trafic, cette information ne te sert pas à grand-chose.

— Je ne me souviens pas t'avoir dit cela.

— Ce n'est pas nécessaire, de toute façon.

— Pourquoi ?

— Parce que tu me l'aurais dit si tu n'avais pas vu son

visage. Et comme tu as refusé de me répondre lorsque je t'ai posé la question…

Nick secoua la tête tandis qu'un sourire amusé venait flotter sur ses lèvres.

— *Diabolos*, heureusement que je ne t'ai pas connue plus tôt. Tu aurais sacrément nui à ma carrière, se moqua-t-il. Pour en revenir au mégot de cigarette, rassure-toi, je l'avais vu.

— Evidemment… j'aurais dû m'en douter, grommela la jeune femme.

— De même que Tripolos, d'ailleurs.

Morgan poussa un soupir exaspéré.

— Quand je pense que cette fichue cigarette m'a obsédée jour et nuit. J'en étais arrivée à suspecter tout le monde ! Dorian, Alex, Iona, Andrew… Même Liz, tu te rends compte ? J'en étais malade !

— Et moi ? s'enquit Nick en fixant le bout rougi de sa cigarette.

— Non, répondit-elle simplement. Je t'ai déjà expliqué pourquoi.

— Oui, murmura-t-il, je ne risque pas d'oublier un compliment pareil. J'aurais dû te parler plus tôt de mes activités. Cela t'aurait épargné toutes ces nuits sans sommeil.

Morgan s'allongea sur lui et l'embrassa.

— Cesse de t'inquiéter pour moi, veux-tu ? Je vais finir par croire que j'ai l'air d'une vieille chose usée.

Nick glissa une main sous la nuque de la jeune femme.

— Te reposeras-tu si je te dis qu'en effet…

— Arrête ou je te frappe !

— Alors tu vas m'obliger à mentir et à te dire que tu es fraîche comme une rose.

En guise de riposte, Morgan lui donna un petit coup de coude dans les côtes.

— Tu cherches la bagarre ? demanda Nick sur un ton lourd de sous-entendus.

Il écrasa sa cigarette dans un cendrier et fit rouler Morgan sous lui. Elle fit mine de se débattre puis le fixa d'un regard qui se voulait menaçant.

— As-tu la moindre idée du nombre de fois où tu m'as écrasée de la sorte ?

— Aucune.

— Je n'ai pas compté, et je dois même t'avouer que je commence à aimer ça, dit-elle dans un sourire faussement ingénu.

— Je vais te le faire aimer encore plus, promit-il en scellant ses lèvres d'un baiser.

Cette fois, il firent l'amour avec passion, unis tous les deux dans la même crainte de s'aimer pour la dernière fois. Les mains de Nick s'empressaient là où, un peu plus tôt, elles s'étaient attardées ; sa bouche, devenue avide, se nourrissait fiévreusement de chaque parcelle de peau offerte. Morgan se jeta tête baissée dans les flammes de la passion. Son corps, qu'elle n'avait jamais connu aussi embrasé, la conduisait aux frontières de la folie. Elle sentait sous sa bouche exigeante le moindre frémissement, la moindre tension du corps de Nick. Leurs cœurs, leurs corps étaient à l'unisson.

Déchaînée par la vague de plaisir qui la submergeait, elle s'arc-bouta, exigeant plus de plaisir encore. Elle se grisait du pouvoir qu'elle exerçait sur son amant et découvrait, émerveillée, des trésors de volupté jusque-là inconnus.

Mais elle refusait de se satisfaire de son propre plaisir. Ses mains semblaient voler sur la peau nue de Nick, sa bouche mordillait avant de lécher. Elle l'entendit gémir de plaisir tandis que son souffle s'altérait. Un sourire victorieux aux lèvres, elle plongea alors avec lui dans un océan de volupté qui les emporta loin, très loin des rivages de la terre.

Plus tard, et alors qu'il ne lui restait que très peu de temps à passer avec Morgan, Nick embrassa la jeune femme avec passion.

— Tu t'en vas ? demanda Morgan en luttant pour ne pas s'accrocher à lui.

— Bientôt. Il va falloir que je te raccompagne à la villa, Morgan.

Il s'assit et l'attira tendrement à lui.

— Je veux que tu restes bien à l'intérieur. Ferme toutes les portes à clé et dis aux domestiques de n'ouvrir à personne. Personne, tu m'entends ?

Incapable de prononcer un mot, Morgan grommela une vague promesse.

— Tu reviendras dès que ce sera terminé ?

D'un geste d'une infinie tendresse, il repoussa une mèche de cheveux derrière l'oreille de Morgan.

— Je suppose que je suis encore capable d'escalader le mur de ta chambre.

— Ce ne sera pas la peine. Je resterai debout et je viendrai t'ouvrir la porte d'entrée.

— Aphrodite, lui reprocha doucement Nick en lui embrassant le poignet, où est passé ton sens du romantisme ?

— Oh, mon Dieu ! s'écria la jeune femme en lui jetant les bras autour du cou. Je ne voulais pas te le dire... je m'étais juré de ne pas te le dire, mais... je t'en supplie, Nick, sois prudent.

Dans un effort qui lui était surhumain, elle parvint à refouler les larmes qui lui brouillaient la vue.

— S'il te plaît, Nicholas, répéta-t-elle dans un souffle, s'il te plaît, fais attention à toi. J'ai si peur qu'il t'arrive quelque chose !

— Il ne faut pas, Morgan. Ne pleure pas.

— Excuse-moi, hoqueta-t-elle. Je sais bien que cela ne t'aide pas de me voir pleurer.

Nick s'écarta légèrement d'elle pour regarder, attendri, ses yeux humides, ses joues rouges.

— Ne me demande pas de rester, Morgan.

— Je ne te le demanderai pas, Nicholas, mais toi, ne me demande pas de ne pas m'inquiéter.

— C'est la dernière fois.

— Oui, je sais.

— Je vais revenir, Morgan, lui assura-t-il en l'attirant de nouveau contre lui. Attends-moi.

— Oui, je vais t'attendre, lui dit-elle d'une voix qu'elle voulait forte. Avec une bonne bouteille de champagne !

Nick effleura ses tempes d'un baiser.

— Nous avons juste le temps d'en boire une coupe ici. Nous allons porter un toast à toutes les merveilleuses journées que nous partagerons à partir de demain.

— Oui, dit-elle, légèrement réconfortée. Buvons à demain.

Un nouveau baiser, puis il la repoussa doucement contre les oreillers.

— Repose-toi un instant. Je descends chercher la bouteille.

Morgan attendit qu'il referme la porte sur lui pour enfouir son visage en larmes dans l'oreiller.

13

Il faisait nuit lorsqu'elle ouvrit les yeux. Où donc se trouvait-elle ? Elle ne connaissait pas cette pièce, pleine d'ombres et de silence. Quelqu'un avait posé sur son corps nu une couverture aussi douce et légère que de la soie.

« Nicholas ! » se rappela-t-elle brusquement, paniquée. Elle s'était endormie, avait raté son départ. Elle poussa un grognement de contrariété puis s'assit et remonta ses genoux sur sa poitrine. Comment avait-elle pu les priver d'un moment aussi précieux ? Depuis combien de temps était-il parti ? D'une main tremblante, elle tâtonna à la recherche d'un interrupteur.

La lumière jaillit, chassant momentanément ses angoisses. Elle avisa sur la table de chevet le mot que lui avait laissé Nick. « Rendors-toi », avait-il écrit d'une écriture appuyée.

Comme cela lui ressemblait, songea Morgan en souriant. La feuille de papier dans une main, comme pour se donner l'illusion que Nick était près d'elle, elle se leva et se mit à la recherche de ses vêtements. Il ne lui fallut que quelques secondes pour réaliser qu'ils n'étaient plus dans la pièce.

— Le salaud ! jura-t-elle, oubliant les mots tendres murmurés quelques minutes plus tôt.

Ah, il n'avait rien laissé au hasard pour s'assurer qu'elle resterait bien sagement à l'attendre ! Nue, les mains sur les hanches, Morgan inspecta la pièce dans l'espoir d'y trouver une idée lumineuse. Mais de quoi donc l'avait-il soupçonnée pour prendre de pareilles précautions ? Elle ne savait pas où il devait se rendre, ni même quelle était sa mission.

Attendre. Il ne lui restait plus qu'à attendre. Elle alla s'envelopper de la couverture et, assise sur son lit, laissa s'écouler d'interminables minutes. Elle se leva, se mit à faire les cent pas, retourna s'asseoir. D'ici quelques heures il ferait jour. Et l'attente prendrait fin.

Elle ne pourrait jamais patienter jusque-là, se dit-elle avec désespoir. Pour se persuader, la seconde d'après, que c'est ce qu'elle avait de mieux à faire. Le jour ne se lèverait donc jamais ? D'un geste rageur, Morgan se débarrassa de sa couverture et alla fouiller dans l'armoire de Nick. Si elle devait attendre, elle le ferait habillée, foi de Morgan !

Nick bougea ses épaules endolories et refoula l'envie d'une cigarette qui pourrait trahir sa présence. La lune baignait la petite crique de sa lumière laiteuse. Le chuchotement d'un policier qui parlait à un collègue lui parvint de derrière un rocher. La nuit allait bientôt livrer ses secrets. Nick régla ses jumelles et scruta la mer encore une fois.

— Vous voyez quelque chose ? s'enquit Tripolos à voix basse.

Accroupi lui aussi derrière un rocher, il semblait parfaitement à l'aise. Il prit un bonbon à la menthe qu'il fit aussitôt croquer sous ses dents. Nick secoua la tête et passa les jumelles à Stephanos.

— Ils seront là dans trente minutes, affirma ce dernier tout en mâchouillant le tuyau de sa pipe. Le vent apporte le bruit de leur moteur.

— Je n'entends rien, moi, répliqua Tripolos en lançant au vieil homme un regard dubitatif.

Nick ressentit l'habituel frisson d'excitation lui parcourir l'échine.

— Vous pouvez lui faire confiance. Stephanos entend toujours ce que personne d'autre ne peut entendre. Dites à vos hommes de se tenir prêts.

— Mes hommes sont *déjà* prêts, fit-il remarquer tandis qu'il étudiait attentivement le profil de Nick. Vous semblez adorer votre métier, monsieur Gregoras.

— Ce n'est pas toujours le cas. Mais là, oui.

— Mais bientôt ce sera fini, ajouta la voix de Stephanos derrière lui.

Nick tourna la tête pour chercher le regard de son vieux complice. Il savait que ce dernier voulait parler de l'ensemble de sa carrière et pas seulement de cette mission. Pourtant il ne lui en avait pas touché un mot. Etonnant Stephanos…

— Oui, dit-il simplement avant de scruter de nouveau la mer.

Il pensa à Morgan, souhaita qu'elle dorme encore. Lorsqu'il était remonté avec la bouteille de champagne et deux coupes, il l'avait trouvée profondément endormie. Il n'avait pas eu le cœur de la réveiller. Lâchement, il avait préféré ne pas affronter ses yeux rougis par les larmes.

En outre, il la pensait plus en sécurité chez lui que chez les Theoharis. L'imaginer endormie lui épargnerait des heures d'angoisse et d'inquiétude. Il avait caché ses vêtements sur une impulsion, s'assurant ainsi qu'elle ne céderait pas à l'envie de vouloir le rejoindre.

Cette pensée le fit sourire. Si par malheur elle s'était réveillée, elle devait le maudire ! Il l'imaginait, nue au milieu de la pièce, pestant après lui. Il ressentit un petit frisson au creux des reins et se fit la promesse, sitôt qu'il aurait rejoint Morgan, de la garder ainsi jusqu'au prochain coucher de soleil.

Il interrompit ses douces divagations pour, une fois encore, observer la mer.

— Ils arrivent, annonça-t-il soudain.

La lune captait le bateau dans son faisceau lumineux. Elle dévoila la douzaine d'hommes qui étaient à bord et qui ramaient en silence. Aucun d'eux n'osait parler en présence de l'homme masqué. Nick reconnut cette odeur caractéristique que seuls des hommes terrorisés exsudaient : l'odeur de la peur. Un nouveau frisson d'excitation le parcourut. Leur chef était là. Et Nick allait l'avoir.

L'équipage quitta l'embarcation et se rassembla sous la couverture des arbres. L'homme masqué les rejoignit. C'est alors que Nick donna le signal : les puissants projecteurs braqués sur la crique l'éclairèrent comme en plein jour, les hommes de Tripolos encerclèrent ceux de l'homme masqué.

— Déposez vos armes à terre et rendez-vous !, s'écria Tripolos. Ce bateau doit être perquisitionné.

Un désordre indescriptible suivit l'annonce du capitaine. Des cris fusèrent, des hommes tentèrent de s'enfuir tandis que d'autres restaient pétrifiés sur place. Des coups de feu retentirent. Des hurlements de douleur et de colère s'élevèrent.

Nick vit l'homme masqué profiter de la confusion générale pour tenter de s'esquiver. Il rengaina son arme, puis, jurant, se rua aux trousses du fuyard. Il fut arrêté dans sa course par un solide gaillard qui, en tentant d'échapper aux policiers, le heurta violemment. Les deux hommes roulèrent à terre. Une lame de couteau brilla, menaçante, dans la semi-obscurité. Nick n'eut que le temps d'agripper la main qui s'apprêtait à la lui plonger dans la gorge.

Le bruit des coups de feu avait fait violemment sursauter

Morgan. Elle s'était levée d'un bond, le cœur battant. Avait-elle rêvé ou venait-elle d'entendre des coups de feu ? Se pouvait-il qu'ils soient si près de la maison ? Tandis qu'elle tentait de percer l'obscurité de la nuit, elle entendit très nettement un troisième coup de feu. Son sang se glaça dans ses veines.

« Il va bien, dit elle tout haut, comme pour s'en convaincre. Je sais qu'il va bien. Bientôt tout sera fini et il sera là. »

Elle n'avait pas fini de prononcer le dernier mot que déjà, elle dévalait les marches qui menaient à la crique. Elle suivait son instinct qui lui dictait que Nick se trouvait là-bas. Elle allait le retrouver, sain et sauf. Le jean qu'elle lui avait emprunté glissait sur ses hanches, manquant de la faire trébucher à chaque pas. Mais elle n'en avait cure, volant au secours de l'homme qu'elle aimait. Le silence était retombé, et elle en arrivait presque à souhaiter entendre de nouveaux coups de feu : ils lui indiqueraient la direction à prendre. Parvenue en haut du sentier, hors d'haleine, elle le vit enfin qui traversait la plage. Un sanglot s'étrangla dans sa gorge, elle courut à sa rencontre.

Mais Nick continuait à marcher, semblant trop préoccupé pour noter sa présence. Morgan s'apprêtait à crier son nom lorsqu'elle s'arrêta net. Elle se figea sur place. Ce n'était pas Nicholas. Nicholas n'avait aucune raison de s'affubler de cette ridicule cagoule. Tandis qu'elle réfléchissait à toute allure, l'homme retira son masque, dévoilant ses cheveux blonds.

Comment avait-elle été assez stupide pour ne pas comprendre ? Ce regard impassible, dénué de toute émotion. Morgan fit un pas en arrière au moment où l'homme se retournait. Son visage se durcit lorsque, enfin, il la vit.

— Morgan ! Qu'est-ce que tu fiches ici ?

— J'avais… j'avais besoin de marcher, improvisa-t-elle

d'une voix qu'elle souhaitait désespérément être calme. La nuit est si belle !

Tandis qu'il avançait dangereusement vers elle, elle se mordit la lèvre, consciente qu'il lui fallait continuer à parler.

— Je ne m'attendais pas à te trouver ici. Tu m'as fait peur. Je croyais…

— Tu croyais que j'étais à Athènes, acheva Dorian en souriant. Eh bien, comme tu peux le voir, je n'y suis pas. Et je crains bien, ma chère Morgan, que tu n'en saches trop désormais.

Il laissa sa cagoule tomber sur le sable.

Morgan sentait bien qu'il serait vain de chercher à nier.

— C'est ce qu'il semble, en effet.

— Dommage. Mais, finalement, tu vas pouvoir m'être utile, dit-il en la dévisageant de ses yeux perçants. Quelle belle aubaine, n'est-ce pas ? Un otage américain. Une femme, qui plus est.

Dorian l'attrapa par le bras pour l'entraîner à sa suite. D'un mouvement, Morgan parvint à se libérer de son emprise.

— Je ne viendrai pas avec toi !

— Tu n'as pas le choix, rétorqua-t-il en jouant avec la lame du couteau qu'il venait de sortir de la poche de sa veste. A moins que tu ne préfères finir comme ce pauvre Stravos.

Morgan avala péniblement sa salive. Il parlait de meurtre de façon si détachée. Elle se rappela les paroles qu'il lui avait dites et qu'elle avait mises sur le compte de Iona : « Certaines personnes sont incapables de la moindre émotion. L'amour, la haine, ils ne sauront jamais ce que c'est. »

Morgan réalisa soudain que c'était de lui qu'il parlait. Elle le devina aussi dangereux que pouvait l'être un animal aux abois.

— C'est toi aussi qui as tenté d'assassiner Iona, n'est-ce pas ?

— Elle était devenue trop casse-pieds. Elle en voulait toujours plus. Il lui fallait non seulement de l'argent, mais aussi le mariage. Elle pensait me faire chanter, la pauvre ! (Il laissa échapper un rire sinistre.) Ça n'a pas été très difficile de la faire replonger. Que veux-tu, elle n'a jamais su résister à l'héroïne ! Mais j'ai fait l'erreur de penser que la dose que je lui avais administrée était suffisante.

Dans l'espoir insensé de gagner un peu de temps, Morgan fit mine de trébucher et se laissa tomber sur les genoux.

— Et tu aurais fini ton sale travail, si je ne l'avais pas trouvée à temps.

— En effet. Je dois dire que tu as la désagréable manie de toujours te trouver là où il ne faut pas.

D'un geste brutal, Dorian remit la jeune femme sur pied.

— Il a fallu que je joue les amoureux éplorés, que je fasse des navettes incessantes entre Lesbos et Athènes. Tout cela était très contrariant. Malheureusement, je n'ai jamais pu rester seul avec elle à l'hôpital.

Il haussa négligemment les épaules, signifiant ainsi à quel point la mort d'une personne avait peu d'importance à ses yeux.

— Tant pis ! Elle vivra, mais nous serons obligés de régler certaines choses. De toute façon nous ne pouvions pas continuer comme ça.

— Tu as perdu ta dernière livraison, dit Morgan à brûle-pourpoint.

Il lui fallait absolument trouver un moyen de ralentir leur marche vers le sentier qui bordait la falaise ! Car une fois là, à l'abri des regards indiscrets...

Les traits de Dorian se durcirent.

— Comment es-tu au courant ?

— J'ai participé au vol, dit-elle sur une impulsion. Je connais ta cache, la grotte dans les collines...

Ecumant de rage, Dorian saisit la jeune femme à la gorge.

— Tu as pris quelque chose qui m'appartenait. Où l'as-tu caché ?

Morgan secoua la tête, signifiant par là qu'elle ne dirait rien.

— Où ? répéta Dorian tandis que ses doigts s'enfonçaient douloureusement dans la chair de Morgan.

Un dieu, pensa la jeune femme en regardant son visage éclairé par la lune. Il ressemblait à un dieu de l'Antiquité. Pourquoi ne lui était-il pas revenu à la mémoire que les dieux étaient de dangereux sanguinaires ? Elle posa une main sur le poignet qui lui enserrait la gorge et profita d'un léger relâchement pour siffler :

— Va au diable !

La main de Dorian s'abattit si violemment sur sa joue qu'elle chancela et tomba à terre. Ses yeux étaient implacables tandis qu'il les abaissait sur elle.

— Tu parleras, assura-t-il d'une voix glaciale. Tu parleras avant que j'en finisse avec toi aussi.

Morgan sentit le sang affluer à ses tempes. Elle rampa à quelques centimètres de lui.

— Je ne dirai rien, s'obstina-t-elle. La police sait qui tu es. Elle ne te laissera pas une chance de t'en sortir.

Ivre de colère, Dorian fondit sur elle et, la tirant par les cheveux, la força à se lever.

— Si tu préfères mourir…

Un coup de poing s'abattit sur lui, qui le fit tomber sur le dos, bras en croix. Tout à coup, Morgan fut libre.

— Ce vieux Nick, railla Dorian en essuyant du revers de la main le sang qui coulait de sa lèvre fendue. Quelle surprise !

Morgan cria son nom en se précipitant sur lui.

— Nicholas !

Le bras qui tenait le revolver pointé sur Dorian était aussi rigide que l'acier.

— Lève-toi, ordonna Nick à Dorian d'une voix tranchante. Lève-toi avant que je ne te colle une balle dans la tête.

— Nick, tu n'es pas blessé ? demanda la jeune femme, morte d'inquiétude. Quand j'ai entendu les coups de feu…

Nick la repoussa sans ménagement, les yeux toujours baissés sur Dorian.

— Lâche ton arme et envoie-la par ici, ordonna-t-il. Si tu bouges, je t'envoie respirer ailleurs pour l'éternité.

Dorian leva lentement son arme et la jeta de côté.

— Je dois reconnaître que tu me surprends, Nick. Ainsi, c'est toi qui étais à mes trousses depuis des mois.

— Comme tu vois.

— Dire que je croyais que tu étais un homme d'affaires bien tranquille, juste obsédé par ses bibelots de prix et ses contrats juteux ! Je dois d'ailleurs dire que j'ai toujours admiré ta force et ta détermination dans ce domaine. Dommage que je n'aie pas soupçonné que tu t'étais lancé dans un autre genre d'affaires. Un flic ! Tu es donc devenu flic ?

Nick lui adressa un sourire faussement amical.

— Il n'y a qu'un homme à qui je dois des comptes. C'est Adonti.

Nick vit avec satisfaction la peur se peindre sur les traits de Dorian.

— Toi et moi allons bientôt régler tout ça. Nous avons bien failli déjà la nuit dernière.

Une ombre passa sur le visage de Dorian.

— La nuit dernière ?

— Tu pensais vraiment qu'il n'y avait que cette pauvre chèvre qui te surveillait ? questionna Nick en éclatant d'un rire forcé.

— Non, j'ai bien pensé qu'il y avait quelqu'un. Mais j'ai eu la mauvaise idée de renoncer.

— Grossière erreur, Dorian ! Tu n'aurais pas dû baisser ta garde ! Ça t'aurait peut-être évité de te faire piquer une de tes livraisons.

— C'était toi..., murmura Dorian dans un souffle.

— Joli coup, d'ailleurs, selon mes associés d'Athènes. On aurait pu te coincer plus tôt, mais j'ai préféré avoir la confirmation qu'Alex n'avait rien à voir dans tout ça.

— Alex ! s'étonna Dorian.

L'incongruité d'une telle éventualité amena un sourire mauvais sur ses lèvres.

— Mais ce pauvre Alex n'a aucune envergure ! A part sa femme, ses bateaux et son sacré sens de l'honneur, il n'y a pas grand-chose qui retienne son intérêt.

Il s'interrompit pour observer attentivement Nick.

— Il semblerait que je t'aie sous-estimé. Félicitations ! Je tiens à saluer ton sens de l'escroquerie et... (Son regard se porta sur Morgan)... et tes goûts.

— *Efkharisto*.

Morgan le regarda avec terreur jeter son arme sur celle de Dorian.

— Il est de mon devoir de te livrer au capitaine Tripolos et aux autorités grecques. Néanmoins... (Il sortit de sa poche un couteau dont il fit étinceler la lame)... je vais me faire un plaisir de te régler ton compte moi-même pour avoir osé lever la main sur une femme.

— Non ! Nicholas, non.

Nicholas stoppa l'élan de Morgan en lançant un ordre sur un ton impérieux.

— Retourne à la villa et restes-y.

— Allons, laisse-la assister au dernier acte, dit Dorian en se relevant.

Son sourire mauvais s'élargit tandis qu'il dégainait à son tour le couteau qu'il avait pris soin de prendre.

— Ça commence à devenir intéressant. On n'a qu'à dire qu'elle est la récompense du vainqueur.

— Va-t'en, répéta Nick d'une voix blanche.

Le sang grec qui coulait dans ses veines n'avait fait qu'un tour lorsqu'il avait vu Dorian frapper Morgan. Cette dernière croisa son regard et comprit.

— Nicholas, tu ne peux pas faire ça. Je ne suis même pas blessée.

Mâchoires contractées, il fit tourner le manche de son couteau entre ses doigts.

— Il a laissé des marques sur ton visage. Ecarte-toi de mon chemin, Morgan.

La jeune femme n'eut que le temps de lui effleurer furtivement la joue de la main avant de se rejeter en arrière.

Face à face, les deux hommes se regardèrent comme deux bêtes sauvages. Les lames effilées dont ils se menaçaient mutuellement miroitaient dangereusement au clair de lune.

A la première tentative de Dorian pour atteindre Nick, Morgan couvrit sa bouche de ses mains pour réprimer le cri qui lui était monté à la gorge. L'affrontement des deux hommes n'avait rien de fictif. Leurs regards exprimaient la haine sans borne que chacun vouait à l'autre. Une odeur forte de sang et de sueur parvint à Morgan.

La pâle clarté de la lune sur leur visage leur donnait l'air de fantômes. Elle entendait pêle-mêle le bruit de leur respiration, celui que faisaient les vagues en venant mourir sur le sable et le sifflement des lames qui zébraient l'air. Nick cherchait à entraîner son adversaire vers la mer, loin de Morgan. Il offrait un visage impassible qui ne laissait rien deviner de sa colère. Dorian, lui, n'avait pas à simuler son manque d'émotion.

— Je vais me faire un plaisir de m'occuper de ta femme avant la fin de la nuit, fanfaronna ce dernier tandis que les lames se croisaient.

Une lueur de rage passa dans les yeux de Nick.

Morgan vit avec horreur la lame de Dorian déchirer la manche de Nick avant de s'enfoncer dans la chair. Elle aurait voulu hurler, mais aucun son ne sortait de sa bouche. Elle aurait voulu prier, mais aucun ordre ne parvenait à son cerveau pétrifié.

La rapidité avec laquelle leurs corps se mouvaient la stupéfiait. Fascinée, elle ne pouvait détacher les yeux de cette danse macabre. Ils roulèrent sur le sable, bras et jambes enchevêtrés. Morgan les entendit jurer et souffler. Lorsqu'elle vit Dorian prendre l'avantage, et se mettre à califourchon sur Nick, son cœur s'arrêta de battre. Ivre de terreur, elle le vit abattre son couteau. La lame se planta dans le sable, à un millimètre du visage de Nick. Sans réfléchir une seconde de plus, elle se rua sur un des revolvers que les hommes avaient jetés par terre. A peine s'en était-elle emparée que l'arme, trop lourde, lui glissa des doigts. Elle serra les dents et la reprit, l'agrippant cette fois à deux mains. Elle s'agenouilla, pointa le canon vers les corps enlacés. Froidement, elle se préparait à accomplir le geste qu'elle avait toujours le plus méprisé dans la nature humaine : tuer un homme.

Un cri déchira le silence de la nuit. Le cri primaire d'un animal blessé. Une forme s'écroula, immobile, tandis qu'une autre se relevait. Morgan se mordit la lèvre, ses doigts tremblaient sur la détente.

— Repose ce fichu revolver ou tu vas finir par me tuer.

Morgan laissa l'arme lui tomber des mains.

— Nicholas, dit-elle dans un souffle.

Nick s'approcha d'elle en boitant légèrement et lui tendit la main pour l'aider à se relever.

— Qu'est-ce que tu faisais avec cette arme, Aphrodite ? demanda-t-il d'une voix douce tandis qu'elle tremblait comme une feuille entre ses bras. Tu sais bien que tu n'aurais jamais pu appuyer sur la détente.

— Si, affirma-t-elle en le regardant droit dans les yeux. J'aurais pu.

Nick comprit qu'elle disait la vérité. Submergé d'émotion, il la tint un long moment serrée contre lui.

— Bon sang, Morgan, pourquoi n'es-tu pas restée à la maison ? Je ne voulais pas que tu assistes à pareil spectacle.

— Je ne pouvais pas. Pas après avoir entendu les coups de feu.

— Bien sûr, j'aurais dû m'en douter. Tu entends des coups de feu donc tu te précipites dehors, railla-t-il gentiment. C'est d'une logique implacable.

— Qu'aurais-je pu faire d'autre ?

Nick s'apprêtait à riposter vertement, mais il y renonça. Il ne pouvait pas être en colère contre elle. Pas maintenant. Pas en cet instant où elle avait besoin de réconfort. Mais plus tard… Plus tard, se promit il, elle allait voir de quel bois il se chauffait !

— Tu m'as piqué un jean.

— C'est ta faute, tu n'aurais pas dû cacher mes vêtements.

Il n'aurait su dire si le petit bruit qu'elle émit était un sanglot ou un rire étouffé.

— Je pensais…

Morgan s'interrompit net. Un liquide chaud et gluant poissait sous la paume de ses mains. Elle baissa les yeux sur ses doigts tachés de sang.

— Mon Dieu ! Nicholas, tu es blessé !

— Ce n'est rien, je…

— Arrête de te comporter en macho stupide ! coupa-t-elle. *Tu es blessé.*

Nick éclata de rire, resserra un peu plus son étreinte.

— Je ne suis ni macho ni stupide, dit-il, et si tu tiens vraiment à jouer les infirmières, tu auras tout le loisir de le faire, mais plus tard. Pour le moment, c'est d'un autre genre de soins que j'ai besoin.

Morgan fit passer dans le baiser qu'elle lui donna tout l'amour qu'elle éprouvait pour lui. La peur, l'angoisse étaient désormais loin derrière elle. Elle sentit ses forces lui revenir tandis qu'elle se liquéfiait de désir à son contact.

— Je crois que je vais avoir besoin de soins pendant encore très longtemps, lui murmura-t-il contre ses lèvres. J'aurais pu m'en tirer moins bien. Non, Morgan, s'il te plaît, ajouta-t-il en voyant les larmes rouler sur ses joues. Ne pleure pas. Ce soir, c'est la seule chose que je ne pourrai pas supporter.

— Je ne pleure pas, affirma crânement la jeune femme en redoublant de sanglots. Je ne pleure pas. Oh, Nicholas ! Je t'en supplie, ne t'arrête pas, continue à m'embrasser.

Sitôt que les lèvres de Nick se furent posées sur les siennes, elle cessa de trembler et de pleurer. L'homme qu'elle aimait était bien là, palpitant de vie entre ses bras.

— Hum, hum. Eh bien, monsieur Gregoras, à ce que je vois, vous avez réussi à coincer notre homme.

Nick jura entre ses dents puis, sans relâcher son étreinte, regarda Tripolos par-dessus l'épaule de Morgan.

— Et vous, avez-vous réussi à coincer tous ses complices ?

— Oui.

Il fixa le corps qui gisait à terre et, d'un geste de la main, il fit signe à deux de ses hommes de le transporter.

— Il m'a l'air mal en point, mes hommes vont se charger de lui.

Puis, avisant les revolvers sur le sable, il tira ses propres conclusions :

— Il semble que vous ayez eu quelques problèmes. Dommage que cette vermine échappe au tribunal.

— Dommage, en effet, commenta laconiquement Nick.

Tripolos se baissa pour ramasser le revolver de Nick et le lui tendit.

— J'imagine que vous l'avez perdu dans le feu de l'action.

— C'est possible, oui.

— Alors ça y est ? Vous décrochez ?

— Oui.

Tripolos esquissa une légère courbette.

— Merci pour les services rendus, monsieur Gregoras. Et félicitations, ajouta-t-il en lui adressant un sourire complice, dans le dos de Morgan.

Nick leva un sourcil amusé.

— Si vous voulez bien m'excuser. Il est temps que je raccompagne Mlle James maintenant. En cas d'urgence, vous pourrez encore me joindre demain. Bonne nuit, capitaine.

— Bonne nuit, murmura Tripolos en regardant le couple, tendrement enlacé, s'éloigner.

Morgan cala la tête contre l'épaule de Nick tandis qu'ils se dirigeaient vers les marches qui menaient à la falaise. Ces marches qu'elle avait dégringolées comme une folle un moment auparavant et qui, maintenant, avaient un avant-goût de paradis. Elle poussa un léger soupir. Toutes ses craintes, ses angoisses, ses doutes s'étaient évanouis.

— Regarde les étoiles. On dirait qu'elles brillent rien que pour nous. Oh, Nick ! Je suis si heureuse ! J'ai l'impression de n'avoir vécu jusque-là que pour connaître ce moment de bonheur.

— Pourtant, j'ai entendu dire que tu voulais aller à Venise, te promener en gondole.

Morgan le regarda, surprise, puis éclata de rire.

— C'est Andrew qui te l'a dit, n'est-ce pas ?

— Il a aussi mentionné Paris et les Champs-Elysées.

— Il va falloir que j'apprenne à tenir ma langue, dit la jeune femme, le cœur gonflé de joie.

C'était l'heure magique où l'aube le disputait à la nuit.

— Je te préviens, Morgan, j'ai mauvais caractère.

— Ah bon ? ironisa celle-ci.

Nick s'arrêta au bas des marches et la fixa intensément. Ce qu'il avait à lui dire n'était pas facile. Il avait été stupide de croire le contraire.

— Tu connais déjà le pire me concernant, attaqua-t-il. Comme tu as pu le voir, je manque souvent de douceur et je suis exigeant. En outre, je suis en proie à des variations d'humeur qui ne sont pas faciles à supporter.

Morgan étouffa un bâillement et lui adressa un petit sourire ingénu.

— Ce n'est pas moi qui te contredirai.

Nick se sentait stupide avec ses déclarations. Mais il avait peur aussi. Une femme pouvait-elle aimer un homme qui venait d'en tuer un autre sous ses yeux ? Et lui, avait-il le droit de l'aimer ? Il la regarda, fragile et menue dans ses vêtements trop grands. Juste ou pas, il ne pourrait plus se passer d'elle.

— Morgan…

— Oui ?

Une ombre passa dans son regard.

— Qu'y a-t-il ?

Nick fixait sur elle son regard sombre, intense, presque désespéré.

— Ton bras…

— *Diabolos !* tonna-t-il. Au diable, mon bras ! Et écoute-moi !

— Très bien. Qu'est-ce qui ne va pas ?

— Ceci.

Il prit la bouche de Morgan dans un baiser plein de passion. Il avait besoin du goût fruité de ses lèvres. Lorsqu'il releva la tête, ses yeux étincelaient enfin d'un bonheur sans nuage.

— Nicholas, protesta Morgan en riant, si nous rentrions à présent, que je m'occupe de ta blessure ?

— Je me fiche de ma blessure, Aphrodite.

— Pas moi.

— Morgan…

Nick lui prit la main, l'empêchant de mettre le pied sur la première marche.

— Je sais bien que je ferai un mari difficile et exaspérant, mais je jure qu'avec moi tu ne t'ennuieras jamais. Et je t'aime assez pour te laisser escalader tes montagnes si tu en as envie. Et aussi pour les escalader avec toi si tu me le demandes.

Toute trace de fatigue s'était miraculeusement envolée. Morgan ouvrit la bouche, mais aucun son n'en sortit.

— Bon sang, Morgan, ne me regarde pas comme ça ! Dis-moi oui. Je te préviens, je n'admettrai pas de refus.

Sans même s'en rendre compte, il avait lâché ses mains pour s'agripper désespérément à son bras. Une lueur d'inquiétude s'alluma au fond de ses yeux de braise. Un regard dans lequel Morgan devinait encore des traces de peur, d'angoisse, de fatigue.

Un torrent d'amour la submergea.

— Vraiment ?

Les doigts de Nick s'incrustèrent dans sa chair.

— Tu as pris mon cœur, Morgan. Tu ne peux plus partir sans lui.

Dans un geste infiniment tendre, Morgan lui caressa la joue.

— Tu crois vraiment que je pourrais escalader des montagnes sans toi, Nicholas ?

Elle se blottit contre lui et l'entendit pousser un immense soupir de soulagement.

— Viens. Rentrons à la maison.